देशद्रोही
(उपन्यास)

देशद्रोही

यशपाल

विप्लव कार्यालय, लखनऊ
की ओर से

लोकभारती प्रकाशन

विप्लव कार्यालय, लखनऊ
की ओर से

लोकभारती प्रकाशन
पहली मंजिल, दरबारी बिल्डिंग, महात्मा गांधी मार्ग
प्रयागराज-211 001

वेबसाइट : www.lokbhartiprakashan.com
ईमेल : info@lokbhartiprakashan.com

शाखाएँ : 1-बी, नेताजी सुभाष मार्ग, दरियागंज
नई दिल्ली-110 002
अशोक राजपथ, साइंस कॉलेज के सामने
पटना-800 006
1, अनमोल सोराबजी संतुक लेन, धोबी तलाव,
मरीन लाइंस, मुम्बई-400 002

पहला विप्लव संस्करण : 1943
पहला लोकभारती संस्करण : 2009
चौथा संस्करण : 2024

मूल्य : ₹795

मुद्रक : बी.के. ऑफसेट
नवीन शाहदरा, दिल्ली-110 032

DESHDROHI
by Yashpal

ISDN : 978-81-8031-373-8

समर्पण

कल्पना के चाँद को—
जिसे पाने का प्रयत्न संतोष, साहस और सुख देता है।

—यशपाल

अनुक्रम

परिचय	३
अजानी अंधेरी राह	५
समय का प्रवाह	१६
बहिश्त की राह	२९
त्याग की राह	४२
जीवन की चाह	६६
ग्राम की राह	९४
घर की राह	१०१
अपने की चाह	११८
देशद्रोही	१९५

●

परिचय

परिचय के यह शब्द पुस्तक समाप्त हो जाने के बाद लिखे गये हैं, परन्तु इन्हें आरम्भ में दिया जा रहा है। रीति और उपयोगिता की दृष्टि से यही उचित भी जान पड़ता है।

लेखक यदि कलाकार भी है तो उसके प्रयत्न की सार्थकता समाज के दूसरे श्रमियों की भाँति कुछ उपयोगिता की सृष्टि करने में ही है। उसके श्रम की उपयोगिता समाज के विकास में सामर्थ्य और पूर्णता को ओर ले जाने में ही है।

लेखक के लिये समाज के अस्तित्व से स्वतंत्र कोई कल्पना कर सकना सम्भव नहीं। उसकी कला या प्रयत्न का आधार समाज की अनुभूतियाँ, आकांक्षाएँ और आदर्श होते हैं। हमारी अनुभूति हमारे अनुभवों का सार होती है और हमारे आदर्श हमारी सँवारी हुई कल्पनाएँ हैं। आदर्श के बिना हम जीवन की आकांक्षा और चेष्टा खो बैठेंगे। आदर्श हमारे जीवन का लक्ष्य है परन्तु यथार्थ की हमारी अनुभूति भी कम महत्त्वपूर्ण नहीं है। वह अनुभूति असन्तोष और उसे दूर करने का उत्साह उत्पन्न कर आदर्श की सृष्टि करती है। आदर्श की तुलना में यथार्थ अरुचिकर होगा ही वर्ना आदर्श की कल्पना और उसके लिये प्रयत्न ही क्यों किया जाये?

यथार्थ से खिन्न होकर हम आदर्श की ओर बढ़ना चाहते हैं। यथार्थ के अरुचिकर वीभत्स सत्य की नग्नता को प्रकट करके उससे मुक्ति की इच्छा को उत्कट और दुर्दमनीय बनाना आवश्यक होता है। हमारी अवस्था का नग्न रूप अतृप्त 'शिष्णोदर' का चीत्कार भी है। वह श्रेणी संघर्ष और राष्ट्रों के संघर्ष के रूप में भी प्रकट होता है। वह जघन्य है, परन्तु वह हमारी अपनी सामाजिक स्थिति की वास्तविकता है। हमारा साहित्य कला नैतिकता और न्याय की धारणा हमारी शिष्णोदर की अतृप्त आवश्यकता की पूर्ति के प्रयत्न हैं। हमारी परम्परागत सुरुचि और संस्कृति इन प्रयत्नों को आवरण देकर संतुष्ट है। जिन लोगों को सुरुचि और संस्कृति का अवसर और सौभाग्य प्राप्त नहीं है वे भी मनुष्य ही हैं। उनके चीत्कार को प्रकट करना क्या कला का कर्तव्य नहीं है?

मनुष्य के इस असंतोष को रूढ़िगत विश्वास और प्रवंचना से ढाक देना मुक्ति का उपाय नहीं है। हमारा आदर्श समाज में ऐसी अवस्था प्राप्त करना है जिसमें मनुष्य शिष्णोदर की अतृप्ति और तृष्णा से पशु न बना रहे और मनुष्य-समाज श्रेणियों और राष्ट्रों के संघर्ष से ध्वंस न होता रहे!

समाज की उस अवस्था को आज 'कल्पना का चाँद' कहकर उसकी प्राप्ति के स्वप्न और प्रयत्न को केवल विडम्बना-मात्र कहा जा सकता है, परन्तु यदि मनुष्य आत्मविवेचन द्वारा अपनी शक्ति को पहचान ले तो? ···किसी दिन आकाश मार्ग से यात्रा कर सकना और देश भर के नागरिकों का स्वयं स्वामी और राजा बन जाना भी तो आकाश-कल्पना ही थी?

हमारे वर्तमान जीवन का यथार्थ क्या है?

क्या ऐसे समय में भी मिथ्या-विश्वास और प्रवंचना की पिनक में संतुष्ट रह सकना सम्भव है?

सौन्दर्य और तृप्ति की अभिलाषा उत्पन्न कर देना एक काम है। सौन्दर्य और तृप्ति की स्मृति जगा कर सुख की अनुभूति उत्पन्न कर देना भी काम है, परन्तु उससे बढ़कर काम हो सकता है, सौन्दर्य और तृप्ति के साधनों की उत्पादन और परिस्थिति के निर्माण के लिए भावना और संकेत द्वारा सहयोग देना। साहित्य का कलाकार केवल चारण बनकर सौन्दर्य, पौरुष और तृप्ति की महिमा गाकर ही अपने सामाजिक कर्त्तव्य को पूरा नहीं कर सकता। विकास और पूर्णता के सामाजिक प्रयत्न की इच्छा और उत्साह उत्पन्न करना और उस उत्साह को विवेक और विश्लेषण की प्रवृत्ति द्वारा सजग और सचेत रखने की भावना जगाना, साहित्य के कलाकार का काम है।

अगले पृष्ठों में अपनी इस धारणा को लेखक के कर्त्तव्य और अधिकार ही दृष्टि से निबाहने का यत्न किया है। यही इस रचना का परिचय है।

अनेक ज्ञातव्य विषयों में अनेक सहृदय सज्जनों से मुझे सहायता मिली है। इन सज्जनों और प्रकाशन कार्य में सहयोग देने वाले मित्रों के प्रति मैं कृतज्ञ हूँ। अपने पाठकों को धन्यवाद देता हूँ, जिनका प्रोत्साहन मेरे साहस का आधार है।

मई दिवस, ४३

—यशपाल

विप्लव, लखनऊ।

देशद्रोही

(उपन्यास)

अजानी अंधेरी राह

अजानी अंधेरी राह पर उसे घसीटे लिये जा रहे थे। आँखों पर कपड़ा बँधा था, दोनों हाथ पीठ पीछे जकड़े हुए, गले और कमर में दायें-बायें से फन्दे पड़े थे। जो कुछ सुनाई पड़ रहा था, उससे वह समझ सका, उसके आगे-पीछे, अगल-बगल आदमियों के भारी-भारी चुस्त कदम पड़ रहे हैं।

उसके नंगे पाँव सुन्न हो चुके थे। पांवों के नीचे कंकड़ हैं या पत्थर, रेत है या धूल, समझ पाने लायक मस्तिष्क की अवस्था नहीं थी। कदम शिथिल हो जाने से पीठ पर काठ की बोझल-सी वस्तु की चोट आ पड़ती। पाँव उखड़ने से वह दो-तीन कदम आगे लुढ़क जाता। उसे कहाँ ले जाया जा रहा है यह प्रश्न मन में उठे बिना ही वह अनुभव कर रहा था, किसी अज्ञात प्राणान्तक भय की ओर वह जा रहा है, जो आशा और कल्पना के क्षितिज से परे था; जहाँ निश्चय था केवल मृत्यु का।···किसी भी रूप में हो!

बहुत देर तक तेज चाल ले चलते हुए सबल कदमों के गिरोह में चुपचाप घसिटते चले जाने के बाद, उन कदमों के अनुकूल शरीरों के सबल कंठ की संक्षिप्त बातचीत के शब्द उसके कानों में पड़ने लगे। चोट और भय से धुंधले मस्तिष्क में स्मृति की अस्पष्ट-सी फूटने वाली चिनगारियों में दींख पड़ने लगा, गहरी नींद में एक प्रहार से जाग कर आँखों के सामने सहसा छुरा देख सहम जाना। वे भयानक रौद्र चेहरे, वे गोल-गोल चक्करदार बड़ी-बड़ी काली-सफेद पगड़ियाँ, अँधेरे में अस्पष्ट रूप से चमकती हुई आँखें, भिचे हुए दाँत; लाल, काली, भूरी छंटी हुई दाढ़ियाँ, हाथों में छुरे और कन्धों या बगल से झाँकती हुई बन्दूक की नालियाँ, कुछ गोलियाँ छूटने का शब्द, मोटे कपड़े के चौड़े कुरते, रंगीन वास्कटें और सलवारें···। सबल कदमों की तेज चाल के कारण उनके ढीले, मोटे कपड़े फरफराते जा रहे थे। मुँदी हुई आँखों से ही वह सब अनुभव कर रहा था, जैसे कोई महा भयंकर दुःस्वप्न देख रहा हो।

प्रत्यक्ष भय से बहुत अधिक भयंकर स्वप्न की निस्सीम कल्पना की भांति इस भय की भी सीमा न थी। सचेत हो जाने पर जैसे स्वप्न के भय का अन्त हो जाता है, वैसे इस भय का अन्त न हुआ। प्रतिक्षण वह निराशा में बदलता जाता था।

शरीर की चेतना और इच्छा से चलने वाली शक्ति समाप्त हो चुकी थी। उसके साथ ही चेतना से अनुभव होने वाले भय की अनुभूति भी जड़ हो गई। केवल पीड़ा के अनुभव और भय से चौंककर शरीर अपने आपको खींचे लिये जा रहा था। जैसे मृत्यु का धक्का ही उसे ढकेलता जा रहा हो।

चढ़ाई और उतराई में ठोकर खा वह कई बार गिर पड़ा। ओठों और दाँतों से निकल आये खून के नमकीन स्वाद से उसे जान पड़ा रक्त आ गया है। परन्तु निश्चय न था वह निरा रक्त ही है। माथे और कनपटियों से बह कर आने वाला पसीना भी हो सकता है

परन्तु पीठ और कन्धों पर पड़ने वाली चोटों के विषय में सन्देह न था। उनसे उसकी चाल तेज हो जाती। कानों में आने वाले शब्द से यह भी सूझ पड़ रहा था कि उसकी भाँति हाँके जाने वाले दूसरे जीवन भी हैं। उनमें कुछ पशु भी हैं, जिनके सुमों की आहट, श्वास लेने का शब्द और पसीने की तीखी गन्ध अनुभव हो रही थी।

मुलायम बिस्तर पर पड़े गाढ़ी नींद में जाने कैसे यह वीभत्स स्वप्न आरम्भ हो गया और वास्तविकता में परिणत हो समाप्त होने में न आता था। जैसे गले और कमर में पड़े फन्दे का खिंचाव और पीठ-कन्धों पर पड़ने वाली चोट सत्य थी, वैसे ही चल-चल कर जख्मी हो गये पैरों से निकलने वाली आग भी सच थी। वैसे ही चलना रुककर पत्थरों पर बैठा दिया जाना और बहते पानी का कल-कल शब्द भी वास्तविक ही था। जल से भरे किसी बर्तन के होंठों में आ लगने में भी सन्देह न था। उस खूब ठण्डे जल को वह पेट भर पी गया। शरीर के निढाल होने के अनुभव के साथ ही मस्तिष्क में बिजली-सी कौंध गई—क्या वह यात्रा की मंजिल पर पहुँच गया?

कुछ क्षण बैठ पाने पर धूप की गरमी अनुभव होकर सूर्य की किरणें माथे पर चुभने लगीं। बहते जल का कल-कल शब्द अधिक स्पष्ट जान पड़ने लगा। पत्थरों पर खच्चरों की नालों का शब्द, शीतल जल में उनका थिरकते होंठों से फुफकार कर जल पीना, तृप्त हो आकाश की ओर मुख उठाकर कुछ हिनहिनाना यह सब उसे सुनाई देने लगा। स्थिति स्पष्ट हो गई; रात में धावा बौल वजीरियों ने कैम्प लूट लिया था और उसे पकड़ कर वे भगाये लिये जा रहे हैं।

सीमान्त में वजीरियों द्वारा लूटमार और स्त्री-पुरुषों के उठा ले जाने की अनेक रोमांचकारी कहानियाँ, उसने सुनी थीं, परन्तु उसे कभी आशंका न हुई थी कि तुत्ती में शक्तिशाली ब्रिटिश सेना के कैम्प से, कप्तान के ओहदे के फौजी डाक्टर को भी वजीरी विवश पशु की भाँति हाँक ले जायेंगे। उसे मालूम था, वजीरिस्तान और मसूदी इलाकों के पठान पेशावर, कोहाट और बन्नू से इस प्रकार लोगों को बाँध ले जाते हैं। उनकी रिहाई के लिये तावान पाकर वे उन लोगों को छोड़ देते हैं। उसकी रिहाई के लिये तो ब्रिटिश सेना, हजारों सिपाही, तोपें और हवाई जहाज मौजूद हैं, परन्तु उस क्षण तो वह बिल्ली के पंजे में फँसे हुए जख्मी चूहे की भांति बेबस था।

आँखों पर बँधे कपड़े की कोरों से मिलने वाले प्रकाश के आभास की भाँति, मृत्यु और निराशा के घटाटोप अन्धकार में रक्षा की सुदूर आशा झलकने लगी। मस्तिष्क ने सोचना शुरू किया—यदि ब्रिटिश सेना की शक्ति इन दुरूह पहाड़ों की छिपी खोहों में उसका पता न भी पा सकी तो तावान देकर छूट जाना ही सम्भव है। तावान कहाँ से आयेगा? तावान के विचार के साथ ही अपनी पत्नी राज की छवि और उसके साथ ही देहली में अपना घर उसकी मुँदी हुई आँखों के सामने नाच गया। राज और स्वयं उसके बड़े भाई उसे बचा लेने के लिये कुछ भी न उठा रखेंगे। देहली से तुत्ती के लिये उसे बिदा देते समय राज की आँखों में छलक आये आँसू, उसका उदास पीला चेहरा, दर्द से फटते और चकराते दिमाग के सामने घूमने लगे। एक शब्द सुनाई दिया, जिसे वह समझ न सका। कमर पर एक ठोकर लगी। शायद यह उठ खड़े होने के लिये इशारा था।

फिर ठेला जाना शुरू हुआ। वही अनेक मनुष्यों और पशुओं के चलने की आहट। विश्राम पा लेने से थकावट और कष्ट की अनुभूति और भी तीव्र हो गई। दिखाई न

पड़ने वाला मार्ग अधिक बीहड़ होता जा रहा था। दुरूह चढ़ाइयों और संकरी पगडंडियों पर खच्चरों के शरीर के धक्के से वह अनेक बार गिरते-गिरते बचा। जानवर का सुम अपने नंगे पाँव पर पड़ जाने की आशंका से वह सिहर उठता। धूप से तपी चट्टानों पर चलना और भी कठिन हो गया। प्यास बार-बार लगने लगी। हाँफ-हाँफ कर उसके मुख से हताश पुकार निकल जाती–पानी! पर उस ओर किसी का ध्यान न था। कदम शिथिल होने पर पीठ या कन्धे पर पड़ी चोट संकेत करती—बढ़े चलो! उसकी संज्ञा और चेतना घटती जा रही थी। घना कोहरा-सा उसके मस्तिष्क में भरता जा रहा था। सहसा सब कुछ शून्य हो गया। वह मूर्च्छित होकर गिर पड़ा। मारने और घसीटने से भी उठते न देखकर उसे एक खच्चर पर डाल दिया गया और काफिला चलता गया।

कप्तान डाक्टर भगवानदास खन्ना की मूर्छा टूटी। उस समय उसकी आँखों पर पट्टी न थी। भयभीत चकित दृष्टि चारों ओर फैलाकर उसने देखा। उसका चेहरा भीग रहा था, सिरहाने बैठी एक बुढ़िया उसके मुँह में पानी की बूँदें टपकाती जा रही थीं और चेहरे पर छींटे दे रही थी। बुढ़िया ने पानी का बर्तन उसके होंठों की ओर बढ़ाया। डाक्टर ने सिर उठाकर कुछ घूँट पिये और फिर लेट गया। उसके गले और कमर से फन्दा खुल चुका था। पीठ पीछे बँधे हाथ भी खुल गये थे, परन्तु कलाइयों के बहुत कस कर इतनी देर बँधे रहने के कारण उंगलियाँ हिल न पाती थीं। बुढ़िया ने उसकी कलाइयों पर पानी छोड़ दिया। डाक्टर पीड़ा से छटपटा उठा।

डाक्टर एक लम्बे-चौड़े सहन में पड़ा था। चारों ओर नीची छतों के मकान बने थे, जिनके कोनों पर बाहर जाने की राह बनी थी। मकानों के सामने नीची खटिया पर दीर्घकाय पठान शिथिल भाव से बैठे खा-पी रहे थे या हुक्का गुड़गुड़ा रहे थे। डाक्टर को सचेत होते देख उनका ध्यान उस ओर गया। उसके सिर और दाढ़ियाँ हिलने से जान पड़ा वे सन्तुष्ट हैं।

काले-नीले कपड़े पहने, सिर पर कलगीदार टोपी रखे, छोटे-छोटे बच्चे भय और विस्मय से गोल-गोल गाल, भूरी-नीली आँखें फैलाये, मैल से चितकबरे चेहरों पर गम्भीर मुद्रा लिये कुछ दूर खड़े उसे देख रहे थे। खाने में व्यस्त पठानों के लिये बड़ी-बड़ी रोटियाँ, मिट्टी के बर्तन में खाने की दूसरी चीजें या पानी लाने वाली स्त्रियाँ भी काली-नीली चादर से माथा और चेहरा नाक तक ढँके, कौतूहल भरी दृष्टि उसकी ओर डाल जातीं। डाक्टर की दृष्टि जिस ओर भी जाती, सभी को अपनी ओर देखती पाती। उसने अपने सिरहाने बैठी बुढ़िया की ओर देखा। आँखें चार होने पर बुढ़िया ने संतोष से डाक्टर के सिर पर हाथ धर कर पूछा—"तबीयत खत?" (अच्छा है) और पानी का बर्तन लिये वह एक ओर के घर में चली गयी।

अपनी ओर लगी आँखों से बचने के लिये वह उठकर करवट से बैठ गया। खाने-पीने में लगे पठानों की ओर से दृष्टि हटा वह समीप ही बंधे खच्चरों की ओर देखने लगा। मार्ग में आँखें बँधी रहने पर भी खच्चरों के सुमों की सुनी आहट याद आ जाने से उसने अनुमान किया, वे भी उसी की तरह और उसके साथ ही आये हैं। वे ताजे गाड़े खूंटों से बेतरतीब, बिना पिछाड़ी के बंधे थे। खच्चर अपनी काली पुतलियाँ और आँखों के श्वेत और लाल भाग को फैला, सतृष्ण दृष्टि से खाने-पीने में लगे लोगों की ओर देख रहे थे। ब्रिटिश सेना के इन जानवरों को अभ्यास था, किसी भी पड़ाव पर पहुँचते ही

मनुष्य से पहले अपनी खातिर होते देखने का। उस दिन अपनी उपेक्षा के इस नये ढंग से वे शायद विस्मित थे।

खच्चरों की ओर से हट कर उसकी दृष्टि सहन से ढलवान की ओर उतर जाने वाली गली में गई। चट्टानों के पीछे कुछ बकरियाँ रूखी झाड़ियों के डण्ठल चबाने का यत्न कर रही थीं। नीचे ढलवान से कुछ पठान स्त्रियाँ काले कपड़े के खूब ढीले, नीचे कुरते और मोरवों पर तंग सलवार, कानों और गले में चाँदी का बहुत-सा जेवर पहने, सिर पर पानी का घड़ा या कमर पर मशक लादे चली आ रही थीं। वे उसकी ओर संकेत कर परस्पर बात करती आतीं, परन्तु सहन में कदम रखते ही मर्दों के अदब से सिर की चादर से नाक तक चेहरा ढक अपने घर में घुसतीं।

पीठ पीछे से आहट सुन डाक्टर ने घूमकर देखा—वही बुढ़िया एक बड़ी-सी रोटी, जिस पर शोर्वे की तरी के दाग और दो टुकड़े माँस के रखे थे, उसकी ओर बढ़ा रही है। डाक्टर ने रोटी थाम ली और वह उसे खाने भी लगा। बुढ़िया ने खटिया पर से आधे पिये जल का बर्तन ले उसके समीप रख दिया। खाने-पीने में लगे पठानों की ओर देखने का उसका संकोच दूर हो गया। स्वयं खा-पीकर पठान लोग वहीं खटिया पर बैठे हुक्के गुड़गुड़ाने लगे। एक आदमी ने एक कूंड़े में खच्चरों को जल पिला कुछ सूखा घास और भुट्टे के छिलके डाल दिये। सूर्यास्त तक डाक्टर वहीं बैठा रहा। नये-नये लोग आते और उसकी ओर देख बातचीत कर चले जाते।

रात पड़ने पर उसके सहन के किनारे की एक कोठरी में उसे ले जाया गया। उसके दोनों पांव एक काठ में फँसा अजीब ढंग का एक ताला लगा दिया गया। नीचे बिछाने के लिये उसे घास की एक चटाई दी गई। काठ के एक छोर से बकरी के दो मेमने बँधे थे और दूसरी ओर दो बकरियाँ बँधी जुगाली कर रही थीं। समीप ही खाट पर एक बूढ़ा वजीरी दमे की खाँसी खाँसता हुआ कराह रहा था। मिट्टी के हुक्के में लगी नेचे की निगाली उसके ओठों से छू रही थी। अर्धचेतन अवस्था में भी वह नेचे को गुड़गुड़ा कर अपने खबरदार रहने का संकेत कर देता।

काठ में जकड़े पाँवों की असुविधा, गाँजा मिले सूखे तम्बाकू की दम घोटने वाली गन्ध, बकरी के पेशाब की झझक और उनके श्वास से आने वाली बबूल की कसैली गन्ध, एक विचित्र-सी जी मिचला देने वाली खरास से डाक्टर का सिर चकरा रहा था। मेमने कभी काठ पर चढ़ने-उतरने का खटका करने लगते, कभी मिमिया देते। दोनों पाँव काठ में जकड़े डाक्टर चित लेटा ही गाढ़ी नींद में सो गया। करवट लेने का यत्न करने पर पाँव काठ में फँसे होने के कारण नींद उचटी, परन्तु वह शरीर को जैसे-तैसे साध कर फिर नींद में बेखबर हो गया। सर्दी लगने पर घुटने सिकोड़ने में असमर्थ वह स्वयं काठ की ओर खिसक गया।

नींद पूरी हो, कई प्रकार करवटें ले औंघाते रहने के बाद जब दिन का प्रकाश फैल गया और बकरियाँ को खोलकर बाहर निकाल दिया गया, डाक्टर ने विवश हो खाट पर बैठे बूढ़े को हाजत रफा करने की सुविधा के लिये संकेत किया। उसका अभिप्राय समझ बूढ़े ने उसे प्रतीक्षा के लिये इशारा किया। कुछ देर में एक जवान कन्धे पर बन्दूक रख, डाक्टर की कमर में रस्सी बाँध उसे प्राकृतिक आवश्यकता पूरी कराने का अवसर देने के लिगे ले चला।

आँगन में रखे घड़े की ओर संकेत कर डाक्टर ने जल की आवश्यकता प्रकट की। जवान ने संकेत से पूछा—प्यास लगी है? डाक्टर के दूसरा अभिप्राय प्रकट करने पर जवान ने वितृष्णा से उसे आगे चलने के लिये धमका दिया। बिना किसी तर्क के डाक्टर समझ गया, यत्न से सिर पर ढोकर लाये जल को यों बरबाद करने की क्या आवश्यकता? परिस्थिति ने डाक्टर को यह भी समझा दिया कि बन्दूक लिये एक मनुष्य के उसकी ओर आँख लगाये रहने पर भी प्राकृतिक आवश्यकता को पूरी कर लेने में संकोच क्या?

वह समझ गया कमोड, साबुन, तौलिये और चिलमची के बिना भी जीवन चल सकता है। मोटे गद्दों, दूध-सी सफेद चादर, तकिये और मुलायम कम्बलों के बिना भी नींद आ जाती है। मेज, कुर्सी सफेद चादर, स्फटिक के समान स्वच्छ प्लेटों और कांटा-छुरी के बिना भी भोजन पेट में चला जाता है। कैम्प में रहते एक बूँद भी बिना उबला और बिना छाना जल पेट में जाने से या मक्खी-मच्छरों के समीप आ जाने से उसे रोग की आशंका आ घेरती। रोग के कीटाणुओं को मारने वाली दवाइयाँ लाइसोल और कार्बोलिक लोशन उसके लिये अत्यन्त आवश्यक थीं। मन को स्वस्थ रखने के लिये लेवेंडर जरूरी था, परन्तु अब निरन्तर बकरी के पेशाब और सेना के अस्तबल से भी मैले मकान में उसे रोग के छूत की चिन्ता न रही। किसी प्रकार काठ से पाँव छुड़ाने की चिन्ता ही उसके मस्तिष्क को घेरे थीं।

वजीरी लोग लूट में आये माल का लेखा-जोखा करने में व्यस्त थे। कैम्प के अस्पताल से लाये गाये कम्बलों, चादरों, दूसरे कपड़ों और रसद के ढेर अलग-अलग लगे थे। सन्तरियों से छीनी रायफलें और कारतूस एक ओर रखे थे। दूसरी ओर खच्चर बँधे थे। बूढ़े और जवान बड़े चाव से इन राइफलों की जाँच कर रहे थे। कोई उनकी नाल सूर्य की ओर उठा उनकी बनावट को देखता, कोई उनके कल-पुर्जे को। डाक्टर की समझ में न आने वाली पश्तू में खूब कहा-सुनी हो रही थी। प्रश्न था, माल की हिस्सा-बाँट का। वजीरी स्त्रियाँ ओढ़नी से माथा और नाक ढके पानी लाने और दूसरे काम में लगी थीं। उन्हें इस सब व्यापार से कोई सम्बन्ध न था। आठ-दस अधनंगे बच्चे हाथ में थमे रोटी के टुकड़े चबाते इधर-उधर घूम रहे थे। वे खच्चरों पर कंकड़ फेंक तमाशा देखना चाहते। खच्चर बिजुक कर दुलत्ती झाड़ने लगते, इससे वजीरियों की बातचीत में विघ्न पड़ जाता। कभी डाक्टर की ओर आकर्षित होने पर, बच्चे उस पर भी कंकड़ फेंक तमाशा देखना चाहते। डाक्टर अपनी बेबसी में उन्हें पुचकार कर बचने का यत्न करता, परन्तु फल कुछ न होता। बच्चों की शरारत से परेशान हो लाल दाढ़ी वाले एक पठान ने उनके गालों और पीठ पर धौल जमाने शुरू किये। बच्चों के भाग जाने पर डाक्टर को कंकड़ों की मार से तो छुटकारा मिला, पर वह भूख से छटपटा रहा था। सूर्य के मध्याकाश से उतर जाने पर भी बंटवारे में व्यस्त वजीरियों को खाने की चिन्ता न थी।

तीसरा पहर समाप्त होते-होते खूब शोरगुल और चख-चख के बीच सामान के ढेर बँट-बँटा कर उठ गये। खच्चर भी एक-एक कर चले गये। खच्चर अकेले घसीटे जाने पर पाँव पटक और पिछाड़ी झाड़ अकेले ले जाये जाने का विरोध करते। बाद में अकेला रह जाने वाला खच्चर घबराने लगा। उसके भी चले जाने पर रह गया अकेला डाक्टर, अपने साथ से बिछुड़ा हुआ, निस्सहाय अदृश्य भय की आशंका करता हुआ।

लूट के सामान का बँटवारा समाप्त कर वजीरी हुक्का ले डाक्टर के चारों ओर आ बैठे। डाक्टर का हृदय आशंका से मुँह को आने लगा—जाने उसके भाग्य में क्या होने को है?

कुछ देर आपस में परामर्श कर चुकने के बाद गिरोह के प्रतिनिधि के रूप में एक अधेड़ वजीरी ने डाक्टर से प्रश्न किया—

"तुम क्या आदमी है?"

"डाक्टर!" डाक्टर ने उत्तर दिया।

"तुम्हारा घर किधर है? तुम हिन्दू है कि मुसलमान?"

डाक्टर ने बताया उसका घर देहली में है। वह हिन्दू है। सुनने वालों के चेहरे की ओर देख डाक्टर समझ गया कि अधिकांश वजीरी उसकी बात समझ गये।

अधेड़ पठान ने प्रश्न किया—"तुम पैसा वाला आदमी है?" वजीरी लोग डाक्टर के शरीर पर रात में पहनने के रेशमी कपड़ों (नाइट सूट) और उसकी उंगली में सोने की अंगूठी को ध्यान से देख रहे थे। डाक्टर कुछ उत्तर न दे सका। अधेड़ वजीरी ने समझाया, "तुम चीटी लिखेगा अपने आदमी को। हमको तुम्हारा फिदिया मिलने से तुमको बन्नू, कोहाट, डेरा इस्मीलखाँ जहाँ बोलेगा, छोड़ देगा। नहीं हम तुमको गजनी में बेच देगा।"

आत्मरक्षा की प्रवृत्ति ने डाक्टर को सुझाया, उसके शरीर का जितना अधिक मूल्य पा सकने की आशा यह बर्बर लोग करेंगे, उतनी ही रक्षा और चिन्ता उसके शरीर की, की जायेगी। वह सोच ही रहा था कि वजीरी ने फिर प्रश्न किया—"तुम कितना रुपया कमाता?"

"मैं फौज में डाक्टर हूँ।" डाक्टर ने उत्तर दिया, "मेरी तनख्वाह आठ सौ रुपया माहवार है।"

"आठ सौ?" कई वजीरियों ने विस्मय से आँखें फैलाकर दोहराया। समझ न सकने वालों ने प्रश्नात्मक दृष्टि से विस्मय प्रकट करने वालों की ओर देखा। उन्होंने दोनों हाथों की ओर चार-चार उंगलियाँ खड़ी कर अपनी भाषा में दोहराया, "हफ्त सद रुपया मही।"

वजीरी फिर आपस में बहस करने लगे। उत्साह से बातचीत का स्वर ऊँचा हो गया। कुछ देर आपस में बहस कर चुकने के बाद अधेड़ वजीरी ने चार उंगलियाँ दिखाकर कहा—"चार हजार मिलने से चोड़ेगा। तुम्हारा घर में बहुत रुपिया। हम लोग गरीब है। तुम चार हजार रुपिया हमारा आदमी को देने को लिखेगा। रुपिया मिलने से तुमको चोड़ेगा।"

अधीनता के स्वर में डाक्टर ने पूछा—"हम यहाँ से चिट्ठी कैसे भेजेगा?"

वजीरी ने समझाया—"इधर बन्नू, कोहाट, डेरा इस्मीलखाँ, पेशावर में तुम्हारा कोई आदमी है, उसको लिखो!"

निराशा से डाक्टर ने कहा—"इन जगहों में उसका कोई नहीं। उसका घर देहली में है। रुपये के लिये वह वहीं लिख सकता है, बन्नू छावनी में सरकारी दफ्तर को लिखने से तो रुपया मिलेगा नहीं।"

वजीरी फिर आपस में बहस करने लगे। डाक्टर मन में कल्पना करने लगा—उसके जीवन का मूल्य केवल चार हजार! यदि किसी प्रकार राज या उसके भाई तक खबर भर पहुँच सके तो वे चार नहीं चालीस हजार अदा कर उसे छुड़ा लेंगे। सब कुछ कुर्बान करके भी यदि किसी तरह एक बार फाँसी के इस फन्दे से वह छूट सके तो अपनी राज को लेकर वह गरीबी में भी सन्तोष से दिन बिता कृतार्थ हो जायेगा।

डाक्टर ने देखा, शेष वजीरी चुप हो गये। उनमें से केवल एक जानकारी के अधिकार से बोल रहा है। बन्नू और तुत्ती में दो मास रहकर जो शब्द पश्तू के उसने समझे थे और अधिकांश कल्पना की सहायता से वह समझा कि विज्ञ पठान अपने साथियों को समझा रहा है, इस मामले में रुपया मिलना कठिन है। डाक्टर सरकार का अफसर नौकर है। सरकार अपने आदमी की रिहाई के लिये रुपया कभी नहीं देगी। चार हजार नहीं, चार लाख बल्कि चालीस लाख लाख रुपया खर्च कर फौज-फाटा, तोपें और हवाई जहाज ले अपने आदमी के लिये लड़ाई लड़ेगी पर चार हजार क्या चार रुपिया नहीं देगी। अंग्रेज सरकार ऐसी ही बेवकूफ है। बकरे का कान भेड़िया पकड़ लेगा तो कान नहीं काट देगी, बल्कि भेड़िया पकड़ने के लिये गोल के गोल बकरियों के कटा देगी। इस आदमी को गजनी में बेच देने के सिवा चारा नहीं।

किस्मत को ठोकर से और भी दूर किसी अज्ञात स्थान में जा पहुँचने की आशंका से डाक्टर ने गिड़गिड़ाकर अधेड़ वजीरी को समझाया कि उसका पत्र देहली के पते पर डलवा देने से बहुत जल्दी चार हजार रुपया, जहाँ वे चाहेंगे पहुँच जायेगा।

कुछ देर बहस होने के बाद तय पाया कि चार हजार रुपया बहुत होता है। बन्नू के किसी मातबर आदमी से डाक्टर की चिट्ठी देहली भिजवा कर तीन महीने तक रुपया आने की प्रतीक्षा की जाये वर्ना जिस मोल हो, उसे गजनी में बेच रुपया बाँट लिया जाये।

काठ में पाँव फँसे बैठे-बैठे डाक्टर की यह अवस्था हो गई कि छालों से घाव बनने लगे और बैठ पाना असम्भव हो गया। कभी यह दायाँ घुटना मोड़ इस करवट लेटता और कभी बायाँ घुटना मोड़ उस करवट। करवटों से लेटे-लेटे कूल्हे दुखने लगे। नींद और भूख दोनों जाती रहीं। जान पड़ता, ज्वर से शरीर टूटा जा रहा है, चेहरे पर मक्खियाँ भिनभिनाने लगीं।

वह सोचता, जब तक देहली से चार हजार रुपया आयेगा, शरीर घावों से भर जायेगा, उनमें कीड़े पड़ जायेंगे और जीवन-शक्ति नष्ट होकर वह निर्जीव हो जायेगा। कल्पना में वह देखने लगता, काला रंग घोल, अखबार से फाड़े कागज पर लिखे पत्र से उसकी अवस्था जान राज किस प्रकार मूर्च्छित और बदहवास हो उठेगी। आँसू भरे, बाल खोले राज की विक्षिप्त मूर्ति उसकी आँखों के सामने आ खड़ी होती।

वह सोचने लगता—यदि उसके भाग्य से उसका पत्र देहली में भाई साहब और राज के हाथों तक पहुँच न पाये तो उसे यों ही सड़-सड़ कर कीड़ों का भोजन बन जाना पड़ेगा और तब किसी प्रकार उसके मर जाने की खबर राज सुने···। इस कल्पना से उसे राज की विधवा देश में बिलखती मूर्ति दिखाई देने लगती। दारुण कल्पना से बचने के लिये वह कुछ और सोचने का यत्न करता, परन्तु फिर खयाल आने लगता, यदि किसी भी प्रकार का कोई भी समाचार राज तक पहुँचे ही न, तो बेचारी अनन्त प्रतीक्षा में आँखें खोले बैठी रहेगी। उसके नेत्रों की ज्योति मन्द हो जायेगी और केश श्वेत···। शरीर के किसी भाग में

किसी भाग में उठने वाला दर्द उसे कल्पना से वास्तविकता की ओर खींच लाता जो कल्पना से भी भयंकर था।

बूढ़ा जमानगुल अपनी खटिया पर लेटे-लेटे नेचा गुड़गुड़ाते डाक्टर पर पहरा देता रहता। बढ़े हुए दमे के कारण और कोई काम कर सकना उसके लिये सम्भव न था। डाक्टर गिड़गिड़ाकर कुछ समय के लिये काठ से निकाल देने की प्रार्थना करता। जमान खाँसते-खाँसते उत्तर देता—"वल्लटो विल" (भाग जाना चाहता है?) और करवट बदल खाँसने लगता।

दमे के एक भयंकर दौरे में जमान ने डाक्टर से कहा—"कोई इलाज तकलीफ का करो। तुम तो बहुत बड़ा डाक्टर है।" डाक्टर ने विश्वास दिलाया, काठ से छूटने पर वह इलाज कर सकता है।

जमान ने अपने साथियों को समझाया—इस आदमी को यों काठ में फँसाकर बैठा रखने से लाभ क्या? वह पड़ा-पड़ा सड़ रहा है। अगर फिदिया का रुपया न आया तो ऐसी हालत में उसे गजनी के बाजार में बेचने पर कौड़ी मोल वसूल न होगा। कमबख्त को यों बैठाकर खिलाने से फायदा? उससे कुछ काम ही लो। वह खेत में गुड़ाई कर सकता है, बकरी चरा सकता है, पानी ही भरेगा और फिर डाक्टर है। मैं बीमार हूँ, रहीमगुल की बीवी बीमार है, हबीब का लड़का बीमार है। यह इन लोगों का इलाज ही करे।

रहीम और हबीब ने जमान का समर्थन किया, परन्तु लाल दाढ़ी वाले बुड्ढे वजीरी ने शंका की—'अगर भाग गया तो? आखिर दो हाथ-पैर का इन्सान है? एक दफे पेशावर को छावनी से छूटकर लाया घोड़ा जामाहाई से भाग गया था तो सीधा पेशावर जा पहुँचा। यह तो इन्सान है, फिर पढ़ा-लिखा। ताज्जुब नहीं जादू भी जानता हो!"

जमान ने खाँसते-खाँसते समझाया—"जादू जानता तो क्या मुझसे छिपा रहता? मैं रात भर एक आँख से देखा करता हूँ। जादू जानता तो कभी रात में भेड़ या बकरी या दिन में ही चील बन काठ से उड़ारी भर जाता तो कौन पकड़ लेता? यों पड़े-पड़े सड़ जायेगा तो पाँच-छः सौ की रकम पर पानी फिर जायेगा। आदमी है कुछ तो काम आये। जानवर होता तो खाने के ही काम आता। भागेगा कैसे? मैं क्या मर गया हूँ? आधा मील तक तो इस बुढ़ापे में भी निशाना नहीं चूक सकता और फिर काफिर के पाँव आग से ऐसा दाग दूँगा कि बस काम लायक आहिस्ता-आहिस्ता चल सके।"

डाक्टर के पाँव दाग दिये गये। वह काठ से छूट गया। हबीब ने अपने बीमार बेटे को लाकर उसे दिखाया। लड़के को अतिसार का रोग था। उसका पेट टटोल और अनेक प्रश्न कुछ पूछ डाक्टर ने एक कागज पर खूब सोचकर नुस्खा लिख दिया। उसे आशा थी, उसकी दवाई से बीमारों को लाभ होने पर उसकी कदर होने लगेगी और उसे कुछ आराम मिलेगा।

तीन-चार दिन बाद हबीब ने शिकायत की—लड़के को कुछ लाभ नहीं हुआ।

डाक्टर ने पूछा—"दवाई कहाँ दी?"

लड़के की गर्दन से लटकती एक गाँठ दिखा, हबीब ने उत्तर दिया—"यह देखो तुम्हारा तावीज पहना तो दिया।"

डाक्टर ने समझाया—"यह तावीज नहीं। इसमें दवाई का नाम लिखा है। किसी बाजार से शीशी में लाकर लड़के को खिलाओ।"

क्रोध में लड़के के गले का तावीज झटकते हुए हबीब बोला—"तो इस कागज को हम क्या करेगा? तुम दवाई दो।" डाक्टर ने विवशता प्रकट की, "जब सामान यहाँ नहीं तो दवाई कैसे बनाऊँ?"

इससे पहले कबीले की हिकमत (चिकित्सा) लाल दाढ़ी वाला करीमगुल करता था। कबीले भर में वह सबसे दानिशमन्द और पढ़ा-लिखा समझा जाता। अपने इस प्रतिद्वंद्वी की ओर ईर्ष्यापूर्ण कौतूहल से देखकर उसने कहा—"जब दवाई दूसरा बनायेगा तो तुम क्या करोगे? सामान क्या नहीं? सब कुछ तो है। जड़ी-बूटी, मुर्गे का पर, मकड़ी का जाला, सब कुछ है। तुम दवाई बनाओ।"

करीम की बात सुनकर अविश्वास से डाक्टर की ओर देख हबीब अपने लड़के को लौटा ले गया।

रहीमगुल की बीवी को महीनों से खाँसी आती थी। उसे हल्का-हल्का पसीना छूटता, गले में दर्द रहता और बदन टूटता रहता। वह सूख कर काँटा हो गई थी। रहीम ने हाल सुनाकर दवाई माँगी।

डाक्टर ने कहा—"बीमार को अच्छी तरह जाँचे बिना वह दवाई कैसे दे?"

रहीम बीवी को साथ लेते आया था। उसने कहा—"सामने बैठी तो है।"

डाक्टर ने समझाया—"वह बीमार के सीने और फेफड़ों को टटोल कर देखेगा फिर दवाई बतायेगा।"

डाक्टर की बेहूदा बात से लोग नाराज हो गये। अपनी औरत का बदन खोल कर देखे जाने की बात से रहीम की आँखों में खून उतर आया। उसके दिल में आया कि बेईमान का सिर काट ले, परन्तु लोगों के बीच-बचाव कर देने से वह छुरा म्यान से न निकाल सका।

करीम ने अपनी दाढ़ी पकड़कर गम्भीरता से समझाया—"बेसमझ काफिर की बात का बुरा क्या मानना? वह बदनीयत नहीं। यह लोग न शरह जानते हैं न हदीस। इखलाक नहीं होता इन लोगों में। औरत मर्द में पर्दा नहीं होता। बेसमझ है इसलिए ऐसी बात कह गया। यह साला नामर्द, औरत के एक थप्पड़ की मार तो है नहीं। बदनीयती क्या करेगा?"

रहीम के दोस्त ने गुस्से में घूँसा बाँधकर डाक्टर को पीर की गाली देकर कहा—"कहता है, बहुत पढ़ा है? तीन ही तो किताबें हैं, कुरान मजीद, शरह और हदीस। यह पढ़ा नहीं तो हरामजादा हिकमत क्या करेगा?" क्रोध में उसने डाक्टर की ओर देख थूक दिया।

करीम ने विद्वत्तापूर्ण ढंग से समझाना शुरू किया—"काफिर लोग सच्चा इल्म नहीं जानते। वे शैतान का कुफ्र पढ़ते हैं इसलिए खुदाबन्द करीम की इन पर मार है। तभी तो फिरंगी की इतनी बड़ी तोप से वजीरों को चोट नहीं लग सकती। इनकी बन्दूक की गोली हवा में ठंडी हो जाती है। इतनी बड़ी सल्तनत काफिर की है, लेकिन वजीरी का बाल नहीं बाँका कर सकता।"

करीम की बात समझ में आ जाने से वजीरी संतोष से हँस दिये। डाक्टर की जान बच गई। वह भय से काँप रहा था, कहीं उसे फिर से काठ में न जकड़ दिया जाये। उसका वह भय दूर हो गया जब करीम ने अपनी लाल दाढ़ी खुजा कर कहा—"इस साले नामर्द को बैठाकर खिलाने से क्या फायदा? इसे कोड़े लगाकर काम लो। खेतों में भेजा करो, पानी लाये; मक्का दो, पीसा करेगा।"

अपने आचार के प्रति लांछन सुनकर डाक्टर सोचने लगा। आदमी जितना जाहिल रहता है, उतना ही अधिक अभिमान और भरोसा उसे अपने आचार का होता है। स्वयं उसके अपने घर में यूरोप के आचार को अनाचार समझते थे। अब आचार और अनाचार का एक नया ही नक्शा उसके सामने पेश हुआ। जिसमें पूर्व-पश्चिम और उत्तर-दक्षिण की दिशा दूसरी ही थी। तुत्ती में जब वह वर्दी पहन कर निकलता, मैले चीथड़ों में लिपटे पठान उसके लिये राह छोड़ एक ओर हो जाते। यहाँ 'अजवाई' में हर एक आने-जाने वाले को वह मुस्कराकर सलाम करता, सब उससे प्रसन्न रहें। उसके विचित्र पश्तू उच्चारण पर हँसने के लिए छोकरे उसे देखते ही पूछते—"तबिहत खत?" (कैसा हाल है) और वह हँसकर उत्तर देता—"खैरयुस?" (सब ठीक है) पश्तू के शब्द ठीक से बोल पाने पर उसे वैसा ही संतोष होता जैसा बचपन में टूटी-फूटी अंग्रेजी बोल पाने पर होता था। अंग्रेजों की तरह अंग्रेजी बोल पाने और अपने को सभ्य समझने का अभिमान पश्तू ठीक से न बोल पाने की असफलता में डूब गया।

डाक्टर के पैरों के घाव भरने लगते तो जमान उन्हें फिर से दाग देता। उसने सीखी थी घाव ठीक करने की विद्या। यहाँ उसने देखा, घाव बनाने का इल्म। पैरों में चीथड़े लपेट, लंगड़ा-लंगड़ा कर लकड़ी के सहारे चल सकना ही उसके लिए सम्भव था। यह तमाशा देखने के लिए बच्चे प्रायः उसकी लाठी छीन दूर खड़े हो जाते। तब दोनों बाँहें फैला, धीरे-धीरे पैर उठाकर उसका चलना भालू के नाच जैसा मालूम पड़ने लगता। उसकी अवस्था देख बूढ़े जवान भी हँसने लगते। अपनी असहाय अवस्था के प्रति दूसरों को हँसते देखकर भी क्रोध प्रकट करना उसके लिये सम्भव न था।

डाक्टर के हाथ में लाठी लिये और दूसरे हाथ से कंधे पर पानी का घड़ा संभाले, धीमी चाल से चलने पर द्रुतगति से चलती वजीरी स्त्रियाँ और लड़कियाँ कनखियों से हँस देतीं। कुदाल से खेत में काफी जमीन न खोद पाने पर मर्द उसका मजाक उड़ाते। वे कहते स्त्रियों से भी गया बीता यह मर्द किस काम का; जो पानी नहीं ढो सकता, जमीन नहीं खोद सकता, लकड़ी नहीं काट सकता, चढ़ाई-उतराई पर चलता है तो जैसे गाभिन औरत! बन्दूक लेकर वह लड़ेगा क्या? इस आदमी को फिरंगी आठ सौ रुपया महीना देते थे। फिरंगी को रुपया बनाने की मशीन शैतान ने दी है। रुपये के लिए उसे मेहनत नहीं करनी पड़ती। वह कागज का रुपया बना देती है।

डाक्टर के विषय में चर्चा होने पर करीम कहता—"काफिरों के मुल्क में शैतान का राज है। वहाँ दो तरह के आदमी हैं, एक काम करने वाले, दूसरे खाने वाले। मेहनत करने वाले खूब मेहनत करते हैं और कमाकर आराम से रहने वालों को दे देते हैं। सब रुपया आराम करने वाले रखते हैं। मेहनत करने वालों को थोड़ा-थोड़ा खाने को देते हैं कि वह मोटे होकर काम करना बन्द कर दें। यह डाक्टर आराम करने वाला है न? देखो, इसके हाथ-पैर! जैसे खान के घर की बेगम हो। इसने कभी काम थोड़े ही किया

है। इसी से कुछ कर नहीं पाता। यह अफसर था न! सिपाही लड़ते हैं और अच्छा कपड़ा पहन कर सलाम लेते हैं।" डाक्टर इन बातों को लज्जा और विस्मय के विचित्र भाव से सुनता और सोचने लगता—क्या मेरा पत्र राज के पास अभी तक न पहुँचा होगा?

कभी वह वजीरियों को चिन्तित भाव से अंग्रेजी फौज के हमले की बात करते सुनता। वजीरी उपेक्षा से कहते, अंग्रेजी फौज अगर धावा कर भी देगी तो क्या? अपना अनाज गुफाओं में छिपा, जानवरों को हाँक चल देंगे। ऐसा क्या पहले कभी नहीं हुआ? करीमगुल कहता—और कुछ नहीं इस काफिर को चार महीने से खिला-पिला रहे हैं। इसकी कौड़ी वसूल न होगी, यों ही काट कर कुत्तों को डाल देना पड़ेगा।

भय से डाक्टर के रोएँ खड़े हो जाते, परन्तु वह देहली से पत्र आने की प्रतीक्षा के सिवा और कर क्या सकता है? वह तन्मय हो भगवान से प्रार्थना करता, अंग्रेजी फौज उस ओर न आये और भगवान उसकी सुध ले। कभी वह सोचता अंग्रेजी सेना उसके गाँव की ओर नहीं बढ़ रही, यही शायद भगवान की दया है, परन्तु करीम का कहना था—"खुदावंद करीम काफिरों से नाराज है इसलिये फिरंगी उनके गाँव की ओर मुँह नहीं कर सकते।"

डाक्टर सोचता संसार के जिस भाग में भाग्य से वह पहुँच गया है वहाँ भगवान का रूप और उसके नियम शायद दूसरे ही हैं।

पाँच मास समाप्त होते-होते कबीले के एक वजीरी ने बन्नू से लौट समाचार दिया, अंग्रेजी फौंजे लौट गयीं और तुरंगजई के हाजी जिहाद बन्द कर इबादत के लिये गुफा में चले गये हैं। बन्नू से ऊँची मस्जिद के मुल्ला ने देहली जाने वाले एक आदमी के हाथ डाक्टर की चिट्ठी भेज दी थी। उसका कोई उत्तर नहीं आया।

निराशा ने डाक्टर का माथा झुक गया; अब आगे क्या?

•

समय का प्रवाह

चुनाव के झंझट के कारण बद्री बाबू कई दिन से बहुत परेशान थे। पिछले पाँच वर्ष से अपना सब समय लगा कर उन्होंने देहली में कांग्रेस को संगठित किया था। वही कांग्रेस उनके दल के हाथ से निकली जा रही थी। सरकार के खिलाफ लड़ना उतना कठिन न था, जितना भीतरी शत्रुओं से! कांग्रेस का नियंत्रण दूसरे दल के हाथ में चले जाने का अर्थ उनका और उनके दल का प्रभाव जनता पर से हट जाना था। बद्री बाबू की दृष्टि में यह बात अपने दल और कांग्रेस के महान उद्देश्य के लिये घातक थी। पिछले वर्षों में उनका कोई प्रतिद्वंद्वी चुनाव के मैदान में न था। व्यक्तिगत प्रश्न को लेकर उनके सामने खड़े होने की सामर्थ्य किसी में न थी। कौन नहीं जानता कि पिछले पाँच वर्षों में उन्होंने अपने कारोबार को एक ओर छोड़ कर दिन और रात परिश्रम कर, प्रकट और गुप्त उपायों से कांग्रेस को जिन्दा रखने का यत्न किया है। जेल जाने से वे कभी कतराये नहीं। कभी किसी व्यक्तिगत या आर्थिक लाभ की आशा उन्होंने नहीं की।

बद्री बाबू के घर लोहे का पुराना पुश्तैनी कारोबार था। रुपया पैदा करने की ओर यदि वे ध्यान देते तो बहुत कुछ कर सकते थे। पाँच वर्ष पहले चढ़ती जवानी में उनकी स्त्री का देहान्त हो जाने पर बड़े-बड़े घरों से विवाह की बात उठी, परन्तु उन्होंने विवाह न किया। उन्होंने अपना जीवन देश और जनता की सेवा के लिए अर्पण कर दिया था। जनता ऐसे व्यक्ति का विश्वास और आदर कैसे न करती? खद्दर का सफेद कुर्ता और धोती, फिर गाँधी टोपी, पैर में चप्पल पहने गोरे चेहरे पर नम्र मुस्कराहट लिये बद्री बाबू को देहली में कौन नहीं पहचानता था। अपने घर और अपने आपको भूल कर वे शहर भर के अपने हो गये थे। किसी भी बाजार और गली से निकलते समय उनके दोनों हाथ जनता के सम्मान का उत्तर देने के लिये निरंतर उठते रहते।

अपने पारिवारिक और आर्थिक स्थिति के कारण उनकी पहुँच सब कहीं थी। कोई भी संस्था धन के बिना नहीं चल सकती। अपने प्रति विश्वास और प्रतिष्ठा के कारण धन एकत्र करने में उन्हें कभी कठिनाई नहीं हुई। जिस किसी के आगे कांग्रेस और जनता की सेवा के नाम पर उन्होंने झोली फैलाई, इनकार करने की हिम्मत उसे न हुई। कांग्रेस के कार्यकर्ताओं को उन पर भरोसा था कि उनके जेल चले जाने पर बद्री बाबू उनके परिवार को न भूलेंगे।

परन्तु उस वर्ष चुनाव में परेशानी पैदा हो गई। व्यक्तिगत प्रश्न पर नहीं, सिद्धान्त के नाम पर। कपड़ा मिल के मजदूरों की हड़ताल के बाद से निम्न मध्यम वर्ग के कुछ कार्यकर्ता कांग्रेस में मजदूरों और नौकरी पेशा लोगों की शक्ति बढ़ा कर कांग्रेस के कार्यक्रम में आर्थिक पहलू पर जोर देने का यत्न करने लगे थे। किसी भी नई और उग्र

जान पड़ने वाली बात की ओर नौजवानों की प्रवृत्ति स्वाभाविक हो जाती है। इनके साथ मिल गये कुछ विद्यार्थी। जुलूस निकालकर किसान-मजदूर राज और पूंजीवाद के नाश के नारे लगाये जाने लगे। इन लोगों का यत्न था, कांग्रेस के चुनाव में उनके विचार के लोग प्रतिनिधि चुने जाएँ और कांग्रेस स्वराज्य की लड़ाई को समाजवादी विचारधारा के अनुसार लड़े।

इन नौजवानों ने समाजवादी दल कायम कर लिया। कांग्रेस का वामपक्ष बन कर स्वतंत्रता और साम्राज्यवाद के विरोध की लड़ाई को अग्रसर करने के लिये वे उसकी हरावल बन बैठे। जनता की समस्याओं को उठाने के लिये उन्होंने बाजार-मजदूरों और मिल-मजदूरों के संगठन बनाने आरम्भ किये। देहली में इस दल का नेता था शिवनाथ।

सार्वजनिक सेवा के किसी पूर्व इतिहास के बिना ही शिवनाथ देहली के राजनैतिक आकाश में धूमकेतु की भांति चमक उठा था। देश-सेवा और त्याग का प्रमाण-पत्र उसके पास था—बम केस में चार वर्ष जेल की सजा। राजनैतिक अपराध में लाठी की मार खाने और जेल की सजा पाने वालों की संख्या देहली में सैकड़ों-हजारों थी, परन्तु शिवनाथ जेल गया था, जान की बाजी लगा, बम बनाने के अपराध में। उसकी सजा और रिहाई का हाल मोटे-मोटे अक्षरों में सभी अखबारों ने छापा था। उसके साहस और त्याग को जनता कैसे स्वीकार न करती? देहली में उसे कोई भी न जानता था परन्तु १९३२ में बम बनाने के अभियोग में गिरफ्तार होकर उसने अदालत में साहस से बयान दिया था कि बम उसने जनता पर लाठी चार्ज करने और गोली चलाने का बदला लेने के लिये तैयार किया था। उसके इस बयान से जैसे बिजली का बटन दबा देने से उसका नाम सहसा रोशन हो गया। वही शिवनाथ बद्री बाबू के दल का प्रतिद्वंद्वी बन बैठा था। शिवनाथ की सहायता उन्होंने की थी, वही उनके विरुद्ध जा रही थी।

× × ×

शिवनाथ के पिता मुंशी रामचरन ने अपनी आयु के पैंतीस वर्ष डाकखाने की नौकरी में बिताये थे। गरीबी के कारण उम्र पर नौकरी करने के बाद बुढ़ापे में पेंशन पाकर वे और भी गरीब हो गये। उम्र भर की कमाई से वे अपने छोटे से पुश्तैनी मकान को नये सिरे से बनवा पाये थे। मकान के एक भाग में स्वयं रहते। दूसरे को उन्होंने किराये पर चढ़ा दिया। शिवनाथ बी०ए० पास कर चुका था। अच्छी नौकरी न मिल सकने के कारण जैसे-तैसे वकालत की परीक्षा पास करने की धुन में था। पिता को आशा थी, लड़का मेहनती है, इम्तहान पास कर कुछ कर ही लेगा, घर की गरीबी दूर हो जायेगी, लड़की का ब्याह ढंग से हो जायेगा। पिता की चिरपोषित आशा पर पानी फेर कर शिवनाथ बम बनाने के अपराध में जेल चला गया।

१९३१ में कांग्रेस आन्दोलन में उत्साह भरने के लिये बद्री बाबू ने कालेज के विद्यार्थियों को आन्दोलन की ओर आकर्षित करने का यत्न किया। शिवनाथ भी उसमें भाग लेना चाहता था, परन्तु पिता की नाराजगी के भय से उसे प्रदर्शन और जुलूस से दूर रहना पड़ता। स्वराज्य के आन्दोलन और देश सेवा के प्रति प्रबल अनुराग होने पर भी वह बेबस था।

भगवानदास खन्ना शिवनाथ का पुराना मित्र और सहपाठी था। दोनों की आर्थिक अवस्था में बहुत अन्तर होने पर भी आयु और विचारों में समानता थी। दोनों एक साथ आर्य समाज के जुलूसों में भजन गाते थे। एक साथ सेवा समिति के मेम्बर बने थे। दोनों एफ० ए० तक देहली में एक साथ पढ़े थे। इसके बाद खन्ना डाक्टरी पढ़ने लाहौर चला गया। गरमी की छुट्टी में खन्ना के देहली आने पर दोनों की खूब घुटती। राजनैतिक आन्दोलन में भाग न ले सकने पर भी शिवनाथ उस विषय पर खन्ना से बहस करता रहता। उसने बताया, कालेज के कई लड़के आन्दोलन में भाग लेकर गिरफ्तार हो गये हैं। अपनी बेबसी प्रकट कर उसने कहा—वह भी कुछ करना चाहता है, परन्तु घर की अवस्था कुछ करने नहीं देती।

शिवनाथ की यह बात खन्ना पर भी लागू थी। मित्र की बात के समर्थन में उसने कहा—''हाँ····जब यहाँ यह सब कुछ हो रहा है, मैं दूर लाहौर में पड़ा हूँ। मेडिकल कालेज में भरती हो जाना भी एक मुसीबत है। यहाँ कालेज में जाकर ऐसा जान पड़ता है कि पूरा डाक्टर बने बिना और कुछ हो ही नहीं सकता।'' पहले के अनेक प्रसंगों के आधार पर इस अधूरी बातचीत का अर्थ एक दूसरे के लिए स्पष्ट था—एक दबी हुई इच्छा जो परिस्थितियों के कारण सिर नहीं उठा सकती थी।

जुलूस में सम्मिलित होने का इरादा न होने पर भी खन्ना और शिवनाथ हृदय में दबी सहानुभूति के कारण उसे देखने के लिये सड़क के किनारे की पटरी पर खड़े थे। चांदनी चौक में फव्वारे के पास लाठी बन्द और हथियार बन्द पुलिस तैनात थी। दो दिन से संध्या समय कांग्रेस इस स्थान पर कानून तोड़ती थी और सरकार कानून तोड़ने वालों को गिरफ्तार कर लारियों में भर जेल रवाना कर देती थी। गिरफ्तार होने वाले लोग नारे लगाते चले जाते थे। लड़ाई लड़ने वाले दोनों दल अपना-अपना काम कर जाते थे। शहादत और असंतोष का एक वातावरण बन कर रह जाता था। गिरफ्तार होकर नारे लगाते हुए चले जाने वालों के उदाहरण से गिरफ्तारी के लिए तैयार हो जाने वालों की कमी न थी। उद्देश्य के लिये मर मिटने की लगन के बजाय शहादत का सस्तापन उन्हें उत्साहित कर रहा था। यदि यह लड़ाई इसी प्रकार सज्जनता से चलती रहती तो सम्भवतः आधा शहर जेल पहुँच जाता। जनता को अपने नेताओं की बात बहुत सीधी और सरल जान पड़ती थी, पराधीन देश एक बहुत बड़ा जेल है। उस बड़े जेल से एक छोटे जेल में चले जाना कौन बड़ी बात है?

गिरफ्तारियों की संख्या बढ़ा सकने में कांग्रेस की प्रतिष्ठा और विजय थी, परन्तु सरकार के लिये बात दूसरी थी। उस दिन जुलूस को गैरकानूनी करार देने के बाद पुलिस को गिरफ्तारियाँ कर लेने का हुक्म न दिया गया। एक जिम्मेदार अफसर अपनी मोटर में घटनास्थल पर मौजूद थे। जुलूस भंग न होने पर उन्होंने पुलिस को लाठीचार्ज करने की आज्ञा दी। अहिंसा को हथियार मानने वाले लोग लाठियों की चोट खाकर विजय पाने के लिये बैठ गये, परन्तु सभी लोगों का उत्साह एक-सा न था। कुछ लोगों ने भागना शुरू किया, कुछ लोगों ने उत्तेजित होकर पुलिस को गालियाँ देनी आरम्भ कीं। मानसिक हिंसा के इस संकेत के कुछ लोगों ने पुलिस पर ईंटें फेंक कर बदला लेना चाहा। मार खाने के नशे की अपेक्षा मार सकने का नशा तेज होता है। पुलिस पर पड़ने वाले ईंट-पत्थर की संख्या बढ़ी। धर्मयुद्ध शक्तियुद्ध में बदल गया। हथियार बन्द पुलिस को गोली चलाने का हुक्म दे दिया गया।

लाठी, लाठी है और बन्दूक, बन्दूक! एक के साथ चोट का सम्बन्ध है, दूसरे के साथ मृत्यु का। फिर सेना और भीड़ में अन्तर होता है। सेना में प्रत्येक सिपाही कर्तव्य को व्यक्तिगत रूप से निभाता है और मौत का सामना सामूहिक रूप से करता है। भीड़ की मनोवृत्ति उल्टी होती है। वहाँ कर्तव्य का बोझ सम्मिलित रूप से होता है और जान का भय सभी को व्यक्तिगत रूप से। भीड़ को आगे बढ़ने और पीछे लौटने में किसी की आज्ञा की आवश्यकता नहीं होती। व्यक्ति आगे बढ़ता है दूसरों के साहस से और पीछे भागता है, अपनी कायरता के कारण।

गोली चलते ही जुलूस की भीड़ निकली। किसी ने नहीं देखा, कितने मरे, कितने जख्मी हुए। गोली की चोट की अपेक्षा भागने वालों के धक्के से अधिक जख्मी हुए। शिवनाथ भगवानदास का हाथ थामे सड़क किनारे की पटरी पर खड़ा था। भीड़ को भागते देखकर उसके मन में एक उबाल उठा। वह खन्ना का हाथ छोड़कर बजाय भागने के बीच सड़क पर आ गया। खन्ना विस्मय से देखता रहा। पुलिस जुलूस के आगे-आगे झण्डे लेकर चलने वालों को गिरफ्तार करने के लिये दौड़ रही थी। शिवनाथ कुछ देर सड़क पर खड़ा रहा। खन्ना भी अपनी जगह से नहीं भागा।

आधा मिनट सड़क पर खड़ा रह शिवनाथ लाल आँखें और गम्भीर चेहरा लिये लौट आया। बिना कुछ कहे खन्ना का हाथ थामे वह लाल किले की ओर चल दिया। दोनों चुपचाप चले जा रहे थे—फैज बाजार, देहली दरवाजे, कोटला-फिरोजशाह होते हुए वे दोनों कौरवों-पाण्डवों के किले के विशाल सूने आँगन में आकर बैठ गये। खन्ना अनुभव कर रहा था, शिवनाथ गरम तन्दूर की भाँति सन्ना रहा है। स्वयं कुछ कह सकना उसके लिये भी सम्भव न था। बहुत देर चुप रहने के बाद शिवनाथ ने अपने विचारों की शृंखला से छुट्टी पाने के लिये कहा—"इससे क्या फायदा!"

खन्ना ने समझा और हुँकारा भर उसका समर्थन कर दिया।

कुछ देर और चुप रहकर शिवनाथ ने पूछा—"फिर?"

उसकी ओर देखकर खन्ना ने पूर्ण स्वीकृति के भाव से उत्तर दिया—"तुम बताओ?"

दोनों की आँखें चार हुईं। शिवनाथ ने कहा—"तुम तो लाहौर जाओगे?"

बाँहें सीने पर बाँधते हुए खन्ना ने उत्तर दिया—"न जाऊँगा, उसमें क्या है?"

लौटते समय शिवनाथ ने कहा—"दो एक आदमियों को तो मैं जानता हूँ। मिलकर तुम्हें बताऊँगा।"

खन्ना ने हामी भरी, वह भी तैयार था।

गरमियों की छुट्टी के दिन थे। शिवनाथ दिन भर इसी धुन में घूमता-फिरता। संध्या समय खन्ना के मकान की छत पर बैठकर दोनों सलाह करते। खन्ना ने रुपया दिया। पुलिस के संदेह से बचने के लिये देहली से ग्यारह मील दूर, एक साथी ने गाजियाबाद में छोटा-सा मकान ले लिया। बम बनाने का कारखाना खुल गया। दो पिस्तौलें, दो एक छुरे चोरी-चोरी खरीदे गये। शिवनाथ ने अपनी गरीबी दूर करने के लिये वकील बनने की कल्पना की थी। कालेज में उसने साहित्य और इतिहास पढ़कर वकालत की तैयारी की थी। बम फेंकने का साहस बटोर लेने पर भी बम बना सकने की विद्या वह न जानता

था। खन्ना ने डाक्टर बनने की तैयारी में रसायन पढ़ी थी। पुस्तकें पढ़कर विस्फोटक तैयार करने का नुस्खा मालूम करने की जिम्मेदारी उसने ली। उस छोटे से कच्चे मकान में सशस्त्र क्रांति की तैयारी होने लगी।

कई दिन मेहनत करके खन्ना ने एक बम तैयार कर लिया। निश्चय हुआ कि किसी बड़े सरकारी अफसर की हत्या कर जनता पर लाठी और गोली चलाने से सरकार को डराया जाये। शिवनाथ सबसे पहले अपना बलिदान करने के लिये तैयार हुआ। पुलिस के संदेह से बचने के लिये वह बम को एक छोटी हाण्डी में रखकर साइकिल पर देहली ला रहा था।

चुंगी के सिपाही ने टोककर कहा—"क्या है?"

"घी है, सेर भर।" शिवलाल ने उत्तर दिया।

"दो पैसे।" सिपाही ने चुंगी माँगी।

दुर्भाग्य से समीप ही इन्सपेक्टर खड़ा था। "हाण्डी देखो" उसने आज्ञा दी।

"देखने को उसमें क्या है।" जेब से दो पैसे निकालते हुए शिवनाथ ने कहा।

"क्यों? घी की जगह अफीम भी हो सकती है?" इन्सपेक्टर ने उसकी ओर घूरकर उत्तर दिया। आशंका देखकर कुछ उत्तर दिये बिना शिवनाथ साइकिल पर भाग चला।

चुंगी वालों ने शोर मचाया—"पकड़ो-पकड़ो!"

कुछ लोग शिवनाथ के पीछे भागे। सामने से आने वालों ने राह रोक ली। शिवनाथ ने साइकिल छोड़कर भागने का यत्न किया परन्तु पकड़ा गया। हाण्डी में से निकली लोहे की अजीब-सी वस्तु। संदेह में उसे पुलिस चौकी पहुँचाया गया। वहाँ पता लगा, वह बम था।

पुलिस ने कहा—"खूब! जाल लगाया था सियार पकड़ने को आ फँसा बाघ!"

आधी रात तक शिवनाथ का पता न लगने पर खन्ना रात में चुपचाप सो गया। सुबह अखबार वाले की पुकार सुनकर उसके पैरों तले की धरती निकल गई···'हाण्डी में बम! बम-केस का असामी गिरफ्तार!' नीचे विवरण था—कूचा बिल्लीमारां का शिवनाथ माथुर बम लिये भागने की कोशिश में गिरफ्तार हो गया। पुलिस षड्यन्त्र की खोज कर रही है।

भगवानदास खन्ना परेशान था, वह क्या करे? उसे अनुभव हुआ, पुलिस का पंजा उसकी भी गर्दन दबोच रहा है। बिना कुछ किये ही जेल, कालापानी शायद फाँसी! शिवनाथ के घर की तलाशी हो गई थी। उसकी भी बारी आयेगी। वह आगरे अपने मामा के यहाँ चला गया।

प्रतिदिन वह सुबह ही अखबार पढ़ता, परन्तु शिवनाथ की खबर के अतिरिक्त और कोई समाचार न मिलता। जो साइकिल शिवनाथ के साथ पकड़ी गई थी, उससे भी कोई भेद खुल न सका। साइकिल खन्ना की ही थी, परन्तु उसका नम्बर पहले ही रगड़ दिया गया था। जब पन्द्रह दिन तक भय का कोई कारण न मालूम हुआ तो खन्ना मित्र की कुछ सहायता कर सकने के विचार से देहली लौट आया।

देहली लौट कर खन्ना ने सुना—बम बनाने और हत्या के षड्यन्त्र के अभियोग में पुलिस ने शिवनाथ का चालान किया है। उसके लिये पन्द्रह दिन की मोहलत तहकीकात

के लिये अदालत ने पुलिस को दे दी थी। शिवनाथ से उसके साथियों के नाम कबूलवाने के लिये सब तरह की कोशिश की गई, परन्तु वह न बोला। अब उस पर केवल विस्फोटक पदार्थ रखने का मुकद्दमा चलाया जा रहा था।

सत्याग्रही अभियुक्तों का जैसा सम्मान और खातिर होती थी, उससे ठीक विपरीत शिवनाथ के साथ हो रहा था। उसके सहानुभूति प्रकट करने का अर्थ था, अपने प्रति पुलिस के दिमाग में संदेह पैदा करना। उसके बूढ़े पिता विशेष कुछ कर न सकते थे। उनके अतिरिक्त शिवनाथ के घर में थे, बुढ़िया माँ और उससे तीन वर्ष छोटी एक अविवाहित बहिन, जो सयानी होकर और भी असहाय और निर्बल थी।

भगवानदास खन्ना बद्री बाबू के पास गया। बद्री बाबू को शिवनाथ से सहानुभूति थी। एक वकील उनके कहने से बिना फीस, केवल सुयश पाने की आशा में शिवनाथ की पैरवी के लिए राजी हो गये। खन्ना शिवनाथ की बहिन यमुना से भी मिला और यथासम्भव सहायता देने का आश्वासन दिया। गरमी की छुट्टी समाप्त होने पर वह अपने लिये देहली में कोई काम न देखकर लाहौर मेडिकल कालेज में पढ़ाई जारी रखने के लिये लौट गया।

× × ×

सन् १९३२ में जेल सत्याग्रही कैदियों से भरे थे। जेल में अनेक कष्ट होने पर भी इन कैदियों को संगति का सुयोग था। यह कैदी जेल के कष्टों को मेले-ठेले के योग में तीर्थस्थल की यात्रा की भाँति सह रहे थे। अपने प्रयत्नों की सफलता-विफलता और परिणाम की उन्हें चिन्ता न थी। आन्दोलन में भाग लेकर उन्होंने अपना कर्तव्य पूरा कर दिया था और अब जेल भुगत कर भी कर्तव्य पूरा कर रहे थे। सफलता-विफलता की जिम्मेदारी उनके नेताओं पर थी। जहाँ तक सम्भव होता, वे लोग जेल जीवन को जेल की दाल-रोटी सुधारने के आन्दोलन, झण्डा अभिवादन गाने, तसला बजा कर शहादत के गीत अलापने, मालिश, दण्ड-बैठक और हँसी-खेल में गुजार रहे थे।

शिवनाथ के लिये जेल में ऐसी बेफिक्री सम्भव न थी। बम-केस का खतरनाक कैदी होने के कारण उसे, दूसरे कैदियों से दूर, तनहाई की कोठरी में बन्द रहना पड़ता था। मूँज की तीन सौ गज रस्सी बटते समय अपने बिस्तर के मूँज-पट्टे और कम्बल से खटमल बीनते समय, निरन्तर सोचते रहने के सिवा कोई उपाय न था। जब वह जेल की धारीदार कुर्ती और घुटनों तक जाँघिया पहने अपनी कोठरी के बीचोबीच, पाँवपोश जैसे खुरदुरे मूँज के फट्ठे पर वैसा खुरदुरा कम्बल बिछा, सिर के नीचे तकिये के लिये तसला रखकर, दोनों बाँहों को सीने पर बाँधे कोठरी की छत की ओर टकटकी लगाये आराम के लिये लेटा रहता, तब भी उसका मन और दिमाग अनेक समस्याओं को सुलझाने के यत्न में दुनिया भर चक्कर लगाता रहता। वह सोचने लगता कि वह जेल में बन्द हो गया तो क्या, उसके कई साथी बाहर हैं वे साथी सैकड़ों दूसरे साथी बना सकते हैं। उसके जीवन का बलिदान तो प्रायः निष्प्रयोजन ही हो गया, परन्तु दूसरे सैकड़ों साहसी युवक अपने जीवन की बाजी लगाकर जनता में साहस और आजादी की लगन पैदा कर सकेंगे। उसे सन्तोष था कि उसके साथी बाहर सुरक्षित हैं और वे कुछ न कुछ करेंगे।

अपने बूढ़े पिता, रोग से अपाहिज माँ और अविवाहित सयानी बहिन का भी खयाल उसे आता। उस खयाल को वह मन से दूर कर देने का यत्न करता। उस विषय में जो कुछ होना था, हो चुका था। वह अपने परिवार के लिये मर चुका था। उनके लिये वह कुछ कर नहीं सकता था तो उस विषय में सोचना व्यर्थ था। उसका जीवन देश और जनता के लिये अर्पण हो चुका था।···चार वर्ष बाद वह जेल से छूटेगा भी तो घर के काम का न रहकर, उसे देश का ही काम करना होगा। उसे चिन्ता थी कि उसके साथी क्या कर रहे हैं? यह जानकर कि खन्ना अपनी पढ़ाई पूरी करने लाहौर लौट गया है, उसे खिन्नता होने लगी। अपने सम्बन्धियों को खन्ना के सांत्वना और सहायता देने से उसे कुछ भी सन्तोष न हुआ। वह सोचता कि हमारी मित्रता का कर्तव्य व्यक्तिगत नहीं, उद्देश्य के प्रति है।

शिवनाथ ने कई मास इसी प्रकार कल्पना-विकल्पना में बिता दिये। गरमी में तवे की तरह तपने वाली उसकी कोठरी जाड़े में खूब ठंडी हो गई। रात में कड़ी सर्दी जेल के बने दो कम्बलों में से उसके शरीर को छेदने लगती। वह सोंठ की गाँठ की तरह सिकुड़ता जाता। उस समय नींद न आने पर मन सोचे बिना न रहता कि इससे तो कहीं अच्छा होता वह किसी को मारकर फाँसी पा जाता या चुंगी पर पकड़े जाते समय, अपना बम फेंक दूसरों के साथ स्वयं भी मर जाता। फिर वह मन को धीरज देता कि यही तो कुर्बानी है और तब सोचने लगता कि कुर्बानी क्या है?···इन देश में करोड़ों आदमी कैदी न होकर भी सर्दी में इसी प्रकार सिकुड़ रहे होंगे।

शिवनाथ फिर अपने दल की बात सोचने लगता। वह अकेला जो कष्ट सह रहा है सो कुछ भी नहीं। उद्देश्य के लिये उस जैसे हजारों, लाखों व्यक्तियों की कुर्बानी की आवश्यकता होगी। कुर्बानी का ध्यान आते ही वह सोचने लगता कि क्या अकेला वही कुर्बानी कर रहा है? कोठरी के बाहर पहरा देने वाले जमादार के जूते की आहट सुनकर वह सोचता कि यह जमादार तो उससे भी अधिक सर्दी खा रहा है। नींद आने पर भी वह सो नहीं सकता। उसका भी एक कर्तव्य है। इस जमादार जैसे हजारों जमादार, लाखों सिपाही और दूसरे लाखों नौकर उसके साथ हैं। इन लोगों का कर्तव्य है, ब्रिटिश सरकार की शक्ति को इस देश में कायम रखना। क्या केवल वह और उसके दल के लोग ही कर्तव्य पर कुर्बान होना जानते हैं? इस देश में पाँच रुपये माहवार से लेकर पाँच हजार रुपये महावार तक पाने वाले ब्रिटिश सरकार के नौकर, जिनका जीवन इस सरकार से बँधा है, जो इस सरकार को अपनी ही सरकार समझते हैं, क्या कर्तव्य और कुर्बानी की बात नहीं जानते? दूसरों की बात जाने दीजिये, यदि वह अपने देश के लिये अपना कर्तव्य समझ साहस से जान दे सकता है तो क्या संसार भर में अपना साम्राज्य कायम करने वाले अंग्रेज कुछ राजनैतिक हत्याओं से डर कर भारत पर अपना अधिकार छोड़ देंगे? लाखों अंग्रेज भी तो अपना कर्तव्य समझ कर अपने साम्राज्य के लिये साहस से ज़ान देने के लिये तैयार हो सकते हैं···।

शिवनाथ को प्रति तीसरे मास बीस मिनट के लिये घर के लोगों से मिलने की आज्ञा मिलती थी। घर की चिन्ता मन से हटा देने का प्रयत्न करते रहने पर भी पिता, माँ और बहिन से मुलाकात करने का दिन आने से पहले उसके कुछ दिन विशेष उत्सुकता और चिन्ता में कटते। बीस मिनट का समय माँ और पिता को आँसू सम्भालने में ही बीत

जाता। कुछ बात कर सकने से पहले ही उन्हें एक-दूसरे से दूर कर दिया जाता। इतने समय में जो कुछ वह अपने पिता या बहिन से सुन पाता, उससे उसका मन और दुखी हो जाता। घर की अवस्था दिन पर दिन बिगड़ती ही जा रही थी। आमदनी का एकमात्र उपाय, उसके घर के किराये पर दिये भाग से मिलने वाला पैसा भी अब न आता था। किरायेदार पुलिस की नाराजगी की आशंका से मकान छोड़ गये थे। ऐसी अवस्था में सयानी कन्या के विवाह की चिन्ता माँ-बाप को खाये जा रही थी।

यमुना भाई के जेल जाने से पहले नवीं श्रेणी में पढ़ रही थी। पिता ने उसके सयानी हो जाने पर, समाज निन्दा के भय से उसे स्कूल जाने से रोक दिया था। शिवनाथ ने बहिन को पिता की सहायता के लिये किसी स्कूल में पढ़ाने की नौकरी कर लेने और आगे बढ़ते जाने की सलाह दी। यमुना के लिये जिन्दा शहीद भाई का वचन कर्तव्य था। असहाय पिता के पास चुप रह जाने के सिवा चारा न था। लड़की की कमाई खाने की लज्जा से उनका मन ग्लानि से भर गया, परन्तु विकट परिस्थिति में चुप रह गये। लड़की का विवाह करते तो कैसे? दहेज के बिना योग्य वर मिलता कहाँ?

शिवनाथ अधिकांश समय कोठरी में अकेले बंद रहने के कारण पर छा जाने वाली शिथिलता को दूर करने के लिये अपनी पाँच हाथ लम्बी कोठरी में ही चहलकदमी करने लगता। वह स्वयं अपने आपसे तर्क करता रहता। कुर्बानी और कर्तव्य केवल दिमाग का खयाल और विश्वास है, असल चीज है शक्ति। मौजूदा जमाने में शक्ति एक या सौ-पचास आदमियों के बस की बात नहीं। वह लाखों बल्कि देश भर की जनता के संगठन या एक मत से ही पैदा हो सकती है। ऐसी शक्ति संगठित कैसे हो? क्या देश की जनता को स्वतंत्रता की आवश्यकता नहीं? क्या वे अपनी अवस्था सुधारना नहीं चाहते? यह कैसे हो सकता है कि अपनी भलाई के लिये आदमी क्या कुछ करने को तैयार न हो जाये?

सोचते-सोचते वह परिणाम पर पहुँचता कि देश की जनता अपने जीवन की समस्या का देश की आजादी से कोई सम्बन्ध नहीं समझती। प्रत्येक व्यक्ति अपना हित दूसरों के विरोध से समझता है। उनके विचार में पेट की समस्या या व्यक्तिगत जीवन एक वस्तु है, राष्ट्रीय जीवन दूसरी। राष्ट्रीयता की समस्या को पेट की ही समस्या बनाना जरूरी है, तभी वह जनता की समस्या हो सकेगी। अपने पेट के प्रश्न पर जनता कैसे एक मत होकर संगठित न होगी? मज़दूर और लगान के प्रश्न पर किसान कैसे एक मत हो जाते हैं? वास्तव में सभी मज़दूरों और किसानों की सभी अधपेटे और साधनहीनों की समस्या एक ही तो है।

शिवनाथ के तर्क की इस धारा पर नई पढ़ी पुस्तकों का भी गहरा प्रभाव पड़ा। उसका मित्र भगवानदास खन्ना अपनी डाक्टरी की पढ़ाई में व्यस्त होकर प्रकट रूप से अलग था, परन्तु अपने चारों ओर घटने वाली घटनाओं और समस्याओं की ओर एक बार आकर्षित हो चुकने पर वह उनसे बेखबर कैसे रह सकता था। जेल में बन्द अपने मित्र के मनबहलाव के लिये पुस्तकें भेजने का ध्यान उसे सदा बना रहता। वह नई-नई पुस्तकों की खोज में रहता। उन्हें स्वयं पढ़ कर देहली जाने पर शिवनाथ के लिये यमुना को दे आता।

:

चार वर्ष जेल की सजा काट कर शिवनाथ रिहा हुआ तो छः मास पूर्व उसके पिता का देहान्त, लम्बी बीमारी के कारण हो चुका था। आँसू बहाती हुई यमुना वह समाचार जेल में ही भाई को सुना आई थी। शिवनाथ के जेल लौटने पर यमुना ही बीस रुपये माहवार की नौकरी कन्या पाठशाला में करके अपना और माँ का पेट पाल रही थी। यमुना से उसने सुना कि भगवानदास खन्ना का विवाह हो गया है। डाक्टरी की परीक्षा विशेष सफलता से पास कर उसे सेना में नौकरी भी मिल गयी है।

देशभक्ति के लिये जेल काटने के कारण शिवनाथ के परिचित और कांग्रेसजन उसे आदर की दृष्टि से देखते थे। सब जगह उसका सम्मान होता था। उस सम्मान के नीचे उसके हृदय में अपने निर्वाह का उपाय खोजने की और जेल में सोचे अपने राजनैतिक कार्यक्रम को काम में लाने की भयंकर चिन्ता छिपी थी। वह नौकरी करने के लिये भी तैयार था, परन्तु नौकरी के साथ राजनैतिक कार्य के लिए समय कहाँ मिलता? इस संकट में बद्री बाबू ने उसकी सहायता की। उन्होंने अपने प्रभाव से और शिवनाथ के देशभक्ति के नाम पर अपील कर, उसे कुछ ही समय में बीमे की एजेंसी दिला दी और अनेक ग्राहक भी बटोर दिये। निर्वाह की सुविधा हो जाने पर शिवनाथ जी-जान से कांग्रेस आन्दोलन में काम करने लगा। बद्री बाबू ने देखा कि अपने विचारों के कारण शिवनाथ उसका सहायक न बन, प्रतिद्वन्द्वी बन बैठा है।

कांग्रेस के दक्षिण और वामपक्ष के प्रतिनिधि बद्री बाबू और शिवनाथ एक-दूसरे से परे हटने लगे। शहर में पल्लेदारों की हड़ताल के मामले पर यह मतभेद मन-मुटाव ही बन गया। दोनों का आपस में मिलना-जुलना बन्द हो गया। कांग्रेस के दफ्तर में अपना काम सुविधा से न कर सकने के कारण शिवनाथ ने अपने साथियों के साथ मिल कर समाजवादी दल के लिये अलग दफ्तर बना लिया।

भाग्य से उस अवसर पर लेफ्टिनेण्ट डाक्टर भगवानदास खन्ना, किर्की छावनी से बदली होकर उत्तर-पश्चिम सीमान्त की छावनी में जाने से पहले अपनी पत्नी राज खन्ना को देहली छोड़ने आया हुआ था। पिछले वर्षों से बद्री बाबू की डाक्टर खन्ना से पर्याप्त घनिष्ठता हो चुकी थी। डाक्टर ने शिवनाथ को भी उसकी भाभी से मिलने के लिये बुलाया था। कांग्रेस को अपनी फूट से बचाने के लिये डाक्टर खन्ना की उपस्थिति में एक समझौता-सा दोनों में हो गया परन्तु कार्यरूप में परिणत होने का समय आने पर वह निभ न सका। दोनों को ही शिकायत थी कि दूसरा दल अपनी बात से फिर गया। डाक्टर के सीमान्त पर चले जाने के बाद प्रायः दोनों ही जब-तब राज भाभी के यहाँ आते-जाते रहते, परन्तु एक-दूसरे को टालकर।

× × ×

उधर लगभग पाँच मास तक सीमान्त की छावनी से डाक्टर का कोई भी पत्र नहीं आया था। वहाँ सभी भयों और आपदाओं की आशंका थी। राज ने तार दिये; फिर जवाबी तार दिये पर कोई भी समाचार न मिलने के कारण डाक्टर के घर में दारुण चिन्ता छा गयी। राज का बुरा हाल था। उसका खाना-पीना और नींद सब कुछ गायब हो गया। केवल एक ही बात उसके ध्यान में थी—कोई समाचार आये। मन में वह जाने क्या-क्या दुष्कल्पना करती, परन्तु ओठ उसके बन्द थे। उसका चेहरा दीर्घ रोगी की भाँति पीला पड़ कर सूख गया।

बद्री बाबू के हृदय में राज के लिये सहानुभूति और करुणा उमड़ पड़ती। वे दूसरे काम में हानि सह कर भी रोज या दूसरे दिन राज की खबर लेने आते। सान्त्वना देकर दुश्चिन्ता दूर करने का यत्न करते। शिवनाथ के लिये, खन्ना के प्रति बचपन से चली आई आत्मीयता के विचार से राज के अवसाद में समीप न आना, स्वयं दुख का कारण और अकृतज्ञता थी। वह भी वहाँ जाता, परन्तु बद्री बाबू की भाँति समीपी न बन सका। राज और अपनी सामाजिक स्थिति का अन्तर उसके ध्यान से दूर न हो पाता। वह अनुभव करता कि राज पति के अन्तरंग मित्र के नाते उसके प्रति सदव्यवहार करती है। बद्री बाबू का उस घर में बिरादरी और सवर्गी के नाते अपना स्थान है।

डाक्टर खन्ना की खोज-खबर के बारे में सब ओर से निराश होकर बद्री बाबू ने एक तार पश्चिमोत्तर-सीमान्त के केन्द्रीय सैनिक-दफ्तर को देने की सलाह राज को दी थी। सप्ताह भर उस तार का भी कोई उत्तर न आया। उसके बाद कुछ समय तक बद्री बाबू चुनाव के झंझट के कारण राज के यहाँ खबर लेने न जा सके। पर्ची पड़ने के समय उनका पोलिंग पर रहना ज़रूरी था। यों दूसरे विश्वासपात्र साथी भी थे, परन्तु बद्री बाबू की बात दूसरी थी। उनकी आँखों का लिहाज वह असर रखता था जो दूसरों की महीनों के मेहनत न होता।

दिन का तीसरा पहर आ गया पर पर्ची का काम समाप्त न हुआ था। हरदयाल कटरा नील से साइकिल पर आया। बद्री बाबू के समीप आकर उसने दबे स्वर में डाक्टर की मृत्यु का समाचार आने की सूचना दी। अब पोलिंग पर ठहरना बद्री बाबू के लिये किसी भी प्रकार सम्भव न रहा। वे जमील हुसैन और गुरुप्रसाद को होशियार रहने की ताकीद कर कटरा नील चले गये। पोलिंग से चलते समय शिवनाथ से उनकी आँखें चार हुईं। विचार आया कि उसे भी समाचार दे दे, परन्तु मन की खिन्नता के कारण कुछ भी कहे बिना चले गये।

गली के शुरू से ही स्त्रियों के विलाप और क्रन्दन का स्वर सुनाई दे रहा था। बिरादरी के लोग जमा हो रहे थे। बद्री बाबू के भिजवाये तार के उत्तर में सेना के केन्द्रीय दफ्तर से सूचना आई थी—'तुत्ती कैम्प अस्पताल पर वजीरियों द्वारा रात के समय मारे गये छापे में लेफ्टिनेण्ट डाक्टर भगवानदास खन्ना खेत रहे। क़ायदे के अनुसार बद्री बाबू के लिये पहले डाक्टर के भाई लाला ईश्वरदास खन्ना के समीप बैठकर शोक प्रकट करना आवश्यक था। उसका मन राज भाभी की अवस्था जानने के लिये व्याकुल हो रहा था। पति का कोई समाचार न मिलने का दुःख और आशंका से ही जो रोगी और अधमरी हो रही थी, पति की मृत्यु के समाचार से उसका क्या हाल हुआ होगा?

शोक प्रकट करने आये अनेक लोगों के बीच लाला ईश्वरदास आँखों में आँसू भरे सिर लटकाये बैठे थे। बद्री बाबू ने डाक्टर की मृत्यु से उसके परिवार और मित्रों की, कभी न पूरी हो सकने वाली हानि का वर्णन किया। उसी बात को अनेक लोगों ने अपने शब्दों में दोहराया। लाला ईश्वरदास ने पिता की मृत्यु के बाद छोटे भाई की जिस प्रकार चिन्ता की थी, उसकी प्रशंसा सबने की। फिर डाक्टर के बचपन से ही होनहार होने और उसकी उन्नति की सम्भावनाओं की चर्चा हुई। लाला ईश्वरदास के दुःख को अपना दुःख बताकर प्रत्येक व्यक्ति उनके दुःख का भाग बँटाकर उस दुःख को सह्य बनाने का यत्न कर रहा था। इस कर्तव्य को पूरा करते समय बद्री बाबू का मन प्रतिक्षण ऊपर

जाकर राज को असह्य अवस्था में सांत्वना दे पाने के लिये व्याकुल हो रहा था। सोच रहे थे राज विलाप और क्रन्दन करती हुई स्त्रियों से घिरी होगी; वे उसके समीप कैसे जा पायेंगे?

ऊपर जाने पर बद्री बाबू को मालूम हुआ कि राज भाभी अलग कमरे में बेहोश पड़ी हैं। महादुःख के आघात से स्वयं अपने आपको ही संभाल सकने में असमर्थ बुआ और जेठानी के लिये राज की उचित चिन्ता करना असम्भव हो रहा था। बद्री बाबू ने देखा कि राज एक पलंग पर पड़ी थी। उसके सूखे, पीले चेहरे पर विचित्र कालिमा-सी छा गई थी। उनके देखते-देखते राज ने दोनों हाथों की मुट्ठी बाँध कर, पाँव पटक कर करवट ली, जैसे उसके भीतर आँतें ऐंठ रही हों।

बद्री बाबू के मन में सन्देह की बिजली कौंध गई। डाक्टर की कोई खबर न मिलने के कारण राज के चेहरे पर छा जाने वाली दुस्साहस भरी गम्भीरता देख कर ही वे अनुमान करते थे कि यह किसी भयंकर विपत्ति का सामना करने के लिये अपने आपको तैयार कर रही है।····वह तैयारी क्या थी।

बद्री बाबू ने आँसू पोंछती हुई घर की नौकरानी से पूछा—"डाक्टर को बुलाने कोई गया है?"

उत्तर मिला—मुनीमजी गये थे। डाक्टर अभी आया नहीं। बद्री बाबू झपटते हुए बाहर चले गये।

बद्री बाबू अपने निजी मित्र डाक्टर टण्डन को लेकर तुरन्त लौट आये। उनकी आशंका के आधार पर डाक्टर टण्डन आवश्यक औषधि और उपचार का सामान साथ लेते आये थे। बद्री बाबू का सन्देह ठीक ही था। राज ने अफ़ीम खा ली थी। डाक्टर ने दवाई देकर उल्टी कराई और फिर रबड़ की नली में मेदे में जल पहुँचा उसे कई बार धोया। दो घण्टे के निरन्तर प्रयत्न से राज की हालत कुछ ठीक हो पाई, परन्तु भय दूर न हुआ।

समाचार पाकर शिवनाथ भी आया। राज की आँखें मुँदी हुई थीं। कुछ क्षण के लिए आँखें खुलने पर भी न वह किसी को पहचान सकती थी न कोई शब्द ही उसके मुख से निकल पाता। उसे खूब जोर से ज्वर चढ़ आया था। बद्री बाबू डाक्टर की हिदायत के अनुसार लगातार उसके माथे पर बरफ़ रख रहे थे। शिवनाथ भीगे तौलिये से उसके पैरों को पोंछता रहा। यमुना भी आई थी। तीनों रात भर राज की पटिया से चिपके रहे।

शोक का आघात एक चीज़ होती है; उसका अनुष्ठान दूसरी। शोक का आघात वैयक्तिक अनुभूति की वस्तु है, उसका अनुष्ठान समाज के प्रति कर्तव्य। खास अवस्थाओं में शोक कम होना, सामाजिक अपराध हो जाता है और उसका अधिक होना व्यक्ति की निष्ठा और सदाचार का प्रमाण। मृत पति के प्रति राज की भक्ति और अनुराग का अनुमान उसके विलाप से न लगाया जा सका। पति के अनुराग में आत्महत्या कर, सती हो जाने के प्रयत्न का अपराध, बड़े घर की बहू होने और निजी डाक्टर द्वारा उपचार होने के कारण यद्यपि पुलिस और क़ानून के अड़ंगों से बचा रहा, परन्तु दबी ज़बान से उसकी चर्चा सभी जगह फैल गई। सतीत्व की महिमा के प्रभाव से शोक के सामाजिक अनुष्ठान में राज के उचित योग न देने की निन्दा कुछ दिन दबी रही, परन्तु फिर वह पीठ पीछे

दबी जबान में उठने भी लगी। राज को किसी भी बात की कुछ चिन्ता न थी। उसके लिये संसार समाप्त हो चुका था। उसके श्वास की गति अलबत्ता नहीं रुकी थी, परन्तु वह मर चुकी थी। उसे दुनिया से मतलब न था।

घर के जवान और होनहार लड़के की मृत्यु का दुःख ही परिवार के लिए काफ़ी था। उस पर सदा के लिये खाट पर पड़ गई विधवा बहू की तीमारदारी के झंझट में किसे उत्साह होता। नये ढंग की पढ़ी-लिखी बहू के घर आने से बुआ और जेठानी ने परेशानी अनुभव की थी, परन्तु डाक्टर के ऊँची नौकरी पा जाने के उत्साह में वह भुला दी गई थी। घर में बहू के आने पर लक्ष्मी के चरण पड़ने के कारण वह लाला ईश्वरदास की दृष्टि में सुलक्षणा लक्ष्मी और लाड़ली बन गई थी। सास के आसन की अधिकारी बुआ और जेठानी उसे कुछ न कह सकती थीं, परन्तु कुलक्षणा विधवा बन जाने पर वही बहू बोझ बन गई।

अपनी स्थिति में आ गये परिवर्तन को समझकर राज बेबस और चुप थी। निस्सीम निराशा की उस बेबसी में किसी प्रकार की सहायता की चाह भी उसके मन में शेष न रही थी। वह क्या सहायता चाहती? वह चाहती थी मर जाना। उसके लिए उसने यत्न किया था। उसकी भलाई चाहने वालों ने उसकी सहायता कर उसे मरने न दिया। राज निराश और निश्चेष्ट होकर समय की दया पर पड़ गई। समय ही उसे समाप्त कर उसकी सहायता कर सकता था और समय; दिन, सप्ताह और मास के रूप में जल की धार की तरह बहता जाता था, राज के दुःख की स्थिर विशाल चट्टान को स्पर्श करता हुआ। वह चट्टान अपनी दृढ़ता के कारण समय की धार की रगड़ से गली नहीं, उस पर मौन की काई जम गई और वह चट्टान और भी अस्पृश्य हो गई।

राज की माँ कम आयु में ही मर गई थी। उसकी एक बड़ी बहिन थी जो उसके संकट के समय प्रसूत की पीड़ा में फँसी रहने के कारण सांत्वना देने न आ सकी थी। आगरे से पिता और दूसरे सम्बन्धी आये थे। कानपुर से जीजा आये। वे लोग उसका दुःख बँटाने के लिए उसे अपने साथ ले जाना चाहते थे, परन्तु राज कुछ भी न चाहती थी; दुःख को बँटाना भी नहीं। जो उसका सबसे अधिक, असल अपना था, जब वही न रहा तो उसे दूसरे अपनों की जरूरत न थी। वह जानती थी कि अब वह किसी की अपनी नहीं। पिता और मायके के लोग उसे दे चुके थे। ससुराल में जिसके कारण उसका अस्तित्व था, वही न रहा; तब फिर वह किसकी अपनी थी। सम्बन्धों के सूत्र निरर्थक हो गये थे। ऐसी अवस्था में किसी सम्बन्ध की अपेक्षा न कर जो उसकी चिन्ता करते, वही उसके समीपी थे। यह लोग थे, यमुना, शिवनाथ और सबसे अधिक बद्री बाबू। उनसे भी वह कुछ न चाहती थी, एक शब्द भी न बोलती।

यमुना आती और कुछ देर पलंग पर चुपचाप लेटी राज के समीप बैठकर चली आती। शिवनाथ आता, सामने कुर्सी पर मौन बैठकर चला जाता। बद्री बाबू आते, वे राज के मौन रहने पर भी कुछ बात करते और अधिक देर तक बैठते। बिना उत्तर पाये ही वे बहुत कुछ समझ जाते और सामर्थ्य भर आवश्यकता को पूर्ण करने का यत्न करते। राज के न बोलने पर वे खीझते भी नहीं। अनेक बार शरीर के विषय में पूछ कर संकेत से पाये उत्तर से वे सिरदर्द या किसी दूसरे कष्ट की औषधि लाकर समीप तिपाई पर रख जाते। दवाई न पीने की शिकायत करते। बिजली का पंखा चला जाते।

संध्या समय बाहर छत पर बैठने के अनुरोध की उपेक्षा करने पर भी वे उसे दोहराते रहते।

राज के इस दुःख की प्रतिच्छाया बद्री बाबू के व्यवहार पर भी कम नहीं पड़ी। इसके परिणामस्वरूप उनके जीवन के एकमात्र कार्यक्रम कांग्रेस ने भी धक्का खाया। नये चुनाव में पहले जैसा काम न हुआ। शिवनाथ के दल ने काफी वोट पाकर अपनी स्थिति अधिक दृढ़ कर ली। नित्य के राजनैतिक संघर्ष में इसका परिणाम भी सामने आता रहता, परन्तु बद्री बाबू साहस न छोड़कर उसे निभाये जा रहे थे।

●

बहिश्त की राह

डाक्टर खन्ना को स्पिन्दा में पाँच साल से अधिक बीत गये। हर घर बारी-बारी से उसे रोटी देता और उस दिन डाक्टर उस घर का कुछ काम, जो उसके करने लायक होता, करता। उसकी रिहाई के लिये रुपया मिलने की आशा वज़ीरियों को न रही थी। रुपये के लिये डाक्टर को परेशान करने से कुछ लाभ न था। रुपया देना उसके अपने बस का न था। वजीरी अवसर की प्रतीक्षा में थे कि उसे गजनी पहुँचा कर जो कुछ वसूल किया जा सके, कर लिया जाये। इस काम में अधिक विलम्ब भी हो जाता है। पूस में बरफ पड़ जाने पर बीहड़ पहाड़ी राह से गजनी का मार्ग कठिन हो जाता है। फिर यह काम चैत-बैसाख तक टल जाता।

डाक्टर पश्तू समझने लगा था। आवश्यकता अनुसार वह बोल भी लेता, परन्तु अधिक समय मौन रहता। मौन रहकर उसका मन निरन्तर विचारों और कल्पनाओं में उलझा रहता। विचार का विषय था, किसी तरह वजीरियों की कैद से छूट कर घर पहुँचने की सम्भावना। चोरी से भाग निकलने का उपाय न था। राह उसे मालूम न थी। राह मालूम न होने पर भी वह जान की बाजी लगाकर कहीं चल देता, चाहे रूसी चट्टानों पर भूख से तड़पकर ही उसे प्राण क्यों न देने पड़ते। पर ऐसा भी अवसर न था। लाल लोहे से दगे पैरों में गूदड़ लपेटे वह कितनी दूर चल सकता था? उपाय एक ही था कि उनकी रिहाई का तावान (रेनसम) आ जाये। उसे आश्चर्य होता, यह कैसे सम्भव है कि उसके घर उसका पत्र पहुँचे और वे लोग उसकी रिहाई के लिए चार हजार रुपया न दे सकें। मन ही मन वह घर को जायदाद का हिसाब लगाने लगता। दोनों भाइयों के चार मकान और दो दुकानें थीं, घर की बजाजी की कोठी थी। चार हजार रकम ही क्या होती है?... क्या भाई उसके लिए इतना भी नहीं कर सकते? वह सोचता है कि जाने किस आदमी के हाथ, कैसे उसकी चिट्ठी देहली भेजी गई, वह पहुँची या नहीं।

कभी उसे याद आने लगता कि सेना में नौकरी पा जाने से पहले बड़े भाई प्रायः उसके खर्च पर एतराज करने लगते थे। भाई कहते थे। इतना खर्च आये कहाँ से? उस समय उसके मन में आता था, कह दे कि मेरे हिस्से की आधी जायदाद बाँट कर दे दो। मैं किसी का एहसान नहीं चाहता परन्तु बात मुँह से निकल न पाती। पाँच-मास तक घर से किसी प्रकार की सुध न ली जाने पर अनेक दुश्चिन्तायें उसे घेरने लगीं। उसे निश्चय था, उसका सन्देश घर तक पहुँचा ही नहीं। कम से कम राज उसके सन्देश की उपेक्षा नहीं कर सकती थी।

राज का ध्यान आ जाने पर डाक्टर दर्द भरे स्वप्नों में खो जाता। वह सोचने लगता, शायद उन लोगों ने समझ लिया कि मैं मर गया हूँ। ऐसी अवस्था में, जब वह कभी साल या छः मास में, अजीब-सी पोशाक और बदले हुए रूप में सहसा घर जा पहुँचेगा तो राज

की क्या अवस्था होगी? उस समय निराशा से मरणोन्मुख राज कठिनता से आँखें खोलकर उसकी ओर देखेंगी। हृदय पर सहसा आघात पाने से उसके हृदय की गति न बन्द हो जाये!···या उसे इतने समय बाद अप्रत्याशित रूप से जिन्दा लौट आया देखकर आनन्द से उच्छ्वासित और उनकी गैरहाजरी में हो गई राज की मृत्यु की स्मृति से आँखों में आँसू छलके लोग मुख से कुछ कह ही न सकेंगे। वह स्वयं ही परिस्थिति समझकर चुप रह जायेगा।···क्या ऐसा भी हो सकता है कि उसका लौटना राज के लिये दुर्भाग्य हो जाये! ऐसी अवस्था में अपनी जान पर खेलकर लौट जाने का मूल्य?···

निरन्तर घर की चिन्ता करते-करते उसका मन भाई के प्रति आशंकित होने लगा। वह कल्पना में राज की ओर से भी विरक्त होकर सोचने लगता कि वह एक तरह से अपने पुराने संसार के लिये मर ही चुका।···उसके मरने से रिक्त स्थान भी भर चुका होगा। उस संसार में लौटने पर उसके लिये स्थान ही न होगा?···इस चिन्ता से ऊब कर वह निश्चय करता कि यह सब सोचने से क्या लाभ?···चिन्ता उसे सुख के बजाय दुःख देने लगी, परन्तु उस अवस्था में चिन्ता से छुटकारा भी न था।

डाक्टर अपने चारों ओर की वस्तुओं की बाबत सोचने लगता। चट्टान की जड़ में उगी कटीली झाड़ी की ओर देख वह सोचने लगता, उसका काँटा चुभने से कैसी भयानक और रोमांचक पीड़ा होगी? देखते-देखते बकरी उन सूखे काँटों की डाल को सहज सुविधा से अपने होंठों में लेकर चबा लेती। वह सोचता, इसमें भी कोई स्वाद होगा? इसी तरह मुर्गे-मुर्गियों के व्यवहार और बच्चों के खेल देखकर वह अद्भुत विचारों में डूब जाता।

रमजान-शरीफ का महीना था। डाक्टर को भी बेबस रोजा (उपवास) रखना पड़ा। पौ फटने से पूर्व घाटी के पार 'स्पिन' की मस्जिद की मीनार से नगाड़े का शब्द सुनाई देता। उसी समय सब लोग रात के खाने से बचाया भाग खाकर दिन भर के लिये यथेष्ट पानी पी लेते। बच्चों के लिये रोटी बचाकर रख ली जाती। दिन भर घरों में चूल्हे न जलते, न कहीं धुएँ का गुबार दिखाई देता। मर्द और औरतें पानी की बूँद या हुक्का कुछ न पीते। संध्या समय जब सूर्य ऊँचे नंगे पहाड़ों की ओट हो जाता, फिर नगाड़ा बजता और सब लोग रोजा खोलते और नमाज अदा कर देर तक खाने-पीने में लगे रहते।

एक रोज डाक्टर खेत में देर तक खुदाई करने के कारण प्यास से तड़प उठा। घर लौट वह पानी का घूँट पिया ही चाहता था कि रहीमगुल का घूँसा उसकी गर्दन पर आ पड़ा—"खरबदोश (गधे का बच्चा) काफिर!" धमकाकर रहीम ने लोटा उसके हाथ से छीनकर घड़े पर धर दिया। डाक्टर की आँखों में आँसू भर आये। चुप रहने के सिवा चारा न था। क्रोध प्रकट करने का अवसर न था। वह बैठकर सोचने लगा। उसे अपने धर्म की बातें याद आने लगीं। बुआ का निर्जला एकादशी का व्रत भाभी का उपासे रहने के दिन केवल दूध की मिठाई और फल खाना। किसी समय उसने एक हिन्दू रियासत के धर्म-राज्य पर गर्व किया था कि वहाँ गौ-हत्या के अपराध में फाँसी का दण्ड मिल जाता है। अब उसे जबरन धर्मात्मा बनाकर स्वर्ग पहुँचाने की जिद्द की जा रही थी।

रमजान-शरीफ में वजीरी लोग, भूख अनुभव न करने के लिये दिन में बहुत-सा समय सोकर बिता देते थे। संध्या के नमाज के बाद खा-पीकर देर तक गप्पबाजी चलती थी। अनेक विषयों की चर्चा चलती, किसके कत्ल के बदले में किसका कत्ल हुआ। फलाँ व्यक्ति की औरत भगा ले जाने पर अपराधी को कितना हर्जाना देना पड़ा। बन्दूक से

कत्ल करने के बदले तलवार से कत्ल किया जाना अपमानजनक है या नहीं? वजीरियों के यहाँ ओर्कजई की लड़की नहीं ब्याही गई तो वजीरियों की लड़की उनके यहाँ कैसे ब्याही जा सकती है?

जब्बीर ने अपनी बीवी फितिया कौसीखाँ के हाथ बेच दी थी। उस पर कई दिन पंचायत हुई। जमान को एतराज था कि कौसीखाँ का फितिया से पहले ही मेल था। जब्बीर को चाहिये कि कौसीखाँ की रकम वापस करके फितिया का कत्ल करे। जब्बीर ने जवाब दिया—''जब उसने फितिया को बेच डाला तो अब वह बेइज्जती का बदला क्यों ले?'' जमान को गुस्सा आ गया। उसने कहा, ''सौदा बाद में हुआ बेइज्जती पहले थी! बेइज्जती का हर्जाना भरो···फिर सौदा करो! यह भी कोई तरीका है?···जो चाहे कर लिया, शरह कुछ भी नहीं?''

करीमगुल ने शरह से फैसला किया कि जब्बीर कौसीखाँ से अपनी बेइज्जती का हर्जाना आठ रुपया, औरत की कीमत चालीस रुपये के अलावा और ले ले।

कौसीखाँ ने उज्र किया, यह उस पर जुल्म है। फितिया से उसका पहले कोई ताल्लुक न था। आठ रुपये वह नहीं देगा। पंचायत चाहे तो फितिया जब्बीर को लौटा दे और उसकी रकम चालीस रुपये उसे मिल जाये। जब्बीर औरत फेर लेने के लिये तैयार न हुआ। चालीस रुपये उसने गोमल दर्रे से एक देशी बन्दूक खरीदने में खर्च कर दिये थे।

जमान ने क्रोध में खाँस-खाँस कर कहा—''औरत कभी लौटाई नहीं जा सकती। गाय-भैंस तो नहीं है। कौसीखाँ के पास हर्जाने के रुपये नहीं तो फितिया को किसी दूसरे के हाथ भले ही बेच दे, लेकिन जब्बीर को नहीं लौटा सकता। ऐसा कभी नहीं हुआ कि औरत को बेचकर लौटा लिया जाय। ऐसा होगा तो ईमान, शरह और शरम कैसे रहेगी? जब्बीर को आठ रुपया हर्जाना मिलने का फैसला मिल्ली (पंचायत) ने कर दिया इसलिये कौसीखाँ मजबूर हो गया। हमजा फितिया के लिये तीस रुपया देने को तैयार हुआ। बुढ़ापे में उनकी औरत मर गई थी। घर में कामकाज करने वाला कोई न था।

फितिया बुड्ढे के हाथ न बिकने की जिद्द करने लगी। करीमगुल ने फैसला किया कि औरत को इस बात से क्या मतलब? हमीद और जमान को बहुत गुस्सा आ गया। हमीद छुरा निकाल कर बोला—''बेशर्म, हरामजादी का सर काट लो। औरत को क्या गतलब कि बुड्ढा शौहर कीमत देता है कि जवान? कीमत क्या वह दे रही है जो जवान और बुड्ढा देखेगी? शौहर बुड्ढा तो क्या, जवान तो क्या? बुड्ढा मर्द अगर गधा खरीदेगा तो क्या गधा भी सवारी करने से इनकार कर देगा? औरत को जबान हिलाने की क्या मजाल?''

जमान ने बहुत दूर तक खाँस कर आँखें लाल कर कहा—''तो बुड्ढे क्या करें? बुड्ढे आदमी नहीं हैं? बुड्ढे मर जाएँ क्या?''

हमजा फितिया को ले गया, पर मामला तय नहीं हुआ। पंचायत के पास शिकायत आई कि फितिया बदचलनी से बाज नहीं आती। ठोढ़ी तक मुँह उघाड़ा रखती है। हमीद और कई आदमियों ने उसे दूसरे मर्दों की ओर मुस्कराते देखा है। फैसला हुआ कि हमजा औरत को काबू में न रखने का पाँच रुपया जुर्माना भरे।

हमजा ने कहा—''पाँच रुपये वह नहीं दे सकता। पंचायत कहे तो फितिया का नाक काट सकता है।'' आखिर फितिया की नाक काटने का फैसला हो गया।

रमजान-शरीफ कार्तिक के महीने में पड़ा था। कबीले के लोग दोपहर से पहले या चौथे पहर खेत में फसल की जमीन तैयार करने, ईंट बटोरने, चरने के लिये छोड़े माल की देखभाल करने या जरा बदन की सुस्ती झाड़ने इधर-उधर चले जाते थे। चलने-फिरने के काम के न रहने से डाक्टर आंगन में बैठा, भारी चक्की में घर-घर कर, नई फसल की मक्का पीसा करता। आस-पास के घरों की औरतें संध्या के लिये खाना पकाने की तैयारी में आग, मिर्च, लहसुन, प्याज माँगने इधर-उधर भागती फिरतीं।

इब्बा कुछ चुलबुली थी। आते-जाते अपनी सुरमा भरी बड़ी-बड़ी आँखों से डाक्टर की ओर कटाक्ष कर जाती। कभी कोई समीप देखने-सुनने वाला न होता तो धीमे से कह जाती—'हिश्त बोद्दा!' जिस रोज डाक्टर को रोटी देने की उसकी बारी होती, सालन में दो तीन बोटियाँ भी होतीं और कच्चे प्याज का एक छोटा टुकड़ा भी। आती-जाती वह अपने कानों में लटके चांदी के भारी-भारी झुमके भी दिखा जाती। इब्बा की तेल या चरबी से चिकनी माथे पर चिपकी पट्टियाँ, चिकने चमकते गुलाबी चेहरे और साहस भरी आँखें देखकर डाक्टर के शरीर में भी सिहरन-सी दौड़ जाती, परन्तु भय से आँख न उठा पाता। इसे इब्बा से भय लगता था। वह निश्चय कर लेता कि उसकी ओर न देखेगा, परन्तु बड़ी कठिनता से वह अपने को बस कर पाता और कभी आँख उठाकर मुस्कराहट भी आ जाती। एक चिनगारी-सी मन में उठकर जाती। फितिया और दूसरी स्त्रियों से भयानक काण्ड की बात स्मरण कर वह काँप उठता।

इब्बा की सहेली थी नूरन। वे एक-दूसरे को दिखाकर डाक्टर से मजाक करतीं और हाथ का अँगूठा चूम कर संकेत करतीं। एक दिन डाक्टर की बारी नूरन के घर मक्का पीसने की थी। नूरन ने भीतर से पुकारा—"गठरी धरी है, उठा कर ले जा।" डाक्टर शंकित चित्त से भीतर गया। नूरन गठरी के पास सिर उधारे खड़ी थी। डाक्टर की बाँह थाम कर उसने पूछा, "अब?"

भय से डाक्टर का हृदय धक-धक करने लगा। नूरन ने डाक्टर को बाँहों में लेकर गाल पर दाँत मार दिया। नूरन के गले की चाँदी की भारी हमेल डाक्टर की हँसली में चुभ गई। डाक्टर का चेहरा पुराने कागज की तरह पीला पड़ गया और शरीर पसीना-पसीना हो गया। उसे काँपते देखकर नूरन शिथिल हो पीछे हट गई। डाँटकर उसने कहा—"उठा ले जा गठरी!...क्या देखता है?"

गठरी ले जाते हुए डाक्टर की कमर पर आ पड़ी नूरन की लात, जिसने उसे और जल्दी बाहर ढकेल दिया।

इसके बाद नूरन डाक्टर को देखती तो घृणा से थूक देती—"नामर्द, बोद्दा!"

इब्बा मुस्करा कर कहती—"ढेर डरां लड़ई!" (डरपोक आदमी)

डाक्टर सोचता कि कैसी चुड़ैलें हैं? इन्हें जान का भी भय नहीं? वाह रे हिम्मत। उनके प्रणय के प्रति उसे कुछ उत्साह न होता और परिणाम में दिखाई देती छुरे की पैनी धार, संगसार होकर (पत्थरों से कूटा जाकर) अपना क्षत-विक्षत शरीर।

डाक्टर के मन में इब्बा की चुपके से कही बात भी प्रायः सिर उठाती रहती—तू मुझे सुलेमान खेल में मामाजाई के शहर ले चल। तू तो इलमदार है। मेरा मर्द मुझे बहुत मारता है। उसे औरत से क्या मतलब? वह तो मुझे भी लौंडा ही समझता है। मैं तो औरत हूँ। नहीं क्या? इब्बा कहती—सच कहती हूँ, मुझे गजनी की राह भी मालूम है।

जब सब ओर से निराशा का अन्धकार घना हो जाता, डाक्टर इब्बा की बात सोचने लगता, परन्तु एक फूहड़ औरत के सहारे जोखिम का इतना बड़ा खेल खेलने का साहस न होता।

संध्या समय हुक्का गुड़गुड़ाते हुए वजीरियों से गिरोह में राजनीति की चर्चा भी चलती। वे डाक्टर से पूछते—दुनिया में सबसे बड़ी और ताकतवर बादशाहत कौन है? विलायत और रूस में क्या होता है? फिर डाक्टर के अज्ञान पर हँसकर करीमगुल समझाता—अब चौदहवीं सदी का अंत आ रहा है। विलायत और रूस खत्म हो जायेंगे। रूस में आदमी खुदा से मुनकिर होकर आदमी को खाने लगा है और बहुत जल्दी सब खत्म हो जायेगा। इब्लिस (शैतान) ने इन सब लोगों को जल्दी खत्म कर देने के लिये उन्हें बहका दिया। उनकी औरतों को खूबसुरत बना दिया है और वे मुँह उघाड़ा रखती हैं। काबुल और कंधार में औरतें जैसे बुरका पहनकर रहती हैं ऐसी बात शरह के खिलाफ है। औरत को बुरका ओढ़ा कर घर में बैठा रखने से वह बदचलन हो जाती है। शरह का तरीका वह है जैसे वजीरियों की औरतें रहती हैं।

करीमगुल समझाता—इब्लिस ने विलायत वालों को अपने आप चलने वाली बन्दूकें और हवाई जहाज बनाने सिखा दिये हैं ताकि वे आपस में लड़कर खत्म हो जाएँ। खुदा को सबसे अधिक प्रेम वजीरियों की कौम से है इसीलिये उनके पहाड़ों में इब्लिस का जादू, रेल-तार वगैरह नहीं चल सकता। खुदा ने वजीरियों को गरीब बनाया है कि वे खुदा को याद करते रहें। हिन्दुस्तान में रुपया है इसीलिये वहाँ का आदमी बोद्दा और डरपोक होता है। अल्लाह जिसे चाहता है, उसके घूरे में टपका डाल देता है ताकि वह अल्ला-अल्ला पुकारता रहे।

ईद से कुछ दिन पहले करीमगुल ने प्रस्ताव किया कि ईद के दिन डाक्टर को कलमा पढ़ा कर मुसलमान बना लिया जाये, इससे कबीले का सबाब होगा और गजनी में सौदा भी आसानी से हो जायेगा। करीमगुल के इस प्रस्ताव से डाक्टर को एक विचित्र मानसिक आघात लगा। इनकार करने की गुंजाइश न थी। यह कोई ऐसी बात भी न थी, जिसकी आशा वजीरियों से न की जानी चाहिये थी, परन्तु उसे मुसलमान बनाने का अर्थ क्या? पाँच मास से उसका जीवन मुसलमान जैसा ही था। बिलकुल उनके जैसा खाना-पीना, उनके ही ढंग से रहना। अलबत्ता एक नमाज नहीं पढ़ता था। हिन्दुस्तान में लाखों मुसलमान नमाज नहीं पढ़ते और मुसलमान बने रहते हैं। वह सोचता रहा कि अब तक वह हिन्दू था तो उसमें हिन्दूपन ही क्या था। फिर भी जो कुछ वह नहीं था, जोर-जबर्दस्ती से बना दिया जाना, उसे बुरा मालूम हो रहा था।

हिन्दू घर में जन्म लेने से ही यदि वह हिन्दू था तो अब उसे कैसे बदल दिया जा सकता है? जब अल्लाह ने उसे खुद हिन्दू बनाया है तो अब उसे मुसलमान बना देने से अल्लाह वजीरियों से कैसे खुश हो जायेगा? यदि अल्लाह को दुनिया भर के लोगों को मुसलमान होना ही मंजूर है तो उसने हिन्दू, बौद्ध, ईसाई और दूसरे मजहब के लोग बनाये ही क्यों? शायद इसलिये कि वजीरी उन्हें मुसलमान बनाकर सबाब हासिल किया करें? खुदा की अपेक्षा वजीरियों को ही अधिक चिंता है कि लोगों को मुसलमान होना चाहिये या कुछ और? या खुदा की बात केवल वजीरी या उन जैसी बुद्धि के लोग ही समझ सकते हैं?

वजीरियों के हाथ पड़कर निस्सहाय हो जाने से पहले डाक्टर को जीवन में कभी भगवान की राय और इच्छा जानने की आवश्यकता नहीं हुई। जब निस्सहाय होने के कारण भगवान की सहायता की जरूरत आ पड़ी, तब पता लगाना कठिन हो गया कि भगवान उसकी सुनेंगे या वजीरियों की? शायद यह दुःख उसे पूर्व जन्म के किसी पाप के फलस्वरूप मिल रहा है? परन्तु वह कौन पाप था? जब तक पता न लगे, वह उस पाप से कैसे बच सकता है? उसे जान पड़ने लगा कि मनुष्य का अपना विश्वास ही भगवान है और भगवान की प्रेरणा उसे अपनी बुद्धि के अनुसार समझ आती है। उसके विचार में उसे जबर्दस्ती मुसलमान बना देना घोर अन्याय और मूर्खता थी परन्तु वजीरियों की दृष्टि में भारी सबाब, जिससे उन्हें बहिश्त की हूरों की आशा थी।

ईद के दिन डाक्टर का सिर मूँड़ा गया, मूँछें और दाढ़ी भी शरई ढंग से तराश दी गईं। करीमगुल ने उसे कलमा पाक पढ़ाया। उसका नया नाम रखा गया —अन्सारगुल। उसे नये कपड़े दिये गये, आधे थान का कुर्ता जिसमें पूरे बर की चौड़ी आस्तीन थी। आधे थान की पड़दूक (शलवार)। एक हरे रंग की पठकी (वास्कट)। एक थान पगड़ी के लिये और दूसरा थान पगड़ी के ऊपर से या कमर लपेट लेने के लिये दिया गया।

करीमगुल ने समझाया—पक्के मुसलमान को हमेशा एक थान कपड़ा कफन के लिये साथ रखना चाहिये। मौत का ठिकाना क्या? कब और कहाँ आ जाये? बेकफन दफनाये जाने से जब्राईल के सामने नंगे पेश होना पड़ेगा। नंगे आदमी को जब्राईल दोजख में ढकेल देगा। करीमगुल ने डाक्टर को हिदायत दी कि अब मुसलमान हो जाने के बाद अगर कहीं उसका दाँत या शरीर का कोई हिस्सा कट जाये तो उसे संभाल कर रखे। वह उसके बदन के साथ ही कब्र में दफनाया जाना चाहिए नहीं तो बहिश्त में उसके जिस्म का वह हिस्सा कम रह जायेगा। जिस्म खुदा की अमानत है। उसे जैसा का तैसा खुदावन्द करीम को वापस करना चाहिए।

यह उपदेश सुनने के बाद अन्सारगुल ने समझा कि रहीम अपनी कटी हुई उँगली धागे में पिरोकर क्यों गले में लटकाये हुये हैं और जमान अपने सब टूटे हुये दाँत एक थैली में ताबीज की तरह गले में क्यों लटकाये रहता है?

मुसलमान हो जाने के बाद अन्सार को अपने मन, मस्तिष्क और शरीर में कोई अन्तर अनुभव न हुआ। इस सब मजाक को उसने बेबसी की अवस्था में, मन ही मन हँसकर, सह लिया। मन में उसने सोचा, इस जिन्दगी में तो उसका जो कुछ बने या बिगड़े, बहिश्त में उसके सुखी होने का प्रबन्ध करीमगुल ने कर दिया। धर्म और सम्प्रदाय मृत्यु के बाद मनुष्य को भगवान तक पहुँचाने की एजेन्सियाँ हैं। परन्तु जब इस जीवन के संकट में ही भगवान ने उसकी सुध न ली तो वह भविष्य में उसका क्या विश्वास करे...?

अन्सार के पाँव के जख्म भर आये थे। जमान ने उन्हें पहले की तरह फिर से नहीं दागा। शायद इसलिये कि उसके मुसलमान हो जाने से उसके भागने की आशंका कम हो गई थी या इसलिये कि उसके आगे चल देने का समय निकट आ रहा था।

× × ×

हमीद, रहमान और करीमगुल अन्सारगुल को गजनी ले गये। उसका प्रबन्ध अब्दुल्ला सौदागर के यहाँ हो गया। अब्दुल्ला पोस्तीनों का व्यापारी था। उसका व्यापार काबुल, कन्धार, हैरात और मशद तक था। करीमगुल ने अब्दुल्ला को समझाया—''अन्सारगुल इलमदार आदमी है, कई जुबानें जानता है, जवान है। वह घर का अमीर और खानदानी है; देर-सबेर उसका रुपया जरूर आ जायेगा। हमें जल्दी है इसलिये यह सौदा कर रहे हैं। वह फिरंगी हकीमी जानता है, काम का आदमी है। कागज पर मकड़ी की-सी तेज चाल से चिट्ठी लिख सकता है। स्वभाव का नेक, फर्माबरदार और मुंशी तबीयत है। अब्दुल्ला उससे हजारों पैदा कर सकता है।''

अब्दुल्ला ने कहा—''होगा, लेकिन अपने को क्या? हमें और जरूरत ही क्या। काम चल रहा है। काम है ही कौन बहुत। बनज तो सारा काबुल के मिल्लीबैंक के हाथ चला गया। हमारा अपना लड़का पढ़-लिख कर सब सीख गया है। इतना रुपया वह इस जमाने में कहाँ से दे? और फिर इस आदमी का भरोसा क्या? पढ़े-लिखे आदमी से हमेशा खतरा ही मानिये।''

बहुत देर तक दोनों तरफ से युक्ति-प्रत्युक्ति होने के बाद तय हुआ कि अन्सार अब्दुल्ला को पाँच हजार नादरी अफगानी का तमस्सुक लिख दे। अब्दुल्ला वजीरियों को एक हजार कलदार (हिन्दुस्तानी रुपया) दे देगा, लेकिन असली कर्जा अन्सार पर दो हजार छः सौ रुपये का होगा।

अन्सार को विश्वास था कि गजनी जैसे शहर में जहाँ डाक और तार चलती है, देश से रुपया मँगा सकने में कठिनाई न होगी। गजनी लाये जाने से पूर्व अन्सार को गजनी जाने की कल्पना से भय मालूम होता था, परन्तु वहाँ पहुँच कर उसे भय होने लगा कि सौदा ठीक से न पटने का कारण हो सकता था, अब्दुल्ला के मन में रुपया वसूल न होने का सन्देह। यह विश्वास दिलाने के लिये कि रुपया वह वास्तव में मँगा सकता है और अदा करना चाहता है, उसने लेन-देन के ढंग से टोक कर कहा—''अपना कर्जा तो वह अदा करेगा ही, परन्तु यदि जल्द ही रुपया मँगा दे तो सूद में कुछ छूट मिलनी चाहिए।''

अब्दुल्ला शहर का रहने वाला मँजा हुआ सौदागर था। मुस्कराकर उसने कहा—''तुम हिन्दुस्तान के मुसलमान हो इसीलिये सूद की बातें करते हो। हम क्या 'सुलेमान-खेल' के सूदखोर गिलजई हैं। तुम नहीं जानते, शरह में सूद ऐसे हराम है जैसे सुअर का गोश्त। हम सूद की बात नहीं करते। हम तो जेब से हजार रुपया रोकड़ दे रहे हैं। अब तुम्हारा रुपया जाने कब आवे? न आये तो तुम नौकरी कर उसे बीस बरस में पूरा करोगे। फिर आदमी की जान का क्या; गोश्त का लोथड़ा है, एक चोट से, बीमारी की झपट से, रहे न रहे। नकद रुपया तो फिर रुपया ही है। यह सब तो खुदा की रजा से है। इन्शाअल्ला तुम पढ़े-लिखे आदमी हो, विलायती जुबान जानते हो। हम व्यापारी आदमी हैं, काम अच्छा करोगे, आराम से रखेंगे, इनाम भी देंगे। नहीं तो अफगानिस्तान का कानून सख्त है। कर्जा न देकर भागने की कोशिश करोगे तो संगसार कर दिये जाओगे।

जब अब्दुल्ला की गद्दी पर अन्सार के कर्जे की लिखा-पढ़ी हो रही थी, अब्दुल्ला का नौजवान बेटा नासिर, मसनद के एक कोने में दीवार से पीठ लगाये चुपचाप इन सब व्यापार को असन्तोष की दृष्टि से देख रहा था। यह जान कर कि अन्सार पढ़ा-लिखा

आदमी है और मजबूरी में उससे रुपये वसूले जा रहे हैं, नासिर की सहानुभूति अन्सार की ओर हो गई। सूद की समस्या पर चुप रह जाना जैसे उसके लिये सम्भव न रहा। वह बोल उठा—"सूद नहीं तो क्या है?"

अब्दुल्ला ने गम्भीर दृष्टि से बेटे की ओर देखकर चुप रह जाने के लिये कहा और करीममुल को सुनाने के अभिप्राय से वह बोला—"मौलाना, यह लड़का काफिर अमानुल्ला के खोले मदरसे में दो बरस क्या पढ़ आया, इसका दिमाग बिगड़ गया है। शुक्र है अल्लाह परवरदिगार का, वह कुफ्र दूर हुआ और काबुल में ईमान कायम हुआ। अब अमीर नादिरशाह गाजी है। इन सब लड़कों की अक्ल ठीक हो जायगी। कहते हैं, हम विलायती जुबान सीखेंगे और विलायत देखेंगे। अरे भाई, विलायत के कुफ्र से तुम्हें मतलब? तुम सौदागर के बेटे हो, सौदागरी करो। चार पुश्त से हमारी पोस्तीनें दुनिया के कोने-कोने में बिकती हैं। अंग्रेजी, फारसी और रूसी का इल्म ज्यादा है तो ऐसी पोस्तीन बनाकर दिखायें?"

अब्दुल्ला ने अन्सार को मुंशीगीरी का काम दिया, भेड़ों की खालें गिनना, सूत और कढ़ाई का हिसाब करना। इसके अलावा दुकान की सफाई या जो छोटा-मोटा काम हो। नासिर भी दुकान का काम लिखने उसके साथ बैठता था। दोपहर के समय, अब्दुल्ला के सोये रहने पर या घर के भीतर हरम में चले जाने पर, नासिर अन्सार से उसकी कहानी सुनता। स्पिन्दा के छः मास के जीवन के बाद अन्सार को अब्दुल्ला की दुकान की नौकरी स्वर्ग जान पड़ रही थी। विश्राम की अवस्था में कल्पना अधिक उग्र होने लगी। घर का मार्ग सरल दिखाई पड़ने पर वहाँ पहुँचने की छटपटाहट भी बढ़ने लगी। मसनद पर नासिर की बगल में लेटे, हुक्का गुड़गुड़ाते हुये वह अपनी कपड़े की कोठी, राज और फिर नये सिरे से डाक्टरी की प्रैक्टिस चलाने के स्वप्न देखने लगता।

वह हिसाब लगाता, मंगलवार की डाक से उसकी चिट्ठी काबुल पहुँचेगी। काबुल से दूसरे-तीसरे दिन पेशावर और फिर दो दिन में देहली। पत्र पाते ही भाई अब्दुल्ला सौदागर को रुपये भेज देंगे और वह अपने घर के लिये रवाना हो जायेगा। सप्ताह के बाद सप्ताह बीतने लगे, परन्तु देहली से कोई उत्तर न आया। अन्सार विचारों में खोया रहता।

नासिर टोक बैठता, हिन्दुस्तान में क्या सब जगह रेल से सफर होता है? एक-एक घण्टे में चालीस-पचास मील चले जाते हैं? हवाई जहाज में कैसा लगता है? तुम्हारे मुल्क में दूसरे का राज होने से कैसा लगता है? सुना है, रूस में छोटे-बड़े सब एक हो गये हैं। कोई खुदा को नहीं मानता? मुल्ला और मस्जिद सब खत्म हो गये हैं। वहाँ कोई भूखा नहीं मरता। मजदूर भी अमीरों की तरह महलों में रहते हैं। कोई किसी का नौकर नहीं है। हमारे मुल्ला लोग रूस से बहुत जलते हैं। इन्हें विलायत की बातें पसन्द नहीं, क्योंकि उससे इनका राज नहीं चलेगा।

नासिर पूछता—"सुनते हैं रूस की सल्तनत बहुत ताकतवर है। रूस अपनी सल्तनत क्यों नहीं बढ़ाता जैसे अंग्रेजों ने बढ़ाई है? उनके पास भी तो सब फौज-फाटा और हथियार हैं। सुनते हैं कि दरिया आमू से परे ताजिकिस्तान का सब मुसलमान मुल्क बदल गया है। ईरान और तुर्किस्तान में अब कोई अरबी नहीं पढ़ता, न अरबी पोशाक पहनता है। हमारे मुल्ला अपना जोर कायम रखने के लिये यहाँ अरब की तहजीब लादे हैं। अरबी खुद गुलाम-बद्दू है, उनकी नकल से फायदा?"

नासिर कहता—''अमानुल्ला ने तो काबुल को बदल दिया था। सब लोग नये ढंग पर आने लगे थे। औरतें मेमों की तरह बाजारों में आती-जाती थीं। इस काफिर बच्चा-सक्का ने गरीब बेगुनाह औरतों को बाजारों में गोली से उड़वा दिया। ईरान और तुर्किस्तान में औरतें बिना नकाब के रहती हैं वहाँ भी तो इस्लाम है? हमें ये मुल्ला जबर्दस्ती नमाज पढ़ाते हैं। हम बहिश्त जायें या दोजख, इन्हें मतलब? मैं तो नमाज के बख्त ख्वाब देखा करता हूँ। सिनेमा देखना मुझे बहुत अच्छा लगता है। काबुल में हम खूब सिनेमा देखते थे। ऐसा जान पड़ता था, विलायत पहुँच गये। हिन्दुस्तानी सिनेमा में बहुत लुत्फ आता है। उसका गाना बहुत अच्छा मालूम देता है। भाई, सिनेमा में बहुत मजा आता है, ऐसे-ऐसे नजारे! खुदा के बनाये नजारों से भी बेहतर!''

उन्नीस-बीस बरस के नासिर की बातों का उत्तर देना अन्सार के लिये कठिन हो जाता। कभी वह बिल्कुल अनजान बच्चों की-सी बातें करता और कभी गम्भीर चर्चा करने लगता; जैसे वह अपने चारों ओर फैले अज्ञान और संकुचित जीवन से छटपटा रहा हो। डाक्टर ने जीवन के पिछले एक वर्ष में जो कुछ देखा, उससे जीवन की निश्चित धारणाओं के प्रति उसका विश्वास उखड़ चुका था। उसका मन अन्तर्मुख और चिन्तामग्न रहता। किसी भी बात को पूर्ण रूप से शाश्वत सत्य स्वीकार कर लेने की प्रवृत्ति पहले भी न थी। उसके लिये अब कुछ भी अप्रत्याशित न था। रुपया भेजने में भाई की उदासीनता ने उसके मन में सम्पत्ति के प्रति एक वैराग्य का भाव उत्पन्न कर दिया। देहली में भाई को अपनी अवस्था लिखने के अतिरिक्त उसने अपने एक मित्र और सहपाठी को पंजाब में भी एक पत्र लिखा था। उस मित्र के यहाँ से उत्तर आ गया। मित्र ने लिखा था—तुम्हारा पत्र हमने देहली में लाला ईश्वरदास खन्ना को रजिस्ट्री से भेज दिया है। यह पत्र मिलने के बाद से डाक्टर को विश्वास हो गया कि बड़े भाई की उदासीनता का कारण पारिवारिक सम्पत्ति का लोभ ही है।

डाक्टर की बीती बातें याद आने लगती; उसके फौज में नौकरी पा जाने के बाद घर पर बड़े भाई प्रायः चर्चा छोड़ देते थे, आधी जायदाद की कीमत भगवान की पढ़ाई पर खर्च हो गई तो क्या, उसकी जिन्दगी तो बन गई। उसे आठ सौ रुपया माहवार मिलता है। आजकल नौकरी में ही भलाई है। बाजार की तेजी-मद्दी से गतलब नहीं, हुण्डी भरने की चिन्ता, न हुण्डी डूबने की फिक्र, फिर भी तरक्की होती जायेगी। उन्होंने मुसीबतें उठाईं, कर्जा तक हो गया पर कोई चिन्ता नहीं, सब सफल हो गया। अब भगवान की चिन्ता करने की जरूरत नहीं। वह ढंग से खर्च करे तो जल्दी ही अपने लिये मकान बंगला बना ले सकता है। अब तो उन्हें अपने बच्चों की चिन्ता है। उन विचारों के लिये भी तो कुछ करना होगा। वे कह देते, अपनी कमाई से भगवान जो जायदाद मकान बनायेगा, वह उसी की होगी। इसके बारे में वे लिखा-पढ़ी करके बात पक्की कर देंगे।

इन बातों से राज कुछ खिन्न-सी हो जाती थी। डाक्टर उसे समझाता था—''इन बातों से अपने को क्या लेना है? सोचता हूँ, एक दिन इस सबसे दस्तबरदारी लिख कर झगड़ा समाप्त कर दूँ।'' अब वे बातें याद कर डाक्टर का मन सम्पत्ति के लोभ के प्रति घृणा से भर जाता। सम्पत्ति है, मनुष्य के जीवन में सहायता का साधन, परन्तु जब उसके लिये मनुष्य-मनुष्य का बलिदान कर देने को तैयार हो जाये तो वह मनुष्य-जीवन की सहायता नहीं, शत्रु हो जाती है। वजीरी लोग जो इतनी क्रूरता करते हैं, वह भी इसी सम्पत्ति को

पाने के लिये ही। उनकी सम्पत्तिहीन प्रकट क्रूरता और बर्बरता से, सम्पत्ति और कानून के मोहक आवरण में लिपटी यह क्रूरता क्या अच्छी है। वह सोचने लगता, भैया आखिर मेरी रिहाई के लिये अपने हाथ का धन क्यों दे दें? उन्हें इससे लाभ? एक माँ-बाप की सन्तान होने से ही क्या होता है? हमारे पिता छः भाई-बहिन थे, परन्तु उनका परस्पर क्या सम्बन्ध रह गया····? भाई मेरे लौट आने से अपनी आर्थिक हानि के अतिरिक्त और क्या आशा कर सकते हैं? तभी तो वजीरियों में चचेरे भाई का अर्थ 'तर्बूर' यानी शत्रु होता है। जब भाई को भाई से सहायता मिलने की आशा नहीं, बल्कि हानि की ही आशा है तो फिर प्रेम और आकर्षण कैसा?

डाक्टर सोचने लगता—परन्तु राज? वह मेरी उपेक्षा कैसे कर सकती है? जीवन में उसके लिये मेरे सिवा और कौन है? तब उसे वजीरी स्त्रियों की बातें याद आने लगतीं। वह सोचता जैसे हमारे यहाँ की स्त्रियाँ अपने पति के लिये प्राण निछावर करने के लिये व्याकुल रही हैं, वजीरी स्त्रियाँ वैसे नहीं। क्या हमारे यहाँ और तरह की स्त्रियाँ होती हैं और वजीरिस्तान में दूसरे किस्म की? देहली, आगरे की गलियों में जन्म ले लेने से स्त्री त्यागमयी, पतिव्रता और बंजर पहाड़ों में पैदा हो जाने से स्वार्थी, क्रूर और कुलटा हो जाती हैं? अनेक बातें उसके ध्यान में आने लगतीं, इब्बा उसे प्यार करती थी या नहीं? नहीं करती थी तो स्पिन्दा से उसके साथ भागने के लिये, जान की बाजी लगाने को क्यों तैयार हो गई थी? और नूरन! नूरन से उसे भय लगता था—घृणा होती थी। यदि नूरन पसीने और चरबी से गंधाती लहीम-शहीम औरत न होकर राज जैसी होती और उसे प्यार करने में प्राणों का भय न होता····या वह अब्दुल्ला के परिवार की उस लड़की जैसी होती जिसकी छवि उसे कभी-कभी दायें ओर की दोमंजिले की खिड़की से दिखाई दे जाती है, जो उमरखैयाम के साकी से अधिक सुन्दर है और उससे कहीं अधिक कमनीय, क्योंकि वह मदिरा का प्याला हाथ में लेकर निर्लज्जता से इतराती नहीं, बल्कि संकुचित पुष्प की भाँति सौम्य है। भय और संकोच के कारण वह उसकी ओर देख भी नहीं पाता। भय उसे स्पिन्दा में भी था और गजनी में भी है, किन्तु उस भय में अन्तर है। स्पिन्दा में अनुभव होने वाला भय था हिंस्र पशु से लगने वाले भय की तरह जिसमें तर्क के लिये गुंजाइश नहीं और गजनी का भय था, शक्ति, सम्मान और व्यवस्था का रंग लिये हुए।

कभी-कभी वह दायीं ओर की दोमंजिल पर खिड़की से दिखाई देने वाली नवयुवती की कल्पना में सब चिन्ता भूल जाता। अपनी बर्फानी चोटियाँ आकाश में उठाये, लाल किरमिजी रंग के पहाड़ों से घिरी गजनी की उपत्यका में, जहाँ तीन माह तक प्राण सुन्न कर देने वाली सर्दी ने दो हाथ गहरी बरफ बिछा जीवन के सब चिह्न छिपा कर, रौद्र निस्तब्धता फैला दी थी, जहाँ केवल पहाड़ी कौओं का रूखा शब्द ही सुनाई देता था, फागुन के आगमन से मखमली हरियावल छा गई। पतझड़ से नंगे हो गये अनार, बादाम, अखरोट, खुर्मानी और सेब के वृक्षों पर श्वेत, गुलाबी और हल्के बैगनी फूल चिकनी टहनियों पर यों फूट आये कि प्रत्येक वृक्ष एक तारों भरा आकाश जान पड़ने लगा।

सूखे और रूखे दिखाई देने वाले वृक्षों के शरीर में अवरुद्ध रस ने जीवन की व्याकुलता के कारण पत्ते निकलने की भी प्रतीक्षा न की, उतावली में असंख्य फूल फूट आये। इन वृक्षों के कुंजों में, श्वेत-गुलाबी पंखुरियों से छिटकी हरियाली पर यदि वह अब्दुल्ला के घर की कल्पना की भाँति सूक्ष्म, सुन्दरी युवती रंगीन रेशमी रूमाल में लिपटे

सिर से काली नागिन-सी दो बेणियाँ कमर से नीचे लटकाये, चौड़ी आस्तीन का घुटनों तक रेशमी कुरता और घेरदार शलवार की तंग मोहरी से छुई जाती गुलाबी एड़ियाँ जरीदार स्लीपरों पर रखकर, अपने प्रतीक्षा-सुषुप्त उरोज काली मखमल की सदरी में दबाये, यौवन भार से श्रान्त शरीर लिये उसके कन्धे का सहारा लेती हुई, यात्रा में थक कर अपनी भारी पलकों को धीमे से खोलकर फैली हुई नीली आँखों से उसकी आँखों में देखकर यदि किसी दिन कहे, 'क्या मुझे छोड़ जाओगे?' तो भी क्या डाक्टर अपने जीवन का उद्देश्य देहली जाना ही समझेगा?

इस प्रकार की कल्पनाओं के बाद अन्सार का ध्यान राज की ओर पलट जाता जैसे उसे व्याकुल कर चुकने के बाद वह सहसा उसके पास लौट आई हो। उसके शरीर में खिंचाव और ऐंठन अनुभव होने लगती, हाथ की मुट्ठियाँ बलपूर्वक बँध जातीं जैसे राज को उनमें पकड़ पाया हो। रक्त के वेग से शरीर में समान सकने वाली शक्ति की व्याकुलता अनुभव होने लगती। वह कल्पना में खो जाता, यदि उस समय राज उसकी बांहों में होती, क्या वह सब कुछ न भूल जाता? वह आवेग कितना दुर्दमनीय था! उस आवेग में सुख और सफलता का कितना प्रबल उद्वेग था। इस निष्फल आवेग के परिणामस्वरूप शिथिल होकर व्यर्थता और अभाव की अप्रिय अनुभूति उसे खिन्न कर देती। राज के प्रति उसे विरक्ति होने लगती।

अन्सार मन ही मन तर्क करने लगता, आखिर राज में ही ऐसी क्या बात है? यदि मैं राज से वैसे ही व्यवहार करता जैसा सैदगुल इब्बा से करता था तो भी क्या वह मुझसे प्रेम करती? यदि सैदगुल इब्बा से वैसा ही व्यवहार करता, जैसा मैं राज से करता था, तो इब्बा क्यों न पतिप्राणा बन जाती? राज मुझे नहीं, मुझसे मिलने वाले सन्तोष से प्रेम करती थी या वह उस एकमात्र पुरुष को प्रेम करती थी जिस पर वह जीवन की प्रत्येक बात के लिये निर्भर थी, जिसके बिना जीवन सम्भव न था। मैं जैसे राज से प्रेम करता था, वैसे ही किसी दूसरी स्त्री से भी कर सकता हूँ। राज भी, जो कोई भी उसका पति होता उसी से प्रेम करती। मुझमें ही क्या विशेषता है? निष्फल होती हुई उत्तेजना से अंगड़ाई ले वह कहता, यह सब व्यर्थ है, इन बातों में क्या रखा है? संसार में सबको जीना है। राज ही केवल एकमात्र स्त्री नहीं, न देहली जाना ही जीवन के लिये एकमात्र मार्ग है।

अब्दुल्ला सौदागर ने देखा, दुकान की सब जिम्मेदारी डाक्टर पर छोड़ देने से लाभ ही हुआ। इससे अधिक सन्तोष उसे यह देखकर हुआ कि सदा काबुल की ओर उड़ जाने के लिये छटपटाता, उद्धत और बेपरवाह नासिर डाक्टर की संगति में सौम्य बनने लगा है। अब्दुल्ला ने बुढ़ापे के सुख के लिये नई जवान बीबी ब्याही थी। वे घर के बाग में, पानी के हौज के किनारे, हरी घास पर बिछे कालीन पर जवान बीबी के साथ दोपहर बिताते। अब्दुल्ला को फारसी शायरी से शौक था। नई बीबी फारसी जानती थी। पति तकिये का सहारा लिये, अधमुँधी आँखों से चरस मिले खुश्क तम्बाकू की फर्शी गुड़गुड़ाते रहते और बीबी उनके सामने घुटनों के बल बैठकर सुरीले स्वर में शाहनामा सुनाती रहतीं। वहीं वे हौज से वजू कर निमाज अदा करते। फिर बीबी को हरम में भेज कर कुरानशरीफ की तलावत करने लगते।

अब्दुल्ला का दिन बाग में ही बीत जाता। आड़ू और खुर्मानी के पेड़ों के नीचे हलके बैंगनी, गुलाबी, श्वेत फूलों की झड़ती पंखुड़ियों में वे आराम करते। उनके लिये दो-दो,

तीन-तीन घण्टे में सूंगरी की महक लिये, हरी चाय रोगनी बर्तनों पहुँच जाती। स्वयं एक छोटा प्याला चाय का लेकर शेष हरम में या अन्सार और नासिर के लिये दुकान पर भेज देते। गोदाम और दुकान को कभी सप्ताह में एक बार देख लेना काफी था। उन्हें विश्वास था कि उम्र भर ईमानदारी पर कायम रहने और खुदा की इबादत करते रहने के बाद अल्लाह के फजल से ही बुढ़ापे में उन्हें अन्सार जैसा मददगार मिल पाया है।

एक दिन पोस्तीन बनाने के लिये खरीदी गई भेड़ की खालों की जाँच-पड़ताल करते समय अब्दुल्ला के हाथ की पीठ पर एक खोंचा लग गया। जैसे कि रिवाज था, थोड़ा बारूद थूक में मसलकर घाव में बाँध दिया गया। अगले दिन उन्हें बुखार आ गया। हकीम ने जोशाँदा काढ़कर पीने की हिदायत की। मुल्ला ने एक तावीज बाँधने को दिया। तीसरे दिन बुखार बढ़ा और मूर्छा आने लगी। हकीम ने जुलाब देने और बदन में फस्त खोलने की राय दी।

अन्सार नासिर के साथ मालिक को सलाम करने गया। उसने नासिर को समझाया—बुखार हाथ के घाव की वजह से है। इस बीमारी को अंग्रेजी में सेप्टीसीमिया (जहरबाद) कहते हैं। घाव की राह खून में जहर फैल गया है। जिस्म की ताकत उस जहर को दबा नहीं पाई। जुलाब देने और फस्त खोलने से बदन और कमजोर होकर बीमारी का मुकाबिला करने लायक नहीं रहेगा। बीमारी का इलाज तुरन्त करना चाहिये वर्ना जहर जोर पकड़ जायेगा।

नासिर ने अन्सार की बात पिता के सामने कही। मिलने आने वालों ने समर्थन किया कि चमड़ा काटने के औजार से लगा घाव बहुत जल्द पक जाता है। एक कारीगर को भी ऐसा घाव लगने से तकलीफ हो गई थी। हकीमों के जुलाब देने और फस्त खोलने से कुछ न हुआ। मुल्ला का ताबीज भी बँधा रह गया। वह हफ्ते भर में मर गया। हालत उसकी ठीक वैसी ही हुई थी जैसी कि अंसार ने बताई थी। अब्दुल्ला का बुखार और बेहोशी बढ़ रही थी। अन्सार ने जरूरी दवाइयों और सामान की सूची बना दी। नासिर डाक की मोटर से काबुल जाकर एक जर्मन डाक्टर की दूकान से सब सामान ले आया।

डाक्टर अन्सार ने बड़े विचित्र ढंग से इलाज शुरू किया। सुई लगी पिचकारी में दवाई भर उसने अब्दुल्ला के बदन में दी। कृत्रिम उपायों से उसने बीमार के मूर्च्छित शरीर में दूध और जल पहुँचाया। तीन दिन तक विकट ज्वर में मूर्च्छित रहने के बाद अब्दुल्ला सचेत होने लगे। एक मास से अधिक वह बिस्तर पर पड़ा रहा। इस बीच अंसार ने मालिक के पलंग की पटिया नहीं छोड़ी। हरम से औरतें आतीं तो वह कुछ मिनट के लिये हट जाता; फिर वह भी नहीं।

अब्दुल्ला ने कहा—"यह हमारा अजीज है इससे क्या पर्दा?" कृतज्ञता और भावानुराग से अब्दुल्ला अंसार को बेटा कहकर सम्बोधन करने लगे। हरम से आने वाली स्त्रियों में दोमंजिल की खिड़की से दिखाई पड़ने वाली वह युवती, अब्दुल्ला की लड़की नासिर की बहिन भी थी। अदब और नजाकत से उसका हाथ उठाकर सलाम करना। डाक्टर घंटों उसी की बात सोचता रहता।

अब्दुल्ला के बीमारी से उठने के बाद अंसार की स्थिति में परिवर्तन हो गया। 'गुस्ले-सेहत' (बीमारी से उठकर पहला स्नान) के दिन दावत हुई तो अंसार के लिये नये कपड़े बनवाये गये। एक रेशमी लुंगी और जरीदार कुल्हा उसे मिला जैसा कि शरीफ आदमी

पहनते हैं। इससे पहले भी दुकान का सर्वेसर्वा अंसार था, परन्तु मालिक के नौकर के रूप में। अब उससे नौकर का-सा व्यवहार न किया जाता। पहले अब्दुल्ला डाक्टर को अंसार कहकर पुकारते थे। बीमारी के बाद वे उसे शरीफजादा कहने लगे और फिर अंसार लेकिन इस दफे अंसार पुकारने में आत्मीयता का भाव था जो आरंभ के हुकूमत के भाव से भिन्न था। दूसरे लोग उसे 'डाक्टर साहब' कहने लगे। उसके कहीं आने-जाने पर, पहले की तरह नजर रखने की जरूरत न समझी जाती। घर के भीतर आने पर उसे अब्दुल्ला की बगल में मसनद पर बैठने के लिये जगह दी जाती। अंसार और नासिर में कोई अन्तर न रह गया। वह दस्तरखान पर भी साथ बैठता।

एक दिन हिसाब-किताब और दस्तावेज देखते समय डाक्टर का तमस्सुख हाथ में आ जाने पर अब्दुल्ला ने उसे फाड़ कर फेंक दिया और गम्भीरता से कहा—"अजीज, इस जिन्दगी में तो मैं तुम्हारा कर्जा बेवाक कर नहीं सकूँगा। मेरी नस्ल भी तुम्हारी कर्जदार रहेगी। बेटा, तुम्हारे लिये मैं क्या कर सकता हूँ?"

अब्दुल्ला के मुख से वही बात निकली जो डाक्टर के मन में थी। उसने कहा—"अजीज, अपने वतन जाना चाहो तो हम तुम्हारी मदद करने के लिये तैयार हैं। हम अपना आदमी तुम्हारे साथ भेज देंगे। कहोगे नासिर को साथ भेज दें। यह लोग तुम्हें अंग्रेजी हिन्दुस्तान की हद में पहुँचा देंगे, लेकिन अजीज, फिर भी खतरा है और तुम्हें खतरे में जाने देने के लिये तबीयत नहीं मानती।"

डाक्टर ने कहा—बीहड़ इलाकों में से पैदल जाने के बजाय वह डाक की मोटर से काबुल की राह पेशावर क्यों न जाये?

अब्दुल्ला ने समझाया—"उसमें और खतरा है। अंग्रेजी सरकार से राहदारी का परवाना न होने से उसमें बहुत मुश्किल पड़ेगी। काबुल से पेशावर जाने में या तो अमीर काबुल की राहदारी हो या अंग्रेजी सरकार की। राहदारी के बिना काबुल जाने में भी खतरा है। नये अमीर को दुश्मनों का अन्देशा है। बात-बात पर शक किया जाता है। एक दफे शक हो गया तो काबुल की पुलिस गिरफ्तार कर जेल में डाल देगी। उस मुसीबत से बचाव की राह नहीं। बेटा, यह तुम्हारा ही घर और रोजगार है। नासिर तुम्हारा छोटा भाई है। एक बहिन है नासिर की। उससे तुम्हारा निकाह हो जाये। हमारी लड़की घर बनी रहेगी। तुम गुलाम मुल्क छोड़कर आजाद मुल्क को ही अपना वतन समझो। जब तुम हिन्दू से मुसलमान, अफगान बन गये तो बेटा अफगानिस्तान ही तुम्हारा वतन है।"

●

त्याग की राह

१९३७ में देश के अधिकांश प्रांतों में कांग्रेस मंत्रिमंडल स्थापित हो जाने से जनता का उत्साह बढ़ गया था। उन्होंने समझा कि स्वराज्य मिल गया। स्वराज्य की लड़ाई जीत लेने के विश्वास से वे उसका फल पाने के लिये व्याकुल होने लगे। वे चाहते थे कि उनके रोजमर्रा जीवन की कठिनाइयाँ दूर हों, बेरोजगारी न रहे, नौकरी पेशा और मजदूरों का वेतन बढ़े। किसान चाहते थे कि उनका लगान कम हो, बेमुनाफे की जमीन पर लगान बिलकुल न हो और हो सके तो उन्हें कहीं से और जमीन मिल जाये। सरकार व्यवस्था में परिवर्तन करे।

मंत्रिमंडलों की बागडोर थामे नेता समझाते थे—अभी स्वराज्य मिला कहाँ है? यह तो स्वराज्य की लड़ाई का केवल आरम्भ है! पहले हमें विदेशी सरकार से शासन का पूर्ण अधिकार पाना है। उस समय तक देश की सम्पूर्ण शक्ति रचनात्मक कार्यक्रम द्वारा विदेशी सरकार को निशक्त कर देने में लगी रहनी चाहिए।

कांग्रेस के दक्षिण-पक्ष और वाम-पक्ष का यह मतभेद भावनाओं में गहरा होता गया। जनता मचलकर सरकार से अपना अधिकार माँगने लगी। जीवन की संकीर्णता से छटपटाते लोगों को उनकी असुविधायें दूर करने की आशा देने वाली समाजवादी विचारधारा आकर्षित करने लगी। उन्हें अपनी हीन अवस्था से सम्बद्ध सभी विश्वासों और तरीकों के प्रति असन्तोष और अरुचि होने लगी। वे सामाजिक और साम्प्रदायिक विश्वासों और रूढ़ि का मजाक उड़ाने लगे। साम्प्रदायिक समस्या का हल उनकी दृष्टि में था, साम्प्रदायिकता को मिटा देना। अमूल क्रांति के समर्थक होने के नाते यह लोग अनेक ऐसी बातें करते और कहते जिनसे पुराने विचारों के समर्थकों को ठेस पहुँचती।

कांग्रेस के कार्यक्रम पर त्याग, परोपकार का रंग चढ़ा रहने से, उसके विदेशी सरकार से मोर्चा लेने से भद्र श्रेणी के लोगों में देशभक्ति की भावना के कारण कांग्रेस के प्रति श्रद्धा और सहानुभूति थी। वे कांग्रेस का आदर करते थे, क्योंकि कांग्रेस उनके लिये प्राण दे रही थी। कांग्रेस में रोटी और मजदूर की चर्चा शुरू होने से उन्हें इससे विरक्ति होने लगी। वे अपना पेट भरने के लिये चिल्लाने वालों की क्या इज्जत करते? उन्हें दिखायी देता था कि जिन लोगों का कोई आगा-पीछा, ठौर-ठिकाना नहीं, वे आराम पाने के लिये, बड़ा बन जाने के लिये यह सब उपद्रव कर रहे हैं। साम्प्रदायिक विश्वासों और सामाजिक प्रयासों का विरोध उच्छृंखलता का बहाना है। कौवों की तरह छीन-झपट कर पेट भर लेना इन लोगों का उद्देश्य है। भद्र जनता विरक्ति के कारण इन लोगों को समाजवादी न कह रोटीवादी, कामरेड न कमरेढ़[१] पुकारती।

---

१. काम को रेढ़ देने, बिगाड़ देने वाले।

देहली में कांग्रेस की सम्भ्रान्त, भद्र जनता के नेता बद्री बाबू थे। वे अथक परिश्रम से कांग्रेस के खद्दर और अछूतोद्धार के रचनात्मक कार्यक्रम के प्रचार में लगे थे। ज्यों-ज्यों उग्र कार्यक्रम के पक्षपाती, समाजवादी लोग परिवर्तन की पुकार को ऊँचा करने लगे, भद्रता और शान्ति के रूप में प्राचीनता के समर्थक उनके विरुद्ध होने लगे। कांग्रेस के किसी भी काम या कार्यक्रम को पूरा करने के समय यह प्रश्न अनिवार्य रूप से उठ खड़ा होता कि वह कार्य उग्र दल के नेतृत्व में होगा था दक्षिण पक्ष के?

उग्र दल शिवनाथ, शेरखाँ और मराठे के नेतृत्व में जनता की आर्थिक समस्याओं को कांग्रेस के कार्यक्रम में जोड़ने का यत्न कर रहा था। ये लोग देहली की कपड़ा मिलों में मजदूरी के प्रश्न पर मजदूरों को संगठित कर राजनैतिक कार्यक्रम की ओर लाने का यत्न कर रहे थे। असन्तोष दिन-प्रतिदिन बढ़ता जा रहा था। उग्र दल की नीति थी कि मजदूरी पेशा और कम वेतन पाने वाले लोगों को उनकी श्रेणी की अवस्था सुधारने की समस्या पर संगठित कर राजनैतिक क्षेत्र में लाना। वे जानते थे कि मजदूरों की माँगें सहज में न पूरी होंगी, परिणाम होगा हड़ताल। हड़ताल युद्ध है और वर्ग-युद्ध के लिये आरम्भिक शिक्षा।

बद्री बाबू मजदूरों और गरीब जनता में उग्र दल के फैलते प्रभाव को देख रहे थे। मजदूरों और मालिकों में सद्भाव बनाये रखने के लिये मालिकों ने बद्री बाबू की सलाह से मिलों के आस-पास मुफ्त दवा बाँटने के लिये औषधालय और मजदूरों के बच्चों की मुफ्त शिक्षा के लिये दो छोटी-छोटी पाठशालायें खोल दीं। मजदूरों को व्यसनों और बुरी आदतों से दूर रहने का उपदेश दिया जाने लगा। मजदूरों की आध्यात्मिक उन्नति के लिये उनके मुहल्ले में रामायण की कथा का प्रबन्ध किया गया। इन सुधारकों के बावजूद मजदूरों में मजदूरी के प्रश्न पर असन्तोष बढ़ता ही जा रहा था। संकट आने के पहले ही उसका उपाय कर देने के लिये बद्री बाबू ने मालिकों को अनाज के बढ़ते भाव के अनुसार मजदूरों में भी कुछ बढ़ती करने की राय दी, परन्तु मजदूरों की धमकी के सामने दब जाना मालिकों को उचित न जँचा।

राज की बड़ी बहिन चंदा, मई की गरमी से व्याकुल होकर मंसूरी जा रही थी। वह राह में छोटी बहिन से मिल लेने के लिए देहली में ठहर गई। चाहती थी कि राज को साथ ले जाये। राज ने कहा—"क्या होगा, मंसूरी जाने से, यहीं ठीक हूँ।" उसे किसी भी काम में उत्साह न था। बहिन की अवस्था देखकर चंदा का हृदय करुणा से मुँह को आने लगता। शोक तो जन्म भर को है, वह सोचती परन्तु शरीर में जब तक प्राण है, उसकी चिन्ता करनी ही होगी। मन को सदैव उदास और शरीर को रोगी बनाये रखने से जीवन का संकट और अधिक असह्य होगा। लड़की के मंसूरी चलने से उसका स्वास्थ्य कुछ सुधरेगा और मन भी बहलेगा ही।

वर्ष भर पहले जब चंदा राज को देखने आई थी, उस समय दुर्घटना का समाचार मिले कुछ ही महीने हुए थे। उस समय चोट ताजी थी। इस एक वर्ष से अधिक समय से राज की अवस्था सुधरी नहीं और भी गिर गई। अपने स्वास्थ्य या दूसरी कठिनाइयों की बाबत वह जुबान न हिलाती। ससुराल के लोगों से उसकी वास्तविक स्थिति जानी ही क्या जा सकती थी? बद्री बाबू ही एक थे, जो राज के हितचिन्तक के रूप में सच्ची बात चंदा को बता सकते। चंदा पहली बार जब आई थी, बद्री बाबू ने शिकायत की थी कि राज

अपने स्वास्थ्य की परवाह नहीं करती। इस उपेक्षा के लिये बहिन को प्यार से धमकाकर चंदा ने बद्री बाबू से कह दिया था—"आप इसका ध्यान रखिएगा। यदि यह ठीक से कहना न माने, स्वास्थ्य बिगड़े, मुझे लिखियेगा। मैं इसे यहाँ रहने ही नहीं दूँगी।"

बद्री बाबू दो दिन राज के यहाँ आ ही न पाये। शिवनाथ के दल के भड़काने से कपड़ा मिलों के मजदूरों ने हड़ताल का नोटिस दे दिया था और उसमें केवल दो ही दिन शेष थे। किसी भी सार्वजनिक कार्य की उपेक्षा करना कांग्रेस के लिये सम्भव न था। देहली में कांग्रेस का अर्थ 'बद्री बाबू' था। राज यह समझती थी और चिन्तित थी कि इस भयंकर गरमी और लू में बाबू शायद भोजन के लिये भी समय न पाकर निरन्तर घूम रहे होंगे कि किसी प्रकार हजारों मजदूरों की रक्षा हड़ताल के संकट से हो सके। साधारणतः वे नित्य ही राज की सुध लेने आते थे। उसके समीप बैठकर तकली से सूत कातते हुए गीता के श्लोकों की व्याख्या करते या किसी दूसरे प्रसंग से उसके चिर-शोक को दूर कर कर्त्तव्य-पथ की ओर लाने का यत्न करते। दो दिन उनके न आ सकने से और उस विषय में चंदा के बार-बार पूछने के कारण राज चिंतित थी कि वे क्यों नहीं आये? अपने विषय में बहिन की स्नेह-चिंता को आश्वासन देने के लिये राज सुनाती रही कि किस प्रकार कांग्रेस कार्य का इतना अधिक बोझ सिर पर होते हुए भी बद्री बाबू उसकी खोज-खबर लेते रहते हैं।

जेठ मास में तीसरे पहर देहली में पठार से आने वाली लू का वेग खूब तीव्र होता है। राजकीय विशाल नगर की व्यग्रता, आतप के ताप से दीवारों की आड़ ले औंघाने लगती है। दोनों बहिनें राज के कमरे में एक ही पलंग पर लेटी, अपना सुख-दुःख कह रही थीं। राज गर्मी की चिन्ता नहीं करती थी, परन्तु बहिन के आराम के खयाल से उसने कमरे में काफी पानी छिड़क लिया था। पश्चिम की खिड़की पर बद्री बाबू के यत्न से लग गई खस की टट्टी पर भी पानी डालना वह न भूली थी। बहिनें अपनी बातचीत में व्यस्त थीं। बाहर से आने वाली आहट भी उन्हें सुनाई न दी। कमरे में कदम आ पड़ने पर राज ने चौंककर उठते हुए कहा—"आ तो गये भैया!"

चंदा ने बद्री बाबू को पहचाना। सम्भ्रम से बैठकर नमस्ते की। उस अभ्यर्थना के उत्तर में बद्री बाबू ने आत्मीयता के विस्मय से पूछा—"कब आईं आप?"

"जीजी तो दो दिन से आपकी प्रतीक्षा कर रही हैं, आपको फुर्सत ही नहीं!" राज ने अभिमान से कहा और फिर बहिन को सम्बोधन कर बद्री बाबू को सुनाने के लिये कहती गई, "और देखिये, सुबह से इस तरह लू में यों ही फिर रहे होंगे। अपनी तो इन्हें जरा भी चिन्ता नहीं रहती। दूसरों को बहुत समझायेंगे!"

बद्री बाबू की ओर से बहिन के उपालम्भ की सफाई देने के लिये चंदा ने करुणा और आत्मीयता के स्वर में कहा—"बेचारों को काम भी कितना करना पड़ता है।"

बद्री बाबू समीप पड़ी कुर्सी खींच बैठ गये। उनके कुर्ते, धोती और चादर पर जमी धूल, कनपटियों और गर्दन पर पड़ा पसीना साक्षी दे रहे थे कि दिन भर उन्होंने परिश्रम और परेशानी में बिताया है। सम्भवतः खाने-पीने का भी समय उन्हें नहीं मिला। उनकी थकावट दोनों बहिनों की आत्मीयता भरी चिन्ता की शीतल वायु के झोंके से दूर हो गई। सबसे बढ़कर था, अपना मौन छोड़ राज की इतनी बात उनसे कह जाना।

तुत्ती कैम्प से डाक्टर खन्ना के पत्र आने बंद हो जाने के बाद से इतनी सजीवता उन्होंने राज के व्यवहार में नहीं देखी थी। चंदा की उपस्थिति से दो ही दिन में जीवन के प्रति राज की उपेक्षा में इतना अन्तर आ गया था। चंदा थी भी ऐसी ही। इससे पहले दुःख से बेसुध राज को जब उसने आकर गोद में ले लिया था तो ऐसा अनुभव होता था कि बहिन के दुःख से वह स्वयं गल जाना चाहती थी।

चंदा पलंग पर सम्मुख बैठकर हाथ के पंखे से बद्री बाबू को हवा करने लगी। बद्री ने संकोच से पंखे के लिये हाथ बढ़ाकर उसे मना किया।

चंदा ने मुस्कराकर उत्तर दिया—"इसमें क्या है!" हाथ पीछे हटा, पंखा देने से इनकार कर दिया। अपना यह अधिकार सहज में छोड़ देने के लिये वह तैयार न हुई। एक सतत मुस्कान, बिना किसी प्रयत्न के उसके उजले सलोने चेहरे और बड़े-बड़े नेत्रों से फूटी पड़ती थी। हृदय का स्नेह लावण्य बन कर त्वचा पर छलक पड़ा था। मुस्कान में आत्मतुष्टि की अपेक्षा दूसरे के लिये अनुभूति का भाव ही अधिक था।

राज बिना कुछ कहे कमरे से बाहर चली गई। चंदा ने कृतज्ञता के स्वर में कहा—"आपने राज का बहुत ख्याल किया वर्ना यह पागल तो मर जाती। देखिये, इसका क्या हाल हो रहा है?...में डर रही हूँ इसे कुछ हो न जाये। सोचती हूँ, इसे अपने साथ मंसूरी ले जाऊँ। कुछ स्वास्थ्य ठीक होगा, जरा दिल भी बहलेगा!"

राज एक गिलास में शर्बत लेकर लौट आई। उसकी ओर देखे बिना ही चंदा कहती गई—"हाँ, भाई साहब, आप कहिये आपकी क्या राय है? मेरा विचार है इसे मंसूरी ले जाऊँ!"

बद्री बाबू ने राज के हाथ से शर्बत का गिलास लिया ही था कि भारी कदमों की आहट सुनकर उन्होंने घूम कर पीछे देखा, चंदा के पति राजाराम आ रहे थे।

बहुत दिन बाद परिचित को मिलने के उत्साह में राजाराम ने स्वयं ही हाथ बढ़ाकर पुकारा—"ओहो बद्री बाबू, अरे भाई कहाँ छिपे रहे? दो दिन से दिखाई ही नहीं दिये? क्या हड़ताल-वड़ताल के चक्कर में हैं?..."

बद्री बाबू से हाथ मिला कर राजाराम समीप पड़ी कुर्सी खींच कर बैठकर कहते गये—"भाई तुम्हारा यह कांग्रेस वालों का हड़ताल का चक्कर हमारी समझ में नहीं आता। इससे तो बड़ी मुसीबत होती है।" हाथ में थमा गिलास स्वयं न पी, राजाराम की ओर बढ़ाकर बद्री बाबू ने कहा, "लीजिये!"

चंदा ने टोक दिया—"नहीं आप पीजिये!...जरा पसीना सूख जाये। इनके लिये और आ जायेगा।" हाथ के पंखे से वे दोनों को हवा करने लगीं।

शरीर दोहरा होने के कारण राजाराम गरमी अधिक अनुभव कर रहे थे। पंखा चंदा के हाथ से लेकर अपने शरीर पर जोर-जोर से हवा करते हुए उन्होंने कमीज के बटन खोल दिये। पति को गरीम से व्याकुल होते देखकर चंदा ने राज को समीप खींच कर कुछ कहा। राज दूसरे कमरे से मेज पर रखने का बिजली का पंखा लिए लौटी। बद्री बाबू हाथ का गिलास एक ओर रख सहसा खड़े हो गये—"आपने मुझसे कहा होता!" उन्होंने आगे बढ़ पंखा राज से लिया और कोने में पड़ी तिपाई पर रखकर राजाराम की ओर लगा दिया। तेज हवा से सांत्वना पाकर राजाराम ने हाथ का पंखा पत्नी के उपयोग के लिए लौटा दिया।

हड़ताल के सम्बन्ध में अपनी बात का कोई उत्तर बद्री को देते न देखकर राजाराम ने फिर छेड़ा—"तुम्हारी इस हड़ताल की वजह से कानपुर में इतना चौपट हो गया और अब यहाँ भी वही बीमारी फैल रही है।"

शरबत के गिलास से मुख हटाकर बद्री बाबू ने उत्तर दिया—"कांग्रेस का तो हड़ताल से कोई सम्बन्ध नहीं!"

"है कैसे नहीं?" राजाराम ने आग्रह किया, "यही सब लोग तो मजदूरों को भड़काते फिरते हैं। यही कांग्रेस वाले ही तो मजदूरों की हिमायत में खड़े हो जाते हैं, वर्ना इतना झगड़ा ही क्यों हो?"

उत्तर देना बद्री बाबू के लिए आवश्यक हो गया। अपनी बात दोहराकर उन्होंने कहा—"कांग्रेस तो हड़ताल नहीं कराती। कांग्रेस तो सभी लोगों के लिए स्वराज्य की लड़ाई लड़ रही है। कांग्रेस न केवल मजदूरों की है, न किसानों की और न मालिकों की ही। श्रेणी द्वेष के लिए उसमें स्थान नहीं। श्रेणी द्वेष को दूर रखकर स्वराज्य की लड़ाई कांग्रेस का काम है।"

बद्री बाबू के उत्तर से राजाराम का समाधान न हुआ; बोले—"तो फिर कांग्रेस मजदूरों की ओर से खड़ी क्यों नहीं है? कानपुर में हड़ताल हुई तो कांग्रेस मजदूरों के लिए जुलूस निकालने लगे। लोग कांग्रेस को चन्दा इसलिए थोड़े ही देते हैं कि मजदूर हड़ताल करें तो कांग्रेस उन्हें उस चन्दे से खाना बाँटने लगे? चन्दा तो आप मालिकों से लें और मदद करें उनके खिलाफ मजदूरों की। यह अच्छी रही!" राजाराम का स्वर ऊँचा हो गया।

खाली गिलास एक ओर रखकर बद्री बाबू ने उत्तर दिया—"कांग्रेस यदि संकट के समय मजदूरों की सहायता करती है तो वास्तव में देश भर की सहायता है, मिलमालिकों की भी सहायता है। मजदूर और मालिक एक-दूसरे के बिना नहीं रह सकते। इन दोनों में मेल बनाये रखना कांग्रेस का कर्त्तव्य है। मालिकों का धन मजदूरों के सहयोग के बिना नहीं पैदा हो सकता। मालिक उस धन के संरक्षक हैं…।"

बद्री बाबू की बात समाप्त होने से पहले ही राजाराम ने उन्हें टोक दिया—"धन मालिकों का कैसे नहीं? मालिक क्या उसके लिये मेहनत नहीं करते? मालिक उसमें अपनी लाखों रुपये की पूँजी नहीं लगाते? क्या सोशलिस्टों के कहने से ही सब कुछ हो जायेगा?"

बद्री बाबू ने जेब से तकली और रुई निकालकर सूत कातते हुए उत्तर दिया—"मालिक पूँजी लगाते हैं, इसमें सन्देह नहीं परन्तु पूँजी के रूप में लगाया हुआ धन भी तो मजदूरों की सहायता से ही कमाया जाता है! इसीलिए मालिक उस धन के संरक्षक ही हैं। मजदूरों के हित की चिन्ता करना भी उनका कर्तव्य है क्योंकि मजदूरों के बिना मालिकों का निर्वाह नहीं हो सकता; समाज के लिए दोनों ही आवश्यक हैं…।"

राजाराम ने फिर टोका—"समाज के लिए दोनों आवश्यक हैं तो क्या मालिक मजदूरों के दबैल होकर रहें। मालिक तो मजदूरों को काम दें और कांग्रेस उल्टे उन्हीं के पैसे से मालिकों की मुखालफत करे?"

इस लांछन से विचलित न होकर बद्री बाबू ने उत्तर दिया—"कांग्रेस यदि मजदूरों की सहायता करती है तो उसमें मालिकों का भी उतना ही हित है। मजदूरों को मालिकों का

शत्रु न बनने देकर दोनों में मेल बनाये रखना कांग्रेस का कर्तव्य है। विरोध होने से दोनों की ही हानि है। दोनों में परस्पर प्रेम और सेवा-भाव होना चाहिए!

"जी हाँ, अच्छा प्रेम और सेवाभाव है कि आप मालिकों से छीन-छीन कर मजदूरों को बाँटिये। यह कांग्रेस न हुई, सोशलिज्म हो गया।" उत्तेजना से राजाराम कहते गये, "कल मजदूर ही मालिक बन बैठेंगे, बस हो गया प्रेमभाव।"

इस उत्तेजना के प्रभाव ने बद्री बाबू का तकली चलाना रुक गया—"आपस में प्रेमभाव न होने से, मजदूरों के हित की चिन्ता जब मालिक नहीं करते तभी द्वेषपूर्ण सोशलिज्म और हिंसा पैदा होती है। मालिक अपने को मजदूरों का संरक्षक समझ कर उसकी आवश्यकता पूरी करने का ध्यान रखें तो मजदूरों के दिल में उनसे द्वेष न हो। झगड़े और छीनने का सवाल ही न हो जैसा कि हमारे देश में पहले समय में होता था। मालिक एक प्रकार से सेवक का दास होता था।" बद्री बाबू ने चंदा, राज और राजाराम की ओर देखकर गम्भीरता से कहा। दोनों बहिनों ने श्रद्धा से बद्री बाबू की बात पर सिर हिलाया परन्तु राजाराम नहीं माने।

"हाँ हो लिया" हाथ हिलाकर राजाराम ने कहा, "हमें बात बनाना नहीं आता। हम तो सीधी बात जानते हैं। कमा-कमा कर मजदूरों को ही बाँटना हो तो तरद्दुद में पड़ने की जरूरत? आदमी आराम से अपने घर में बैठे। उतना ही कमाये जितने में बाँटने की जरूरत ही न पड़े, क्यों जी?" उन्होंने पत्नी की ओर देखा।

राजाराम को अपनी गम्भीर बात की उपेक्षा करते देखकर बद्री बाबू ने सूत कातना छोड़, तकली बाएँ हाथ में ले, दायाँ हाथ उठाकर समझाया—"इस बात को आप यों नहीं उड़ा सकते। हड़ताल हो जाना मजाक नहीं। हजारों मजदूर बेकार हो जायेंगे। उन सबके स्त्री-बच्चे भूखे मरेंगे। मई की इस गरमी में उनके भूखे मरने का परिणाम क्या होगा, इस बात का आप ख्याल कीजिये। आदमी को भूख लगने पर कुछ घण्टे खाना नहीं मिलता तो क्या हाल होता है? यहाँ यह भूख हफ्तों, महीनों चलेगी। ऐसी अवस्था में उनमें बीमारी फैलेगी किस तरह वे लोग बिलबिलायेंगे? सैकड़ों दूध पीते बच्चे मर जाएँगे। ऐसी अवस्था में कांग्रेस उनकी सहायता कैसे न करे?"

बद्री बाबू के इस करुणापूर्ण वर्णन को सुन चंदा सिहर उठी—"नहीं, ऐसी अवस्था में तो गरीबों की सहायता अवश्य करनी चाहिए।" उसने करुण स्वर में बद्री बाबू का अनुमोदन किया। चंदा को अपना समर्थन करते देख बद्री बाबू चुप रह राजाराम की ओर देखते रहे।

"सहायता का क्या मतलब हुआ? तो फिर मजदूर मालिकों का मुकाबिला किस बात पर करते हैं?" राजाराम ने बद्री बाबू को सुनाने के लिए चंदा को उत्तर दिया।

पति का उत्तर पाकर भी चंदा ने कहा—"ये बेचारे इतने गरीब हैं। क्या उनके बाल-बच्चे भूखे मर जाये। गरीबों की मदद तो करनी ही चाहिए।"

अपनी स्त्री की इस जिद्द से बिगड़कर राजाराम ने कहा—"तो गरीबों को कौन कहता है कि उठकर लड़ने जाओ? और लड़ना है तो भुगत लें। अपने बूते पर लड़ें। मजदूर भूखे मरने के लिए खुद ही हड़ताल करें तो उनकी सहायता की क्या जरूरत?"

"तो ऐसे तो" चंदा ने पति की ओर देखकर पूछा, "सत्याग्रही भी स्वयं जेल जाते हैं फिर उनसे सहानुभूति क्यों दिखाई जाती है? ऐसे ही मजदूर भी···।"

राजाराम और भी चिढ़ गये—"क्या बेमतलब बात कहती हो? सत्याग्रही और हड़ताली एक से हो गये? वे देश के लिए लड़ते हैं ये अपने पेट के लिए...।"

इस धमकी का चंदा के पास कोई उत्तर न था। मजदूरों के प्रति हृदय में भर आई करुणा से बेबस होकर उसने बद्री बाबू की ओर उत्तर की आशा से देखा। वे प्रतीक्षा ही में थे, बोले—"मजदूरों को लड़ने के लिए भी मालिक ही विवश करते हैं, कैसे? स्वयं उन्होंने चंदा और राज की ओर देखकर प्रश्न किया और फिर राजाराम को उत्तर दिया, "जब मालिक मजदूरों के सहयोग से कमाये धन में से मजदूरों की आवश्यकता अनुसार भाग नहीं देते। माना कि मजदूरों को प्रेम और अहिंसा से काम लेना चाहिए परन्तु वे संकट में हैं, इस बात से इनकार नहीं किया जा सकता। इतनी कम मजदूरी में उनका निर्वाह नहीं हो सकता...।"

राजाराम ने बद्री बाबू की बात काटकर पूछा—"तो जब मालिकों का निर्वाह नहीं चलता, या उन्हें नुकसान हो जाता है तो क्या मजदूर भर देते हैं?"

"सुनिये," बद्री बाबू ने अपनी बात पूरी करने के लिए आग्रह किया, "मजदूर ही देते हैं, क्योंकि मालिक लोभ के कारण आवश्यकता से अधिक धन अपने पास रख लेते हैं और मजदूरों को उनकी जरूरत से कम देते हैं। यदि मालिकों में मजदूरों के प्रति प्रेमभाव हो तो वे ऐसा न करें और द्वेष की नौबत न आये।"

"हाँ ठीक तो है" चन्दा ने उत्साह से फिर बद्री का समर्थन किया। चन्दा को अपने विरुद्ध समर्थन करते देख, खीझकर राजाराम बोले, "कुछ समझती तो हो नहीं... बेमतलब बीच में बोलती जाओगी। मालिक अपना मुनाफा नहीं लेगा? वह अपनी पूँजी नहीं लगाता? और फिर मालिक मजदूर का मामला है तो बीच में कांग्रेस क्यों पंच बने? निबट लेने दे दोनों को आपस में।

"परन्तु झगड़ा यों चलने का परिणाम क्या होगा?" बद्री बाबू ने पूछा और उत्तर दिया, "इसका परिणाम होगा, मालिक और मजदूरों में निरन्तर द्वेष बढ़ना और समाजवाद की हिंसा! मजदूर अपने प्राण बचते न देखकर मिल, कारखाने और संपत्ति मालिकों से छीनकर अपने हाथ में लेना चाहेंगे। समाजवादी लोग तो चाहते ही हैं कि दोनों श्रेणियों में विरोध बढ़े और श्रेणी हिंसा का भाव पैदा हो!"

"हाँ वह तो समझ लिया!" बात समाप्त करने के भाव से हाथ उठाकर राजाराम बोले, "पर जब मजदूर मालिकों पर जोर डालकर जो चाहे करायेंगे तो समाजवाद ही हो गया; मजदूर ही मालिक बन गये। उसमें और समाजवाद में अन्तर ही क्या रह गया?" अन्त में अपनी ही बात रखने के लिए बद्री बाबू के मुँह खोलने से पहले ही राजाराम ने चन्दा की ओर देखकर कहा, "यह तो नहीं कि एक गिलास शर्बत या पानी देतीं, बस बहस करने लगीं।" चन्दा लज्जित होकर उठना ही चाहती थी कि राज ने उसका हाथ थाम कर कहा, "जीजी तुम बैठो, मैं अभी लाई और कमरे से बाहर चली गई।"

अपनी बात कहना आवश्यक समझ कर बद्री बाबू बोले—"मालिक मजदूर में श्रेणी हिंसा न होकर यदि उनमें प्रेमभाव हो, मालिक अपने को मजदूर का रक्षक और पिता समझें तो उनमें द्वेष न होकर प्रेम होगा। उसमें समाजवाद के झगड़े की गुंजाइश नहीं। वही तो रामराज्य का आदर्श है।"

पति को आगे बहस से बचाने के लिये चन्द्रा ने बद्री बाबू की ओर संकेत कर कहा—"भाई साहब से मैं कह रही थी; राज को मंसूरी ले जाऊँगी! बेचारी की क्या हालत हो रही है?"

हाथ में थमी तकली को फिर से चलाते हुए बद्री ने अनुमोदन किया—"हाँ, ले जाइये अच्छा रहेगा।"

"तुम ऐसे ही ले जाओगी? लालाजी से भी पूछा लिया है कि अपनी मर्जी से ले जाओगी?" राजाराम ने चन्दा के भाव की उपेक्षा कर कहा।

"मैं सबसे पूछ लूँगी।" चन्दा ने भरोसे से उत्तर दिया, "ले क्यों नहीं जाऊँगी? मेरी बहिन नहीं है? और उसका है कौन?"

"ओ हो!" राजाराम ने परेशानी प्रकट की, "हम कब कहते हैं कि तुम्हारी बहिन नहीं है पर उसके ससुराल वाले भी तो हैं। उनकी इच्छा के बिना तुम क्या कर सकती हो, या वही खुद क्या कर सकती है? आखिर स्त्री है, क्या जो चाहे अपनी मर्जी से कर सकती है?"

राज शर्बत का गिलास ले आई थी। पति की कठोर बात अपनी सहानुभूति से पोंछ डालने के लिये बहिन की पीठ पर हाथ रखकर चन्दा ने अपना आग्रह दोहराया—"मैं इसे जरूर ले जाऊँगी। जिससे पूछना होगा; पूछ लूँगी, देखा जायेगा। बहिन तो मेरी है। दूसरे किसी का क्या है?" स्नेह से राज की ठोढ़ी छूकर उसने पूछा, "चलेगी न तू मेरे साथ?"...रात में मैं तेरा सामान बँधवा दूँगी।"

अधीनता के से स्वर में राज ने उत्तर दिया—"मेरा क्या है, जैसे सब लोग कहें...।"

राजाराम को चन्दा की यह मनमानी अच्छी न लग रही थी। शर्बत पीते-पीते दूसरी ओर देखकर अपने संतोष के लिये उन्होंने कह दिया—"जैसा तुम चाहो, हमें क्या?"

बद्री बाबू ने तकली चलाते हुए राय दी—"मेरा तो विचार है, ऐसे इनका जीवन बोझ हो रहा है। इन्हें इस कोठरी से बाहर निकालना चाहिए। पहले बात दूसरी थी। खन्ना भाई की सरकारी नौकरी के कारण यह सार्वजनिक कार्य में भाग न ले सकती थीं, अब वह अड़चन नहीं।" शर्बत पीते हुए राजाराम की ओर देख वे बोले, "भगवान ने जब पारिवारिक चिन्ता से इन्हें मुक्त कर दिया, संकीर्ण परिवार की सीमा से निकल कर बड़े परिवार, समाज और देश की चिन्ता यह क्यों न करें। मनुष्य के जीवन का कुछ तो उपयोग होना चाहिए!"

राज सिर झुकाये चुपचाप सुनती रही। चंदा ने समर्थन में सिर हिलाया, परंतु पति की सम्मति की प्रतीक्षा में चुप रही। प्रस्ताव की स्वीकृति का उत्तरदायित्व अपने ऊपर आता देखकर राजाराम ने दृष्टि बाहर की ओर कर, रूमाल से मुख पोंछते हुए किसी को भी न सुनाकर कहा—"हाँ ठीक ही है।"

× × ×

कपड़ा मिलों की हड़ताल को एक महीना पूरा हो गया। मजदूरों की स्थिति इस बीच बहुत कठिन हो गई थी, परन्तु वे डटे हुए थे। मिलों के फाटकों पर हड़तालियों के धरना देने के कारण झगड़े होने लगे। मालिकों की सम्पत्ति पर आ सकने वाली आशंका से और

शान्ति की रक्षा के लिये सरकार को पुलिस तैनात कर देनी पड़ी। जाबरों, बुनाई मास्टरों, फिटरों और हड़ताली मजदूरों में झगड़े होने से पुलिस ने लाठीचार्ज किये। कुछ लोग जेल गये। हड़ताल के उत्तर में मालिकों ने भी मिलों के फाटक बन्द कर दिये; लाक-आउट हो गया।

मजदूरों के संकट का विचार कर, उनकी माँगों पर सहानुभूति से विचार करने की अपीलों का प्रभाव मालिकों पर और मालिकों के न्याय और सद्‌भावना पर विश्वास करने की अपीलों का प्रभाव मजदूरों पर कुछ न होता। अनेक बड़े-बड़े जलसों में बद्री बाबू ने भावपूर्ण व्याख्यान दिये। हड़ताल का तमाशा देखने वाली जनता ने यह सब सुना नहीं; नहीं सुना तो मालिकों और मजदूरों ने।

मजदूर सुनते थे शिवनाथ, शेरखाँ और मराठे की सीधी-सादी बातें। मजदूरों पर सबसे अधिक प्रभाव पड़ता था उनकी छोटी-छोटी टोलियों में होने वाले प्रचार का— मजदूरों के पेट का सवाल है। मजदूरों के ही परिश्रम से यह सब मिलें बनी हैं उन्हीं के परिश्रम से सब कमाई हो रही है तो उनके पेट भरने और तन ढांकने की आवश्यकतायें उससे पूरी क्यों न हों? आयु भर अपनी कमाई से दूसरों के ऐश का सामान तैयार कर स्वयं कंगाली में सड़ते रहने की अपेक्षा मजदूर एक दफे संकट झेलकर, भर पेट खाने का अधिकार क्यों न प्राप्त करें? सभी कपड़ा मिलें एक साथ बन्द हो गईं। मजदूर सोचने लगे, जब उनके किये बिना कुछ भी नहीं हो सकता तो मालिकों को उनकी शर्तें मानने के लिये मजबूर होना ही पड़ेगा। और वे अपनी कमाई का ही एक हिस्सा तो माँग रहे हैं!''

मनुष्य विचारों और इरादे से साहस बटोर सकता है, परन्तु इन उपायों से पेट नहीं भर सकता। पेट का खाली रहना मनुष्य की सबसे बड़ी निर्बलता है जो उसके साहस और इरादे की ऊँची दीवार की नींव खिसका देती है। महीना भर भूख का संकट झेलकर अपने अधिकारों के लिये लड़ने वाले मजदूरों में हड़ताल तोड़ देने की पुकार उठने लगी। हड़ताल कराकर मजदूरों को संकट में डालने वाले मजदूर-लीडरों की निन्दा होने लगी। शिवनाथ, शेरखाँ और मराठे के विरुद्ध आक्षेप भरे पर्चे निकलने लगे। इन पर्चों में उनसे पूछा जाता कि वे अपने निर्वाह का जायज तरीका बतायें? उन्हें बेरोजगार मजदूरों के टुकड़ों पर जीने वाला बताया जाता, अपनी नेतागिरी कायम करने के लिये मजदूरों को संकट में डालने का लाँछन और गरीब मजदूरों से इकट्ठे किये धन को होटलों और वेश्याओं के घरों में बर्बाद करने का दोष उन पर लगाया जाता।

इन सब लाँछनों के उत्तर में मजदूर नेता अपनी सभाओं में ऐसे पर्चे बाँटने वालों को पूँजीपति मिल-मालिकों के दलाल कहते। इसे मजदूरों में फूट डालने का यत्न बताते और मजदूरों से अपीलें करते कि इतने संकट सहकर उन्होंने जिस लड़ाई को इतने दिन तक लड़ा है, अपने पेट के लिये, अपने बच्चों के पेट के लिये उसे आखीर तक लड़ते जायें, वर्ना अपनी निर्बलता के लिये उन्हें पछताना पड़ेगा। अपने संकट और सैकड़ों तरह के व्याख्यानों से घबराये हुए मजदूरों के लिये तर्क और युक्ति की बारीकियाँ समझना सम्भव न था। वे सिद्धान्तों के रूप में नहीं बल्कि व्यक्तियों के रूप में बात समझना चाहते थे। वे सोचते थे, बद्री बाबू की बात मानें या मजदूर सभा की? संकट में सहायता कौन कर सकता है?

मजदूर सभा के कार्यकर्ता अपनी बातों से मजदूरों का साहस बढ़ाने के अलावा बेरोजगार, अन्नहीन मजदूरों के परिवारों की सहायता रसद द्वारा करने की भी चेष्टा करते। वे जुलूस निकाल कर मध्यम श्रेणी के लोगों से तड़पते मजदूरों की सहायता के लिये रुपया-पैसा और रसद इकट्ठी करते। हड़ताली मजदूरों को उनके परिवार के लोगों की संख्या के अनुसार सहायता दी जाती। यह काम उनके लिये बहुत कठिन था। पर्याप्त मात्रा में सहायता न मिलती और न मजदूरों को दी जा सकती।

बेकारी और भूख से परेशान मजदूरों में फूट पड़ने लगी। मजदूर सभा में मालिकों से शीघ्र समझौता करने के पत्र आने लगे। मजदूरों में शिथिलता के यह चिह्न प्रकट होने के साथ ही भूख से मरते मजदूरों को रसद बाँटने वाली टोलियाँ मजदूर बस्ती में फिरने लगीं। यह लोग लारियों में रसद भर कर लाते और लाउडस्पीकर से मजदूरों को सलाह देते कि स्वयं नेता बनने के लिये मजदूरों को धोखा देकर उन्हें संकट में डालने वाले, टुकड़ाखोर कामरेड मजदूर नेताओं के जाल से निकल कर, द्वेष और हिंसा के भाव को छोड़कर मालिकों से समझौते से चलना चाहिये। मजदूरों के नेता वे लोग नहीं जो मजदूरों के पैसे से मौज उड़ाते हैं बल्कि वे लोग हैं जो त्याग से जनता की सेवा करते हैं। यह व्याख्यान देकर नारे लगाये जाते—मजदूरों के सच्चे नेता बद्री बाबू जिन्दाबाद।

इसके उत्तर में मजदूर सभा के समाजवादी कार्यकर्ता मजदूरों के झुण्डों में कनस्तर पर खड़े होकर अपने हक की लड़ाई में साहस से डटे रहने के लिये मजदूरों को ललकारते। पूँजीपति मालिकों द्वारा मजदूरों में फूट डालने के लिये बाँटे जाने वाली रसद को हराम का अन्न बताते। पूँजीपतियों के सहायक बनकर मजदूरों के हित की रक्षा का दम भरने वालों को धोखेबाज बताकर उनके कपट से बचने, अपनी लड़ाई लड़कर अपने भाग्य का निपटारा स्वयं करने की अपील करते। इन झगड़ों से दोनों दलों के मजदूरों में कई बार मारपीट हो जाती और पुलिस को हस्तक्षेप करना पड़ता। मजदूर सभा ने अपनी शर्तें कम करके समझौता करने की तजवीजों का प्रत्यक्ष में ठुकरा दिया परन्तु भीतर ही भीतर वे मजदूरों से घबरा रहे थे। लक्षणों से उन्हें दिखाई दे रहा था कि मजदूर अब टिक न सकेंगे। मजदूरों का साहस बढ़ाने के लिये इस समय किसी खास प्रोत्साहन की आवश्यकता थी।

कपड़ा-मिलों के हजारों मजदूरों के ढीले-ढाले संगठन की अपेक्षा बिजली घर और पानी-कल (वाटरवर्क्स) के गिने-चुने मजदूरों के संगठन शिवनाथ, मराठे और शेरखाँ के प्रयत्न से अधिक दृढ़ बन चुके थे। हड़ताल में कमजोरी आते देखकर इन मजदूरों की सहानुभूति में, बिजली घर और पानी-कल में भी हड़ताल की घोषणा हो गई।

इस ऐलान से नगर भर में खलबली मच गई। बिजली घर और पानी-कल बन्द हो जाने का अर्थ था, एक प्रकार से विशाल दिल्ली के नागरिक जीवन का गला घोंट देना। इस सनसनी से कपड़ा मिल के मजदूरों की शिथिलता दूर हो गई। उन्होंने अनुभव किया कि शत्रु के विरुद्ध उनकी सहायता के लिये एक जबर्दस्त सेना आ पहुँची। उनके उखड़ते कदम जमने लगे। मजदूर नेताओं को विश्वास हो गया कि संकट की आशंका दूर करने के लिये सरकार को मामले में हस्तक्षेप करना ही पड़ेगा। वह मिल मालिकों पर समझौता करने के लिये जोर डालेगी।

इससे भी बढ़कर चौंका देने वाला समाचार, अगले ही दिन समाचार पत्रों में छपा— 'हजारों मजदूरों का असह्य दुःख दूर करने के लिये बद्री बाबू का आमरण अनशन!' विवरण था :—मिल मालिकों और मजदूरों में बढ़ते वैमनस्य और विरोध को अपने बलिदान से दूर करने के लिये जनता के नेता बद्री बाबू ने कांग्रेस दफ्तर में अनशन व्रत आरम्भ कर दिया है। जब तक दोनों दल परस्पर विरोध को छोड़कर विश्वास और प्रेम से समझौता करने के लिये तैयार न होंगे, बद्री बाबू का अनशन जारी रहेगा।

दूसरे ही दिन नगर कांग्रेस-कमेटी की ओर से एक बहुत बड़ी सार्वजनिक सभा मालिकों और मजदूरों में विरोध और वैमनस्य मिटाकर समझौते की अपील के लिये हुई। समाचार पत्रों में देश के बड़े-बड़े नेताओं के संदेश बद्री बाबू के त्याग और साहस की प्रशंसा में छपने लगे। जनमत हड़ताल समाप्त कर देने के लिये व्याकुल हो उठा। मजदूरों की माँगों और कष्टों का प्रश्न पीछे पड़ गया, सामने आ गया बद्री बाबू के अनशन का और उनकी प्राण रक्षा का प्रश्न। जनता सैकड़ों की संख्या में बद्री बाबू के दर्शनों के लिये कांग्रेस दफ्तर में आने लगी। इसके लिये स्वयंसेवकों का प्रबन्ध किया गया। नगर के प्रभावशाली लोग समझौते के लिये मजदूर नेताओं पर दबाव डालने लगे। मिल मालिकों से भी इस विषय में प्रार्थना की गई। उनका उत्तर सीधा और स्पष्ट था, हड़ताल हमने नहीं मजदूर सभा ने की है। सभा अपनी शर्तें हटा दे, हड़ताल समाप्त हो जायेगी।

× × ×

राजाराम मंसूरी में दो मास रहने के विचार से गये थे। राज उनके साथ गई थी। उसे भी उतना ही समय वहाँ रहना था, परन्तु हड़ताल के प्रश्न पर बद्री बाबू के अनशन का समाचार पाकर वह देहली लौट आने के लिये बेचैन हो उठी। यह स्वेच्छाचारिता राजाराम को उचित न जँची। चंदा ने राज को समझाया कि उसका ऐसे जाना ठीक न होगा। दो-तीन सप्ताह की बात है, वे लोग भी लौट चलेंगे। राज ने कोई उत्तर न दिया, परन्तु बहिन के बहुत समझाने पर भी जिद्द न छोड़ी।

राज को याद आ रहा था—जब वह डेढ़ वर्ष तक शोक और रोग से असहाय पड़ी थी, बद्री बाबू का निरन्तर उसके पलंग की पटिया पकड़कर सभी प्रकार की सहायता, सांत्वना और सहानुभूति के लिये तत्पर रहना। जब संसार उसकी उपेक्षा कर रहा था, बहिन भी कानपुर में थी, उस समय बद्री बाबू ही उसके दुख-दर्द को अनुभव करने वाले थे। आज वही बद्री बाबू सप्ताह भर से देहली की लू और गर्मी में अनशन व्रत किये बैठे हैं और वह मंसूरी की शीतल वायु और फुहारों में आनन्द ले रही थी। देश सेवा और परोपकार में बद्री बाबू के सहे कष्ट उसे याद आने लगे। उनके प्रति अकृतज्ञता की घृणा से उसका मन भर गया। उसे बद्री बाबू का उपदेश याद आने लगा—"भगवान ने संकीर्ण पारिवारिक संसार से तुम्हें मुक्त कर दिया है। अब देश और समाज तुम्हारा परिवार है। उसकी सेवा में ही तुम जीवन पा सकती हो!" उसने निश्चय किया, वह देहली चली जायेगी।

बीच में आ पड़ने वाली इस असुविधा से राजाराम को झुंझलाहट होने लगी। राज ने न उनसे कुछ कहा, न उनकी किसी बात का उत्तर दिया। राजाराम चंदा से नाराज हो गये—"भली एक मुसीबत तुम साथ ले आई। अब मैं इसे छोड़ने जाऊँ? अकेले भेज दें

तो नाम धरायें। ईश्वरदास क्या कहेंगे। उनको क्या है। वे तो चाहते ही हैं कि मुसीबत किसी दूसरे के गले पड़ जाये। भगवानदास के बीमे की रकम तो मजे में खा गये। मंसूरी में एक काम शुरू किया है। सम्पतराम-चम्पतराम की चीनी मिल की कुछ पत्ती बेच लेते। दो-चार आदमियों से बात की है। यहाँ यह मुसीबत पड़ गई। छोड़ने जाऊँ तो कम से कम तीन दिन लगेंगे; खर्च होगा सो अलग। यहाँ पीछे आसामी हाथ से निकल जाये। गजवा के राजा साहब से परसों के लिये बात है। कम से कम पचास-साठ हजार का सौदा है। उसे छोड़ देहली जाएँ। हम तभी कह रहे थे, बेमतलब यह मुसीबत साथ ले आई। इसे वहाँ करना क्या है? वहाँ इतने बड़े-बड़े पड़े हैं। जाकर लीडरी करेंगी! ऊँट दग रहे थे मेंड़की को भी शौक चर्राया; हमारे भी दाग लगा दो।''

चंदा राज को समझाकर हार गई थी। पति उल्टे उस पर ही बरस पड़े तो उसने भी जवाब दिया—''वह बच्चा तो है नहीं जो मैं उसका हाथ पकड़ लूँ? कोई बुरा काम करने नहीं जा रही? हम कौन हैं जो उसे बाँध रखेंगे? पढ़ी-लिखी है, खुद समझती है। बीसियों स्त्रियाँ कांग्रेस में काम करती हैं तो क्या बुरा करती हैं? बेचारी लड़की है, इसी से सब मुसीबत है। मर्द होती तो कोई रोक लेता? राजाराम और उत्तेजित हो गये; तुम भी, पढ़ी-लिखी हो न, तुम भी चली जाओ। हर बात में बराबरी का दावा…!''

राजाराम कहते रहे, राज दो-तीन दिन और ठहर जाये, जाकर छोड़ आयेंगे पर राज ने न सुना। इतनी बड़ी जिन्दगी उसे अकेले ही रहना है। देहली अकेली चली जायेगी तो क्या, जिनके यहाँ साथ जाकर छोड़ आने वाले नहीं होते, वे क्या कहीं आती-जाती नहीं।

बीबी राजदुलारी खन्ना के काम करने के कारण देहली के कांग्रेस कार्यकर्ताओं को विशेष सहायता मिली। उनके व्याख्यान देने के लिये खड़े होने पर पाँच सौ के बजाय सात सौ जनता इकट्ठी हो जाती। राज को अनुभव हुआ, जनता उसके मैदान में आने की प्रतीक्षा कर रही थी। सार्वजनिक कार्य में आते ही मार्ग खुला मिला। इतना ही नहीं, जनता की सहानुभूति का रथ तैयार था, राज के इस रथ पर बैठते ही वह वेग से चल पड़ा। समझौता करने की अपील के लिये नित्य जुलूस निकलने लगे। बीबी राजदुलारी जुलूस के आगे-आगे चलतीं। सभा में खड़ी होकर लाउडस्पीकर से व्याख्यान देतीं। मिल मालिकों और मजदूरों से वे परस्पर वैमनस्य और हिंसा के भाव मिटाकर समझौता करने की प्रार्थना करतीं। कुछ ही दिन में बद्री बाबू की जय के साथ ही 'राज बीबी जिन्दाबाद!' के भी नारे लगने लगे। राज बीबी के उदाहरण से दूसरी अनेक भद्र महिलाओं ने भी कांग्रेस कार्य में सहयोग देना आरम्भ किया। बैरिस्टर कुलवंत की स्त्री नई दिल्ली से जुलूस में भाग लेने मोटर पर आतीं। इसके अलावा और भी अनेक स्त्रियों ने उनका साथ दे सुयश प्राप्त किया।

राज बीबी ने मजदूरों की सभा में व्याख्यान दिये। उन्होंने मजदूरों को हृदय से हिंसा-द्वेष दूर कर, मलिकों का हृदय प्रेम और त्याग से जीतने के उपदेश दिये। मजदूरों को विश्वास दिलाया कि वे बद्री बाबू को अपना नेता मान कर मिल मालिकों से समझौता करने का अवसर दें। जो व्यक्ति मजदूरों के दुख से दुखी होकर तीन सप्ताह से अनशन कर रहा है, जो व्यक्ति मजदूरों के दुख दूर करने के लिये अपने प्राण न्योछावर करने को तैयार है, उससे बढ़कर मजदूरों का हितचिन्तक दूसरा कौन हो सकता है? जन्म से कंगाली भोगने वाले, डेढ़ मास से भूखे मजदूर उनके दुख से दुखी होकर तीन सप्ताह तक

अनशन करने वाले बद्री बाबू के कष्ट पर आँसू बहाने लगे। सब ओर से मजदूर नेताओं पर समझौता करने के लिए दबाव डाला जाने लगा। पानी-कल और बिजलीघर की हड़ताल यों ही दब गई। मजदूर नेता अपनी शर्तों पर डटे रहने की अपील करते, परन्तु त्याग और बलिदान से द्रवित मजदूरों की भावना के प्रवाह के सामने उनकी अपीलें टिक न पातीं।

समझौते द्वारा हड़ताल समाप्त करने के प्रयत्न में राज बीबी ने कुछ उठा न रखा। वे डेपुटेशन लेकर दया की भिक्षा माँगने मिल मालिकों के यहाँ पहुँचीं। मिल कमेटी के प्रधान लाला भानुमल तबीयत ठीक न होने के कारण बिस्तर पर पड़े थे। राज बीबी के आने का समाचार पाकर घर की स्त्रियों ने उन्हें सत्कार से बैठाया। लालाजी स्वयं बैठक में उपस्थित हुए। राज बीबी को प्रतीक्षा करने का कष्ट होने के लिए उन्होंने क्षमा माँगी।

राज बीबी की बात सुनकर लाला भानुमल ने उनकी निःस्वार्थ और परोपकार भावना की प्रशंसा की। लालाजी ने विश्वास दिलाया कि बद्री बाबू के कष्ट से उन्हें स्वयं असह्य दुख हो रहा है, परन्तु मजदूर सभा ने ऐसी स्थिति पैदा कर दी है कि मिल कमेटी बाध्य है। अपने सामर्थ्य भर वे सब कुछ करने के लिये तैयार हैं। वे कमेटी के सामने स्थिति रखेंगे। निश्चय तो कमेटी ही करेगी, परन्तु वे भी भरसक कुछ उठा न रखेंगे। लालाजी ने राज बीबी को कमेटी के मन्त्री सेठ जीवनलाल-पुरुषोत्तमलाल भाटिया से मिलकर इस विषय में बात करने के लिये भी सलाह दी। स्वयं ही उन्होंने फोन पर सेठ भाटिया से भी कह दिया। लालाजी की मोटर उन्हें सेठ साहब के बँगले पर ले गई। सेठजी बाहर जा रहे थे परन्तु राज बीबी की सुविधा के विचार से उनकी प्रतीक्षा में ठहर गये।

सेठजी के बँगले पर पहुँचते ही चुस्त सूट पहने एक युवक ने मोटर के समीप आकर आदरपूर्वक कार का दरवाजा खोल दिया। युवक ने दो कदम आगे बढ़कर दरवाजे का भारी पर्दा भी इन लोगों के लिये उठा दिया। एक बड़े हाल में चारों ओर सोफे और गद्देदार कुर्सियाँ लगी हुई थीं। राज बीबी, मिसेज कुलवन्त और जमीलहुसैन को बैठाकर युवक ने विनय से क्षमा माँगी कि सेठजी बहुत ही व्यस्त हैं, पाँच मिनट में हाजिर हो जायेंगे। डेपुटेशन के लिये तुरन्त रेफ्रीजिरेटर में ठण्डे किये हुये फालसे के शर्बत के गिलास पेश किये गये। पाँच मिनट बाद, खद्दर के साधारण श्वेत वस्त्र पहने सेठजी ने दूसरे कमरे से आकर विलम्ब के लिये क्षमा माँगी। सेठजी की सज्जनता और सादगी से प्रभावित होकर राज ने समझौते द्वारा हड़ताल समाप्त करने का प्रस्ताव किया।

सेठजी ने तत्परता से उत्तर दिया—"बहिन, हड़ताल समाप्त करने में हमें क्या एतराज हो सकता है? हड़ताल मजदूर सभा ने आरम्भ की है। मिलों को नुकसान से बचाने, हड़ताल विरोधी और मजदूर सभा के लोगों का झगड़ा बचाने के लिये हमें मिलों के फाटक बन्द कर देने पड़े। मजदूर काम आरम्भ करना चाहें, हम आज मिलें चला दें। बाजार में कपड़ा न पहुँचने से जनता को कष्ट हो रहा है, इसका क्या हमें ध्यान नहीं। मजदूरों को जो कष्ट हो रहा है, क्या हमें उसके लिये दुःख नहीं, परंतु मजदूरों को बहका कर अपना महत्व बढ़ाने वाले लोग भी तो बाज आयें!"

धीमे स्वर में सेठजी ने कहा—"बहिन आपसे क्या पर्दा है? यह हड़ताल हमारे विरुद्ध हुई है, परन्तु भूख से मरते मजदूरों की सहायता के लिये बद्री बाबू निजी तौर पर मुझसे ही दो हजार ले गये हैं! हम क्या चाहते हैं कि मजदूर कष्ट उठायें? जैसे हमारे

बाल-बच्चे, वैसे उनके। मिलों में कम नुकसान नहीं हो रहा। तीन मिले हैं, रोजाना सैंतीस हजार का नुकसान है। यह देश का ही नुकसान है। विदेशी गवर्नमेण्ट का क्या है? वह तो और खुश है, देशी मिलें बन्द रहेंगी तो विलायती माल को मौका मिलेगा!"

झिझकते-झिझकते राज ने कहा—"आप यदि मजदूरों की माँगों पर सहानुभूति से विचार करें, उनकी अवस्था पर दया करें तो मजदूर भी बद्री बाबू की बात नहीं टालेंगे। सब कुछ आपके हाथ में है?"

सतर्क भाव से माथे पर त्योरी चढ़ाकर सेठजी बोले—"मजदूरों की माँगें क्या हैं? यह तो मजदूर सभा की शरारत है। मजदूर सभा और नये मजदूर नेताओं से पहले मजदूरों की माँगें कहाँ थीं? मजदूर सभा तो मिलों की मालिक बन जाना चाहती है? हम मिलें इन्हें कैसे सौंप दें? मिलें तो पत्तीदार जनता की सम्पत्ति हैं। हम लोग तो जनता की धरोहर सम्भाले हैं। मजदूर तीन आना रुपया मजदूरी बढ़ाने को कहते हैं? आप जानती हैं कि बाजार भाव गिर रहा है? जापान छः पैसे गज कपड़ा दे रहा है? इस समय देशी व्यापार की रक्षा के लिये बाजार में सस्ता कपड़ा देना जरूरी है। कपड़ा बनाने की मजदूरी बढ़ाने से कपड़े का दाम बढ़ेगा या नहीं? क्या देश के गरीब महँगा कपड़ा खरीद सकते हैं? हमें किसानों का भी तो खयाल करना है। वे बेचारे क्या करेंगे। आधा देश तो नंगा पड़ा है। महँगा कपड़ा वह कैसे खरीदेंगे? या फिर कपास के दाम घटाये जाएँ। मजदूरों को तो अपना ही स्वार्थ दिखाई देता है। यह सोशलिस्ट कांग्रेस पर कब्जा कराने के लिये मजदूरों को भड़का देते हैं, परिणाम भोगना पड़ता है देश भर को। और फिर यह देखिये कि मजदूरी का वह दर उस जमाने का है जब कपड़े का भाव ड्योढ़ा था, सभी चीजें महँगी थीं। अब भाव गिर गये हैं। शिलिंग और येन का भाव गिरता जा रहा है। हमें अपने माल का मूल्य अन्तर्राष्ट्रीय बाजार के आधार पर निश्चित करना है। मजदूरों को भड़का देना एक बात है...।"

यह पहेली राज बीबी की समझ में कुछ न आई, परन्तु उन्हें विश्वास हो गया कि सेठजी जो कुछ कह रहे हैं, युक्तियुक्त और ठीक है। उनकी युक्तियों का उत्तर न देकर राज ने प्रार्थना की कि जिस तरह भी हो हड़ताल समाप्त होना आवश्यक ही है। सेठजी ने और भी अधिक सहानुभूति से कहा—"बद्री बाबू तो देवता हैं। उनके हृदय में तो मजदूरों के लिए गहरी सहानुभूति है। मजदूर उन्हें अपना प्रतिनिधि स्वीकार कर लें। वे जो न्याय संगत माँग मजदूरों की ओर से रखेंगे, मैं आपको विश्वास दिलाता हूँ कि सामर्थ्य भर उन्हें मिल कमेटी से स्वीकार कराने की चेष्टा करूँगा, बल्कि यदि मजदूर उन्हें अपना प्रतिनिधि स्वीकार कर लें, समझिये कि हड़ताल समाप्त हो गई और उन्हें अपना अनशन समाप्त कर देना चाहिये।"

राज बीबी को सहारा मिल गया। संतोष से उन्होंने कहा—"बद्री बाबू के त्याग और तपस्या को मजदूर भी देख रहे हैं। उन्हीं के लिए तो वे प्राण न्योछावर कर रहे हैं। मुझे विश्वास है कि वे मान जायेंगे।"

राज बीबी ने जमील की ओर समर्थन की आशा से देखा। जमील बोला—"जरूर होना तो ऐसा ही चाहिए, परन्तु शिवनाथ और मराठे अड़ियल आदमी हैं। वे मजदूरों को इस हड़ताल से अपनी पार्टी की नीति और शक्ति का विश्वास दिला कर अपने पीछे लगाये रखना चाहते हैं। उनका वास्तविक उद्देश्य कांग्रेस में अपनी शक्ति बढ़ाना है।"

ऊँगली उठाकर सेठजी बोले—"आप ठीक कह रहे हैं, परन्तु आप लोगों ने मजदूरों को संगठित करने की ओर ध्यान दिया कब? यह आप लोगों की भूल है। आप जानते हैं कि यह लोग बारूद की भाँति हैं। दूसरी मिलों को छोड़कर कपड़ा मिलों को ही ले लीजिये बीस हजार मजदूर हैं। इतने लोग संगठित रूप से बिगड़ उठें तो देहली को फना कर दें। इस बड़ी शक्ति को सुमार्ग पर रखने के लिये आपको हम लोगों से सहयोग करना चाहिये, लेकिन आप लोग हमारा ही विरोध करते हैं।"

"जनाब, आपका विरोध हमने नहीं किया।" जमील ने सेठजी की बात को अस्वीकार कर कह दिया, "आप आरम्भ में ही बद्री बाबू की बात मान लिए होते तो हड़ताल हो ही नहीं पाती।"

बहस बढ़ाने में लाभ न देखकर राज ने सेठजी को सम्बोधन किया—"तो आपके कहे अनुसार हम मजदूरों से तय करके आपको सूचना दे दें ताकि यह संकट जितनी जल्दी हो, मिट सके।"

मिल मालिकों के आश्वासन से उत्साहित होकर राज बीबी ने मजदूर नेताओं से मिलने का निश्चय किया। इस डेपुटेशन में सहयोग देने के लिये जमील तैयार न हुआ। मिसेज कुलवंत को भी फुर्सत न थी। राज बीबी एक स्वयं सेवक को लेकर अकेली ही टाँगे पर मजदूर सभा के नेताओं से मिलने चली। मराठे और शेरखाँ को वह नहीं जानती थी, परन्तु शिवनाथ से यथेष्ट परिचय था। उसे विश्वास था, शिवनाथ डाक्टर की मित्रता के नाते कुछ तो उसकी बात रखेगा ही।

पिछले दो मास से शिवनाथ अपने घर, कूचा बिल्लीमारां में बहुत कम रहता था। उसकी एक नाते की मौसी हापुड़ से इलाज कराने के लिये देहली आई हुई थी। यमुना उन्हीं के साथ घर पर रहती थी। शिवनाथ मजदूर बस्तियों में जहाँ-तहाँ बसेरा लेता फिरता। अपना बीमे का काम छोड़कर चौबीसों घण्टे वह मजदूरों की हड़ताल के झंझट में व्यस्त रहता। यमुना से राज बीबी को मालूम हुआ कि शिवनाथ सब्जी मण्डी की नीची गली में हरदेव के यहाँ रहता है।

संकरी गली में ताँगा जाने की राह न थी। तीन दिन पहले ही वर्षा का जल कच्ची गली के गढ़ों में सड़कर काला हो गया था। मक्खियों और मच्छरों के बादल मंडरा रहे थे। राज बीबी की स्थिति की स्त्री, उस गली में दिखाई पड़ने से गली के बच्चे, शरीर के केवल ऊपर के भाग में फटे चीथड़े पहने, नाक बहते, टेढ़ी-सीधी आँखों से उन्हें देखने लगे। कई घरों के किवाड़ों के पीछे से स्त्रियों ने झाँका और पीछे हट गईं, जैसे कोई अजनबी और ऊँची स्थिति का मर्द आ गया हो। स्त्री के नाते इनमें और राज में क्या समता थी? बड़ी कठिनता से साड़ी के किनारे को ऊँचा कर गली में फैली गन्दगी से डरते-डरते राज बीबी ने हरदेव का मकान ढूँढ़ निकाला। किवाड़ों में सांकल नहीं लगी थी, यों ही उड़के हुए थे। स्वयंसेवक ने ठेला तो खुल गये। तंग, चौरस आँगन के सामने कोठरी थी। कच्चा आँगन बहुत दिन से लीपा नहीं गया था। जगह-जगह फट कर उसमें घास उग आई थी, शेष बरसात के कारण काई की हरियाली लिये था। कोठरी से कुछ आदमियों के बातचीत करने का शब्द सुन पड़ रहा था। धूप से आँखें चौंधियाई रहने के कारण राज बीबी को कोठरी के भीतर सहसा कुछ दिखाई न पड़ा। उस गलाजत और गन्दगी भरे वातावरण में बगुले के परों-सी श्वेत साड़ी पहने राज ऐसे जान पड़ रही थी

जैसे कूड़े-करकट के ढेर पर बरसात में दूधिया सफेद खुम्ब (धरती का फूल) निकल आई हो।

कोठरी के भीतर कदम रखने पर राज बीबी ने सुना—"नमस्ते, आइये!" आवाज पहचानने में उन्हें उलझन न हुई, शिवनाथ था।

राज को देखकर कोठरी में मौजूद तीन-चार व्यक्ति आदर के भाव से खड़े हो गये। दूसरे तीन-चार व्यक्ति दीवार से पीठ लगाये सहम कर बैठे ही रह गये। आधी कोठरी में बिछी चटाई पर बीचोंबीच बहुत से कागज पड़े थे। कोठरी में धुआँ भरा था। किवाड़ों की ओट में दो ईंटें रखकर बनाये गये चूल्हे पर कालिख मढ़ा, आलमोनियम का एक बड़ा लोटा रखा था। जूते पहने पाँव के बल बैठा एक व्यक्ति लकड़ी के कुछ टुकड़ों को कागजों की सहायता ने सुलगाने का यत्न कर रहा था। उसके दाहिने हाथ में एक बीड़ी सुलग रही थी। अपने काम को छोड़कर अनिच्छा और आलस्य से वह भी खड़ा हो गया। दीवार से सिमिट कर बैठने वाला एक व्यक्ति अपनी अधजली बीड़ी को अब भी पिये जा रहा था। खड़े हुए आदमी ने उसका कंधा ठेल कर बीड़ी बुझा देने के लिये संकेत किया।

राज बीबी के अप्रत्याशित रूप से आ जाने के कारण कोठरी में चलने वाला सिलसिला रुक कर एक असमंजस-सा छा गया था। कोठरी में मौजूद लोगों की भाँति वह भी यह बात अनुभव कर रही थी। शिवनाथ की ओर देखकर उन्होंने कहा—"क्षमा कीजियेगा, मैं यहाँ इस समय आ गई। आप से कुछ बातचीत करना चाहती थी।"

शिवनाथ ने उन्हें बैठने के लिये न कहकर पूछा—"क्या मुझसे? तो आप मुझे बुला भेजतीं? चलिये अब चलता हूँ।" चटाई पर पड़े कागजों और साथियों की ओर संकेत कर उसने कहा, "यहाँ यह थोड़ा काम था, कुछ देर में जहाँ कहें आ जाऊँ।"

शिवनाथ के विनय से संतोष पाकर राज बीबी बोली—"नहीं इस हड़ताल के सम्बन्ध में ही बात करनी थी।" बिना देखे ही उन्होंने अनुमान किया कि कोठरी में उपस्थित लोगों ने उनकी बात सुनकर एक दूसरे की ओर अर्थपूर्ण दृष्टि से देख लिया है।

"वह बात तो हम लोग यहाँ ही कर सकते हैं, परन्तु यहाँ तो आपके बैठने लायक कोई चीज नहीं।" संकोच की मुस्कराहट से शिवनाथ ने कहा।

इस संकेत से खड़े हुए उसके साथी ने समीप पड़ा अपना कोट राज के लिये बिछा दिया। चूल्हे के समीप खड़े व्यक्ति ने आगे बढ़ कोट को परे हटा एक नीली चादर कोने से लेकर बिछा दी। इस सब व्यवस्था और चिन्ता की उपेक्षा कर राज के खाली चटाई पर ही निस्संकोच बैठ जाने पर खड़े हुए लोग शिष्टाचार से बैठ गए।

शिवनाथ ने बात आरम्भ करने से पहले परिचय के लिये चूल्हे के समीप से आने वाले साथी की ओर संकेत किया—"आप कामरेड जी०बी० मराठे हैं।" अपना कोट देने वाले की ओर संकेत कर उसने बताया, "आप कामरेड शेरखाँ हैं। आपको तो सब लोग जानते हैं, श्रीमती राजदुलारीजी खन्ना।" मराठे के सिर हिलाकर अनुमोदन किया, "हाँ, आपको तो खूब जानता हूँ।"

राज की बात सुनने के लिये सब लोग चुपचाप उसकी ओर देखने लगे।

राज ने अनुभव किया कि बात उसी को आरम्भ करनी होगी। शिवनाथ की ओर देखकर बोली—"मैं कहना चाहती हूँ कि यह हड़ताल अब समाप्त हो जानी चाहिये।

मजदूरों को इससे असह्य कष्ट हो रहा है। उनकी सहायता के लिये कांग्रेस की ओर से जो प्रबन्ध किया गया है, वह अधिक दिन नहीं चल सकता। बद्री बाबू को अनशन किये तीन सप्ताह होने को आ रहे हैं। उनका शरीर भी सूखकर काँटा हो गया है। वे यह सब कष्ट मजदूरों के लिये ही सह रहे हैं। मैं लाला भानुमल और सेठ भाटिया से मिली हूँ। उन्हें भी मजदूरों से सहानुभूति है। मिलों को भी बहुत नुकसान हो रहा है। यह सब देश का नुकसान है। यदि आप लोग समझौता कर लें तो वे लोग लाकआउट खोल दें!''

''ह-ह-हम कब चाहते हैं मि-मि- मिलें बन्द रहें। ह-ह-हमारी माँगें मान लें। ह-ह-हड़ताल खतम हो जायेगी। इ-इ-इसमें क्या?'' शेरखाँ ने हकला कर उत्तर दिया।

राज ने शेरखाँ की ओर देखा और फिर शिवनाथ की ओर मुख कर उत्तर दिया—''मिल वालों की भी कुछ कठिनाइयाँ हैं। समझौता तो ले-देकर ही होता है। मिल वालों पर आपको विश्वास न सही परन्तु बद्री बाबू पर तो आप विश्वास कर सकते हैं!''

अपनी बाँह की टेक पर आगे बढ़कर मराठे बोला—''हमारी शर्तें तो सीधा है। बद्री बाबू हमारी शर्तों पर अनशन नहीं किया। फिर मजदूर के लिये कैसे अनशन किया। मजदूर और मील वाला का मामले की बीच बद्री बाबू तीसरा पार्टी हो गया।''

मराठे की बात राज बीबी को भली न लगी। उन्होंने उत्तर दिया—''परन्तु बद्री बाबू अनशन तो मजदूरों के दुःख से और उनकी सहायता के लिए ही कर रहे हैं। आप उन्हें अपना प्रतिनिधि मान सकते हैं।''

शेरखाँ ने असंतोष से सिर हिला दिया और मराठे बोला—''हम बद्री बाबू को कैसे मान लें? वो हमारा शर्त पर अनशन नहीं किया। वो तो मील वाला की तरफ से मजदूर लोग को दबाने के लिये किया!''

शिवनाथ की ओर देखकर निराशा के स्वर में राज ने पूछा—''आप क्या समझते हैं, बद्री बाबू इस विषय में अन्याय करेंगे? मजदूरों से उन्हें सहानुभूति नहीं? तो फिर इतना कष्ट उन्होंने क्यों उठाया? उन्हें इससे क्या लाभ हो सकता है?''

शिवनाथ ने कहा—''आपका कहना ठीक है कि बद्री बाबू को मजदूरों से सहानुभूति है। उन्हें मिल मालिकों से भी द्वेष नहीं, सहानुभूति ही है। वे चाहते हैं, मिल मालिक मजदूरों से प्रेम करें, उनकी अवस्था पर दया करें। यही बात है न?''

''जी हाँ।'' समस्या सुलझाने की आशा से राज ने सिर हिलाया।

''मिल मालिकों का ख्याल है कि वे मजदूरों पर बहुत दया करते हैं।'' शिवनाथ बोला, ''यदि थोड़ी और दया करने लगें तो उससे क्या फरक पड़ जायेगा? हम दया की भीख नहीं माँगते। हमारा दावा है कि मिल की पैदावार पर हमारे मजदूरों का अधिकार मालिक कहलाने वालों से अधिक है। हमारे मजदूरों की आवश्यकता उससे पूरी होनी चाहिये। मालिक जितना चाहे प्रेम करें, वह पालतू जानवर से किये जाने वाले प्रेम की ही भाँति होगा। मजदूर रहेगा तो मालिक का आश्रित ही लेकिन हम चाहते हैं, अपने भाग्य का निर्णय करने का अवसर स्वयं मजदूर को हो। बद्री बाबू इस रूप में समस्या को नहीं सोचते।''

शेरखाँ ने प्रश्नात्मक दृष्टि से शिवनाथ की ओर देखा जैसे वह पूछ रहा हो कि इस अनावश्यक लम्बी-चौड़ी बात से लाभ? शिवनाथ की बात का उत्तर खोजने के लिये कुछ

क्षण चटाई की ओर देख राज बोली—"आखिर समझौता तो एक दूसरे का विश्वास करने से ही होगा। यह समझना भी तो ठीक नहीं कि मालिक अन्याय ही करेंगे।"

मराठे बोलना चाहता था। शिवनाथ ने हाथ उठा उसे चुप रहने का संकेत कर कहा—"तो कांग्रेस प्रेम से अंग्रेज सरकार का विश्वास क्यों नहीं करती? क्यों वह स्वयं मंत्री-मण्डल बनाकर और कौन्सिलों में अपने नुमाइन्दे भेजकर अपने देश के प्रश्न स्वयं हल करना चाहती है? इस बात में बद्री बाबू अंग्रेजों और हिन्दुस्तानियों के प्रेम का भरोसा नहीं करना चाहती। यह बात उन्हें खूब समझ आती है, क्योंकि यह प्रश्न उनकी अपनी श्रेणी के अधिकार का है, लेकिन जब मजदूर कहते हैं कि वे मिल मालिकों की दया पर क्यों रहें, अपने भाग्य निर्णय का अधिकार क्यों न अपने हाथ में लें, तो आप लोग कहते हैं कि मालिकों से प्रेम, न्याय और दया का भरोसा करना चाहिये।"

"देश की बात दूसरी···लेकिन मिलें तो मालिकों की हैं!" राज ने शिवनाथ की ओर देखकर कहा।

मराठे आगे खिसक आया। एक हाथ सहारे के लिये शिवनाथ के कंधे पर रख कर राज के सामने ही उसने पूछा—"कौन कहता है, मिलें मजदूर का नई है? मजदूर मेहनत नहीं करेगा तो मालिक मुनाफा किधर से करेगा? मुनाफा नई होने से मिल किधर से बनेगा? मजदूर की मेहनत की कमाई को जमा कर मालिक मिल बनायेगा तो मिल मजदूर का होगा कि मालिक का? आपका यह अँग्रेज सरकार हिन्दुस्तान को जब स्वराज देगा तो क्या इतना रेल और सरकारी इमारत हिन्दुस्तान के रुपया से बनाया, वो सब विलायत उठा ले जायेगा?"

शेरखाँ को यह सब बातें निरर्थक जान पड़ रही थीं—"इ-इ-इसमें क्या रखा है!" उसने एक हाथ से संकेत कर कहा, "अ-अ-आप यह बताइये, ब-ब-बद्री बाबू किन शर्तों पर समझौता करना चाहते हैं?"

राज शर्त तैयार करके नहीं लाई थी। मजदूरों की शर्तों के बारे में भी उसे ठीक से मालूम न था। वह केवल इतना जानती थी कि मजदूर रुपये पर तीन आना मजदूरी बढ़ाना चाहते हैं। भविष्य में मजदूरी का दर निश्चय करने के लिये एक कमेटी नियत करना चाहते हैं, जिसमें मालिकों के प्रतिनिधियों के साथ मजदूरों के प्रतिनिधि और दो अर्थशास्त्र के विशेषज्ञ रखे जाने की माँग है। हड़ताल में भाग लेने वाले मजदूरों को कोई दण्ड न दिया जाये। मजदूर-हितकारी-फण्ड, जिसमें प्रति मजदूर महीने में एक आना कटता है, उसका खर्च मजदूर-सभा के हाथ में हो। भविष्य में किसी भी मजदूर का काम छुड़ाने से पहले उस पर लगाये गये अपराध की जाँच हो, जिसमें मजदूर सभा का प्रतिनिधि रहे।

मिल मालिकों से बातचीत करने के बाद यह माँगें राज को स्वयं भी कठिन जँच रही थीं। इन माँगों के विषय में विचार या बहस करना उसके बस की बात न थी। उसका उद्देश्य था, मजदूर सभा बद्री बाबू को अपना प्रतिनिधि मान ले, शेष स्वयं ठीक हो जायेगा। बद्री बाबू की बुद्धिमत्ता पर उसे विश्वास था। "शर्तों के बारे में आप लोग बद्री बाबू से बात कर लीजिये। मिल कमेटी इस बात के लिये तैयार है कि मजदूर सभा बद्री बाबू को अपना प्रतिनिधि स्वीकार कर ले तो कमेटी लाकआउट खोल देगी," राज ने शेरखाँ की ओर देख कर उत्तर दिया।

मराठे ने हाथ उठा कर आपत्ति की—"ऐसा कैसे होना है? जब बद्री बाबू हमारा माँग को मान लें तभी हम उसको अपना प्रतिनिधि मान सकते, उसके बिना कैसे?" समीप बैठा एक और व्यक्ति बोला, "मजदूर बद्री बाबू को नेता और पंच मानने को तैयार नहीं!"

"कौन मानता है बद्री बाबू को पंच?" चौथे आदमी ने धमकी के स्वर में पूछा।

परिस्थिति को सम्हालने के लिये शेरखाँ ने उन लोगों की ओर घूरकर चुप हो जाने के लिये धमकाया।

शिवनाथ ने राज से पूछा—"मिल कमेटी मजदूर सभा को ही मजदूरों का प्रतिनिधि क्यों नहीं मानती? बद्री बाबू निष्पक्ष पंच बनकर रहें तो ठीक है।" इस प्रस्ताव पर आस-पास बैठे लोगों को समर्थन में सिर हिलाते देखकर राज को अपनी बात कहने में संकोच अनुभव हुआ। धीमे स्वर में बोली, "शायद मिल कमेटी को उसमें कुछ एतराज हो।" फिर शिवनाथ की ओर देखकर साहस किया, "लेकिन आप लोग तो बद्री बाबू पर विश्वास कर सकते हैं। मजदूरी के लिये ही तो वे बेचारे अनशन कर रहे हैं।"

मराठे और आगे सरक आया—"मजदूर के लिये क्यों अनशन करते हैं? मजदूर सभा को तो वो इसमें कुछ नई पूछा है। वो तो मोहब्बत में अनशन करता है; मजदूर सभा के खिलाफ। वो तो बोलता, लड़ो नई तो मालिक का बात है। मजदूर को तो अपना हक के लिये लड़ना है।"

राज ने निराशा से सिर लटका लिया। शेरखाँ ने कहा, "ख-ख-खैर इ-इ-इसमें क्या रखा है? ब-ब-बद्री बाबू हमारी शर्तें मान लें तो हम उन्हें नेता मान लेंगे।"

जिस आदमी ने पहले बद्री बाबू को प्रतिनिधि मान लेने की बात कहने वाले व्यक्ति को धमकाया था, शेरखाँ की बात से भड़क उठा—"नहीं, नहीं, बद्री बाबू हमारा नेता नहीं है। हमारे नेता तो कामरेड (शिवनाथ की ओर संकेत कर) और मराठे हैं।" उसकी बात समाप्त होने से पहले ही दूसरे व्यक्ति ने एतराज किया, "हमें नेता से क्या लेणा है जी? कोई आदमी मजदूरों के फायदे की बात कहे अपणे को तो मान लेणी है।"

राज की उपस्थिति में आपस का झगड़ा प्रकट न होने देने के लिये शिवनाथ ने राज से कहा—"हम इस बारे में बातचीत कर आपको खबर दे देंगे, फिर बद्री बाबू जो उचित समझें कर सकते हैं!"

उस कोठरी में अधिक बैठना राज के लिये कठिन हो रहा था—"बहुत अच्छा" कह कर वह तुरन्त उठ खड़ी हुई। उसी समय मन में असंतोष ने चुटकी ली, जिस उद्देश्य से वह आई थी पूरा न हुआ। वह उठ चुकी थी और जिस ढंग की बातचीत हो रही थी, उसमें कुछ कह सकना भी सम्भव न था। चलने से पहले साहस कर बोली, "आशा है आप लोग बद्री बाबू को अपना प्रतिनिधि मान लेंगे। मजदूरों का दुख दूर करने के लिये वे अपने प्राण न्योछावर कर रहे हैं। मिल कमेटी पर बद्री बाबू बहुत कुछ प्रभाव डाल सकते हैं!" इससे अधिक कुछ कह न सकी। नमस्ते कर कोठरी से चली गई। लौटते समय मन उसका उत्साहहीन और विक्षिप्त था। उस बेकली में गली ने कीचड़ की कई छीटें उसकी श्वेत साड़ी पर पड़ गईं।

कोठरी से राज बीबी के लौट जाने के बाद जोर की बहस आरम्भ हो गई। बहस के जोश में दो ईंट के चूल्हे पर चाय का पानी कालिख पुते आलमीनियम के लोटे में ठण्डा

ही रह गया। मराठे किसी प्रकार भी बद्री बाबू को मजदूर सभा का प्रतिनिधि मानने के लिये तैयार न था। शेरखाँ की राय थी कि बद्री बाबू सभा की आधी शर्तें भी मान लें तो उन्हें प्रतिनिधि मान लिया जाये क्योंकि मजदूरों में हड़ताल जारी रखने का दम नहीं रहा।

मराठे के उत्तेजित होकर कोठरी से चले जाने के बाद शिवनाथ और शेरखाँ ने परस्पर तय किया कि मजदूरों में फूट पड़ जाने और उनके थक जाने के कारण हड़ताल जारी रखना कठिन है। बद्री बाबू के अनशन ने मजदूरों की दृढ़ता और मजदूरों के प्रति जनता की सहानुभूति नष्ट कर दी है। ऐसी अवस्था में हड़ताल तो टूटेगी ही। बेहतर यह है कि हड़ताल की असफलता या समझौते में मजदूरों की माँगें न मानी जाने की जिम्मेवारी बद्री बाबू पर ही डाल दी जाये। इससे भविष्य में बद्री बाबू के प्रति मजदूरों की आँखें खुल जायेगी। मजदूर सभा कांग्रेस कमेटी को पंच मान ले। कांग्रेस कमेटी चाहे जिसे चुने; मजदूरों की माँगें ठुकराई जाने की जिम्मेवारी कांग्रेस और उस व्यक्ति के कंधे पर रहेगी। असंतोषजनक समझौता कराने की जिम्मेवारी कांग्रेस के सिर आ जायेगी, इससे भविष्य में कांग्रेस के मामले में दखल देना जरूरी हो जायेगा। कांग्रेस नीति का प्रभाव अपनी अवस्था पर पड़ता देखकर मजदूरों की प्रवृत्ति इस राजनैतिक संगठन की ओर होगी। यही तो हमें चाहिये कि कांग्रेस को बद्री बाबू की संस्था न रहने देकर जनता की संस्था बनाया जाये। यह एक हड़ताल असफल हो गई तो क्या, फिर हड़ताल होगी।

देहली की कपड़ा मिलों की हड़ताल समाप्त हो गई। परिणाम में राज बीबी ने चाँदी के चम्मच से कंधारी अनार के रस के कुछ घूँट बद्री बाबू को पिलाये और मिल कमेटी ने मजदूरों की मजदूरी में एक आना रुपया बढ़ती कर दी। बद्री बाबू के प्रभाव से मिल कमेटी ने हड़ताल में प्रमुख भाग लेने वाले मजदूरों को फिलहाल न निकालने की बात मान ली। मजदूरों की शेष माँगों पर विचार करने के लिये एक कपेटी नियुक्त करने का निश्चय हुआ, जिसमें मिल कमेटी के प्रधान और मन्त्री के अतिरिक्त बैरिस्टर कुलवन्त, बद्री बाबू और राज बीबी को भी सदस्य नियत किया गया।

बद्री बाबू ने अपने समय का अधिक भाग मजदूरों का संगठन करने और उनकी अवस्था सुधारने में लगाने का निश्चय कर लिया। मजदूरों की बस्ती में ही वे कच्ची ईंटों की एक झोपड़ी बनवाकर रहने लगे। झोपड़ी के चारों ओर एक छोटी सी फुलवाड़ी लगाई गई। समीप ही मजदूर बच्चों के लिए एक पाठशाला, एक धर्मार्थ औषधालय और मजदूर-सेवा समिति का कार्यालय खुल गया। इस स्थान का नाम रखा गया—'सेवाश्रम'। राज बीबी अपने समय का अधिक भाग कांग्रेस के रचनात्मक कार्य में खर्च कर रही थी; कार्यक्रम का मुख्य अंग था, मजदूर बच्चों की शिक्षा और सेवा। अपने घर से उनका सम्बन्ध रह गया केवल रात के बसेरे और भोजन का। दिन का अधिकांश समय बीत जाता 'सेवाश्रम' में।

जी० बी० मराठे हड़ताल के मामले में कांग्रेस को पंच मान लिये जाने के कारण नाराज होकर अहमदाबाद चला गया। शिवनाथ और शेरखाँ मजदूरों में हँसिये-हथौड़े वाले लाल झण्डे की मजदूर सभा की ओर रुचि होती देखकर शहर की ओर खिसक गये। वे दोनों विद्यार्थियों में अनुशासन-समितियाँ (स्टडी सर्कल) बनाने तथा बाजार कर्मचारी संघ संगठित करने लगे।

प्रायः चार मास से शिवनाथ अपनी बहिन यमुना की सुध न ले पाया था। यमुना ने दो वर्ष पूर्व मैट्रिक की परीक्षा पास कर ली थी। उस वर्ष वह एफ० ए० की परीक्षा देना चाहती थी परन्तु कन्या पाठशाला की नौकरी से समय ही न मिलता था और न पर्याप्त सहायता थी। शिवनाथ से वह क्या शिकायत करती? उसके काम को वह समझ न पाती थी परन्तु अपने त्यागी भाई के प्रति उसे श्रद्धा थी। वह सोचती कि वे बेचारे जो कर रहे हैं, अच्छा कर रहे हैं। हड़ताल से छुट्टी पाकर शिवनाथ ने बहिन की सहायता की ओर ध्यान दिया। उसके लिये वह ढूंढ़ते फिरने की अपेक्षा शिवनाथ ने आरम्भ से ही बहिन को आत्मनिर्भर बनाने का निश्चय किया था। परीक्षा की तैयारी के लिये उसने यमुना को स्कूल से छुट्टी दिलवा दी। घर के खर्च के लिये उसने कुछ समय बीमे के काम की ओर ध्यान देना आरम्भ किया। हड़ताल के सिलसिले में उसके परिचय और प्रभाव का क्षेत्र बढ़ गया था। बीमे के काम की ओर ध्यान देते ही उसे कुछ असामी मिल गये।

कांग्रेस की पंचायत से भी मजदूरों की माँगें ठुकराई जातीं देखकर शिवनाथ ने कांग्रेस को ही समाजवादी नीति की ओर लाना आवश्यक समझा। ऐसा कर पाने का अर्थ था, देश की राजनैतिक प्रगति को समाजवादी कार्यक्रम का रूप दे देना। उसने अपनी शक्ति कांग्रेस के भीतर कांग्रेस-समाजवादी दल के संगठन की ओर लगा दी। भावुकता और तर्क की दृष्टि से इस विचारधारा के समर्थक कांग्रेस के प्रभावशाली लोगों से उसे प्रोत्साहन मिला। उसका कार्यक्षेत्र केवल देहली और देहली के मजदूर न रहकर अन्तरप्रान्तीय हो गया। क्षेत्र का फैलाव बढ़ जाने से वह अपनी सतह से उठ गया। उसका सम्बन्ध स्थानीय कार्यकर्ताओं और समस्याओं से टूटकर विचारों और विचारकों से हो गया।

घर की उपेक्षा करने से राज के लिये घर में स्थान न रहा। देहली की जनता ने जिस प्रकार उसे सम्मान दिया था उसी कारण घर की दृष्टि में वह अनादर के योग्य हो गई थी। बुआ और भौजाई उसे सुनाकर कहने लगीं—भले घर की बहू-बेटियों का यह काम नहीं कि सिपाहियों की तरह कमर बाँधकर बाजारों में फिरें! इस घर की बहुओं ने कभी अकेले गली में कदम न रखा था। यह अच्छी सुलच्छनी आई हैं कि दुनिया में खानदान का नाम रोशन कर दिया। लाला ईश्वरदास की सहनशीलता भी हार मान गई। उन्होंने कह दिया—"अगर ऐसी ही आजादी चाहिये तो आगरे में अपने माँ-बाप के लिये जस कमाये। हम छोटे आदमी हैं, बड़ी बातें हमारे यहाँ नहीं निभ सकतीं।"

राज यह बातें सुनती और अपने कमरे में पलंग पर पड़कर रो लेती। रोने-धोने के बाद कर्तव्य उसे पुकारता और वह आँखें पोंछकर घर से निकल पड़ती। गली में पहुँचते ही उसके चेहरे पर निस्सहाय क्रन्दन का स्थान साहस भरी मुस्कान ले लेती। मार्ग में आदर से झुकते सिरों का उत्तर विनीत नमस्कार से देती, सेवाश्रम की ओर चली जाती। सेवा और सुयश का फल उसने चख लिया था। इस रस ने वैधव्य की मरणान्तक पीड़ा को भी सह्य बना एक प्रकार से भुला दिया। इस रस को पाने के लिये घर की चारदीवारी के भीतर का कड़वापन और तिरस्कार भी वह सह जाती।

राजाराम मसूरी गये थे दो मास के लिये। घरेलू भाषा में मसूरी का अर्थ है खर्च। यों पहाड़ अनेक हैं; नैनीताल, शिमला, मरी, अल्मोड़ा, डलहौजी, पचमढ़ी, परन्तु मसूरी, मसूरी है। जिसके लिये शौकीन पंजाब से, काश्मीर छोड़, मद्रासी बंगलौर और ऊटी छोड़कर आते हैं। मसूरी का आनन्द वे ही लोग ले पाते हैं जिन्हें खर्च करते समय गिनने

की चिन्ता नहीं सताती। राजाराम की पहुँच उस विलास तक न थी। वे मसूरी गये थे, स्त्री का स्वास्थ्य सुधारने के सिलसिले में पहाड़ का शौक पूरा करने। फिर भी मसूरी का खर्च ही था और राजाराम को नित्य ही उसकी चिन्ता करनी पड़ती। अपनी व्यापारिक वृत्ति और साहस से उस चिन्ता का उपाय भी उन्होंने ढूँढ़ निकाला था, मसूरी की सम्पन्न श्रेणी में 'सम्पतराम-चम्पतराम' की चीनी मिलों की पत्ती बेचकर कमीशन कमा लेना।

राजाराम को जितनी आशा नये परिचयों के आधार पर हो गई थी, सफलता उतनी नहीं हुई, परन्तु जो हुई वह भी नगण्य न थी। इस व्यापारिक आशा और व्यस्तता के कारण वे साढ़े-चार मास मसूरी में रह गये। कुछ मर्यादा का उल्लंघन कर राज के अकेली दिल्ली चले जाने के कारण उन्हें दुख हुआ, क्रोध भी परन्तु बेबस थे। व्यापार की आशा को छोड़कर कैसे चले जाते? राज के यों चले जाने के प्रश्न को लेकर चंदा से उनकी अनेक बार कहा-सुनी हो गई। इस दुर्घटना का अपराध चंदा अपने कंधे पर लेने के लिये तैयार न थी। झगड़े में उसके मुँह से कटु शब्द भी निकल गये, राजाराम बहुत नाराज हुये और चंदा को घंटों रोना पड़ा।

शीघ्र ही राज के राजनीतिक कार्य का चर्चा दिल्ली से आने वाले अखबारों में होने लगा। अखबार देखते-देखते पत्नी को सुनाकर राजाराम ने कहा—"अब तो तुम्हारी बहिन का चर्चा अखबारों में छपता है?"

छोटी लड़की को कपड़े पहनाते हुए चन्दा ने उत्तर दिया—"कोई निन्दा तो छप नहीं रही, जो उसके अकेले जाने से कलंक आया हो।" अपनी सीधी बात यों टेढ़ी समझे जाने से राजाराम का बिगड़ना स्वाभाविक ही था। इसके बाद चन्दा हिन्दी के अखबार में बहिन के काम का चर्चा स्वयं पढ़कर भी पूछ लेती, "राज की कोई खबर है?" छोटी बहिन के यों सार्वजनिक सम्मान पाने से उसका सीना गर्व से ऊँचा हो जाता, आँखों में चमक आ जाती।

सितम्बर के मध्य में मसूरी की रौनक उजड़ गई। बड़े-बड़े होटलों के संध्याकार्यक्रम स्थगित होने लगे। राजाराम भी कानपुर जाने की तैयारी में थे। राज के दो-तीन पत्र बहिन को पहले भी आये थे, एक और आया। इस पत्र में उसने कानपुर जाते समय बहिन से दिल्ली में दो दिन ठहरने का विशेष अनुरोध किया था।

मजदूरों की उन्नति के लिये, बद्री बाबू द्वारा स्थापित सेवाश्रम की एक संरक्षक समिति नियत करके इस कार्य से जनता का सम्बन्ध स्थापित करने के लिये एक छोटे से सम्मेलन की आयोजना की गई थी। समाचार पत्रों में भी उसका चर्चा छप चुका था। इसी सम्मेलन में सम्मिलित होने के लिये राज ने बहिन और जीजाजी को आग्रह से निमन्त्रित किया था। सभी बड़े-बड़े लोग उसमें सहयोग दे रहे थे। इस अवसर पर राज की मार्फत उपयोगी अवसर प्राप्त करने का सुअवसर राजाराम के लिये हो सकता था।

घर में अपनी नई स्थिति को राज, बहिन और जीजा की दृष्टि से यथाशक्ति बचाये रही। उसके चारों ओर चंदा को दिखाई देने वाले अभाव के कारण उसने प्रकट किया, अपनी बेपरवाही। राज केवल शुद्ध खद्दर पहनने लगी थी, चन्दा को उसके कपड़े सार्वजनिक कार्य के अवसर के अनुकूल न जान पड़े। साड़ियाँ कम थीं और वे भी उचित रूप से धुली और इस्त्री की हुई नहीं थीं। पुरुष की अपेक्षा स्त्री के लिये परिष्कार और प्रसाधन का महत्त्व कहीं अधिक है। वह उसके व्यक्तित्व का अंग है। राज भी इस अभाव

को मन ही मन अनुभव करती थी, परन्तु कुछ कहने से जाने उसे कितना और क्या-क्या सुनना पड़ जाता। मन ही मन उसे रुलाई आ जाती, परन्तु बहिन के सामने मुस्कराकर उसने कहा—"उस सब में क्या रखा है? मुझे तो इसका खयाल ही नहीं आता। सेठानी जी से बड़े भाई को कहलवा दूँगी, हो जायेगा।"

राज का आवश्यक देखभाल के लिये सेवाग्राम में दोपहर से पहले ही पहुँच जाना आवश्यक था। बहिन और जीजा को समय पर सेवाश्रम पहुँचा देने के लिये उसने एक कार का प्रबन्ध कर दिया।

सेवाश्रम में श्वेत खद्दर से छाये छोटे शामियाने में संक्षिप्त सम्मेलन की योजना थी। फर्श पर दरियाँ थीं और दरियों पर कुर्सियाँ। शामियाना हरियाली से खूब सजा था। सम्मिलित होने वाले सज्जनों को दो घण्टे तक क्वार की गर्मी से बचाने के लिये बिजली के पंखों का प्रबन्ध था। सेठ भाटिया ने चाय का मामूली-सा प्रबन्ध किया था। पाठशाला में पढ़ने वाले मजदूरों के बच्चों के लिये मिठाइयाँ मँगवाई गई थीं।

चन्दा बिरादरी की बीसियों दावतों और अनेक सार्वजनिक सभाओं में इससे पूर्व सम्मिलित हो चुकी थी जहाँ स्त्रियों के लिये पुरुषों से अलग प्रबन्ध होता था। इस सभा में स्त्रियों और पुरुषों को एक साथ बैठते देखकर उसे कुछ संकोच अनुभव हो रहा था। प्रत्येक तिपाई पर दो-दो, तीन-तीन पुरुषों के साथ एक-एक दो-दो स्त्रियाँ बैठी थीं। हास्य और परिहास के फव्वारे छूट रहे थे। राज ने चन्दा और राजाराम को एक मेज पर बिठाया। बद्री बाबू अत्यन्त सौजन्य से मिले और अभ्यागतों के आतिथ्य के लिये इधर-उधर घूमने लगे। राजाराम ने राज और चन्दा का परिचय सेठ भाटिया, लाला भानुमल, बैरिस्टर कुलवन्त, डाक्टर हलीम आदि से कराया।

राजाराम अधिक-से-अधिक व्यक्तियों का परिचय प्राप्त करने के लिए उत्साह से हाथ मिलाते फिर रहे थे। प्रत्येक मिलने वाले से वह फिर दर्शन करने और कानपुर पधारने पर उनका आतिथ्य ग्रहण करने की प्रार्थना करते। चन्दा को इस सबसे संकोच हो रहा था। किसी प्रकार सिमिट कर दोनों हाथ उठा, कुछ सिर झुकाकर वह नमस्ते भर कर देती। शेष भद्र महिलायें नये परिचय को अत्यन्त उल्लास और आग्रह से ग्रहण कर रही थीं। उनका उत्साह और कौतूहल पुरुषों की अपेक्षा कहीं अधिक था। राजाराम चन्दा के संकोच से कुण्ठित थे। कई दफे खीझकर उन्होंने कहा—"क्या हो रहा है तुम्हें?" चन्दा मन ही मन चाहती थी किसी प्रकार राज या बद्री उसके समीप आकर बैठ जाएँ परन्तु बीसियों मेहमानों से उन्हें फुर्सत कहाँ थी?

चाय के लिये केक-स्टैंडों पर अनेक प्रकार के केक-बिस्कुट, पेस्ट्री और फल रखे थे। इतने लोगों की नजरों के सामने बैठकर खाने में चन्दा को लज्जा अनुभव हो रही थी। यों भी चन्दा का विश्वास था, इन वस्तुओं में अण्डे होते हैं। यह कहना कठिन था, वे किस जाति के व्यक्ति के हाथ से बने थे। उन्हें उसने छुआ नहीं। जिन वस्तुओं को सब लोग निस्संकोच चख रहे थे, चन्दा का उन्हें हाथ न लगाना राजाराम को लज्जाजनक फूहड़पन लग रहा था! उन्होंने संकेत किया—"खाती क्यों नहीं। तुम्हें क्या हो रहा है?" चंदा चुप रह गई। इतने लोगों के सामने उत्तर भी क्या देती?

पाठशाला के बालकों ने ईश्वर-प्रार्थना और देश-स्तुति के भजन सुनाये। बद्री बाबू ने मजदूर और मालिकों के एक परिवार का अंग होने और सेवाश्रम के उद्देश्यों के बारे में

एक छोटा-सा व्याख्यान दिया। सेठ भाटिया ने मिल-कमेटी की ओर से मजदूर-सेना के लिये किये जाने वाले कामों की व्याख्या की और राज ने सेवाश्रम की रिपोर्ट पढ़कर सुनाई।

कार में कटरा नील लौटते समय राजाराम ने असंतोष प्रकट किया—"यों बढ़-बढ़कर बहुत बातें बनाओगी। वहाँ तुम्हें क्या हो गया था। यह तो नहीं कि लोगों से आत्मीयता और परिचय बढ़ाने में कुछ मदद करो। बिजनेस और व्यापार में कामयाबी परिचय से ही होती है। दूसरी स्त्रियाँ कैसे अच्छी तरह बोल-चाल रही थीं। राज भी तो तुम्हारी ही बहिन है। तुमसे अधिक पढ़ी है क्या!..."

× × ×

घर की उपेक्षा और तिरस्कार सीमा पर पहुँच गया। राज के लिये वहाँ रहना कठिन हो गया। दो-तीन महीने से वह सोच रही थी; घर से तीन मील सब्जीमण्डी सेवाश्रम में उसे रोज जाना पड़ता है। नित्य ताँगे का खर्च, असुविधा और समय की बरबादी, तिस पर घर वालों की बातें सुनना। घर में उसके लिये रखा ही क्या है? जब उसे सेवा और तपस्या का जीवन बिताना है तो उसके लिये उचित स्थान घर की संकीर्णता में नहीं, सेवाश्रम में ही है। इस विषय में सोच-सोचकर अन्त में उसने साहस कर ही लिया।

घर के लोगों की अपेक्षा जनता ही राज की अपनी थी। जनता में बद्री बाबू के समीप ही उसके लिये आश्रय था। एक छोटी झोपड़ी उसके लिये भी सेवाश्रम में बन गई। वह घर छोड़कर वहीं जा बसी। उसकी ससुराल वालों ने समझ लिया, वह मर गई।

●

जीवन की चाह

वजीरियों के हाथ पड़ जाने के समय से डाक्टर खन्ना भयंकर और कठोर परिस्थितियों के शिकंजे में जकड़ गया था। इन रौद्र और वीभत्स परिस्थितियों से त्रस्त होकर उसका मन वास्तविकता के क्षितिज से परे कल्पना और आशा के लोक में विश्राम ढूँढ़ता फिरता था। उसका जीवन था कष्ट और भय, सुख और विश्राम था केवल कल्पना और आशा में जो छाया की भाँति न उसका पीछा छोड़ती न पकड़ में आती थी।

स्वप्न की भाँति आरम्भ हो जाने वाले इस जीवन में सभी कुछ अप्रत्याशित था। जैसे कल्पनातीत कष्ट आया वैसे ही आशातीत सुख भी। दोमंजिले की खिड़की से झलक दिखाकर कल्पना को उन्मत्त कर देने वाली नर्गिस ने जब हंस की ग्रीवा के समान कोमल अपनी बाँहें डाक्टर की गर्दन में डालकर कस्तूरी की भीनी और मादक गंध से सुवासित अपना सिर उसके हृदय पर रख आत्मसमर्पण कर दिया, तृप्ति के भँवर में डाक्टर अपने आपको भूल गया। उसकी कल्पना की दूरगामी उड़ान, बाँहों में सिमटी, रसभीनी वास्तविकता में सिमट गई। रंगीन उपवनों से छिटकी और उत्तुंग किरमिजी पहाड़ों से घिरी गजनी की उपत्यका से परे संसार का अस्तित्व उसके लिये रह ही नहीं गया।

नर्गिस के ओठों की मधुर उत्तेजनापूर्ण सुवासित मदिरा ने डाक्टर को तृप्ति की आत्मविस्मृति में डुबो दिया। उस उन्माद में विक्षिप्ति न थी, थी केवल मधुर मूढ़ता। तीखे मद्य का विक्षिप्त कर देने वाला नशा उतरने से जैसे शैथिल्य और ग्लानि उत्पन्न होती है, वैसा इन नशे में न था। परिस्थितियों की विक्षिप्त से सान्त्वना पाकर परिणाम में रह गया, उद्बोधन और निष्ठा का जागरण।

अब्दुल्ला का कारोबार सीधा-साधा था। पोस्तीन बनाने के सामान खालें, कच्चा रेशम दूसरे सौदागरों की अपेक्षा सस्ता खरीदना और तैयार माल अधिक मुनाफा लेकर भी दूसरे सौदागरों की अपेक्षा कुछ सस्ता बेच सकना। गरीब पठान अब्दुल्ला के यहाँ से इस शर्त पर रुपया उधार ले जाते कि अपना माल उसी के यहाँ बेचेंगे। इस माल का मूल्य निश्चित करना अब्दुल्ला की दुकान के हाथ रहता। कारीगर भी अधिकांश में अब्दुल्ला के कर्जदार थे। उनकी मजदूरी भी प्रायः कर्ज की रकम और समय के अनुपात में दुकान से निश्चित की जाती।

गरीब किसान भेड़ की खाल के मूल्य में कुछ आगे बढ़ा देने के लिये गिड़गिड़ाते। डाक्टर सोचता, खाल का दाम बढ़ा देने से किसान को अपनी मेहनत का मूल्य अधिक मिल जायेगा। बेशक, किसान का अधिकार है उसकी मेहनत का मूल्य उसके निर्वाह योग्य हो परन्तु पोस्तीन का दाम बढ़ाये बिना ऐसा करने से दूकान के मुनाफे में कमी आ जायेगी। दूसरे सौदागरों से महँगी पोस्तीन बेचने का अर्थ है बाजार में मार खा जाना।

अपनी सम्पत्ति बढ़ाने के लिये किसान के परिश्रम का अधिक से अधिक भाग लेना आवश्यक है। वह अब्दुल्ला के प्रति वफादारी निभाये या किसान के प्रति ईमानदारी?

पोस्तीन पहनने वालों और पोस्तीन बनाने वालों के बीच बैठकर मेहनत करने वाले के भाग को नोच-नोचकर सम्पत्ति इकट्ठा करने का यह व्यापार डाक्टर को आत्माभिमान के अनुकूल न जँचता। मसनद पर बगल में बैठे नासिर से वह चर्चा छेड़ देता···पोस्तीन है क्या? किसान भेड़ पालकर उनकी खालें तैयार करता है और कारीगर अँधेरी झोपड़ियों में छप्परों के तले घुटनों के बल बैठकर उन्हें काढ़ते हैं। ग्राहक से ली गई पोस्तीन की कीमत अगर दोनों में बाँट दी जाये तो अपने लिये क्या बचे? हम लोग तो इन किसानों और कारीगरों के कारिन्दे भर हैं। जब यह दोनों पाले से ठिठुरते, भूखे पेट पोस्तीनें बनाते हैं, हम लोग मसनद पर बैठे हुक्का गुड़गुड़ाते हैं, इसलिए कि उनकी मेहनत का मूल्य देना हमारे हाथ में है। हम उनकी मेहनत खरीद सकते हैं। उसमें अपना हिस्सा बचाकर उसे आगे बेच सकते हैं।

ऐसा प्रसंग आ जाने पर नासिर उत्तेजित हो जाता। वह कहने लगता, इस्लाम में अगर सूद खाना हराम है तो गरीब की मेहनत पर मुनाफा खाना भी तो हराम है। हमारी आढ़त पर सात सौ घरों की खालें लगती हैं, साठ कारीगर हैं। इन्हीं लोगों की कमाई से हम इनका माल खरीदते हैं और देखो नतीजा!···

दोनों में रूस का चर्चा शुरू हो जाता। कुछ कर पाने की इच्छा मानसिक बेचैनी पैदा करने लगती। फिर से डाक्टरी की प्रैक्टिस करने की चाह भी उत्साहित न करती। कई वर्ष लगाकर उसने अपने जीवन की आवश्यकतायें पूरी कर सकने के साधन के लिये डाक्टरी सीखी थी। वह दूसरों के कष्ट और रोग का उपाय इसलिये कर सकता था कि उनसे कुछ पा सके लोगों को रोग और कष्ट होने पर ही उसका मूल्य था। वह सोचता, केवल अपना पेट भर पाना ही जीवन में काम नहीं। उसे याद आने लगते जीवन के उत्साह और उन्माद भरे वे दिन, जब अपनी आवश्यकता और निर्वाह की बात न सोचकर, जीवन की एक व्यापक प्रवृत्ति को चरितार्थ करने के लिये, शिवनाथ के हाथ में हाथ मिलाकर, जीवन की बाजी खेलने के लिए तैयार हुआ था। उस खेल का कुछ भी न बना, परन्तु खेल फिर खेला जा सकता है। आवेश की अपेक्षा उसमें तर्क से काम लिया जा सकता है। आखिर जीवन को संकीर्ण वैयक्तिक भँवर में समाप्त कर देने में क्या संतोष? डाक्टर की दब गई कल्पना फिर सजीव होकर गजनी के क्षितिज से परे पर फड़फड़ाने लगी।

मानसिक बेचैनी से मुक्ति पाने का उपाय था, नर्गिस के ओठों की प्याली से आत्मविस्मृति की मदिरा के घूँट पर घूँट भरना, परन्तु तृप्ति उसे और भी चिन्ताशील बना देती। नर्गिस को बाँहों में लेकर संसार को भूल जाने के प्रयत्न में, डाक्टर का मन नर्गिस को भूलकर संसार की ओर भाग चलता। गज़नी के नीले आकाश से प्रतिबिम्बित नर्गिस की आँखों में उसकी बेचैनी का उत्तर था, न अनुभूति।

तीन मास के अन्तरहीन सामीप्य के पश्चात् भी नर्गिस की दृष्टि में परिवर्तन न आया, उसके मुख का भाव भी वही था। संकोच की मात्रा कम हो जाने से वह और अधिक समीप और सुलभ हो गई। उसका शरीर पा लेने के बाद उससे कुछ और पाने के प्रयत्न और आशा के लिये अवसर न था। नर्गिस का रूप अधिक निखर आया। उसका शरीर

तनिक गदरा कर सौन्दर्य की पूर्णता पा रहा था, परन्तु डाक्टर का कौतूहल समाप्त हो गया था। पत्नी के प्रति आकर्षण की कमी से वह स्वयं कुण्ठित और लज्जित होकर कर्तव्य के विचार से नर्गिस को आलिंगन में लेकर उसकी आँखों में देख पुकारता—"मेरी जान नर्गिस!"

पति से आदर पाने के संतोष और कृपा की अनुभूति से नर्गिस उत्तर देती—"मैं तुम्हारी दौलत हूँ!" इसके अतिरिक्त वह कुछ थी भी नहीं; केवल दौलत! विचारों और इच्छा का असीम क्षेत्र लिये व्यक्ति नहीं, जिसके एक-एक विचार, एक-एक अनुभूति को विजय करने के लिये निरन्तर प्रयत्न की आवश्यकता होती, जो सदा नवीन और कौतूहलपूर्ण होती। जो असीम, चिर-नूतन तृष्णा को उत्पन्न करके तृप्ति की इच्छा और चेष्टा जगाये रखती। नर्गिस को बाँहों में लेकर खन्ना की आँखों के सामने राज की छबि दिखाई दे जाती थी। राज निर्जीव फूल की भाँति एक ही मुद्रा में आत्मसमर्पण कर अपनेपन को खोकर समाप्त न हो जाती। उसका मचलना, मान करना, चेहरे और नेत्रों में आने-जाने वाली भावभंगी और मुस्कराहट, प्रेम और प्रणयकेलि के युद्ध में सदा प्रयत्न का अवसर बनाये रखता।

हरम की कोठरी और चारदीवारी से घिरे बाग के बाहर नर्गिस की पहुँच न थी; न वहाँ उसका कुछ उपयोग था। इस अत्यन्त परिमित संसार की सीमाओं में डाक्टर के विचार और भावना, स्थान और मार्ग की इच्छा से क्षुब्ध और व्याकुल हो उठते थे।

नर्गिस के समीप बैठा डाक्टर अपने विचारों में खो जाता। नर्गिस यह सोचकर कि मालिक अपने खयाल में हैं, उसकी किसी आवश्यकता की पुकार की प्रतीक्षा में चुप बैठी रहती। अपने विचारों से नितान्त अपरिचित, समीप बैठी नर्गिस की उपस्थिति डाक्टर को बोझल जान पड़ने लगी। बाग की चारदीवारी से दक्खिन की ओर दिखाई देने वाले गेरुआ रंग के टीले पर, ऊँची और चौड़ी सीढ़ियों पर खड़ी, पत्थर में तराशे शेरों का जोड़ा सिर पर उठाये मीनार को देख डाक्टर सोचने लगता—दुर्दान्त महमूद गजनवी अपना यह स्मारक छोड़कर असीम समय के प्रवाह में विलीन हो गया, वैसे ही वह स्वयं भी विलीन होता जा रहा है। गतिशील संसार से परे वह एक जिन्दा कब्र में दफन हो गया है।

महमूद की समाधि पर छाये गहरे नीले आकाश से उसकी दृष्टि चली जाती नर्गिस की प्रतीक्षा में खुली आँखों की ओर। वे भी वैसे ही नीली थीं और वैसी ही अर्थ और विचारहीन। हो सकता है वे आँखें सुन्दर हों, परन्तु वे न उसके भावों को समझतीं न सहानुभूति प्रकट कर सकतीं, न प्रोत्साहन दे सकती थीं। नर्गिस के समीप बैठे रहना डाक्टर के लिये यन्त्रणा बन जाता। वह झल्लाहट में उठकर चल देता और फिर स्वयं ही नर्गिस के प्रति अपनी इस निष्ठुरता से लज्जित होकर तर्क करने लगता—इस बेचारी का क्या अपराध है? इसे मैं क्यों दुखी करूँ? परन्तु स्वयं यन्त्रणा से बचने की इच्छा इस करुणा से अधिक बलवान थी।

डाक्टर की इस निष्ठुरता के प्रति नर्गिस ने कभी कोई शिकायत न की। मालिक की इच्छा ही उसके लिये सब कुछ थीं। नर्गिस की यह सहनशीलता डाक्टर को अत्याचार जान पड़ती। यह सोचना—पशु की भाँति यह सब कुछ क्यों सह जाती है?...प्रतिकार क्यों नहीं करती? क्या यह मनुष्य नहीं है?

गजनी की वह अत्यन्त सुन्दर और रमणीक उपत्यका डाक्टर के लिये जेल का आँगन बन गई। वहाँ से निकलकर भागने के लिये एक दफे वह फिर छटपटाने लगा, प्राणों की रक्षा के लिये नहीं जीवन की चाह के लिये। घर की उपेक्षा ने उसे कुंठित कर दिया था। अब वह घर की ओर नहीं, संसार की ओर जाना चाहता था, व्यक्ति से समाज की ओर। व्यक्तिगत दृष्टि से समस्या को सोचना उसे अरुचिकर जान पड़ता। वह नर्गिस से भागना चाहता था, राज के सम्मुख वह अपराधी और लज्जित था। देहली में भाई से घृणा हो गयी थी और गजनी में अब्दुल्ला के स्नेह और वात्सल्य से वह आँख चुराने लगा था।

× × ×

गजनी में डाक्टर अपने दिल की बात कह सकता था तो केवल नासिर से। वही उसका आत्मीय था। विश्वास और स्नेह का एक अद्‌भुत आकर्षण दोनों में बढ़ता चला जा रहा था जैसे एक जुए में जुते हुए दो बैल हों। दोनों एक ही समस्या से व्याकुल थे, दोनों के लिये उपाय भी एक ही था। नासिर के बिना दिन बिताना डाक्टर के लिये दूभर हो जाता। मन की व्याकुलता दैनिक व्यवहार के शैथिल्य प्रकट होने लगी। अब्दुल्ला से यह छिपा न रहा, परन्तु उपाय क्या था? अब्दुल्ला दूकान के काम में मन लगाने को कहते। उसमें कोई कमी दिखाई न देती थी। जो काम अब्दुल्ला दिन भर के सोच-विचार के बाद कर पाते, डाक्टर के लिये वह घण्टे भर को होता।

अब्दुल्ला ने डाक्टर को नासिर के साथ जाकर शिकार खेलने की सलाह दी। गजनी के आस-पास न वैसा शिकार, न शिकार का रिवाज था। शिकार खेलने की बात कभी सुनी गई थी तो काबुल के अमीर या सुलेमान खेल के मामशाह की बाबत। बन्दूक की मूल्यवान गोली, जिससे शत्रुओं को मारकर कुल के अपमान का बदला लिया जा सकता है, जिसे खरीदने के लिये दो दिन का पेट भर भोजन दे देना पड़े, एक चिड़िया या खरगोश मार लेने के लिये व्यर्थ करते देखकर पठान विस्मय से दाँतों तले उँगली दबा लेते और फिर आपस में चर्चा करते, अब्दुल्ला के यहाँ अँधेरी कोठरियों में फर्श के नीचे कारूँ का खजाना दबा है। कन्धार से सूखे फलों से लदे ऊँट अब्दुल्ला के यहाँ आते हैं, उन पर बोरों में मुहरें और कारतूस भरे रहते हैं।

डाक्टर और नासिर शहर की चारदीवारी के बाहर उपत्यका में कल-कल करती शीतल जल की कूल्हों के किनारे बैठे दुनिया भर की चर्चा किया करते। उन कूल्हों के किनारे पठान स्त्रियाँ लकड़ी के पैने टुकड़ों से रगड़-रगड़कर भेड़ों और बकरियों की खालें धोती रहतीं जो सब एक दिन अब्दुल्ला की दुकान पर पहुँच जायेंगी। अफगान किसान उन खेतों में जी-जान से परिश्रम करते दिखाई देते जिनकी उपज का कुछ हिस्सा पेट भरने के लिये रखकर शेष मालिकों को दे देना पड़ेगा।

शिकार से डाक्टर का मन बहलता न देखकर मनोरंजन का दूसरा सामान किया गया। आँखों में भरपूर सुरमा डाले, सिर पर फूलदार, लाल पगड़ियों से दोहरे शमले लटकाये, कानों में बालियाँ पहने, काली सदरी और सफेद सलवार पहने लख्तई (लौण्डे) हाथ और आँखें, स्त्रियों के हाव-भाव से मटकाकर नाचते और 'वई-वई' कर ढोल और रुबाब की लय में सुर मिलाकर घण्टों गाते। रासलीला का-सा ढंग, परन्तु उसमें मथुरा-वृन्दावन की धार्मिकता का विश्वास न था। डाक्टर के लिये उस नृत्य और संगीत में कला

का भाव नहीं, अलबत्ता कुछ कौतूहल जरूर था। वह दो-चार दफे इसे देख लेने पर समाप्त हो गया, वह उससे ऊबने लगा। अफगान जीवन की भाँति उनका संगीत और साहित्य भी असंस्कृत और सीधा था। लख्तई लड़के एक हाथ कान पर रख, दूसरा आकाश की ओर उठा गाते—

दस्पिन खलुंदी प्रशादि मिमद
पस्ता त्रिसिन्नाशिरिं गविन्दा
स्ये और लगाइबे जड़मि द्वनिमदा…[१]

डाक्टर सोचता, भारत और दूसरे देशों में पुरुषों के मनोविनोद के लिये स्त्रियों को वेश्या बनाकर नचाया जाता है। पठानों को अपनी धार्मिकता का अभिमान है। इस देश में स्त्री का बेपर्दा होना अधर्म है, परन्तु विनोद की प्रवृत्ति धर्म के भय से भी अधिक प्रबल है। वास्तव में स्त्री न सही, वह पुरुष को ही स्त्री बना लेता है। धर्म के भय को धोखा देकर वह स्त्री के भाव और व्यक्तित्व को पुरुष में ही स्थापित कर लेता है। इससे धर्माचार की रक्षा और जीवन के लिये स्वाभाविक विनोद दोनों ही पूरे हो जाते हैं। इसलिये भारत में भी लीला के समय पुरुष की दाढ़ी-मूँछ मूँड़कर उसे सीता और राधा बना लिया जाता है।

डाक्टर चाहता था, कुछ पढ़ने के लिये मिले। यह गजनी में कठिन था, न अखबार, न पुस्तक। पढ़ने के लिये कुछ न मिलना उसे भयंकर यंत्रणा जान पड़ती। कागज पर छपे अक्षरों में उस संसार का विछोह उसे व्याकुल कर देता, जिसमें दर्शन शास्त्र के दिमागी दाँव-पेंच, मनुष्य समाज के जीवन की परम्परा का इतिहास, जीवन की समस्याओं और गूढ़ अनुभूतियों के कथानक और रूप-चित्रण, ज्ञान-विज्ञान के करिश्मे सभी कुछ उसे मिल सकता था। पढ़ने के लिये कुछ और न मिलने पर वह नासिर की काबुल के स्कूल की पुस्तकों को ही कई-कई बार पढ़ गया। उनसे थककर वह फारसी में 'शाहनामा' पढ़ने लगा परन्तु मन तो चाहता था दुनिया के विषय में कुछ जानने को। वह व्याकुल हो उठता। डाक्टर उस असंस्कृत और असभ्य देश का प्राणी नहीं था जो देश मनुष्य-समाज की आयु लाखों वर्ष की हो जाने पर भी ज्ञान के बाल्यकाल में ही था। उसे याद आने लगती कुछ वयस्क लोगों की निस्सार बातें, जो बाल्यावस्था के अज्ञान को जीवन की सबसे सुखद अवस्था और अपने ज्ञान और अनुभव को दुख का कारण समझते हैं। वह सोचने लगता कि अज्ञान बनकर अमर हो जाने की अपेक्षा वह जान सकने के सुख में सहर्ष मृत्यु का आलिंगन करने के लिये तैयार है।

डाक्टर के मन बहलाव के विचार से अब्दुल्ला ने निश्चय किया कि वह नासिर को साथ लेकर कन्धार और हिरात घूम आये। हवा बदली हो जायेगी, मन बहलेगा और उस ओर के कारोबार की देखभाल भी हो जायेगी। हिरात में दो बरस की उगाही भी बकाया थी। डाक्टर और नासिर मन ही मन जो षड़यन्त्र इतने समय से रच रहे थे, उसके पूरे होने का अवसर अब्दुल्ला ने स्वयं ही उपस्थित कर दिया।

× × ×

---

१. तेरा रंग गोरा है जैसे मेम का चेहरा हो। तेरे वक्ष कोमल हैं जैसे कालीन हो और दिल मीठा है पर मुझे तो तूने जख्मी कर दिया, जलाकर खाक कर दिया।

डाक्टर खन्ना और नासिर गजनी में जिस स्वप्न को मन में पाल रहे थे हिरात पहुँचकर उसी को चरितार्थ करने की चिन्ता करने लगे। वे हिरात के मेहराबदार बाजारों में पोस्तीन के व्यापारियों की दुकानों पर बैठे, घण्टों हुक्का गुड़गुड़ाते, बिना शक्कर मिली हरी चाय की चुस्कियाँ लेते हुए बातचीत करते रहते। वे हिरात प्रान्त की सीमा से छूने वाली रूस की सीमा पार कर सोवियत में चले जाने का मार्ग और उपाय जानना चाहते थे।

रूस का जिक्र चलने पर उन्हें भिन्न-भिन्न बातें सुनने को मिलतीं। कोई इन्तजाम की सख्ती, विदेशियों पर कड़ी दृष्टि और सन्देह में गोली मार देने की बात सुनाता। कोई बेहद खुशहाली और मशीनों से रोज सौ-सौ मील लम्बे खेत जोतने और हवाई जहाजों की डाक चलने की बातें कहता।

डाक्टर और नासिर को खोज करने पर मालूम हुआ कि हिरात की सीमा पर कुश्क की राह सोवियत भूमि को प्रवेश कर पाना सम्भव नहीं था। जो कुछ व्यापार शेष रह गया, वह अफगान सरकार के प्रतिनिधि मिल्ली-बैंक और सोवियत सरकार के कुश्क में रहने वाले प्रतिनिधि के बीच चलता था। इधर से कच्चा माल ऊँटों पर जाता है और उधर से तैयार कपड़ा दे दिया जाता था। सीमा पर बहने वाली नदी की पतली धार के इस ओर अफगानिस्तान के अमीर की सरकार और दूसरी ओर रूसी बोल्शेविक सरकार का सख्त पहरा था। आने-जाने का कोई प्रश्न नहीं था। यदि कोई ऐसा करता पकड़ा जाता तो गोली से उड़ा दिये जाने के सिवा दूसरी बात न थी। यों नदी में विशेष जल नहीं था। उसे पार कर लेना कुछ कठिन न था, परन्तु पार करने के बाद सैकड़ों मील उजाड़ था, न गाँव न शहर। कुश्क से लोहे की सड़क पर रेलगाड़ी ताशकन्द-समरकन्द आती-जाती है। कुछ दिन और हिरात के मेहराबों से छाये बाजारों में चाय चुसकने और हुक्का गुड़गुड़ाने के बाद उन्हें मालूम हुआ कि उत्तर-पूर्व की ओर कई दिन पगडण्डियों की राह चलकर काश्मीर के उत्तर में दुशाम्बे से सोवियत-भूमि में प्रवेश कर जाना सम्भव है।

कानून द्वारा स्वीकृत व्यवहार के अतिरिक्त एक गैरकानूनी व्यवहार भी सभी देशों में चलता है। हिरात की सीमा पर नदी के इस पार रहने वाले कुछ लोगों का पुश्तैनी व्यापार, चरस-अफीम आदि मादक वस्तुओं को चोरी से रूस की सीमा में ले जाकर बेचना था। सोवियत भूमि में नये विचारों के शिक्षित लोग इस प्रकार के नशों के घोर विरोधी हो गये थे। सोवियत शासन में कागज का 'रूबल' (रूसी सिक्का) चल जाने के बाद से इस व्यापार में विशेष बरक्कत भी न रही थी परन्तु पुरानी उम्र के ताजिकी और उजबेकी लोगों के लिये इन नशों को छोड़ देना कठिन था। वे लोग अपने घर में चाँदी-सोने की जो कुछ भी मूल्यवान वस्तु पा जाते, मादक द्रव्यों के बदले देकर अफगानी व्यापारियों से नशा खरीदते ही थे।

डाक्टर और नासिर का परिचय, हिरात का बढ़िया खुशबूदार चरस लेने आये दुस्साहसी लोगों के एक गिरोह से हो गया। ये लोग डाक्टर और नासिर को सोवियत सीमा के भीतर पहुँचा देने का सौदा करने के लिये तो तैयार थे, परन्तु सीमा में ले जाने के बाद उन्हें जीवित वापस लौट जाने या वहाँ उनकी रक्षा की जिम्मेवारी के लिये तैयार नहीं थे। डाक्टर और नासिर इसके लिये भी तैयार हो गये। इस सहायता का मूल्य एक हजार अफगानी रुपया पेशगी दे देना तय हुआ।

डाक्टर और नासिर ने कई दिन तक अनेक छोटी-मोटी पहाड़ियाँ उतरने-चढ़ने के बाद एक अँधेरी रात में चरस के दुस्साहसी व्यापारियों के साथ सोवियत की सीमा पर नदी पार कर ली। उनके शरीर, मुँह की साँस से फुलाई गई मश्कों पर टिके हुए थे। शरीर के वस्त्र पगड़ी के रूप में सिर पर लिपटे हुए थे और सतर्क दृष्टि नदी के उजाड़ उत्तरी तट की ओर थी। हाथों में भरी हुई बन्दूकें तैयार थीं। जल में तैरते हुए वे कमर से नीचे के भाग से मश्कों को नदी के उत्तरी तट की ओर ढकेलते जा रहे थे।

× × ×

चरस के गुप्त व्यापारियों ने डाक्टर और नासिर को वायदे के अनुसार पौ फटने से पहले सोवियत की सीमा में नये बसे स्तालिनवाद (दुशाम्बे) के कस्बे में पहुँचा दिया। उनके पास चाँदी के जितने अफगानी सिक्के शेष थे, उनके बहले में कागज के रूसी सिक्के (रूबल) उन्हें देकर चरस के व्यापारी लापता हो गये।

कस्बे में सब ओर बिजली का प्रकाश फैल रहा था। डाक्टर और नासिर नागरिकों के जागने की प्रतीक्षा में, नई बनी पक्की सड़कों पर घूम रहे थे। सड़क के दोनों ओर नये ढंग के तीन-तीन चार-चार मंजिल ऊँचे मकान आस-पास की ग्रामीण परिस्थितियों से भिन्न थे। मकानों के पीछे मस्जिद की मीनार से भी बहुत ऊँची चिमनियाँ खड़ी थीं। उन्हें मध्ययुग के प्रतिनिधि हिरात के अनगढ़ पत्थरों से बने शहर के बाद सोवियत की नई बस्ती स्तालिनवाद अत्यन्त विचित्र जान पड़ रही थी। यह बस्ती घटनाक्रम से स्वयं, जिस ओर नाक समायी उस ओर बढ़ती गई नहीं जान पड़ती थी, बल्कि एक औद्योगिक छावनी की भाँति, प्रत्येक इमारत क्रम और कायदे से बनी हुई थी। मध्ययुग के देश अफगानिस्तान को छोड़कर, जहाँ मनुष्य परिस्थितियों का दास है, वे मशीन युग की सबसे नवीन सभ्यता के देश में आ पहुँचे जहाँ घटना और परिस्थिति का नहीं, मनुष्य के तर्क और विचार का राज्य था। नासिर ने बिजली का प्रकाश काबुल में भी देखा था, परन्तु स्तालिनवाद के प्रकाश-बाहुल्य से उसे रोमाँच हो आया। सूनी सड़कों पर घूमते हुए वे नगर के जागने की प्रतीक्षा कर रहे थे। शनैः-शनैः नगर के करवट लेकर जागने के चिह्न प्रकट होने लगे। जम्हाई लेते हुए व्यक्ति सड़क पर दिखाई देने लगे। दो-एक गाड़ियाँ और सामान की लारियाँ दिखाई दीं।

सहसा सड़कों पर बिजली की सब बत्तियाँ एक साथ बुझ गईं। डाक्टर सुध संभालने के पहले से देहली में प्रतिदिन एक क्षण में नगर भर की बत्तियों के जलने और बुझने का दृश्य देखता आया था। इसमें कोई चमत्कार उसे दिखाई न पड़ता था, परन्तु लगभग दो वर्ष तक आग लेकर चिराग और शमा जलाये जाने का समारोह देखकर लाखों चिरागों का पलक मारते में जल जाना और बुझ जाना डाक्टर को दैवी चमत्कार से कम न जान पड़ा। आमू के उस पार के देश में इतना उजला करने के लिये सम्पूर्ण देश की शक्ति भी अपर्याप्त रहती। उसी समय एक ऊँचे गम्भीर शब्द ने आकाश को गुँजा दिया।

नासिर ने विस्मय से डाक्टर की आँखों में देखकर पूछा—"यह क्या?"

"कारखाने का बिगुल, मजदूरों को काम पर बुलाने के लिये!" डाक्टर ने अपने अनुमान से उत्तर दिया। नासिर को स्मृति में गजनी का अपना पोस्तीन का कारखाना दिखाई दे गया, जहाँ एक लम्बे छप्पर और उसके बरामदे में लगभग साठ व्यक्ति, दरी या

कम्बल के छोटे-छोटे टुकड़े पर अपने घुटनों की भिन्न-भिन्न प्रकार से समेटे, पोस्तीनों पर काम करते रहते थे। कारीगरों को बुलाने या छुट्टी देने के लिये वहाँ किसी प्रकार के बिगुल या घण्टे की आवश्यकता न पड़ती थी। सुबह सूरज निकलने पर एक-एक दो-दो करके कारीगर आ जाते थे। कभी काम अधिक होने पर चर्बी या किसी तेल का चिराग़ या शमा जलाकर तीन-तीन, चार-चार कारीगर उसके चारों ओर बैठकर काम करते रहते थे।

डाक्टर का अभिप्राय न समझकर नासिर ने पूछा—"कारखाने का बिगुल?"

"हाँ" डाक्टर ने उत्तर दिया। "हजारों मजदूर एक साथ करने की कल्पना न मशीनों पर!" नासिर मशीनों पर हजारों मजदूर के साथ काम करते हैं न कर सका। वह सोचता रह गया, कितनी बड़ी वह मशीनें होंगी और किस प्रकार इतने आदमियों के हाथ मशीन ही को छू पाते होंगे। काबुल और गजनी में कपड़ा सीने की ही मशीन उसने देखी थी।

कारखानों की ओर जाते हुए मनुष्यों का प्रवाह बहने लगा। जगह-जगह दुकानें खुलने लगीं। डाक्टर और नासिर आने-जाने वाले मनुष्यों के चेहरों की ओर ध्यान से देख रहे थे। इन लोगों के चेहरे और कद प्रायः हिरात या बलख के लोगों की भाँति ही थे। अधिकांश की दाढ़ी-मूँछ सफा थी, कुछ के कपड़े भी पुराने ढंग के रुईदार चोगे और पायजामे थे, परन्तु अधिकांश योरुपियन ढंग के, हल्के गरम कपड़े पहने थे। कुछ लोगों की पोशाक पर ऊपर से एक गिलाफ-सा चढ़ा था। नींद से जागकर अपने काम की ओर जाने की शीघ्रता का भाव उनकी गति में था। बहुत से लोग सड़क किनारे की बड़ी-बड़ी दुकानों में छोटी-छोटी मेजों के सामने बेंचों पर जल्दी में जलपान कर रहे थे।

डाक्टर और नासिर के विस्मत मुग्ध मस्तिष्क को सावधान किया पेट की पुकार ने। नासिर ने कहा—"कुछ खाने पीने की फिक्र करो!" डाक्टर ने विज्ञ की भाँति, मेजों, बेंचों और कुर्सियों से सजी एक दुकान में जाकर जहाँ अनेक आदमी बातचीत कर शोर मचाते हुए नाश्ता कर रहे थे, चाय-रोटी लाने का संकेत किया। नाश्ता कर लेने पर डाक्टर ने दाम देने के लिये रूबल के नोट निकाले।

दुकान का आदमी दाम देने वालों की ओर विस्मय से देखता रहा। उसकी बात डाक्टर समझ नहीं पा रहा था। यह देखकर सहायता के लिये उसने दूसरे व्यक्ति को पुकारा। डाक्टर फारसी भाषा और चरस के गुप्त व्यापारियों से सीखी टूटी-फूटी ताजिकी-फारसी में बात कर रहा था। दोनों ओर के हाथ के संकेतों और मुख की भाषा द्वारा बहुत कह-सुन लिये जाने के बाद भी जब मामला न सुलझा तो डाक्टर ने अंग्रेजी का सहारा लिया। बहुत से आदमी चारों ओर आ जुटे। जैसे-तैसे कुछ अंग्रेजी बोल सकने वाले एक व्यक्ति के निकल आने से डाक्टर को समझाया गया, तुम जो रूबल दे रहे हो, यह तो पाँच वर्ष पूर्व रद्द हो चुके हैं। डाक्टर परेशान था, वह अब करे तो क्या?

उस सब वाद-विवाद में अंग्रेजी बोलने वाले व्यक्ति ने डाक्टर से पूछा—"तुम हो कौन? क्या करते हो? कब और कहाँ से आये हो?"

डाक्टर का उत्तर सुनकर आस-पास खड़े लोगों का विस्मय बढ़ा। बातचीत का सिलसिला सन्देहपूर्ण स्वरों और संकेतों में बदल गया। दुकान के लोग न तो मूल्य लेने के लिये और न डाक्टर और नासिर को जाने देने के लिये तैयार थे।

एक मोटर लारी दुकान के सामने आकर रुकी। खाकी वर्दी पहने, कमर में रिवाल्वर बाँधे छः व्यक्ति उसमें से उतरे। डाक्टर ने अनुमान से समझा, पुलिस है।

वर्दी पहने एक व्यक्ति ने हाथ बढ़ाकर पूछा—"बिलेत?" डाक्टर के समझ न पाने पर, शब्दों को चबाकर उसने दोहराया, "पास्सपर्ट!"

डाक्टर ने अंग्रेजी में उत्तर दिया—"पासपोर्ट उन लोगों के पास नहीं हैं।" अधिक बातचीत न कर पुलिस, डाक्टर और नासिर को लारी में बिठाकर ले गये।

जिस भय का सामना करने के लिये डाक्टर ने अपने आपको अनेक दिन सोच-सोचकर तैयार किया था, वह सामने आ गया। सोवियत रूस की क्रूर और रौद्र ओ० जी० पी० यू० (पुलिस) का वृत्तान्त उसने सेना की क्लबों में, पुस्तकालयों में, कहानियों और यात्रा करने वालों में पढ़ा था। उसी ओ० जी० पी० यू० के लोग, जो नाखूनों में पिन गाड़कर, शरीर के अवयवों को शिकंजों में ऐंठकर जो चाहते हैं, अपने फंदे में फँसे व्यक्ति से कहला लेते हैं; डाक्टर उनके हाथ में पड़ गया था। वह अत्यन्त कठोर और सन्देह भरे अफसरों के सम्मुख पेश होने की कल्पना करने लगा। वह स्वयं अफसर रहा था। अफसरों से उसे काम पड़ा था। सर्वसाधारण जन समाज से ऊँचे समाज के भाग्यविधाता, शक्ति का विश्वास और भावना लिये अफसर साधारण मनुष्य से कितने भिन्न होते हैं। कल्पना में वह अग्नि-परीक्षा के लिये तैयार होने लगा।

डाक्टर और नासिर को एक नई बनी इमारत के कमरे में लाया गया। सामने दीवार में लाल कपड़े पर सुनहले रंग में बने हँसिया-हथौड़े और तारे का झण्डा था। झण्डे के नीचे मेज के सामने कुर्सी पर खाकी वर्दी पहने गोरे रंग और भूरे बालों वाला एक व्यक्ति चश्मा लगाये कागजों पर नजर जमाये बैठा था। डाक्टर और नासिर को पकड़कर लाने वाले व्यक्तियों ने इस प्रौढ़ के सम्मुख आकर पुकारा—"तावारिश चोखोव?" और फिर एक ही साथ दो-तीन व्यक्ति तेजी से अपनी बात कहने लगे। इस व्यक्ति ने जरूरी काम में विघ्न पड़ जाने की परेशानी से, चश्मा हाथ में लेकर प्रश्न किया। जिसका अर्थ या बात फिर दोहराई जाय।

कामरेड चोखोव के संकेत करने पर केवल एक आदमी ने बात कही। बातचीत ताजिकी-फारसी में हो रही थी। चोखोव के संकेत से डाक्टर और नासिर मेज के समीप बेंच पर बैठ गये। उच्चारण के भेद के कारण डाक्टर और नासिर बातचीत कठिनता से ही समझ पा रहे थे। वे समीप खड़े व्यक्तियों चोखोव और इस बातचीत की ओर कान लगाये दूसरी मेज पर बैठी एक युवती और चोखोव के बाईं ओर तीसरी मेज पर बैठे दो युवकों के चेहरों पर दृष्टि दौड़ाकर बातचीत का भाव समझने का यत्न कर रहे थे।

पुलिस की कहानी सुन चुकने के बाद चोखोव ने ठोड़ी पर हाथ रख डाक्टर को सम्बोधन किया—"इस तरह सोवियत में आने का मतलब?" डाक्टर ने जो उत्तर दिया चोखोव कुछ समझ न पाया। उसने समीप की मेज पर टाइपराइटर के सामने, होल्डर का पिछला भाग दाँतों में दबाये, इस बातचीत को ध्यान से सुनती हुई युवती की ओर देखा। युवती चोखोव के समीप उठ आई। डाक्टर की बात का रूसी भाषा में अनुवाद कर उसने चोखोव को समझा दिया।

डाक्टर ने युवती की मार्फत अपनी बात चोखोव और उसके साथियों को समझा दी। युवती कभी कुछ वाक्य चोखोव से रूसी में कह देती, परन्तु अधिकांश में ताजिकी बोल

रही थी। चोखोव से उसके रूसी में कुछ कहने पर दूसरे लोग प्रश्नात्मक दृष्टि से उसकी ओर देखने लगते।

उन्हें गिरफ्तार कर लाने वालों में से एक व्यक्ति ने, डाक्टर की ओर देखकर सहानुभूति के स्वर में कहा—"रेवोल्यूत्सनेई इन्दुस्की तावारिश!" (भारतीय क्रान्तिकारी साथी) अपने प्रति सहानुभूति का भाव देख डाक्टर भी सन्तोष की सांस नहीं ले पाया था कि चोखोव के दाईं ओर की मेज पर बैठे दो युवकों में से एक ने समीप आकर एतराज किया—"अंग्रेजों का जासूस भी हो सकता है!"

युवती ने चोखोव को सम्बोधन किया—"नहीं, जासूस होता तो नकली पासपोर्ट लेकर आता। यहाँ की भाषा तक नहीं जानता, जासूसी क्या करेगा?"

चोखोव ने नासिर से प्रश्न किया—"तुम तो अच्छी स्थिति के व्यक्ति हो। तुम्हें पासपोर्ट लेकर यहाँ आना चाहिए था।"

नासिर ने उत्तर दिया—"अफगानिस्तान में मुल्ला लोग सोवियत के बहुत खिलाफ हैं। वे नहीं चाहते, कोई सोवियत जाकर आजादी की बातें सीखें।"

जिस व्यक्ति ने इन लोगों के जासूस होने का सन्देह किया था, उसने नासिर से सीधे प्रश्न किया—"तुम न किसान हो, न मजदूर, तुम बोगेस (बूर्जुआ) हो। तुम्हें अपने देश में मौज थी। तुम उसे क्यों छोड़ आये?"

कोई और उत्तर न होने से नासिर ने कहा—"हमको मुल्ला लोग और अमीर की सरकार तालीम नहीं लेने देते। हमें कुछ आजादी नहीं।"

जासूसी का सन्देह करने वाले व्यक्ति ने राय दी, इन लोगों को नदी पार अफगानिस्तान के मुल्क में छोड़ देना चाहिए। उसका विरोध कर दूसरे व्यक्ति ने कहा—"नहीं जासूस हों तो जरूर गोली मारनी चाहिए।"

युवती बोली—"नहीं, इन्हें नदी पार नहीं भेजा जा सकता। ऐसा करना विधान के विरुद्ध होगा। सोवियत विधान की १२९ धारा के अनुसार मेहनत करने वाली श्रेणी के अधिकारों के लिये लड़ने वालों को सोवियत प्रजातन्त्र में रक्षा पाने का अधिकार है।"

चोखोव ठोढ़ी हथेली पर रखे सबकी सुन रहा था। युवती की बात समाप्त होने पर डाक्टर की ओर देखकर उसने प्रश्न किया—"तुम समाजवादी क्रांति चाहते हो। तुम किस इण्टरनेशनल को मानते हो?"

डाक्टर ठीक से समझा नहीं। सोचकर उसने कहा—"हम संसार भर में मेहनत करने वालों का राज्य चाहते हैं।"

चोखोव ने तीव्र दृष्टि से देख फिर प्रश्न किया—"विश्व क्रांति में विश्वास करते हो?" डाक्टर ने हामी भरी।

जासूसी का सन्देह करने वाले व्यक्ति ने आशँका की उत्तेजना से कहा—"त्रात्सकाइस्तकी?"

डाक्टर उत्तर न देकर उसकी ओर देख रहा था। युवती ने उससे फिर प्रश्न किया—"तुम स्तालिन के सिद्धान्त को मानते हो या त्रात्सकी के?"

"स्तालिन!" डाक्टर ने आश्वासन से उत्तर दिया।

आस-पास खड़े लोग फिर आपस में बहस करने लगे। मेज को थपथपा कर प्रसंग समाप्त करने का संकेत कर चोखोव ने कहा—"खैर, यदि तुम लोग नदी पार करते हुए पकड़े जाते तो तुम्हें उसी समय गोली मार दी जानी चाहिये थी। यह सीमा के पहरेदारों की बेपरवाही है।" एक युवक की ओर हाथ के चश्मे से संकेत कर उसने इस बारे में कुछ कहा और फिर डाक्टर और नासिर को सम्बोधन कर बात जारी की, "तुम नगर में गिरफ्तार किये गये हो इसलिये कायदे से तहकीकात और मुकद्दमा चलेगा। तुम दोनों को जाँच के लिये हम दो दिन बाद रेल से समरकन्द भेज देंगे। यदि तुम मेहनत करने वाले श्रेणी के मित्र हो, सोवियत तुम्हारा घर है वर्ना शत्रु के जासूस को जो सजा दी जाती है, वही तुम्हारी होगी।"

डाक्टर और नासिर को दो अलग-अलग कोठरियों में बन्द कर दिया गया। अपने जीवन की कहानी और सोवियत आने का प्रयोजन लिख देने के लिये उन्हें कागज और पेंसिल दे दी गई।

× × ×

डाक्टर को समरकन्द में अंग्रेजी बोल सकने वाले अफसर के सामने पेश होना पड़ा। अनेक प्रकार की जिरह की कई और फिर उसे स्वास्थ्यगृह (**Sanatorium**) में काम दे दिया गया। उसे कुछ मालूम न हो सका, नासिर कहाँ गया, उसका क्या हुआ? समरकन्द के पुलिस दफ्तर में पहुँचने के बाद डाक्टर से जिरह करने से पहले भी उसे अलग स्थान पर रखा गया था। स्वास्थ्यगृह भेजे जाते समय उसने अपने साथी के विषय में पूछताछ की। उसे उत्तर मिला, वह आराम से है। समय आने पर स्वयं पता चल जायेगा। दो मास बाद उसे नासिर का फारसी में लिखा पत्र मिला। यह पत्र लिखे जाने के प्रायः एक मास बाद डाक्टर को मिला था। नासिर गुर्जी के तेल के कारखाने में काम कर रहा था।

समरकन्द का स्वास्थ्यगृह पुराने शहर से अलग है। पुराने अमीरों के महलों के खण्डहरात से बची हुई एक नीली मेहराब के भीतर चौड़ी सड़क के दोनों ओर घास की पटियों पर मेंहदी और छोटी पत्ती की दूसरी झाड़ियों को तराश कर गोल दायरे, तारे, हँसिया-हथौड़े के चिह्न बना दिये गये हैं। बीच-बीच में रंगबिरंगे फूलों की पटिया सजी हैं। बीमारों के लिये बड़े-बड़े हवादार हाल नये ढंग से बनाये गये हैं। बीमारों को आयु, रोग की अवस्था और स्त्री-पुरुष के भेद से हालों में रखा गया है। बीमारों के उपचार, रहन-सहन और शिशुशाला के बालकों की सब जिम्मेवारी सोवियत सरकार पर है।

बिस्तर पर रहने वाले बीमारों और बच्चों की देख-रेख और सेवा के लिये दाइयाँ (नर्सें) बर्फ के समान श्वेत वस्त्र पहने, मुस्कराती हुई चुस्ती से अपना काम करती हैं। डाक्टर ने देखा, बहुत सफेद चेहरे और नीली आँखों वाली पाँच-सात रूसी दाइयों को छोड़कर शेष लाल गेहुआँ रंग और काली आँखों वाली कज्जाक, उजबेक और ताजिकी लड़कियाँ ही थीं। इन लड़कियों की माताओं ने चद्दर और बुर्के के बिना कभी घर के बाहर कदम न रखा था। वे अपनी घर की चलती-फिरती सम्पत्ति मात्र थीं। वही स्त्रियाँ अब चुस्त योरुपियन पोशाक पहने, हाथ में थर्मामीटर लिये अस्पताल में काम करती-फिरती थीं। जिन स्त्रियों की परम्परा में किसी स्त्री ने प्रकाश्य रूप से पति और पुत्र के शरीर के सिवा किसी दूसरे पुरुष के शरीर का स्पर्श न किया था, अब युवा रोगी पुरुषों को यों गोद में संभाल लेतीं जैसे वे उनकी अपनी सन्तान या पति हों। अपनी ड्यूटी का

काम समाप्त कर वे बिजली की गति से लपक-लपक कर टेनिस या दूसरे खेल खेलतीं। पुरुष उनके लिए झपट कर निगल जाने वाले हिंस्र पशु न रहकर सहचर जीव बन गये थे। मित्रता और सख्य के भाव से वे उनकी बाँह में बाँह डालकर घूम फिर सकती थीं। इस प्रदेश की दस वर्ष पूर्व की अवस्था स्मरण कर डाक्टर विस्मित रह जाता।

समरकन्द के विश्वविद्यालय में शिक्षा उजबेक भाषा में दी जाती थी। डाक्टर के उजबेकी या रूसी भाषा न जानने के कारण उसे चिकित्सा विभाग में खोज का काम दिया गया। चिकित्सा सम्बन्धी खोज के अध्यक्ष जर्मनी में चिकित्सा की खोज का अनुभव प्राप्त, डाक्टर नूरनबर्गर थे। वे नाजी शासन में यहूदियों पर होने वाले अत्याचार से घबराकर रूस चले आये थे। सोवियत सरकार ने उन्हें चिकित्सा-खोज विभाग का अध्यक्ष बनाकर अपना काम जारी रखने की सुविधा दे दी थी।

डाक्टर नूरनबर्गर कुछ वर्ष अमरीका में रहने के कारण अंग्रेजी भी बोल लेते थे। सोवियत सरकार के समाजवादी सिद्धान्तों, राजनीति और इस विषय का अन्तर्राष्ट्रीय स्थिति से उन्हें विशेष प्रयोजन न था। उन्हें इस व्यवस्था में खोज और आविष्कार के लिये पूर्ण सुविधा पाने से पूर्ण संतोष था। वैज्ञानिक को इस बात की चिन्ता नहीं करनी थी कि अपना पेट भरने के लिये वह कोई न कोई नयी औषधि बाजार में जरूर पेश करे। जर्मनी में खोज करते समय उन्होंने फेफड़ों और हड्डी से संबंध रखने वाली बीमारियों की आशँका निवारण के लिये एक दवाई तजवीज की थी। दवाई बनाने वाली कम्पनियों की दृष्टि में इस खोज का कोई मूल्य न हुआ। सर्वसाधारण के प्रयोग द्वारा ऐसी दवाई की उपयोगिता जाँचने का अवसर भी न था। दवाई के व्यापारियों ने उनके आविष्कार का मजाक बनाकर कहा—तुम्हारी इस दवाई को बना हम क्षय रोग के लिये तैयार की गई अपनी सैकड़ों दवाइयों को निरर्थक कर दें? जिसे अभी रोग नहीं, वह इसे खरीदेगा क्यों? जो रोगी है, उसके लिये इसका उपयोग नहीं।

मास्को आने पर उसकी दवा का प्रभाव छोटे-छोटे जीवों पर आजमाया गया। बाद में इसे कमजोर बच्चों के लिये उपयोग किया गया। दक्षिण रूस में इस रोग का आतंक होने के कारण नूरनबर्गर को अपनी खोज और प्रयोग जारी रखने के लिये समरकन्द भेज दिया गया। पाँच वर्ष में उनकी यह क्षय निवारक औषध बीसियों हजार बच्चों को दी जा चुकी थी। सोवियत शासन में पर्दे की कुप्रथा दूर होकर दस वर्ष में स्त्रियों और नयी पीढ़ी के लोगों के स्वास्थ्य में विशेष उन्नति हो रही थी।

जाड़े के आरंभ में स्वास्थ्यगृह की सड़कों पर और कुंजों में सेब, नाशपाती और आड़ू के वृक्ष के पत्ते पीले पड़कर पछुवा हवा के झोंकों से, पाले से मरती पीली घास पर गिरकर, कुड़मुड़ा कर मैदानों और सड़कों पर बवण्डर के रूप में उड़ने लगे। रात में पाला बरफ की झीनी चादर की तरह मैदानों और छतों पर जम जाता। सूर्योदय की प्रथम गुलाबी किरणों के स्पर्श, जहाँ तक दृष्टि जाती, छिटकी दानेदार चीनी जैसे पाले से नीला कुहासा उठ-उठकर आकाश की ओर उड़ने लगता। खन्ना के दिन सन्तोष से बीत रहे थे। डा० नूरनबर्गर की रसायनशाला में खोज का काम करने के अतिरिक्त वह शिशुशाला में भी काम करता। अपने चारों ओर कार्यकर्ताओं में उसे उत्साह दिखाई देता। केवल निश्चित समय तक या अपने निश्चित काम करने का भाव न था। वे नौकरी नहीं अपना काम कर रहे थे। चिकित्सा-विभाग के डाक्टर अध्यापक अपने काम के अलावा, रुई और

रेशम के कारखानों में स्वास्थ्य की अवस्थाओं की जाँच करने के लिए जाते। विश्वविद्यालय के प्रोफेसर अपने खाली समय में योरुपियन भाषा की पुस्तकों का अनुवाद करते। विद्यार्थी समय पाकर टोलियाँ बाँध, लारियों पर चढ़कर सौ-सौ मील दूर के कोलखोज (संयुक्त कृषि के गाँव) या सोवखोज (सरकारी खेती के क्रेन्द्र) में सहायता करने चले जाते।

डाक्टर नूरनबर्गर के अतिरिक्त डाक्टर खन्ना का अधिक सम्पर्क था कामरेड खातून से। वे शिशुशाला को अध्यक्ष थीं। दाइयों की शिक्षा की देख-रेख करना उनका काम था। आयु थी, चालीस से कुछ ऊपर। डा० नूरनबर्गर की भांति खातून को केवल चिकित्सा के अनुशीलन और रोगों को निर्मूल कर देने से मतलब न था। उजबेक बच्चों और स्त्रियों का स्वास्थ्य सुधार उनके लिये लक्ष्य नहीं, साधन मात्र था। वे कम्युनिस्ट पार्टी की मेम्बर थीं। उनका उद्देश्य संसार भर की मेहनत करने वाली जनता को आत्मनिर्णय का अधिकार देकर उनका निरंकुश शासन स्थापित करना था। शोषित जनता पर होने वाले अन्याय को स्मरण कर उनकी आँखों से चिनगारियाँ छूटने लगती थीं। उनका जीवन श्रेणी-युद्ध की साधना था। श्रेणी प्रतिहिंसा उनका स्वभाव बन गई थी। वर्षों तक एक ही वृत्ति से विचार और यत्न करते रहने के कारण उनके चेहरे पर कठोरता और तत्परता सूचक रेखायें अत्यन्त स्पष्ट हो उठी थीं। किसी की बात सुनते समय, तीव्र दृष्टि से उनके देखने के ढंग से अविश्वास की भावना झलकती।

कामरेड खातून के कामचलाऊ 'अमरीकन' बोल सकने के कारण डाक्टर का परिचय उनसे गूढ़ होता गया। सेंटपीटर्सबर्ग के होटल में अंग्रेजी बोलने वाले लोग प्रायः अमरीकन ही होते थे, इसलिये अंग्रेजी को वे 'अमरीकन' कहती थीं। अनेक प्रश्न पर डाक्टर के बीते जीवन की घटनाओं के सम्बन्ध में वे उसकी बातें सुनती रहतीं। बिना हुंकार भरे, अपलक आँखों से चुपचाप सुनते रहने का उनका भाव ऐसा था कि डाक्टर सोचने लगता, यह इतनी तन्मय हैं या सुन ही नहीं रहीं? फिर भी वह अपनी बात कहता जाता। पारस्परिक संकोच दूर हो जाने पर डाक्टर कभी पूछ बैठता—मैं क्या कह रहा था? तब पलक झपक वे डाक्टर की बात के प्रसंग को ठीक से बता देतीं और कभी कह देतीं, "मैं कुछ सोचने लगी थी। जानते हो हम लोगों पर कितनी बड़ी जिम्मेवारी है? हाँ अपनी बात कहो।"

सोवियत शासन के सम्बन्ध वे इस प्रकार अधिकार से बात करतीं जैसे वह उनके निजी जीवन की ही बात है। कभी मार्ग में या मकान के साझे बरामदे में मिल जाने पर वे कुछ न बोलतीं मानों डाक्टर से कोई प्रयोजन या सम्बन्ध ही नहीं। डाक्टर के कभी अपने बिस्तर पर लेटे रहने पर समीप बैठकर घण्टे भर बातचीत करती रहती।

× × ×

खातून का पिता लम्बे डील का उजबेक था। उसकी जवानी जार की सेना की नौकरी में बीती थी। घोड़ा रपट जाने से घुटना जख्मी हो गया और वह सिपाहीगिरी के काम का न रहा। सेंटपीटर्सबर्ग के सैनिक अस्पताल से छुट्टी पाकर उसने होटल में दर्बान की नौकरी कर ली। काम था, होटल की जर्क-वर्क वर्दी पहने ड्योढ़ी पर खड़े रहना। अतिथियों के आने पर अदब से गाड़ी का दरवाजा खोलकर एक ओर खड़े होकर सलाम कर देना। अतिथियों के लौटते समय फिर उनके लिये अदब से गाड़ी का दरवाजा खोल

देना। उनके गाड़ी में बैठ जाने पर सलाम कर देना। होटल से मिलने वाली तनख्वाह नाममात्र थी; प्रायः वर्दी की लागत में कट जाती। निर्वाह चलता था, आने-जाने वालों की बख्शीश पर। छः फुट लम्बे, सशक्त मनुष्य का यह कितना भयंकर अपमान था; यह सम्पन्न लोगों के गुरूर को गुदगुदाने का साधन मात्र बना रहे। खातून प्रायः ही इस प्रसंग को दोहराने लगती और उसकी आँखें लाल हो जातीं।

खातून की माँ धर्मभीरु मुसलमान थी। पति जिस समय जार की सेना का सिपाही बनकर मध्य एशिया और योरुप में जार आतंक की स्थापना कर रहा था, खातून की माँ समरकन्द के दिहात में, जरफशा नदी के किनारे, अपने कपास और गेहूँ के खेतों में काम करती। इतने से सन्तान का पेट न भरता तो वह गधों पर असबाब लादने के लिये ऊन की दुपल्ली बोरी बुनती। सब कष्ट सहकर भी उसने कभी अपना मुख नकाब के बाहर न किया था। सेना की नौकरी को तनख्वाह से पैसा बचाकर समद्दाख अपने कपास और गेहूँ के खेतों के लगान का बकायदा अदा कर देता। वह नौकरी छूट जाने के बाद, उन खेतों को बचाना कठिन हो गया।

मीठे सेब और सर्दे देने वाले समरकन्द के दिहात को छोड़कर समद्दाख बाल-बच्चों सहित पीटर्सबर्ग में जा बसा। तब खातून की आयु केवल सात वर्ष की थी। पोटर्सबर्ग के कोहरे, बादल, धुयें और बरफ से भरे वातावरण में पहुँच कर समरकन्द का बिछड़ा हुआ दिहात बच्ची के लिये स्वर्गीय स्वप्न की स्मृति मात्र रह गया। जाड़े की अठारह घण्टे लम्बी रात में ठिठुर-ठिठुर कर अपने से छोटे तीन भाइयों को फटी गुदड़ी में समेटे, वह जीवन की ऊष्णता देने वाली सूर्य की किरणों की प्रतीक्षा करती रहती। पीटर्सबर्ग का सूर्य, मध्य एशिया के चाँद से भी क्षीण, कुहासे में छिपा पश्चिम की ओर सरक जाता; वैसे ही धुँधला जैसे प्यारे-प्यारे खेतों में खेलने की स्मृति खातून के मन में रह गई थी।

समद्दाख के प्रति दूसरे वर्ष बढ़ते जाते परिवार के पेट की ज्वाला ने खातून को दस-ग्यारह बरस की आयु से ही होटल के फर्श साफ करने के लिये विवश कर दिया था। सोलह-सत्रह बरस की आयु में यौवन के चिह्न उठने लगे। होटल के मैनेजर ने फर्श साफ कराने की अपेक्षा उसे अधिक उपयोगी बनाने की ओर ध्यान दिया। उराके उजले बादामी रंग के गालों पर फूटती लाली और काली आँखों में, योरुप की सर्वसाधारण श्वेत और आँखों की अपेक्षा अधिक आकर्षण था।

खातून को होटल की मैनेजर फ्रेंच लेडी ने अतिथियों की सेवा करने की शिक्षा देनी आरम्भ की। उसकी ही उम्र की दस-ग्यारह लड़कियाँ और भी थीं। उन्हें फ्रेंच और अमरीकन में आवश्यक शब्द और वाक्य याद कराये जाते थे। बातचीत करते समय कमर में कायदे से लचक और होंठों पर मुस्कराहट न आने से बेंतों से मार भी पड़ती।

इन लड़कियों का काम था—संध्या भोजन के बाद, जब होटल के अतिथि खूब शराब पिये रहते, सिगरेट की पेटियाँ बगल में लटकाये सिगरेट हाजिर करना। सिगरेट का मूल्य अतिथियों की पसन्द से लड़कियों के रूप और मुस्कराहट के मूल्य के अनुपात में हो जाता। सिगरेट होटल की सम्पत्ति थी और इसका मूल्य होटल की आय। भोजन के समय या अपने कमरों पर चले जाने पर मेहमानों की किसी भी इच्छा को पूर्ण करने से इनकार करना, घोर अपराध था। लड़कियों के शरीर होटल की दूसरी वस्तुओं के समान, मूल्य देने वालों के उपयोग के लिये प्रस्तुत थे। वे लोग इतनी शराब पिये रहते कि उनके पेट में

उसके हिलने का शब्द सुनाई दे जाता। इस उन्मत्त अवस्था में वे भूल जाते, उनके समीप सजीव मनुष्य की देह है, लकड़ी का कुन्दा या तकिया, औरत है या मर्द। कभी कोई बदहवासी में रोते-रोते या हँसते-हँसते सारी रात बिता देते।

एक रात की भयंकर यंत्रणा से उत्तेजित होकर खातून ने खाली बोतल भरपूर शक्ति से एक मेहमान के सिर पर दे मारी। होटल-मैनेजर की नाराजगी के भय से खातून भाग निकली। कहीं जगह न पाकर वह नेवा नदी के किनारे फिरती रही। आवारागर्दी की हालत में उसे गिरफ्तार कर थाने पहुँचा दिया गया। जार की पुलिस को यह ध्यान न आया कि थकी, और परेशान है। उन्होंने देखा, वह जवान लड़की है और उन्हें उसके उपयोग का अवसर है।

खातून के घर लौटने पर होटल में जगह न थी। पिता ने क्रोध में लाठी से पीटकर घर से निकाल दिया। इतनी उम्र तक बेनकाब रहने के कारण वह किसी उजबेक मुसलमान की बीबी होने लायक न रही थी। समद्दाख मुसलमान होकर अपनी बेटी को किसी ईसाई या यहूदी से ब्याह कर दोजख जाने के लिये तैयार न था। बाजार-बाजार घूमकर फ्रांसीसी और अमरीकन बोल सकने के कारण खातून को एक बड़ी दूकान पर कुछ काम मिल गया। दूकान में बीसियों नौकर थे। वहीं दूकान-नौकरों के दल में भरती होकर वह पार्टी की मेम्बर बन गई। क्रांति से पूर्व भी वह हड़ताल और जुलूसों में शामिल होती थी। गिरफ्तार होने पर कोड़े लगाकर उसे छोड़ दिया गया। क्रांति के पश्चात पार्टी ने उसे लाल सेना के अस्पताल में जख्मी सिपाहियों की सेवा का काम करने के लिये भेज दिया।

उत्तेजित स्वर में खातून डाक्टर को सोवियत के चार वर्ष के गृह-युद्ध के वर्णन सुनाती। जैसे लाल सेना के पीछे हटने पर, रूस में फिर से पूँजीवादी व्यवस्था कायम करने का यत्न करने वाले श्वेत-सैनिक लाल-सेना के अस्पतालों को जला देते थे! लाल सेनायें भाग कर दुबारा मोर्चा बनाने का यत्न करती थीं। अस्पताल न रहने पर खातून राइफल लेकर शत्रुओं से लड़ती फिरी।

डाक्टर का ध्यान अपनी ओर आकर्षित किये रहने के लिये खातून उत्तेजित होकर उसकी बाँह अपने हाथ में थाम लेती। उसका स्वर ऊँचा हो जाता। कहती; जो कुछ मैंने सहा, सब उजबेक औरतें वही सहती रही हैं। वे बेजुबान थीं लेकिन अब देखो वे आदमी बन रही हैं? तीन पहर रात गये तक खातून की बगल में बैठकर उसकी निरावरण बाँहों और शरीर के कुछ भाग को देखकर भी डाक्टर का खयाल न आता कि वह एक स्त्री के साथ एकान्त में है। खातून को भी खयाल न आता कि एक पूर्ण युवा पुरुष उसके बिस्तर पर बैठा है?·· विचार क्या मनुष्य को इस प्रकार बदल दे सकते हैं?

× × ×

खातून सप्ताह में एक बार पुराने समरकन्द शहर का चक्कर लगाने जाती थी। डाक्टर के लिये यह विनोद और सैर का अच्छा अवसर होता था। वह प्रायः खातून के साथ जाता। समरकन्द के प्रसिद्ध मकबरों के नीचे गुम्बदों को ध्यान से देखकर वह स्तब्ध रह जाता। उसकी तन्मयता देखकर खातून पूछ बैठती—"क्या है?"

सूर्यास्त के गुलाबी आकाश में वस्त्रहीन, दया की भीख माँगने के लिये अपने कंकाल हाथ आकाश की ओर फैलाये, वृक्षों के समूह से बहुत ऊपर सिर उठाये, वे नीले विशाल

गुम्बद अपनी गम्भीरता लिये यों तटस्थ खड़े थे जैसे अपने चरणों में लोटते संसार से भिन्न कोई बहुत बड़ी वस्तु है।

डाक्टर के उस ओर ध्यान दिलाने के पूर्व, उन गुम्बदों की छाया में से सैकड़ों दफे गुजर जाने पर भी खातून का ध्यान उसका विशाल गम्भीरता की ओर नहीं गया था। डाक्टर के यह चर्चा करने पर खातून दाँतों से होंठ दबाकर उन गुम्बदों को चोटी से नींव तक एक नजर देखकर और फिर डाक्टर की आँखों में आँखें डालकर पूछ बैठी—"तो क्या है?"

भावुकता से शिथिल स्वर में डाक्टर ने कहा—"अतीत की महानता के प्रतीक वे कितने परिवर्तनों के साथी हैं?"

खातून ने डाक्टर की ओर गौर से देखकर पूछा—"अतीत की कैसी महानता? समाज पर अत्याचार करने वाले उन नर-भक्षकों के शरीर इन ढेरों में छिपे हैं, जिन्होंने मनुष्य को अपनी तृष्णा की तृप्ति का साधन-मात्र समझा। हमारी समाजवादी सरकार ने बर्बरता के इन चिह्नों को इसलिये बने रहने दिया है कि वे समाज के इतिहास में बीती अवस्था और वर्तमान विकास के स्तरों के अन्तर की स्मृति बने रहें। कामरेड मार्क्स ने लिखा है—इतिहास के क्रम में गुलामी की प्रथा भी समाज के विकास में आवश्यक अवस्था थी। कामरेड लेनिन ने कहा है, इतिहास समाज की सम्पत्ति है। कामरेड स्तालिन..."

खातून सहसा चिल्ला उठी—"ठहरो-ठहरो!" अपनी बात का प्रसंग छोड़कर वह मकबरे के दायीं बाजू, मिट्टी के घरोन्दों के मुहल्ले की एक गली में झपटती हुई चली गई। सफाई के लिये किये गये सभी प्रयत्नों के बावजूद इन घरों से अनेक प्रकार की बदबू आ रही थी। गली के झुटपुटे अँधेरे में एक नकाबपोश स्त्री, बड़ी तेजी से दौड़ती हुई, छोटे काले नकाब में लिपटी एक लड़की को खींचे लिये जा रही थी। खातून के पूरी शक्ति से दौड़कर पीछा करने पर भी वह एक कच्चे मकान के भीतर घुस गई। खातून के पीछे-पीछे दौड़ता हुआ डाक्टर भी उस मकान के सामने आ खड़ा हुआ।

हाँफते हुये खातून ने कहा—"इस घर में स्कूल की उम्र की एक उजबेक बच्ची है। उसे इन लोगों ने छिपा रखा है। घर के भीतर हम कानूनन घुस नहीं सकते। मैं यहीं खड़ी हूँ। तुम जाकर चौक के थाने में खबर करो कि स्वास्थ्यगृह की खातून ने फौरन बुलाया है।" डाक्टर आज्ञाकारी बालक की भाँति दो फर्लांग तक दौड़ता हुआ चला गया।

बीस मिनट में पुलिस के छः जवान कमर में रिवाल्वर बाँधे साइकिलों पर आ गये। घर की तलाशी लेने पर स्त्री या बच्ची का कुछ पता न चला। दूसरे कई घरों की तलाशी लेकर बच्ची को ढूँढ़ निकाला गया। स्त्री को समझाया गया, क्योंकि वह स्कूल जाने लायक उम्र की बच्ची को पढ़ाती नहीं, बच्ची उसके पास नहीं रहेगी। स्त्री नकाब के भीतर से पुलिस को धमका रही थी, बच्ची की उम्र अभी केवल तीन बरस है। नकाब में लिपटी लड़की डाक्टर को आठ बरस से कम की नहीं जँच रही थी।

खातून स्त्री की बात की उपेक्षा कर पुलिस के साथ रोती लड़की को ले चली। बच्ची की माँ हाथ फैला-फैलाकर पीछे दुहाई देती आ रही थी—"मेरी दूध पोती बच्ची को छीने लिये जा रहे हैं।"

खातून पुलिस के शैथिल्य की शिकायत करती जा रही थी—"इस मुहल्ले में निरक्षर, कट्टर उजबेक लोग स्कूल की आयु की लड़कियों को अब तक छिपाकर रखे हैं और कोई देखने वाला नहीं!"

माँ से छीनी गई बिलखती-सिसकती, बदबूदार चीथड़ों में लिपटी उजबेक बच्ची को अपनी कठोर, स्नेहमय गोद में लिये खातून शिशुगृह के बरामदे के नीचे ही खड़ी हो गई। उसे भय था, उसके रोने के स्वर से सोये हुए बच्चे विक्षिप्त न हो जायें। डाक्टर को उन्होंने ड्यूटी की दाई को पुकार कर, गुलशां को बुलाने के लिये कहा।

गुलशां अपना काम समाप्त कर आराम करने चली गई थी, परन्तु उसका आराम का समय कोई भी न था। खातून को जब भी आवश्यकता होती, बेचारी को, जैसी-तैसी अवस्था में बिस्तर से भी बुला लेतीं। चार मास पूर्व डाक्टर के समरकन्द से आने के समय बच्चों में इनफ्लुएन्जा फैला हुआ था। उस समय डाक्टर कम थे। गुलशां सात दिन तक, बिस्तर से पीठ छुआये बिना, लगातार ड्यूटी पर रही। इस तत्परता के परिणामस्वरूप उसे कामरेड स्तालिन के हस्ताक्षरों का प्रशँसा-पत्र मिला था।

रात के कपड़ों (नाइटड्रेस) पर कंधे से एक ढीला चोंगा लटकाये और सिर के बालों को रूमाल में समेटती हुई गुलशां चली आई। गुलशां ने बच्ची को खातून की गोद से लेकर उसकी ठोढ़ी अपनी उंगलियों से ऊपर उठा, ऐसे स्नेह-आग्रह से पुकारा कि लड़की का रोना बन्द हो गया। आपरेशन के समय जैसे सब काम सधे हुए निश्चित ढंग से किये जाते हैं वैसे ही बच्ची के कपड़े उतारकर फेंक दिये गये। मैल से गुथे बाल एक कैंची से गर्दन तक छाँटे गये। गरम पानी की एक नांद में बैठाकर उसका शरीर साबुन की झाग से धोया गया। उसे तौलिये में लपेटकर ड्यूटी की दाई ने गरम दूध का प्याला उसके होंठों से लगा दिया।

गुलशां बच्ची को पृथक कमरे में ले जाकर बहलाने का यत्न करने लगी। एक आलमारी से खिलौने का हवाई जहाज बच्ची के समीप लाकर उसने कहा—"यह देखो, तुम इस पर बैठोगी कि तुम्हारे लिये काला घोड़ा मँगा दें?···इतने-इतने बड़े सर्दे हमारे पास हैं!···तुम सो जाओगी तो अभी हम ले आयेंगे।"

डाक्टर और खातून चुपचाप देख रहे थे। गुलशां को बच्ची को बहलाते छोड़कर खातून डाक्टर की बाँह थामे उसे ले चली। दोनों हाथों में बच्चों के प्रत्येक छोटे पलने पर झुककर उसने बच्चों को देखा। खटका न होने के लिये वह सावधानी से पंजों के बल चल रही थी।

शिशुगृह के हाल के बाहर आकर, जूते की आहट की फिक्र न रहने से एड़ी फर्श पर रखते ही खातून का भाव बदल गया। स्वर की कोमलता असन्तोष और कर्कशता में बदल गई। "यह हमारी कितनी बड़ी कमजोरी है" वह बोली, "इस प्रान्त को सोवियत शासन में सम्मिलित हुए दस वर्ष हो गये और यह जहालत अभी तक दूर नहीं हुई। योरुप के लोगों की आलोचना से घबराकर मास्को में बैठे लोग प्रजातन्त्र और व्यक्तिगत स्वतन्त्रता की बातें करते हैं। यहाँ उजबेकिस्तान के कल्याण के लिए सख्ती की आवश्यकता है। जो लोग सत्य को देखना पाप समझें उनसे सहनशीलता का व्यवहार कैसे सम्भव है? प्रत्येक जाहिल और निकम्मा व्यक्ति समाज के लिये बोझ है। तुम बताओ, यह गुलशां, स्लोवा हस्नो यदि सब अपनी माँ की गोद से चिपटी रहतीं तो क्या होता?

अपने कमरे में पहुँचकर खातून निढाल होकर बिस्तर पर गिर पड़ी। अपने पलंग की पटिया पर डाक्टर को बैठाकर उसने रुकते हुए स्वर में सिर चकराने और दिल डूबने की शिकायत की। सोवियत के शैथिल्य के प्रति खातून के असन्तोष से डाक्टर का ध्यान चला गया था दूर अपने देश की ओर। खातून के स्वर के परिवर्तन से सजग होकर उसने उसकी नाड़ी-परीक्षा की, हृदय की गति देखी। कुछ क्षण सोचकर डाक्टर ने सलाह दी—"तुम सो जाओ। विश्राम करो। तुम्हारे लिए एक खुराक दवा मैं अभी ला देता हूँ।"

अपने हृदय पर रखा डाक्टर का हाथ थामकर खातून ने उसे उठने न दिया। "नहीं, तुम बैठो! औषधि मैं बहुत दिन पी चुकी हूँ। तुम इस विषय में डाक्टर नूरनबर्गर स्वेविन्स्की से कुछ न कहना, समझे! तुम कहोगे, मेरा हृदय कमजोर हो गया है। नूरनबर्गर और स्वेविन्स्की भी कहते हैं, मैं कुछ दिन छुट्टी लेकर काले समुद्र के विश्राम-गृह में रह आऊँ! तुम नहीं जानते, स्वेविन्स्की चाहता है, मैं छुट्टी पर चली जाऊँ। यहाँ पार्टी के काम की देख-रेख का काम पोपोलोफ को मिल जाय। पार्टी में पोपोलोफ की स्थिति बढ़ाना चाहते हैं। पोपोलोक बुद्धिजीवी हैं। वह बुखारिन के दल का आदमी है। उसने राइफल से शत्रु का सामना नहीं किया। वह बिना फ्रेम का चश्मा लगाकर क्रेमलिन में बैठकर गोरे-गोरे हाथों में केवल विधान बनाना चाहता है। वह चाहता है, मेहनत करने वालों पर बुद्धिजीवियों का शासन अधिकार बना रहे। हम इसे कभी स्वीकार नहीं कर सकते। मैं यदि एक दफे छुट्टी लेकर चली गई तो पोपोलोफ सुन्दर भाषा में ऐसी रिपोर्ट लिख देगा कि पार्टी मेरी जगह उसी को नियत कर देगी··· ।"

खातून के ज्यों-त्यों आश्वासन देकर, नींद आने की दवा पिलाकर डाक्टर अपने बिस्तर पर जा लेटा। उसे स्वयं नींद नहीं आ रही थी। उसका जीवन उपयोगी ढंग से सन्तोष से बीत रहा था। इस व्यक्तिगत सन्तोष के नीचे से उठ आती थी सामाजिक कर्तव्य की पुकार। वह यहाँ सुखी और सन्तुष्ट है, परन्तु उसका भी अपना देश है, जहाँ खातून जैसे व्यक्ति की आवश्यकता है···उससे भी अधिक उत्साह और कर्मठता की जरूरत है।"

× × ×

डाक्टर की आँख सूर्योदय से पूर्व ही खुल जाती थी। पलंग के सिरहाने बिजली का बटन दबाने से कमरे में प्रकाश भी हो जाता, परन्तु बाहर बर्फीली सर्दी की कल्पना कर वह भीतर वाशास्त्रुआ के बिजली घर से आये तार से फैली सुखद उष्णता में सुख की अंगड़ाई लेकर शेष सुस्ती दूर करने के लिये वह एक सिगरेट सुलगा लेता। सिगरेट समाप्त होने तक उसका ध्यान दूर भारत की ओर चला जाता। देहली में वह अपने घर की बात नहीं सोचता। राज का ध्यान प्रायः आ जाता, परन्तु घर का नहीं। वह सोचता था, एक अस्पष्ट-सी बात, लम्बे-चौड़े, करोड़ों दुखी मनुष्यों से बसे देश की बात। वह वहाँ लौट जाये। जार के अत्याचार से कुचली, अज्ञान, कुसंस्कारों में फाँसी मध्य एशिया को जनता मनुष्य बन सकती है तो उसके देश की जनता।···सन् १९३२ की गरमी की छुट्टियों में लाहौर मेडिकल कालेज से देहली आकर अपने घर की छत पर बैठकर शिवनाथ के साथ देशोद्धार करने के मनसूबे उसे याद आने लगते।

बिस्तर में करवट लेते यह सब सोचते हुए, वह लेनिन की पुस्तक 'प्रायोगिक अनुशीलन' (Empereio Criticism) दो घण्टे पढ़ता रहता। इसके बाद लिखने-पढ़ने की

मेज पर रखे बिजली के चूल्हे पर चाय बनाकर हल्का नाश्ता करके हाथ में स्टैथिसकोप लटकाये, शिशुशाला का चक्कर लगाता हुआ विश्वविद्यालय की ओर रसायनशाला में चला जाता।

डाक्टर के लिये यह मनोनीत, सुविधाजनक कार्यक्रम था। इसमें व्याघात उसे न सुहाता, परन्तु जब बिस्तर पर लेटकर पढ़ते समय या चाय का पानी खौलाते समय खातून की पुकार आ जाती—"तावारिश खाना!" डाक्टर खिन्नता अनुभव होने पर भी उपेक्षा न कर सकता। उसे खातून के कमरे में जाना ही पड़ता। खातून कभी गर्दन तक छँटे बालों को कंधों से झाड़ती हुई और कभी नाश्ते के लिए रोटी काटती हुई, डाक्टर के कदमों की आहट पाकर अपने काम से दृष्टि हटाये बिना ही प्रश्न कर देती, "तुम आजकल मध्य एशिया में फैलने वाले ज्वर के कीटाणुओं की खोज कर रहे हो न? अश्काबाद से रोगियों के खून का नमूना आया था, उसका क्या हुआ? अश्काबाद और बुखारा में फैलने वाले ज्वरों में क्या भेद है?"

विज्ञान की शिक्षा से हीन, चिकित्सा के काम को केवल राजनैतिक दृष्टि से महत्त्व देने वाली इस स्त्री से विज्ञान की गहरी बातचीत करने में डाक्टर को कुछ उत्साह न होता, परन्तु खातून के स्वर में आग्रह और चिन्ता का ऐसा भाव रहता कि उपेक्षा नहीं की जा सकती थी। वह प्रश्न का उत्तर 'हाँ' या 'न' में देकर चल देने के लिये तैयार होता कि खातून फिर बोल उठती—"इन ज्वरों के कारण पिछले वर्षों में प्रति वर्ष छः लाख व्यक्ति हफ्तों बीमार रहे। इतने दिनों तक आठ घण्टे प्रतिदिन के हिसाब से छः लाख व्यक्तियों के परिश्रम की शक्ति का नुकसान मजदूर-प्रजातन्त्र को हुआ। इनकी दवादारू और सेवा में जो श्रमशक्ति व्यय हुई, उससे भी सोवियत की शक्ति नहीं बढ़ी। यह सब समाज की कितनी भयंकर हानि है? इस सब हानि को रोकना तुम लोगों का उत्तरदायित्व है।"

खातून की शिक्षा और बुद्धि के विचार से यह सब बातें कुछ अधिक ही थीं। डाक्टर कल्पना करने लगता, यह सब बातें अवश्य उसने लाल सेना के अस्पताल और सेना में सिपाहीगीरी करते समय रात्रि पाठशालाओं में व्याख्यान सुनकर सीखी होंगी। इस स्त्री के लिये जीवन का प्रत्येक कार्य शोषक पूँजीवादी व्यवस्था के विरुद्ध निरंतर युद्ध की शृंखला है। बच्चों की सी बुद्धि, सिपाही की सी दृढ़ता से उसे राजनीतिज्ञों जैसी बातें करते देखकर डाक्टर की कल्पना अपने देश की समस्याओं की ओर दौड़ जाती। उसकी बात सुनते-सुनते वह सोचने लगता, यह स्त्री हृदय रोग से चाहे कल ही मर जाये परन्तु इसका उत्साह इतना है कि पलने के बच्चों को इस विचार से पालने बैठी है कि वे संसारव्यापी समाजवादी क्रान्ति की लड़ाई लड़ सकेंगे।

× × ×

भिन्न-भिन्न प्रान्तों से आये रोगियों के रक्त के नमूनों को काँच की महीन पट्टियों में रखकर कई दिन तक अणुवीक्षण यंत्र में जाँचने के बाद डाक्टर खन्ना को निश्चय हो गया कि उनके कीटाणु एक ही नस्ल के हैं। इन कीटाणुओं की वृद्धि अनेक औषधियों में करने के बाद डाक्टर खन्ना ने इन्हें सुई से खरगोशों के शरीर में प्रविष्ट कर दिया। खरगोशों के भी ज्वर पीड़ित हो जाने पर इन जीवों के रक्त से कीटाणु लेकर ज्वर-विरोधी सार तैयार करने का प्रयोग आरम्भ किया गया। इस कार्य में सफलता देखकर डाक्टर नूरनबर्ग खन्ना

की ओर विशेष अनुराग से झुक पड़े। वे प्रायः उसकी प्रयोगशाला में आकर अपनी गंजी चाँद को नाखूनों से सहलाते हुये, उसके प्रयोगों का परिणाम देखकर उसके कार्य की सराहना करते।

डा० नूरनबर्गर ने खन्ना को बहुत जल्दी अपने कार्य की एक रिपोर्ट तैयार करके मास्को भेजने के लिये उत्साहित किया। उनका अभिप्राय था, मास्को से मंजूरी आ जाने पर अगले वर्ष सर्दी की ऋतु से पहले ही वे इस ज्वर के इंजेक्शन तैयार कर सकें। सम्भवतः इस काम के लिये डाक्टर को ही मास्को जाना पड़े।

समरकन्द में एक वर्ष से अधिक समय सुख से बिता लेने पर खन्ना के मन में डाक्टर बना रहकर रोगों का उपचार करते रहने की अपेक्षा क्रान्तिकारी कार्यकर्ता बनकर अपने देश लौट जाने की इच्छा प्रबल होने लगी। नूरनबर्गर को खन्ना की यह प्रवृत्ति बिलकुल नापसन्द थी। उनका कहना था कि वैज्ञानिक का जीवन विज्ञान की उन्नति के लिये होना चाहिये। विज्ञान के बिना मनुष्य-समाज पंगु है, इसलिये मनुष्य का सबसे पहला कर्तव्य विज्ञान के प्रति है।

डाक्टर नूरनबर्गर से भी अधिक यह बात नापसन्द थी खातून को। भारत लौटकर समाजवादी क्रांति करने का प्रयत्न उन्हें ट्राटस्की की विश्व-क्रांति की भ्रमपूर्ण नीति जान पड़ती थी। उनका विचार था कि डाक्टर को अपना समय और शक्ति पहले सोवियत में समाजवादी व्यवस्था को पूर्णतः सफल बनाने की सहायता में लगानी चाहिये। एक देश में समाजवाद की पूर्ण सफलता ही दूसरे देशों में उसकी सफलता का मार्ग सहल बना सकती है। डाक्टर से तर्क करते समय वे खिन्न हो जातीं। प्रकट तर्क से अधिक प्रबल थी उनके हृदय की अनुभूति।

खातून के हृदय में डाक्टर के लिये एक वात्सल्यपूर्ण ममता उमड़ आई थी। सामाजिक जीवन में व्यक्तिगत दृष्टिकोण को वे निर्बलता समझती थीं इसलिये सोवियत भूमि छोड़कर डाक्टर का अपने देश में क्रांतिकारी कार्यक्रम के लिये जाने की बात सोचना उन्हें पार्टी और सोवियत भूमि की ही हानि जान पड़ती थी।

डाक्टर के विचार को यदि प्रोत्साहन मिला तो पोपोलोफ से। वह विश्वविद्यालय में अर्थशास्त्र का अध्यापक था। उसका कहना था कि समाज के लिये विज्ञान की उन्नति आवश्यक है सही, परन्तु विज्ञान की उन्नति को मनुष्य समाज के लिये उपयोगी बना सकना तभी सम्भव है जब सर्वसाधारण समाज के हाथ में साधन और आत्मनिर्णय का अधिकार हो; वर्ना विज्ञान का विकास उसी श्रेणी की सम्पत्ति हो जायेगा जो समाज की स्वामी है और उत्पत्ति के साधनों की मालिक है। योरुप में विज्ञान की इतनी उन्नति के बावजूद सर्वसाधारण का जीवन क्या है? मेहनत करने वाली जनता के आत्मनिर्णय का अधिकार पाने का आन्दोलन सार्वदेशीय है। मेहनत करने वाली श्रेणी के हितों के प्रश्न को हम देशों की भौगोलिक सीमा में बाँधकर नहीं रख सकते। यह समाजवाद के सिद्धान्त के विरुद्ध होगा। पोपोलोफ के प्रोत्साहन से डाक्टर ने पार्टी के पास अन्तर्राष्ट्रीय कार्यकर्ता के तौर पर भारत भेजे जाने का आवेदन, खातून के अनजाने में ही भेज दिया। वह मास्को से उत्तर आने की प्रतीक्षा कर रहा था।

एक वर्ष से अधिक समय तक समरकन्द में रहते समय डाक्टर निरन्तर रूसी भाषा का अभ्यास करता रहा था। वह बहुत कुछ बोल लेता, पढ़ लेना उससे सहज था, परन्तु

लिखते समय अड़चन अनुभव होती थी। गुलशां और स्लोवा को दाई के काम की परीक्षा विशेष सफलतापूर्वक पास करने के कारण डाक्टरी पढ़ने के लिये विश्वविद्यालय की ओर से छात्रवृत्ति मिल गई थी। खातून के कहने से गुलशां प्रतिदिन कुछ समय डाक्टर को रूसी भाषा सीखने में सहायता देती थी।

गुलशां के चेहरे की विचारपूर्ण मुद्रा और उसकी मार्मिक दृष्टि डाक्टर को आरम्भ से ही विश्वासोत्पादक जान पड़ी थी। खातून के साथ उस उजबेक लड़की को छीन लाने की घटना ने डाक्टर की दृष्टि से गुलशां के लिये विशेष आदर पैदा कर दिया था। घटना के अगले सुबह शिशुशाला का निरीक्षण करके, हाथ में स्टेथिसकोप थामे डाक्टर प्रयोगशाला की ओर जा रहा था। उसने गृह के बरामदे से सड़क पर कदम रखा ही था कि सड़क किनारे लगे एल्म वृक्षों की दाहिनी पंक्ति के नीचे, फाटक के समीप, काले नकाब में लिपटी एक स्त्री पर दृष्टि पड़ी। श्वेत वर्दी पहने एक दाई स्त्री के कन्धे पर हाथ रखे खड़ी थी। डाक्टर ने पहचाना काली नकाब पहने स्त्री रात में लाई गई बच्चों की माँ थी और समीप खड़ी दाई, गुलशां।

लड़की की माँ अपनी बच्ची लौटा दिये जाने के लिये रो रही थी और गुलशां आँखों में आँसू भरे उसे सांत्वना देने का यत्न कर रही थी। गुलशां से नजर मिलने पर डाक्टर के लिये भी उपेक्षा से अपने काम पर चले जाना सम्भव न रहा। कातर भाव से गुलशां ने कहा—"बेचारी अपनी बच्ची के लिये पागल है, पर किया क्या जाये? कामरेड खातून के आने से पहले ही यह किसी तरह चली जाये वर्ना वे नाराज हो जायेंगी। वे किसी कम्पाउण्डर, चौकीदार या दूसरे आदमी को कहकर बेचारी को निकलवा देंगी। वह इसके लिये और भी असह्य होगा।"

नकाबपोश स्त्री की सहायता कर पाना असम्भव था। सन्तान के लिये तड़पती माँ का दृश्य डाक्टर के लिये असह्य हो रहा था। वह अपनी राह चल दिया, परन्तु मन में दुविधा लगी रही। फर्लांग भर सीधी राह जाने के बाद, विश्वविद्यालय की सड़क पर कदम रखते समय डाक्टर ने घूमकर देखा, गुलशां नकाबपोश स्त्री को सहारा दिये, स्वास्थ्यगृह के फाटक से बाहर लिये आ रही है। डाक्टर बहुत समय तक गुलशां के हृदय की कोमलता और धैर्य की बाबत सोचता रहा। वह खातून की दृढ़ निष्ठा और गुलशां के कोमल धैर्य की तुलना करता रहा।

दिन के कार्य के बाद डाक्टर रात में मास्को के लिये ज्वरों का विवरण लिखने के लिये बैठता तो गुलशां सहायता के लिये आ जाती। भाषा रचना और मुहावरे में गुलशां से सहायता मिलती थी। एक के बजाय दोनों विवरण की दो प्रतियाँ अलग-अलग लिखते जाते। डाक्टर कभी लिखना भूलकर लैम्प के अत्यन्त समीप झुकी हुई गुलशां की लम्बी पलकों की ओर देखता रह जाता। अपना वाक्य लिखकर गुलशां दृष्टि उठाकर अगले वाक्य के लिए 'हाँ' संकेत करती, तो डाक्टर उससे वाक्य दोहराने के लिये कहकर आँखें झुका लेता। शीघ्र न लिख पाने का प्रत्यक्ष कारण रूसी भाषा में उसकी गति न होना था, परन्तु खन्ना जानता था, इसका कारण विचारों का विश्रृंखल हो जाना ही था।

संध्या भोजन के बाद गुलशां के साथ रुपहली चाँदनी में, एल्म के वृक्षों की छाया से चित्रित सड़क पर टहलते हुए या हरी घास पर टेनिस खेलते समय भी वह मन ही मन गुलशां के स्वस्थ और छरहरे शरीर की रूप-रेखा की सराहना करने लगता। अपने

सुविचार के सम्मुख डाक्टर को यह उचित न जान पड़ता। विशेषकर, नींद आने से पहले कुछ देर गुलशां की बात मन में आ ही जाती। यह खन्ना की प्रवृत्ति और सुविचार में संघर्ष था। गुणग्राहकता और जीवन में पूर्णता की इच्छा उसे गुलशां की ओर खींच रही थी। परिस्थितियाँ इस आकर्षण में बाधक न थीं। स्वास्थ्यगृह की आचार्य-विधायक खातून गुलशां को डाक्टर की ओर ढकेलने का यत्न करती, परन्तु डाक्टर का विवेक कह रहा था—नहीं!

अपने मन में वह भारत लौटकर जीवन को क्रांति के अर्पण कर देने का ध्येय निश्चित कर चुका था। भारत का ध्यान आते ही राज चिरसाथी और सहचर के रूप में अनिवार्य रूप से उसकी बगल में आ खड़ी होती। मनुष्यत्व और क्रांति के प्रयत्न के बाद यदि उस पर किसी का अधिकार था तो राज का। उसने स्नेह में राज को आत्मसमर्पण किया था और राज से परिवर्तन में सब कुछ पाया था। उस प्रतिज्ञा की रक्षा उसे करनी थी। गुलशां राज से श्रेष्ठ हो सकती है, परन्तु व्यक्ति के प्रति व्यक्ति के सौजन्य और कर्तव्य का भी एक आदर्श है, उसमें एक सीमा है। स्व-तृप्ति ही जीवन में औचित्य की कसौटी न होनी चाहिए। स्वार्थ का यह भाव असामाजिक भावना है।

विवेक और चिन्ता के इस प्रवाह में डाक्टर को नर्गिस की बात भी याद आ जाती। उस स्मृति से वह अपने आपको क्रूरता और निर्दयता का अपराधी पाता। नर्गिस के प्रति अपनी सहानुभूति का विश्लेषण करने पर वह पाता, नर्गिस एक भूल थी। निस्सन्देह वह नर्गिस के रूप पर मोहित हो गया था, परन्तु केवल रूप पर जीवित नहीं रह सकता। नर्गिस मनुष्यत्वहीन नारी थी। वह व्यक्तित्वहीन, भोग का साधन मात्र थी। भोग की कोई भी वस्तु सदा एक सी रुचिकर नहीं रह सकती। नर्गिस के प्रति न्याय करने के लिये उसे स्वयं अन्याय सहना पड़ता। एक की त्रुटि के लिए अन्याय या अत्याचार दूसरा क्यों सहे। उसके स्थान पर यदि कोई दूसरा व्यक्ति होता तो मानसिक चेतनाहीन नर्गिस की ओर आकर्षित हो जाने का दण्ड उस व्यक्ति के लिए क्या जन्म भर की यंत्रणा होना चाहिए था? नर्गिस जिसे तृप्ति नहीं दे सकती, उससे तृप्ति पाने का अधिकार नर्गिस को नहीं, परन्तु यह तर्क राज के विषय में लागू नहीं हो सकता था।

डाक्टर स्वयं अपनी प्रतारणा करता, गुलशां यदि मुझे बहुत भली जान पड़ती है तो आवश्यक नहीं कि वह भी मेरे प्रति उतनी ही आकर्षित हो। गुलशां के जीवन में एक से एक अच्छे साथी मिल सकेंगे। विवरण लिखने का काम समाप्त हो चुका था। वह गुलशां से शिष्ट और संयत अन्तर बनाये रखने का ध्यान रखता। वह प्रतीक्षा में था कि किसी भी दिन उसे मास्को से बुलावा आ सकता है। समरकन्द का यह उद्यान एक दफे छूट जाने पर जीवन में शायद वह कभी गुलशां से न मिल सकेगा।

गुलशां से अन्तर बनाये रखने का विचार खन्ना के लिए असुविधा बन गया। गुलशां ने अनुभव किया, डाक्टर किसी कारण से खिन्न है। कई दिन तक सैर या टेनिस के लिए डाक्टर द्वारा न पुकारे जाने पर एक संध्या वह स्वयं उपस्थित हुई। आँखों में आँखें डालकर उसने पूछा—"मुझसे कुछ भूल हुई है या किसी चिन्ता से खिन्न हो?"

डाक्टर मुस्कराकर बात टाल न सका। ठीक बात कह देना ही उसने उचित समझा। गुलशां उसके और भी निकट आ गई। डाक्टर के कन्धे पर हाथ रखकर उसने कहा—

"परन्तु मैं तुम्हें कहीं अधिक स्नेह करती हूँ!··· यदि स्नेह के माधुर्य को जीवन भर पाया नहीं जा सकता तो जितने क्षण भी पाया जा सके···!"

गुलशां के स्वर का कम्पन और चेहरे पर छा गई गहरी लाली देखकर डाक्टर को जान पड़ा, इस संघर्ष में वह टिक न सकेगा। उसे अनुभव हुआ, गुलशां उसके प्रति अन्याय कर रही है; जीवन के लिए निश्चित उसके ध्येय पर चोट कर रही है। अपनी कुर्सी पर सहसा उठकर खन्ना ने कहा—"एक जरूरी काम से मुझे डाक्टर नूरनबर्गर ने बुलाया है। मैं जा रहा हूँ।" गुलशां के कुछ कह सकने की प्रतीक्षा किये बिना वह उठ खड़ा हुआ।

गुलशां ने हतप्रतिभ हो आँखें झुकाये कहा—"तुम्हारा समय नष्ट करने के लिए मुझे खेद है!" अपना बटुआ ले कुर्सी से उठकर डाक्टर से पहले ही वह कोठरी से बाहर निकल आई।

डाक्टर कुछ दूर यूनिवर्सिटी की दिशा की ओर गया और जब गुलशां की दृष्टि के अनुसरण करने का भय न रहा, जरफशां नदी की ओर जाकर बहुत देर तक निर्जन तट पर घूमता रहा। गुलशां के प्रति उसे खिन्नता अनुभव हो रही थी। क्यों वह उसके मार्ग में बाधा बनाना चाहती है? कल्पना में दिखाई देने वाली गुलशां की छवि के पीछे-पीछे उसे राज की मूर्ति अनेक रूपों में दिखाई दे रही थी; अदृष्ट के गर्भ में खो गये पति के कभी लौट आने की प्रतीक्षा में उदास, घर की दीवारों से घिरे एकान्त में अपने पति के लिए तृप्ति का उन्मुक्त स्रोत, प्रणय के प्रथम दिनों में संकोच से उसका अवगुण्ठित रह जाना ···वह राज से गुलशां की तुलना करने लगा, कहाँ वह शील और संकोच का माधुर्य जिसे शरीर से पाकर भी हृदय से प्राप्त करने में प्रणय का मैदान जीतना आवश्यक था और कहाँ यह जबरन प्रेम का बोझ लादते फिरना!···उसका मन गुलशां के प्रति वितृष्णा से भर गया।

× × ×

डाक्टर और पोपोलोफ में अन्तर्राष्ट्रीय परिस्थिति के सम्बन्ध में बातचीत होती रहती थी। विश्वविद्यालय के क्लब में भी इस विषय पर अनेक वाद-विवाद होते थे। सन् १९३८ के अन्त और १९३९ के आरम्भ में सोवियत के इंग्लैंड से मिलकर अन्तर्राष्ट्रीय फैसिस्ट विरोधी मोर्चा बनाने के प्रयत्न में असफल रह जाने के कारण सोवियत के लिये निकट भविष्य में भयंकर युद्ध में फँसने के लक्षण दिखाई देने लगे थे। जर्मनी योरुप के पूर्वीय देशों को अपने नाजी साम्राज्य में समेट-समेट कर विश्वव्यापी युद्ध के कैम्प का विस्तार करता चला जा रहा था। इंग्लैंड और फ्रांस इस विषय में चुप थे। संसार से समाजवाद को निर्मूल कर, जर्मनी के नेतृत्व में संसारव्यापी साम्राज्य स्थापित करने का हिटलर का ऐलान, जर्मनी की बढ़ती हुई शक्ति, इंग्लैंड और फ्रांस की उदासीनता यह सब सोवियत को अपने विरुद्ध अन्तर्राष्ट्रीय षड्यन्त्र दिखाई पड़ रहा था।

समाजवाद के विरुद्ध पूँजीवादी और साम्राज्यवादी षड्यन्त्र का सामना करने की तैयारी के लिये सोवियत प्रजातन्त्र की जानता हुँकार भरने लगी। सोवियत की सैन्य और शस्त्र-शक्ति के अतिरिक्त उन्हें संसार के सभी देशों में मेहनत करने वाली जागृत श्रेणियों के संगठनों का भी भरोसा था जो अपने-अपने देशों की साम्राज्यवादी शक्तियों की नींव को धक्का पहुँचा सकती थीं। ऐसे समय उन देशों में सचेत क्रान्तिकारी कार्यकर्ताओं के

पहुँचने की अत्यन्त आवश्यकता थी। इस परिस्थिति में उपयोगी होने के लिये खन्ना का मन और भी व्याकुल होने लगा। गुलशां और उनके बीच घटने वाली घटना ने उसकी कार्य क्षेत्र में आने की व्याकुलता को और भी उग्र कर दिया। वह नहीं चाहता था गुलशां से फिर सामना होने का अवसर आये।

उसी समय सोवियत और जर्मनी में परस्पर आक्रमण न करने की संधि (Non-Aggression Pact) और उसके बाद तुरन्त ही जर्मनी के पोलैंड पर आक्रमण करने और इंग्लैंड, फ्रांस और जर्मनी में युद्ध हो जाने की खबरें आईं। डाक्टर ने समझा, सोवियत से बाहर जाकर काम करने का यही समय है। जब साम्राज्यवादी देश परस्पर युद्ध में भिड़कर एक दूसरे की पूँजीपति शासक श्रेणियों की व्यवस्था को निर्बल कर रहे हों, मेहनत करने वाली श्रेणी के लिये अपने देश में शासन-शक्ति हथियाने का स्वर्ण संयोग है। साम्राज्यवादी युद्ध भिन्न-भिन्न देशों की पूँजीपति श्रेणी के परस्पर हितों का संघर्ष है और मेहनत करने वाली श्रेणी के लिये अपनी शक्ति बढ़ाने और अधिकार पाने का अवसर है। ऐसे समय समाजवादी क्रान्ति की तैयारी के लिये जहाँ भी उसे अवसर मिले, काम करने के लिये तैयार है। संसार से मनुष्य का शोषण समाप्त हो जाने पर ज्वर के कीटाणुओं की खोज और उपाय करने वाले बीसियों पैदा होते रहेंगे।

डाक्टर खन्ना के व्यवहार में आ जाने वाली गम्भीरता और चिन्ता का भाव खातून की दृष्टि से छिपा नहीं रहा। उसके चिन्तित दिखाई देने के कारण खातून ने अनेक बार उलाहना दिया। चिन्तित रहकर स्वास्थ्य की उपेक्षा करने के लिये उसकी प्रतारणा की। उसने डाक्टर को समझाया, स्वस्थ और प्रसन्न रहना प्रत्येक समाजवादी नागरिक का कर्तव्य है। डाक्टर को गुलशां से खिंचा देखकर खातून ने आपत्ति की और उपालम्भ से कहा—"बुद्धिजीवी लोगों में व्यक्तित्व सिमटते जाने का भाव अनुचित रूप से बढ़ जाता है। समाजवादी नागरिक को सदगृहस्थ होना चाहिये। आधुनिक युवक और युवतियाँ माता-पिता बनने के उत्तरदायित्व से जाने क्यों डरते हैं? यह तो पूँजीवादी समाज का रोग है, जहाँ अधिकांश जनता सब प्रकार के साधनों से हीन अवस्था में पैदा होकर दुःख पाती है। समाजवादी सोवियत में जन्म लेने वाली संतानों के लिये संसार का छटा भाग, यह महान प्रजातन्त्र सब प्रकार की सम्भव सुविधाएँ देने के लिये तैयार है। इस महान देश के साधनों को उपयोग में लाने के लिये, संसार भर के शोषितों के हित के संरक्षक इस समाजवादी सोवियत प्रजातन्त्र को सबल बनाने के लिये, हमें स्वस्थ सन्तानों की आवश्यकता है।"

डाक्टर इस संकेत को समझता था, परन्तु उत्तर देकर प्रसंग की गहराई में न जाने के लिये वह चुप रह जाता। गुलशां के विषय में वह सोचना नहीं चाहता था। न सोचने की चेतना के कारण, गुलशां का ध्यान उसके मन में बना ही रहता। वह एक प्रकार की विरोध आसक्ति थी। वह समझ बैठा, गुलशां उस पर फंदा डालना चाहती थी, वह बच गया। इस धारणा से गुलशां के प्रति उसके मन में अनादर का भाव जाग उठा। गुलशां का शारीरिक सौंदर्य, व्यवहार की शालीनता, उसे एक प्रवंचना जान पड़ने लगी। डाक्टर सोचता, गुलशां सहिष्णु और परिश्रमी है, परन्तु विश्वास और मित्रता के योग्य नहीं।

डाक्टर की समरकन्द छोड़कर कार्यक्षेत्र में कदम रखने की व्यग्रता की आग में नासिर के पत्र ने तेल डाल दिया। उन दोनों के पत्र-व्यवहार में कुछ कठिनाई आरंभ में हुई थी,

परन्तु वह क्रम सहज भाव से चलने लगा था। वे परस्पर अपने काम और जीवनचर्या के विषय में एक-दूसरे को लिखते रहते थे। अपने उस पत्र में नासिर ने लिखा था, वह एक मास के भीतर ही राजनैतिक कार्यकर्त्ता की शिक्षा पाने के लिये मास्को जा रहा है और आशा है कुछ मास बाद अन्तर्राष्ट्रीय कम्युनिस्ट दल की ओर से एशिया के किसी देश में काम करने चला जायेगा।

नासिर का पत्र पाते ही डाक्टर ने एक तार मास्को अपने आवेदन-पत्र पर शीघ्र विचार किये जाने के लिये दे दिया। सप्ताह भर के भीतर उसके मास्को जाने की स्वीकृति आ गई।

× × ×

पहाड़ों, उपत्यकाओं और मैदानों को चीरती हुई ट्रेन मास्को की ओर चली जा रही थी। पहाड़ों के बीच से गुजरते समय खन्ना को अपने देश के शिमला पहाड़ और बम्बई के रास्ते में भोपाल से इटारसी और आगे का मार्ग याद आने लगा। मैदानों में लहलहाती, सुनहली फसल देखकर पंजाब और गंगा-यमुना के मैदानों की याद से उसका मन गुदगुदाने लगा; वह फिर अपने देश की ओर जा रहा है।

रेल-लाइन के किनारे तार के खम्बे, वृक्ष और खेत उसकी निरुद्देश्य दृष्टि से सामने उड़ते जा रहे थे और वह देख रहा था, गत संध्या पीछे छूट गये समरकन्द को। वृद्ध नूरनबर्गर को एक उपयोगी और चतुर सहयोगी के चले जाने का दुःख था। खातून उसके अविचार से नाराज हो गई थी। उसे विश्वास था, खन्ना को अन्तर्राष्ट्रीय कार्य के लिये भड़काना, पोपोलोफ की गलती है! उसके विचार में अन्तर्राष्ट्रीय कार्य के लिये पोपोलोफ जैसे प्रचारक व्यक्ति को सोवियत से बाहर भेजा जाना चाहिये था और डाक्टर को रचनात्मक कार्य के लिये समरकन्द या सोवियत के किसी दूसरे प्रांत में रहना चाहिये था। खन्ना जानता था, खातून की खिन्नता और उद्वेग का कारण उसका वात्सल्य ही था। खातून की इस नाराजगी के लिये उसे गर्व था। यही बात नूरनबर्गर के दुःख के सम्बन्ध में थी। खातून और नूरनबर्गर के स्नेह-वात्सल्य की स्मृति गुलशां की याद के सम्मुख फीकी पड़ जाती। वह विचित्र लड़की थी। खन्ना से रुखाई का व्यवहार पाकर उसने मिलना या बोलना छोड़ दिया, परन्तु दूसरे व्यक्तियों की उपस्थिति में, वह निस्संकोच मुस्कराहट से नमस्कार कर देती या नमस्कार के उत्तर में धन्यवाद देती मानों उनके बीच कोई दुराव नहीं था।

पिछले दिन जब डाक्टर मास्को जाने के उत्साह में सभी परिचितों से विदा लेता फिर रहा था और बार-बार सोच रहा था कि गुलशां से भी वह मिले या नहीं, तभी वह स्वयं आ उपस्थित हुई थी। उसके व्यवहार में एक प्रकार का संयम था जिसे उदासी समझा जा सकता था।

"आप मास्को जा रहे हैं!...और शायद फिर लौटकर न आयें।" गुलशां के इस वाक्य ने खन्ना के हृदय की रुखाई दूर कर दी।

डाक्टर ने समीप बैठकर उत्तर दिया—"सम्भव तो यही है!"

खन्ना को निस्संकोच देखकर गुलशां ने कहा—"कुछ दिन हम दोनों ने मित्रता के भाव से बितायें हैं। वे अत्यन्त मधुर थे। हम लोगों के स्वभाव में समानता न थी इसलिये

वह अधिक दिन न रही, परन्तु जितने दिन भी वह निभी, उसकी स्मृति मेरे लिये मधुर रहेगी। चाहती हूँ तुम्हारी महत्त्वाकांक्षा सफल हो।''

डाक्टर का मन गल गया। वह क्या उत्तर देता। हाथ की उँगलियों को तोड़ता हुआ चुप रह गया। गुलशां ने फिर कहा—''अपने सन्तोष के लिये मिलने आ गई हूँ। इससे शायद आपको कुछ असुविधा हुई हो तो क्षमा करना।'' खन्ना के लिये और कुछ कह सकना कठिन था।

बहुत यत्न कर वह केवल इतना कह पाया—''उस बात के लिये मुझे खेद है। तुम्हारे आने से मैं वास्तव में अनुगृहीत हूँ। भूल हो ही जाती है।''

खन्ना ने गुलशां की ओर देखा। उसकी बड़ी-बड़ी आँखें भर सी आई थीं। उन्हें यत्न से संभाल कर गुलशां ने पूछा—''पत्र लिखोगे?''

''अवश्य'' डाक्टर ने उत्तर दिया। कुछ देर वे दोनों खन्ना के मास्को से भारत चले जाने के विषय में बातचीत करते रहे। खन्ना के भारत जाने के उत्साह में जैसे एक जबर्दस्त ठेस लग गई। उसके अन्तरतम में एक प्रबल इच्छा उठने लगी; यदि किसी प्रकार और कुछ दिन समरकन्द में ठहरना सम्भव हो सकता? यदि फिर समरकन्द लौट आने की सम्भावना हो सकती?

गाड़ी की खिड़की में अपलक और निरुद्देश्य दृष्टि, तेजी से सम्मुख फिसलते जाते दृश्यों की ओर लगाये उसे निरंतर गुलशां का ही चेहरा दिखाई दे रहा था। उसकी बड़ी-बड़ी आँखें!...और कानों में, गाड़ी के पहियों की ताल पर एक ही शब्द भिन्न स्वरों में गूँज रहा था—''शशलिवापुती!''

विश्वविद्यालय से उसे स्टेशन तक छोड़ने बहुत से लोग आये थे। खातून खिन्नता में मौन थी। डाक्टर का बिस्तर बेंच पर लगाकर एक दफे—''प्रोशाइते'' कहकर वह चली गई। गुलशां भीड़ में सबसे पीछे खड़ी थी, सबसे बाद में हाथ मिलाने के अभिप्राय से। सबके बाद खन्ना ने उससे हाथ मिलाया। मुस्कराने का यत्न कर गुलशां ने कहा—''शशलिवापुती!'' (यात्रा शुभ हो) वह स्वर कितना मधुर था, कितना गहरा, उसमें कितनी बेबसी और कितना साहस भरा था।

खन्ना की खिड़की से बाहर लगी आँखों के सामने ग्रामों के बाद ग्राम गुजरते चले जा रहे थे। दृश्य बदलते जा रहे थे, परन्तु उसे दिखाई पड़ रही थी गुलशां और सुनाई पड़ रहा था, शशलिवापुती। कितने ही स्वरों से यह शब्द उसने सुना था, परन्तु उसे सुनाई पड़ रहा था, अन्त में सुना गुलशां का स्वर। मन में विचार उठने लगता, समरकन्द लौट आना सम्भव क्यों नहीं? चाहे तो वह सोवियत में रह सकता है, उसका समरकन्द लौट आना या गुलशां का मास्को आ सकना हो सकता है, परन्तु भारत न जाने के विचार को किसी भी प्रकार प्रश्रय देने के लिये वह तैयार न हो सका।

डाक्टर खन्ना समरकन्द में की हुई ज्वर सम्बन्धी खोज का कार्य रोग के कीटाणुओं और स्वस्थ्य जीवों के शरीर में प्रविष्ट करने के परिणामों के उदाहरण शीशियों और काँच की पट्टियों में रखकर मास्को ले आया था। मास्को के चिकित्सा-खोज-विभाग में विशेषज्ञों के सम्मुख उस सबका ब्यौरा देने और उसके आधार पर प्रतिरोधक कीटाणु तैयार करने की व्यवस्था के सम्बन्ध में विचार करते उसे सप्ताह से अधिक समय न लगा।

चिकित्सा सम्बन्धी कार्य समाप्त कर देने पर अपनी इच्छानुसार राजनैतिक कार्य की शिक्षा पाने का ही काम उसके लिये शेष था। यूरोप में युद्ध की प्रगति बहुत तेजी से हो रही थी। यूरोप में जर्मनी की सफलता से आशँकित होकर अन्तर्राष्ट्रीय कम्युनिस्ट दल फैसिज्म के विरोध के लिये सभी सम्भव प्रयत्न करने में तनिक भी विलम्ब न करना चाहता था। यूरोप मे जर्मनी और इटली की साम्राज्यवादी नीति आतंक फैला रही थी, एशिया में जापान यही काम कर रहा था। सोवियत के राजनीतिज्ञों को विश्वास था कि यूरोप में फ्रांस और इंग्लैंड के जर्मनी और इटली से उलझे रहने पर जापान न केवल चीन में बल्कि दक्षिणी एशिया में भी पैर फैलायेगा। एशिया में जापान की साम्राज्यवादी फैसिस्ट नीति के सफल होने का अर्थ था, संसार भर में साम्राज्यवादी गुट का अधिक शक्ति पकड़ जाना।

यूरोप और उसके एशियाई उपनिवेशों में प्रजातंत्र का रूप धरे, बोसीदा हो चुकी पूँजीवादी शासन व्यवस्थायें, अपने देशों की जनता का सहयोग न पा सकती थीं। वे नाजी और फैसिस्ट शक्तियों के युद्ध के लिये संगठित और अपने देशों के सम्पूर्ण साधनों से दूसरे देशों को रौंद देने के लिये जान की बाजी लगा देने वाले संगठन के सामने ठहरने में असमर्थ थीं। फैसिज्म के विरोध को अपने प्राणों और मनुष्यत्व की रक्षा का प्रश्न समझकर केवल सम्पूर्ण जनता की शक्ति इन शक्तियों का सामना कर सकती थी। जापान प्रशान्त महासागर और चीन में बढ़ता जा रहा था। शीघ्र ही उसके हिन्दचीन और बर्मा की भूमि पर आक्रमण करने की आशँका थी। डाक्टर खन्ना के लिये केवल तीन मास का समय मास्को में रहने के लिये निश्चित किया गया।

डाक्टर दिन भर में तीन-चार जगह व्याख्यान सुनने जाता। पर्याप्त समय उसे आवश्यक पुस्तकें, विवरण और कागज देखने में देना पड़ता। फिर भी मन को अपनी बात सोचने का अवसर मिल ही जाता। अध्ययन और राजनैतिक चिन्तन से मस्तिष्क थक जाने पर मन कल्पना में विश्राम और उत्साह पाता था। आँखें मूंदे कल्पना में वह राज की गोद में सिर रखे विश्राम करना चाहता परन्तु उससे पहले आ जाती गुलशां। उसका विवेक तर्क करने लगता, क्या गुलशां से उसका अनुराग उचित है?

डाक्टर तर्क करता, गुलशां मित्र है, उसकी पत्नी राज है। किसी दूसरे व्यक्ति के सम्मुख वह तर्क उपयुक्त हो सकता था परन्तु अपने आपको धोखा देने से क्या लाभ था? उसे स्वीकार करना पड़ता, यदि वह समरकन्द में कुछ मास और रह पाता, निश्चय ही गुलशां के प्रेम और उदारता के सम्मुख उसे आत्म-समर्पण कर देना पड़ता, इसे वह अपने लिये गौरव की ही बात समझता परन्तु राज के प्रति उसका कर्तव्य? उससे वह इनकार न कर सकता था। गुलशां ने उस पर जो विजय प्राप्त कर ली थी उससे इनकार की गुंजाइश न थी। गुलशां के सम्मुख अपराध स्वीकार करने का अर्थ था, गुलशां के प्रति कर्तव्य स्वीकार करना।

डाक्टर खन्ना के मन की यह उधेड़बुन सहज समाप्त न होती। वह तर्क करता गुलशां मुझसे चाहती क्या थी; केवल प्रेम। जीवन का समीपतम साथ इसके अतिरिक्त और कुछ नहीं। वह आत्म-निर्भर व्यक्ति है? उसे पेट पालने या तन ढाँकने के लिये आश्रय दे सकने वाले प्रेमी की आवश्यकता नहीं। वह चाहती है, मित्र और साथी। नर-नारी के जीवन में चरमपूर्णता देने वाला साथी। शायद उसे राज से ईर्ष्या भी न हो। क्या वह वास्तव में ही दोनों से प्रेम कर अपना कर्तव्य नहीं निभा सकता?···

हो सकता है, गुलशां को राज से ईर्ष्या न हो, परन्तु राज गुलशां के अधिकार को कभी स्वीकार न कर सकेगी। वह मुझे (पति को) केवल मित्र या साथी के रूप में भी आवश्यक समझती है। मेरे बिना (पति के बिना) उसका जीवन कुछ है ही नहीं। पति पर उसका अधिकार ही उसकी श्रद्धा, भक्ति और सेवा का मूल्य है।

गुलशां केवल उतना चाहती है, जितना वह देने के लिये तैयार है इसीलिये वह समानता का दावा करती है। जीवन के सहचर को मालिक और स्वामी न समझकर मित्र, साथी कहना चाहती है। वह पुरुष के सम्मुख तृप्ति और उपयोग की वस्तु बनकर पुरुष की इच्छा की प्रतीक्षा के लिये विवश नहीं। वह स्वयं इच्छा कर सकती है। लजाकर संकुचित और भयभीत होकर पुरुष के पौरुष को स्वीकार करने का, पुरुष को अपना पौरुष दिखाने का अवसर देकर संतुष्ट करने की आवश्यकता उसे नहीं।

मास्को पहुँचने के बाद एक पत्र में उसने गुलशां से अपनी पहली रुखाई के लिए क्षमा माँगी थी। इतने दिन राज की तुलना में गुलशां की बात सोचते रहने के बाद उसे समझ आया, गुलशां के जिस व्यवहार को उसने निर्लज्जता और फंदा डालना समझा था, वह वास्तव में उसकी आत्मनिर्भरता और सरलता थी। इस विचार से वह और भी खिन्न और लज्जित हुआ। इच्छा हुई एक विस्तृत पत्र लिखकर गुलशां को समझा दे कि उसकी वह रुखाई उसके सम्पूर्ण गत जीवन में स्त्री के गुणों के सम्बन्ध में ऐसी धारणाओं का परिणाम थी, जिसके अनुसार नारी का गुण पुरुष के प्रति अधीनता प्रकट करना है··· तुम वास्तविक स्वतन्त्र समाज की प्राणी हो, वास्तव में महान हो। तुच्छ मैं स्वयं था। अपनी तुच्छता से नापकर मैंने तुम्हें तुच्छ समझा, यही मेरी भूल थी। नारी के प्रति तुच्छता के संस्कार से मुक्त होकर आज मैं तुम्हारी महानता को समझ सका हूँ और अब वास्तव में क्षमा का अधिकारी हूँ।

इच्छा और विचार करने पर भी खन्ना गुलशां को ऐसा पत्र न लिख सका। तर्क ने समझाया, दबी हुई चोट को उभारने से क्या लाभ? सम्भवतः इससे गुलशां को भी दुःख हो। इस प्रसंग को ताजा करने का क्या प्रयोजन? वह समरकन्द नहीं लौट रहा। वह अपने कार्यक्षेत्र में अपने व्यक्तित्व का बलिदान कर देने के लिए जा रहा है। किसी व्यक्ति के शोक, प्रसन्नता, मानापमान से उसे क्या मतलब? किसी की आँखों में भले या बुरे जँचने की चिन्ता करने से लाभ क्या?

गुलशां को उसने पत्र लिखा जरूर, परन्तु मास्को से काले समुद्र की ओर चल देने से केवल एक दिन पूर्व। उसने लिखा—"अपने विचार में जो ठीक समझा, उसके लिए प्रयत्न करने जा रहा हूँ। तुम्हारा समाज अपने प्रयत्न से मनुष्यत्व को प्राप्त कर रहा है। मैं चाहता हूँ कि जिस देश में मैंने जन्म लिया है, उस देश के लिये भी मनुष्यत्व का अवसर प्राप्त हो। अदृष्ट की बात कौन कह सकता है, क्या होगा? परन्तु आशा है, जब तक जीवन रहेगा तुम्हें मित्र रूप से स्मरण रखूँगा और तुम्हें एक बार देखने की इच्छा बनी रहेगी।"

दिसम्बर का अन्त आ रहा था। दिन और रात की रेल-यात्रा में जहाँ तक दृष्टि जाती सब ओर बरफ ही बरफ थी। उस बरफ की ओर लगी खन्ना की दृष्टि देख रही थी, भारत के हरे-भरे खेतों को···नग्नप्राय क्षुधित कंकालों को।

●

ग्राम की राह

मजदूरों और मिल-मालिकों में हिंसा के भाव और वैमनस्य के कारण हो जाने वाली कपड़ा-मिलों की हड़ताल को बद्री बाबू ने अपने बलिदान से, दोनों दलों के हृदय-परिवर्तन कर समाप्त किया था। तेईस दिन के इस अनशन व्रत और आत्म-शुद्धि से उन्होंने अनुभव किया कि भूखे और पराधीन देश का वास्तविक रूप देश की कंगाल जनता है। उन्होंने इस कंगाल जनता, दरिद्रनारायण की सेवा करना ही जीवन का एकमात्र उद्देश्य अपना लिया। बद्री बाबू ने जनता की सेवा कर सकने के लिये, उनका विश्वास प्राप्त करने के लिए, उनकी भाँति रहना और जीवन बिताना उचित समझकर सम्पन्न कुल में ज़न्म लेकर भी कष्ट और दरिद्रता को अपना लिया। उन्होंने अपने व्यवहार से धनाढ्य व्यक्तियों के सम्मुख त्याग का आदर्श उपस्थित करने का निश्चय किया। एक मजदूर की आमदनी से अधिक खर्च वे अपने लिए न करते।

बद्री बाबू सेवाश्रम में ही रहते थे। अपनी आवश्यकताओं को उन्होंने कम कर दिया था; मोटा खाना, मोटा पहनना और यथासम्भव पैदल चलना। सेवाश्रम के काम के लिए चाँदनी-चौक जाना होता तो सवारी पर व्यय न कर पैदल ही जाते। यह देखकर उनके समय और सुविधा के विचार से सेठ भाटिया ने एक मोटर उनके व्यवहार के लिए दे दी थी।

मोटर और दूसरे यंत्रों से बद्री बाबू को घृणा थी। जीवन की सादगी को नष्ट कर,.उसमें विषमता लाने वाली मशीनरी को भी वे अच्छा न समझते थे, परन्तु उनका समय जनता का समय था। कांग्रेस के कार्यकर्ताओं के बहुत कुछ कहने-सुनने, समझाने पर समय की बचत करने के लिए उन्होंने मोटर का व्यवहार स्वीकार कर लिया था। अपने आवश्यक काम वे अपने हाथों ही करते थे। उनका विचार था कि साधन होने पर भी गरीबों की भाँति ही रहना चाहिए। अपने आराम और शौक के लिए ऐसी वस्तुएँ जिन्हें हमारे गरीब भाई नहीं पा सकते, उपयोग नहीं करनी चाहिए।

बद्री बाबू को अपने हाथ से कोठरी में झाड़ू लगाते या कपड़े धोते देखना राज के लिये सह्य न था। उनके ऐसे सब काम वह अपने हाथों करती थी। पैसा देकर सेवक से यह काम कराने में बद्री बाबू को आपत्ति थी। राज का ऐसे काम करना, दूसरी बात थी। उसमें दीनता या गरीबी का नहीं, प्रेम का भाव था। प्रेम के लिए व्यक्ति जो कुछ करता है, उसमें विवशता या मजबूरी नहीं रहती। उससे उसे स्वयं को सन्तोष होता है। बद्री बाबू के व्यक्तिगत काम करने से राज को सन्तोष होता। आश्रम में आ जाने पर कठिन परिश्रम के घरेलू कामों कपड़े धोने, खाना पकाने या बर्तन मलने में राज को असुविधा अनुभव होती थी, परन्तु बद्री बाबू के लिये यह काम करने में या इन कामों में उनकी प्रसन्नता देखकर वह बेचारी सब कुछ करती थी।

राज घर भर के सभी काम, बद्री बाबू के और अपने लिये, स्वयं ही करती तो अनेक काम हो न पाते। उसका स्वास्थ्य भी इतने कठिन परिश्रम के योग्य न था। वह कुछ समय बचाकर चरखा कातना भी आवश्यक समझती थी। यह सब देखकर बद्री बाबू की अनुमति से घर के ऊपरी काम-काज के लिये एक चमारी 'बहिन' रख ली गई। इससे अछूतोद्धार की भावना को भी प्रोत्साहन मिला। अपना काम या घर का काम नौकरानी से कराकर भी राज बद्री बाबू का व्यक्तिगत काम, उनके कमरे की सफाई आदि स्वयं ही करती थी। सेवाश्रम की फुलवाड़ी से फूल लेकर वह उनकी खिड़की और बैठने के स्थान पर सजा देती। भोजन अपने हाथों तैयार करके उनके लिये परोसती। कभी उनके दूर शहर जाने के कारण भोजन के लिये समय पर न लौटने से उसे बहुत दुःख होता। वह समझाती, इतना परिश्रम करते हो यदि वह रूखा-सूखा भोजन भी समय पर पेट में न पहुँचे तो शरीर का क्या होगा? जरा अपने स्वास्थ्य की ओर तो देखो, क्या हो रहा है? यदि बद्री बाबू इस स्नेह उपालम्भ की अवहेलना कर देते तो उसे रोना आ जाता।

जनता की सेवा के बोझ से दबे हुये बद्री बाबू के जीवन में यदि कुछ अपना था तो राज की भक्ति और सेवा। राज भी संसार में सब कुछ छोड़कर केवल उनके ही सहारे जीवित थी। अनेक सहारे न होने से वह थोड़ा-थोड़ा बोझ अनेक जगह न बाँट सकती थी। सहारा एक था, इसलिये बुद्धि और विश्वास से, श्रद्धा और प्रेम से, विनय और अधिकार से वह बद्री बाबू पर ही आश्रित हो गई।

बद्री बाबू सेवा, अहिंसा, प्रेम के उपदेशों और अपने त्याग के उदाहरण से मजदूरों और मालिकों में वैमनस्य को दूर रखने का यत्न कर रहे थे। उनके उपदेशों और दृष्टान्तों से मजदूरों को कुछ समय के लिये आत्मिक शांति प्राप्त होती परन्तु उससे नित्य के जीवन में अनुभव होने वाले कष्टों का उपाय न होता। कुछ ही महीनों में फिर मजदूर-सभा की पुकार सुनाई देने लगी और मजदूरों में मजदूरी बढ़ती की माँग उठने लगी। जी० बी० मराठे फिर से बीड़ी पीता सब्जी मण्डी और बाड़ा-हिन्दूराव की मजदूर बस्तियों में चक्कर काटने लगा। शेरखाँ और शिवनाथ के भी व्याख्यान मजदूरों में होने लगे। इनके अलावा कुरेशी बम्बई से और टण्डन कानपुर से आ पहुँचे थे।

बद्री बाबू ने मजदूरों पर दूसरे संगठनों का प्रभाव पड़ता देखकर पुनः उनके संगठन की आवश्यकता अनुभव की। कपड़ा मिलों में काम करने वाले मजदूरों को उन्होंने उनके काम, धुनाई, कताई, मँड़ाई, बुनाई आदि के भागों में संगठित करना उचित समझा! इसके विरुद्ध मजदूर सभा ने मिल के तमाम मजदूरों को एक ही संगठन में बाँधने पर जोर दिया। सभा ने मजदूरों को समझाया कि उन्हें पेशेवार बाँटने से टुकड़ियाँ बँटकर उनकी शक्ति कम हो जायेगी। मुख्य मतभेद मजदूरों की तनखाह से कटने वाले एक पैसा फी मजदूर, मजदूर हितकारी फण्ड के विषय में था। मजदूर-सभा की माँग थी फण्ड मजदूरों की स्वयं चुनी हुई पंचायत 'मजदूर-सभा' के हाथ में रहे। बद्री बाबू को इस विषय में आशंका थी। वे समझते थे कि मजदूरों को मालिकों के विरुद्ध भड़काने वाले लोगों के हाथ यह रकम चली जाने से उनकी शक्ति बढ़ जायेगी। इसका परिणाम शान्ति के लिये घातक होगा।

उन्होंने देखा कि उनके निरन्तर मजदूरों में रहने और मजदूरों की भाँति कष्ट का जीवन व्यतीत कर त्याग और सन्तोष का उदाहरण पेश करने पर भी मजदूरों पर अधिक

प्रभाव मालिकों के प्रति श्रेणी विरोध का भाव फैलाने वाली मजदूर सभा का ही हो रहा है। उनके विचारों के अनुसार मिल-मालिक समाज के धन के संरक्षक मात्र थे। मजदूर और मालिक एक ही परिवार के अंग थे। इस नाते मालिकों से जैसे व्यवहार की आशा की जानी चाहिये थी वैसा वे नहीं देखते थे। उन्होंने इन विषमताओं और झगड़ों की तह में जाने पर अनुभव किया कि मिलें और मशीनरी ही सब संकट की जड़े हैं। मशीनरी से ही धन का बहुत बड़ा भाग कुछ थोड़े से लोगों के हाथ में इकट्ठा हो जाता है और शेष जनता साधनहीन और निर्धन हो जाती है। समाज में सुख, शांति और समानता लाने के लिये फिर से हाथ की दस्तकारी और घरेलू धन्धों का प्रचार करना चाहिये। मशीन विनाश की सभ्यता है। कांग्रेस के कार्यक्रम में खद्दर से उन्हें पहले भी विशेष प्रेम था और अब वे उसका प्रचार और भी अधिक तन्मयता से करने लगे। रहते वे अब भी सेवाश्रम में ही थे, परन्तु समय उनका कांग्रेस के रचनात्मक कार्यक्रम तथा दूसरे सार्वजनिक कार्यों में व्यय होता।

राज के आ जाने के कारण सेवाश्रम बद्री बाबू के लिये शांति और विश्राम का स्थान बन गया था। सेवाश्रम की देख-भाल और बद्री बाबू के निजी कामों की चिन्ता में राज का इतना अधिक समय लग जाता कि कांग्रेस के सार्वजनिक काम के लिये बाहर जाने का अवकाश ही न रहता। लगभग दो वर्ष तक प्रायः सभी समय सार्वजनिक काम में लगे रहने के कारण वह उससे थक भी गई थी। उसका मन चाहता था कि वह घर के भीतर बैठे और घर को सम्भाले। प्रायः एक प्रकार की उदासी और थकावट उसे घेर लेती, मन विश्राम चाहता था। बद्री बाबू दिन भर बाहर न जाते तो उसे संतोष होता, वह उनके समीप ही बनी रहती।

विश्राम और चैन की आवश्यकता बद्री बाबू भी अनुभव कर रहे थे। मन न चाहने या शरीर शिथिल अनुभव होने पर वे अपनी झोपड़ी में ही रहते। राज आवश्यक कार्य या सहायता के लिये उनके समीप बनी रहती। बाहर न जाने पर भी बद्री बाबू किसी जरूरी काम का चर्चा और उसकी चिन्ता प्रकट करते तो राज खिन्न स्वर में कहती—"अपना शरीर है तो सब कुछ है। स्वास्थ्य को भी तो कुछ चिन्ता मनुष्य को करनी ही चाहिये।"

कभी बद्री बाबू राज के अस्वस्थ अनुभव करने पर वे सेवाश्रम से बाहर न जा सकते। राज के समीप बैठकर वे शहर के कोलाहल से दूर, ग्रामीण परिस्थितियों में शान्तिमय जीवन का चर्चा करने लगते, जहाँ आवश्यकतायें कम हों, जिन्हें व्यक्ति या उसके परिवार के लोग दूसरों पर बोझ डाले बिना अपनी मेहनत से पूरा कर सकें।

इस प्रकार का प्रसंग चलाने पर बद्री बाबू राज को समझाते कि भारत नगरों का नहीं, ग्रामों का देश है। देश की हालत ग्रामों की अवस्था सुधारने से ही सुधर सकती है नगरों के कृत्रिम और विकृत जीवन की अपेक्षा ग्रामीणों का सरल जीवन सरलता से सुधर सकता है। मैं इस प्रकार का एक प्रयोग करना चाहता हूँ। यदि भारत के ग्रामीण आत्म-निर्भर और स्वतंत्र हो जाएँ तो देश की सभी समस्यायें स्वयं हल होकर देश स्वतंत्र हो सकता है।

राज के लिये बद्री बाबू के विचार और इच्छा ही सब कुछ थी। उसके जीवन में कामना और साध थी तो उनकी आज्ञा मानने और सेवा करने की। अनुगत के भाव से वह उत्तर देती—"जैसे भी उचित समझो! जहाँ कहो, मैं चलने के लिये तैयार हूँ।" राज

ने परिजन और परिवार से पृथक होकर समाज को पाया था। समाज से सेवा और सम्मान का सम्बन्धी केवल भावनामय था। व्यक्तिगत जीवन के लिये अत्यन्त आवश्यक व्यक्तिगत सहारे के रूप में उसे बद्री बाबू ही मिले थे। अब उन्हें पृथक कर अपने जीवन की कल्पना कर सकना राज के लिये सम्भव न रहा। सामीप्य के अधिकार से बद्री बाबू के प्रति उसकी श्रद्धा प्रेम में बदल गई थी। उनके लिये सब कुछ कर सकने की साध ने राज को उन पर भी अधिकार दे दिया। बद्री बाबू राज के लिये केवल पूजा और अर्चना की वस्तु न रह आवश्यक हो गये और 'आप' से 'तुम' बन गये। उसी अनुपात में राज भी बद्री की सहयोगी मात्र न रही, 'अपनी चीज' हो गयी।

बद्री बाबू जिस समय इस मानसिक उथल-पुथल में व्यस्त थे, मजदूर-सभा कपड़ा-मिलों में नये सिरे से हड़ताल की तैयारी कर रही थी। पिछले वर्ष कुरेशी और टण्डन के आ जाने से मजदूरों का संगठन अधिक गहरे ढंग से चल रहा था। मिलों के प्रत्येक कार्य में उन्होंने अपने कुछ आदमी चुन लिये थे और उनकी कमेटियाँ बना दी थीं। इन सबको मिलाकर मिल-कमेटियाँ बनाई गईं। मजदूर बाहर से आये नेताओं की बात मान लेने के स्थान पर प्रत्येक समस्या का चर्चा इन कमेटियों में करते। वे जो कुछ करते, अपने निर्णय और अपनी जिम्मेवारी से। मजदूरी बढ़ाने, मजदूर-हितकारी फंड के खर्च और मालिकों द्वारा मनमाने तौर पर बरखास्त न किये जा सकने के प्रश्न पर हड़ताल की तैयारी भीतर ही भीतर हो रही थी।

टण्डन, कुरेशी और मराठे का कांग्रेस-सम्बन्धी नीति में शिवनाथ और शेरखाँ से मतभेद था। शिवनाथ का विचार था, मजदूरी का प्रश्न कांग्रेस द्वारा ही लड़ा जाना चाहिये। किसान, मजदूर के हित के लिये उनका कांग्रेस के भीतर संगठित होना ही उचित है। टण्डन कुरेशी और मराठे किसानों-मजदूरों को, उनकी श्रेणी की और उनकी आर्थिक समस्याओं को लेकर स्वतन्त्र रूप से संगठित कर पृथक, परन्तु कांग्रेस की सहयोगी शक्ति बनाना चाहते थे। हड़ताल की सम्भावना निकट भविष्य में देखकर शिवनाथ ने नीति के प्रश्नों को एक ओर रखकर कम्युनिस्टों का साथ देना स्वीकार कर लिया लेकिन बद्री बाबू को नेता स्वीकार करने के प्रश्न पर उसका कम्युनिस्टों से समझौता न हो सका।

हड़ताल की तैयारी की भनक मालिकों के कान में पड़ी। आने वाले संकट का उपाय करने के लिये मिल-कमेटी ने मजदूरों के संगठन में प्रमुख भाग लेने वाले मजदूरों को चुन-चुन बर्खास्तगी के नोटिस दे दिये। मजदूर-सभा ने भी इस अवसर को उपयुक्त समझा। अधिकारों की माँग के लिये हड़ताल करने की अपेक्षा अपने अधिकारों की रक्षा के प्रश्न पर मजदूरों को अधिक सफलता से ललकारा जा सकता था। मजदूरों की बर्खास्तगी के नोटिस जारी होने के अगले ही दिन मजदूर-सभा ने अनुचित बर्खास्तगी के अन्याय का विरोध करने के लिये हड़ताल का नोटिस दे दिया।

इस अवसर पर हड़ताल के प्रति कांग्रेस की सहानुभूति बनाये रखने के लिये मजदूर-सभा ने हड़ताल का नेतृत्व बद्री बाबू के कन्धों पर लादने का यत्न किया। पिछली हड़ताल के समय बद्री बाबू ने हड़ताल में भाग लेने वाले मजदूरों के बर्खास्त न किये जाने का आश्वासन दिया था। इसके साथ कम्युनिस्ट मजदूरों की दूसरी माँगें भी हड़ताल के एलान में सम्मिलित कर देना चाहते थे। मजदूरी बढ़ाये जाने के लिये उनकी दलील थी, जब

मिलें अपने पत्तीदारों को तीस और पैंतीस फी सैकड़ा मुनाफा दे रही हैं तो मजदूरी में तीन आना रुपया बढ़ती क्यों नहीं की जा सकती? यह अवसर मजदूरी बढ़ती की माँग के लिये उन्हें और अधिक उपयोगी जँच रहा था। यूरोप में युद्ध आरम्भ हो जाने के कारण विदेशी कपड़े की आमद में कमी होना आवश्यक थी। भारत सरकार के युद्ध में सम्मिलित हो जाने से मिलों को सरकारी खरीद से लाभ हो रहा था।

बद्री बाबू मजदूरों के प्रति अपने पुराने आश्वासन और मजदूर-सभा द्वारा किये गये प्रचार के कारण कठिन परिस्थिति में थे। हड़ताल द्वारा विरोध और हिंसा के भावों का प्रचार करना उनके सिद्धान्तों के विरुद्ध था। मालिकों के हृदय-परिवर्तन द्वारा ही परिस्थिति संभालने में उनका विश्वास था। वे इसके लिये एक मास का समय चाहते थे। बर्खास्त किये गये मजदूरों को नौकरी देने या उनके निर्वाह का प्रबन्ध करने की जिम्मेवारी लेने के लिये वे तैयार हो गये। मजदूर-सभा को यह बात स्वीकार न थी। उनके लिये प्रश्न दस-बीस मजदूरों के निर्वाह का नहीं, मजदूर-श्रेणी के अधिकार का था। बद्री बाबू की नीति न मानकर भी वे कौशल से इस हड़ताल में उनकी सहानुभूति बनाये रखने का यत्न कर रहे थे।

शिवनाथ के लिये यह परिस्थिति असह्य थी। बद्री बाबू का पिछला व्यवहार उसके सामने था। इस अवसर पर वह कांग्रेस में बद्री बाबू के नेतृत्व को धक्का पहुँचाना चाहता था। कम्युनिस्ट हड़ताल के समय कांग्रेस के नेतृत्व का झगड़ा न उठाकर उसकी शक्ति और प्रतिष्ठा को मजदूरों के उपयोग में लाना चाहते थे। शिवनाथ बद्री बाबू को अनुचित महत्त्व देना स्वीकार नहीं करता था। हड़ताल के समय देहली में रहने पर उसमें सहयोग न देना भी उसके लिये सम्भव न था। परेशानी में वह देहली छोड़कर कानपुर चला गया।

बद्री बाबू बहुत दिनों से अपने नये कार्यक्रम में भगवान की प्रेरणा अनुभव करने और मनन करने के लिये एकान्तवास की इच्छा कर रहे थे। राज मुख से कुछ न कहती थी, परन्तु बद्री बाबू देख रहे थे, उसके निर्बल स्वास्थ्य पर देहली की गरमी और लू का प्रभाव बुरा पड़ रहा था; वह कुम्हलाती जा रही थी। सिर दर्द प्रायः बना रहता था। स्वास्थ्य के विचार से उसे पहाड़ ले जाना आवश्यक था। बद्री बाबू देहली की राजनैतिक परेशानी के कारण मजबूर थे। कम्युनिस्टों ने मजदूर-सभा से हड़ताल का नोटिस दिला दिया और पिछली हड़ताल की समाप्ति के लिए बद्री द्वारा मजदूरों को दिये गये और मालिकों द्वारा पूरे न किये गये आश्वासनों को लेकर प्रचार की आँधी उठा दी। हड़ताल रुक सकने की सम्भावना न रही।

हड़ताल द्वारा बढ़ने वाले हिंसा-विरोध का उत्तरदायित्व लेने के लिए बद्री बाबू तैयार न थे। उन्होंने समाचार-पत्रों में स्थिति स्पष्ट कर दी—अन्याय, अत्याचार और असमानता पश्चिम से आने वाली मशीनों की सभ्यता के परिणाम हैं। इस देश और संसार में सत्य, अहिंसा और प्रेम की स्थापना इस चंडाल सभ्यता से मुक्ति पाये बिना नहीं हो सकती। असत्य, हिंसा और द्वेष को मिटाने का उपाय हाथ की दस्तकारी और ग्राम्य-जीवन ही है। अपना शेष जीवन वे भारत के लिये इसी आदर्श के अनुसार राजनैतिक स्वतंत्रता प्राप्त करने में लगाना चाहते हैं। अपने पूर्व निश्चय के अनुसार एकान्त-चिंतन और मनन करने के लिए वे तीन मास के लिए देहली से बाहर जा रहे हैं इसलिए हड़ताल के सम्बन्ध में

कोई हस्तक्षेप करना वे उचित नहीं समझते। इस परिस्थिति में उनके नाम से किये जाने वाले प्रचार का उत्तरदायित्व उन पर नहीं है।

युक्त प्रान्त के कांग्रेसी मंत्री-मण्डल ने बद्री बाबू को ग्राम सुधार, खद्दर और हाथ की दस्तकारी की उन्नति का प्रयत्न करने के लिए रानीखेत में दस मील के अंतर पर भूमि, दूसरी सुविधायें दे दी थीं। ठण्डी, स्वस्थ पहाड़ी हवा, विश्राम और बद्री बाबू की निरन्तर देख-रेख पाकर राज का स्वास्थ्य सुधरने लगा। बद्री बाबू पूर्ण निष्ठा और परिश्रम से ग्रामोद्योग-आश्रम की स्थापना में लगे हुये थे।

देहली में कपड़ा मिलों की हड़ताल ने विकराल रूप धारण किया। मजदूर सभा के नेतृत्व की प्रतिद्वन्द्विता न रहने के कारण फूट की सम्भावना न रही। हजारों मजदूर बेरोजगार होकर भूखे मर रहे थे, सैकड़ों जेल गये, परन्तु हड़तालियों के दृढ़ संगठन के विरुद्ध मिलों में काम करने जाने का साहस हड़ताल से घबरा जाने वाले मजदूरों को भी न हुआ।

मिलें बन्द रहने के कारण मालिकों को यों भी नुकसान हो रहा था। युद्ध की अवस्था और सरकारी खरीद के सौदे पूरे न कर सकने से वह हानि और भी अधिक बढ़ जाती। उससे अधिक भय था कि युद्ध के काम में पड़ती अड़चन से मजबूर होकर सरकार कहीं मिलों का प्रबन्ध अपने हाथ में न ले ले। मिल-मालिकों ने मजदूर-सभा से हड़ताल खोलने के सम्बन्ध में बातचीत आरम्भ की।

मजदूरों के कम्युनिस्ट नेता हड़ताल को चलाये जा रहे थे, परन्तु भीतरी अवस्था उनसे छिपी न थी। सबसे बड़ी आशंका थी, स्वयं उन लोगों के कार्यक्षेत्र में न रहने पर हड़ताल के सहसा बिखर जाने की। युद्ध आरम्भ हो गया था। रूस की जर्मनी से अनाक्रमण संधि के कारण कम्युनिस्टों की सहानुभूति जर्मनी के प्रति होने का सन्देह था। फैसिस्ट-विरोधी होने पर भी युद्ध के प्रति कम्युनिस्टों की असहयोग-नीति होने से उन्हें चुन-चुनकर गिरफ्तार किया जा रहा था। कम्युनिस्ट प्रकट सामाजिक और राजनैतिक जीवन से ओझल होकर अपना काम जारी रखने के लिये फरार हो गये।

कांग्रेस द्वारा व्यक्तिगत सत्याग्रह का एलान कर दिया जाने के कारण देहली के कांग्रेसी क्षेत्रों में जेल जाने की तैयारियाँ आरम्भ हो गई थीं। मजदूर हड़ताल की चिन्ता कौन करता। ऐसी परिस्थिति में बद्री बाबू देहली आये। राजनैतिक नेताओं के अभाव में मजदूरों का असंतोष व्यक्तिगत सत्याग्रह को सार्वजनिक आन्दोलन का रूप न दे दे, इस आशंका से उन्होंने मालिकों और मजदूरों को समझाकर, हड़ताल को जैसे-तैसे मजदूरों की आधी माँगों पर समाप्त करा दिया।

फरार कम्युनिस्ट नेताओं ने बद्री बाबू और कांग्रेस के इस कार्य को मजदूरों के प्रति विश्वासघात बताया। जनता ने इन बातों की घृणा से उपेक्षा कर दी। जनता फरार होकर राजनैतिक कार्य करने का यत्न करने वाले कायरों का सम्मान करती या व्यक्तिगत सत्याग्रह में वीरता से जेल जाकर बलिदान करने वालों का? देहली की जनता के लिये वे दिन अत्यन्त सनसनीपूर्ण थे। देश के बड़े-बड़े नेताओं के, युद्ध-विरोधी पत्र लिखकर या नारे लगाकर जेल जाने के समाचार अखबारों में छप रहे थे और सर्वसाधारण लोग मुँह बाये आश्चर्य से देख रहे थे। कांग्रेस की स्वीकृति बिना उन्हें आन्दोलन करने की आज्ञा न थी। केवल नेता बलिदान की रीति पूरी कर रहे थे।

इन सब सनसनी के बीच एक दिन समाचार छपा—राजनैतिक विवाह—देहली के प्रसिद्ध नेता बद्री बाबू का श्रीमती राजदुलारी से सिविल विवाह! विवाह बिना धूमधाम के सादगी से हुआ था। समाचार पत्रों भी में नितान्त सादगी से प्रकाशित हुआ। समारोह केवल शुभ-कामनाओं और संदेशों का था, परन्तु जनता को इस समाचार से विस्मय हुआ। लोगों ने मुँह पर हाथ रखकर अनेक बातें कहीं। तीसरे ही दिन वह सब चर्चा अखबारों में मोटे अक्षरों में छपे दूसरे समाचार से समाप्त हो गयीं। समाचार था—त्याग-मूर्ति बद्री बाबू, चाँदनी चौक देहली में युद्ध-विरोधी व्याख्यान देने के कारण गिरफ्तार हो गये!

●

घर की राह

जहाज के डेक पर यात्रा विचित्र अनुभव है। किसी बड़े रेलवे स्टेशन पर तीसरे दर्जे के मुसाफिरखाने में बीती रात जैसा जीवन कई दिन तक चलता है। यात्रियों के बिस्तर आस-पास लगे रहते हैं। बिस्तरों के सिरहाने-पैताने या चारों ओर असबाब रखा रहता है। बिस्तर भर जगह के लिये प्रत्येक यात्री साथी यात्रियों को अपना प्रतिद्वन्द्वी समझता है। अपने लिए स्थान पर अधिकार जमा लेने के बाद, कलह समाप्त होकर सब एक दूसरे के मित्र बन जाते हैं। तुरन्त ही वह मित्रता गूढ़ता भी ग्रहण कर लेती है। यात्री भूलता नहीं कि साथ केवल चार-छः दस-बारह दिन का है। फिर भी सौहार्द्र या मित्रता स्थापित होने लगती है।

बसरे के बन्दर से छूटने वाले जहाज पर डाक्टर खन्ना और नासिर भारत के लिए यात्रा कर रहे थे। अधिकांश यात्री भारतीय थे। पाँच वर्ष के बाद अपने देश के लोगों को देखकर डाक्टर के मन मे आत्मीयता का ज्वार-सा उठने लगता। मन चाहता था कि अपने घर-बाहर का पता देकर अंतरंग और आत्मीय भाव से बातचीत करे; पर कर न सकता था। डेक पर साथी यत्रियों से बात न करना भी संभव नहीं। बात करने, ताश खेलने, सोने और कुछ न कर सकने पर चित्त लेटे गुनगुनाते रहने के सिवा चारा न था। आस-पास बिस्तर जमाये यात्रियों ने अपनी बातें बताकर उन लोगों की पूछनी शुरू की। डाक्टर खन्ना और नासिर बसरा की एक हिन्दुस्तानी मोटर कम्पनी के कारीगरों के पासपोर्ट पर सफर कर रहे थे। खन्ना के पासपोर्ट पर जमालदीन नाम था और ठिकाना, जिला रोहतक का बिरमा गाँव। नासिर के पासपोर्ट पर नाम रहमतखाँ और ठिकाना कोहाट शहर था। यात्रियों को अपना नाग और ठिकाना दोनों ने पासपोर्ट के अनुसार ही बताया।

डाक्टर और नासिर प्रायः आपस में बातचीत करते रहते। नासिर हिन्दुस्तानी बोलने का अभ्यास कर रहा था। साथी यात्रियों के आपस में ऊँचे स्वर से बातचीत करने पर वह समझने का यत्न करता और जो शब्द समझ न आते, उनका अर्थ डाक्टर से पूछ लेता। यात्रा के दूसरे दिन से ही भिन्न-भिन्न प्रांतों के यात्री अपनी-अपनी भाषा के आकर्षक से अपने प्रांतों के लोगों की ओर खिंच गये। पठान एक कोने में बैठकर मिट्टी के गुड़गुड़ी से दम लगाते हुए आपस में बातें करते रहते। पंजाबी दूसरी ओर बैठ कानों में उँगलियाँ डालकर लम्बी-लम्बी तानों में पंजाबी गीत गाते। दूसरे कोने में बम्बई प्रांत के मुसलमान अपनी भाषा में अपना गाना गाने लगते।

दृष्टि की पहुँच तक चारों ओर जल ही जल था। कहीं कोई सीमा या ओट न होने पर भी दृष्टि बहुत दूर न जा पाती। जहाज नीले जल को प्रबल शक्ति से काटकर रुपहली लहरें और झाग उत्पन्न करता आगे बढ़ रहा था। जहाज के आगे बढ़ जाने पर यह सब निस्सीम नीलिमा मे समा जाता। उस नीलिमा में खलबली पैदा करने का जहाज का सब

प्रयत्न निष्फल रह जाता। चारों ओर गहरा नीला जल गोलाई से सब दिशाओं में समान दूरी पर जाकर सहसा गहराई में उतर जाता। जहाज गति करता जान पड़ता था। वह हिलता भी था परन्तु उसकी गति का अनुमान करने के लिये कहीं कोई चिह्न न था। जान पड़ता था कि समुद्र की नीली थाली जहाज को लिये सरकती जा रही हो।

जहाज में बम्बई के लिये माल भरा गया था। मार्ग के बन्दरगाहों की परवाह न कर वह सीधा पूर्व-दक्षिण की ओर, बम्बई की सीध में चला जा रहा था। बिस्तर पर लेटा डाक्टर नये आरम्भ होने वाले जीवन की बाबत सोचने लगता। जीवन के गत पाँच वर्ष में उसने बहुत कुछ देखा था। अज्ञात विदेश में निस्सहाय होकर उसने साहस से कदम आगे बढ़ाने का दुस्साहस किया परन्तु अपने देश लौटते समय उसे भय-सा अनुभव हो रहा था। अपने देश में चोरी से, जाली नाम-धाम से आना पड़े; यह बात विचित्र थी। वह अपने देश से चोरी या कोई अपराध करके नहीं भागा था। विदेश में भी उसने ऐसा कोई काम नहीं किया। अपने विचार में जिस काम को उचित समझा निजी सुख-दुख और स्वार्थ की चिन्ता न कर, उसके लिये भय और खतरे की भी परवाह न कर वह उसे करने जा रहा है; ठीक वैसे ही, जैसे ब्रिटिश सेना में नौकरी करते समय, वह अपना काम करने के लिये तैयार था। उस समय वह सरकार का काम करता था। उस काम का मूल्य सरकार उसे देती थी। आज वह जिन लोगों का काम कर रहा है, वे मूल्य नहीं दे सकते। यह उसका अपना ही काम है। उसका यह काम भारत में सरकारी कानून की दृष्टि से अपराध है। पकड़े जाने पर उसे सजा मिलेगी, परन्तु वह अपराध क्या कर रहा है? विश्वास और विचार के कारण मनुष्य का दृष्टिकोण कितना भिन्न हो जाता है।

वह सोचने लगता, एक वे लोग थे कि जिन्होंने मास्को में उसके लिये जो कुछ वह जानना चाहता था, जानने का और उसके देश लौटने का प्रबन्ध कर दिया। तुर्किस्तान की कम्युनिस्ट पार्टी ने उसे काले समुद्र के किनारे से बसरा तक पहुँचा दिया। बसरा में ब्रिटेन की कम्युनिस्ट पार्टी ने उसके बम्बई तक पहुँचने का प्रबन्ध किया। इन सब लोगों को इससे क्या मिला? उन्हें किस लाभ की आशा है? बस एक विश्वास कि वे अपने उन मजदूर भाइयों की सहायता कर रहे हैं; जिन्हें जीवन में कभी देखा नहीं, न कभी देखने की आशा है। दूसरी ओर जर्मनी के सिपाही हैं जो अपनी जान जोखिम में डालकर दूसरे देशों की जनता पर आक्रमण करते हैं। उन देशों की जनता से उन्हें क्या शत्रुता है? उन्होंने कभी एक दूसरे को देखा नहीं। मनुष्य का विचार और विश्वास उससे क्या कुछ नहीं करा सकता?

ज्यों-ज्यों बम्बई समीप आता जाता, मन में आशंका बढ़ती जाती कि यदि पासपोर्ट पर सन्देह होने से उन्हें गिरफ्तार कर लिया गया?……रूस से इतनी दूर जाने का सब प्रयत्न निष्फल हो जायेगा और फिर भारत के जेलखानों में बीतने वाले जीवन से क्या लाभ होगा? नासिर को कोई भय या इस प्रकार की आशंका न थी। खन्ना मन में सोचता, नासिर क्या मेरी अपेक्षा अधिक साहसी है या उसके निर्भय का कारण भय को न जानना ही है?

जहाज पर सूचना दे दी गई कि तीन घण्टे में बम्बई के बन्दर में लंगर पड़ जायेगा। पश्चिम क्षितिज पर बम्बई के आकाश में उठते धुयें को देखकर मुसाफिरों ने अपना बोरिया-बिस्तर संभालना आरम्भ कर दिया। जहाज घाट पर लगते ही सभी सबसे पहले

उतर जाने के लिये व्याकुल थे। जहाज की सीढ़ी गिराई गई। पासपोर्ट की जाँच करने वाले अफसर जहाज पर चढ़े। किसी प्रकार की व्यग्रता या भय प्रकट किये बिना जमालदीन और रहमतखाँ ने अपने पासपोर्ट दिखाये। अफसर ने पासपोर्ट पर दस्तखत किये और वे लोग जहाज से उतर कर चुंगी पर अपना असबाब दिखाकर एक घोड़ा-गाड़ी ले मदनपुरा की ओर चल दिये।

× × ×

बम्बई की राह से भारत का वैभव विदेशों की ओर बहता है। विदेश के व्यापारियों और कारखानादारों की इस सेवा के फलस्वरूप बम्बई भारत का सबसे सम्पन्न और शानदार नगर है। कहीं तंग और चौड़े बाजारों के दोनों ओर ऊँचे प्रासादों की पंक्तियाँ, कहीं सड़कों पर मोटरों का अटूट ताँता, सभ्य संसार का कोई विलास वहाँ अप्राप्य नहीं। वह पैसा जिसके लिये भारत के कंकाल किसान-मजदूर दिनों, महीनों परिश्रम कर उसका दर्शन केवल ताँबे और निकिल के रूप में कर पाते हैं, जो उनके हाथ में उनकी आवश्यकता को पूरा करने योग्य मात्रा में कभी नहीं आ पाता; इससे पहले कि वे उस पैसे को आँख भर देख पायें, उनके हाथों से फिसलकर मण्डियों और बाजारों की राह बम्बई पहुँच जाता है।

भारत का पैसा इस देश के नग्न ग्रामीण परिवारों और क्षुधा पीड़ित नागरिकों के हाथ से बूँद-बूँद सचित होकर बम्बई में पहाड़ी झरनों के वेग से बहता है। उसके लिये राह और जगह बनाना एक समस्या हो जाती है। बम्बई पहुँचकर इस पैसे में वह बल पैदा हो जाता है कि यह देश भर के पैसे को अपनी ओर खींचने लगता है। बम्बई को पालने वाले भारत के एक पूरे गाँव से अधिक मूल्य बम्बई के एक-एक मकान का है। देश के किसान परिवारों के वर्ष भर के निर्वाह के योग्य पैसा, अपने व्यापार द्वारा देश की सेवा करने वाले बम्बई के किसी एक सम्पन्न व्यापारी के एक संध्या के मनोविनोद के लिये भी पर्याप्त न होगा।

बम्बई को यह धन देश की सेवा के मूल्य में मिलता है। बम्बई निश्चय करता है कि देश के किस भाग को किस पदार्थ की आवश्यकता है। देश का कौन प्रान्त क्या कुछ विदेश भेज सकता है। इस सेवा का मूल्य बम्बई लेगा ही। यह क्रम भारत की पद्धति के अनुकूल है। यहाँ के प्रजा-सेवक (सिविल-सर्वेंट) सम्पन्न राजा हैं और सेवकों को नौकर रखने वाली मालिक प्रजा भूखी मरती हैं। जिस पैसे के लिये देश के कंकाल, किसान-मजदूर हल, फावड़ा और हथौड़ा चलाते हैं वह पैसा बम्बई में बात करने पर, अनुमान (सट्टा) लगाने पर बहने लगता है; क्योंकि इस व्यवस्था में बम्बई को यह निश्चय करने का अधिकार है कि हल और हथौड़ा चलाने का मूल्य क्या दिया जायेगा?

पूँजीवादी पद्धति में नगरों की व्यवस्था ऊँचे फलदार वृक्षों की भाँति होती है। चोटी पर सुशोभित होने वाले फल-फूल और मनोरम पल्लवों के नीचे शाखायें, तने और फिर नीचे जड़ें रहती हैं। फल-फूल और पत्ते धन को बैंकों में संचित रखने वाले साहूकार हैं, जो किसी भी उद्योग-धन्धे को सफल या असफल कर देने की सामर्थ्य रखते हैं। वे किसी उपयोगी पदार्थ को पैदा करने के लिये हाथ नहीं हिलाते। वे केवल अंकों द्वारा समाज के धन का नियन्त्रण करते हैं। उसके नीचे पदार्थों को खरीदकर बेचने वाले आते हैं। यह वृक्ष की शाखायें हैं। इनका काम पदार्थों और धन-द्रव्य को एक स्थान से दूसरे स्थान पर

पहुँचाना है। शाखाओं के नीचे तना है। पृथ्वी के भीतर अन्धकार में दबी जड़ें हैं जो मिट्टी और गिलाजत में दबी रहकर रस तैयार करती हैं। स्वयं जड़ों के पास कुछ नहीं रह पाता।

बम्बई के गगनचुम्बी गर्वित वृक्ष के फल-फूल मालाबारहिल, मैरीनड्राइव और फोर्ट के मुहल्ले हैं। कालबादेवी, गिरगाँव उसकी शाखा और तने हैं, मदनपुरा, परेल, लालबाग और स्यूरी जड़ें हैं जहाँ अपनी मेहनत से शोभा और सम्पदा पैदा करने वाले अधपेटे, अधनंगे मजदूर पशुओं की भाँति गन्दी कोठरियों में जाते हैं। जहाँ प्रकृति के बिना मोल मिलने वाले पदार्थ—वायु और प्रकाश भी नहीं मिल पाते। पूँजीवादी प्रणाली के अखाड़े बड़े-बड़े नगरों मे वायु और प्रकाश का मूल्य कई सौ रुपया माहवार होता है। दिन भर शरीर तोड़कर मेहनत से दस-बीस आने कमा सकने वाला निर्बल मनुष्य इन्हें नहीं पा सकता।[1] इन्हें वही सामर्थ्यवान पा सकते हैं जो चार-छः और दस-बीस आने कमा सकने वाले लाखों लोगों के परिश्रम का मूल्य निश्चित कर, उनके परिश्रम से अपने लिये मनमाना हिस्सा काटकर लखपति बन सकते हैं।

बम्बई के सुन्दर वृक्ष का पोषण करने वाली इन अशोभनीय जड़ों के जाल में मदनपुरा की एक गली में जमालदीन रहमतखाँ एक कोठरी में रहने लगे थे। तुर्किस्तान और सीरिया में सफर करते समय उनके नाम खलीकबेग, रहमतबेग थे। बसरा में पासपोर्ट की तैयारी के लिये प्रतीक्षा करते समय उनके नाम जमालदीन और रहमतखाँ हो गये। मदनपुरा में उन्होंने अपनी कोठरी पर साइन-बोर्ड लगा लिया—'हकीम जमालदीन देहली वाले।' रहमत जमाल का शागिर्द बन गया। जमाल और रहमत ने प्रतिष्ठा और सम्मान का दावा नहीं किया। किसी को उनकी वंश की परम्परा की खोज और सम्मान की जाँच करने की जरूरत न थी। जमालदीन को अपने सहयोगियों का विश्वास प्राप्त करने में अड़चन न हुई। उसके बम्बई पहुँचने से पहले ही डाक्टर खन्ना के आने का समाचार पहुँच चुका था। उसकी प्रतीक्षा की जा रही थी। उसे भिन्न-भिन्न पेशे के मजदूरों को संगठित कर राजनैतिक संघर्ष में लाने का काम सौंपा गया।

युद्ध से बाजार में भाव बढ़ रहे थे। भाव बढ़ जाने से मजदूरों को मिलने वाली मजदूरी के आने-पैसों का मूल्य, उससे मिलने वाले सौदे के रूप में घटता जा रहा था। उस समय मजदूरों को उनकी कठिनाई दूर करने के लिये संगठित कर उनकी मजदूरी बढ़वाना आवश्यक था। अधिक पैदावार की आवश्यकता होने पर जब मजदूरों की मेहनत करने की शक्ति का मूल्य और कद्र बढ़ रही हो, मजदूर लोग अपनी शक्ति को पहचान कर अपने सामूहिक प्रयत्न से समाज के जीवन की व्यवस्था में ऐसा परिवर्तन कर सकें कि उन्हें उनकी मेहनत के अनुपात में पैदावार का भाग मिल पाये और राजनैतिक शक्ति उनके हाथ में आ सके। मजदूर अपनी शक्ति से जिस समाज को पालते हैं उसकी व्यवस्था निश्चित करने का अधिकार भी उन्हें हो। पैदावार और व्यापार का नियन्त्रण करने वाले उन्हें पशुओं की भाँति न हाँकते रहें। वे स्वयं अपने मालिक बन सकें।

इस कार्यक्रम के साथ कम्युनिस्ट पार्टी का और कम्युनिस्ट पार्टी के साथ अन्तर्राष्ट्रीय-कम्युनिस्ट-दल का नाम जुड़ा हुआ था, जिसका सम्बन्ध रूस से भी था। अन्तर्राष्ट्रीय-

---

१. १९४० में मजदूरी के दर लगभग इतने ही थे।

कम्युनिस्ट-दल और रूस संसार से पूँजीवादी और साम्राज्यवादी व्यवस्था कायम करने के प्रयत्न में लगे हुये थे। पूँजीवादी व्यवस्था की दृष्टि में यह आन्दोलन कानून विरोधी अराजकता थी। जर्मनी के पूँजीपतियों की साम्राज्य-लिप्सा के सम्मुख उनके साम्राज्यवाद का विरोध सबसे भयंकर अपराध था। उन्होंने पहले अपने देश में कम्युनिस्टों को चुन-चुन कर समाप्त किया। इसके बाद वे संसार की एकमात्र साम्राज्य-विरोधी शक्ति सोवियत से लोहा लेना चाहते थे। शोषित जनता और जनता का शोषण करने वाले पूँजीवाद और साम्राज्यवाद की शक्तियों में यह युद्ध संसार के सभी देशों में चल रहा था।

भारतीय सरकार सिद्धांत रूप से विचारों की स्वतन्त्रता का अधिकार स्वीकार नहीं कर सकती थी इसलिये कानून को नजर से कम्युनिज्म में विश्वास अपराध न होने पर भी कम्युनिस्ट संगठन का सदस्य होना अपराध था और कम्युनिस्ट पार्टी गैरकानूनी थी। पुलिस विशेष प्रयत्न से कम्युनिस्ट संगठन की खोज कर रही थी। गुप्त संगठन का पता ढूँढ़ निकालने के लिये कम्युनिस्ट विचार के लोगों पर भी दृष्टि रखी जाती थी।

प्रकट में हकीम जमालदीन का मामूली सा मतब (दवाखाना) चलता था। मरीज आते तो दवाई अक्सर अंग्रेजी (एलोपैथिक) दी जाती। मरीजों की संख्या अधिक न होने पर भी दुकान पर आने-जाने वाले काफी हो जाते। इनमें से अधिकांश का सम्बन्ध मजदूरों के आन्दोलन से या किसी न किसी रूप में राजनैतिक कार्य से रहता। हकीम साहब यों भी मजदूर सभा और कांग्रेस के लोगों से मिलते-जुलते रहते थे। कुछ ही दिनों में हकीमी के कारण न सही, सार्वजनिक कार्यों में भाग लेने के कारण वे काफी लोगों से परिचित हो गये। यह जानकर भी कि राजनैतिक कार्य से सम्बन्ध रखने वाले लोगों के सम्पर्क में आने से वह पुलिस की दृष्टि में संदिग्ध हो जायेगा, जमालदीन का कांग्रेस कार्यकर्ताओं और कांग्रेस से सम्बन्ध रखने वाले लोगों से मिलना आवश्यक ही था।

मजदूर-आंदोलन में काम करने वाले अनेक कार्यकर्ता, मजदूरों की कठिनाइयाँ दूर करने के विचार से केवल आर्थिक कार्यक्रम में विश्वास करते थे। उनका कहना था—कांग्रेस के राजनैतिक कार्यक्रम में पड़ मजदूर संगठनों को अपनी शक्ति नष्ट नहीं करनी चाहिये। समाजवादी उद्देश्य से राजनैतिक व्यवस्था कायम करने के लक्ष्य को मानकर भी कांग्रेस के झमेले में पड़ना उचित नहीं। कांग्रेस मध्यवर्ग के लोगों और पूँजीपतियों की संस्था है। जिस स्वराज्य को कांग्रेस अपना लक्ष्य मानती है, उरामें राजनैतिक सत्ता मजदूर श्रेणी के हाथ में नहीं बल्कि धनिक लोगों द्वारा नियन्त्रित प्रजातंत्र के हाथ में रहेगी। अंग्रेज हाकिम की जगह हिन्दुस्तानी हाकिम हो गया तो क्या? व्यवस्था तो मेहनत करने वालों के शोषण की ही रहेगी।

जमालदीन और कम्युनिस्ट दल के कार्यकर्ता राजनीति से सम्बन्ध न रखने की नीति में विश्वास नहीं करते थे। उन्हें राजनैतिक शक्ति के बिना मेहनत करने वाली श्रेणी की आर्थिक स्वतन्त्रता असम्भव जान पड़ती थी इसलिये वे राजनैतिक संघर्ष से पृथक नहीं रह सकते थे। उनका कहना था कि देश की स्वतंत्रता की राजनैतिक लड़ाई में सभी लोगों का भाग लेना आवश्यक है। कांग्रेस द्वारा चलाई राजनैतिक सुधारों की लड़ाई को किसान-मजदूर ही सुधारों की माँग से आगे बढ़ाकर, व्यवस्था के परिवर्तन की ओर ले जा सकते हैं। देश की राजनैतिक स्वतन्त्रता की लड़ाई में जहाँ तक कांग्रेस और हमारी राह एक हो सकती है, हम उसमे प्रतिद्वन्द्विता क्यों करें! कांग्रेस द्वारा राजनैतिक सुधारों के लिये प्रयत्न

हमारे उद्देश्य की प्राप्ति में सहायक है। वह हमारे कार्य के लिये सुविधा और अवसर पैदा करता है। यह हमारा काम है कि हम कांग्रेस के कार्यक्रम में सर्वसाधारण जनता के रोजमर्रा जीवन की भी समस्याओं को सम्मिलित करने का यत्न करें।

समरकन्द और मास्को में बिताये दिनों के मुकाबिले में जमालदीन के दिन मदनपुरा की उस गली में अत्यन्त असुविधा से बीत रहे थे। दिन उसका प्रायः अच्छी स्थिति के राजनैतिक कार्यकर्ताओं की संगति में बीत जाता। उन लोगों से जुदा होकर अपने व्यक्तिगत जीवन की सीमा में आ जाने पर पेट की ज्वाला शांत करने के लिये उसे किसी नानबाई की दुकान पर जाकर दो रोटी और एक रकेबी दाल कच्चे प्याज के लच्छे के साथ निगलनी पड़ती। यह भोजन उसे निस्पन्दा की याद दिला देता और कभी रूस के मजदूरों के भोजनालयों का खयाल आ जाता जहाँ गाभी के दूध मिले शोरबे, माँस और दही की तश्तरियाँ खाने को मिलती थीं।

सबसे कठिन समस्या गर्मी के मौसम में रात बिताने की थी। पड़ोस में रहने वाले मजदूर गली में खटिया डालकर सो जाते। बिना रोशनदान की कोठरी की अपेक्षा गली में गरमी की उमस कम अनुभव होती थी परन्तु मच्छर अधिक हो जाते और दुर्गन्ध भी आती। रात ड्यूटी के मजदूरों के आने-जाने से नींद टूट जाने पर फिर सो पाना कठिन हो जाता। कोठरी के भीतर लेटने से शरीर पसीने से भोग जाता। छः रुपया माहवार किराये की कोठरी, तीस-चालीस रुपया माहवार कमाने वाले मजदूर के लिये अकेले किराये पर लेना कठिन था। पाँच छः मजदूर मिलकर कोठरी लेते थे। कोठरी में उतनी खाटें बिछा सकना भी सम्भव न था। पचास-साठ रुपया पगार पाने वाले कुछ मजदूर देश से अपने बाल-बच्चे और स्त्री को भी साथ ले आये थे। स्त्री के बिना रहने वाले उजड्ड मजदूरों की इस बस्ती में स्त्रियाँ भयभीत रहती थीं। उनके लिये कोठरी के भीतर पसीजते रहने के सिवाय उपाय न था।

जमालदीन यह सब सहे जा रहा था। कभी यह सब उसके शरीर को शक्ति के लिये असह्य हो जाता। वह अपने चारों ओर रहने वालों की ओर देखता, जो जन्म से यह सब कुछ सहते आये थे और आयु भर यही सहना था। अपने मन में वह तर्क करने लगता कि अपने प्राणों की रक्षा के लिए यह लोग इस हालत में रहकर भी शक्ति भर परिश्रम करते हैं। यदि जीवन ऐसी ही अवस्था में बीतना है तो प्राणों की रक्षा के लिये परेशान होने की आवश्यकता क्या? यह जीवन नहीं, दण्ड है।

गली में खटिया बिछाकर सोते समय बरसात का छींटा आ जाने से भीतर भागना पड़ता; वह और भी बड़ा संकट होता। जमालदीन और रहमत प्रायः कोठरी का दरवाजा हवा के लिये खुला छोड़कर पसीजते शरीरों से कोठरी में ही लेटे रहते। जमाल को कभी यह खयाल आ जाने पर कि वह अपने घर देहली जा सकता है, जहाँ यह सब कष्ट उसे न सहने पड़ेंगे, मदनपुरा की बस्ती के कष्ट असह्य जान पड़ने लगते। वह सोचता, देहली में मनुष्यों का सा जीवन बिताकर भी तो वह जनता का काम कर सकता है परन्तु दूरदर्शिता देहली जाकर सुख से दिन बिता सकने की सम्भावना का अंकुर कुचल देती है। यदि सेना की नौकरी से मेरे इतने बरस गायब रहकर भारत लौटने के बारे में कोई तहकीकात उठी तो क्या होगा? प्रत्यक्ष कोई अपराध न करने पर भी जाली पासपोर्ट से देश लौटना भी तो अपराध ही है। शेष जीवन जेल की कोठरी में निष्प्रयोजन बिताने से क्या यह बुरा है?

कर्तव्य और दूरदर्शिता के विचार से सुख और सुविधापूर्ण जीवन बिताने की इच्छा को दबा देना तो सम्भव था पर इस इच्छा को दबा देने पर भी राज का ध्यान आ जाता और मन बेचैन होने लगता। शारीरिक कष्ट और मानसिक उलझन का मेल हो जाने पर मदनपुरा की उस कोठरी में पसीजते हुए खाट पर लेटे रहना सम्भव न रहता। नींद न आने पर जमाल उठकर चल देता। बिजली से रोशन सड़कों पर चार-पाँच मील पैदल चलकर वह चौपाटी और कभी दादर बीच की शीतल रेत पर जा बैठता। समुद्र को फर-फर करती हवा से शरीर को शान्ति मिलती और कल्पना अधिक दूरगामी हो जाती।

जमाल को समरकन्द में एल्म के वृक्षों से छनती चाँदनी से चित्रित सड़क दिखाई देने लगती। गजनी में अब्दुल्ला के हरम के बाग में आड़ू के पेड़ों के नीचे, उसके संकेत की प्रतीक्षा में बैठी नर्गिस दिखाई देने लगती और कभी मास्को का आँखों को चौंधिया देने वाला विद्युत प्रकाश। इस सबके ऊपर दिखाई पड़ जाती गरमी की चाँदनी रातों में तीसरी मंजिल को मुंडेर से घिरी छत पर, दूध-सी श्वेत साड़ी में राज। जीवन में और सब कुछ छोड़कर भी मन राज को पाने के लिये व्याकुल हो उठता। अधिक नहीं तो एक बार उससे मिल तो ले, उसे देख ही ले और कुछ न सही, उसका कुछ हाल तो जाने। वह बेचारी किस प्रकार जीवन की घड़ियाँ बिता रही होगी? उसने स्वयं बहुत कुछ सहा है, बहुत कुछ देखा है, परन्तु वह भी एक जीवन था। राज अपने दिन कैसे बिता रही होगी! गतिहीन, स्फूर्तिहीन हिन्दू-विधवा का जीवन, कम से कम वह उसका हाल तो जाने।

जमाल और आगे चल पड़ता। मैरीन ड्राइव की प्रशस्त सड़कों से होता हुआ वह समुद्र किनारे के अन्तिम बाँध पर जा बैठता। कभी कल्पना ही कल्पना में मन को व्यग्रता बढ़ने से वह सोचने लगता, क्यों न वह रेलवे स्टेशन जाकर डाक या एक्सप्रेस में बैठकर सीधा देहली पहुँच राज के सामने जा खड़ा हो? वह कैसा अनुपम, अनिर्वचनीय सुख होगा। रेल के अट्ठाईस घण्टे के सफर से एक दूसरा ही जीवन पाया जा सकता है।

जमाल आवेश का ज्वार उतरने पर सोचता—क्यों न पहले पत्र लिखकर देहली की स्थिति जानने का यत्न करे? पत्र के विचार ने वजीरिस्तान और गजनी से भाई को लिखे पत्र की याद दिला दी। निश्चय किया, पत्र वह राज को लिखेगा भाई को नहीं। राज यदि जीवित है तो उसके पत्र की उपेक्षा नहीं कर सकती।

जमाल ने राज के नाम पत्र लिखा। पाँच वर्ष बाद अपनी भाषा में प्यारी राज को पत्र लिखते समय कल्पनातीत माधुर्य अनुभव हुआ जैसे नवयौवन के अल्हड़पने का वसन्त फिर लौट आया हो। पहले एक छोटा-सा उन्माद भरा पत्र अपने लौट आने सूचना-मात्र के लिये लिखा—दुख, सन्ताप और वियोग की रात बीत गई है। मेरी चकवी, तुम्हारा चकवा समुद्रों और पहाड़ों को लाँघकर तुम्हें अपने परों में समेट लेने के लिये आ गया है…!

जमाल दो दिन पत्र को जेब में डाले घूमता रहा, आखिर पत्र जला देना पड़ा। सोचा—ऐसा पत्र केवल राज को विक्षिप्त कर देगा। इसका परिणाम जाने क्या हो? जब तक वास्तविक स्थिति मालूम न हो, राज जाने क्या कर बैठे? आठ पृष्ठ के एक दूसरे पत्र में उसने अपने प्रवास के कारण का संक्षिप्त वृत्तांत लिखा। पत्र में राज को हिदायत दी कि उसके लौट आने का समाचार अभी किसी को न दे और दिल्ली की स्थिति से उसे सूचित करे। इस पत्र को भी वह तीन दिन जेब में डाले फिरा। मन में शंका हुई कि पत्र यदि

सीधा राज के हाथ में न पड़कर भाई के हाथ में पड़ गया? यदि भाई सन्देह करे कि राज का इतना बड़ा पत्र बम्बई से लिखा किसने? राज को पत्र आ सकता है तो आगरे में उसके मायके से या कानपुर से उसकी बहिन चंदा का। भाई से बचाकर वह राज को पत्र नहीं लिख सकता।

जमाल अनेक बार मन को समझाता—जिस समाज और जीवन को वह छोड़ चुका है, उसकी मौजूदा परिस्थिति जिस जीवन के साथ सम नहीं बैठ सकती, बारम्बार उसकी बात सोचने से लाभ क्या? परन्तु मन राज की खबर के लिये बेचैन हो ही जाता। तर्क करने लगता, आखिर मेरा व्यक्तिगत जीवन भी तो कोई चीज है। बहुत उधेड़बुन के पश्चात उसने निश्चय किया कि पत्र लिखा जा सकता है तो राज की बहिन चंदा को या पुराने मित्र शिवनाथ को। शिवनाथ को पत्र लिखने में अड़चन थी। एक समय आतंकवादी रह चुकने के कारण वह पुलिस की नजरों में होगा। उसे बम्बई के अपने सहयोगियों से समाचार मिला था कि शिवनाथ अब देहली में नहीं, कानपुर में कांग्रेस समाजवादी कार्यकर्त्ता बनकर रहता है। कम्युनिस्ट पार्टी से उसका घोर विरोध हो गया है। जमाल ने निश्चय किया, पत्र राज की बहिन चंदा को या उनके पति राजाराम को ही लिखा जा सकता है।

जमाल चंदा से तीन-चार बार से अधिक नहीं मिला था। वह संक्षिप्त परिचय, इतने वर्ष बाद भी, गहरी छाप लिये थे। चंदा का आत्मीयता के भाव का बड़प्पन और स्नेह की उदारता राज की स्मृति के साथ ही सजीव थी। राज ने कितनी ही बार कितने ही प्रसंग से चंदा की कितनी ही चर्चा करके पति के मन में अपनी बड़ी बहिन के प्रति आदर और विश्वास के भाव बैठा दिये थे। बम्बई में नये बनाये एक विश्वस्त मित्र के पते पर चंदा से पत्र-व्यवहार करने का निश्चय कर जमालदीन ने एक पत्र लिखा। पत्र जेब में ही रह गया। अकस्मात पुलिस ने भिण्डी बाजार के एक मकान में कम्युनिस्ट पार्टी के दफ्तर का पता लगाकर छापा मारा। दो साथी बेखबरी में गिरफ्तार हो गये। रहमत कुछ दिन से जमालदीन की कोठरी छोड़ भिण्डी-बाजार में ही रहता था पर पुलिस के छापा मारने के समय मकान में न रहने के कारण वह गिरफ्तार तो न हुआ परन्तु बम्बई में उसका रहना भय से खाली न था। उसे कानपुर भेज दिया गया।

भिण्डी-बाजार के मकान में गिरफ्तार हो जाने वाली साथी कम्युनिस्टों की आम गिरफ्तारी के समय से फरार होकर दल का काम कर रहे थे। उन साथियों के अनुभवी होने और प्रकट रूप से जनता मे काम न कर सकने के कारण इनका काम परिस्थिति के अनुसार नीति निश्चित करना और भिन्न-भिन्न प्रान्तों में काम करने वालों का परस्पर सम्बन्ध बनाये रखना था। जमालदीन की ओर भी पुलिस का ध्यान आकर्षित हो चुका था। किसी प्रकार गिरफ्तारी से बच रहे अपने व्यक्तियों को बचाने की दल को बहुत चिन्ता थी। निश्चय हुआ कि जमालदीन अपनी कोठरी और मजदूरों में काम छोड़कर नीति संचालन और सम्बन्धों को कायम रखने का काम करे। जमाल स्थिति समझने के लिये अहमदाबाद, नागपुर, मद्रास और कलकत्ता के लिये निकल पड़ा।

× × ×

अपने प्रति कौतूहल न होने देने के लिये वर्मा साधारण मध्यम श्रेणी के गुजराती सज्जन के वेश में, लम्बा कोट, धोती और काली टोपी पहने मुसाफिरों से बातचीत करता

चला जा रहा था। वह किसी भी प्रकार का असाधारण व्यवहार न करता था। न असाधारण ढंग से बोलना, न असाधारण विषय पर बात करना, न बिलकुल चुप ही रहना। प्रकट में साधारण व्यवहार होने पर भी उसके मस्तिष्क में कितनी ही उलझनें भरी थीं। जर्मनी के रूप पर आक्रमण कर देने के कारण कम्युनिस्ट दल की नीति में परिवर्तन करना आवश्यक था। कम्युनिस्ट अब तक दो साम्राज्यवादी शक्तियों के युद्ध में अपने देश के साधनों और जनता की शक्ति का उपयोग किये जाने का विरोध करते आये थे। उनका युद्ध-विरोध कांग्रेस की भाँति केवल नारे लगाने या निजी तौर पर युद्ध-विरोधी पत्र लिखने तक ही न सीमित था। वे लोग साम्राज्यशाही सरकार को निष्प्राण कर देने के लिये, वे देश के सभी उद्योग-धन्धों और सामाजिक जीवन के कामों में हड़ताल करा देने की तैयारी कर रहे थे। वे लोग जनता की शक्ति का उपयोग नाजीवाद या फैसिस्टवाद के विरुद्ध जनता के हित में करना चाहते थे; साम्राज्यवाद की रक्षा के लिये नहीं। वे अवसर की प्रतीक्षा में थे।

रूस पर आक्रमण हो जाने से एक देश में समाजवाद और वहाँ मेहनत करने वाली श्रेणी के शासन अधिकार की रक्षा का प्रश्न सामने आ गया। अब रूस के सहायक मित्र राष्ट्रों की सहायता, रूस में स्थापित समाजवाद की रक्षा के लिये आवश्यक हो गई। नयी नीति को अपने दल के लोगों और जनता के सम्मुख रखना साहस का काम था, साथ ही आवश्यक भी था। कम्युनिस्ट पार्टी के गैरकानूनी होने के कारण इस काम में बहुत अधिक कठिनाई थी। वर्मा भिन्न-भिन्न स्थानों पर जाकर साथियों को नई परिस्थिति में अपनी नीति परिवर्तन करने की आवश्यकता समझाता। उसका कहना था कि समाजवाद का आन्दोलन अन्तर्राष्ट्रीय है, उसकी विरोधी और समर्थक शक्तियाँ भी अन्तर्राष्ट्रीय हैं। भारत के समाजवादी समाजवाद के विरुद्ध या पक्ष में अन्तर्राष्ट्रीय संघर्ष की उपेक्षा नहीं कर सकते। भारत शोषित, पीड़ित और पराधीन है। संसार के शोषितों-पीड़ितों और पराधीनों की विजय में उसकी मुक्ति है। इस समय संसार की शोषित जनता का हित मित्र राष्ट्रों के साथ मिलकर जर्मनी और जापान के नाजीवाद का विरोध करने में है। यह भारत के लिये आत्मरक्षा का प्रश्न है। नाजीवाद की सफलता भारत को सदा के लिये साम्राज्यवादियों का शिकार बना देगी।

वर्मा की बात सिद्धान्त रूप से स्वीकार करके भी उसके साथी युद्ध-विरोध की नीति बदलने के लिए तैयार न थे। उनका विचार था कि युद्ध की परिस्थिति में उनके लिये सबसे महत्त्वपूर्ण काम इस देश की स्वतन्त्रता पाना है। डाक्टर वर्मा का कहना था कि भारत का हित जीर्ण होते हुए ब्रिटिश साम्राज्य के हाथ से निकलकर खूँखार और बर्बर जापानी और नाजी साम्राज्यवादी के हाथों पड़ जाने में नहीं है। यह युद्ध हमारे लिए आत्म-रक्षा का प्रश्न है। उसके साथियों ने निश्चय किया कि जेल में बन्द पुराने अनुभवी साथियों की राय लिए बिना इस विषय में कुछ न किया जाये, परन्तु समाजवादी रूस के प्रति जनता की सहानुभूति आकर्षित करने के कार्यक्रम पर वे सहमत हो गये। प्रकट में साधारण व्यवहार और साधारण बातचीत करते हुए डाक्टर का मन इन परेशानियों में उलझा हुआ था। इसके साथ ही ध्यान आ जाता कि पश्चिम की ओर ट्रेन की गति से वह प्रतिक्षण देहली की ओर बढ़ रहा है। कानपुर से देहली हो आना कठिन न होगा। वह एक बार राज से मिल सकेगा।

दक्षिण भारत और बंगाल की अपेक्षा उत्तर भारत में कम्युनिस्ट दल की स्थिति बहुत कमजोर देखकर डाक्टर वर्मा ने कानपुर में रहने का निश्चय किया। बम्बई से चलने के साथ ही वह हकीम जमालदीन न रहकर डाक्टर बी० डी० वर्मा बन गया था। कानपुर में महँगाई-भत्ते के प्रश्न पर हड़ताल हो जाने की आशंका थी। कम्युनिस्ट दल के पुराने कार्यकर्ता और मजदूर-सभा में भाग लेने वाले कांग्रेस समाजवादी भी गिरफ्तार हो चुके थे। जो शेष थे, उनमें कांग्रेस के व्यक्तिगत सत्याग्रह में भाग लेने और मजदूर सभा के चुनाव के प्रश्न पर मतभेद हो रहा था।

अपने साथियों को डाक्टर की हिदायत थी कि अपनी नीति पर दृढ़ रहते हुए भी दूसरे राजनैतिक दलों से किसी प्रकार की प्रतिद्वन्द्विता न की जाये। नासिर ने उसे उत्तर दिया, कांग्रेस समाजवादियों की फूट डालने की नीति के कारण वह किसी प्रकार उनके साथ मिलकर काम नहीं कर सकता। नासिर ने अपने साथियों को कांग्रेस समाजवादियों के व्यक्तिगत सत्याग्रह का प्रचार करने की नीति का विरोध करने के लिए कहा। यह सुनकर डाक्टर वर्मा स्वयं कानपुर दौड़ा आ रहा था।

कानपुर में राज की बहिन चन्दा से मिलने की भी आशा थी; वह अपने काम और उत्तरदायित्व के अतिरिक्त अपने व्यक्तिगत रूप में भी किसी अपने से मिल सकेगा। वह ऐसे स्थान में जा सकेगा जहाँ उसका मूल्य उसके अपने ही व्यक्तित्व के कारण होगा। वह अपने रोमांचकारी अनुभवों को, सुख-दुख को उत्सुक कानों और सहानुभूति पूर्ण दृष्टि के सामने कह सकेगा। उसे सूझा, चन्दा से कहकर वह देहली में अपना कोई समाचार भेजे बिना, राज को भी बुलवा सकेगा। मन एक मधुर आशा से भर गया, मानों वह राज के ही समीप जा रहा हो। राज किस अवस्था में होगी? उसे देखकर राज को कितना विस्मय और आनन्द होगा ?

वर्मा सावधानी के विचार से कानपुर में साथियों से मिलने के लिए गाँधी नगर और ग्वालटोली की मजदूर बस्तियों में नहीं गया। एक साथी ने उसे स्टेशन से ले जाकर एक भले आदमी के यहाँ टिका दिया। साथी वहीं आकर उससे मिल जाते। नासिर कानपुर मे सुजानसिंह के नाम से रहता था। वह भी मिलने आया। दोनों में घण्टों तक बहस हुई। डाक्टर वर्मा ने अपने लिये सुरक्षित और स्वतन्त्र स्थान और स्थिति बनाने के लिये 'रामनारायन के बाजार' में एक दुकान लेकर 'वर्मा मेडिकल हाल' का बोर्ड लगा दिया। नियमित रूप से मेज पर दवाइयाँ और स्टेथिसकोप रखकर वह नित्य सुबह दुकान में बैठता। एक दफ्ती पर उसने लिखा—सुबह सात से नौ बजे तक गरीबों को मुफ्त देखा जाता है और दुकान के किवाड़ पर लटका दिया। साहस कर उसने नुस्खा लिखने के लिए अपने नाम के कागज भी छपवा लिए। बी० डी० वर्मा, एम० बी० बी० एस०। उसे इच्छा हुई कि बाकायदा प्रेक्टिस करे, परन्तु उद्देश्य प्रेक्टिस न था और न एलोपैथिक की दवाइयों का दवाखाना खोलने लायक पैसा ही था।

उसे याद था कि देहली से राज के बहिन को लिखे पत्रों पर या स्वयं राजाराम को कभी पत्र लिखते समय वह पता लिखा करता था, मि० राजाराम मेहरोत्रा, परमट कानपुर। वह एक दिन समय निकालकर चौथे पहर परमट गया। परमट के इतने बड़े मुहल्ले में सहसा राजाराम का पता न मिला। संध्या के समय उसे काम था। राजाराम का घर ढूँढ़ने का काम किसी और दिन के लिए स्थगित कर वह लौट आया। १९४२ जनवरी

के आरम्भ में भारत की कम्युनिस्ट-पार्टी ने रूस और मित्र राष्ट्रों के सहयोग में, जर्मनी और जापान के नाजी आतंक के विरुद्ध आत्म-रक्षा के लिए, कौमी जंग की नीति का एलान कर दिया था। भारतीय सरकार की जेलों में बन्द कम्युनिस्ट अपने देश पर फैसिज्म के बढ़ते आतंक का सामना करने के लिए छटपटा रहे थे। उनकी पुकार जेल की दीवारों को कठिनता से पारकर पाती थी। इस सफलता से डा० वर्मा की कठिनाई दूर हो गई परन्तु उत्तरदायित्व भी बढ़ गया। इस उलझन में चन्दा और राजाराम को मिलने जाने और उनकी मार्फत राज का पता पाने की इच्छा दबी ही रह गयी।

कांग्रेस का व्यक्तिगत सत्याग्रह आन्दोलन अपनी सीमा तक पहुँच चुका था। सार्वजनिक अपीलों के भी सत्याग्रही न मिलते थे। कांग्रेस के उत्तरदायी नेता और कार्य-कर्ता स्वास्थ्य तथा पारिवारिक कारणों के आधार पर सत्याग्रह न करने की इजाजत लेकर कांग्रेस के दिन फिरने की प्रतीक्षा कर रहे थे। सत्याग्रह के आरम्भिक उत्साह में जनता जेल जाने की इजाजत माँगती थी और वह न मिलती थी। जब आन्दोलन का जोश शिथिल हो गया तो कांग्रेस अपने कार्यकर्ताओं के सत्याग्रह से कतराने पर अनुशासन की कार्यवाई करने लगी परन्तु आन्दोलन आगे न बढ़ रहा था। देश भर में राजनैतिक निराशा और शैथिल्य छा गया था। भारत सरकार सम्पूर्ण शक्ति नौकरशाही के हाथ में समेटकर कठोर शासन से युद्ध के लिये आवश्यक कार्यक्रम और व्यवस्था जारी किये थी। इस परिस्थिति को सुधारने के लिए ऊँची स्थिति के लोगों ने, जिनकी पहुँच वायसराय और कांग्रेस की नीति संचालन करने वालों तक हो सकती थी, कांग्रेस और सरकार में सुलह की बात उठाई।

सत्याग्रह समाप्त हो जाने और बरमा में जापान के आक्रमण के समय जनता के विद्रोही हो जाने के अनुभव थे, सरकार युद्ध में देश की जनता के सहयोग के लिये इच्छुक थी। कांग्रेस के नेताओं और वायसराय में पत्र-व्यवहार हो रहा था। सरकार सत्याग्रह आन्दोलन में भाग लेने वाले बड़े-बड़े नेताओं को जेल से छोड़ रही थी कि कांग्रेस सरकार से सहयोग की नीति अपना सके। शिवनाथ सत्याग्रह के आन्दोलन के समय गिरफ्तार हो जाने के कारण जेल में था। पुराना आतंकवादी होने के कारण उनकी रिहाई में विलम्ब हुआ पर वह भी छूट आया।

डाक्टर वर्मा की इच्छा थी कि समाजवाद से सहानुभूति रखने वाले लोगों का एक संयुक्त मोर्चा, जनता का फैसिस्ट आक्रमण के विरुद्ध सजग और संगठित करने के लिए तैयार किया जाये। कांग्रेस-समाजवादी दल में शिवनाथ का स्थान महत्त्वपूर्ण था। राजनैतिक मतभेद के कारण वर्मा के साथियों और शिवनाथ का सम्बन्ध अच्छा न था। वर्मा को भरोसा था कि शिवनाथ न्याय और तर्क की बात मान लेगा। अब दल की नीति इस विषय में स्पष्ट हो जाने से वह इस विषय में शिवनाथ से निस्संकोच बात कर सकता था। शिवनाथ के समाजवादी होने के कारण, फैसिज्म के विरुद्ध संयुक्त मोर्चे पर उसके सहयोग के लिए प्रयत्न करना भी आवश्यक था। इतने वर्ष तक किसी आत्मीय को समीप न पा सकने से शिवनाथ से पुराने परिचय की स्फूर्ति और उससे मिलने के अवसर ने उसे व्याकुल कर दिया।

शिवनाथ अपनी बहिन यमुना सहित आर्य नगर में रहता था उसे बीमे के काम से अच्छी आमदनी हो रही थी और यमुना एम० ए० पास करके स्थानीय कन्या विद्यालय में अध्यापिका का काम करके दो-सौ रुपया वेतन पा रही थी।

वर्मा ने संध्या समय शिवनाथ के मकान की साँकल खटखटाई। नौकरी ने दरवाजा खोला। वर्मा के पूछने पर नौकर ने बताया, बाबूजी नहीं हैं, वर्मा ने बीबीजी को बुलाने के लिये कहा। यमुना चली नहीं आई, पुछवा भेजा कौन हैं, कहाँ से आये हैं, क्या काम है?

वर्मा ने कहला दिया—बाबूजी के दोस्त देहली से आये हैं।

वर्मा उत्सुकता से यमुना के आने की प्रतीक्षा कर रहा था। दो मिनिट की प्रतीक्षा भी उसे बहुत जान पड़ी। सोचा, यमुना उसे शायद ही पहचान सके। वह भी सहसा अपना परिचय न देकर दिल्लगी करेगा। सिर पर साड़ी का आँचल सम्भालते हुए, चश्मा लगाये यमुना ने बैठक में प्रवेश किया। वर्मा उसे घर से बाहर देखकर स्वयं ही पहचान न पाता। आदर के भाव से वह उठ खड़ा हुआ। वर्मा दिवाल के साथ बिछे तखत के समीप कुर्सी पर बैठा था।

यमुना नमस्ते का उत्तर देकर तखत पर बैठ गई और पूछा—"कहिये!"

"आपसे मिलने चला आया!"

"कहिये" यमुना ने अपनी बात दोहराई, "आप भाई साहब से मिलना चाहते हैं। वे इस समय घर पर नहीं हैं।"

"जी हाँ, मालूम हुआ। सोचा, आप से ही मिल लूँ। आपका हालचाल पूछ लूँ!"

इस निरर्थक बात को न समझकर सरसरी नजर वर्मा की ओर डालकर यमुना ने पूछा—"क्षमा कीजियेगा, आपको पहचान नहीं सकी!"

कोई हरज नहीं!" गम्भीरता से वर्मा ने उत्तर दिया, "मैं आपको पहचानता हूँ। आप मुझे पहले से नहीं पहचानतीं या नहीं जानतीं तो नया परिचय करने में आपको कुछ एतराज है?"

यमुना देखती रह गई। वर्मा भी चुप था। यमुना ने फिर पूछा—"आप भाई साहब के मित्र हैं। उनसे मिलना चाहते हैं तो फिर किसी समय तशरीफ लाइये। इस समय वे बाहर गये हैं, देर से आयेंगे!"

"फिलहाल तो मैं आपसे बात करने आया हूँ?" वर्मा उसी प्रकार गम्भीर बना रहा।

उसके ढंग से यमुना को कुछ असुविधा हुई। अतिथि के प्रति सज्जनता के विचार से उसने आँखें झुका फिर पूछा—"मेरे योग्य कोई सेवा हो तो फर्माइये?"

अपना परिचय न देकर वर्मा बोला—"मुझे मालूम नहीं आप किस प्रकार की सेवा कर सकती हैं।"

इस अभद्रता से यमुना को क्रोध आ गया। स्वर कठोर कर उसने कहा—"आपको मालूम है कि भाई साहब घर पर नहीं हैं। आपको मुझसे कुछ काम नहीं तो आप तशरीफ क्यों लाये हैं?"

इतने पर भी परिचय न देकर मुस्कराकर वर्मा बोला—"अर्ज किया न आप से बातचीत करना चाहता हूँ।"

यह मुस्कराहट यमुना को और भी बुरी लगी। "बातचीत का क्या मतलब?" उसने रुखाई से पूछा।

वर्मा हँस दिया—"और कुछ मतलब न सही, दिन बहलाना ही समझ लीजिए।"

यमुना क्रोध में खड़ी हो गई—"बड़े बत्तमीज हैं आप। यह दिल बहलाने की जगह नहीं।···तशरीफ ले जाइये!"

डाक्टर कुर्सी पर वैसे ही निश्चल बैठा रहा। पहले के अधिक मुस्कराकर उसने पूछा—"आपके विचार में मिलने आने वालों का अपमान करना तमीज है?"

क्रोध और दुविधा में यमुना ने उत्तर दिया—"जिस प्रकार का व्यवहार आप करेंगे, वैसा ही आपके साथ किया जायेगा। आप बेमतलब यहाँ आये ही क्यों?"

कुर्सी से उठे बिना, यमुना को बैठने के लिये हाथ के संकेत कर वर्मा फिर बोला—"अनुचित व्यवहार मैंने कुछ नहीं किया। आपके खयाल में बातचीत कर दिल बहलाना क्या ऐसा पाप है कि उसके लिये अपमान किया जाये?"

यमुना बैठी नहीं—"क्षमा कीजिये मुझे भीतर काम है" उसने उत्तर दिया और दरवाजे की ओर बढ़ चली।

आग्रह से उसे बैठाने के लिये डाक्टर स्वयं खड़ा हो गया, "आप जरा बैठिये तो सही।"

यमुना को बैठते न देखकर उसने फिर कहा—"आप बैठेंगी नहीं तो आपको फिर क्षमा माँगनी पड़ेगी।"

मन ही मन डाक्टर को विस्मय हो रहा था, इतनी बात हो जाने पर भी यमुना उसे पहचान न सकी। उसने यमुना को जाते देखकर पुकारा—"अच्छा एक बात सुनती जाइये।"

"क्या?" यमुना ने घूमकर देखा।

"आप राजदुलारी खन्ना को तो नहीं भूली होंगी?" यमुना को विस्मय से आँखें फैलाते देखकर डाक्टर ने याद दिलाया, "आपके भाई के मित्र डाक्टर भगवान दास खन्ना की स्त्री।"

"हाँ" यमुना आँखें फैलाये स्तब्ध खड़ी रह गई। कठिनता से उसके मुख से निकला, "खन्ना भाई साहब!"

"हाँ!" डाक्टर ने कहा—"तुमने तो पहचाना ही नहीं!"

यमुना की विमूढ़ता दूर करने के लिए डाक्टर बोला—"अच्छा बैठो तो!"

अप्रत्याशित घटना के आघात से यमुना कुछ बोल न सकी।

डाक्टर को पाँच वर्ष पूर्व तुत्ती कैम्प में ड्यूटी पर जाने से पहले देखा यमुना का चेहरा याद आ रहा था। तब शिवनाथ को जेल से छूटे अधिक समय नहीं हुआ था। यमुना भाई के जेल में रहने के समय एन्ट्रेस की परीक्षा पासकर आगे परीक्षा देने की तैयारी कर रही थी। गरीबी में किये कठिन परिश्रम की उदासी चेहरे पर छाई रहने पर भी एक कोमलता थी। अब कठिन परिश्रम और गरीब की भाव चेहरे पर न था परन्तु कोमलता भी उड़ गई थी। उसकी जगह पक्केपन, अविश्वास और निष्फलता की सी भावना थी। डाक्टर समझ नहीं पा रहा था कि हुआ क्या? आयु इसकी अट्ठाइस से अधिक न होनी चाहिये परन्तु जान पड़ता है जैसे ढल गई हो।

कुछ देर दोनों चुप रहे। यमुना ने पूछा—"आप थे कहाँ?"

प्रश्न को टालने के लिये मुस्कराकर डाक्टर ने उत्तर दिया—"वह तो लम्बी कहानी है। आप पहले अपनी सुनाइये।···देहली क्यों छोड़ दी?"

"कम्पनी वालों ने भैया को यहाँ आने के लिए कहा। वे भी चाहते थे। मैं भी यहाँ आ गई कन्या विद्यालय में···। आप यहाँ कब आये···?"

"जब आपने देख लिया। अधिक दिन नहीं हुए। बहुत ही व्यस्त था और आप लोगों का पता भी तो मालूम न था!"

उत्सुकता से यमुना ने पूछा—"ठहरे कहाँ हैं? चंदा बहिन के यहाँ?"

"नहीं" डाक्टर ने उत्तर दिया, "अभी उधर भी नहीं जा पाया। उन लोगों के मकान का ठीक से पता भी नहीं है। इतने दिन बहुत व्यस्त रहा। आपके मकान का ही पता बड़ी कठिनाई से लगा पाया। आप तो उन लोगों से मिलती-जुलती रहती होंगी? क्या हाल है उन लोगों का?"

"ऐसे ही अधिक तो क्या मिलती हूँ? स्कूल से ही फुर्सत नहीं मिलती। यों समाचार मिलता ही रहता है! कुसुम, उनकी लड़की, हमारे ही स्कूल में पढ़ती है।"

जो बात सबसे पहले डाक्टर की जिह्वा पर आना चाहती थी, जिस व्यावहारिकता के लिये नाते रोक वह दूसरी बातें कर रहा था, आखिर उसने पूछा—"राज कहाँ है? देहली में या आगरे में?"

यमुना चुप रह गई। कुछ पल नेत्र झुकाये सोचकर उसने कहा—"आप क्या देहली नहीं गये?"

"नहीं, अभी नहीं!" डाक्टर ने शीघ्र उत्तर पाने की उत्सुकता में नये प्रश्न न किये जाने की पेशबन्दी कर कहा, "मैं सेना से सुदूर रूस चला गया था। बम्बई की राह लौट रहा हूँ।"

यमुना फिर सिर झुकाये चुप रह गई। उत्सुकता डाक्टर को बेचैन कर रही थी—"क्या कुछ खास घटना हो गई?" यमुना को उत्साहित करने के लिए उसने पूछा?

"नहीं···" लड़खड़ाते से स्वर में यमुना ने कहा, "पर उस बेचारी को क्या मालूम था?···सेना से जैसा समाचार आया, इससे वह बेचारी और समझती क्या?"

"कैसा समाचार?" व्याकुलता से डाक्टर ने पूछा।

भूमिका बाँधने के ढंग से यमुना बोली—"बड़े आश्चर्य की बात है। सरकार के यहाँ ऐसी बेईमानी है? समझ में नहीं आता कैसे वह खबर आई? हम सभी लोगों को बहुत दुख हुआ···बेचारी राज ने तो आत्महत्या का प्रयत्न किया परन्तु भाग्य में यही लिखा था बेचारी के?···" आगे वह कह न सकी।

आशंका से डाक्टर ने पूछा—"कैसे समाचार?"

दृष्टि दीवार की ओर कर यमुना ने उत्तर दिया—"कुछ समझ नहीं आता···महीनों आपकी खबर न आई। फिर बड़ी बुरी खबर आपके बारे में आई। हम सभी को बहुत दुख हुआ। राज ने अफीम खा ली थी। बड़ी कठिनाई से उसके प्राण बचे। भैय्या, बद्री बाबू और मैं महीनों सेवा करते रहे। तब कहीं जाकर वह ठीक हुई···"

उसे चुप होते देख डाक्टर ने पूछा—"फिर क्या हुआ?"

"दो वर्ष वह घर में ही रही। बद्री बाबू के साथ वह कांग्रेस का काम करने लगी। घर के लोगों को सुहाता न था। झगड़ा होने लगा बेचारी कटरानील से सब्जीमण्डी, बद्री बाबू के सेवाश्रम में चली गई···।"

यमुना को फिर चुप होते देख डाक्टर ने कहा—"बद्री बाबू तो जेल में थे···।"

साहस कर यमुना ने कह डाला—"नहीं पहले···अब तो राज 'रानीखेत के ग्रामोद्योग-आश्रम' में होगी। बद्री बाबू ने उससे विवाह कर लिया है।"

कहने को तो यमुना कह गई परन्तु दृष्टि उठाकर डाक्टर की ओर देखने का साहस न हुआ। परिस्थिति की कठिनता और डाक्टर के हृदय पर लगने वाले आघात से वह स्वयं विचलित हो उठी।

अपनी परिस्थितियों के कारण डाक्टर भयंकर कष्ट और मानसिक आघात सहने के लिये अपने आपको तैयार करता आया था परन्तु इस आघात ने उसे जड़ कर दिया। दृष्टि सम्मुख फर्श पर लगाये वह कुर्सी पर बैठा रहा। जैसे घर पहुँचने की आस में चलता मनुष्य सहसा कुएँ में गिरकर कुछ समझ न पाये, वैसे ही वह जड़ मूढ़ावस्था में रह गया। लगभग पन्द्रह मिनट कमरे में सन्नाटा रहा। दोनों में से कोई भी न बोल पाया।

नौकर ने किसी काम से बैठक में आकर पुकारा। यमुना को सहारा मिला। वह खड़ी हो गई। डाक्टर की ओर देखकर उसने कहा—"आपके लिये जल लाऊँ, ···नहीं चाय पीजिये?"

डाक्टर ने केवल सिर हिला दिया, उसे कुछ नहीं चाहिये। यमुना भीतर चली गई। कुछ देर बाद जल का गिलास और एक तश्तरी में जलपान लिये वह बैठक में लौट आई। डाक्टर अब भी वैसे ही बैठा था। यमुना की ओर आँख उठाकर उसने एक नजर देख भर लिया।

डाक्टर के सामने छोटी तिपाई पर जल-पान रखकर यमुना ने आग्रह किया। जल का गिलास डाक्टर ने पी लिया शेष कुछ छूने की उसे इच्छा न हुई। कुछ और कहने को ना पाकर यमुना ने पूछा—"सिगरेट मँगाऊँ···आप पीते हैं?"

"है मेरे पास" डाक्टर ने उत्तर दिया, "इस समय इच्छा नहीं है।"

डाक्टर को बुला सकने के यत्न में असफल होकर यमुना सोच रही थी, यह समाचार सुनाकर भूल की। पहले खयाल आ जाता तो फिलहाल बात बचा जाती। पता तो लग ही जाता, परन्तु मेरे सामने तो यह सब न होता। कितनी ही देर वह सोचती रही, किस प्रकार डाक्टर का ध्यान इस दुखदायी चिन्ता से बँटाये? भैया को भी गये कितनी देर हो गई। वे ही लौट आते तो बात करते। डाक्टर वैसे ही निश्चल बैठा था। कोई उपाय न देखकर यमुना ने पूछा—"देहली के विषय में आपका क्या विचार है? आप उधर कब तक जा रहे हैं?"

"अभी जल्दी तो विचार नहीं।" डाक्टर ने संक्षिप्त-सा उत्तर दिया।

डाक्टर को किसी प्रकार से बोलते न देख यमुना ने सीधे शब्दों में सान्त्वना देने का यत्न किया—"जाने दीजिये···जो हो गया। उसे क्या मालूम था। अब उसमें क्या हो सकता है? हमें तो यही देखकर बड़ी प्रसन्नता हुई कि आप लौट आये।"

डाक्टर ने यमुना की ओर दृष्टि उठा उत्तर दिया—"ठीक है, तुम्हारा कहना! उसमें होने की क्या बात है?" कुछ मिनट और चुप बैठे रहने के बाद वह चलने को तैयार हुआ, अब आज्ञा दीजिये, चलूँ। फिर आने का यत्न करुँगा!"

"अभी कुछ तो बैठिये भैया आते होंगे।" यमुना ने आग्रह किया। "हाँ, चन्दा बहिन से नहीं मिलेंगे आप? उनका मकान बता दूँ आपको, परमट पर मन्दिर से जरा आगे, वहीं है। कुछ नया हिस्सा भी उन लोगों ने बनवा लिया है।"

"हाँ, किसी दिन जाऊँगा" डाक्टर बोला और फिर चुप बैठा रहा।

बाहर दरवाजे की सांकल खटकने की आहट पाकर यमुना की जान में जान आ गई। 'भैया आ गये' उसने कहा और किवाड़ खोलने चली गई। खन्ना भीतर बैठा समझ रहा था कि यमुना शिवनाथ को बाहर रोककर स्थिति समझाने का यत्न कर रही है। वह प्रबल मानसिक आघात से निश्चेष्ट बना रहा।

अत्यन्त विस्मय से शिवनाथ के 'हैं' कहने का स्वर सुनाई दिया और फिर बहिन की बात समाप्त होने की प्रतीक्षा किये बिना वह भीतर झपटता चला आया। खन्ना के चेहरे पर दृष्टि गड़ाकर उसने पहचानने का यत्न किया। पुराने मित्र की चाव और विस्मय भरी दृष्टि का स्वागत करने के लिये खन्ना मन पर पत्थर रखकर मुस्करा दिया। शिवनाथ उससे लिपट गया। यमुना एक ओर खड़ी दोनों की मित्रता संतोष से देखती रही। शिवनाथ खन्ना के गले में डाली बाँहों के बन्धन को ढीला न करना चाहता था। शिवनाथ के प्यार के अत्याचार ने खन्ना का ध्यान राज की ओर से कुछ बँटा दिया। अपनी कहते और उसकी सुनते हुए आघात की उत्कटता धीमी पड़ रही थी।

अवसर पाकर यमुना ने शिवनाथ को समझा दिया कि भूल से राज की बात उसने खन्ना से कह दी है इसी से वह इतना शिथिल है। आने पर तो पहचान न पाने के कारण उसे खूब मूर्ख बनाया था। शिवनाथ ने बिना किसी संकोच के खन्ना को सम्बोधन किया—"राज के मामले में खिन्न होने की बात क्या, इसमें उस बेचारी का दोष ही क्या?"

"कुछ नहीं?···मुझे कोई शिकायत नहीं है।" खन्ना ने उत्तर दिया। शिकायत न होने का प्रमाण देने के लिये उसने कहा, "मैं ही कौन उसके लिये प्रतीक्षा में तपस्या करता रहा हूँ?"

दोनों मित्र तखत पर एक साथ बैठे रात दो बजे तक बातचीत करते रहे। शिवनाथ खन्ना को रात भर अपनी जगह जाने देने के लिये तैयार न हुआ। ऐसे ही रात बीत गई। सुबह बिदा होने से पहले खन्ना ने कहा—"मैं तुमसे कुछ और बात करना चाहता था, परन्तु कर नहीं पाया। फिर किसी दिन सुविधा से आऊँगा।"

× × ×

खन्ना ने मन को समझाया, यह सब चिन्ता और सोच व्यर्थ है। पाँच वर्ष से राज उसकी कल्पना और आशा में अपना स्थान बनाये थी। एक तर्क से उसका प्रभाव मिटा देना सम्भव न था। वह तर्क करता—मैं कल्पना और आशा करता रहूँ तो उसके लिये राज उतरदायी नहीं। जब उसके संसार में मेरा जीवन ही समाप्त हो गया था, वह किसके प्रति वफादारी दिखाती? जाने कैसी परिस्थिति थी? स्त्री पति को खोकर उसकी स्मृति के प्रति वफादार बनी रहे, यह पुरुष का गरूर है। मर जाने के बाद पुरुष को गरूर से संतोष

भी नहीं मिलता, परन्तु स्त्री का जीवन और सर्वस्व भस्म हो जाता है। स्त्री के जीवन और सर्वस्व का मूल्य पुरुष के निरर्थक गरूर से भी गया बीता है? राज ने ऐसा काम किया जो मैं नहीं कर आया? नर्गिस और गुलशां क्या मेरे जीवन में नहीं आईं?

इस तर्क से वह राज के प्रति क्रोध न कर सकता, परन्तु चिरपोषित आशा के एक ही ठेस से बिखर जाने की पीड़ा शान्त न हो पाई। आशा कट चुकी थी। बार-बार काट देने पर भी बरसाती दूब के अंकुर की भाँति वह फूट पड़ती थी। बावली कल्पना ने कहा—राज ने मेरे प्रति विश्वासघात नहीं किया। मुझे पाने की सम्भावना और आशा न रहने से ही उसने दूसरी ओर आँख उठाई। अब मैं लौट आया हूँ। क्या वह मेरी ओर नहीं लौट आ सकती? मेरी कल्पना में वह सदा ही मेरे जीवन की एकमात्र संगिनी रही है। मेरे जीवन में घटनायें हुईं पर मेरा प्रेम उसके प्रति अक्षुण्ण है, वैसे ही उसके जीवन में भी कोई घटना हो गई तो क्या? तर्क ने पीछा न छोड़ा—क्या मौजूदा समाज में राज के लिये यह सम्भव है? यदि इस बीच उसके कोई सन्तान हो गई हो तो? उस संतान का क्या होगा? उसका काल्पनिक उत्साह ठण्डा पड़ गया। राज के प्रति अनुराग ने दूसरा मार्ग ग्रहण किया, जिसे इतना स्नेह करता हूँ, उसके जीवन को बरबाद क्यों करूँ? वह जहाँ है, सुखी रहे? उसने मुझ पर चोट नहीं की। मैं उस पर चोट करने की नीचता क्यों करूँ?

विचार और तर्क की धारा में दूसरी चिन्ता आ मिलती। कौमी जंग के मोर्चे पर शिवनाथ और उसके दल का सहयोग पाने की आशा। अभी एक मास पूर्व २६ जनवरी को स्वतन्त्रता दिवस के दिन कम्युनिस्टों ने कांग्रेस द्वारा युद्ध-विरोधी हड़ताल और जुलूस में सहयोग न देने की नीति को कटु आलोचना की थी। शिवनाथ ने उस समय कांग्रेस का साथ दिया था कम्युनिस्टों ने उसके दल पर भी आक्षेप किये थे। अब वह स्वयं शिवनाथ के सामने कौमी जंग के मोर्चे और युद्ध में सहयोग का प्रस्ताव रखेगा परन्तु स्थिति बदल जाने पर वह नीति कैसे न बदले? दुकान पर बैठकर अपने साथियों को हिदायतें देते और शहर के इस कोने से उस कोने तक साइकिल पर भागते समय या अपने चौबारे में खटिया पर लेटे हुए, अथवा फरवरी के अन्त में कम होती सर्दी के कारण प्रकट हो गये मच्छरों को हाथ से हाँकते समय, डाक्टर के मस्तिष्क में यही विचार चक्कर लगाते रहते।

●

अपने की चाह

चन्दा, कुसुम और रवि के स्कूल से लौटने की प्रतीक्षा कर रही थी। नाश्ता तैयार था। रवि आकर स्कूल के कपड़े बदलेगा। धोबी के यहाँ से आई उसकी निकर में वह टूट गये बटन टाँक रही थी। ड्योढ़ी में आहट सुनाई दी। समझा, बच्चे आ गये। साथ के कमरे में तख्त पर कुसुम के बस्ता पटकने का शब्द सुनाई दिया और फिर उसकी पुकार—''अम्माजी, अम्माजी! देखिये हम क्या लाये?''

चन्दा ने कमरे से आँगन में जाकर पूछा—''क्या है?''

लड़की ने दोनों हाथ पीठ पीछे छिपाये, लाड़ से कहा—''आप बताइये क्या है?''

पीछे से रवि चिल्ला उठा—''अम्माजी चिट्ठी है।''

अपना रहस्य यों खुल जाना कुसुम को अच्छा न लगा—''हाँ बताओ, कहाँ से आई?''

चन्दा ने हाथ बढ़ाया—''ला दे?'' कुसुम मचल रही थी, ''पहले बताइये, कहाँ से आई?'' छोटे भाई के साथ स्कूल से लौटते समय चिट्ठी दिखाकर उसने अभिमान प्रकट किया था, ''देखो, बड़ी जमातों को पढ़ाने वाली यमुना दीदी ने अम्माजी के लिये चिट्ठी दी है।'' रवि ने रहस्य प्रकट कर दिया।

चन्दा ने उत्सुकता से पत्र के लिये कदम बढ़ाया। कुसुम का चाव अभी पूरा न हुआ था। वह पीछे हटने लगी। प्यार की झुंझलाहट से माँ ने बेटी को डाँटा—''क्यों इतरा रही है। देती क्यों नहीं चिट्ठी?''

लिफाफे से पत्र निकालकर चन्दा ने पढ़ा। एक बार पढ़ वह ठीक से समझ न सकी। बच्चों को नाश्ता देने की बात भूलकर फिर पत्र पढ़ा।

''प्यारी बहिन,

मिठाई खाने की आशा से शुभ सम्वाद दे रही हूँ। तुम्हारे बहनोई डाक्टर खन्ना साहब बम्बई की राह विलायत से सकुशल लौट आये हैं और कानपुर में हैं। एक दो दिन में आपके यहाँ आ ही जायेंगे परन्तु खबर देने का इनाम मिलना चाहिये। कुसुम के हाथ मिठाई भेज देना। नहीं, मैं स्वयं आऊँगी।

अपना समाचार देना। जीजाजी को नमस्ते। बच्चों को प्यार!

तुम्हारी यमुना''

पत्र दो बार पढ़ा। शायद आँखों पर विश्वास न हुआ। तीसरी बार पढ़ा। काँपते हुए हाथों से बच्चों को नाश्ता दिया। उन्हें बाहर खेलने के लिए कहकर पत्र लेकर भीतर तखत पर जा लेटी। डाक्टर साहब कितने अच्छे थे? उनकी मृत्यु के समाचार से कितना दुःख हुआ था? परन्तु वे जो कुछ थे, राज के नाते से थे। यदि राज ने विवाह न कर

लिया होता, इस समाचार से कितनी प्रसन्नता होती? अब राज का क्या होगा? दुनिया के सामने क्या मुँह दिखायेगी?

राजाराम सुबह आठ बजे बाहर चले जाते थे। एक बजे के लगभग लौटकर भोजन और विश्राम करते। चार बजे फिर काम कर चले जाते। सन्ध्या सात-आठ बजे तक लौटना होता। शुभ समाचार के रूप में आये इस संकट की खबर पति को देने के लिए चन्दा व्याकुल हो रही थी। पति को इसकी सूचना देकर उनसे इस सम्बन्ध में कुछ बात करने से ही उसका मन हलका हो सकता था। कमरों से घिरे आँगन में झुट-पुटा सा हो गया था। पति के लौटने में विलम्ब था। रवि और कुसुम पड़ोस के बच्चों से खेल रहे थे। दो वर्ष की छोटी लड़की को साथ लेकर नौकर 'भजन' तरकारी लेने गया हुआ था। चन्दा अकेली थी। उसे खयाल आ रहा था, रसोई-चौके में देर हो रही है, उठकर उस ओर ध्यान देना चाहिए परन्तु दुश्चिंता ने शरीर को निस्सत्व कर दिया। उसका मन व्याकुल हो रहा था, जाने क्या होने को है?

नौकर के लौटने पर शशि माँ से चिपटने लगी। मानसिक बेचैनी में चंदा को यह अच्छा न लगा। रोती हुई लड़की को बाहर भेजकर वह स्वयं चौके में गई। कल्पना की उधेड़बुन में लगी, जैसे-जैसे खाना बनाने लगी। बच्चों को खिलाते-पिलाते और सो जाने के लिए भजन के साथ ऊपर भेजते समय बार-बार यही खयाल आ रहा था, 'ये' अभी तक आये क्यों नहीं? विशेष विलम्ब न होने पर भी उसे जान पड़ रहा था जैसे बहुत देर हो गई। उसके कान निरन्तर ड्योढ़ी की ओर, पति के कदमों की आहट की प्रतीक्षा में थे। राजाराम साधारणतः समय पर ही आये। नौकर को साइकिल सम्भालने के लिए कहकर उन्होंने आँगन में कदम रखा ही था कि चन्दा के मन की व्याकुलता उबल-सी पड़ी—"इतनी देर कर देते हो! इन्तजार में···!"

"देर क्या कर देते हैं" राजाराम ने उत्तर दिया, "इस कमबख्त मुहम्मद अली के मारे परेशान हैं! रोज-रोज के वायदे··· ।" आँगन के बीच खड़े होकर वे भट्ठे वाले मुहम्मदअली की दगाबाजी का किस्सा सुनाने लगे। "ऊपर के नये कमरे के लिए ईंटों का बयाना उसे दिया था। ईंटें उसने नहीं दीं। बयाने के बीस रुपये लौटाने में एक बरस होने को आ रहा है। बिजनेस भी अजीब मुसीबत है, या तो यह कि अपने यहाँ कोई मुंशी हो, उसे भेज दिया। यहाँ सब मुसीबत अपने ही सिर है। आदमी कहाँ-कहाँ जान दे··· !"

रसोई से उठकर चन्दा पति के कपड़े बदलने चली गई। उसका खयाल था कि पति के खाना खा लेने पर ही यमुना के पत्र का जिक्र करेगी। उसकी ओर देखकर राजाराम ने पूछा—"तुम्हें क्या हो रहा है? क्या तबीयत खराब हो रही है?"

"नहीं, ऐसे ही!" चन्दा ने बात टालने की कोशिश की।

राजाराम ने फिर पूछा—"ऐसे ही क्या? बताती क्यों नहीं? सिरदर्द हो रहा है क्या? तुम खामुखा चौके में भी तो जा बैठती हो। सौ दफे तो मना किया!"

चन्दा ने पत्र पति को दिखाया। डाक्टर खन्ना के सकुशल लौट आने के समाचार से राजाराम बहुत उत्साहित हुए। विस्मय से भौं चढ़ाकर उन्होंने कहा—"पर आने से पहले पत्र ही लिख देता भला आदमी। हम स्टेशन पर जाते। जाने होटल में ठहरे हैं कि कहीं और?"

चन्दा इस सप्ताह में सहयोग न दे सकी, चुप रही थाली परोसकर पति के सामने रखते हुए उससे न रहा गया, बोली—"पर राज का क्या होगा?"

मुख के ग्रास को चबाते हुए राजाराम ने उत्तर दिया—"हैं, राज से उसे क्या लेना है? पर किया उसने बुरा। ऐसी जल्दी भी क्या पड़ी थी।"

बहिन के प्रति लांछना चन्दा से न सही गयी—"जल्दी की उसमें क्या बात थी?" चंदा बोली, "डाक्टर साहब की मृत्यु की खबर आ चुकी थी। उस बेचारी को क्या मालूम था धोखा हो रहा है?" चन्दा ने आँखों में छलक आये बेबसी के आँसू पोंछ लिए।

थाली से हाथ खींचकर राजाराम बोले—"तो उसमें क्या? अपनी जिन्दगी खराब कर ली। बद्री के घर वाले भी तो उसे नहीं सहने के। अब सारी उम्र बस आश्रम में रहे! कितना अच्छा घर था। अरे घर में चुप ही बैठी रहती। हाँ और क्या? इतना बड़ा घर था पर उसे तो कांग्रेस की लीडरी लग रही थी। हमने तो मसूरी से चलते वक्त ही कहा नहीं था; यह सब ठीक नहीं!"

चन्दा तड़प उठी—"तुम तो ऐसे कह रहे हो, जैसे उसने जान-बूझकर सब किया!" और कुछ कहने में असमर्थ हो वह रो पड़ी।

राजाराम को चन्दा का रोना अच्छा न लगा, बोले—"तो इसमें हमने कौन लट्ठ मार दिया। अरे हमने यही तो कहा कि अब न खन्ना के घर की रही, न बद्री के घर की? विधवा ही बनी बैठी रहती तो कम से कम खन्ना के घर में उसके लिए जगह तो थी। और अब खन्ना लौट आया तो उसका सब कुछ था!"

चन्दा का रोना बन्द न हुआ—"करम फूट गये चुड़ैल के! इससे तो अच्छा था, कमबख्त मर ही जाती। उसने अफीम खाई तो किसी ने मरने भी न दिया।"

चन्दा के लिए रसोई में बैठ सकना सम्भव न रहा। वह उठी और भीतर तखत पर लेटकर रोने लगी। पत्नी के यों रोते रहने पर राजाराम के लिए भोजन करना कठिन हो गया। आधे पेट ही उठकर क्रोध में उन्होंने कहा—"तो इसमें हमने क्या कर दिया? जो होना है, सो होगा। खामुखा रोने से क्या मतलब?"

ऊपर के कमरे में बच्चे सोये नहीं थे। माँ के रोने और पिता के ऊँचे स्वर में बोलने का शब्द सुनकर कुसुम और रवि नीचे आ गये। उन्हें सम्भालने के लिये पीछे-पीछे नौकर भी आ गया। चन्दा को चुप न होते देखकर राजाराम क्रोध से आँगन में आगे-पीछे चहलकदमी करते हुये कहते जा रहे थे—"जो बात हो, रोना ही रोना। जिन्दगी मुसीबत हो गई हमारी तो। दिन भर कोल्हू के बैल की तरह मरो। घर में भी चैन नहीं···!" पति के क्रोध से चन्दा को और अधिक रोना आ रहा था। नौकर और बच्चों के विचार से, गले में भरे क्रन्दन को निगल कर वह मुँह धोने गुसलखाने में चली गई।

पति के ठीक से भोजन न कर पाने की चिन्ता से उसने समीप आकर अनुनय के स्वर में कहा—"तुमने खाना भी नहीं खाया। आओ फिर से परोस दूँ, कुछ तो खा लो!"

यह प्रार्थना राजाराम ने स्वीकार न की—"हमारा क्या है?" उन्होंने कहा, "तुम पहले अपने बेमतलब रो लो!" और गुस्से से बैठक में जाकर अपने कारोबार के कागज-पत्र उलटने लगे। उनके पीछे जाने का साहस चन्दा को न हुआ। उसने नौकर को पुकारा, उसके लिये परसकर रसोई उठा दी और अपने बिस्तर पर जा लेटी। आँचल में सिर लपेट कर बहुत देर तक चन्दा चुपचाप रोती रही। रुलाई का वेग समाप्त हो जाने पर बहुत देर

तक राज के भविष्य की चिन्ता करती रही। कोई उपाय उसे बहिन की रक्षा का न सूझता था। केवल एक खयाल मन में आता, यदि डाक्टर साहब लौट न आते तो गरीब की जिन्दगी जैसे-तैसे कट ही जाती। पर वे तो आ गये और देहली भी उन्हें जाना ही है। यदि वे देहली न जाएँ? पर यह कैसे हो सकता है? सिर उठाकर उसने अँगीठी को कानस पर रखी छोटी टाइमपीस की ओर देखा, साढ़े ग्यारह बजने को थे। उसके पलंग के समीप राजाराम का पलंग अब भी खाली था। सहसा उसे खयाल आया, नाराज होकर सोने नहीं आये। इतनी देर तक जागेंगे, तबीयत खराब हो जायेगी। सुबह फिर जल्दी ही उठना पड़ता है और दिन भर की मेहनत।

चन्दा जीना उतरकर नीचे गई और पति को मना लाई। उन्हें एक गिलास दूध पिलाकर वह चुप लेट गई। नींद आने से पहले राजाराम खन्ना की ही बात करने लगे। बड़ा आश्चर्य है, आने की खबर उसने नहीं दी। मकान का पता लगाने का भी यत्न नहीं किया होगा। भाई बड़े आदमी हैं। उन्हें अंग्रेजी होटल में ही अच्छा लगता है। यहाँ भी सब कुछ हो सकता था। कल ही पता लगा लूँगा। वैसे बम्बई से हम लोगों से मिलने के लिये ही तो कानपुर आया है कि रास्ते में मिलता जाये, नहीं तो झाँसी से सीधे दिल्ली न चला जाता।

चन्दा ने एक दफे कहा—"चिन्ता क्यों करते हो। वे स्वयं ही पता लगाकर आ जायेगे। ऐसी क्या बात है?"

राजाराम ने समझाया—"उसका क्या है, न भी आये। देहली और आगरे में तो सब कोई कहेगे कि हम लोगों ने खबर नहीं ली। बेचारा होटलों में ठहरा। लोगों का क्या है? वे तो बात बनाना चाहते हैं और यहाँ तो पड़ोसी भी हैं कि कोई पता भी पूछे तो ठीक से बता नहीं सकते।" पति को नींद आ जाने पर चन्दा फिर लम्बी साँसें लेती देर तक राज के भविष्य की बात सोचती रही और फिर स्वयं भी सो गई।

× × ×

फैसिज्म के विरुद्ध कौमी जंग का मोर्चा संगठित करने की नीति के कार्यक्रम में डाक्टर ऐसा उलझा कि दो-तीन दिन उसे खाने-सोने की भी सुध न रही। उसे संतोष था अब कम्युनिस्ट दल के गैरकानूनी गुप्त संस्था रहने पर भी कौमी जंग के कार्य को वह सरकार से आँखमिचौनी खेले बिना जनता में कर सकेगा। उत्साह से उसने अपने कार्यकर्ताओं को नई नीति पर सबसे अधिक ध्यान देने की हिदायत देनी शुरू की। इस उत्साह से राज के विषय में यमुना से पाई खबर की चोट दब-सी गई। चोट तो दब गई, परन्तु कसक बनी थी। किसी भी समय राज का ध्यान आ जाता और वह उसे साधारण घटना समझने के लिये गुनगुनाने लगता—बीत गई सो बीत गई, अब उसकी याद सताये क्यों? राजाराम और चंदा का ध्यान आने पर सोचता, उस दिन उन लोगों का मकान सुविधा से न मिल सकने के कारण जा न पाया। एक तरह से अच्छा ही हुआ। उन लोगों को मुझसे मतलब भी क्या?

अपने आप को वह समझाता, पति के नाते अधिकार की भावना को छोड़कर राज से वह केवल सौहार्द्र और मित्रता की ही आशा रख सकता था। राज़ का बद्री से विवाह हो जाने के बाद मित्रता का नाता भी उससे सम्भव नहीं? एक दफे राज से मिलकर बात करने की इच्छा अब भी थी, परन्तु उसे वह राज के हित की दृष्टि से उचित न समझता

था। उसका जीवित होना और लौट आना राज के लिये कितना बड़ा दुर्भाग्य हो गया है। राज के जीवन में इतना बड़ा संकट पैदा कर देने से राज उसे क्या धन्यवाद देगी और उससे क्या प्रेम करेगी?··· और क्या, किसी एक व्यक्ति की मित्रता ऐसी वस्तु है कि बिना उसके जीवन को असफल समझ लिया जाये? मन ही मन वह सोचने लगता, राज की अपेक्षा गुलशां की मित्रता कहीं अधिक संतोषजनक हो सकती थी। उसे खोकर यदि सन्तोष किया है तो राज से पुनर्मिलन की आशा टूट जाना ही कौन बड़ी बात है? कितने ही नये व्यक्तियों से मिलना होता है, कितनों से ही और होगा। परस्पर समझने वाले क्या और नहीं मिल सकते?

इधर-उधर चक्कर लगाकर वह संध्या के पाँच बजे कुछ देर के लिये, दुकान पर प्रतीक्षा करते मरीजों को दवा देने के लिये लौटा। किवाड़ खोलते ही सामने एक लिफाफा, पुर्जे से नत्थी किया फर्श पर पड़ा मिला। पुर्जा डा० बी० डी० वर्मा के नाम था, और लिफाफे पर पता लिखा था, कैप्टेन डा० बी० डी० खन्ना, आई० एम० एस०। लिफाफे का पता देखकर वर्मा का माथा ठनका, परन्तु साथ का पुर्जा पढ़ने से समाधान हो गया। पुर्जा अंग्रेजी में था :—

"प्रिय डाक्टर वर्मा, कृपया साथ का लिफाफा कैप्टेन खन्ना को पहुँचा दीजिये। वे मेरे निकट के सम्बन्धी हैं। उनसे जरूरी काम है। उनके कहे अनुसार यह पत्र आप की मार्फत उन्हें मिल जायेगा। भवदीय, राजाराम महरोत्रा, परमट, कानपुर।"

वर्मा समझ गया—शिवनाथ से इन लोगों को उसके कानपुर में होने का समाचार मिल गया है। लिफाफे के भीतर भी अंग्रेजी में पत्र था :—"प्रिय भाई खन्ना, आपके सकुशल लौट आने से जो प्रसन्नता हुई, उसे शब्दों में प्रकट करना सम्भव नहीं। अत्यन्त आश्चर्य इस बात से हुआ कि आने की सूचना आपने नहीं दी। मैं स्टेशन पर ही आपसे मिलता और किसी प्रकार का कष्ट न होने देता। यमुना से मालूम होने पर कि आप कानपुर में हैं, आज सुबह मैंने यहाँ के सभी बड़े होटलों में दरयाफ्त किया, परन्तु कुछ पता न चला। शिवनाथ से डा० वर्मा का पता चला। बिना मिले यदि आप दिल्ली चले गये तो हमें बहुत दुख होगा। शायद आप छावनी में ठहरे हैं? हम लोग आपकी प्रतीक्षा कर रहे हैं। आपसे कुछ बहुत ही आवश्यक बातचीत भी करनी है। चंदा की ओर से नमस्ते, बच्चों का प्रणाम। सस्नेह, आर० आर० महरोत्रा।"

पत्र पढ़कर खन्ना सोचने लगा, वह राजाराम के यहाँ जाये या नहीं। चंदा के पुराने स्नेहमय व्यवहार के कारण मन चाहता था जाये परन्तु साथ ही विचार आता, अब शायद वह मुझे देखकर कुण्ठित हो? पर ऐसी बात होती तो राजाराम यह पत्र ही क्यों लिखते? वह दुविधा में था। विचार आया—मेरे उनके यहाँ न जाने से कहीं राजाराम शिकायत भरा पत्र देहली में बड़े भाई को लिख दें तो अच्छा बखेड़ा खड़ा हो जायेगा। निश्चय किया, जितनी जल्दी हो, उधर जाकर स्थिति संभाल ली जाये।

× × ×

खन्ना के कानपुर में रहते हुये भी मिलने न आने के कारण राजाराम खिन्न थे। चंदा खन्ना की आँखों से बचना चाहती थी। उसे बुलाकर मिलने का उत्साह चंदा को न था। इस विषय में बात चलने पर वह कुछ खिंची रहती। चंदा के इस व्यवहार से राजाराम उत्तेजित हो जाते। वह चाहती थी, इस विषय में चर्चा न हो तभी अच्छा। उसके मन में

निरन्तर एक ही विचार चक्कर काट रहा था, खन्ना को शायद मालूम हो ही गया होगा!···वह क्या करेगा? राज का क्या बनेगा?···आदमी तो भला था, परन्तु करेगा क्या?

दोपहर में छोटी लड़की को सुलाकर चन्दा ने उसे देखते रहने का काम नौकर को सौंप दिया। दोपहर का भोजन कर राजाराम विश्राम के लिये लेटते तो चन्दा को समीप बुलाकर नींद आने से पहले बातचीत करते रहते। पति के सो जाने पर चन्दा उठकर कोई काम करने या कुछ पढ़ने लगती। नींद उसे दोपहर में आती न थी। भोजन और नींद की मात्रा उसकी स्वभाव से ही कम थी। उसे व्यसन था पुस्तकें पढ़ने का।

राजाराम स्त्री से कह रहे थे—"खन्ना की कानपुर छावनी में बदली हो गई होगी। सोचता होगा, किसी दिन जाकर मिल आऊँगा। यदि सीधा दिल्ली जाता तो जरूर मिल के ही जाता। शिवनाथ से पता लिया था कि ठहरा कहाँ है, उसे भी मालूम नहीं। उसे रामनारायन के बाजार में वर्मा मेडिकल हाल का पता दे गया था। हमने तो कभी यह नाम भी न सुना था। जाकर देखा, ऐसी मामूली-सी जगह है। कभी का कोई परिचित होगा। दूकान बन्द थी। खन्ना के नाम पत्र छोड़ आया हूँ।"

चन्दा ने परेशानी प्रकट कर कहा—"यही समझ में नहीं आता, सेना के दफ्तर से वह खबर आई कैसे? सेना में जिन्दा होते तो वह खबर कैसे आती?···और फिर अच्छे भले थे तो पत्र क्यों नहीं लिखा? आखिर बात क्या है?"

"भाई यह उससे मिले बिना कैसे कहा जाये? कुछ तो बात होगी ही। इसी से तो मिलना जरूरी है।" राजाराम ने उत्तर दिया।

चन्दा ने चिन्ता से दोहराया—"मुझे तो यही समझ नहीं आता कि राज बेचारी का होगा क्या?"

"अब राज से उसे क्या लेना-देना है?" राजाराम ने उत्तर दिया, "हाँ बीमा कम्पनी वाले जरूर बात उठावेंगे। कम्पनी ने बीमे की रकम राज को दी है। उस पर जालसाजी का मुकद्दमा चल सकता है।"

चन्दा तड़प उठी—"राज का इसमें क्या कसूर है। उसने तो सरकारी चिट्ठी दाखिल की थी और रुपया तो लिया उसके जेठ ने!"

राजाराम लेटे से उठ बैठे—"बीमा था तो राज के ही नाम। रकम के लिये कम्पनी को दरखास्त तो राज के दस्तखत से ही दी गई थी। रसीद पर भी उसी ने दस्तखत किये हैं।" उन्होंने हाथ बढ़ाकर समझाया।

बेबसी में चन्दा निरुत्तर हो गई। कुछ देर चिन्ता में डूबे रहकर उसने पूछा—"ऐसे तो बद्री बाबू से विवाह के बारे में भी झगड़ा उठ सकता है।"

"हाँ" राजाराम ने हामी भरी, "कानूनन तो वह अब भी खन्ना की स्त्री है।"

"क्यों" चन्दा ने खिन्न स्वर में पूछा, "बद्री बाबू से उसकी सिविल-मैरिज अदालत में नहीं हुई?"

"हुई तो क्या?" राजाराम ने हाथ उठाकर विरोध किया, "हिन्दू विवाह टूट थोड़े ही सकता है। सिविल-मैरेज तो गलती से हुई। उसमें तलाक भी हो सकता है। हिन्दू विवाह का तलाक थोड़े ही हो सकता है। अदालत से सिविल-मैरेज रद्द हो जायेगी।"

"हाय-हाय अब वह बद्री बाबू को कैसे छोड़ सकती है!" रोकर चन्दा बोली, "इससे तो अच्छा है, कमबख्त इनके दिल्ली पहुँचने से पहले मर जाये। मुसीबत को एक लड़का और हो गया है! जाने किन कर्मों का फल पा रही है।"

राजाराम राज की भूल साबित कर सन्तोष से पलंग पर लेट गये। उन्हें नींद आ गई।

पति को सोया देखकर चन्दा नीचे के कमरे में तख्त पर जा बैठी। विक्षिप्त मन किसी काम में न लगता था। मन की बेचैनी के कारण उपन्यास पढ़ने में भी जी न लगा। रो-रोकर सिरदर्द हो गया। सिरदर्द में लेटे-लेटे नींद आ गई। पति के बार-बार पुकारने से नींद खुली। वे बाहर जाने के लिए कपड़े माँग रहे थे। जरूरी काम से उन्हें एक जगह जाना था। हाथ-मुँह धोने के लिये पानी देने वाला कोई नहीं था। कितनी बार नौकर और चन्दा को पुकारने के बाद वे खिन्न हो रहे थे।

चन्दा ने पुकार सुन उठकर जल और तौलिया दिया, पहनने के लिए कपड़े निकाले। पति के बाहर चले जाने के बाद सोच रही थी, क्या करे! बच्चों के स्कूल से लौटने में अभी समय था। शरतचन्द्र का 'चरित्रहीन' उसे बहुत पसन्द आया था। बहुत पहले पढ़ा था। दुबारा पढ़ने पर भी वह वैसा ही रोचक जान पड़ा। पुस्तक उठाकर पढ़ने का यत्न किया पर मन न लगा। पुस्तक एक ओर रखकर वह सोचने लगी, क्या होगा? ड्योढ़ी में आहट सुनाई दी। चन्दा लेटी रही कि नौकर जाकर देख लेगा।

राजाराम पर्दे के समर्थक नहीं थे। उन्होंने युनिवर्सिटी में बी० ए० तक शिक्षा पाई थीं। अधिकांश में नये ढंग के शिक्षितों की ही संगति पसन्द करते। सामर्थ्य भर वे नये तौर-तरीके से चलते भी थे। चन्दा के व्यवहार और रूप से व्यक्तित्व झलकता था। उसे साथ लेकर कहीं आने जाने में या परिचितों में उसका परिचय कराने में उन्हें गौरव अनुभव होता था। उनके अन्तरंग, परिचित और बिरादरी के सभी लोग जानते हैं कि चन्दा एन्ट्रेंस पास थी और हिन्दी की कई परीक्षायें भी दे चुकी थी, आगरे के कपूर परिवार की लड़की थी। उसके सम्बन्धी प्रायः अच्छे सरकारी पदों पर थे। राजाराम की अनुपस्थिति में भले आदमियों के आने पर चन्दा बैठक में जा जरूरी बातचीत भी कर लेती थी। उस समय विक्षिप्त होने के कारण उसका मन उठने को न हुआ। नौकर लड़की को ऊपर बहला रहा था, आहट न सुन सका। चन्दा ने उसे पुकार कर ड्योढ़ी में देखने को कहा। नौकर ने आकर खबर दी, कोई डाक्टर खन्ना साहब हैं।

"खन्ना साहब?" चौंककर चन्दा ने पूछा।

"जी, बाबूजी को पूछते हैं। हमने कहा, घर पर नहीं हैं। आपसे मिलने को कहते हैं!"

"बैठक में बिठाओ!" चन्दा ने माथे पर हाथ रखकर कहा। साड़ी मुस गई थी। भीतर जाकर दूसरी पहनी। सहमते-सहमते बैठक में गई। बैठक में पाँव रखते ही एक बार सन्देह हुआ क्या यह डाक्टर साहब हैं? खन्ना की आत्मीयता भरी मुस्कान ने सन्देह दूर कर दिया। विस्मय अवश्य हुआ। खन्ना को उसने देखा था, सदा सुथरा सूट पहने या घर के भीतर भी अच्छी कीमती कपड़े ढंग से पहने हुए। उस समय खन्ना पहने था मामूली धोती-कमीज और टोपी, साधारण स्थिति के लोगों जैसी? चेहरे और व्यवहार का वह रोब जैसे गायब था।

"भाई साहब को मेरा पता लगाने में बहुत कष्ट हुआ, मैं ऐसे ही कुछ उलझन में फँसा था। आने ही को था, जरा देर हो गई।" खन्ना ने क्षमा सी माँगी।

"मैं तो आपको पहचान ही न सकी। यह आपने क्या ढंग बनाया है?" चंदा ने पूछा।

"ऐसी कोई खास बात तो नहीं है।"

"आप ठहरे कहाँ हैं? यहाँ क्यों नहीं आये? क्या उलझन लगा रखी है आपके?" चन्दा ने खन्ना के कपड़ों की ओर ध्यान दिया।

"क्या कहूँ?···यही समझ लीजिये कि जिस कारण आपको पहचानने में अड़चन हुई?" अर्थपूर्ण मुस्कराहट से खन्ना चन्दा की ओर देखता रहा।

खन्ना के उत्तर से चन्दा स्थिति को कुछ समझ न सकी, परन्तु उसके व्यवहार से मन में बैठी आशंका मिटने लगी। मन ने चुटकी ली, यमुना ने अभी शायद कुछ बताया नहीं? पूछा—"क्या सीधे, बम्बई से आ रहे हैं?"

कुछ झिझकते हुए खन्ना ने उत्तर दिया—"नहीं, पर अभी देहली नहीं गया हूँ!"

अपनी वास्तविक स्थिति छिपा रखने की सावधानी चन्दा की आग्रहपूर्ण दृष्टि के सम्मुख शिथिल होने लगी। आत्मीयता के प्रोत्साहन से सच्चाई होंठों पर आ जाना चाहती थी, परन्तु अनावश्यक बात क्यों कही जाये। संक्षेप में ही उसने उत्तर दिया।

"आने की खबर नहीं दी आपने? इतने दिन पत्र क्यों नहीं लिखा?" खन्ना के पत्र न लिखने के भयंकर परिणाम की स्मृति ने सहसा चन्दा के हृदय को दहला दिया, कंठ रुंध गया। अपने ही संभाल उसने कहा—"आइये यहाँ बाहर के आदमियों की तरह क्यों बैठे हैं, भीतर आइये!" अपने चेहरे का भाव खन्ना की आँखों से छिपाये रखने के लिये वह ओठ दबाये आगे-आगे चली।

छोटी आराम कुर्सी खन्ना के लिये खींचकर वह तखत पर बैठ गई। बैठते ही हृदय का उद्वेग रुलाई के रूप में आँखों से बह गया। आवेग की मूढ़ता में वह समझ न सकी, वह क्यों रो पड़ी? खन्ना के प्रति करुणा से या राज के प्रति आशंका से?

चन्दा की आत्मीयता से खन्ना का आत्मरक्षा, तटस्थता और सावधानी का भाव अस्थिर हो गया था। उसे आँचल में मुख छिपाये, सिराकते देखकर वह बह गया। अपनी कठिन परिस्थिति भूलकर चन्दा की व्याकुलता में सांत्वना दे पाने के लिए उसका हृदय बेचैन होने लगा। सहसा वह समझ न सका, क्या कहे?

हृदय का आवेग संभाल न सकने के कारण चन्दा के आँसू बह आये थे। बाँध की दीवार में एक बार छिद्र बना लेने पर जल का प्रवाह बाँध की मिट्टी को बहाकर छिद्र को चौड़ा करता जाता है और प्रवाह को रोकना प्रतिक्षण कठिन हो जाता है, वैसे ही चन्दा की रुलाई का प्रवाह हो गया। खन्ना के सम्मुख रुलाई न रोक सकने की लज्जा के कारण वह मरी जा रही थी। अपनी निर्बलता का यह प्रमाण उसे और भी अधिक निर्बल और असहाय बनाये दे रहा था। रुलाई रोने का प्रयत्न छोड़कर वह देर रोती रही।

खन्ना के लिये परिस्थिति असह्य हो रही थी। अन्याय स्वयं उस पर होने के बावजूद उसे अनुभव हो रहा था, चन्दा को दुखी कर यों रुला देने का कारण वही है। उसका हृदय मुँह को आने लगा। साहस कर उसने कहा—"मुझे अत्यन्त खेद है, मेरे आने से आपको इतना दुख हुआ।"

चन्दा आँचल में मुँह छिपाये उठकर आँगन में चली गई। खन्ना कुर्सी पर बैठा रह गया। बाहर जल गिरने का शब्द सुनकर समझा, चन्दा मुँह धो रुलाई रोक, संयत होने का यत्न कर रही है। दीर्घ निश्वास लेकर वह उसके लौट आने की प्रतीक्षा में बैठा रहा। चन्दा मुँह धोकर लौट आई। उसकी आँखें अब भी खूब लाल थीं, परन्तु चेहरे पर उसकी सतत् मुस्कान लौट आई थी, एक विचित्र मिश्रण!

इससे पहले खन्ना ने उसे सदा मुस्कराते ही देखा था। उसकी मुस्कराहट से ही वह चन्दा को पहचानता था, परन्तु इस क्षण की मुस्कराहट में उसे चन्दा की विनोदप्रियता और सौजन्य नहीं दिखाई दिया। दिखाई दिया, उसे खिन्न न करने के लिए चन्दा का अपने हृदय पर जब्र। राज की बात को भुला देने के लिये, स्वर को साधारण बनाने का यत्न कर चन्दा ने पूछा—"अच्छा कहिये आप क्या पसन्द करेंगे; चाय पियेंगे या शरबत!"

"जो हो ले लूँगा" खन्ना ने उत्तर दिया। चन्दा की तरह अवसाद की अवस्था से सहसा स्फूर्ति के भाव में आ जाना उसके लिये सम्भव न हुआ।

"अभी एक मिनट में आई!" चन्दा आँगन में गई। नौकर को चाय का पानी उबालने के लिये कहकर, खन्ना के समीप लौटकर, स्नेह की दृष्टि से देखकर प्रश्न किया, "डाक्टर साहब, आप रहे कहाँ इतने दिन?"

खन्ना चन्दा की स्फूर्तिप्रद मुस्कराहट का प्रभाव अनुभव किये बिना न रह सका। उत्तर दिया—"वह बड़ी लम्बी बात है और पुराण की कथा की तरह विचित्र है। आप पहले अपनी सुनाइये।" आँगन में कपड़े की बिल्ली की डोर से खींचती लड़की की ओर संकेत कर उसने पूछा, "यह सबसे छोटी है न?"

"जी" फूटती हँसी को दबाकर चन्दा ने उत्तर दिया।

"सबसे बड़ी तो कुसुम है और···रवि···और उसके बाद?"

"बस यही!" चन्दा ने हँस दिया।

"अच्छा, भाई साहब मजे में हैं?"

"जी हाँ, सब ठीक चल रहा है? हम लोगों का क्या है, जैसे तब थे, वैसे अब। विलायत आप कब चले गये थे? कुछ पता ही न चला। जैसे अन्तर्ध्यान हो गये!"

"कुछ वैसी ही बात समझिये!" खन्ना ने उत्तर दिया, "लम्बी कहानी का संक्षेप यह समझिये कि अब याद करने से स्वप्न-सा जान पड़ता है। अत्यन्त भीषण, कल्पनातीत रोमांच, कठोर वास्तविकता सभी कुछ देखा। और···और अब आपके सामने बैठा हूँ···और आप पहचान भी न सकीं!"

"यह बात तो नहीं हाँ आपने खूब कोशिश की है कि पहचाने न जायें!" चन्दा ने नेत्र झपककर मुस्करा दिया।

"आपका खयाल ठीक ही है!" डाक्टर ने भी मुस्करा दिया, "परन्तु जो अपने हैं उन्हें तो पहचानना ही चाहिये!"

"डाक्टर साहब, कहिये न; हुआ क्या?" चन्दा के तीव्र आग्रह से खन्ना ने बीस-पच्चीस वाक्यों में तुत्ती-कैम्प से ले कानपुर तक की रेखा सी अतीत के नक्शे पर खींच

दी। कहते-कहते अपनी दृष्टि चन्दा की ओर से हटाकर आँगन की ओर देख वह कह गया, ''और देहली में जो कुछ हो गया, वह भी मैं सुन चुका हूँ।''

खन्ना का यह वाक्य चन्दा के हृदय पर नश्तर की तरह लगा। खन्ना कहता चला गया··· ''उसमें दोष किसी का नहीं। जो हो गया, हो गया!''

खन्ना दृष्टि आँगन की ओर ही किये रहा और चन्दा सिर झुकाये बैठी रही। खन्ना के स्वर की गम्भीरता से चन्दा के लिये समझना शेष न रहा कि 'जो हो गया, हो गया' उपेक्षा से नहीं, निश्चय से कहा गया है। उदारता का वह शीतल जल कितनी गहराई से निकला था! सिर उठाकर खन्ना की ओर देख सकना उसके लिये सम्भव न हो सका। हृदय के आवेग को थामे रहने के लिये वह पथराई आँखों से फर्श की ओर ही देखती रही। खन्ना के उस वाक्य के पहले भाग ने नश्तर के चुभने की सी पीड़ा दी और पिछले भाग ने नश्तर के घाव से पीड़ा का कारण निकल जाने जैसी सांत्वना दी। उत्कट पीड़ा शान्त होकर एक मीठा सा दर्द शेष रह गया। खन्ना ने एक बार चन्दा की ओर देखा और तुरन्त ही उसकी दृष्टि आँगन की ओर लौट गई। उस अवस्था में देखे जाने के संकोच से वह चन्दा को कुंठित नहीं करना चाहता था।

खन्ना की यह सूक्ष्म सहृदयता चन्दा से छिपी न रही। लज्जा की अनुभूति ने उसे सचेत कर दिया। नौकर चाय की ट्रे ले आया। चन्दा को शंका हुई, शायद उसकी बेखबरी में नौकर कुछ देर से वैसे ही खड़ा है। संकोच से उसने कहा—''अरे बोलता क्यों नहीं।'' और ट्रे उसके हाथ से ले ली।

''नहीं, अभी ही आया है'' खन्ना ने कहा। और भी सकुचाकर चन्दा ने उसकी ओर देखा। खन्ना मुस्करा रहा था। लज्जा से चन्दा ने सिर झुका लिया, परन्तु इस लज्जा में खेद नहीं सन्तोष था। उस समय लज्जा का एक और कारण हो गया। चन्दा को याद आया, चाय ले आने से पहले मिठाई लाने के लिये नौकर को भेजना वह भूल गई थी, ''जरा ठहरिये, दो मिनट में यह कुछ ले आता है।'' चन्दा ने कहा।

संकोच का भाव मिटा देने के लिये खन्ना ने कुर्सी आगे खींच ली—''नहीं अब नहीं ठहर सकता। जब चाय आ गई तो मिठाई की प्रतीक्षा कैसे? उसका मुझे शौक भी नहीं।'' चन्दा उठी और शशि के लिये लाये डिब्बे से एक तश्तरी में बिस्कुट लेकर खन्ना के सम्मुख रख दिये।

चन्दा खन्ना के लिए एक प्याले में चाय बना रही थी। चन्दा के हाथों की ओर देखता हुआ वह चाय के कषाय रस को मधुर बना सकने वाली ममता अनुभव कर रहा था। प्याला तैयार कर चन्दा ने आगे बढ़ा दिया।

''और आप?'' खन्ना ने उसकी ओर देख प्रश्न किया।

''मैं चाय कम पीती हूँ, आप लीजिए!'' चन्दा ने उत्तर दिया।

''आप भी पीजिये! इतने दिन बाद पहली बार मैं अपने घर में अकेला खाऊँ?'' चन्दा की ओर उसने देखा।

''अभी एक मिनट में प्याला लाती हूँ।'' प्याला लाने के लिये नौकर को न पुकारकर वह स्वयं उठ गई। शायद मुख से शब्द निकालकर वह खन्ना की बात से हृदय में आई मधुरता की अनुभूति को फीका नहीं हो जाने देना चाहती थी। खन्ना के साथ बैठकर

पिया जाने वाला चाय का प्रत्येक घूँट कितना मधुर था। उसे चाय का नहीं स्नेह का स्वाद आ रहा था।

स्कूल से लौटे दोनों बच्चे भागते हुए भीतर चले आये। चन्दा ने उन्हें खन्ना को नमस्ते करने के लिए कहा। खन्ना ने कुसुम को साढ़े पाँच वर्ष पूर्व देखा था; जब वह तुतलाकर बोलती थी और उसका स्टैथिसकोप पा जाने पर गले में पहन, खुश होकर उसे माला समझती थी। वह बात याद आने पर खन्ना ने उसे समीप बुलाकर पूछा—"कुसुम माला पहनोगी?"

कुसुम अपरिचित व्यक्ति के आत्मीयता दिखाने से संकोच अनुभव कर रही थी और रवि विस्मय से आँखें फैलाकर उसकी ओर देख रहा था। चन्दा ने बच्चों को संबोधन कर पूछा—"पहचानो!"

खन्ना ने बच्चों की ओर से वकालत कर कहा—"जरूर पहचान लेंगे। आप जो पहचान गई थीं?"

चन्दा ने नौकर को पुकार कर बच्चों को नाश्ता देने के लिये कह दिया। स्वयं उठने को उसका मन न हुआ। कुछ बातचीत हो नहीं रही थी। कहने के लिए दोनों के पास ही कुछ कम न था, परन्तु उस पहली मुलाकात में गहराई को छुए बिना कहने लायक बात न सूझ रही थी। ऐसी ही बातें कि राजाराम को कितना काम करना पड़ता है, युद्ध के कारण खर्च का बढ़ जाना इत्यादि। खन्ना ने कलाई की घड़ी की ओर देखकर कहा—"तो इस समय आज्ञा दीजिये।"

"यह कैसे हो सकता है?" विस्मय से चन्दा ने पूछा, "अब आप कहाँ जायेंगे यह आपका घर है और किसी जगह आप नहीं ठहर सकते।"

"घर तो है, पर काम के लिये बाहर भी तो जाना ही होता है। भाई साहब भी तो जाते ही हैं!" खन्ना हँस दिया।

"हाँ तो उन्हें आ लेने दीजिये! उनसे मिले बिना आप कैसे जा सकते हैं?"

"फिर आऊँगा?"

"आप जा कहाँ रहे हैं? सामान कहाँ है आपका?"

"सामान कुछ विशेष नहीं। एक जगह ठहरा हूँ उसकी चिन्ता न कीजिये। मैं आऊँगा!" खन्ना ने आश्वासन दिया।

"यहीं ठहरियेगा न?" उसकी आँखों में देखकर चन्दा ने पूछा।

आत्मीयता के इस आग्रह के सम्मुख झूठ बोलने की इच्छा खन्ना को न हुई—"उस बात को जाने दीजिये। मैं कष्ट में नहीं हूँ।" उसने कहा।

"यहाँ कुछ कष्ट ही सही पर आपका घर है!" चन्दा ने जोर दिया।

"ठीक है, पर कुछ ऐसे ही कारण हैं? विश्वास कीजिये। व्यक्तिगत कारण कोई नहीं है। मुझे कुछ ऐसा ही काम है?"

चन्दा का विस्मय और बढ़ा—"पर क्या कारण है! क्या मैं पूछ नहीं सकती?"

"फिर बात होगी तो कहूँगा। आपसे क्या पर्दा। मैं कल आऊँगा किसी समय।"

"खाना यहाँ नहीं खाइयेगा, यह आपकी ज्यादती है। आपके भाई साहब क्या कहेंगे?"

"आज कुछ बहुत आवश्यक काम है। भाई साहब को मनाने की जिम्मेवारी आप पर है। आज कुछ मजबूरी ही समझ लीजिये। स्वयं मेरी इच्छा आपके समीप से उठकर जाने की नहीं है लेकिन काम की मजबूरी भी तो कोई चीज है!" खन्ना चला गया।

राजाराम ने सुना चौथे पहर खन्ना आया था। दो घण्टे से अधिक बैठकर उनसे मिले बिना चला गया। स्त्री से उन्होंने कहा—"तुमने जाने क्यों दिया?" खन्ना से मिलने का अवसर चूक जाने से उन्हें व्याकुलता होने लगी।

चन्दा ने कहा—"बहुत जोर दिया पर उन्हें बहुत ही जरूरी काम था। कल आएँगे। मैंने कह दिया है, तुम्हारे घर रहते ही आएँगे।"

भोजन के समय और बाद में खन्ना का ही जिक्र चलता रहा—"ईश्वरदास मजे में बीमे की रकम डकार गये हैं। राज को उसमें क्या मिला? और जायदाद का आधा भाग भी।...पीछे था कौन जो कुछ बोलता। अब पता चलेगा।"

बातचीत में चन्दा ने संकेत कर दिया कि राज की बात खन्ना को मालूम हो गई है पर उसे कोई शिकायत नहीं। उसने कहा—"मैं तो विस्मित रह गई, उनका दिल देखकर। कहते थे, राज का उसमें क्या दोष; जो हो गया, हो गया!"

पत्नी की अदूरदर्शिता की याद दिलाकर राजाराम ने कहा—"हमने कहा नहीं था, राज से उसे क्या लेना है? उसे क्या कमी है? उसके लिए बीसियों अच्छे से अच्छे घर की लड़कियाँ हैं। पर सवाल तो यह है कि वह दिल्ली जायेगा तो बात फैलेगी या नहीं?

"अगर दिल्ली न जायें तो कोई बात नहीं उठ सकती?" चन्दा बोली। राजाराम ने विरोध किया, "दिमाग फिर गया है तुम्हारा? अपने घर नहीं जायेगा? अपनी जायदाद छोड़ देगा? मकान और दुकान सब कम से कम पचास हजार का हिस्सा होगा? कैसे छोड़ देगा सबको?"

चन्दा निरुत्तर हो गई। उसे कुछ बोलते न देखकर राजाराम बोले—"और क्या; उसे भी तो अपनी जिन्दगी बितानी है। उन महारानी से तो तीन बरस नहीं कटे। आखिर वह भी तो ब्याह करेगा, घर बसायेगा!"

सिद्धान्त रूप से चन्दा स्त्रियों के लिये पुरुषों के समान व्यवहार और अधिकार की पक्षपाती थी, विधवा-विवाह को भी बुरा न समझती थी, परन्तु राज के पुनर्विवाह करने की बात पर वह कभी अभिमान से सिर ऊँचा न कर सकी थी। यदि राज विधवा होकर सम्पूर्ण आयु वैधव्य में बिता देती तो उसे अभिमान होता। लेकिन पति का यह कोंचा वह न सह सकी। "क्यों" उसने पूछा, "डाक्टर साहब के लिये दिल्ली जाकर विवाह करना और घर बनाना जरूरी है तो राज के ब्याह कर लेने पर कौन ताना है?"

यह तर्क राजाराम को बेहूदा जान पड़ा। "वाह" उन्होंने कहा, "औरत दूसरा ब्याह करके बैठ गई तो भी बेचारा ब्याह न करे? क्यों उसे जिन्दगी नहीं बितानी?"

चन्दा चुप नहीं हुई, उत्तर दिया—"ब्याह करके बैठ गई या मर ही गई। ऐसे ही अगर मर्द ब्याह कर ले या मर जाये तो औरत के ब्याह कर लेने में क्या बुराई है? राज भी तो उस समय एक तरह विधवा ही थी तो उसे सजा किस बात की?"

"हाँ-हाँ बहुत अच्छा है, तुम बराबरी का दावा करो। तुम भी ऐसा ही कर लो न।" राजाराम ने क्रोध में नेत्र लाल कर कहा।

चन्दा सन्न रह गई। उसे ऐसे उत्तर की आशा न थी। कुछ उत्तर न देकर वह रो पड़ी। राजाराम गुस्से में चुप पड़े रहे। चन्दा के बहुत देर तक रो लेने के बाद उन्होंने कहा—"सुनो तो।" पत्नी को चुप होते न देखकर स्वयं दुखी और पीड़ित के स्वर में उन्होंने चन्दा की ज्यादती की शिकायत की। दीर्घ विवाहित जीवन के अनुभव से वे जानते थे कि पत्नी को मना लेने के कौन अव्यर्थ उपाय है।

दूसरे दिन खन्ना दोपहर में आया तो राजाराम अभी लौटे न थे। चन्दा ने उलाहने के स्वर में शिकायत की—"कल आपसे इतना कहा कि ठहर जाइये। ये लौटे तो बहुत नाराज हुए कि क्यों जाने दिया।"

"मैं तो आपसे कह ही गया था कि नाराज न होने देने की जिम्मेवारी आप पर है।" खन्ना हँस दिया, "और आपने नाराज होने भी न दिया होगा।" इस प्रसंग से रात में बहुत देर तक रोने की याद चन्दा को आ गई। विवाहित जीवन में वह नयी बात न थी। अपेक्षा से उसने सिर हिला दिया।

"अभी नहीं आये?" खन्ना ने पूछा।

"आते होंगे, बैठिये।" चन्दा ने उत्तर दिया, "आप क्या ऐसे ही आये हैं?"

"क्यों कैसे?"

"आपका सामान।"

"मैं कल कह तो चुका आपसे, इस बात को मन में न लाइयेगा?"

"कारण तो आपने नहीं बताया?"

"कहूँगा, ऐसी जल्दी क्या है?"

राजाराम आये और खन्ना को बाँहों में लेकर अत्यन्त उत्साह से मिले। पहले खबर न देने का गिला किया। राज के विवाह की रोमांचक खबर सुनाने का अवसर यमुना और चन्दा ने शेष न रहने दिया था। संकेत से उन्होंने इतना तो कहा ही—"खैर भाई, जो कुछ हो गया, अब क्या किया जाये।"

एक थाली में भोजन कर दोनों में बहुत देर तक बातचीत चलती रही। चन्दा समीप बैठी सुन रही थी। राजाराम बार-बार दिल्ली का चर्चा छेड़ते और खन्ना कतरा जाता। वे बहुत देर तक अपनी ही सुनाते रहे। कैसे 'चम्पतराम चम्पतराम' ने काम बढ़ने पर उनकी कमीशन घटा दी और उन्होंने उनका काम छोड़ दिया। कपड़े का काम पहले ही छोड़ चुके थे। यदि वह इस समय किया होता तो बड़ा अच्छा अवसर था। जिनके पास कपड़ा था, उन्होंने खूब सोना समेटा। अब वे फौज में माल देने के ठेके लिये हुए थे। इस समय कुछ और काम तो रह ही नहीं गया था।

चन्दा को इन बीसों दफे सुनी बातों में बिलकुल रस नहीं आ रहा था। वह बार-बार टोक बैठती—"डाक्टर साहब अपनी सुनाइये, गजनी और रूस का कुछ हाल सुनाइये।" उसे वह उपन्यास से अधिक रोचक जान पड़ता था, परन्तु राजाराम देहली के विषय में आवश्यक बात करने लगते, "कब तक वहाँ जाने का विचार है?"

"जाऊँगा क्यों नहीं? जल्दी ही जाऊँगा" खन्ना ने कहा, "आपसे सब सलाह करके निश्चय करूँगा।"

संध्या समय राजाराम को बाहर जाना आवश्यक था। खन्ना को भी चलने के लिये तैयार होते देखकर राजाराम ने चौंककर कहा—"नहीं, जाना कहाँ है? यहीं रहना होगा।"

"हाँ, मैं यहीं हूँ लेकिन दूसरी जगह रखना भी जरूरी है। वजह यह कि मजदूरों-वजदूरों से मिलने-जुलने के लिये यहाँ बुलाना कुछ ठीक नहीं जँचेगा!" कुछ सोचकर खन्ना ने उत्तर दिया।

दलील राजाराम को जँच गई—"तो तुम वह जगह अपनी रखो लेकिन रहना यहीं होगा। अपना घर होते हुए तुम दूसरी जगह रहो, यह नहीं हो सकेगा।" उन्होंने स्वीकृति दी।

राजाराम खन्ना के प्रति अत्यन्त अनुरक्त हो गये। जितनी देर घर पर रहते, खन्ना के समीप होने पर उसी से बात करते रहते। इस प्रकार गिरी हुई अवस्था में दुकान खोलकर खन्ना का बैठना उन्हें जँचता न था। बाकायदा डाक्टरी पास, सेना का कैप्टन और विदेश में चिकित्सा की खोज का अनुभव प्राप्त व्यक्ति ढंग से डाक्टरी प्रैक्टिस करे तो शहर भर के डाक्टर एक ओर रखे जायें। साथ में एक अच्छी बड़ी दुकान दवाई की चल सकती है।

बात टालने के लिये खन्ना कह देता—"भाई दुकान में दवाइयाँ भरने के लिए बहुत पैसा चाहिये। इसी से यह छोटी दुकान शुरू कर दी। इसमें खर्चा खास नहीं और काम तो चलता ही है।"

राजाराम कहते—"पैसे की कमी क्या? तुम लाला ईश्वरदास से कहकर आठ-दस हजार लगाकर अच्छी बड़ी दुकान मजे में सजा सकते हो; चाहे दिल्ली में चाहे यहाँ। हम तो कहते हैं, यहाँ ही रहो। अरे, भाई साहब से कहते अच्छा नहीं मालूम होता। आजकल अपनी रकम ठेकों में फँसी है। चार-छः महीने में हमीं रकम लगा देंगे। प्रैक्टिस तुम्हारी रही दुकान में भी तुम्हारा हिस्सा रहेगा, क्या हर्ज है?…यह तो बिजनेस है, क्यों?"

एक दिन भी खन्ना के न आने पर राजाराम उसके न आने की शिकायत करने लगते। कम से कम एक समय का भोजन तो उसे उनके यहाँ करना ही पड़ता। अपने आदमी का इधर-उधर खाना उन्हें खल जाता। रात भी वे उसे अपने यहाँ ही सुलाना चाहते थे। चन्दा भी राजाराम से सहमत थी। खन्ना के लौट आने से राज के दुर्भाग्य की आशंका से उसका हृदय दहल गया था, परन्तु उसने देखा, खन्ना किसी प्रकार भी राज को कष्ट नहीं पहुँचाना चाहता बल्कि उस पर आती चोट स्वयं सह लेने को तैयार है। उसके हृदय की विशालता से चन्दा मुग्ध रह गई। चन्दा का हृदय खन्ना के लिये आदर से बिछ गया। उसकी बातों में उसे विशेष कौतूहल और रस मिलता। देश-विदेश की रोमांचकारी चर्चा सुनने के अलावा वह उससे समाजवाद के सिद्धांतों और नैतिकता के प्रश्नों पर भी बात करती। ऐसी बात करना प्रायः सुनना होता। बात करने का ढंग ही खन्ना का ऐसा था कि तर्क के लिये प्रायः गुन्जाइश न रह जाती। चंदा की जन्म से बैठी धारणा और संस्कारों के विरुद्ध अनेक बातें खन्ना कह देता। मन सहसा उसे स्वीकार न करता, परन्तु तर्क की दृष्टि से वह अस्वीकार भी न कर सकती।

पहले दिन मामूली कमीज धोती और टोपी मे खन्ना चंदा को बिलकुल बेरुआब, साधारण सा व्यक्ति जान पड़ता था। अब उसमें उसे अत्यन्त प्रभावशाली व्यक्तित्व दिखाई देने लगा। चेहरे पर सतर्क और जागृत मस्तिष्क की आभा दिखाई देती। चंदा की पढ़ने में विशेष रुचि थी। पारिवारिक अवस्था के कारण वह यथेष्ट न पढ़ सकी थी। खन्ना के ज्ञान और विद्वता से वह विशेष रूप से प्रभावित हुई। समीप बैठकर उसकी बात सुनते समय उसके चेहरे पर मस्तिष्क की क्रिया की प्रतिच्छाया देखकर चंदा को सन्तोष होता। खन्ना को भी चंदा के समीप आकर अनुभव होता, यदि संसार में उसका कुछ निज का था, तो वही।

कौमी-जंग की नीति पर खन्ना की शिवनाथ से कई दिन बात हुई। दोनों में समझौता न हो सका। अपने-अपने पक्ष का तर्क करते समय दोनों बहुत गम्भीर हो जाते। उत्तेजित होकर शिवनाथ कहता, कम्युनिस्टों को भारत की गुलामी की चिन्ता नहीं, रूस का बहुत दर्द है। वे भारत की आजादी का अवसर रूस की सहायता पर कुर्बान कर देना चाहते हैं।

खन्ना कहता—कम्युनिस्टों को रूस की मिट्टी से कोई प्यार नहीं। उन्हें रूस की समाजवादी और साम्राज्य विरोधी नीति से सहानुभूति है। उस नीति की सफलता से ही भारत आत्म-निर्णय का अधिकार पा सकता है। इस समय हमें सबसे अधिक भय जापान का है। जापानी आक्रमण से भारत की रक्षा की जिम्मेवारी अंग्रेजों पर न छोड़कर अपने देश की रक्षा हमें स्वयं करनी है। हमें फासिस्ट आक्रमण के विरुद्ध मित्र राष्ट्रों के सहयोग से मोर्चे पर खड़े होकर युद्ध लड़ने की जिम्मेवारी लेना है। इसी कार्यक्रम से हम आत्म-शासन का अधिकार पायेंगे, परन्तु मित्र राष्ट्रों की अपनी फासिस्ट विरोधी नीति का विश्वास दिलाना आवश्यक है। हत्यारे जापान का स्वागत करके बखशीश में स्वतन्त्रता पाने का स्वप्न देखना आत्महत्या है।

दोनों मित्रों को बहस नीति और सिद्धान्त की बात से हटकर दलों के व्यवहार और कार्य प्रणाली पर चली जाती। समाजवाद से सिद्धान्तों के विषय में कोई विवाद न होने पर भी भारत में उसकी सफलता के लिये प्रयत्न करने के तरीके में तीव्र मतभेद था। शिवनाथ को बड़ी शिकायत थी कि कम्युनिस्ट अपने दल को मजबूत बनाने के लिये कांग्रेस-समाजवादी दल के सदस्यों को फोड़ लेते हैं। कम्युनिस्ट कांग्रेस के राष्ट्रीय संगठन की प्रतिद्वन्द्विता में दूसरा राजनैतिक दल कायम करके राष्ट्र की शक्ति में फूट डालते हैं। उसे सबसे भयंकर आपत्ति थी कि कम्युनिस्ट पार्टी शुद्ध भारतीय संगठन नहीं है। उसकी नीति पर अन्तर्राष्ट्रीय कम्युनिस्ट दल का प्रभाव रहता है।

खन्ना इन आक्षेपों को स्वीकार कर कहता है कि देश की जनता के हित के लिये इसके सिवा दूसरी राह नहीं है। देश की शोषित जनता का अपने आर्थिक दृष्टिकोण से, शोषक वर्ग और उनके सहायकों का अपने नेतृत्व में पृथक संगठित होना आवश्यक है। शोषक वर्ग शोषितों को आत्मनिर्णय का अधिकार देने की बात सोच ही नहीं सकता। स्वराज्य का अर्थ उनके लिये देश की जनता के शोषण में विदेशी पूँजीपतियों के साझे में अधिक भाग पाने का यत्न है। स्वतन्त्रता का आन्दोलन जब कभी सफल होगा, गिने-चुने लोगों के नहीं बल्कि जनता के ९९९/१००० के प्रयत्न से ही होगा। जनता शोषक वर्ग के नेतृत्व में, उनके स्वार्थ को पूरा कर अपने बन्धनों को दृढ़ क्यों करे? कांग्रेस के भीतर

संगठित होकर वैधानिक उपायों द्वारा कांग्रेस को समाजवादी शक्ति बना देने का स्वप्न व्यर्थ है। श्रेणी-संघर्ष की चेतना शोषित वर्ग में उतनी अधिक जागृत नहीं, जितनी की शोषक वर्ग और उनके सहायकों में हो चुकी है। कारण यह है कि यह वर्ग शिक्षित और साधन-सम्पन्न है। कांग्रेस को जनमत से समाजवादी शक्ति बनाने का प्रयत्न कांग्रेस के विधान के अनुसार अवैधानिक बनते जा रहे हैं। जनमत पैदा करने के सब साधन पूँजीपतियों के हाथ में हैं। वे शोषित जनता के 'हाय रोटी' पुकारने को संकीर्णता, स्वार्थ और श्रेणी हिंसा कहते हैं और अपनी श्रेणी के अधिकार बढ़ाने के आन्दोलन को जनता का 'स्वराज्य' और त्याग बताते हैं यदि कांग्रेस-आन्दोलन में सहयोग दे पाने की शर्त 'ईश्वर में विश्वास होना'[१] हो सकती है तो फिर जनता को मूर्ख बनाया जा सकने की कोई सीमा नहीं।''

''मुआफ कीजिये'' खन्ना ने कहा। आपके दल के नेताओं ने इस आंदोलन में भाग लेकर इस मूर्खता और छल को प्रोत्साहन दिया। मैं मानता हूँ कि भारतीय कम्युनिस्ट पार्टी का अन्तर्राष्ट्रीय कम्युनिस्ट-दल से सहयोग है यह शोषितों की संसारव्यापी शक्ति का प्रमाण है। रूस के समाजवादी शासन के विरुद्ध संसार भर के पूँजीपतियों के सम्मिलित सशस्त्र आक्रमण के समय मजदूरों के अन्तर्राष्ट्रीय प्रयत्न ने ही अपनी सरकारों को रूस से हाथ खींच लेने के लिए विवश कर दिया था।''

बहस ज्यों-ज्यों सिद्धांतों और नीति के स्वर से छनकर व्यवहार और घटनाओं की ओर आती जाती, उसकी कटुता बढ़ती जाती। व्यवहार और घटनाओं से उनका और उनके साथियों का व्यक्तिगत सम्बन्ध था। दृष्टिकोण को सामाजिक बनाकर भी व्यक्ति अपने आपको भूल नहीं सकता। कांग्रेस के अमुक प्रस्ताव का वामपक्ष की ओर से संयुक्त विरोध करने का निश्चय कर दूसरे दल को सूचना दिये बिना अपने सदस्यों का मत दूसरी ओर दिला देना, चुनाव के समय गाँधीवादियों से समझौता कर लेना, इस प्रकार के अनेक प्रश्न थे, जिन पर उनका सहमत होना संभव न था। इस चखचख के बावजूद खन्ना का शिवनाथ के यहाँ जाना बढ़ता ही गया। कटुता का कोई कारण हो जाने पर बहस न होती तो भी खन्ना जाता ही। उसके न जाने पर शिवनाथ उसे बुला लाता।

यमुना खन्ना के आने के लिए विशेष रूप से उत्सुक रहती थी। वह प्रायः पूछ लेती—''आयेंगे न आप?''

खन्ना उत्तर देता—''आऊँगा कैसे नहीं? आऊँगा खाना खाऊँगा और गालियाँ सुनाऊँगा!''

खन्ना अपने दल के कार्यक्रम के लिए क्या करता है, यह बात मालूम न होने पर भी शिवनाथ खन्ना की स्थिति खूब समझता था। राजनैतिक कार्यकर्ता की आर्थिक कठिनाई क्या होती है, यह वह अपने अनुभव से खूब जानता था। यमुना को उसने समझा दिया था और जो हो, खन्ना के खाने-पीने का खयाल जरूर रखे।

खन्ना चौबीसों घण्टे अपने दल का काम करता था। कुछ कमा सकने के लिए समय ही न था। कमा भी पता तो बस पार्टी के लिये था। उसे पार्टी फण्ड से अपने लिए

---

१. सन् १९४० में कांग्रेस द्वारा चलाये गये व्यक्तिगत सत्याग्रह में भाग लेने के लिए यह शर्त थी।

पच्चीस रुपये खर्च करने की इजाजत थी। उसका ढंग कुछ ऐसा था कि इतना रुपया यों ही उड़ जाता। भोजन तक के लिए जेब खाली। सफेदपोश लोगों में उठने-बैठने के लिए सफेदपोश रहना भी जरूरी था। यमुना जानती थी, खन्ना और शिवनाथ की बहस का परिणाम अच्छा नहीं होता। बहस वे करते हैं तो समझने-समझाने के लिए नहीं, अपनी निश्चित धारणाओं को दोहराने के लिए इसलिए वह इस प्रकार की बात दोनों के उपस्थित रहते समय नहीं करती थी। खन्ना के अकेले रहने पर वह इस प्रकार की बात अवश्य करती, विशेष कर रूसी स्त्रियों के जीवन के विषय में।

यमुना को अपने जीवन में एक विफलता दिखाई देती थी। उसे पहले उसने भाग्य की रेखा समझ लिया था। अब वह उसे सामजिक व्यवस्था जान पड़ती थी। उसे अनुभव होता था कि जीवन में वह कुछ भी न कर पाई; उसका जीवन एक विडम्बना मात्र है। भाई से इस सम्बन्ध में कुछ कहना ठीक न जान पड़ता था। भाई ने तो जो कुछ सम्भव था, किया ही था।

शिवनाथ को प्रायः कानपुर से बाहर जाना पड़ता। कई मास जेल में रहने से बीमे के काम के लिए घूमना आवश्यक था। इसी सिलसिले में राजनैतिक काम की भी कुछ देखभाल हो जाती थी। उसके कानपुर से बाहर गये रहने पर, खन्ना खाने-पीने के लिए यमुना के यहाँ सुजान को भी साथ ही घसीट ले जाता। खन्ना के प्रति आदर के कारण यमुना को यह भी कुछ बुरा न लगा। सुजान के व्यवहार और रूप-रंग में कुछ विचित्र सी तीव्रता थी। यमुना ने खन्ना से कहा—"आपका साथी कुछ विचित्र जीव है?"

"हाँ, पर आदमी बुरा नहीं है।" खन्ना टाल गया।

सुजान यमुना के यहाँ आता। किसी प्रकार के सौजन्य या कृतज्ञता का भाव नहीं, बिलकुल बे तकल्लुफ। यमुना उसके विषय में अपने भाई के यहाँ आने वाले साथियों से पहले भी कुछ सुन चुकी थी। पहले से ही उसकी धारणा थी कि वह झगड़ालू और मारतेखाँ है। समीप आने पर देखा कि जैसा था वैसा ही है। उसके उद्धतपन और असंयम में जैसे एक अधिकार का भाव है, जिसे सहज ठुकराया भी नहीं जा सकता। सुजान का व्यवहार खन्ना से बिलकुल दूसरे ढंग का था। खन्ना बातचीत में सोचने लगता। सुजान के लिए सब कुछ सोचता-सोचाया था। किसी बात को घुमा-फिरा कर या पहलू बचाकर कहने की उसे चिन्ता न होती। शिवनाथ और उसके कांग्रेस-समाजवादी साथियों के विषय में खन्ना कहता—"उनका दृष्टिकोण अपनी श्रेणी की धारणा से प्रभावित है।" सुजान कहता, "वे बेईमान हैं।"

यमुना को सुजान की बातें भली न लगतीं। उसने टोका—"किसी को गाली देने का आपको क्या हक है?"

सुजान ने प्रत्युत्तर दिया—"क्यों जान-बूझकर भी अपने नेतृत्व को बनाये रखने के लिए लाग-पट्टी करने वाले बेईमान नहीं तो क्या हैं?"

यमुना भी बहुत शान्त स्वभाव न थी। उसने कहा—"कम से कम आपको सभ्यता से बोलना चाहिए।"

सुजान तेज हो गया—"वाह, आपका मतलब है मैं मुँह देखी कहूँ? आपने दो दिन खाना क्या खिला दिया, मुझे खरीद लिया?"

खन्ना को यह धृष्टता सह्य न हुई। उसने क्रोध से सुजान को डाट दिया—"चुप रहो।"

सुजान इस पर भी चुप न हुआ—"क्यों यह अपने भाई की बेजा तरफदारी करती है?"

तर्क का उत्तर न देकर खन्ना ने फिर डाटा—"मैं कहता हूँ चुप रहो?" और यमुना की ओर देखकर विनय से क्षमा माँगी, "मुझे इस धृष्टता के लिए खेद है।"

सुजान ने दीवार की ओर मुख कर कह दिया—"मुझे तो नहीं है।"

खन्ना की क्रोधाग्नि में और घी पड़ गया। दाँत पीस उसने कहा—"तुम्हें होना चाहिए। भद्रता और सौजन्य भी कोई चीज है।"

यमुना की उपस्थिति की उपेक्षा कर सुजान भिड़ गया—"भद्रता क्या? सच कहने का साहस न होने की बूर्जुआ सभ्यता को मैं नहीं मानता!"

दोनों मित्रों को परस्पर झगड़ते देख यमुना स्वयं उठकर भीतर चली गई। भीतर जा वह सुनती रही। सुजान शान्त हो रहा था और खन्ना उसे धमका रहा था—"शिक्षा और संस्कृति के साधन न पा सकने के कारण यदि मजदूर लोग उजड्ड हैं तो इसके लिए अभिमान कैसा! पूँजीपति और मध्यवित्त-श्रेणी समाज के शासन का अधिकार क्या किसान-मजदूर के भूखे पेट और दिमागी तौर पर भूखे बने रहने के लिए लेना चाहते हैं? संस्कृति केवल बूर्जुआ लोगों की विरासत नहीं है। आर्थिक समृद्धि के साथ-साथ मजदूरों को संस्कृति भी लेनी है। तुम्हें नहीं मालूम, ल्यूनाचरस्की ने पूँजीपतियों को क्या जवाब दिया था—मेहनत करने वाली श्रेणी की संस्कृति और शालीनता पूँजीपति श्रेणी की संस्कृति और शालीनता से कहीं अधिक ऊँची और मँजी हुई होगी क्योंकि हमारे साधन और समृद्धि उनसे कहीं अधिक होगी…"

इस कड़वेपन के कारण यमुना का मन खिन्न हो गया। बैठक में आने को मन न हुआ। भीतर अकेले बैठना भी अच्छा न लगा। वह फिर लौटी, बैठक खाली थी। नौकर ने बताया—"दोनों बाबू चले गये।"

दूसरे दिन खन्ना अकेला ही आया। वह सुजान के व्यवहार के लिए लज्जित था। सुजान के प्रति यमुना का क्रोध शान्त करने के लिए उसने कहा—"मनुष्य जब अपने विचारों के लिए बलिदान करता है तो अपनी कट्टरता द्वारा बलिदान का सन्तोष प्राप्त करना चाहता है। आपसे जिक्र नहीं आया, इस सुजान का जीवन भी क्या है? क्या लेना है इसे इस देश के मजदूरों और स्वराज्य से? घर इसका गजनी में है। अच्छे रईस बाप का लड़का है। सब कुछ छोड़कर मेरे साथ रूस भाग गया था। इसे यहाँ भेज दिया गया तो यहाँ ऐसे लगा है कि जैसे यही इसका घर है। समाजवाद के सम्मुख इसके लिए माँ-बाप, गजनी, अफगानिस्तान कुछ नहीं। संसार भर इसका देश है। दूसरी ओर इतनी संकीर्णता कि किसी की बात नहीं सह सकता? इसके सामने जब यह कहा जाये कि भारतीय कम्युनिस्ट, अन्तर्राष्ट्रीय कम्युनिस्ट दल के प्रभाव के कारण अपने देश को बेच रहे हैं तो इसे बुरा लगेगा ही।"

यमुना विस्मय से सुन रही थी। सुजान से अपने झगड़े की बात के संकेत से उसने कहा—"झगड़े की ऐसी तो कोई बात भी न थी।" इसके बाद भी खन्ना के अकेले हो जाने पर यमुना सुजान की बाबत पूछती वह मजे में है। खन्ना से इतना सुन यमुना का

कौतूहल शान्त न होता। वह उसके सम्बन्ध में कुछ और सुनना चाहती। खन्ना कभी उसके दुस्साहस या लड़ मरने की बात कहने लगता। यमुना केवल कह देती—बड़े बेपरवाह हैं। एक दिन कुछ झिझक कर बोली, "वे मुझसे नाराज हो गये गलती मेरी ही सही पर वे आते क्यों नहीं?"

सुजान लगभग रात के नौ बजे खन्ना के साथ यमुना के यहाँ आया।

यमुना ने मान लिया—"आप जरा सी बात का बुरा मान गये? इतने दिन आये नहीं?"

सुजान ने उस भावुकता की ओर ध्यान न दे उत्तर दिया—"कुछ काम था।"

यमुना खन्ना से बात कर रही थी, परन्तु खन्ना अनुभव कर रहा था कि सुजान के चुप रहने से यमुना असन्तुष्ट है। इस विषय में वह क्या कर सकता था? और कुछ बात न सूझने से यमुना ने सुजान से पूछा—"खाना क्या आप लोग खाकर आये हैं?"

"नहीं" सुजान ने इनकार में सिर हिला दिया।

"कुछ बना दूँ?" यमुना ने पूछा। इससे पहले खन्ना कुछ बोले, सुजान ने कह दिया, "खा लूँगा।"

खन्ना ने बहुत कहा—"नहीं रहने दीजिये। यह कौन वक्त है। हम लोग बाजार तो जा ही रहे हैं। नौकर को तकलीफ होगी।"

यमुना न मानी—"तकलीफ क्या है? कुछ तो होगा भी! पाँच मिनट में अभी आती हूँ।" वह भीतर चली गई। खन्ना को कहीं जाना जरूरी था। चलने की इजाजत लेने वह भीतर गया। देखा, यमुना नौकर से जल्दी-जल्दी सामान मँगाकर स्वयं ही आटा मल रही है। असमय इतना कष्ट देने के लिए क्षमा माँग कर खन्ना चला गया। सुजान बैठा रहा।

खन्ना की बात दूसरी थी। शिवनाथ का उससे राजनैतिक मतभेद था, उसकी उपेक्षा कर वह उससे व्यक्तिगत मित्रता बनाये रखना चाहता था। स्कूल और कालेज के जीवन में दस वर्ष से अधिक के साथ की स्मृति उन्हें एक साथ बाँधे थी। दो भाइयों के जीवन की राहें बँट जाने पर भी भाई का सम्बन्ध टूट नहीं जाता। वे बीसियों बार लड़े और फिर एक हो गये। प्राणों की बाजी लगाने में उन्हें एक दूसरे का भरोसा था। उस कार्य का महत्त्व समय के साथ मिट जाने पर भी परस्पर भरोसे का सम्बन्ध शेष था। वे एक दूसरे के लिये बहुत कुछ सहने और गम खाने के लिये तैयार रहते थे। सुजानसिंह के लिए वैसा कोई स्थान शिवनाथ के हृदय में होने का कारण न था। उसका उद्धत स्वभाव राजनैतिक मतभेद के आधार पर शिवनाथ के लिये असह्य था। उसे वह सह जाता था तो केवल खन्ना के लिहाज के कारण।

शिवनाथ के प्रति सुजान को भी कोई अनुराग नहीं, विरक्ति ही थी। यह विरक्ति छिपाने का भी वह कोई यत्न न करता था। केवल सौजन्य से मुस्करा देने या तबीयत पूछने की भी आवश्यकता नहीं समझता था। शिवनाथ के घर धड़धड़ाते चले जाने में उसे कोई संकोच न होता था। आते ही दायें हाथ का घूँसा उठाकर एक संक्षिप्त-सा कम्युनिस्ट अभिवादन। यह संकेत कि मैं आ गया हूँ। उसे चाहे शिवनाथ धमकी ही समझ ले पर उसे परवाह न थी। यमुना यदि सामने न हो तो संक्षिप्त प्रश्न—"यमुना जी कहाँ हैं!" शिवनाथ चुपचाप सह जाता। वह जानता था कि यमुना सुजान की प्रतीक्षा करती है, उसका आदर करती है!

देहली जेल में सजा काटते समय शिवनाथ ने अपने जीवन को पारिवारिक चिन्ताओं से मुक्त करके देश के अर्पण कर देने का निश्चय किया था। पिता चल बसे और जराजीर्ण माँ के सदा बने रहने का भरोसा न था। बहिन के लिए उसे केवल एक मार्ग दिखाई देता था कि वह आत्म-निर्भर बने।

यमुना के लिये जीवन का एक ही उपाय था, सम्पूर्ण शक्ति से परीक्षा पास करके वेतन पाने योग्य बन जाना। कन्या-पाठशालाओं में नौकरी कर; थकावट से चूर होकर रोग-सन्ताप में ममता और स्नेह के साथ अपने शरीर पर न पाकर भी वह श्रम करती रही थी। एम०ए० पास कर वह सवासौ रुपया माहवार कमाने लगी थी। शिवनाथ अपने समय का पर्याप्त भाग राजनैतिक कार्य में लगाकर भी अपनी स्थिति के प्रभाव से बीमे के काम में कमीशन के डेढ़-दो सौ महीनें में बटोर लेता था। नौकर रखकर अपनी सभी आवश्यकतायें पूरी कर अब वे लोग सुख से दिन बिता सकते थे। एम०ए० पास कर लेने के बाद यमुना के जीवन की नीरसता और बढ़ गई थी। एक निराशा का सा भाव छा गया था। वह जीवित थी इसलिये काम किये जा रही थी। जीवित रहने के लिये काम की साध या इच्छा न थी।

यमुना ने जिस आयु में ठीक से कपड़े पहनने की जिम्मेदारी समझी थी तभी से वह देखती आ रही थी कि उसके साथ की उम्र की लड़कियों के विवाह होते जाते थे। वह जानती थी कि विवाह जीवन का एक आवश्यक कार्य है, परन्तु उसके जीवन में वह समय अभी नहीं आया। दूसरी लड़कियों के विवाह की घटनायें उसे ऐसे जान पड़तीं जैसे किसी छोटे स्टेशन के प्लेटफार्म पर खड़ा आदमी सामने डाक-गाड़ी को तीव्र गति से जाते देखकर अपने लिये गाड़ी आने की प्रतीक्षा करता रह जाता है इसके बाद उससे कम आयु की लड़कियों के भी विवाह होने लगे। उसके चारों ओर गृहस्थियाँ बनने और बसने का समारोह था, परन्तु उसके लिए नहीं था।

यमुना भाई के समाजवादी विचारों के कारण स्त्री के अधिकार और स्थिति के नाते बहुत कुछ स्वतन्त्र थी। स्त्री की परतन्त्रता उसे स्वीकार न थी, परन्तु उस पर अधिकार रखने वाला ही कोई नहीं, जिससे अपना अधिकार माँगे। यह कितना बड़ा अभाव था। अपनी इच्छा और अपने निश्चय से ही सब कुछ करना, कितना कठिन काम था? कभी पति के नियन्त्रण में हाथ-पैर बँधी, सहमी-सहमी, प्रत्येक कार्य में घर के पुरुषों के निर्णय पर निर्भर रहने वाली कुछ स्त्रियों की ओर देखकर उसका मन क्षुब्ध हो उठता। उसके अपने लिये संसार में क्या कोई भी आश्रय नहीं, रक्षा की आड़ नहीं। भाई है, परन्तु भाई से जीवन की पूर्णता और सन्तोष में क्या आशा की जाये?…वे स्वयं अधूरे हैं।

जीवन के प्रति उत्साह से हीन यमुना अपने प्रति भी निरपेक्ष थी। उस जीवन का, उसके अपने आपका कुछ भी मूल्य न था! वह शनैः-शनैः खाने-पीने से, पहनने-ओढ़ने से विरक्त-सी होती जा रही थी। उसे न किसी पर अधिकार था, न किसी से भय, न किसी से संकोच। स्वास्थ्य खराब हो तो क्या और अच्छा हो तो क्या। इससे किसी को क्या मतलब! उसे स्वयं भी क्या मतलब! आयु के अट्ठाईस वर्ष बीत गये, वैसे ही एक-दो पाँच-दस और भी बीत जायेंगे।

खन्ना के आने से उसका समय भला कट जाता था। वह आ जाता तो अच्छा और न आता तो प्रतीक्षा रहती। किसी समय का उसका एहसान भी था। वह उसका आदर

करती थी। कभी जरूरत होने पर वह कुछ ले लेता पर अधिकार का कोई भाव नहीं जैसे जीवन की राह में चलने वाला एक परिचित मात्र हो लेकिन सुजान के बिगड़ उठने से उसे खयाल करना पड़ता—यह नाराज न हो जाये। वह अपनी बात कहता है तो ऐसे कि माननी ही पड़ेगी। सुजान के सम्बन्ध में उसे अनुभव होता कि वह किसी के लिये कुछ कर रही है। इससे उसे सन्तोष होता इसलिये सुजान का ध्यान बना रहता। उसकी प्रतीक्षा भी वह करती। उसे किसी प्रकार की शिकायत का अवसर या दुख क्यों हो? सुजान का और कौन है? वह जो कुछ भी, जितना कुछ भी उसके लिये कर सके, करे।

वह जानती थी, शिवनाथ सुजान को पसन्द नहीं करता पर उसमें बुरा क्या है? शिवनाथ अपना भाव प्रकट करता तो यमुना को यह अन्याय जँचता। भैया के अपने विचार है तो दूसरों के अपने हैं। सुजान अपने विचारों के लिये कितना बलिदान कर रहा है? जरा स्वभाव में तेज है तो क्या? उसमें साहस और शक्ति है। आखिर वह किसी से क्यों दबे? और भैया के बीसियों आदमी आते हैं, यह मेरे पास आता है। शिवनाथ के कानपुर से बाहर गये रहने पर सुजान रात भर यमुना के यहाँ बना रहता। किसी दिन उसके न आने पर यमुना घबराने लगती। प्रतीक्षा में रात आँखों में ही बीत जाती। सोचती, रात भर बेचारा मजदूरों की बस्तियों में चक्कर लगाता रहा होगा। मजदूरों के सुबह मिलों में चले जाने पर जरूर आयेगा। रात में उसे खाना कहाँ मिला होगा? दिन में उसके विश्राम के लिये वह उसके आने से पहले ही खाना तैयार कर प्रतीक्षा करने लगती। किसी रोज यदि सुजान यमुना के स्कूल जाने के समय आ जाता तो स्कूल जाना न हो सकता।

सुजान की चिन्ता ने यमुना का अपने प्रति उपेक्षा का भाव बदल दिया। वह यत्न से खद्दर पहनती। उसके कपड़ों में न सिकुड़न होती और न चेहरे पर बेपरवाही का भाव। सुजान के गोरे-गोरे, लम्बे शरीर और सतेज चेहरे को मैले कपड़ों में देखकर उसे बुरा मालूम होता। एक दिन बाजार जाकर उसके लिए छः कुरते-पायजामे सिला लाई। अपने यहाँ ही उसके कपड़े बदला देती। सुजान अपने पैर से बड़ा कैन्वस का जूता फटफटाता फिरता था। नया जूता लेने के लिये उसे यमुना ने रुपये दिये। वे रुपये किसी और काम में खर्च हो जाने पर यमुना ने पूछा—"जूता नहीं लिया, रुपये कहाँ गये?"

उत्तर में सुजान ने डाँट दिया—"तुम्हें क्या मतलब कहाँ गये?"

यमुना रो दी लेकिन जूते के लिए रुपये निकाल दिये। दुखी और खिन्न यमुना को देखकर लोग आदर करते थे। उसके सच्चरित का बखान था। अब उसके चेहरे पर स्फूर्ति देखकर चुगली होने लगी। शिवनाथ खुले शब्दों में कुछ न कह सके, परन्तु उन्होंने अपना असन्तोष प्रकट किया। यमुना ने सोचा, यदि ऐसा ही है तो वह दूसरा मकान ले लेगी। सुजान के उद्धत, अक्खड़पन के बिना उसका जीवन ही सम्भव न रहा।

× × ×

डाक्टर वर्मा की दूकान और रहन-सहन का ढंग रोबदार न होने पर भी लाला राजाराम और शिवनाथ उसके परिचय का क्षेत्र बढ़ा रहे थे। उसे बड़े-बड़े घरों में बुलाया भी जाने लगा। उसके चिकित्सा ज्ञान और व्यवहार के कारण मरीजों का विश्वास भी उस पर जम जाता। दो-तीन महीनें में केवल फीसों से ही उसे सौ-सवासौ रुपये महीने में मिलने लगे। राजाराम का विचार था कि डाक्टर यदि इस ओर ध्यान दे, एक डिस्पेन्सरी

किसी अच्छी जगह खुल जाये तो जल्दी ही काम फैल सकता है। एक बार दिल्ली जाकर भाई से हिसाब कर लेने के लिये उत्साहित करते रहते लेकिन डाक्टर को न तो ठीक से प्रैक्टिस की ओर ध्यान देने की फुर्सत थी और न दिल्ली जाने की। डाक्टर की इस उपेक्षा से राजाराम चिढ़ने लगे। रुपया मिलने पर उसका उपयोग भी वह ठीक से न करता, न कपड़ों का ढंग, न रहने का।

चन्दा चिढ़ती न थी। वह राजाराम के काम पर गये रहते समय डाक्टर से होने वाली बातचीत के सिलसिले में बहुत कुछ समझने लगी थी। वह समझती थी, डाक्टर साहब निजी आवश्यकताओं की अपेक्षा अपनाये हुए काम को अधिक महत्त्व देते हैं। डाक्टर के काम से सहानुभूति थी उसके अल्हड़पन से ममता, त्याग पर श्रद्धा, उसके बारे में सन्देह ही क्या था? उसे अपने आपको मिटा देखकर दुख भी होता। वह कहती—''काम अवश्य कीजिये, परन्तु यह क्या कि अपना कुछ भी ध्यान न रहे।''

डाक्टर उत्तर देता—''इसमें त्याग कुछ भी नहीं है। आप लोग भी तो महीने भर में जितने कमा पाते हैं, सब तुरन्त ही उड़ाकर सुख पाने का यत्न नहीं करते, कुछ आये दिन के लिये बचा रखते हैं और कुछ आमदनी बढ़ाने के लिये पूँजी के तौर पर काम में लगा देते हैं। मेरे जैसे विचार के व्यक्ति भी अपने सामर्थ्य से तुरन्त सुख-चैन पाने का प्रयत्न न कर समाज को अधिक सुखी बनाकर सुख पाने की आशा करते हैं।''

चन्दा ने गद्‌गद होकर कह दिया, ''डाक्टर साहब आपसे बहस में जीतना कठिन है?''

''जीतकर आपको बहुत सन्तोष होगा?'' खन्ना ने पूछा!

''और क्या?'' चन्दा ने उसकी आँखों में देख मुस्करा दिया।

''बहुत अच्छा। आप जो चाहे कहिये। मैं उत्तर न दूंगा।''

''हाय, यह भी कोई जीतना है!''

''तो फिर आप जीतना नहीं चाहतीं!''

''न बाबा।''

चन्दा के समीप बैठकर इस प्रकार की निरर्थक बातचीत करने से डाक्टर की थकावट मिटकर स्फूर्ति प्राप्त होती। चन्दा की बेपरवाही की शिकायतें और चिन्ता जैसे उसे अपने मन की अदृश्य गोद में ले लेती। शरीर उसका स्पर्श न पाता, परन्तु मन को विश्राम मिल जाता। अपने कामकाज से जब भी उसे समय मिलता, वह कुछ देर के लिये चन्दा के पास आ बैठता। अपनी बीती घटनायें सुनाने में, राजनीति और सामाजिक समस्या पर उससे बात करने में उसे संतोष होता। राज, नर्गिस और गुलशां को खोकर उनकी अशरीरी भावना के समुच्चय के रूप में चन्दा उसके सामने थी। उसमें माँ की ममता, सखी का सौहार्द और भक्त की श्रद्धा भी थी। कभी बहुत थकावट में वह उसके समीप ही तखत पर लेट जाता। चन्दा के वस्त्रों में बसी शरीर की बेमालूम सी गंध श्वास में अनुभव कर वह आश्वासन से बातचीत करता रहता या कभी चुप ही पड़ा रहना चाहता। चन्दा शशि के समीप सोये रहने पर दोनों के लिए बिजली का टेबिल-फैन लगा देती। डाक्टर के उठकर चलने के लिये तैयार होने पर आग्रह करती—''अभी बैठिये!''

परस्पर 'आप' के व्यवहार पर दोनों को ही असंतोष था। चंदा ने एतराज किया—''आप मुझे आप क्यों पुकारते हैं? अच्छा नहीं लगता। आप मुझसे बड़े हैं।''

"जैसे आप सिखा दें!" डाक्टर ने उत्तर दिया, "रिश्ते से तो आप ही बड़ी हैं!"

"कहाँ राज मुझसे केवल दो बरस छोटी है और आप तो बड़े ही हैं, सब तरह से!"

"नहीं, यह बात नहीं! 'आप' कहने से एक अन्तर बना रहता है! आप अपनी ओर से यह अन्तर बनाये रखना चाहती हैं!"

"वाह मैं अन्तर क्यों बनाये रखना चाहती हूँ?" चन्दा ने विस्मय से पूछा।

"संस्कारवश!" खन्ना ने हँसी रोककर उत्तर दिया, "स्त्री आत्म-रक्षा के पुरुष से अन्तर बनाये रखना चाहती है। संस्कारवश स्त्री समझती है कि पुरुष उसे झपट लेगा परन्तु आपके लिये तो ऐसे भय का कारण नहीं है।"

लज्जा भरी मुस्कान से चन्दा ने उत्तर दिया—"आप जाने कहाँ से बात निकाल लाते हैं?"

चन्दा की मुस्कान से उत्साहित होकर खन्ना बोला—"और इसका दूसरा प्रयोजन भी हो सकता है! आपके लिये न सही!"

"क्या?" चन्दा ने विस्मय प्रकट किया!

"वह नहीं कहूँगा। आप बुरा मान जायेंगी!" खन्ना हँस दिया।

"नहीं बताइये जरूर!"

"नहीं वह आपको अच्छा नहीं लगेगा!"

"मेरे सिर की कसम" चन्दा ने आग्रह किया।

"बुरा तो न मानियेगा? व्यक्तिगत रूप से नहीं कह रहा हूँ। अपनी समझ की बात भी नहीं, मनोवैज्ञानिकों की राय है। स्त्री पुरुष के प्रति आशंका इसलिये नहीं दिखाती कि वह उससे दूर रहना चाहती है। यह तो प्रकृति के उद्देश्य के विरुद्ध होगा। पुरुष के मन में अपने प्रति कौतूहल पैदा करने के लिये भी स्त्री पुरुष के प्रति आशंका दिखाती है, उसे उत्साहित करने के लिए। स्त्री वास्तव में चाहती है, पुरुष को आकर्षित करना। स्त्री का यह गुप्त स्वाभाविक अभिप्राय उसके प्रत्येक काम में रहता है, आशंका दिखाने में भी है। सभ्यता और विश्वास द्वारा पाये संस्कारों से वह अपने अभिप्राय को दबाती और छिपाती है।"

चन्दा ने हँस दिया। जैसे विरोध न कर सकने पर वह स्वीकार कर लेने के लिये भी तैयार नहीं। खन्ना अपनी बात की सच्चाई प्रमाणित करने पर तुला था—"कहिये एक छोटा प्रमाण दूँ, लेकिन व्यक्तिगत रूप में न समझें, इस शर्त पर!" चेतावनी में उँगली उठाकर उसने कहा।

लज्जा और मुस्कराहट से खिला चेहरा ऊपर उठाकर चन्दा ने स्वीकार किया—"हाँ कहिये न!"

"देखिये, पुरुष से तुम कहलाने की इच्छा का अर्थ है, वह समीप आये। स्वयं आप कहकर अपनी आशंका भी प्रकट करना स्वाभाविक है। बुरा तो नहीं माना?"

चन्दा ने लज्जा और हँसी से सिर झुका लिया—"आप बड़े वैसे हैं।"

बहुत देर तक चन्दा खन्ना की बात सोचती रही। उसे लज्जा अनुभव होती थी, परन्तु मानसिक विश्लेषण और दलील के दाँव-पेंच से कौतूहल और सुख भी होता था। मन में

विचार आता, खन्ना कितना गहरा है। उस दिन के बाद झेंप अनुभव होने पर भी साहस कर उसने खन्ना को तुम सम्बोधन करना आरम्भ कर दिया। मन को समझाया, बराबर के ही तो हैं। आपस में 'आप' कहने के दुराव की क्या आवश्यकता? वह कभी आप और कभी तुम कह देती। राजाराम डाक्टर को खन्ना कहकर पुकारते थे।

अधिक देर बैठने के अनुरोध से डाक्टर के चेहरे पर बेबसी की मुस्कराहट आ जाती। चन्दा उस बेबसी को समझती थी। उसकी आँखें करुणा से भीग जातीं। इस बिन कहे प्रश्नोत्तर का आधार था डाक्टर का एक दफे दिया उत्तर—यदि बैठ सकना और जाना केवल अपनी इच्छा पर ही हो तो शायद आपके समीप से कभी न उठूँ!

खन्ना के मुख से अपने प्रति ऐसी भावना जानकर चन्दा के पाँव पृथ्वी से उठ जाते, वह भी कुछ है? और जिसकी भावना से वह इतना कुछ बन सकी, वह?...उसे संसार और समाज न जाने, वह तो जानती है। इतना कुछ खन्ना से पाकर कृतज्ञता में चन्दा क्या करना चाहती थी, उसे वह स्वयं ही समझ न सकती थी।

× × ×

बढ़ते बाजार-भावों के कारण मिल-मजदूरों की मजदूरी बढ़ाई जाने के लिए कम्युनिस्ट बहुत दिन से आन्दोलन कर रहे थे। उसी सिलसिले में मिलों के सामने जलसे करने की तजवीज थी। शिवनाथ के दल के प्रभाव में रहने वाले मजदूर कार्यकर्ताओं ने आरम्भ में इस आन्दोलन में सहयोग न दिया था। शिवनाथ और उसके साथियों का विचार था, इस समय कांग्रेस का युद्धविरोधी कार्यक्रम और प्रदर्शन स्थगित है इसीलिये इस प्रकार के आन्दोलन का समय नहीं। जिस समय कांग्रेस अपना कार्यक्रम और प्रदर्शन आरम्भ करे, उसी समय मजदूरी-बढ़ती का आन्दोलन आरम्भ कर कांग्रेस के प्रभाव की व्यापकता दिखाई जाय।

बदल चुकी परिस्थिति में कम्युनिस्ट मजदूरी बढ़ाने की माँग को युद्ध-विरोधी रूप न देना चाहते थे। उनका विचार था, फैसिस्ट आक्रमण के विरुद्ध सबल मोर्चा तैयार करने के लिये ही मजदूरी बढ़ाने और निम्न श्रेणियों की अवस्था सुधारने की आवश्यकता है। मजदूर अपनी आवश्यकताओं को पूरा कर अधिक परिश्रम से अधिक पैदावार कर सकें। उनके जीवन में सन्तोष का भाव हो, उनका जीवन जीने योग्य हो, जिसकी रक्षा के लिये वे शत्रु से लड़ने के लिये तैयार हों। मजदूरों का आर्थिक रूप से कुछ सबल हो सकना आने वाले संघर्ष के लिये तैयारी है।

ज्यों-ज्यों यह आन्दोलन बढ़ने लगा, शिवनाथ के सहयोगियों ने अनुभव किया कि आन्दोलन में भाग न लेने से वे मजदूरों की नजर में गिर जायेंगे। वे भी उसमें सम्मिलित होने लगे। कम्युनिस्टों से आगे बढ़ जाने के लिये इनकी माँग प्रदर्शन के बजाय हड़ताल कर देने की थी। मजदूरों के संगठन का उत्तरदायित्व मुख्यतः सुजान पर था। विरोधियों द्वारा अपने प्रयत्न को यों विफल किया जाते देखकर उसने अपने साथियों को मजदूरों के जलसे में शिवनाथ के दल के किसी भी व्यक्ति को न बोलने देने की हिदायत दे दी। उसने कहा—"यदि वे लोग जबर्दस्ती करें तो उठाकर जलसे से बाहर फेंक दिया जाए।" परिणाम में मजदूरों में झगड़ा और मारपीट हो गई।

डाक्टर वर्मा इसी झमेले में दो दिन तक राजाराम के यहाँ बिलकुल न जा सका था। तीसरे दिन भी वह पुलिस द्वारा गिरफ्तार मजदूरों की जमानतें दिलाकर उन्हे छुड़ाने और

आपस के झगड़े मिटाने के झंझट में उलझा रहने के कारण दोपहर से पहले अपनी दुकान पर न लौट सका।

दुकान के किवाड़ खोलते ही एक पुर्जा फर्श पर दिखाई दिया। लिखावट राजाराम के हाथ की थी। दो पंक्तियों में सन्देश था—"शशि को कल से बुखार आ रहा है। तुमने सुध भी न ली। आज सुबह भी १०२ डिग्री बुखार था। तुम्हारे यहाँ आदमी भेजा, तुम मिले नहीं। बहुत जरूरी काम से लखनऊ जा रहा हूँ। रात के साढ़े ग्यारह बजे की गाड़ी से लौटूँगा। तुम पुर्जा मिलते ही जाकर देख लेना।"

मई का महीना था, परन्तु बादल घिर कर जोर से वर्षा हो रही थी। सुबह ओले भी पड़ गये थे। वर्षा में ही इधर-उधर घूमते रहने के कारण वर्मा के कपड़े भीग रहे थे। पुर्जा पढ़ते ही डाक्टर की आँखों के सामने चन्दा की चिन्तित मुद्रा फिर गई। सदा मुस्कान भरा, अरुण उज्ज्वलता लिए सलोना चेहरा, उसकी फैली हुई आँखों में स्नेह के उच्छ्वास से छा जाने वाला गुलाबीपन जो देखने वाले के मन में मधुरता भर देता है, रोग पीड़ित बच्ची को लिये वह सिर झुकाये चिन्तित बैठी होगी। डाक्टर तुरंत साइकिल पर 'परमट' के लिए चल पड़ा।

दरवाजा भजन ने खोला। चन्दा प्रतिक्षण प्रतीक्षा कर रही थी। उठकर उसने आँगन में झाँका। चेहरे पर वर्षा के जल की बूँदें बहते, भीगकर शरीर से चिपके कपड़े पहने खन्ना को सामने देखकर उसका हृदय धक से रह गया।

खन्ना ने भीगे हुए कपड़ों पर कुछ और बूँदें पड़ जाने की चिन्ता न कर आँगन से बढ़ते हुए पूछा—"क्यों, क्या बहुत घबरा गईं?"

चन्दा कुछ उत्तर न दे सकी। वह असबाब रखने की कोठरी में चली गई। उसके लौटने की प्रतीक्षा में डाक्टर ने पलँग पर लेटी शशि को सम्बोधन कर पूछा—"कहो, क्या कर लिया तुमने?" बच्ची को नींद में देखकर वह पीछे हट गया।

चन्दा लौटकर आई तो उसकी बाँह पर पति के कपड़ों में से निकाली गयी कमीज-धोती और तौलिया सँभला था। "पहले कपड़े बदल लीजिये!" चन्दा ने गम्भीरता से कहा।

कपड़े उसके हाथ से लेकर डाक्टर ने पूछा—"क्यों, आप उदास क्यों हैं?"

"पहले कपड़े बदलकर आइये! ठंड से कुछ हो जाय तो। ऐसे भीगते हुए आप आये क्यों? ताँगा नहीं मिल सकता था? जाइये, पहले कपड़े बदल आइये।"

कपड़े बदलकर खन्ना लौटा तो चन्दा तखत पर चिन्तित भाव से मुँह लटकाये बैठी थी। डाक्टर ने फिर पूछा—"हाँ, नाराज आप क्यों हो गईं।" सोई हुई बच्ची के शरीर पर हाथ रखकर वह बोला—"ज्वर तो अधिक नहीं है।...हो कैसे गया?" अपनी गम्भीरता बनाये रखकर चन्दा ने उत्तर दिया, "ऐसे ही परसों वर्षा में खेलती रही।"

"इसीलिए आप मेरे पानी में खेलने से भी नाराज हो गईं?...शायद मुझे भी ज्वर हो जाता?"

"यह आप कैसी बातें करते हैं?" चन्दा ने मीठी झुंझलाहट से कहा।

"हो जाता तो मैं आपके पास आकर लेट रहता। मेरा सिर दबाना पड़ता।" तखत पर लेटते हुए डाक्टर ने कहा, "आपको जहमत होती और मुझे अच्छा लगता।"

चन्दा का हृदय छलक आया। डाक्टर की ओर स्नेह से देखकर उसने कहा—''तो क्या यों नहीं यहाँ लेट सकते?''

''यों तो लेटा ही हूँ, परन्तु बीमार का अधिकार अधिक हो जाता है।''

''वैसे भी सब अधिकार है। तकिया ले आऊँ?'' चन्दा ने पूछा।

''नहीं।''

''जरा आराम मिलेगा?'' चन्दा ने कहा।

''तकिये को मुझसे क्या ममता है जो मैं उस पर, बोझ डालूँ?'' शिकायत के ढंग से डाक्टर बोला, ''आपको खयाल है तो स्वयं सहारा दीजिये।''

''फिर वही आप?'' चन्दा ने टोका।

''जैसा कहेंगी वैसा सुनेंगी?'' खन्ना ने उत्तर दिया।

अपनी भूल अस्वीकार करने के लिए उस विषय में चुप रहकर चन्दा ने दोहराया—''अच्छा तकिया ले आऊँ?''

''नहीं रहने दीजिये।''

''तो पलँग पर बिस्तर कर दूँ?''

''मुझे यहाँ से उठाना चाहती हैं?'' खन्ना ने उसकी ओर देखा।

''नहीं, बिना सहारे के आराम न मिलेगा।''

''तो सहारा दे दो।''

''कैसे?'' चन्दा ने आशंका के से स्वर में पूछा।

''अपनी गोद में स्थान देकर।'' खन्ना ने उसकी ओर न देखा।

चन्दा चुप रह गई। खन्ना भी चुप था। उसने अनुभव किया, उसकी बात से चन्दा को चोट लगी पर तीर कमान से निकल चुका था। अपने विचार में बुरा काम न करने पर भी चन्दा को चोट पहुँचाने का दुख था। कुछ सोचकर उसने कहा—''अपने विचार में मैंने कोई अनुचित बात नहीं कही, परन्तु यदि मेरी बात से आपको दुख पहुँचा है तो उसके लिए मुझे खेद है।''

चन्दा सिर झुकाये चुप बैठी रही। डाक्टर की इस बात में उसे अनौचित्य कुछ जान नहीं पड़ा, परन्तु फिर भी वह वैसा कर नहीं सकी। एक सीमा थी, जिसे लांघ जाना उचित न था। ऐसा उसने कभी किया नहीं था। साधारणतः वह इसे बुरा ही समझती। केवल खन्ना के कहने का ढंग ऐसा था कि बुरा मालूम न हुआ पर वह वैसा कर न सकी। उसके ऐसा न करने से और चुप रह जाने से डाक्टर को दुख हुआ। इससे उसे स्वयं दुख हो रहा था। वह कहे भी तो क्या?

खन्ना उठ बैठा—''संध्या तक दवाई पहुँचाने का यत्न करूँगा। वैसे भी चिन्ता का कोई कारण नहीं है। वह बात कहकर आपको दुखी करने के लिए मुझे खेद है?'' उसने कहा और चलने के लिए खड़ा हो गया।

खन्ना के चेहरे की मुद्रा देखकर चुप रहना चन्दा के लिए सम्भव न रहा—''बैठो, जाते कहाँ हो? उसने कहा, ''अभी ठहर कर जाना।''

इस आग्रह से खन्ना के मन का अवसाद बहुत कुछ धुल गया। उसे आश्वासन मिला, जो कुछ भी हुआ चन्दा नाराज नहीं है।

खन्ना ने अन्याय का प्रतिकार करने के लिये पूछा—"आखिर ऐसी अनुचित बात ही मैंने कौन कही? मुझे भ्रम था, आप मुझसे स्नेह करती हैं। मैं आपके निकट कुछ हूँ; इसी से कह बैठा।"

चन्दा ने खन्ना की ओर अधिकारपूर्ण दृष्टि उठाकर उत्तर दिया—"ताँगे पर चले आते तो क्या था?...भीगने से बच जाते।"

खन्ना ने समझा, वह चर्चा चन्दा को पसन्द नहीं। "ताँगा ढूँढ़ने जाने में भी भीगना पड़ता?" उदास होकर उसने उत्तर दिया।

चन्दा चुप रह गई। कुछ सोचकर उसने पूछा—"तो आप देहली क्यों नहीं चले जाते?"

आरम्भ में राज पर आने वाली आशंका के विचार से चन्दा चाहती थी कि खन्ना देहली न जाय तभी राज की रक्षा हो सकती है। अब खन्ना को कष्ट सहते देखकर उसका जी चाहता था कि यह बेचारा क्यों मुसीबत सहे? अपने घर में आराम से रहकर अपना काम क्यों न करे?

"क्यों, देहली जाने से क्या होगा?" खन्ना ने पूछा, "क्या मुझसे भय लगता है? मैं वैसे ही न आऊँगा।"

"जान बूझकर ऐसी बात क्यों करते हो?" चन्दा ने कातर आँखों से उत्तर दिया, "यह सब संकट वहाँ झेलने न होंगे। वहाँ तुम्हारा घर सब कुछ है।

खन्ना गम्भीर हो गया, पूछा—"क्यों, अब राज का खयाल नहीं।"

"है तो पर दायें हाथ की पीड़ा के लिये बायाँ हाथ थोड़े ही काटा जा सकता है। तुम्हें यहाँ क्या कम कष्ट है? अपना सब कुछ छोड़कर यहाँ पड़े हो।"

"मेरा उसमें क्या है?" डाक्टर ने पूछा, "अपने परिश्रम से मैंने कुछ कमाया नहीं। दावा करने से मैं बहुत कुछ पा सकता हूँ, यह ठीक है, परन्तु स्वयं आराम पाने के लिये किसी दूसरे का जीवन बर्बाद करने को जी नहीं चाहता। राज पर क्या बीतेगी? बिना अपराध किये वह अपराधिनी और कुलटा बन जायेगी। उसका बद्री से प्रेम करना क्या पाप था? किसी से भी प्रेम करना पाप हो सकता है?"

चन्दा चुप रह गई। उत्तर देने की इच्छा भी नहीं थी।

खन्ना ने कहा—"तुम समझती होगी, मैं बड़ा त्याग कर रहा हूँ? दुनिया जो चाहे समझे, लेकिन तुम्हारे सम्मुख आडम्बर करने को जी नहीं चाहता। मैं देहली जा भी नहीं सकता। मेरे दिल्ली जाने से प्रश्न उठेगा कि मैं मर नहीं गया था तो सेना से भागकर चला कहाँ गया था? और फिर आया तो किस राह? मैं आया हूँ जाली पासपोर्ट से। वह स्वयं एक अपराध है, जिसके लिये मुझे जेल में सड़ना पड़ेगा।"

"यह सब इस तरह बनाकर कहने की जरूरत क्या है? तुम जो कुछ हो, मैं समझती हूँ।" चन्दा ने बात समाप्त कर दी।

"क्या मतलब?" खन्ना ने करवट लेकर विस्मय से पूछा।

"यही कि तुम बड़े डरपोक हो, जेल से डरते हो इसीलिये घर-बार जायदाद को लात मारकर बैठे हो। इसीलिए राज को दुख नहीं देना चाहते और इसीलिये अच्छी-भली प्रैक्टिस चल सकती है, उसे चलाकर रुपया नहीं कमाते! मजदूरों के से बने रहते हैं। आज साफ कपड़े पहने हैं तो कितने अच्छे लग रहे हैं।"

खन्ना हँसा नहीं—"अच्छा लग रहा हूँ, यह तुमने कैसे कह दिया। जैसे मुझे छूना या हाथ लगाना अनुचित है, वैसे ही मुझे अच्छा समझना भी उचित नहीं। इसी से शायद मेरी बातें भी तुम्हें निरर्थक जान पड़ती हैं?" खन्ना अपने क्षोभ का बदला लेने के लिये चन्दा को शब्दों से बींधे जा रहा था। उसके माने और क्रोध भरे स्वर से चन्दा के हृदय में गर्व और माधुर्य फूट पड़ रहा था। वह जानती थी, यह सब उसकी गोद में सिर रखने की प्रार्थना अस्वीकार करने का बदला है। खन्ना की उसके समीप आने की इच्छा उसे अपूर्व मानसिक सुख दे रही थी। उसे मना लेने को उसका हृदय व्याकुल हो रहा था।

"कुछ मालूम है; ये क्या कहते हैं? तुम्हें तो खन्ना की बातें वेद-वाक्य मालूम पड़ती हैं।" चन्दा ने मुस्कराकर बताया।

"क्यों, क्या बात हुई?"

"यों ही तुम्हारी बाबत बात हो रही थी कि यदि ध्यान दें तो यहाँ भी प्रैक्टिस जम सकती है। दिल्ली में चाहें तो वहाँ कर सकते हैं, परन्तु चाहते ही नहीं; जाने क्या खब्त सवार है?" मैंने कह दिया—"सभी अपने पेट की फिक्र करने लगें, ऐसी खब्ती दुनिया में न रहे तो दुनिया ही न रहे।" चन्दा सकुचा कर चुप हो गई।

उत्सुकता से खन्ना ने पूछा—"फिर क्या हुआ?"

"कहने लगे, तुम भी संन्यासिनी बन जाओ न? राज को ताने देने लगते हैं—मुझे नहीं अच्छा लगता।"

"राज पर उनका क्रोध व्यर्थ है।" गम्भीरता से खन्ना बोला, "देश की सेवा करने वाले क्या मनुष्य नहीं होते?"

"यही मैंने भी कहा तो कहने लगे, पहले तो मैं राज का पक्ष नहीं लेती थी। तुम्हारे लिये कहा कि उन्होंने राज का पक्ष लिया तो मैं भी लेने लगी।"

"भाई साहब को भला नहीं मालूम होता तो मेरे जैसी न कहा करो।" खन्ना ने मुख फेर लिया।

लड़की ने करवट लेकर कपड़ा शरीर पर से हटा दिया था। उसे ठीक करने के लिये चन्दा को अपनी बात अधूरी छोड़कर उठना पड़ा। उसे ठीक से ओढ़ा कर तखत पर बैठने के लिये आते हुए वह समीप की आलमारी से सिलाई का एक काम लेती आई।

खन्ना करवट ले तख्त पर लेटा रहा, परन्तु चन्दा से और परे हट गया। परे हटने की इस नाराजगी को चन्दा कैसे न समझती। इस शिकायत की उपेक्षा करना भी सम्भव न था। साहस पाने के लिये सिलाई की ओर दृष्टि लगा चन्दा बोली—"मैं यह तो नहीं कहती कि कुछ बुरा है। तुम्हारी तरह दुनिया को देखा-समझा भी नहीं, न इतना पढ़ा है, न इतनी बुद्धि है। यों जानते हो कि मेरे हृदय में कितना आदर है, परन्तु जो कुछ हमारे यहाँ उचित नहीं समझा जाता, उससे क्या लाभ? आदर और प्रेम में शारीरिक निकटता ही तो सब कुछ नहीं···तुम नाराज हो गये!"

खन्ना की रुखाई दूर हो गई—"दुख मुझे अवश्य हुआ, परन्तु नाराज नहीं हूँ।" उसने कहा, "तुम्हारे आदर और स्नेह से ही मुझे तुम्हारे समीप आने का साहस होता है। यदि मैं कोई कोई कुचेष्टा करूँ तो मैं स्वयं अपने विचार में तुम्हारे आदर के योग्य न रहूँगा।"

दरवाजे पर आकर भजन ने टोक दिया—"बीबी जी चाय बनेगी?"

नौकर इतने दिन में सीख गया था कि चौथे पहर खन्ना के घर आने पर चाय जरूर बनती है। वह स्वयं खन्ना का आदर करता था। खन्ना उससे हाल-चाल पूछता था, पीने के लिये सिगरेट दे देता और कभी बीड़ी माँग लेता। राजाराम से ऐसे भाई-चारे के नाते की कल्पना भी भजन न कर सकता था। नशे में भाई-चारे का एक सम्बन्ध होता है जो छोटे-बड़े का भेद क्षण-भर में दूर कर देता है। राजाराम सिगरेट बहुत कम पीते थे और कभी पीते तो काम से थक कर अपनी बैठक में ही। सिगरेट आने-जाने वालों के सत्कार के लिये उनकी मेज के दराज में बन्द रहते थे। सिगरेट का धुआँ चन्दा को पसन्द न था परन्तु यह प्रतिबन्ध खन्ना के लिये शिथिल हो जाता था?

"हाँ बना ला" चन्दा ने उत्तर दिया।

खन्ना फिर अपनी बात कहने लगा—"यह केवल विश्वास की बात है। हृदय में आदर और प्रेम होना आप बुरा नहीं समझतीं। शरीर के सामीप्य से दोष मालूम होता है। मैं समझता हूँ, अच्छा या बुरा जो कुछ है विचार से है। मानसिक रूप से भले विचार का अर्थ है, मनुष्य की प्रवृत्ति का सुधार की ओर होना और बुरे विचार का अर्थ है, गिरावट की ओर चले जाना। शरीर तो केवल साधन मात्र है। उससे तो अच्छे-बुरे सभी स्पर्श होते हैं। प्रश्न तो है, किसी बात को बुरा समझ कर करना अवश्य उचित नहीं है, परन्तु प्रत्येक स्पर्श में मनोविकार भी अवश्य हो, यह मैं विश्वास नहीं करता। न मैं यह विश्वास करता हूँ कि स्त्री को एक ही व्यक्ति के उपभोग की वस्तु बनाकर सुरक्षित रख लेना ही आचार निष्ठा का सबसे बड़ा आदर्श है। पुरुष को वंश रक्षा के लिये संतानोत्पत्ति का साधन होने के अतिरिक्त स्त्री का अपना व्यक्तित्व और सन्तोष भी कोई चीज है।"

नौकर चाय ले आया। हाथ की सिलाई एक ओर रखकर चन्दा चाय बनाने लगी। उसने दो प्याले तैयार किये, एक खन्ना के लिये और दूसरा अपने लिये। खन्ना चाय का प्याला लेकर चुपचाप पीने लगा।

चन्दा ने पूछा—"ऐसे चुप क्यों हो गये?"

"कहिये क्या कहूँ?" अपने इस उत्तर से चन्दा को निराश होते देखकर वह बोला, "मुझे भय है कि मैं अपनी बातों से तुम्हारी नैतिक धारणा को चोट पहुँचाता हूँ।" खन्ना ने दृष्टि ऊपर उठाकर देखा।

खन्ना की प्रकट रुखाई से चन्दा ने मुस्करा दिया—"नहीं, मैं सुनना चाहती हूँ। इससे तुम्हारा चुप हो जाना मुझे अच्छा नहीं लगता। जो कुछ मैं समझती नहीं, उसके लिये तुम मुझसे नाराज कैसे हो सकते हो?"

चाय पीकर खन्ना जाने के लिये उठ खड़ा हुआ।

"इस समय कहाँ जा रहे हो?" चन्दा ने पूछा, "फिर वर्षा आयेगी और भीगोगे। यहीं बैठो न।"

खन्ना बैठा नहीं। "नहीं, कुछ जरूरी काम है।" उसने उत्तर दिया।

उसकी आँखों में देखकर चन्दा ने पूछा—"तो फिर संध्या को कब आओगे? मैं अकेली बैठी रहूँगी।"

"हाँ, शशि के लिये दवाई दे जाऊँगा!" चलते हुए उसने कहा।

"दवाई का तो नुस्खा लिख दो, भजन जाकर ले आयेगा, लेकिन तुम आना जरूर। रेडियो पर खबरें नहीं सुनोगे!"

"आज सोने को मन चाहता है। दो रात बिलकुल सो नहीं पाया। सिर भारी हो रहा है। जाकर लेट जाऊँगा।" ड्योढ़ी की ओर जाते हुए खन्ना पीछे देखे बिना ही कह रहा था। चंदा उसे ड्योढ़ी तक पहुँचाने आई। इस बात का उत्तर देते हुए उसे दुख हो रहा था, फिर भी उसने आग्रह किया, "नहीं, तुम अवश्य आना। मैं खाने के लिये प्रतीक्षा करूँगी।"

वर्षा से ठण्डी हवा में दो घण्टे तक साइकिल पर 'डिप्टी पड़ाव', 'गाँधी नगर' और "ग्वालटोली' का चक्कर लगाते हुए, तंग बाजारों में वर्षा के कीचड़ को मांझते समय, दो रात के उनींदे खन्ना के मस्तिष्क में लगातार द्वन्द्व चलता रहा, वह चंदा के यहाँ जाय या नहीं? चंदा ने गोद में सिर रखने की प्रार्थना ठुकरा दी थी, परन्तु आदर और स्नेह से बुलाया भी था। कितनी प्रकार उसने अपनी ममता और स्नेह प्रकट किया था परन्तु सदा एक उचित अन्तर बनाये रखकर। यदि वह न गया तो चंदा को दुख होगा और यदि वह अपना सिर उसकी गोद में रखने की जिद्द कर बैठेगा तब भी चंदा को कष्ट होगा। यही स्वाभाविक वृत्ति और संस्कारों का संघर्ष है। चन्दा समझदार होकर इस प्रकार की संकीर्णता में क्यों रहे? यदि वह वास्तव में उसकी मित्र है तो परस्पर संतोष के लिये उनके सामीप्य में दोष क्या? वे दोनों ही जिम्मेवार व्यक्ति हैं। वे जानते हैं, क्या करना चाहिये क्या नहीं?

खन्ना जानता था कि उसके न जाने से चंदा को दुख होगा। चंदा की गोद में सिर रखने की प्रार्थना ठुकराई जाने के कारण स्वयं पाये दुख का बदला लेने के लिये इच्छा होती कि न जाय। उससे अधिक बलवान इच्छा थी चंदा के समीप जाकर संतोष पाने की। जाने और न जाने की इच्छा के द्वन्द्व में वह संध्या साढ़े सात बजे के लगभग फिर चन्दा के यहाँ जा पहुँचा।

चन्दा बच्चों को खाना खिला रही थी। आँगन में कदम रखते ही उसकी मुस्कान भरी दृष्टि ने खन्ना का स्वागत किया—"अभी खाना खा लीजिये, गरम है।"

"आप भी खायेंगी?" खन्ना? पूछा।

"खाऊँगी क्यों नहीं!" चन्दा ने हँसकर आश्वासन दिया।

राजाराम के यहाँ भोजन का ढंग दोनों ही तरह चलता था, चौके में और मेज पर भी। खन्ना सदा मेज या तिपाई पर खाता। चौके का बन्धन उसे सुहाता न था। भजन ने दो कुर्सियों के बीच तिपाई रख दी।

भोजन के बाद चन्दा ने कहा—"तुम ऊपर चलकर रेडियो लगाओ। मैं पांच मिनट में काम समाप्त कर आती हूँ।" वह चौका समेटने लगी।

बच्चों की शरारत और पड़ोस की चाँय-चाँय से बचने के लिये राजाराम रेडियो ऊपर, सोने के कमरे में रखते थे। खन्ना ने ऊपर जाकर गंगा की ओर की खिड़की खोल दी। लखनऊ रेडियो स्टेशन से सितार पर काफी की गत बज रही थी। थकी आँखों को बिजली का प्रकाश सुहाया नहीं। रोशनी बुझा दी, रेडियो का स्वर बहुत क्षीण कर दिया। जान पड़ता था, सितार कमरे में नहीं, कुछ दूर गंगा के किनारे बज रहा है। वह क्षीण स्वर, महीनों सूर्य के ताप से तपी पृथ्वी के भीगने की सोंधी सुवास, नयी धुली वनस्पति और गंगा के वक्ष का स्पर्श और नये वर्ष की नमी लिये फरफराती वायु के साथ चला आ

रहा है। खन्ना कुछ क्षण खिड़की के खुले किवाड़ों पर दोनों हाथ टिकाये वर्षा के जल से मटमैली गंगा की ओर देखता रहा।

इस दृश्य को खिड़की से देख पाने के लिये तकिया पश्चिम की ओर कर वह लेट गया। वर्षा थम चुकी थी। आकाश में पूर्वा के प्रहारों से धकेले जाते उमड़े झीने और घने मेघ, शुक्ल पक्ष की दशमी के चंद्रमा के सम्मुख गुजरते समय, अपने घनत्व के अनुपात में काले, मटमैले और उजले दिखाई पड़ रहे थे। मेघों के इस सिलसिले की ही भांति खन्ना के मस्तिष्क में स्मृतियाँ आ-जा रही थीं। दोपहर के समय चंदा के व्यवहार से जैसे आज वह स्वयं कुण्ठित हुआ वैसे ही, शायद उसने बहुत अधिक, गुलशां उसके व्यवहार से कुण्ठित हुई थी।

रेडियो पर बजने वाली गत समाप्त हो गई। आगे क्या सुनाया जाने वाला है, यह सूचना दी जा रही थी। खन्ना गत समझ नहीं रहा था। शायद अपनी स्मृतियों के सिंहावलोकन में रत वह सुन भी न रहा था परन्तु गत समाप्त होने पर विचारों की शृंखला विच्छिन्न हो गई थी, जैसे समतल सड़क पर जाती साइकिल मार्ग में गढ़ा पड़ जाने से झटका खा जाये। रेडियो का स्वर बहुत क्षीण था। क्या सूचना दी गई, वह समझ न सका, परन्तु सारंगी की लय छिड़ जाने से, थके मस्तिष्क के लिये विश्राम का आधार मिल गया। विचार की नौका स्मृति की धारा में पुनः बहने लगी। कान संगीत की ओर थे। आँखें चाँद और मेघों के खेल रही थीं। मस्तिष्क के पट पर आ जा रही थीं गुलशां और चन्दा!

खन्ना को आहट न सुनाई दी। "नींद आ रही है?" चन्दा ने पूछा। खन्ना उठकर बैठने को हुआ।

"नहीं-नहीं लेटे रहो न, मैं बैठी हूँ।" चन्दा ने आग्रह किया। समीप अपने पलंग पर न बैठकर वह खन्ना के सिरहाने बैठ गई। खन्ना ने दृष्टि उठाकर चन्दा की ओर देखा। मुस्कराकर चन्दा ने पूछा, "क्यों?" और अपना हाथ उसके माथे पर रख दिया और बोली, "तुम्हारा माथा कुछ गरम है।"

"नहीं तुम्हारा हाथ शीतल है।" खन्ना ने दृष्टि उठाकर उत्तर दिया। इस उत्तर से चन्दा के हृदय का अन्तरतम तक छू गया।

"दोपहर में नाराज हो गये थे न?" चन्दा ने प्रश्न किया।

अपना सिर चन्दा की गोद के समीप कर खन्ना ने उत्तर दिया—"किसी भी प्रकार के तिरस्कार से मनुष्य को सन्तोष नहीं हो सकता।"

खन्ना के उत्तर से चन्दा के मन को जैसे ठेस सी पहुँची। धीमे, कुछ अधीर से स्वर में उसने प्रतिकार किया, "यह तुम कैसी बातें करते हो!" और खन्ना का सिर अपनी गोद में लेकर उसका माथा सहलाने लगी। विश्राम की अनुभूति से खन्ना ने आँखें मूँद लीं।

रेडियो देहली से खबरें सुना रहा था। स्वर नीचा होने के कारण अस्पष्ट था। कुछ समझ न आने पर भी ऐसा जान पड़ता था, कोई तीसरा आदमी कमरे में बोल रहा है। आँखें मूँदे ही, हाथ उठाकर खन्ना ने कहा—"इसे बन्द कर दो!"

चंदा रेडियो बंद करने के लिये उठी। "शशि को भी ले आऊँ" उसने कहा और बच्ची को बाँहों में लिये लौटकर उसे अपने पलंग पर सुलाकर फिर खन्ना के सिरहाने आ

बैठी। खन्ना ने अपना सिर उसके गोद में रख दिया। चन्दा ने उसकी आँखों पर हाथ रखकर कहा—"सो जाओ बहुत थके हुए हो!"

"नींद नहीं आ रही है!" खन्ना ने उत्तर दिया।

"कहते थे, दो दिन से सोये नहीं!" झुककर चन्दा ने पूछा।

"फिर भी नहीं आ रही।"

"क्यों, ऐसे तबीयत खराब हो जायेगी।"

"नहीं ऐसे नहीं होगी। बहुत दुख में नींद नहीं आती, वैसे ही बहुत सुख में भी नहीं आती।" खन्ना ने दृष्टि चन्दा के मुख की ओर कर कहा। चन्दा का मन चाह रहा था कि खन्ना कुछ बात करे। उसने पूछा, "ऐसे तुम्हें सन्तोष होता है।"

"बहुत! अनुराग पाकर मन को सांत्वना मिलती है। मानसिक संतोष के लिये मनुष्य क्या नहीं कर सकता। करोड़पति अपनी करोड़ की पूँजी को अपने उपयोग के लिये खर्च नहीं कर सकता। आखिर क्या खरीदेगा। शारीरिक आवश्यकताओं की एक सीमा है। फिर भी वह उस पूँजी को मानसिक सन्तोष के लिये बढ़ाता है। जीवनरक्षा के लिये सिपाही सेना में नौकरी करते हैं पर जीवन में संकट आया देख भाग नहीं खड़े होते। उनके जीवन की रक्षा तो भाग खड़े होने में ही है। ऐसा न करके वे कर्तव्य के लिये प्राण आहुति कर देते हैं, क्योंकि उससे उनकी नैतिक धारणा पूर्ण होकर मानसिक सन्तोष होता है। मुझे तुम्हारी गोद में सिर रखकर सन्तोष होता है। मैं समझ सकता हूँ कि तुम मुझे अपना समझती हो। मन चाहता है कि जैसे शशि तुम्हारी गोद में छिप जाती है, वैसे ही शशि बन जाऊँ।" खन्ना सामने देखता अपनी बात धीमे स्वर में कह रहा था। अन्तिम वाक्य कहकर उसने आँख उठाकर उत्तर की आशा से चन्दा की ओर देखा।

चन्दा उसके बालों में उँगलियाँ चलाकर उसे शांति देने का यत्न कर रही थी। वह इतना संतोष दे सकती है, यह अनुभव कर उसका हृदय गद्‌गद हो रहा था। खन्ना की बातें उसके हृदय के अन्तरतम को छू रही थीं। वह चाहती थी, सामने बैठकर खन्ना अपनी बात कहता जाये और वह उसके चेहरे की ओर देखती, निरन्तर उसकी बात सुनती रहे परन्तु उत्तर देना भी आवश्यक था। खन्ना के घुँघराले बालों के एक गुच्छे को अपनी उँगली पर लपेटते हुए, सिर झुकाये अधमुँदी आँखों से उत्तर दिया—"तो क्या उससे कम हो?" उसका मन चाह रहा था, खन्ना का सिर उठाकर हृदय से लगा ले।

समीप पलँग पर सोई शशि ने हाथ-पैर पटक कर कपड़े हटा दिये। खन्ना का सिर तकिये पर रखकर चन्दा लड़की को कपड़ा ओढ़ा देने के लिये उठी। बच्ची के शरीर पर हाथ रखकर उसने चिंता से कहा—"इसका ज्वर तो बढ़ गया है।"

करवट लेकर खन्ना ने कहा—"थर्मामीटर लगाइये।"

चन्दा नीचे जाकर थर्मामीटर ले आई। बुखार तेज हो गया था। चन्दा ने थर्मामीटर देख चिंता से कहा—"१०४°।"

"घबराओ नहीं" खन्ना उठ बैठा, "क्या बजा होगा?" उसने पूछा। टाइमपीस की ओर देखकर चंदा ने उत्तर दिया, "पौने ग्यारह!"

खन्ना खड़ा हो गया—"मैं दूसरी दवाई ले आऊँ। दुकानें बन्द न हो जायें।"

खन्ना को जाते देखकर चन्दा ने आग्रह किया—"नुस्खा लिख दो। भजन ले आयेगा। कितने थके हो।"

"नहीं, उसे शायद न मिले; अभी लौटता हूँ।"

खन्ना जीने की सीढ़ियों से धड़धड़ाता नीचे जा पहुँच और साइकिल निकालकर बाहर चला गया।

एक हाथ में नई दवाई की शीशी और धोती के छोर में बरफ का बड़ा सा ढेला बाँधे, खन्ना घण्टे भर से पहले ही लौट आया। आते ही उसने पूछा—"भाई साहब, नहीं लौटे!"

"आते ही होंगे।" चन्दा ने घड़ी की ओर देख उत्तर दिया।

शशि को दवाई पिलाकर खन्ना ने बरफ की पट्टी उसके सिर पर रख दी। उसी समय नीचे से राजाराम की पुकार सुनाई दी।

"आ गये।" चन्दा ने कहा। भजन लेट गया था। उसके पुकार न सुनने पर चन्दा ने स्वयं नीचे जाकर किवाड़ खोल दिये।

ऊपर आकर लड़की को १०४° ज्वर होने का समाचार सुन राजाराम घबरा गये। चन्दा ने तफसील सुनानी आरम्भ की, किस प्रकार खन्ना जी दो बजे से पहले नहीं आ सके। वह प्रतीक्षा में घबराती रही। संध्या आठ बजे से पहले दवाई न मिल सकी।

यह उपेक्षा राजाराम को बहुत बुरी मालूम हुई। "तुम किसी दूसरे डाक्टर को बुलवा लेतीं। खन्ना को खबर न मिली थी तो कोई दूसरा नहीं आ सकता था? तुम्हारा क्या है, लड़की चाहे मर जाये प्रतीक्षा करती रहेगी! पहले तो लड़की को भीगने दिया और इलाज का यह हाल है। मैं लखनऊ न जाऊँ तो मुसीबत। जाने पर एक दिन में यह हाल है?" स्वयं ऊपर आकर वे लड़की की नाड़ी देखने लगे! चन्दा अपराधिनी-सी चुप खड़ी रह गई।

खन्ना बरफ की पट्टी बदल रहा था। चन्दा की कातरता भरी चुप उसे सह्य न हुई। यह ज्वर तो इसी प्रकार ही बढ़ता है, चाहे पहले दवा देते या न देते। घबराने का कोई कारण नहीं है। शहर भर में सैकड़ों को यों ही बुखार आ रहा है। मेरा खयाल है कि कल तक ज्वर जरूर उतर जाना चाहिये। बहुत हुआ परसों तक!"

राजाराम विशेष चिन्ता के भाव से शशि के पलंग पर बैठ गये। चन्दा ने उन्हें सम्बोधन कर कहा—"खाना भी रखा है, गरम है। चाहो तो दूध ले आऊँ।"

"जरा साँस तो ले लेने दो। दिन भर घूम-घूम कर बदन काठ हो गया है। इन्हें पड़ी है, खाना पहले हो जाये।" विक्षिप्त होकर चन्दा ने कहा, "मैं भी इसीलिए कह रही हूँ। हाथ-मुँह धोकर कुछ खा पीकर लेटो। थके हुए हो।"

राजाराम ने विरोध किया—"यह तुमने कब कहा? तुम तो कह रही हो, खाना खत्म हो जाये, तुम्हारा झगड़ा मिटे!"

चन्दा की ओर देखकर खन्ना बीच में ही बोल उठा—"लड़की की चिन्ता आप न कीजिये। इसे मैं सम्भाले हूँ। आप हाथ-मुँह धोकर विश्राम कीजिये।" चन्दा सिर लटकाये बरामदे में चली गई।

नीचे जाकर कपड़े बदल, कुछ खा-पीकर राजाराम चन्दा के साथ ऊपर आये तब तक एक बज गया था। शशि का ज्वर अब भी १०४° था। खन्ना प्रत्येक कुछ मिनट बाद बरफ की पट्टी बदल रहा था। चिन्ता के स्वर में राजाराम ने कहा—"अब तुम आराम करो। मैं देखता हूँ लड़की को!"

"तुम क्या करोगे?" चन्दा बोल उठी, "दिन भर के तो थके हो। तुम लेटो, मैं सब कर लूँगी।"

उस बात का कोई उत्तर न देकर खन्ना ने कहा—"लड़की की चारपाई बाहर कर दीजिये। मैं सब कुछ कर लूँगा। आप दोनों आराम कीजिये। यह काम मेरा है। आप क्या जानते हैं, कब बरफ की पट्टी देना ठीक है और कब नहीं? यही आध घण्टे तक इसका ज्वर कुछ कम न हुआ, मैं गीले कपड़े से इसका शरीर पोंछ दूँगा! आप चिन्ता न कीजिये।"

राजाराम बोले—"नींद नहीं आ रही है, बैठेंगे।"

चन्दा ने खन्ना से सो जाने का आग्रह किया—"तुम दो रात नहीं सोये, कैसे जागोगे? मुझे बता दो, मैं करती जाऊँगी। जरूरत पड़ने पर जगा लूँगी!"

राजाराम को थकावट से जम्हाई आ रही थी। स्त्री की बात से सहमत होकर उन्होंने कहा—"हाँ ठीक है! मैं जरा लेटता हूँ। तुम मुझे जगा देना।"

चन्दा ने खन्ना की ओर देख अनुनय से कहा—"तुम सो जाओ भाई! मैं कह रही हूँ, कहीं तबीयत खराब हो गई तो?"

राजाराम को सुनते न देखकर खन्ना ने चंदा की आँखों में सीधे देखकर कहा—"जैसे मैं कहता हूँ वैसे कीजिये।" आगे कुछ कहना चंदा के लिये सम्भव न था। वह समझती थी, वह बात केवल उसी के लिये कही गई है।

कुछ देर तक वह शशि के पैताने बैठी खन्ना का उपचार देखती रही। खन्ना के जाकर लेटने के लिये कहने पर उसे उठना ही पड़ा, परन्तु नींद उसकी आँखों में कहाँ थी? पति के खुर्राटे लेने का स्वर कमरे में गूँजने लगा। वह बिना आहट किये उठ आई। खन्ना के समीप आकर बोली—"तुम आराम करते तो अच्छा था?"

खन्ना ने थर्मामीटर दिखाकर उत्तर दिया—"एक घण्टे में ज्वर आधा दर्जा नीचे आ गया है। दो घण्टे मैं बैठूँगा, फिर तुम बैठ सकती हो। अभी जाओ।" चंदा कुछ देर खड़ी रह वह फिर ज़ा लेटी। घण्टे भर से पहले ही वह फिर आ पहुँची। ज्वर १०२° रह गया था। खन्ना ने पट्टी रखना बन्द कर दिया था।

चंदा ने कहा—"अब तो तुम लेटो, मैं बैठूँगी। जानते हो, मुझे नींद नहीं आ सकती।"

खन्ना मुस्करा दिया। सन्तान के प्रति चंदा के स्नेह का यह प्रवाह जैसे किसी अंश में उसे भी मिल गया हो। "बहुत अच्छा" उसने कहा, "तुम अपनी लड़की को देखो। मुझे भी नींद नहीं आ सकती, मैं तुम्हें देखूँ?" चंदा ने केवल एक नजर उसकी ओर देखकर आँखें शशि की ओर कर लीं। वह बैठी रही। खन्ना समरकन्द के शिशुगृह में काम करने की कुछ बातें सुनाता रहा!

साढ़े चार बजे राजाराम उठकर आये। ज्वर केवल १००° रह गया था। नींद से मुँदती आँखें मलते हुए उन्होंने कहा—"अब तुम दोनों सो जाओ। मैं बैठता हूँ।"

"अब बैठने की जरूरत ही नहीं है।" चंदा की ओर संकेत कर खन्ना ने कहा, "यह भी यों ही बैठी हैं, माँ के मोह में और मैं इसलिये बैठा हूँ कि अब नींद क्या आयेगी? साढ़े छः बजे मुझे एक जगह जाना है।"

राजाराम फिर पलंग पर चले गये। चन्दा माँ के अधिकार से बैठी रही। साढ़े छः बजे खन्ना जा रहा था। चन्दा ने पूछा—"दोपहर में आइयेगा न!"

खन्ना ने जमहाई लेते हुए उत्तर दिया—"नहीं, आज तो सोऊँगा। हाँ, यदि स्नेह से गोद में सुलाना हो तो आ सकता हूँ। खैर; हाँ तीन-चार बजे आऊँगा चाय के समय। इस दवाई की बची हुई खुराकें अब न देना। वह पहले वाली दवा देते रहना।"

खन्ना चला गया और चंदा नींद से भरी पलकों से निरन्तर उसी की बाबत सोचती रही, बिलकुल तन्मय होकर।

"थर्मामीटर तो लगाओ जरा लड़की को!" उठकर राजाराम ने कहा। सचेत होकर चंदा ने ज्वर देखा ९९° था।

"अब ठीक है। आओ नीचे चलो।" उन्होंने चंदा से कहा।

"भजन तुम्हें पानी-वानी दे देगा। मैं जरा दो मिनट पीठ सीधी कर लूँ?" वह शशि के पलँग पर लेट गई। उसका मन चाहता था, आँखें मूँदकर कुछ देर रो ले।

× × ×

सूर्यास्त हो गया था पर अभी उजाला था। जून के प्रचण्ड सूर्य की धरती में गहरी समाई हुई किरणों पर रात की शीतलता और अन्धकार को सहसा छा जाने का साहस नहीं हो रहा था। मकानों के आँगनों और कोठियों के अहाते में छिड़काव करके ताप घटाने का उपाय किया जा रहा था परन्तु विस्तृत पृथ्वी को, साधनहीन जीवों की दुनिया को कौन ठण्डा कर सकता था! ग्वालटोली से शहर आने वाली सड़क के किनारे नीम और बरगद के ऊँचे-ऊँचे वृक्षों की चोटियों पर कौवे और दूसरे पक्षी, सूर्यास्त के बाद भी अन्धकार की शीतलता न मिलने के क्षोभ में चिड़चिड़ा रहे थे।

खन्ना ग्वालटोली से लौट रहा था। विक्टोरिया मिल के समीप आकर उसने साइकिल 'परमट' की ओर घुमा दी। उसे मालूम न था कि राजाराम घर पर मिलेंगे या नहीं। उन्हें सप्लाई के कुछ सन्दूक छावनी में पहुँचाने थे। सामान तैयार कराने से अधिक कठिन हो रहा था उसे पास करवा लेना। कानपुर छावनी की बात दूसरी थी। लोग परिचित हो गये थे, लिहाज से काम हो जाता था। लखनऊ के अफसर बिलकुल बेमुरव्वत बन रहे थे। राजाराम दूसरे-तीसरे लखनऊ चक्कर लगा रहे थे। कहीं अढ़ाई हजार के माल पर पानी न फिर जाये।

साइकिल ड्योढ़ी में छोड़कर खन्ना आँगन में पहुँचा। चंदा चौके में व्यस्त थी। आँखें चार होने से स्वाभाविक मुस्कान उसके चेहरे और आँखों में छा गई। उस मुस्कान की छाया में भी चिन्ता का चिह्न प्रकट था।

खन्ना ने पूछा—"भाई साहब अभी नहीं लौटे, क्या फिर लखनऊ गये हैं?" लखनऊ जाने पर राजाराम रात साढ़े ग्यारह की गाड़ी से लौटते थे। ऐसी अवस्था में खन्ना को काम से जाने की जल्दी न होती। वह और चंदा राजाराम के लिये खाना ढँककर ऊपर छत पर प्रतीक्षा में बैठे बातचीत करते रहते थे या मकान के पिछवाड़े से गंगा की रेती पर छाई अँधियाली में, छिद्रान्वेषी दृष्टि से रक्षा पाकर कुछ देर चहल-कदमी कर आते थे।

दिन भर कम्युनिस्ट पार्टी की नीति के अनुसार जनता के संगठन और कौमीजंग की भावना के विरोधियों से लड़ने में व्यस्त रहकर खन्ना इस समय थककर विश्राम चाहता

था। वह चंदा के मस्तिष्क में अपने विचार ठूँसने से भी बाज न आता। गृहस्थ के झंझट में उलझकर अपने आपको भूल गई चंदा भी खन्ना की संगति में अपना व्यक्तित्व अनुभव करती थी; वह अपनी इच्छा से कुछ पाकर, कुछ देकर सन्तोष पा रही थी।

"नहीं, लखनऊ तो नहीं गये!" चंदा ने उत्तर दिया, "परन्तु सुबह के गये लौटे ही नहीं। दोपहर का खाना भी नहीं खाया। दो-तीन दिन से परेशान हैं। वही बढ़ैयों वाला झगड़ा है। उसी में परेशान हैं। पहले उन लोगों ने वैसे झगड़ा किया, अब कह रहे हैं कि मजदूरी बढ़ाओ! पहले सवा रुपया रोज ले रहे थे अब पौने दो माँग रहे हैं...।"

इस प्रसंग में अरुचि दिखाने के लिये सिर से रूखे बालों को झाड़कर खन्ना ने कहा—"वह सब तो भाई साहब सुनायेंगे ही। कोई दूसरी बात करो।" खन्ना को खड़े देख भजन ने कुर्सी लाकर आँगन में रख दी। शशि माँ के पास बैठी रोटी खा रही थी। वह उठ आई और खन्ना की धोती पकड़कर उसने अनुरोध किया, "बैठो।"

खन्ना बैठा ही था, ड्योढ़ी में फिर साइकिल की आहट सुनाई दी। राजाराम चले आ रहे थे। चेहरे पर थकान और दिन भर खाई धूप और धूल के चिह्न थे। खन्ना को सामने बैठा देखकर उन्होंने पूछा—"कब आये?"

"बस यही, अभी-अभी!" खन्ना ने उत्तर दिया।

"अच्छा, अभी आये?" कहकर रसोई में बैठी चंदा की ओर दृष्टि डालते हुए वे भीतर कपड़े बदलने चले गये।

खन्ना को इस प्रश्न और राजाराम के स्वर में स्वागत की ध्वनि अनुभव न हुई। सोचा, दिन भर के थके हैं। पुकारा—"यहाँ बाहर हवा में आइये। जरा पसीना सूख जाये तो कपड़े बदलिये!"

भीतर से राजाराम ने उत्तर दिया—"अभी आता हूँ!" और साथ ही कुछ ऊँचे स्वर में उन्होंने पुकारा 'धोती देना।' पुकार सुनकर चंदा भीतर चली गई।

राजाराम नहाने और कपड़े बदलने में लगे रहे। चंदा उन्हें आवश्यक वस्तुएँ मुहय्या कर रही थी। खन्ना आँगन में बैठा, रवि के लट्टू के लिये डोरी बटते हुए शशि की निरर्थक तोतली बातों पर हुँकारा भर रहा था। नहाकर राजाराम कुर्त्ता-धोती पहनकर एक गिलास नीबू का शर्बत पीते हुए बात करने लगे। चंदा तीसरी कुर्सी पर बैठी सुन रही थी।

पहले जब राजाराम पत्ती (**Share**) बेचने का काम करते थे, इधर-उधर लोगों से मिलते रहने के कारण राजनैतिक घटनाओं और बहस में भाग लेते रहते थे। म्यूनिस्पैलिटी के चुनाव के दंगल में भी किसी न किसी दल से उनका सहयोग रहता था। जब से फौजी सामान के ठेके का काम आरम्भ किया उन्हें वह सब चर्चा व्यर्थ जान पड़ने लगी थी। खन्ना चंदा से वैसी बातचीत करता भी तो वे बहुत उपेक्षा से उसमें भाग लेते, लिए बिना भी न रहते।

राजाराम का फौजी काम का ठेका सीधा अपना ही न था। छावनी के दफ्तर से चार लाख बक्स एक वर्ष में देने का ठेका जयराम-खेमचन्द बरजोरिया ने ले लिया था। उसी ठेके को उन्होंने आगे, दस-दस बीस-बीस हजार बक्सों के ठेके में बाँट दिया था। राजाराम ने जे० के० बरजोरिया से पचीस हजार बक्सों का ठेका ले लिया था। माल को समय पर

पहुँचाना और फौजी दफ्तर में पास करवाना, यह सब उनके ही जिम्मे था। बरजोरिया ने उनके अढ़ाई हजार की जमानत प्रतिमास माल ठीक पहुँचाते रहने की ले ली थी।

बरजोरिया कम्पनी सरकार को प्रति बक्स तीन रुपये के दर से दे रही थी। राजाराम और उनके साथ के ठेकेदारों को दो रुपया बारह आने फी बक्सा ठेका मिला था। आरम्भ में नौ-साढ़े नौ आने फी बक्सा बचता दिखाई देता था परन्तु कब्जे और कीलें महँगी हो जाने पर वह सात-साढ़े-सात आने रह गया। लकड़ी का भाव भी तेजी से बढ़ रहा था। बारह आने फुट से एक रुपया फुट हो गया था और अभी ऊपर जा रहा था।

बरजोरिया कम्पनी स्वयं चोब की व्यापारी थी। उनकी अपनी आरा मिलें थीं। उनके ठेकेदार उन्हीं से लकड़ी खरीदते तो अदायगी में कुछ दिन मिल जाते थे। ठेकेदारों के बहुत रोने-झीकने पर उन्होंने एक आना बक्सा बढ़ाया परन्तु लकड़ी का भाव चढ़ाकर छः पैसा की बक्सा मुनाफा भी बढ़ा लिया।

राजाराम से एक दिन यह सब किस्सा सुनकर खन्ना ने कहा था, ''पूँजी की शक्ति और है क्या! बरजोरिया को चार आना क्या, एक आना बक्सा बहुत है। अब एक लाख मुनाफा है, तब भी पच्चीस हजार तो होता ही। इसी ठेके पर तो उसका निर्वाह है नहीं! उसके लिए यह तो यों ही नून-फिटकारी है। अपनी पूँजी के बल पर वह चाहे आपको पाँच-छः आने फी बक्स खाने का मौका देकर स्वयं घर बैठा आपसे अपने लिए फी बक्सा चार आने लेता जाये या आपको चार-पाँच सौ रुपया माहवार पर नौकर रख कर कारोबार चलवा ले। किसी भी ढंग से हो, वह आपकी मेहनत करने की शक्ति खरीदता है। आपकी और कारीगरों की मेहनत से जो कुछ पैदा होता है, वह सब आपको नहीं मिलता। यह आपका शोषण है? यह सब इसलिए कि आपके पास बरजोरिया जितनी पूँजी नहीं। यदि मूल ठेका आप स्वयं ले लेते तो वह लकड़ी का भाव चढ़ाकर आपको एक बक्से की लकड़ी तीन रुपये में देता। बाजार में बरजोरिया का मुकाबला कोई कैसे कर सकता है? ऐसे ही आप अपने यहाँ काम करने वाले कारीगरों की बात समझ लीजिये।'' उस समय खन्ना की बातचीत से राजाराम को कुछ-कुछ सहानुभूति हुई थी।

बहस में उन्होंने कहा—''समाजवाद में सब पूँजी सरकार के ही हाथ में होगी तो सरकार मुनाफा ले जायेगी, हम-तुम गरीबों को क्या मिलेगा?''

''लेकिन सरकार की नीति गरीबों के हाथ में होगी तो सरकार लम्बा-चौड़ा मुनाफा बचाने के बजाय मेहनत करने वालों की मेहनत का पूरा फल दे सकती है। यही फी बक्सा बारह आने मुनाफा यदि कारीगर की मजदूरी में जाये तो कम से कम तीन-चार रुपये रोज उसे और मिल जायें! उसे सवा रुपये के बजाय पाँच रुपये मिलने लगें।''

चंदा हँसकर बोली—''तो फिर मजदूरी करने में किसी को बुरा काहे को लगे।''

''क्या कहने'' हाथ उठाकर राजाराम ने कहा, ''और इस इन्तजाम वगैरह में तो कुछ लगता ही नहीं होगा।''

खन्ना बीच में बोल उठा—''उसके लिए आप चार-छः आना फी मजदूर और निकाल दीजिये।''

फौजी ठेके के काम से राजाराम का बरसों से चला आया आर्थिक संकट दूर हो रहा था परन्तु उसके साथ ही इनकम टैक्स की मुसीबत आ गई थी। हाथ आया सैकड़ों रुपया देने के लिए विवश हो जाना उन्हें अन्याय जान पड़ता था। उनका विश्वास था कि

इनकम-टैक्स अफसर मुसलमान है इसलिए हिन्दू व्यापारियों से ईर्ष्या करता है। प्रायः ही वे इस विषय की चर्चा करते। कितने ही दिन इस कारण भी उन्हें लखनऊ दौड़ना पड़ा। झुंझलाकर कहते—"अब तो सोशलिज्म ही हुआ जा रहा है। बारह, बीस, पच्चीस, पैंतीस और पचासी फी सैकड़ा तो सरकार टैक्स में लिए ले रही है। नब्बे फी सैकड़ा तक ऊँचे टैक्स में जायेगा। अब कसर क्या है?" उन्होंने डाक्टर को ताना दिया, "और तुम कम्युनिस्ट ऐसे समय कांग्रेस के खिलाफ सरकार की मदद करना चाहते हो?"

"तुम सरकार का ठेका लेकर सरकार की मदद नहीं कर रहे हो?" चंदा बीच में बोल पड़ी।

राजाराम को अपनी स्त्री का यह आक्षेप अच्छा न लगा। नाराजगी से बोले—"जिस बात को समझती नहीं, उसमें क्यों बोलती हो? तुम सबसे पहले सोशलिस्ट बन जाओ। यह तो बिजनेस है, इसमें क्या है? हम नहीं करेंगे, दूसरा करेगा। बड़े-बड़े कांग्रेसी जिनके यहाँ महात्मा जी ठहरते हैं, तुम्हारे बद्री बाबू जिनसे रुपया लेते हैं, वे सब अपनी मिलों से फौजी सप्लाई नहीं कर रहे हैं? इसमें क्या रखा है।"

खन्ना ने चंदा को बीच में न बोलने का संकेत कर कहा—"कम्युनिस्ट सरकार की मदद तो क्या कर रहे हैं, वे फैसिस्टों से अपने देश की रक्षा करना चाहते हैं। हवाई आक्रमण से रक्षा का प्रबन्ध तो कांग्रेस भी करना चाहती है। हम कहते हैं कि सम्पूर्ण शक्ति से सीमा पर लड़ा जाये, हवाई आक्रमण हो न सके। उसके लिए खर्च तो होगा ही पूँजीपति युद्ध से फायदा भी तो कितना उठा रहे हैं। मरते तो गरीब ही हैं। पच्चासी फी सैकड़ा टैक्स देकर भी यह लाखों बचा सकते हैं तो अनुमान कीजिये युद्ध से पहले यह लोग पूँजीवादी व्यवस्था से देश की परिश्रम करने वाली जनता को कितना लूटते होंगे? युद्ध की स्थिति यह स्पष्ट कर रही है। ऐसे लोग युद्ध के समय देश के संकट से अनुचित लाभ उठा रहे हैं या नहीं? गार्टन मिल ने एक करोड़ नौ लाख रुपया टैक्स दिया है तो इकतालीस लाख मुनाफे में भी तो पाया है। यह वह है जो प्रकट है। यदि इतना टैक्स न होता तो पूँजीपति तो देश भर को दो बरस में ऐसे चूस लें जैसे गंडेरी को चूस कर फेंक दिया जाता है। इन्हें महँगी से क्या मुसीबत…?"

खन्ना को खयाल आया, राजाराम यह सब अपने प्रति ही ताना न समझ लें? इस प्रकार की बात वह उनकी उपस्थिति में न करता था। राजाराम नींबू के शर्बत का गिलास पीते-पीते थकावट से परेशान स्वर में अपने कारोबार की कठिनाई का चर्चा करने लगे—"झगड़ा तो हुआ था एक बढ़ई के गुस्ताखी करने पर। अब वे लोग इस बहाने मजदूरी बढ़ा लेने पर डट गये हैं। आने दो आने की बात हो तो भी है। उनकी जिद्द है, एकदम से आठ आने रोज बढ़ाने की। सवा रुपये से एकदम पौने दो रुपये। लूट मच रही है क्या, अन्धेर है क्या? फी बक्सा सात-आठ पैसे फरक पड़ता है, कुछ खेल नहीं है।"

शर्बत का गिलास खाली कर राजाराम ने चंदा को दे दिया। गिलास फर्श पर रखकर चंदा बैठी रही। राजाराम ने सुझाया—"उठाकर रख दो, टूट जायेगा। आजकल आठ आने से कम न मिलेगा।"

"रखे देती हूँ।" चंदा ने कहा और बैठी रही, "हम कहते हैं किसी बच्चे की ठोकर से टूट जायेगा, सुनती नहीं!" राजाराम बिगड़ उठे। चंदा का मुख गम्भीर हो गया पर वह उठी नहीं। पुकारा, "भजन!…गिलास ले जाओ!"

गिलास को सुरक्षित चला गया देखकर राजाराम आगे बोले—“हम तो जैसे सब सिरदर्दी मुफ्त में ही करते हैं। हम अच्छी तरह जानते हैं कि कारीगरों को सोशलिस्टों ने भड़काया है। अमजद और बूटासिंह के यहाँ भी दो दिन के काम बन्द है। ऐसे तो दबाने वाले हम नहीं, कच्ची कौड़ी नहीं खेले हैं।”

खन्ना इस विवाद में न पड़ना चाहता था। गर्दन फिरा कर कहा—“मेरा नहीं खयाल किसी ने भड़काया होगा। मजदूर महँगी के मारे परेशान हैं।⋯अरे भजन, कहाँ गया, दोस्त एक बीड़ी तो दो।”

“क्या तमाशा करते हो? ऐसा मत किया करो।” राजाराम ने टोक दिया। चंदा की ओर देखकर कहा, “कोट की जेब से चाबी लेकर मेज के दराज से सिगरेट का डिब्बा ला दो!”

सिगरेट का डिब्बा लेकर चंदा लौटी तो खन्ना कह रहा था—“अनाज और कपड़े का दाम अढ़ाई गुना बढ़ गया है तो मजदूर का निर्वाह पहले की मजदूरी में कैसे हो सकता है। वे भी देख रहे हैं कि एक जगह काम छूटने पर दूसरी जगह ज्यादा मजदूरी मिल सकती है, वे अधिक मजदूरी माँगेंगे ही। बेकारी का भय था तो वे मजदूरी घटने पर भी गम खा जाते थे।

अपनी कुर्सी पर बैठकर चंदा ने राजाराम को समझाना चाहा—“हटाओ परे, बढ़ा दो मजदूरी। काम रुकने में भी तो नुकसान ही है⋯!”

“वाह-वाह मजदूरी बढ़ा दो। क्या बक्सों का दाम भी बढ़ जायेगा? जो लोग अपने माल के दाम बढ़ा सकते हैं, उन्हें मजदूरी बढ़ाने में क्या डर! हमारा नुकसान कहाँ से पूरा होगा?”

“नुकसान तो है पर काम बन्द रहने से ही कौन फायदा हो जायेगा। मजदूरों को भी तो पेट भरना है।” चंदा ने तर्क किया।

“मजदूरों के पेट को हम क्या करें?” राजाराम ने चंदा की ओर देखकर खन्ना को सुनाया, “हमारे माल के दाम बढ़ जायें तो हमें मजदूरी बढ़ाने में क्या लगता है? हमारा नुकसान कहाँ से पूरा होगा?”

खन्ना सिगरेट से लम्बा कश खींचकर धुआँ छोड़ता हुआ चुप रह गया परन्तु चंदा ने उत्तर दिया—“ऐसे फिर मजदूर तुम्हारे नुकसान को क्या करें? उनका पेट कौन भरेगा?”

राजाराम उत्तेजित हो गये—“क्या बेमतलब बकती जाती हो? रोजगार में जैसा परता पड़ेगा, वैसी मजदूरी दी जायेगी। कोई अपने घर से थोड़े दे देगा? बिजनेस की समझ भी है, चली हैं सोशलिस्ट बनने।”

खन्ना चंदा की ओर देख रहा था कि उसे बहस न करने का संकेत कर दे परन्तु वह भी पति की ही भाँति उत्तेजित होकर उत्तर देने पर तुली हुई थी। “सोशलिस्ट बनना इसमें क्या” उसने कहा, “मैं तो कहती हूँ काम बन्द होने से अपना ही नुकसान हो रहा है⋯!”

राजाराम ने कुर्सी पर करवट लेकर स्वर ऊँचा कर कहा—“हाँ नुकसान का तो तुम्हें बहुत खयाल है। तुम्हें तो मजदूरों की मजदूरी बढ़ाकर सोशलिस्ट बनना है। एक तो पहले

मजदूरों को भड़काकर मुसीबत खड़ी कर देना, फिर कहना हमारा ही तो नुकसान हो रहा है।··· हम मजदूरों के मजदूर बन जायें।''

पति से पाये तिरस्कार से तिलमिला कर चंदा बोल उठी—''हाँ मजदूर यों ही बहकायें में आ जाते होंगे? तुम न बहका लो जाकर।''

स्त्री द्वारा अपना यह खुला विरोध और चुनौती दिया जाना राजाराम को सह्य न हुआ। क्रोध में उन्होंने डाँट दिया—''तुम्हारा बीच में बोलने का क्या मतलब?''

चंदा उठकर भीतर चली गई। खन्ना विचित्र परिस्थिति में उलझ गया। राजाराम अपनी बात उसे ही सुना रहे थे। चंदा से बहस बहाना ही था। राजाराम की अन्तिम बात का उत्तर देने और बहस में कटुता आ जाने का सब उत्तरदायित्व खन्ना पर ही आ गया; इसके अतिरिक्त चंदा को बहकाकर अपना अनुचित समर्थन कराने का आरोप भी।

राजाराम जिस प्रकार उत्तेजित हो गये थे, कोई बात आगे कहने का उपयोग न था। चंदा के अपमान और क्षोभ की स्थिति में उसकी सहायता कर सकना भी खन्ना के लिए सम्भव न था। बिलकुल चुपचाप उठकर वह चला जाये तो उसमें राजाराम का अपमान था।···क्या करे? सिगरेट से खूब लम्बे दो कश खींचकर उसने कहा—''मजदूरों को भड़काने का आपका खयाल ठीक हो सकता है पर यह तो मालूम नहीं कि भड़काया किसने? मजदूर-सभा तो केवल मिलों और बड़े-बड़े ऐसे कारखानों में दखल दे सकती है, जहाँ मिल कमेटियाँ हों! आपके यहाँ तो कुल अठारह-बीस आदमी हैं। ऐसा भी हो सकता है, किसी दूसरे ठेकेदार या कारखाने वाले ने आपके मजदूरों को तोड़ने की चाल चली हो। आजकल कारीगर कम मिल रहे हैं। आपको तो मालूम ही होगा, 'अपर इंडिया मैनुफैक्चरर्स कम्पनी' वाले कारीगर ढूँढ़कर लाने के लिये फ़ी कारीगर पाँच रुपया दलाली दे रहे हैं। ऐसी हालत में कारीगर अधिक मजदूरी माँगने लगें तो आश्चर्य क्या?''

''हाँ और क्या?'' राजाराम ने स्वर नीचा कर कहाँ, ''एक दूसरे का गला रेतने की फिक्र में हैं सब! किसी का काम चलता इन्हें अच्छा थोड़े ही लगता है!''

खन्ना चलने के लिये उठ खड़ा हुआ। राजाराम ने ठहरने के लिये अनुरोध किया—''अजी खाना खाके जाना, ऐसे कैसे जा रहे हो?'' वे स्वयं भी जानते थे और खन्ना भी समझ रहा था कि जिस प्रकार तिरस्कृत होकर मूक विरोध के भाव से चंदा उठकर भीतर चली गई है, खाने-पीने का काम शीघ्र न हो सकेगा।

''नहीं, खाने के लिये तो आज एक जगह पहले से मान चुका हूँ। नौ बजे एक मरीज को भी देखना है।'' खन्ना ने ड्योढ़ी की ओर कदम बढ़ाते हुए कहा, ''अब आज्ञा दीजिये, कल दोपहर में आऊँगा!''

''यहीं खाकर जाते तो अच्छा था'' कुर्सी से उठते हुए राजाराम कहते रहे परन्तु उनके उठ खड़े होने का अर्थ था, जा रहे हो सो ठीक ही है।

खन्ना के चले जाने के बाद आँगन में अकेले बैठना राजाराम के लिए कठिन हो गया। एक सिगरेट सुलगाकर सिगरेट का डिब्बा हाथ में सँभाले वे बैठक में चले गये। पंखा चलाकर वे अपने कागज-पत्र पलटने लगे। ध्यान कागजों की ओर न था। वे सोच रहे थे कि अपनी स्त्री से इस प्रकार अपमान सहने के लिये वे तैयार नहीं। प्रत्येक बात में खन्ना का ही समर्थन करने का अर्थ क्या है? खन्ना मेरे बाहर रहने पर आकर यहाँ घण्टों जाने क्या-क्या बातें सिखाया करता है। वह भी खन्ना ही से हर समय बात करना चाहती

है। हम दिन भर भूखे, थके-माँदे धूप में घूम-घूम कर हल के बैल की तरह जुताई करें और हमारा प्रत्येक बात में अपमान?

राजाराम हथेली पर ठोढ़ी टिकाये याद करने लगे कि खन्ना किस-किस अवसर पर घर में कितना-कितना समय बैठा रहा है। खन्ना के सभी कामों के लिए चंदा बहुत तत्पर रहती है। पहले वह सिगरेट छूती तक न थी। खन्ना के लिये जरूरत हो तुरन्त उठा लाती है। वह सदा उसी से बात करना चाहती है। अब हमारी कोई भी बात इसे अच्छी नहीं लगती। खन्ना ऊपर से सीधा बना रहता है और भीतर से जाने क्या-क्या पट्टी पढ़ाया करता है? इन कम्युनिस्टों के लिये पाप-पुण्य कुछ भी नहीं। जिसको कोई नियम, धर्म-कर्म न मानना हो, वह कम्युनिस्ट बन जाय। स्त्रियों को कम्युनिस्ट होना अच्छा लगेगा ही। न कोई बन्धन, न किसी का डर, न किसी का लिहाज। जब जिससे मन बहला, उसके साथ चल दिये। खन्ना का क्या है, उसका क्या जाता है; दूसरे का घर उजाड़कर तमाशा देखो! इन लोगों ने यमुना को भी बिगाड़ दिया है। इतनी उम्र तक अच्छी भली औरत थी, अब रंग देखो!

चंदा खन्ना के सामने पति से डाँट खाकर, भीतर तखत पर जा लेटी थी। अपमान और ग्लानि से मर जाने की इच्छा हो रही थी। ऐसा पहले कभी न हुआ हो सो बात नहीं। राजाराम स्वभाव के ही कुछ उग्र थे। स्त्री के व्यवहार में कभी कोई बात अनुभव होने पर सामने फटकार देते थे। चंदा के रो लेने के बाद वे उसे मना भी लेते थे। वह विवाहित जीवन के प्रेम का एक अंग था। चंदा के अभ्यास और प्रवृत्तियाँ राजाराम से कुछ भिन्न थीं। स्वाभाविक वृत्ति के प्रकट होने पर उसका व्यवहार और पसन्द पति से भिन्न जान पड़ती। इस वृत्ति को कुचलकर पति की इच्छा के अनुकूल बनाना विवाहित जीवन का क्रम था। इससे अपना जीवन कुचला जाना जान पड़ता था परन्तु इसके सिवाय मार्ग न था। यदि स्त्री की पसन्द के अनुकूल नहीं तो यह स्त्री का दोष है। पति का स्त्री के अधीन होकर रहना उचित नहीं।

इस प्रकार के मतभेद या पति के व्यवहार में रुखाई अनुभव करती चंदा बारह वर्ष तक अपने आपको गृहस्थ जीवन में साधती आई थी। वह घर के बाग की बेल थी और पति माली। पति को पसन्द के प्रतिकूल फूट पड़ने वाले स्वभाव और प्रवृत्ति की कोपलों को काट-छाँट कर पति की पसन्द और गृहस्थ की परिस्थितियों के अनुकूल शाखाओं को बढ़ाना ही स्त्री के जीवन का क्रम है। चंदा भी यह विश्वास करती आई थी। उसकी अपनी स्वाभाविकता उसके सामने अपराध होकर बेबस हो जाती थी। कभी उसे अनुभव होता कि स्त्री होना ही अपराध है। इधर खन्ना के विचारों का विरोध करते रहकर भी उसका अन्तःकरण स्वयं अपने अस्तित्व और अधिकार को स्वीकार करने का सन्तोष पाने लगा था। वह समझने लगी थी कि पति से मतभेद में स्त्री की ही भूल या अपराध होना आवश्यक नहीं।

चंदा अभ्यास के कारण इस प्रकार के तिरस्कार की उपेक्षा कर जाती थी। पति का कुछ न कुछ कह देना नित्य की साधारण बात थी परन्तु खन्ना के सम्मुख यह अपमान असह्य जान पड़ा। मन में सोच रही थी कि खन्ना क्या कहते होंगे, इसका कुछ भी आदर नहीं? आदर न मिलने पर उसे मनुष्य सह सकता है परन्तु मिला हुआ आदर छीना जाना असह्य हो जाता है। खन्ना से पाये सम्मान के सन्तोष से वह अपने प्रति सम्मान की धारणा

बना रही थी। खन्ना के सामने ही मिट्टी कर दिया जाने से बढ़कर दुख और कौन हो सकता था? खन्ना के सम्मुख डाँट खाते समय यदि पृथ्वी फट जाती तो वह सहर्ष उसमें समा जाती। खन्ना को अब वह क्या मुख दिखायेगी? 'ये' मुझे सबके सामने ऐसी नाचीज क्यों बना देना चाहते हैं? मस्तिष्क पर लगे प्रबल आघात से वह निश्चेष्ट और निर्जीव-सी पड़ी थी।

स्त्री से नाराज होकर राजाराम रूठकर बैठ न जाते थे। नाराजगी के प्रसंग को लेकर वे लम्बी बहस और जिरह करते थे। पति के आश्रय में जीवन बिताने वाली स्त्री का पति को समान अधिकार का दावा उन्हें स्वीकार न था। उनका विचार था, प्रेम में समानता का क्या प्रश्न। समानता के दावे का अर्थ पति के अधिकार को चुनौती देना है। स्त्री को अपने उचित स्थान पर रखने के लिये वे उससे दैन्य स्वीकार करवाना आवश्यक समझते थे। चंदा को अपने कुल और शिक्षा का अभिमान उनकी दृष्टि में कलह का मूल था। स्त्री के रोकर दैन्य प्रकट किये बिना उन्हें सन्तोष न होता था। झगड़े के बाद प्रायः चंदा ही जाकर मान-मनौती का प्रसंग आरम्भ करती परन्तु उस दिन खन्ना के सामने अपमानित होकर उसका हृदय ग्लानि से खिन्न था। आधी रात तक वह भीतर कमरे में गरमी में, तखत पर बिना पंखे के पड़ी रही।

राजाराम को सुबह से भोजन न कर पाने के कारण भूख व्याकुल कर रही थी। अपनी भूख की उपेक्षा से उन्हें चरम तिरस्कार अनुभव हो रहा था। वे कारोबार के कागज-पत्र पलट रहे थे परन्तु मस्तिष्क उनका अपने प्रति उपेक्षा और चंदा के तिरस्कार के भाव से जल रहा था। वे सोच रहे थे कि जान लड़ाकर सब कुछ करने के बाद उनकी यह कद्र है कि दिन भर के भूखे को खाना पूछने की सुध नहीं! उसकी समय उन्हें चंदा का मुस्कराकर खन्ना से भोजन किये बिना न जाने का आग्रह याद आ गया। अपना माथा दोनों हाथों में दबाकर वे सोचने लगे—अब इस स्त्री की दृष्टि में हमारे जीने-मरने की कोई चिन्ता नहीं। हमारे सामने खन्ना का मन रखने के लिये उसी की सी बात करना इसे अच्छा लगता है। भूख और मस्तिष्क विक्षिप्त होने के कारण सिर में चक्कर आने लगा; मन में आवेग उठ रहा था कि इस सब स्थिति को स्पष्ट कर फैसला कर दें, यह मानसिक और शारीरिक यंत्रणा सहना सम्भव नहीं परन्तु स्वयं किस मुख से जाकर चंदा को पुकारते?

घड़ी में बारह बज चुके थे। राजाराम को विश्वास हो गया कि चंदा उन्हें पुकार कर अपनी धृष्टता के लिये पश्चात्ताप नहीं करेगी। उसे अब उनकी चिन्ता नहीं। वह शायद मन में चाहती है कि यह झगड़ा दूर हो तो अच्छा है। वह खन्ना के साथ स्वतन्त्र हो जाये। कहाँ पहले राज के विधवा विवाह की बात पर लज्जा से रो उठती थी, अब उसे इसमें कोई दोष नहीं दिखाई देता। पहले वह किसी के विषय में ऐसी कोई बात सुनकर घृणा प्रकट करती थी। अब उसे यमुना के व्यवहार में भी कोई शिकायत नहीं मालूम होती। कम्युनिस्ट लोग जो कुछ करें, उसे सब ठीक जँचता है। वह स्वयं ऐसा क्यों न करेगी?

जब और अधिक धैर्य रखना सम्भव न रहा, राजाराम बैठक की बिजली बुझाकर भीतर गये। चंदा अब भी मुँह आँचल में लपेटे अर्ध-निद्रित सी अवस्था में तखत पर पड़ी थी। रूखे स्वर में राजाराम ने पुकारा—"अमृतधारा कहाँ है?"

करवट से उठ चंदा ने पूछा—''क्या तबीयत कुछ खराब है?''

''चाहिये।'' दूसरी ओर देखकर उन्होंने उत्तर दिया।

''क्या सिरदर्द हो रहा है?'' चंदा ने चिन्ता से पूछा।

''हो रहा है तो तुम्हें क्या।''

तिरस्कार के बावजूद पति के सिरदर्द की उपेक्षा करना चंदा के लिये सम्भव न था। ''तुमने खाना नहीं खाया, दिन भर धूप में फिरे हो, इसी से सिर में दरद हो रहा है। अमृतधारा लगाये देती हूँ तुम खाना खा लो। उसी से ठीक होगा।'' चंदा अपनी सब ग्लानि भूलकर दवा की शीशी आलमारी से निकालने के लिये उठ खड़ी हुई।

''तुम्हें क्या फिक्र है, हम मरें या जियें। तुम्हें यह थोड़े मालूम था हमने सुबह से रात के बारह बजे का खाना नहीं खाया। तुम तो दूसरों के सामने हमें बेवकूफ बनाकर हमारी खूब बेइज्जती करो।''

चंदा की रुलाई का बाँध फूट पड़ा—''मैंने तुम्हारी क्या बेइज्जती की। तुम्हीं ने तो उलटे मुझे खन्ना के सामने इस बुरी तरह फटकार दिया। खाना अब तक वैसे ही चौके में रखा है। मैं डर रही थी, तुम और न बिगड़ो। अभी लिए आती हूँ।''

अमृतधारा की शीशी निकाल चंदा ने कहा—''लाओ लगा दूँ।'' राजाराम हाथ बढ़ाकर दवाई ले फिर बैठक में चले गये। कुर्सी पर बैठकर वे अपने माथे पर अमृतधारा लगाने लगे। बर्तनों के खटकने की आहट से समझा, चंदा खाना परोस कर ला रही होगी। उन्होंने निश्चय कर लिया कि खाना नहीं खायेंगे। जब इसका मन दूसरी ओर फिर गया, तब इसके हाथ का खाने से क्या मतलब?

थाली बैठक में लाकर चंदा ने आग्रह किया—''खाना खा लो, ऐसे गरमी बैठ जायेगी।''

''तुम खाओ।''

''मैं भी खा लूँगी, पहले तुम तो खाओ। मैं कौन धूप में घूमती फिरी हूँ।''

''हमारी ऐसी ही फिक्र होती तो अब तक क्या था?'' थाली की उपेक्षा कर और अधिक अमृतधारा माथे पर चुपड़ते हुए उन्होंने कहा।

''तुम्हारे पाँव पड़ती हूँ'' गिड़गिड़ाकर चंदा बोली, ''तुम नाराज हो गये तो मैं भीतर जाकर लेटी रोती रही। मुझे मालूम भी न हुआ कि खन्ना जी चले गये। मैं तो तुम्हारा इन्तजार ही कर रही थी कि पुकारो तो खाना दूँ!''

माथे पर अमृतधारा मलते हुए राजाराम ने कहा—''यही तो बात है। खन्ना जी चले गये तो फिर खाने की क्या फिक्र थी! फिक्र तो उन्हीं की करनी चाहिए। वे बड़े आदमी हैं, कप्तान साहब थे, अब लीडर हैं, बड़े विद्वान हैं। हम तो बेवकूफ हैं? मरें या जियें, हमारा क्या है? वे बगैर खाना खाये चले गये, इस बात का बड़ा दुःख है! खैर, दोपहर में तो साथ-साथ बैठकर खाया ही था। उसी समय बुला लिया करो। उन्हें ही कर लो। हम तो बेवकूफ हैं, छोटे आदमी हैं, कुछ समझते ही नहीं। हमसे क्या लेना है? हम अपने कहीं और जा रहेंगे।''

चंदा गम्भीर हो गई—''क्या कह रहे हो तुम?''

''उलटे हमें ही धमकाती हो? हम ऐसे बच्चे नहीं कि तिरिया-चरित्तर न समझते हों। जो तुम्हारी राज ने किया, तुम्हारी यमुना ने किया, तुम भला उनसे किस बात से कम

हो? तुम्हें खन्ना पसन्द है, उसका बहुत खयाल है। उसी के संग जा रहो। ऐसे छिपे-छिपे कब तक चलेगा?''

राजाराम नाराजगी से आँखें फिराये, एक हाथ में अमृतधारा की शीशी थामे, दूसरे हाथ से माथा रगड़ते जा रहे थे। उनकी बात का कोई उत्तर न देकर चंदा चुपचाप खड़ी थी चंदा से कोई उत्तर न पाना और उसकी ओर न देखना उनके लिए मानसिक यंत्रणा बन रहा था। कई मिनट वे इसी प्रकार दृष्टि फिराये रहे। उनका मन चन्दा से उत्तर पाने के लिए बेचैन हो रहा था। उससे पहले कभी चन्दा यों चुप न हुई थी। उसकी चुप का अर्थ राजाराम समझ रहे थे कि बिलकुल ठीक बात उन्होंने पकड़ ली है। उसके पास कोई उत्तर नहीं।

घूमकर राजाराम ने चंदा की ओर देखा। कुर्सी की पीठ का सहारा लिए, सिर झुकाये वह वैसे ही निश्चल खड़ी थी। यह चुप उन्हें उद्दण्डता जान पड़ी।

''यहाँ क्यों खड़ी हो?'' उन्होंने धमकाया।

लाल रूखी आँखें पति की ओर उठा चंदा ने पूछा—''कहाँ जाऊँ?''

''जहाँ तुम्हारी इच्छा। जिसके पास तुम्हारा जी चाहे।'' राजाराम ने दृढ़ता से उत्तर दिया।

''तुम्हें मुझ पर संदेह है? इतने वर्ष में तुमने यही देखा?'' स्थिर दृष्टि से राजाराम की ओर देख चन्दा ने पूछा।

राजाराम आँख ऊपर न उठा सके। चन्दा के इस दुस्साहस से मन की प्रतिहिंसा प्रचंड हो उठी। दृष्टि नीचे किये ही उन्होंने उत्तर दिया—''सब देख लिया, ऐसे बेवकूफ नहीं हैं।''

क्षण भर और खड़ी रही चन्दा बैठक से चली गई। राजाराम को भय था कि ड्योढ़ी की साँकल की आहट आयेगी। उनके शरीर के रोम खड़े हो गये। चन्दा के घर से बाहर कदम रख देने पर वे क्या करेंगे परन्तु वह बाहर न जाकर आँगन की ओर गई। चन्दा के वैसा दुस्साहस न करने से उन्हें कुछ सान्त्वना हुई।

राजाराम के कान आहट की ओर थे पर कुछ सुनाई न पड़ रहा था। कुछ देर में जीना पर चढ़ने का शब्द सुनाई दिया। डेढ़ बजे रात के सन्नाटे में छत पर जान पड़ा कि चन्दा ऊपर घूम रही है। ऊपर के कमरे में गंगा की ओर की खिड़की खुलने का शब्द सुनाई दिया और साथ ही अस्पष्ट-सा, भारी चीज गिरने का दबा हुआ सा धमाका।

राजाराम का माथा ठनका। झपटते हुए ऊपर पहुँचे। खिड़की से झाँककर देखा। अंधकार में नीचे कुछ सफेदी सी दिखाई दी। माथा चकरा गया परन्तु साहस कर नीचे उतरे। बड़े आँगन से गाय बाँधने वाले छोटे आँगन में जाकर बगल के दरवाजे की साँकल खोल बाहर गये। पिछवाड़े जाकर देखा कि सूखी झाड़ियों और रेत में चन्दा निश्चेष्ट पड़ी थी।

राजाराम ने सिर पर आ पड़े संकट की गुरुता समझी। अपने को सम्भाल चंदा के श्वास और हृदय की गति देखी—शरीर में प्राण थे परन्तु चेतना नहीं। कान के समीप मुख ले जा धीमे स्वर में पुकारने और शरीर को हिलाने से भी चेतना का कोई चिह्न प्रकट न हुआ। उसे उठाकर भीतर ले जाना हर हालत में आवश्यक था। यदि कुछ हो भी जाय तो वहाँ उस अवस्था में···?

राजाराम ने पूरी शक्ति से चन्दा का अचेत शरीर उठाकर उसे बैठाने का यत्न किया। सहारा देने के लिए पीठ के पीछे हाथ धरने पर देखा, पीठ लहू से तर थी। सूखी झाड़ियों के सेंठे घुस जाने से पीठ पर गहरे घाव होकर खून बह रहा था। बैठाने पर चन्दा की गर्दन लटक गई। राजाराम सब प्रकार से असहाय और असमर्थ हो रहे थे। ऐसी अवस्था में सहायता के लिए किसी को पुकारना सम्भव न था। बेबसी में होंठ दबाकर, गले से उमड़ते आँसुओं को रोककर पूरी शक्ति से उन्होंने चन्दा का शरीर कंधे पर उठा लिया और मकान के भीतर ले जाकर तखत पर लिटा दिया।

राजाराम ने नौकर को जगाकर तुरन्त साइकिल पर रामनारायण के बाजार से डाक्टर खन्ना को बुला लाने के लिए भेज दिया। चन्दा के आत्महत्या के प्रयत्न से उसके प्रति घृणा का भाव स्वयं ही मिट गया। ऐसी अवस्था में सम्मान और लोकलाज की रक्षा के लिए किसी दूसरे का आश्रय लिया कैसे जा सकता था? डाक्टर को बुलाने के लिये नौकर को भेजकर राजाराम चन्दा को होश में लाने के लिये उसके मुख पर छीटें देने लगे। उसकी पीठ से निकलता रक्त देखकर उनके पाँव लड़खड़ा रहे थे। दम साधे, कपड़े से पीठ को दबाकर रक्त का प्रवाह रोकने का प्रयत्न कर रहे थे। न रक्त का प्रवाह ही रुकता था न चन्दा को चेतना ही आ रही थी। एक-एक क्षण राजाराम को पहाड़ हो रहा था।

खन्ना के पहुँचने में देर न लगी। राजाराम के घर से लौटकर मन उद्विग्न होने के कारण उसे दिन भर की थकावट के बावजूद नींद नहीं आ रही थी। उसे उन दिनों चल रहे स्टेफोर्ड क्रिप्स और कांग्रेस के बीच समझौते की चर्चा पर एक पर्चा लिखना था। नींद न आने के कारण खन्ना वही लिख रहा था। राजाराम के व्यवहार से खाई चोट का प्रतिकार वह अपने विरोधी पक्ष के विरुद्ध अत्यन्त प्रबल युक्तियाँ और कड़ी भाषा द्वारा करना चाहता था। युक्ति और परिस्थिति को समझने से इनकार करने वाले उसे सब राजाराम ही जान पड़ रहे थे। ऐसे लोगों के प्रति मन का क्षोभ निकालने का वह यथासम्भव यत्न कर रहा था।

खन्ना ने चंदा के नौकर से सुना कि बीबी जी छत से गिर पड़ीं और बेहोश हैं। आँगन पर सीखचों का जाल फैला रहने पर छत से गिरने का स्थान कहाँ है! खन्ना सहसा सोचकर रह गया। अनेक दुष्कल्पनायें मन में लपक गईं। कुछ समझ न सकने पर भी इतना तो निश्चय था कि चोट गहरी आई, खून जा रहा है और चन्दा बेहोश है। दुकान खोलकर जो कुछ भी सामान उपयोगी हो सकता था लेकर वह तुरन्त चल पड़ा।

खन्ना के आने की प्रतीक्षा में राजाराम लगातार सोच रहे थे कि छत से यों गिरने और इस प्रकार की चोट लगने का वे क्या कारण बता सकेंगे। खन्ना के आने पर उन्होंने कहा—"बच्चों ने ऊपर जाने क्या फेंक दिया था, वही देखने स्वयं छोटे जीने से चढ़ गई। अंधेरे में कुछ पता न चला। छत से गंगा की ओर की झाड़ियों पर गिर पड़ी···। क्या कहें?···अरे, नौकर से ही जाकर देखने को कह देतीं!"

अविश्वास की एक 'हूँ' से राजाराम की ओर देखकर खन्ना उपचार में लग गया। तुरन्त एक दवाई पिचकारी से चंदा के शरीर में दी। रुई दवाई में भिगोकर पीठ पोंछी और फिर चंदा को होश में लाने का यत्न करने लगा। पीठ पर दवाई भरी रुई रहने के कारण उसे करवट से लिटाया गया था। राजाराम पीछे से सहारा दिये थे। खन्ना पलंग की पटिया पर बैठकर चंदा के माथे और चेहरे को ठण्डे जल से पोंछकर शीशी सुँघा रहा था।

चंदा ने धीमे से आधी पलकें उघाड़ीं। खन्ना को सामने देखकर पहचानने के लिये ध्यान से देखा और फिर आँखें झपकाकर इधर-उधर दृष्टि दौड़ाई।

खन्ना ने मुस्कराकर पूछा—"कहिये, कैसी तबीयत है?"

"हैं?" बहुत धीमे स्वर में चंदा ने प्रश्न किया, "यह क्या है? तुम…? भाई तुम, कैसे आ गये?…क्यों आ गये…यहाँ कैसे बैठ गये?…दुनिया बड़ी खराब है। वे कहाँ ग्रये?…सन्देह करते हैं।"

राजाराम ने तुरन्त पीठ पीठे से घबराहट में सिर आगे बढ़ाकर पुकारा—"चंदा। घबराओ नहीं। ठीक है, सब ठीक है।"

पति की ओर देखने का यत्न करते हुए चंदा कहने लगी—"मैं कैसे आ गई, तुमने मुझे निकाल दिया था। मैं कैसे आ गई, तुमने मुझे निकाल दिया था। मैं कैसे आ गई, तुम्हारे घर में…" राजाराम ने होंठ दबाकर रुलाई रोककर चंदा को आगे न बोलने देने के लिये, उसके मुख पर हाथ रखकर अस्पष्ट शब्दों में कहा, "तुम्हारा ही तो घर है। तुम्हारे बच्चे ऊपर सो रहे हैं। घबराती क्यों हो? घबराओ मत!"

चंदा की अस्थिर दृष्टि दीवारों और छत पर घूम रही थी। "मेरा घर!" वह स्वतः बोल रही थी, "हमारा घर! मैं कौन हूँ? कोई नहीं? मेरा घर होता तो मेरा अविश्वास होता? मुझे जाने दो…।"

राजाराम व्याकुल हो उठे—"होश करो चंदा! तुम्हारा ही तो घर है, पहचानती नहीं क्या?"

"मेरा! नहीं मैं तो चोर हूँ।…तुमने मुझे चोर समझा!" चंदा ने गहरी साँस ली। "अपने आपको चुराया मैंने? तुम्हारी हूँ मैं तो! देख लो उतनी ही तो हूँ, हाय मैंने क्या नहीं किया? अपने आपको मारा, कुचला, तुम्हारे लिये। अब चोर हो गई!" वह रो पड़ी। वह बार-बार पीठ के बल लेटने का यत्न कर रही थी। राजाराम की आँखों से आँसू की बूँदें टपक रही थीं। खन्ना की सहायता से वे चंदा को चित्त लेटने से रोके थे।

चंदा का बकवास बढ़ता गया। वह सिर के बाल नोचने लगी—"हाय, सारी आयु सब कुछ देकर एक इज्जत पाई थी, वह भी तुमने छीन ली!…वह तो तुम्हारी ही थी!… मेरा तो न कुछ था, न है! …वह तो भाई हैं,…लड़के की तरह हैं। हाय, वह कितना खयाल करते हैं। और तुम!…मेरे हो।" वह फिर बेहोश हो गई।

खन्ना ने चिन्ता से कहा—"इन्हें हस्पताल पहुँचाना ही ठीक होगा।"

"हस्पताल! यह कैसे ठीक होगा?" राजाराम के स्वर में बहुत घबराहट थी, "जो कुछ हो यहाँ ही करो रुपये की चिन्ता न करो।" खन्ना ने सोचा, समझा और बोला, "पट्टियों के लिये साफ कपड़ा दीजिये।"

राजाराम बक्स से धुली धोती निकाल लाये। खन्ना ने धोती फाड़कर चंदा को पट्टियों से जकड़कर राजाराम की सहायता से पट्ट लिटा दिया—"आप इन्हें देखते रहिये, करवट न ले पायें।" राजाराम को उसने समझाया, "मैं अभी साइकिल पर एक दवा ले आऊँ। होश में आने पर फिर बकने न लगें। पाँच बजने को हैं? इनके बकने से बच्चे घबरायेंगे। दवा से कुछ घण्टे के लिये यह सो जायेंगी। नींद से दिमाग ठीक हो जायेगा।"

दवाई की दुकानें बहुत जल्दी सुबह न खुलने के कारण खन्ना के लौटने में देर हो गई। उसके आने से पहले ही राजाराम के यत्न से चंदा की मूर्च्छा टूट गई थी। मूर्छा दूर

हो जाने पर चंदा पहले की भाँति चीखी-चिल्लाई नहीं। वह जिद्द कर रही थी—"इस घर में अब न रहूँगी। रवि और कुसुम रह जायेंगे। शशि को मैं साथ ले जाऊँगी।"

इधर तीन वर्ष से राज से पत्र-व्यवहार प्रायः बन्द था। अब वह जिद्द कर रही थी—"मैं राज ये यहाँ जाऊँगी। उसे लिख दो, मुझे आकर ले जाये। मैं इस घर में नहीं रह सकती; कभी नहीं रह सकती।···सहने की सीमा हो गई। अपने आपको मैंने पालतू पशु की भाँति बना दिया फिर भी मैं किसी को प्रसन्न न कर सकी। चाहो तो मैं प्राण दे सकती हूँ परन्तु यहाँ नहीं रहूँगी। जिसे मुझ पर विश्वास नहीं, वह मुझसे प्रेम क्या करेगा? तुम्हारे बस हूँ, इसलिये जो चाहे कर सकते हो···!"

राजाराम ने अपनी और बच्चों की कसम खाकर चंदा को विश्वास दिलाया कि उन्हें सन्देह नहीं। जो कुछ हुआ, क्रोध में हो गया। पर बात मुख से निकल चुकी थी। चंदा को दुख था कि क्यों वह झाड़ियों में उलझ जाने के कारण मर न सकी। यदि पृथ्वी पर सीधी गिरती तो कभी न बचती। राजाराम जब समझाकर थक गये तो उन्हें रोना आ गया। बहुत देर तक वे रोते रहे। चंदा चुप हो गई। ज्यों-ज्यों समय बीतता गया, उसकी पीड़ा बढ़ती गई। राजाराम अपने दुख से आँसू भरी आँखें लिये बैठे थे और चंदा अपनी पीड़ा से कराह रही थी।

बच्चे माँ की अवस्था देख घबरा रहे थे। बार-बार माँ के पलंग को घेर लेते। राजाराम उन्हें बाहर बैठक में जाकर बैठने के लिये डाँटते। नौकर उन्हें ले जाता। वे फिर माँ के पलंग के समीप आ जाते। भजन बच्चों के लिये नाश्ता बनाने में व्यस्त था। स्कूल जाने का समय हो गया था परन्तु वे अभी तैयार न हो पाये थे।

खन्ना दवाई लेकर लौटा। बच्चों को देखकर उसने पूछा—"स्कूल क्यों नहीं गये?"

राजाराम ने परेशानी से कहा—"कैसे जायें? न कपड़े बदले गये हैं, न लड़की की चोटी हुई है?"

धीमी कराहट में चंदा ने कहा—"ऐसे ही भेज दो। अब उन्हें ऐसे ही जाना होगा!"

राजाराम की आँखें भर आयीं। खन्ना ने दोनों की ओर एक निगाह डाली। चंदा के शरीर में सुई की पिचकारी से दवा देकर उसने पूछा—"इनके कपड़े कहाँ हैं?"

खन्ना उठ खड़ा हुआ। अटपटे हाथों से वह दोनों बच्चों को तैयार करने लगा। कुसुम की चोटी करने में उसे काफी उलझन हुई।

राजाराम ने परेशानी से कहा—"आज रहने दो! एक दिन न जायेंगे।"

"वाह" खन्ना ने उत्तर दिया, "इन्हें सँभालेगा कौन? आप इनकी चिन्ता करेंगे या बच्चों के पीछे-पीछे घूमेंगे।"

दवाई के प्रभाव से चंदा की कराहट बन्द होकर आँखें झपक गईं। बच्चों को स्कूल भेजकर खन्ना कमरा ठीक करने में लगा। राजाराम बिलकुल निढाल हो रहे थे। खन्ना के कहने से उन्होंने बड़ी कठिनता से एक गिलास दूध पिया और चंदा के सिरहाने बैठे रहे। खन्ना दूसरी कुर्सी लाकर समीप बैठ गया।

खन्ना केवल डाक्टर की स्थिति से रोग के उपचार से ही अपना सन्तोष न कर सका। इस भयंकर काण्ड की तह में उसे रहस्य दिखाई दे रहा था और उस रहस्य से उसके अपने सम्बन्ध का आभास भी। अर्ध-मूर्छित अवस्था में चंदा की बकवास, उस ओर स्पष्ट संकेत था।

पति-पत्नी में झगड़ा होते अनेक बार देखा था। वह प्रायः उसके सामने भी हो जाता था। इस झगड़े के कारण से अपने सम्बन्ध का अनुमान कर उसे संकोच अनुभव हो रहा था। उसका मन न चाहता था कि अपने प्रति ऐसा भाव होने पर वहाँ रहे परन्तु चारा न था। राजाराम चंदा को हस्पताल ले जाने के लिये तैयार न थे। चोट मामूली न थी। पीठ और गर्दन के घाव गहरे और बड़े थे। ऐसी अवस्था में हस्पताल का उपचार ही अधिक उचित होता। उसके बिना चंदा जीवन-मरण के काँटे पर थी। ऐसी अवस्था में खन्ना उसे कैसे छोड़ जाता!

खन्ना राजाराम से कुछ पूछ न सकता था। वह सोचता, सम्भव है कि चंदा की इस अवस्था का उत्तरदायित्व मुझ पर ही हो! ऐसी अवस्था में वह उसे छोड़ जाय तो कैसे और इस सबके बावजूद राजाराम और चंदा के बीच में बना रहे तो कैसे! दोनों ही कारणों से हृदय पर सिल रखकर उसे डाक्टर का आचरण करना आवश्यक था।

चंदा दवाई के प्रभाव से सो रही थी। राजाराम बहुत धीमे स्वर में घावों और शेष अवस्था के विषय में बात कर रहे थे। कितना समय उपचार में लगेगा, किस-किस वस्तु की आवश्यकता होगी? कितना खर्चा लगेगा? अर्ध-मूर्छित चंदा की बकवास की स्मृति से स्वयं ग्लानि अनुभव कर रहे थे। विशेष कर इस बात से कि जो कुछ उन्होंने चंदा के छत से गिरने के बारे में कहा था, झूठ प्रमाणित हुआ। अपनी स्त्री की प्राणरक्षा और अपने सम्मान की रक्षा के लिये जिस व्यक्ति पर वे निर्भर थे, उसके सामने वे झूठे प्रमाणित हो गये और उसकी दया के भरोसे हैं। राजाराम ने सोचा—यदि चंदा को मूर्च्छा का दौरा फिर आ जाये और वह बकने लगे तो उनकी क्या स्थिति रहेगी? खन्ना की पूर्ण सहानुभूति और सहयोग के लिये उसे विश्वास में लेना आवश्यक था।

राजाराम ने स्वयं ही प्रसंग छेड़कर रात की घटना आवश्यक कतर-ब्योंत के साथ सुना दी। अभिप्राय था कि वे चंदा से अधिक सौजन्य और सौहार्द्र की आशा रखते थे। इसमें चंदा के नाराज हो जाने का कोई कारण न था। पागल बनकर उसके इस प्रकार चोट खा जाने पर उनसे अधिक दुख और संकट किसको होगा? भला बच जाने की ही क्या उम्मीद थी? यह तो भाग्य की बात समझो कि वह गिरी दायीं ओर! उधर पिछली बाढ़ से पाँच-छः फुट रेती चढ़ गई है, उस पर ऊँची झाड़ियाँ हैं।

खन्ना के कई दफे समझाने पर राजाराम ने बिल्कुल अनिच्छा से थोड़ा भोजन किया।

चंदा लगभग पाँच घण्टे तक सोती रही। खन्ना का कहना था कि शरीर और मस्तिष्क को साधारण अवस्था में लाने के लिये नींद ही उपचार था। राजाराम को चिन्ता थी कि चेतना आने पर फिर तो चंदा की अवस्था विक्षिप्त न हो जायेगी। खन्ना ने विश्वास दिलाया—आशा है कि इतना विश्राम पा लेने के बाद वे शांत रहेंगी। संभव है कि वे अभी कुछ समय और इसी प्रकार सोयें। थर्मामीटर लगाकर देखने से चंदा को ज्वर जान पड़ा। खन्ना की राय में वह विशेष चिन्ता का कारण न था।

राजाराम बढ़ैयों के झगड़े से अपने कारोबार में आ पड़ने वाली कठिनाई और अप्रत्याशित विपत्ति का चर्चा करने लगे। घर में इस संकट के समय कारोबार के झगड़े को सँभालना उनके बस की बात न थी। खन्ना से बातचीत कर उन्होंने निश्चय किया कि अब जो भी हो, चाहे नुकसान ही क्यों न सहना पड़े; वे बढ़ैयों से समझौता कर लेंगे। ऐसे समय जब रुपया पानी की तरह बहाने की जरूरत होगी। काम रुक जाने से निर्वाह

कैसे होगा? उन्होंने निश्चय किया, चंदा के आराम से सोते समय ही वे घण्टे भर के लिए बाहर हो आयें और औषधि आदि भी लेते आयें।

राजाराम के बाहर जाने के प्रायः घण्टे भर बाद चंदा की नींद टूटी। खन्ना ने पलंग की पटिया पर झुककर उसके माथे पर हाथ रखकर पूछा—''कैसी तबीयत है?''

चंदा ने पूछा—''ये कहाँ गये हैं?''

''अभी कुछ समय पहले बहुत जरूरी काम से गये हैं, आते होंगे···क्यों।''

''कुछ नहीं, ऐसे ही। आप लोगों ने कुछ खाया भी?'' उसने पीड़ा और निर्बलता से क्षीण स्वर में पूछा। खन्ना ने विश्वास दिलाया, जो कुछ भी आवश्यक था, सब हो गया है। अगर किसी ने कुछ नहीं खाया तो दूसरों की चिन्ता करने वाली ने ही।''

खन्ना ने भजन से दूध मँगवाया और चंदा को लेटे-लेटे ही चम्मच से पिलाने लगा। दूध पिलाकर तौलिया भिगो उसने चंदा का मुख पोंछ दिया। कंघी से बाल ठीक कर दिये। उसे हँसाने के लिए पूछा—''कहो तो बिन्दी भी लगा सकता हूँ?''

चंदा की आँखों और होंठों पर क्षीण सी मुस्कराहट फिर गई—''तुम यहाँ मेरे सामने बैठे रहो!'' उसने कहा और खन्ना की ओर देखती रही।

खन्ना अपनी कुर्सी पलंग के सिरहाने सटाकर बैठा था। चंदा के सिर पर हाथ रखकर उसने पूछा—''यह क्या कर लिया?''

''क्या कहूँ···बच जाऊँगी मैं?'' चंदा ने पूछा।

''कैसी बात कहती हो? ऐसी कोई बात नहीं! तुम तो चाहती थी—न बचो!''

''हाँ!'' चंदा ने खन्ना की ओर बिना देखे स्वीकार किया—''बचकर ही क्या होगा? मुझसे सभी को दुख ही होता है। केवल बच्चों का खयाल है···नहीं तो है ही क्या।''

झुककर खन्ना ने पूछा—''उस रोज तुमने कहा था, मैं भी बच्चों से कम नहीं हूँ?'' खन्ना के हाथ पर अपना हाथ रखकर उदासी से चंदा ने कहा, ''तुम्हारे लिए मैं क्या कर सकती हूँ?''

''बहुत कुछ, जो चाहो।'' खन्ना ने और भी झुककर कहा।

''अरे, मैं तो सभी कुछ चाहती हूँ पर हूँ किसी लायक नहीं। जीवन भर किया ही क्या? इन्हें खुश रख सकती, तब भी एक बात थी।'' दीर्घ निश्वास लेकर चंदा ने दृष्टि एक ओर कर ली।

''अच्छा बताओ तो हुआ क्या?'' खन्ना ने उसके केशों को सहलाते हुए पूछा, ''क्या करोगे सुनकर, तुम्हें भी दुख होगा।'' खन्ना के आग्रह से चंदा ने बहुत कुछ दबाकर उसके समाधान के लायक हाल सुना दिया और साथ ही कहा, ''पर तुम्हें मेरे सिर की कसम है। अगर मुझे जीते देखना चाहते हो तो हमारे यहाँ आते रहना। न आने का अर्थ होगा, पापी न होते हुए भी पापी बन जाना।''

गम्भीर होकर खन्ना ने पूछा—''लेकिन इतनी सी बात पर उनके बिगड़ने का क्या मतलब?''

खन्ना को अपनी बात का विश्वास दिलाने के लिए चंदा ने कहा—''इन्हें ऐसे ही हो जाता है। पहले भी कई दफे इस तरह से बिगड़ चुके हैं। कई बार मुझे मर जाने की इच्छा हुई। अब की बात अधिक बढ़ गई।''

''तो तुमने कौन समझदारी की।'' खन्ना ने असन्तोष प्रकट किया।

''क्या बताऊँ? यों दिन कटते चले जाते हैं परन्तु कभी सोचने पर खयाल आ ही जाता है। इस जीवन में सन्तोष है ही क्या। वैसे जीवित रहने का और कोई उद्देश्य तो है नहीं।''

''तुम स्वयं जीवन के लिए उद्देश्य बनाना न चाहो तो कोई कैसे जबरदस्ती तुम पर लाद दे! अपने जीवन का विकास या उसे सफल बनाना भी तो एक उद्देश्य हो सकता है!'' खन्ना को खयाल आया कि वह अवसर के प्रतिकूल गम्भीर होता जा रहा है! बात काटकर और मुस्कराकर उसने कहा—''हाँ, तो बताया नहीं, हमें बच्चों में जगह मिलेगी या नहीं!'

चंदा ने उसके हाथ पर हाथ रखकर उत्तर दिया—''तुम उनसे बहुत आगे हो!''

अधिक बात कर चंदा को थका न डालने के विचार से वह चुप रह गया।

बाहर से लौटकर राजाराम ने बढ़ैयों के झगड़े का लम्बा किस्सा सुनाया। उन्होंने मजदूरी आठ आना बढ़ा दी थी—''किया क्या जाय? ग्रिग कम्पनी वालों ने नये ठेके खूब अच्छे दर पर लिये हैं। वे दो-दो रुपये रोज पर रख रहे हैं। आज गये न होते तो सबके सब उनके यहाँ चले जा रहे थे, बड़ी मुश्किल से रोका। अरे भाई, भागते भूत की लँगोटी ही भली, जो कुछ बचे वही सही, और क्या; ऐसी मुसीबत के समय में?''

कुछ दिन चंदा के लिए बिस्तर पर करवट बदलना या हिलना-डुलना तक संभव न था। घर में कोई दूसरी स्त्री न होने से असुविधा होती थी। कुसुम बेचारी आखिर कर क्या सकती थी? राजाराम विवाह के बाद अपने घर के पुराने तरीकों और सम्बन्धियों की संकीर्णता से खीझकर पटकापुर का पुराना मकान छोड़कर परमट पर आ बसे थे। चंदा के कभी अधिक अस्वस्थ हो जाने या प्रसव के समय घर से कोई बड़ी-बूढ़ी, महीने दो महीने के लिए आकर रह जाती थी। इस समय भी राजाराम किसी न किसी को बुलवा सकते थे; परन्तु बात फैल जाने की आशंका थी।

राजाराम चंदा की निजी आवश्यकताओं और पट्टी बँधवाने के लिए एक स्त्री का रहना आवश्यक समझते थे। सुबह पट्टी के समय भी उन्होंने लेडी डाक्टर बुलवा लेने की राय दी थी। खन्ना ने निस्संकोच कह दिया—''लेडी डाक्टर यह काम करने पायेगी। डाक्टर की वृत्ति के कारण उसे यह संकोच निरर्थक जान पड़ता था।

चंदा अकेली होती तो खन्ना कह देता—''पागल हो, इसमें क्या रखा है?''

राजाराम की भावना दूसरी थी। सोचकर खन्ना ने कहा—''कहो तो यमुना को बुला सकता हूँ परन्तु हर समय तो वह मौजूद न रह सकेगी।''

यमुना दो-तीन घण्टे के लिए नित्य संध्या समय आती और मरहम-पट्टी करा जाती। खन्ना ने राजाराम के साथ समय ऐसे बाँट लिया कि उनके काम पर गये रहने के समय वह आकर बैठता। ऐसे समय सहायता की आवश्यकता होने पर भी चंदा पुरुष से संकोच के कारण कतरा जाना चाहती। उसका संकोच भाँपकर खन्ना मीठी झिड़की देता—''यह क्या पागलपन है? निरर्थक संकोचकर तुम अपनी शिष्टता दिखाना चाहती हो? मैं जानता हूँ, तुम बहुत शिष्ट हों और यह भी जानता हूँ कि तुम बीमार हो। मित्र के नाते यदि अपनी आवश्यकता के समय तुम मुझसे निस्संकोच नहीं हो सकती तो हमारी मैत्री और मेरा डाक्टर होना दोनों ही व्यर्थ है।''

डाक्टर की इस प्रकार की प्रकट रुखाई से चंदा डाक्टर के और समीप आ जाती जैसे उसके भावों या जीवन की आवश्यकताओं का खन्ना से कोई पर्दा नहीं था। वह आँख मूँदकर उसका सहारा ले सकती थी। वह नन्हीं सी बच्ची की भाँति उसकी गोद में आश्रय पा सकती थी और उसे अपनी गोद में ले सकती थी। मरहम-पट्टी की दुस्सह पीड़ा को वह केवल उसी के हाथों सह सकती थी। उसने अपने आपको उन विश्वस्त हाथों में सौंप दिया था जहाँ किसी भी प्रकार का धोखा नहीं हो सकता था। बीमारी की जिद्द के कारण पति की बात अस्वीकार कर देने पर भी खन्ना के सामने आ जाने पर उससे इनकार न किया जाता।

राजाराम खन्ना पर विश्वास करने का यत्न करते थे परन्तु उसके प्रति चंदा का आदर उनके हृदय पर अपने तिरस्कार की कोंच लगा देता। वे एक प्रकार की विवशता में चुप रह जाते। जैसे विधाता ने उनके विरुद्ध षड्यन्त्र रचकर उन्हें चुप रह जाने के लिए मजबूर कर दिया हो। वे खन्ना का आदर करते थे। उसके प्रति कृतज्ञता भी अनुभव करते थे परन्तु अपने ही घर में उसके सम्मुख अपदार्थ बन जाना सह्य न था।

चंदा ने अपने विश्वास में आत्महत्या की चेष्टा से अपने निर्दोष होने का प्रमाण दे दिया था। वह निस्संकोच खन्ना की अधिक आत्मीय हो गई जैसे उसके लिए कोई कुछ करना है तो खन्ना ही। पति यदि कुछ करते हैं तो उस ओर ध्यान देने की आवश्यकता नहीं थी, उन्हें तो करना ही था बल्कि जितना करना चाहिये, उतना वे कर नहीं पाते थे। खन्ना आवश्यकता से भी कुछ अधिक करके राजाराम के कर्तव्य का भी भाग पूरा करके अपना स्थान और अधिकार बढ़ाता चला जा रहा था। मन और मस्तिष्क की निरन्तर यंत्रणा से राजाराम चुप से रहने लगे। चुप रहने के साथ ही उनकी आँखें और कान अधिक सतर्क होते गये।

× × ×

फैसिज्म के विरुद्ध जनता का पूर्ण और गहरा सहयोग पाने के लिये ब्रिटेन की पार्लियामेन्ट ने अनेक एलान किये। मंत्रिमण्डल की नीति रूस के अनुकूल बनाने और जनता का विश्वास पाने के लिये भी कई परिवर्तन किये गये। भारत में कम्युनिस्टों को आशा हो रही थी कि इस देश में फैसिज्म-विरोधी मोर्चे पर सर्व-साधारण का सहयोग प्राप्त करने के लिये भारत सरकार भी अपनी नीति में परिवर्तन करेगी। उन्हें कम्युनिस्ट दल पर से कानूनी प्रतिबन्ध हट जाने और जेल से कम्युनिस्टों की आम रिहाई की आशा हो गयी थी। कम्युनिस्ट दल फैसिज्म-विरोधी कौमी जंग की नीति का प्रचार करने के लिए अंग्रेजी और अनेक प्रांतीय भाषाओं में एक पत्र प्रकाशित करने की योजना कर रहा था। खन्ना अपने कार्य के लिए सुविधायें मिलने और क्षेत्र विस्तृत होने की आशा करने लगा।

दूसरी ओर कांग्रेस के नेताओं और ब्रिटिश पार्लियामेंट के प्रतिनिधि पर क्रिप्स में कोई समझौता न हो सका। कांग्रेस क्षेत्र में फिर से आंदोलन आरंभ होने की सनसनी फैलने लगी। वर्धा में कांग्रेस की केन्द्रीय कार्यकारिणी समिति नये आंदोलन के कार्यक्रम पर विचार कर रही थी। गाँधीजी कांग्रेस के आन्दोलन को अहिंसा की नीति के नियंत्रण में रखना चाहते थे इसलिये उन्होंने युद्ध के समय कांग्रेस का आन्दोलन राजनैतिक अधिकारों के लिए नहीं बल्कि अहिंसा की प्रतिष्ठा के लिये युद्ध का विरोध कर सकने के अधिकार की माँग के लिये चलाया था। वह आन्दोलन जनता के उत्साह के अभाव में

केवल व्यक्तिगत सत्याग्रह के रूप में सिसक रहा था। कांग्रेस का आत्मिक बल सरकार के पशु-बल की टक्कर से कुचल गया था। आन्दोलन को सबल बनाने के लिये नये तरीके की जरूरत थी।

चन्दा प्रायः एक मास के उपचार के बाद पलंग पर बैठने योग्य हो गई थी। पीठ के अनेक ज़ख्म अभी बिलकुल भर न पाये थे, मरहम पट्टी जारी थी। खन्ना का पर्याप्त समय उसी के मकान पर कटता था। सुजान भी खन्ना के लिये अच्छी खासी समस्या बन गया था। यमुना से उसकी मित्रता की चर्चा दिन पर दिन फैलती जा रही थी। शिवनाथ भी इस कारण परेशान था। उसे कम्युनिस्टों से सहानुभूति न थी। सुजान से वह और भी चिढ़ता था परन्तु इस मामले में चिढ़ दिखाना अपना तमाशा बनाना था। खन्ना से मिलकर उसने प्रस्ताव किया कि क्यों न इन दोनों का विवाह हो जाय। ऐसा होने से लोगों का मुँह तो बन्द हो सकेगा।

खन्ना जानता था कि विवाह सुजान के बस की बात नहीं है। सुजान को यमुना से विवाह कर लेने की राय देने के बजाय संयम से काम लेने को कहा। सुजान ने इस परामर्श की अवहेलना कर उत्तर दिया—"यह मेरा निजी मामला है।"

खन्ना ने समझाया—"पार्टी का काम करते समय तुम्हारा कोई मामला, जिससे पार्टी पर प्रभाव पड़े निजी नहीं।"

सुजान और भी बिगड़ उठा। उसने कहा—"स्त्री-पुरुष के सम्बन्ध में विवाह की बूर्जुआ धारणा को मैं नहीं जानता। मेरे लिए यमुना से प्रेम और मित्रता का संबंध पर्याप्त है। जिस धारणा में मुझे आस्था नहीं है उसके अनुकूल व्यवहार कर उसका समर्थन क्यों करूँ?"

खन्ना ने आग्रह किया—"सवाल समर्थन का नहीं। सवाल है, जब तक हम पूँजीवादी व्यवस्था को बदल नहीं देते, हम उसके नियमों और संस्कारों की उपेक्षा नहीं कर सकते। पूँजीवादी व्यवस्था में रहकर समाजवादी धारणा के अनुसार स्वतन्त्रता चाहोगे तो झंझट होगा ही। जनता को सीधे मार्ग पर लाने के लिये, उनका विश्वास प्राप्त करने के लिये, उनकी धारणा के अनुसार तुम्हें उनके सामने सच्चरित्र भी बनना होगा। जनता का विश्वास खोकर अपनी बात उन्हें सुना सकने का अवसर खो देना बुद्धिमानी नहीं है। तुम पार्टी की दृष्टि में व्यर्थ हो जाओगे।"

एक दिन सहसा पुलिस ने सुजानसिंह को ग़िरफ्तार कर लिया। प्रभावशाली व्यक्तियों द्वारा जमानत पर सुजान को रिहा कराने का यत्न किया गया। मालूम हुआ कि सुजान की गिरफ्तारी बम्बई से आये वारंट के आधार पर हुई है। वह रहमत के नाम से फरार घोषित था। उसे तहकीकात के लिये बम्बई भेज दिया गया। जितने दिन सुजान कानपुर जेल में रहा, यमुना उससे मिलने का यत्न करती रही। उसकी सहायता करने वाला कोई न था बल्कि होंठ दबाकर मजाक करने के लिए लोगों को अवसर मिल गया था।

शिवनाथ इस सबकी उपेक्षा कर एक दफे फिर कांग्रेस के आने वाले आन्दोलन में प्राणों की बाजी लगाने के लिये तैयार हो गया। उसका विश्वास था कि खन्ना नवीन आन्दोलन की व्यापक सम्भावना न समझकर आन्दोलन का विरोध कर रहा था। शिवनाथ वर्धा और दूसरे स्थानों पर जाकर नये आंदोलन के विषय में कांग्रेस के उत्तरदायी नेताओं से मिल आया था। आंदोलन आरम्भ हो जाने से पहले नीति की अनेक बातें सर्वसाधारण

के सन्मुख प्रकट कर देना उचित भी न था परन्तु खन्ना के समान विश्वासी और गम्भीर आदमी को सब बात समझाकर कम्युनिस्टों के व्यापक और गहरे संगठन का सहयोग प्राप्त करने में कोई हानि न थी। जुलाई १९४२ के अन्त में कम्युनिस्ट पार्टी पर से प्रतिबन्ध हट गया था। कम्युनिस्ट जेलों से रिहा कर दिये गये। उनके सहयोग का मूल्य और भी अधिक हो गया।

शिवनाथ चन्दा की बीमारी का हाल सुनकर उसे देखने के लिये दो-तीन बार गया। वहीं खन्ना और उसकी बातचीत नये आंदोलन के सम्बन्ध में होती थी। आंदोलन के कार्यक्रम और परिणाम से राजाराम का विशेष सम्पर्क न था पर उनसे संकोच भी न था। बातचीत उनके सामने ही होती रहती। एक अनुभवी दुनियादार की तरह वे अपनी निष्पक्ष राय भी देने लगते। शिवनाथ ने सिद्धांत पर तर्क छोड़कर वास्तविक कार्यक्रम की ही बात की :

"कांग्रेस के नेता आन्दोलन से बचने के लिए जो सम्भव था कर चुके पर अब आन्दोलन रुक नहीं सकता था। इस बार आन्दोलन केवल वैधानिक रूप से विरोध प्रदर्शन मात्र न होगा बल्कि क्रांति होगी। कांग्रेस के नेताओं ने देख लिया है कि वैधानिकता के बन्धन लगाकर आन्दोलन की रीति पूरी करने से जनता उसमें उत्साह से भाग नहीं ले सकती। इस आन्दोलन में सब कुछ ध्वंस करके नयी व्यवस्था की रचना के लिए अवसर आयेगा। वाम पक्ष के लोगों को कांग्रेसी-नेताओं से सदा शिकायत रही है कि वे आन्दोलन पर वैधानिकता के बहुत अधिक बन्धन लगा देते हैं। हम जनता को क्रांति के लिए प्रेरित नहीं कर पाते। इस बार वह बात नहीं। उन लोगों ने मान लिया है कि मौजूदा व्यवस्था से अराजकता भली। अपना उद्देश्य प्राप्त करने के लिए जनता सभी सम्भव उपायों का उपयोग करेगी। अब पीछे हटने की गुंजाइश नहीं चाहे रक्त की नदियाँ बह जाय···।"

शिवनाथ ने बताया—वर्धा में बद्री बाबू से भी बात हुई थी। उन्होंने कहा है—अब देखना है वाम पक्ष वाले क्रांति के अरमान कैसे पूरे करते हैं? देश में सरकार की मशीनरी को बिल्कुल ठप्प कर देना है। उसके बाद चाहे जो हो। इस कार्यक्रम में रेल, तार, डाक, अदालत, खजाना सरकारी सामान और इमारतें सभी कुछ—जिन साधनों से सरकार शासन और दमन करती है, सब उखाड़ देना है। सरकारी अफसरों को गिरफ्तार करके व्यवस्था का अन्त कर देना है। कांग्रेस के बड़े नेता स्वयं इस दिशा में कुछ भी नहीं कर सकते। करना सब कुछ हमें तुम्हें है। मौजूदा शासन समाप्त कर देना ही पहला काम है। कांग्रेस के प्रति लोगों की श्रद्धा बड़ी भारी शक्ति है। इस शक्ति के उपयोग का अवसर हमारे हाथ में आ रहा है। आन्दोलन आरम्भ हो जाने पर कांग्रेस गैरकानूनी संस्था हो जायेगी। उस समय कांग्रेस के प्रतिनिधि हम लोग ही होंगे। तुम लोग देशव्यापी हड़ताल द्वारा शासन की व्यवस्था मेहनत करने वाली श्रेणी के हाथों में लेने की बातें करते रहे हो। रेलवे और दूसरे कारोबार के मजदूरों में तुम्हारा संगठन है। सब जगह काम बन्द कराकर तुम मौजूदा व्यवस्था का अन्त कुछ घण्टों में ही कर सकते हो। ऐसा होने से सेना और पुलिस एक स्थान से दूसरे स्थान पर न जा सकेगी। एक स्थान से दूसरे स्थान का सम्बन्ध न रहने से सरकार क्रांति का दमन संगठित रूप से न कर सकेगी। सरकार की शक्ति जगह-जगह बिखर जाने पर जनता की शक्ति अधिक होगी और हम क्रांति को

सफल बना सकेंगे। किसी न किसी प्रकार पुरानी व्यवस्था बनाये रखने का यत्न करने वाले इस आन्दोलन को रोकने का यत्न कर रहे हैं परन्तु कांग्रेस के नेता लाचार हैं? उनकी लगातार असफलताओं ने उन्हें कदम उठाने के लिये विवश कर दिया है। इस समय वाम पक्ष का कर्त्तव्य है कि अखिल भारतीय कांग्रेस कमेटी के अधिवेशन में बम्बई चलकर अपनी सम्पूर्ण शक्ति आन्दोलन आरम्भ करने का प्रस्ताव पास कराने में लगा दे...।''

रहस्य की बातें सुनकर राजाराम शंका से बोले—''हाँ, हो तो सकता है, अगर ऐसा हो जाये तब! लेकिन तमाम गड़बड़ी हो जायेगी, बिजनेस तो सब चौपट हो जायेगा।''

उत्साह से शिवनाथ ने कहा—''होगा कैसे नहीं; परिस्थितियाँ अनुकूल हैं। बरमा में जो कुछ हो रहा है, उससे यहाँ भी लोगों पर सरकार का आतंक कम हो गया है। शुरू करने की आवश्यकता है, फिर तो होता ही जायेगा!'' जूता फर्श पर उतारकर पाँव चन्दा के पलंग की पटिया पर टिकाकर हाथ की उँगलियाँ चमकाते हुए राजाराम ने सुझाया, ''हाँ, पर लूट-मार मच जायेगी। चाँदी-सोना तो कहीं है नहीं, सब नोट ही नोट हैं। सरकार नहीं रहेगी तो नोट को कौन पूछेगा? खरीद-बिक्री कैसे होगी? लोग हाथ पर हाथ धरे भूखे थोड़े बैठे रहेंगे! अपने आप लूट-मार होगी!''

चन्दा आँखें फैलाये आशंका से पति की बात सुन रही थी—''हाँ सो तो होगा ही?'' उसने समर्थन किया। इस आपत्ति की उपेक्षा कर शिवनाथ ने खन्ना की राय सुनने के लिये उसे सम्बोधन किया, ''अरे यह सब तो क्रान्ति के समय होता ही है। हमारी शक्ति संगठित हो तो हम तुरन्त ही व्यवस्था कायम कर सकते हैं।

खन्ना विश्राम के लिए पाँव पसारे बाएँ हाथ से सिगरेट पीता हुआ दाएँ हाथ में थमी दियासलाई से कान खुजा रहा था। पाँव समेटकर और दियासलाई को उँगलियों में तोड़ते हुए उसने कहा, ''भाई, हम लोग तो इस समय आन्दोलन के पक्ष में नहीं हैं।''

''यह तो जानते हैं। तुम्हारे अखबार में देखा है।'' उतावली से शिवनाथ बोला, ''मतलब है कि युद्ध के कारण सरकार पर आई कठिनाई का तुम लाभ नहीं उठाना चाहते यानी तुम उदार दल वालों से भी गये बीते हो। तुममें और राय की रेडिकल पार्टी में भेद ही क्या है।''

''हाँ ठीक तो है'' राजाराम ने सिर हिला शिवनाथ का समर्थन किया, ''इसका मतलब तो यही है!''

हाथ का समाप्त हो गया सिगरेट चन्दा के पलंग के नीचे उगालदान में फेंककर कुर्सी पर सीधे होकर खन्ना ने कहा—''नहीं, यह बात नहीं है शासन देश के लोगों की सरकार के हाथ में हो, कांग्रेस की इस माँग का हम समर्थन करते हैं क्योंकि उसी अवस्था में भारतीय जनता फैसिस्ट-विरोधी युद्ध को अपना युद्ध समझ सकती है परन्तु जनता के लिए शासन अधिकार प्राप्त करने का उपाय परिस्थितियों को ध्यान में रखकर ही किया जा सकता है। हम उसी उपाय पर निर्भर कर सकते हैं जिसकी सफलता की आशा हम इन परिस्थितियों में कर सकें। ऐसे उपाय पर नहीं जो हमारे उद्देश्य को ही हानि पहुँचाये। अंग्रेज सरकार के आत्म-निर्णय या स्वराज्य के अधिकार का हमारा तकाजा है। वह हम लेंगे ही परन्तु आज दूसरी शत्रु-शक्ति हमारे देश पर चढ़ी आ रही है। अंग्रेजों से झगड़ते-झगड़ते हम यदि इस दूसरी शक्ति के पंजे में पड़ जायें तो क्या होगा? स्वराज्य तो मिलेगा

नहीं, अलबत्ता शत्रु के आक्रमण से हमारा देश और जनता लाखों की संख्या में बरबाद हो जायेगी।

"आप व्यर्थ में जापान को अपना शत्रु समझ बैठे हैं, यह आपकी भूल है! वह तो भारत पर अंग्रेजी साम्राज्य की शक्ति तोड़ने के लिये आक्रमण कर रहा है? हमें गुलाम बनाकर रखने वालों पर आ रही मुसीबत हम क्यों अपने सिर लें?" शिवनाथ ने राजाराम और चन्दा की ओर देखकर पूछा, "हमें अपनी लड़ाई अपने पुराने शत्रु से लड़नी चाहिए, इस अवसर से लाभ उठाना चाहिए। रूस के युद्ध में पड़ जाने से हम अपनी स्वतन्त्रता के प्रश्न की उपेक्षा नहीं कर सकते।"

खन्ना बोला—"लेकिन यह मान लेना ही तो भूल है कि जापान अंग्रेजों से कुश्ती लड़ने की बहादुरी दिखाने के लिए हमारे देश पर आक्रमण कर रहा है? क्यों साहब, चीन पर जापान ने क्यों आक्रमण किया? इण्डोचाइना, कोरिया, मंगोलिया, मंचूरिया को वह क्यों हड़प गया? जापान की सम्पूर्ण एशिया को अपने साम्राज्य में समेटने की महत्त्वाकांक्षा बहुत पुरानी है। वह केवल अवसर की प्रतीक्षा में था। हमें भी अवसर पहचानना है। कांग्रेस के बड़े भारी राजनीतिज्ञ नेता फर्माते हैं कि हम अंग्रेजों से लड़ेंगे, जापान से भी लड़ेंगे जर्मन से भी लड़ेंगे। आप दुनिया भर से लड़ेंगे? क्या है शक्ति आपकी? वही न जिससे व्यक्तिगत-सत्याग्रह का संग्राम आपने जीत लिया? अन्तर्राष्ट्रीय क्षेत्र में कोई तो आपका सहायक होना चाहिये। इस जमाने में कोई राष्ट्र अकेला खड़ा नहीं रह सकता। फैसिस्ट शक्तियों के संगठन के विरुद्ध रूस, इंग्लैंड और अमेरिका तक तो अकेले खड़े होना मूर्खता समझते हैं। आप उन तीनों से जबरदस्त हैं जो फैसिस्ट शक्तियों के साथ अकेले लड़ेंगे और ब्रिटेन के साथ भी लड़ते जायेंगे। आत्मिक शक्ति की बात जाने दीजिये, जरा वास्तविकता की ओर देखिये।" खन्ना कहता गया।

राजाराम बोले—"इसमें क्या है; यों कहने को आप जापान को सहायक कह सकते हैं?"

चंदा बहस को बड़े ध्यान से सुन रही थी—"यह कैसे हो सकता है? उसने चौंककर पूछा।"

"क्यों?" राजाराम ने प्रश्न किया।

खन्ना उत्तेजना से अपनी कुर्सी पर आगे खिसक आया। हाथ उठा चंदा को चुप रहने का संकेत कर बोला—"बस ठीक है, आपने एक सीधी बात कही। यह बात सुभाष बाबू कह सकते हैं परन्तु समाजवादी ऐसा नहीं कह सकते। जापान या फैसिस्ट शक्तियों से सहयोग का अर्थ है, फैसिज्म के सिद्धांत और उसकी अन्तर्राष्ट्रीय नीति से सहयोग। फैसिज्म का पहला दावा यह है कि संसार से पराधीन और निर्बल राष्ट्र शक्तिशाली राष्ट्रों के उपयोग के लिये हैं। फैसिस्टों की सफलता से आप अपनी किस्मत पर गुलामी की मोहर उस समय तक के लिये लगा लेंगे, जब तक कि फैसिस्ट साम्राज्य भी कमजोर होने लगे और उसे समाप्त करने के लिये अन्तर्राष्ट्रीय शक्तियाँ उठ खड़ी हों। क्या यह दूरदर्शिता है कि फैसिज्म का विरोध करने वाली जो अन्तर्राष्ट्रीय शक्तियाँ आज मौजूद हैं उनसे हम सहयोग न करें, अपनी अवस्था को और गिरा लें और फिर फैसिज्म के विरुद्ध नई अन्तर्राष्ट्रीय शक्तियों के पैदा होने और उनके सबल होने की प्रतीक्षा करें?

खन्ना के व्यवहार में ऐसी तीव्रता चंदा ने पहले न देखी थी। कौतूहल से उसे हल्की सी सिहरन अनुभव हुई और नेत्र प्रसन्नता से चमक उठे। वह खन्ना की ओर देखती रह गई। उसे जान न पड़ा कि राजाराम खन्ना की बात की ओर ध्यान देने की अपेक्षा उसी की ओर ही देख रहे थे।

खन्ना की तीव्रता से विचलित न होकर शिवनाथ ने कहा—''अन्तर्राष्ट्रीय परिस्थिति की चिन्ता में अपने देश की परिस्थिति भूल जाना भी ठीक नहीं है। हम स्वयं गुलाम बने रहकर अन्तर्राष्ट्रीय परिस्थिति की फिक्र करें, यह भी तो विचित्र बात है।''

खन्ना की उत्तेजना शान्त न हुई—''विचित्र बात कुछ नहीं है।'' उसने कहा, ''अन्तर्राष्ट्रीय परिस्थिति की उपेक्षा न आप कर रहे हैं, न हम कर रहे हैं, न कांग्रेस कर सकती है। आप युद्ध की परिस्थिति से लाभ उठाना चाहते हैं, युद्ध अन्तर्राष्ट्रीय परिस्थिति है या नहीं? प्रश्न है कि इस अन्तर्राष्ट्रीय परिस्थिति में जिस नीति पर आप चलना चाहते हैं, वह देश के हित में है या अहित में···?''

शिवनाथ ने संक्षेप में अपनी बात कह देने के संकेत में हाथ उठाकर कहा—''हम अपनी गुलामी का बन्धन काटने के लिये अन्तर्राष्ट्रीय परिस्थिति से लाभ क्यों न उठायें? अपने शत्रु पर चोट क्यों न करें? आगे जो होगा, हम देख लेंगे।''

''ठीक तो है'' बहस से ऊबने के भाव से उँगलियाँ चटकाते हुए राजाराम बोले। चंदा को भी शिवनाथ के संक्षिप्त तर्क में बल दिखाई दिया। ऊबने के भाव से नहीं बल्कि जिज्ञासा के भाव से उत्तर की आशा में खन्ना की ओर देखने लगी।

उत्तर खन्ना की जिह्वा पर प्रस्तुत ही था—''अन्तर्राष्ट्रीय परिस्थिति से गुलामी का बन्धन काटने की नीति ठीक है परन्तु कार्यक्रम ऐसा होना चाहिये जिससे गुलामी का बन्धन कटने की आशा हो; बन्धन कड़ा हो जाने की नहीं। भारत के लिये वर्तमान अन्तर्राष्ट्रीय परिस्थिति में फैसिस्ट-विरोधी मोर्चे में सम्मिलित होने के सिवा और कोई चारा नहीं है। इस नीति से हम फैसिस्ट-विरोधी युद्ध में मित्र राष्ट्रों का हाथ बटाने के कार्य में अपने शासन का अधिकार भी पा सकेंगे। इस समय मित्र-राष्ट्र फैसिज्म के विरोध के लिये सभी सम्भव उपायों की शरण के लिये मजबूर हैं।

''मित्र-राष्ट्र यदि अपने स्वार्थ के लिये ही भारत को राष्ट्रीय रूप में जिम्मेवारी देकर फैसिस्ट-विरोधी मोर्चे में सम्मिलित कर लें तो उससे हमारा स्वार्थ भी पूरा होगा। यदि हम फैसिज्म का जबानी विरोध करें और दूसरी ओर फैसिस्ट-विरोधी युद्ध का भी विरोध करें तो यह वास्तव में फैसिज्म की सहायता करना ही होगा। ऐसी अवस्था में अंग्रेज सरकार को नैतिक अधिकार होगा कि अपने फैसिस्ट शत्रु को सहायता देने वाले हमारे प्रयत्नों को पूरी शक्ति से कुचल दे। आप इस अन्तर्राष्ट्रीय परिस्थिति में अंग्रेज सरकार को चोट पहुँचाने की बात सोच सकते हैं परन्तु वह केवल प्रतिहिंसा की भावना, मूर्खता और बचपना होगा राजनीति नहीं। हम अपनी गर्दन कटाकर प्रतिहिंसा की भावना पूरी करना नहीं चाहते। हमें मनुष्य की किसी जाति से द्वेष नहीं, हमें तो गुलाम बनाने वाले तरीकों से विरोध है, जिसका सबसे भयंकर रूप फैसिज्म है।''

राजाराम ने अपनी कलाई की घड़ी की ओर देखकर टोक दिया—''पाँच बजने को हो रहे हैं। इन लोगों को कुछ चाय-वाय पिलवाओगी या नहीं?''

चंदा बीमारी के कारण गावतकिये के सहारे पलंग पर करवट से बैठी थी और दूसरे लोग उसके पलंग के चारों ओर कुर्सियों पर थे। अपने घर में, अपने बिस्तर के समीप राजनीति और तर्क की ऐसी महत्त्वपूर्ण बातें होते देखकर उसे संतोष और गर्व हो रहा था। विशेषकर खन्ना को खुलकर बोलते देखकर। चंदा बोली—"क्यों नहीं पर यह सब बातें क्या चाय से कम मजेदार हैं?" उसने मुस्कराकर कहा और भजन को चाय ले आने का आदेश दे दिया।

भजन ने चंदा के पलंग के सम्मुख तिपाई पर चाय की ट्रे रख दी। अपने स्थान से हिले बिना वह प्यालों में चाय और दूध डालती गई और फिर प्रत्येक व्यक्ति की रुचि के अनुसार पूछ कर चीनी। राजाराम अतिथियों को प्याले थमाते जा रहे थे। शिवनाथ ने प्याला दायें हाथ में ले उसमें चम्मच चलाते हुए कहा—"यह क्यों मान लिया जाय कि जापान भारत पर आक्रमण कर ही देगा और उस भय से हम अपनी आजादी का आन्दोलन क्यों छोड़ दें!"

खन्ना चाय के प्याले को भूलकर बोला—"आजादी के आन्दोलन को हम छोड़ें क्यों! फैसिस्ट-विरोधी युद्ध आजादी के लिये ही है। उसमें आत्म-निर्णय का अधिकार पाने का प्रयत्न है। बाकी रहा, जापान आक्रमण करेगा या नहीं? वह तो आक्रमण कर ही रहा है। ऐसे समय देश में अराजकता फैलाकर हम जापान को रोकने वाली शक्ति को निर्बल कर दें तो यह जापान के आक्रमण को सहायता देना होगा। वह अपने साम्राज्य-विस्तार के निमंत्रण को ठुकरायेगा क्यों!"

चन्दा अपना प्याला तिपायी से उठाना भूलकर तन्मयता से खन्ना की बात सुनने लगी थी। उसकी बात समाप्त होने पर मुस्कराकर चन्दा ने अपना प्याला हाथ में लेकर कहा—"खन्ना जी, कहते खूब हैं आप!"

"बस, तो यह आखिरी बात ही आपको पसन्द आई?" खन्ना ने निराशा के भाव से पूछा।

"और क्या?" चन्दा ने खन्ना के विनोद के उत्तर में हँस दिया।

"तब तो बहुत ठीक है!" सिर हिलाकर बेबसी दिखाते हुए खन्ना ने प्रत्युत्तर दिया, "इत्र को चखकर पहचानती हैं आप?"

चाय का घूँट मुख में लिए ही चन्दा की जोर से हँसी आ गई। प्याला हिल जाने से कुछ चाय उसकी साड़ी के आँचल पर ढरक आई। प्याले को तिपायी पर रखकर उसने क्रोध प्रकट किया—"बड़े वैसे हैं आप?"

"कैसे?" खन्ना ने गम्भीरता से पूछा।

"बहुत खराब? ''चाय गिरवा दी।" पति की ओर देख चन्दा ने शिकायत की।

राजाराम ने उस हँसी में योग न दिया। उनकी दृष्टि नीचे फर्श की ओर चली गई। उससे पहले वे चन्दा की आह्लाद से चमकती आँखों की ओर देख रहे थे। शिवनाथ ने भी उधर ध्यान न दिया। वह चाय का घूँट भरना भूलकर प्याले में चम्मच चलाते-चलाते कुछ सोचने लगा। खन्ना और चन्दा का वह विनोद दूसरे लोगों का सहयोग न पाकर उनकी निजी बात रहकर क्षणिक माधुर्य उत्पन्न कर गया।

कांग्रेस के 'भारत छोड़ो' आन्दोलन का भविष्य बम्बई अधिवेशन के निर्णय पर निर्भर था। उग्र कांग्रेसियों में आन्दोलन के जुहार की तैयारी आरम्भ हो रही थी। वैधानिकता के

पक्षपाती मुस्लिम-लीग से समझौता करके कांग्रेस और लीग के सम्मिलित मन्त्रिमण्डल की सरकार बना लेना चाहते थे। कांग्रेस की सर्वसाधारण जनता आन्दोलन के लिए आतुर थी, परन्तु चोटी के लीडर कांग्रेस के एकमात्र प्रतिनिधि महात्मा गाँधी और वायसराय में होने वाली मुलाकात के परिणाम की प्रतीक्षा में थे। उन्हें आशा थी, शायद सरकार कांग्रेस की शक्ति और प्रभाव का विचार कर किसी रूप में कांग्रेस की माँगों को स्वीकार करने का आश्वासन दे दे।

राजनैतिक क्षेत्र में साम्प्रदायिक समस्या की उपेक्षा करने वाले कम्युनिस्ट माँग कर रहे थे, कांग्रेस-लीग समझौता करे। वे इसके लिये पाकिस्तान की माँग भी स्वीकार कर लेने के लिये तैयार थे—'बिना किसी शर्त के फैसिस्ट-विरोधी युद्ध में सहयोग और बिना किसी शर्त के कांग्रेस-मुस्लिम लीग समझौता, कम्युनिस्टों की यह दो आवाजें थीं। कम्युनिस्टों से सहानुभूति रखने वाले लोग भी ऐसे सुझावों से विस्मित थे। कम्युनिस्टों की विचारधारा को बिना समझे भी राष्ट्रीय भावना रखने वाली जनता को कम्युनिस्टों से सहानुभूति थी क्योंकि सरकार कम्युनिस्टों का सबसे अधिक दमन कर रही थी। वे साम्राज्यवाद के उग्रतम विरोधी थे। अब कम्युनिस्टों से सहानुभूति रखने वाले लोग भी, उन पर रूस के लिए अपने देश को बलिदान कर देने और सरकार के हाथ बिक जाने का लांछन लगाने लगे।

खन्ना और उसके साथी अपनी सम्पूर्ण शक्ति से जनमत परिवर्तन करने के काम में लगे थे। उनके सम्मुख प्रश्न था, अपने देश को चीन और बरमा की भाँति आग की ज्वाला में जलने और रक्त की नदी में डूबने से बचाने के लिये, मित्र-राष्ट्रों के फैसिस्ट-विरोधी मोर्चे में समान उत्तरदायित्व पाने का यत्न किया जाये। पाकिस्तान की समस्या उन्हें साम्प्रदायिक भावना से प्रेरित मुस्लिम जनता की आत्म-निर्णय की माँग जान पड़ती थी। वे इस माँग को आत्म-निर्णय के सिद्धान्त पर स्वीकार करके फूट का आधार मिटा देना चाहते थे। इस प्रकार वे राष्ट्रीय-सरकार की स्थापना के मार्ग से विदेशी सरकार की ओर से पेश की जाने वाली साम्प्रदायिक भेदभाव की आपत्ति को दूर कर देना चाहते थे।

कम्युनिस्ट पार्टी पर से प्रतिबन्ध हट जाने से डाक्टर वर्मा के कार्य का क्षेत्र बहुत विस्तृत हो गया था। वह दूकान के आडम्बर की चिन्ता छोड़कर राजनैतिक लोगों से सम्पर्क बढ़ाने में लग गया था। विचार-विनिमय के लिए उससे मिलने वालों की संख्या बढ़ गई थी। स्वयं अपना स्थान न होने के कारण दिन भर दूसरी बस्तियों में घूमते रहने से समय बरबाद होता था। मिलने वाले यदि उसके यहाँ आकर मिल जाते तो समय की बचत और सुविधा से काम हो सकता था।

राजाराम ने परामर्श दिया—"तुम्हें ही क्या सबके यहाँ मारे-मारे फिरने की पड़ी है। जिसे जरूरत हो वह तुमसे मिलने आ सकता है?"

खन्ना ने हँसकर उत्तर दिया—"दूसरों को जरूरत न होने पर भी मुझे तो है ही और फिर रामनारायण के बाजार के अपने महल में मैं लोगों का आतिथ्य कैसे करूँ? वहाँ दो लोहे की कुर्सियाँ हैं और एक खाट। जाने कब से झाड़ू भी नहीं लगा। मैं दूसरों के यहाँ जाता हूँ तो लोग कुछ खिलाते-पिलाते हैं। मेरे यहाँ आने लगें तो उनकी आवभगत कहाँ से करूँगा?"

"तो क्या यह घर आपका नहीं है?" शिकायत कर चंदा ने अनुमोदन की आशा से पति की ओर देखा।

राजाराम ने उदासी से समर्थन किया—"यह शायद नहीं समझता तभी ऐसी बातें करता है।"

डाक्टर वर्मा से बातचीत करने आने वालों के कारण राजाराम के अतिथियों की संख्या बढ़ गई। स्वयं राजाराम की सहानुभूति कम्युनिस्टों से न होने पर खन्ना की मार्फत सहसा अपनी सामाजिक स्थिति और जनप्रियता बढ़ना उन्हें बुरा न लगा।

चंदा चंगी हो जाने पर भी अभी निर्बल थी। खन्ना की महफिलों के लिए काफी झंझट उसे उठाना पड़ता। खन्ना टोकता—इस सबकी क्या जरूरत है परन्तु चंदा को अभ्यागतों के सत्कार में स्वाभाविक उत्साह था। वह चाहती थी कि उसके यहाँ जो आये, असन्तुष्ट न जाये। राजाराम भी घर का व्यवहार मर्यादा के अनुकूल ही रखना चाहते थे।

कार्य का क्षेत्र बढ़ जाने पर खन्ना की उलझनें भी बढ़ रही थीं। बिना यत्न के भी डाक्टरी की जो कुछ प्रैक्टिस जम गई थी अब समाप्त हो गई। नये-नये कार्यकर्ता बढ़ रहे थे। ऐसी अवस्था में सुजान की कमी खन्ना को खल जाती। दूसरे कम्युनिस्ट कार्यकर्ताओं के जेल से छूट जाने पर भी उसकी रिहाई न हुई थी। यमुना उससे मिलने बम्बई गई थी। यमुना से पाई खबरों से खन्ना और भी निराश हो गया। सुजान के बारे में तहकीकात करने के लिए पुलिस ने उसका पता-ठिकाना कानपुर ढूँढ़ा पर उन्हें कुछ पता न मिला। बम्बई की पुलिस ने उसे रहमत के नाम से पहचान लिया। तहकीकात आगे बढ़ी; आखिर दो-दो नामों से रहने वाला यह व्यक्ति था कौन? इस विषय में पुलिस को सन्तुष्ट करना सुजान के बस में न था। ऐसे संदिग्ध व्यक्ति की रिहाई कैसे होती? उसका हुलिया और फोटो सभी प्रान्तों में भेजकर तहकीकात हो रही थी।

पहली अगस्त के दिन 'तिलक-हाल' में लोकमान्य बाल गंगाधर तिलक की बरसी के अवसर पर कांग्रेस कार्यकारिणी के चौदह जुलाई के प्रस्ताव के समर्थन में अनेक व्याख्यान हुए। जनता को सरकार से असहयोग करके, शासन व्यवस्था को स्थगित कर देने के लिए और खुली बगावत के लिए ललकारा गया। सभा में उपस्थित कम्युनिस्ट कार्यकर्ताओं ने युद्ध के समय इस व्यवहार को आत्म-हत्या की नीति और जापान के आक्रमण को प्रोत्साहित करना बताया। उन्होंने बिना किसी शर्त के साम्प्रदायिक समझौता कर लेने और राष्ट्रीय सरकार स्थापित करने की अपील की। आन्दोलन के पक्षपाती उग्र विचार के लोगों ने कम्युनिस्टों को गद्दार और देशद्रोही कहकर सभा से निकाल देने का प्रयत्न किया। मारपीट हो गई। इस मारपीट की अफवाहें शहर भर में फैल गईं। कांग्रेस से सहानुभूति रखने वालों ने समझा कि राष्ट्रीय स्वतन्त्रता के लिए लड़ने वाली कांग्रेस का विरोध देशद्रोह के अतिरिक्त और क्या हो सकता है? किसने क्या कहा, कैसे कहा, क्यों कहा? यह जाँच किसने की। कांग्रेस प्रेमियों में, कम्युनिस्टों को कांग्रेस-विरोधी समझकर उनके प्रति विरोध भावना फैलने लगी।

कार्यकारिणी के बम्बई अधिवेशन की तारीख निकट होने से राजनैतिक सनसनी बढ़ रही थी। कम्युनिस्टों को विश्वास था कि अन्तिम निर्णय हो जाने पर भी आन्दोलन तुरन्त आरम्भ न हो सकेगा। महात्मा गाँधी कांग्रेस के प्रतिनिधि की हैसियत से वायसराय से फिर कुछ दिन पत्र-व्यवहार करेंगे…शायद एक मुलाकात की प्रार्थना करें। अनेक बार ऐसा हो चुका था। इस बीच में कोई न कोई उपाय आन्दोलन टालने का निकल आयेगा और कम्युनिस्टों को अपनी नीति जनता के सम्मुख स्पष्ट करने का समय मिल सकेगा। कांग्रेस

के प्रति जनता के विश्वास के कारण, कांग्रेस की नीति में भूल दिखाना कठिन कार्य था; विशेषकर जब कम्युनिस्ट स्वयं कांग्रेस के स्वराज्य की माँग के प्रस्ताव का समर्थन कर रहे थे।

देश भर के कान बम्बई से आने वाले समाचार की ओर लगे हुए थे। नौ अगस्त को खन्ना रेडियो पर कांग्रेस के निर्णय की खबर सुनने के लिए बहुत जल्दी सुबह ही राजाराम के यहाँ पहुँच गया था। समाचार मिला—'कांग्रेस ने सरकार द्वारा अपनी माँगें पूरी न होने पर असहयोग और विद्रोह का प्रस्ताव स्वीकार कर लिया है और कांग्रेस के प्रमुख नेता गिरफ्तार भी कर लिए गये हैं।' चौबीस घण्टे के भीतर देश भर में सभी स्थानों पर गिरफ्तारियाँ हो गई थीं। सरकार का कार्यक्रम पहले से तैयार था। वह कांग्रेस के निर्णय की ही प्रतीक्षा कर रही थी।

अगले दिन से ही समाचार-पत्रों में नेताओं की गिरफ्तारी पर विरोध-प्रदर्शन के समाचार, सरकार द्वारा इन प्रदर्शनों को गैरकानूनी घोषित कर देने और इनके दमन के समाचार आने लगे। इसके बाद स्थान-स्थान पर रेल की पटरी उखाड़े जाने, सरकारी इमारतों को जलाने और पुलिस तथा विद्रोही जनता के संघर्ष की घटनायें होने लगीं।

पुलिस ने शिवनाथ की गिरफ्तारी के लिए उसके मकान पर छापा मारा। वह आशंका में पहले ही फरार हो गया था। कांग्रेस की नीति के विषय में अधिकार से कुछ कह सकने वाले सभी नेता जेलों में बन्द हो गये थे। दो-एक स्थानीय नेता पहले ही फरार हो जाने से बच गये थे। समाचार-पत्रों में कांग्रेस के प्रस्ताव या परिस्थिति के विषय में नेताओं के सन्देह छप न सकते थे परन्तु गुप्त रूप से छापे गये पर्चे जगह-जगह दिखाई देने लगे। इन पर्चों में जनता को विद्रोह और बगावत के लिए उकसाया जाता था। दूसरे स्थानों पर बगावत हो जाने के अतिरंजित बयान रहते थे। सर्वसाधारण भोली जनता ने इन पर्चों को ही कांग्रेस की आज्ञा मान लिया और विध्वंसक कार्यों को अपनी आजादी का युद्ध समझ बैठी।

कम्युनिस्ट लोगों के विचार में इन कामों में क्रांति की योजना नहीं, जनता की शक्ति की बर्बादी हो रही थी। उनके विचार में फैलती अराजकता, आने-जाने के साधनों का नाश और युद्ध के लिए आवश्यक कामों में रुकावट डालना स्वयं अपने देश पर शत्रु के आक्रमण को निमंत्रण देना था। देश की जनता से एकत्र किये गये टैक्सों से बनी राष्ट्रीय सम्पत्ति का ध्वंस उन्हें अपने ही देश की हानि दिखाई देती थी। इन कामों का परिणाम देश की उत्तर-पूर्व सीमा पर पहुँची हुई शत्रु की सेना का सामना करने वाली अपने देश की रक्षक पंक्ति को कमजोर करना था। विध्वंस के अतिरंजित समाचारों से अपनी विजय के भ्रम में पागल हो रही जनता को कुछ समझा सकना कठिन काम था परन्तु खन्ना और उसके साथी जनता के लांछनों की परवाह न कर, दिन-रात अपने काम में जुटे रहते थे।

राजाराम के घर जुड़ने वाली राजनैतिक चर्चा की महफिलें समाप्त हो गईं। कांग्रेस के नाम पर बगावत का कार्यक्रम आरम्भ हो जाने और कांग्रेस-जन की आम गिरफ्तारी होते ही राजाराम अपने यहाँ की राजनैतिक महफिलों से घबराने लगे। उन्हें कुछ कहने की आवश्यकता भी न पड़ी। महफिलें स्वयं ही तितर-बितर हो गईं। विद्रोह के प्रदर्शनों के साथ ही मिलों में हड़ताल कराने के भी प्रयत्न हुए। मिल-मजदूरों को और विशेषकर रेलवे के मजदूरों को बगावत के प्रदर्शनों और ध्वंसक कार्यों के लिये उत्तेजना से रोकना बहुत

कठिन कार्य था। कांग्रेस इस समय शहीद बन रही थी। कांग्रेस के शहीदों के नाम से कोई भी अपील जनता के हृदय में सहानुभूति पैदा कर देती थी परन्तु भावुकता में या देशभक्ति की भावना से आँखें मूँदकर कुछ कर डालने के लिये तैयार हो जाने की अपेक्षा, तर्क से देश-हित की बात सोचकर, फैसिस्ट शत्रु के विरुद्ध लड़ाई की तैयारी के लिये दूरदर्शिता और धैर्य की आवश्यकता थी।

मजदूर अब तक कम्युनिस्टों का विश्वास करते आये थे। वे संघर्ष में सदा आगे रहकर मजदूरों की सहायता करते आये थे। अब कम्युनिस्ट मजदूरों को संघर्ष न करने की सलाह देने लगे और शिवनाथ के साथी उन्हें विध्वंस के लिये भड़का रहे थे। मजदूर कम्युनिस्टों से तर्क करने लगे—हम अपने राष्ट्रीय नेताओं की पुकार की उपेक्षा कैसे कर सकते हैं? क्या अपने देश के प्रति हमारा कुछ कर्तव्य नहीं? जिन लोगों ने बीस वर्ष तक देश का राजनैतिक नेतृत्व किया है, हम उनकी पुकार की उपेक्षा कैसे कर सकते हैं?

कम्युनिस्ट मिलों और मजदूरों के मुहल्लों में घूम-घूमकर समझाते थे—कांग्रेस की कार्यकारिणी समिति के सभी मेम्बर जेल में हैं। उनकी अनुपस्थिति में कांग्रेस की नीति और कार्यक्रम हमें कौन बता सकता है? नेताओं की अनुपस्थिति में गैर-जिम्मेवार, फैसिस्टों के सहायक देश को हानि पहुँचाने वाले लोग कांग्रेस के नाम से जनता को बहका रहे हैं। कम्युनिस्टों की सतर्कता के कारण मिलों और रेलों में हड़ताल कराने के प्रयत्न असफल रहे।

ज्यों-ज्यों आन्दोलन का संघर्ष बढ़ता गया, खन्ना का राजाराम के घर जाना कम होने लगा। कभी बहुत थकावट अनुभव होने पर खन्ना घण्टे-आधे-घण्टे के लिये चंदा के समीप आकर तख्त पर लेट जाता। चंदा उसका सर गोद में ले उसके माथे पर हाथ रख देती। वह विश्राम और शांति अनुभव कर आँखें मूँद लेता। उसे विश्राम और स्फूर्ति मिलती। चंदा उसके घुँघराले बालों में उँगलियाँ चलाते हुए उससे उसके खाने-पीने, सोने-जागने के विषय में अनेक प्रश्न करने लगती।

खन्ना झुँझलाहट दिखाता—"बस यही,···किसी और बात से तुम्हें मतलब ही नहीं,···आखिर स्त्री ही हो न!"

चंदा खन्ना की झुँझलाहट पर रीझकर स्नेह से उसकी ओर देखने लगती। इस दृष्टि का अर्थ था—तुम तो जानते हो मेरी समझ कितनी है···बेबस हूँ। उस दृष्टि के उत्तर में कुछ कह सकना खन्ना के लिए सम्भव न था।

यमुना कुछ दिन कानपुर में रही फिर स्कूल का काम छोड़कर बम्बई चली गयी थी। उसने निश्चय कर लिया था कि वह वहीं पर रहेगी जहाँ वह सुजान से मिल सके। यमुना कानपुर में थी तो खन्ना को उससे काफी सहायता मिलती थी। सन्देश पहुँचाने अथवा सम्बन्ध कायम रखने के लिए कई जगह खन्ना का जाना सन्देह के बिना हो सकता था। यमुना के बम्बई चले जाने पर खन्ना को परेशानी होने लगी। खन्ना ने चंदा से इस परेशानी के जिक्र में कहा—"तुम तो कुछ कर नहीं सकती।"

चंदा ने बेबसी से खन्ना की ओर देखकर कहा, "मैं क्या करूँ···तुम जैसे कहो, मैं तैयार हूँ पर इस घर में रहते क्या कर सकती हूँ?···इनसे लड़कर मैं घर में कैसे रह सकती हूँ?"

खन्ना ने चंदा की बेबसी से खीझकर कहा—"तो ऐसे घर से क्या जिसमें तुम्हारा अपना कुछ भी व्यक्तित्व नहीं! जिसमें तुम्हारी इच्छा का मूल्य नहीं, वह घर तुम्हारा तो न हुआ; तुम घर की एक वस्तु-मात्र हो!" खन्ना चुप होकर सोच रहा था, ऐसी कड़ी बात क्यों कह गया। चंदा ने अप्रसन्नता का कोई संकेत न किया। वह खन्ना का सिर उसी प्रकार गोद में लिए रही। सहसा माथे पर टप-टप दो बूँदें गिरने पर खन्ना ने आँखें खोलकर देखा कि चंदा स्थिर आँखों से सामने आँगन की ओर देख रही थी। आँखों में छलछलाये आँसू बहकर टपक पड़े थे। खन्ना ने सहसा अपनी बाँह उसकी गर्दन में डालकर उसका सिर अपने हृदय पर रख दिया, "यह क्या करती हो चाँद!" उसके मुख से निकल गया। चंदा का मुख उठा खन्ना ने उसकी आँखों के आँसू चूम लिये।

"न!" चंदा कांप सी उठी।

"क्यों?" खन्ना सहम गया।

"ऐसा नहीं करते!"···वह रूस में ठीक हो सकता है, यहाँ नहीं।" चंदा हँस पड़ी!

"क्यों, इसमें क्या है?"

"कुछ न सही,···मेरे संस्कार।···मैं अच्छा नहीं समझती!" चंदा ने खन्ना के सिर पर हाथ रखकर कहा।

"लेकिन मुझे इसमें नाराज होने की कोई बात नहीं जान पड़ती!"

"यदि ऐसी बात होती तो तुम मेरे पास यों बैठ पाते?"

"अच्छा तुम रोई क्यों?"

"क्योंकि तुम्हारी बात ठीक थी।" चंदा ने मुस्करा दिया।

खन्ना गम्भीर हो गया—"जब यह बात ठीक है तो अपनी मनुष्यता खोकर इस घर में रहने का क्या अर्थ है?" उसने चंदा की आँखों में देखकर पूछा।

"बच्चे···कुल का सम्मान" चंदा ने क्षण भर चुप रहकर सिर झुकाकर उत्तर दिया "···और फिर जैसे तुम कहो परन्तु एक दफे कदम घर से बाहर रख लेने पर फिर लौट न सकूँगी। प्राण चाहे चले जायें!"

"तुम्हारे बारे में कुछ नहीं कह सकता।" उठकर बैठते हुए खन्ना ने चन्दा की ओर न देखकर कहा, "यदि कोई दूसरी स्त्री होती तो मैं कहता कि कुल के सम्मान के लिये तुम गल रही हो, अपने बलिदान से नारी समाज के बन्धन दृढ़ कर रही हो। बच्चों के प्रश्न पर मैं कहता कि एक घर से बढ़कर देश और मनुष्यता का ध्यान होना चाहिये परन्तु तुमसे कुछ न कहूँगा। यह मेरी कमजोरी है, मानता हूँ।"

चाहने पर भी खन्ना काम अधिक होने से राजाराम के यहाँ अधिक देर न ठहर पाता। राजाराम की प्रतीक्षा में बैठे रहने के लिये न समय था, न इच्छा ही थी। उसे चन्दा से जो सान्त्वना राजाराम की अनुपस्थिति में मिलती थी वह उनके सम्मुख न मिल सकती थी। दो-तीन बार वह आया और राजाराम से मिले बिना ही चला गया। खन्ना के आने का चर्चा करने पर पति का कुछ उत्साह इस विषय में न देखकर चंदा ने भी फिर चर्चा न की।

एक दिन संध्या समय राजाराम कुछ जल्दी ही घर लौट आये। आँगन से भीतर आते हुए दो अधजली बीड़ियाँ देखकर उन्होंने भजन को डाँट दिया—"यह क्या बत्तमीजी है! बीड़ी बाहर नहीं फेंक सकते!"

भजन लपककर जली बीड़ी उठा ले गया। नौकर की सफाई में चन्दा ने कहा—"इसने नहीं फेंकी······खन्ना जी आये थे, अभी-अभी यहीं खड़े-खड़े बीड़ी पीते रहे!"

राजाराम 'हूँ' कर भीतर चले गये। बदलने के लिये कपड़े स्वयं ढूँढ़ना उन्हें अखर जाता था परन्तु उस समय उन्होंने चन्दा को न पुकारा। एक गहरी साँस लेकर स्वयं ही कपड़े निकाल लिये। इससे पहले दिन भी खन्ना के आने के बारे में प्रसंग ही से पता चला था। चन्दा ने स्वयं जिक्र न किया था। आज भी ऐसे ही पता चला। कपड़े बदलने के विषय में स्त्री की उपेक्षा की ओर भी उनका ध्यान गया। वे इस अत्याचार को चुपचाप सहकर स्नान के लिये गुसलखाने में चले गये। आवश्यकता पड़ने पर उन्होंने भजन को ही पुकारा और भोजन भी बहुत देर से, बे मन से ही किया। चन्दा के पूछने पर टाल गये—"कुछ नहीं ऐसे ही काम की परेशानी है!"

चन्दा पति की चुप को देखती और सोचती। उनके स्पष्ट रूप से कुछ न कहने पर भी वह भाँपती कि खन्ना के प्रति इनका संदेह दूर नहीं हुआ। मन में कहती—बिना कारण नाराजगी का क्या उपाय करूँ। पति को दुखी करने के अपराध का क्या उपाय करूँ! पति को दुखी करने के अपराध का दण्ड वह स्वयं दुखी होकर पा लेती।

× × ×

राजाराम दोपहर की गाड़ी से लखनऊ गये थे। लौटकर अभ्यास के अनुसार उन्होंने भजन को न पुकारा, किवाड़ों पर दस्तक दी। किवाड़ तुरन्त न खुले। ड्योढ़ी के किवाड़ खुलने की प्रतीक्षा में उन्हें सन्देह हुआ कि कोई बैठक में था और किवाड़ खटखटाने पर वह दबे पाँव भीतर चला गया है। इसके कुछ क्षण बाद, जीने से कोई ऊपर चढ़ा और तब ऊपर की खिड़की से चन्दा से पुकारा—"कौन?"

"हम हैं" राजाराम ने गम्भीर स्वर में उत्तर दिया। उन्हें संदेह हुआ कि बैठक में कोई था अवश्य, चन्दा ने जीना चढ़कर और ऊपर आकर क्यों प्रश्न किया। बैठक की खिड़की खोलकर भी तो पूछा जा सकता था परन्तु उससे राजाराम जान जाते कि भीतर कौन था? अपने घर में अपने विरुद्ध षड़यन्त्र का प्रमाण पाकर राजाराम का मस्तिष्क क्रोध से भन्ना गया। होंठ चबाकर रह गये। किवाड़ खुलते ही उन्होंने उग्र दृष्टि से चन्दा की आँखों में देख प्रश्न किया—"कौन था बैठक में!"

"भीतर आ जाओ बताती हूँ।" चन्दा ने आश्वासन देते हुए उत्तर दिया।

आश्वासन देकर उन्हें मूर्ख बनाने के इस प्रयत्न से उत्तेजित होकर उन्होंने कड़े स्वर में पूछा—"बोलती क्यों नहीं?"

चन्दा सहम-सी गई। बहुत धीमे स्वर में उत्तर दिया—"शिवनाथ आये थे।"

अप्रत्याशित दाँव में फँस गये पहलवान की भाँति एक क्षण स्तब्ध रहकर उन्होंने सहसा प्रश्न किया—"कहाँ है?"

"छोटे आँगन के रास्ते गंगा की ओर चले गये।"

चन्दा की ओर देखे बिना राजाराम उस ओर चल दिये। देखा, किवाड़ बन्द थे।

"यह तो बन्द हैं?" उन्होंने कहा।

चन्दा सिर पर आपत्ति देखकर गम्भीर हो गई। संक्षेप में उत्तर दिया—"उन्होंने कहा था कि यह साँकल बन्द करके ड्योढ़ी खोलना ताकि अन्धेरे में निकल जायें।"

लौटते हुए राजाराम ने पूछा—"तो मुझसे छिपाने की जरूरत क्या थी? क्या मेरे ही घर में मेरा विश्वास नहीं?" राजाराम के स्वर का आवेग शान्त न हुआ।

अनुनय के स्वर में चन्दा ने कहा—"कैसी बातें करते हो! तुमने पुकारा होता तो पता चलता, यों क्या मालूम था कि कौन है? वह पुलिस से फरार है। पुलिस ही होती तो क्या करते? तुम पुकार लेते तो क्या डर था?"

राजाराम निरुत्तर हो गये। दो क्षण सोचकर उन्होंने पूछा—"क्यों आया था,··· उसका यहाँ क्या काम?"

पति के कठिन स्वर और शंकित प्रश्नों से चन्दा डर गई थी। सच कहकर पति की शंका दूर करने के सिवा उपाय न था—"परसों से पहले उस रोज भी आये थे। कह गये थे कि एक बार खन्ना जी से बहुत जरूरी काम से मिलना चाहते हैं। कह गये थे कि आज इस समय ग्यारह बजे आने के लिए कह देना।"

"तो खन्ना भी आया था? उसको क्यों नहीं बताया?" राजाराम ने चन्दा की ओर देख पूछा।

इस दृष्टि के उत्तर में गम्भीर हो चन्दा ने उत्तर दिया—"नहीं, खन्ना नहीं आये। वे कल दिन में आये थे। उन्होंने कहा था—शिवनाथ से कह देना, मैं आज ही रात इलाहाबाद जा रहा हूँ। उधर रेल लाइन उखड़ गई है। कह नहीं सकता कब लौटूँ।"

राजाराम चुप रहकर भीतर जा तखत पर बैठ गये। बहुत थकान अनुभव हो रही थी। असफलता का शैथिल्य शरीर पर छा गया था—"क्या भजन सो गया? एक गिलास जल पीता!" उन्होंने कहा।

राजाराम आधी रात में नींद खुल जाने पर सिरहाने रखा जल का गिलास लेने के लिए भी गहरी नींद में सोई चन्दा को अनेक बार पुकार कर जगा देते थे। इस समय पत्नी के सम्मुख खड़े रहने पर भी पानी के गिलास के लिए सोये हुए नौकर को याद करने का क्या अर्थ था, यह समझकर चन्दा का हृदय मुँह को आ गया। वह आँसू दबाकर जल लेने चली गई।

राजाराम ने जल पीकर कपड़े बदले। चन्दा दीवार के सहारे चुपचाप खड़ी रही। राजाराग कपड़े बदलकर छत पर सो जाने के लिए जीने की ओर जा रहे थे। चन्दा ने पूछा—"खाने के लिए ऊपर ही ले आऊँ?"

उन्होंने पीछे न देख अनिच्छा से कहा—"भूख नहीं है!"

"तो दूध ही ले लो!"

"कुछ इच्छा नहीं है" स्वर को बदलते हुए उन्होंने कहा, "अच्छा ले आओ।"

चन्दा और राजाराम अपने-अपने बिस्तर पर चुपचाप लेट गये। राजाराम जानते थे कि चन्दा को नींद नहीं आई थी। गहरी नींद में सोई शशि को मच्छरों से बचाने के लिए उसका आँचल बार-बार हवा में लहरा जाता था। उन्हें खयाल आ रहा था कि शायद चन्दा समझती है कि मैं सो गया हूँ। वह मुझसे बात नहीं करना चाहती। स्त्री को यह जताने के लिए कि वे सो नहीं गये, पति के दिन भर बाहर रहकर लौटने पर स्त्री को कुछ बात करनी चाहिए, वे बार-बार खंखार देते, करवट बदल लेते, या कहीं खुजाने लगते। चन्दा इन सब संकेतों के बिना भी जानती थी कि पति सो नहीं रहे। उनके खुर्राटे

का स्वर सुनाई न देना उनके जागते रहने का अचूक प्रमाण था, जिसे वे स्वयं न जानते थे।

चन्दा सो नहीं रही थी। जानती थी कि पति भी जाग रहे हैं परन्तु हाल की घटना के बाद कुछ बात करने का साहस न था। सन्देह! असतीत्व का सन्देह! इससे बढ़कर अपमान और यंत्रणा पति अपनी पत्नी को और क्या दे सकता है? अपने आत्म-सम्मान और गर्व पर प्रथम बार ऐसी चोट खाकर चन्दा के लिए जीवन असम्भव हो गया था। जीने का उत्साह तभी से न रहा था। जब चोट नयी थी तो उसके विरोध में प्राण देकर भी आत्म-सम्मान की रक्षा का महत्त्व था। तब उसे अपमानित करके मरने भी न दिया गया। पति के विश्वास का गौरव समाप्त हो जाने पर न आत्म-सम्मान रहा, न जीवन का मूल्य। गौरव और जीवन के मूल्य की रक्षा के लिए मरने का महत्त्व था। जब जीवन का मूल्य न रहा तो उसके गौरव की रक्षा के लिए मरने का भी क्या मूल्य होता? वह जीवित थी; अपनी दृष्टि में गौरवहीन, मरी हुई से बदतर। पति ने ही उसे मार डाला, जिसके लिए वह जीवित थी!···किस अपराध?···अपना अपराध ही तो वह जान न पाती थी। ···इसलिए कि मैंने खन्ना को आदर और स्नेह के योग्य समझा? परन्तु क्या वह वास्तव में इस योग्य नहीं है। यदि वह इस योग्य है तो इसमें मेरा अपराध···इसमें मैंने इनका कौन अपराध किया?···इनका कितना आदर और स्नेह कर सकती थी, किया और करती हूँ। यह स्वयं ही इस प्रकार की बातें कह देते हैं तो मेरा क्या बस? मैं क्या करूँ? यदि मैं खन्ना के प्रति आदर और स्नेह प्रकट न करती तो शायद कुछ न होता परन्तु मैंने समझा कि इनसे कुछ भी छिपाना उचित नहीं। छिपाती तो वह पाप भी होता। मैंने इनका विश्वास किया इसलिए इन्हें मेरा विश्वास न रहा। जब मेरा विश्वास ही नहीं, तो क्या करूँ?

राजाराम पर काम का बोझ अधिक था। शरीर का बोझ काम के बोझ को और बढ़ा देता। एक निद्रा से बची थकान का अंश दूसरी नींद की आवश्यकता बनाये रहता था। वे दिन में भी सोते थे और रात में थकान से चूर होकर प्रायः शीघ्र ही सो जाते थे। उस घटना के बाद की मानसिक उलझन में गहरी नींद सम्भव न थी। संदेह का विरोध पत्नी ने जिस ढंग से किया, उससे उन्हें तिरस्कृत होना पड़ा था। उन्हें पत्नी से क्षमा माँगनी पड़ी थी। पत्नी आत्म-हत्या के प्रयत्न से एक बार वे विचार-विमूढ़ हो गये थे, मन में ग्लानि अनुभव हुई थी परन्तु चन्दा के इलाज के लिए खन्ना के निरन्तर घर पर बने रहते समय और नित्य के व्यवहार में खन्ना के प्रति चन्दा का जो आकर्षण वे देखते थे, उसके लिए प्रमाण की आवश्यकता न थी और ऐसा कौन पुरुष है जो स्त्री के आत्म-समर्पण के सम्मुख झुक न जायेगा? ऐसी स्थिति में उन्हें खन्ना से दृढ़ता और निष्ठा निबाह सकने की आशा न थी बल्कि शंका थी वह अपने व्यवहार से चन्दा को आकर्षित करता है। अवसर मिलने पर भी आकर्षण का परिणाम न हो; यह कैसे सम्भव है?

राजाराम सन्देह प्रकट करके अपमानित हुए थे। उनका हृदय प्रतिहिंसा से जल रहा था। वे निरन्तर पत्नी और उसके प्रणयी को रंगे हाथों पकड़कर, एक दिन सच्चाई का प्रतिकार करने की चिन्ता में थे। अपने हाथों अपने सम्मान और अपने घर को फूँककर भी प्रतिहिंसा से अपने अहंकार का सन्तोष प्राप्त करना चाहते थे। आज अवसर समझ वह यत्न कर बैठे थे परन्तु मिली असफलता की कटुता ही जैसे पूरी शक्ति से लाठी का प्रहार

किया जाने पर लक्ष्य सामने से हट जाय और मारने वाला स्वयं गिर पड़े। अपने अभिमान को पुनः उठाने के प्रयत्न में वे भूमि पर गिर पड़े; अपनी बात निबाह न सके, चोट खाकर जर्जर अवस्था में शिथिल पड़ गये।

खन्ना आता है, शिवनाथ आता है, बातें होती हैं, चन्दा उसमें भाग लेती है। सब कुछ होता है लेकिन उन्हें परे रखकर। वे जैसे बिलकुल अपदार्थ हैं, कुछ समझते ही नहीं, विश्वास के योग्य नहीं हैं। वे इस बात पर भी आपत्ति कर सकते थे परन्तु उन्होंने बहुत बड़ी वस्तु पर लक्ष्य किया था। उस बड़े दाँव में गिर जाने के बाद यह छोटी-मोटी बातें उठाना और अधिक अपमान कराना था लेकिन उन लोगों के आने की बात उठ जाने पर उस विषय में बिल्कुल चुप रह जाने का अर्थ होता उस विषय में अपना कोई अधिकार न मान लेना।

राजाराम पिछली रात की ठण्डक में बहुत देर तक करवटें लेते रहे, बाँहों और पीठ पर गरमी से फूली हुई घाम खुजाते रहे। मन कुछ शान्त हो जाने पर बीती हुई अप्रिय घटना की कटुता घटाने के लिए उन्होंने स्वर को साधारण बनाकर पूछा—"नींद नहीं आ रही है?"

"अभी तो नहीं आई···" चन्दा ने उत्तर दिया। उसे समय याद था, घड़ियाल पर तीन बजे की टंकोर भी हो चुकी थी।

राजाराम ने अपनी बाँह खुजाते हुए चन्दा को नींद न आने की सफाई दी—"बहुत गरमी है" और प्रश्न किया, "शिवनाथ और खन्ना आये, तुमने जिक्र ही नहीं किया?"

चन्दा कुछ न बोली। अभिप्राय था—तुम्हें उनकी चर्चा सुहाती नहीं परन्तु यह कैसे कह सकती थी?

राजाराम ने पूछा—"शिवनाथ कहता क्या था?"

"कहते थे कि उनका फिर यहाँ आना ठीक न होगा। खन्ना जी के लिए कहा है कि उनके विचार यदि कांग्रेस के इस आन्दोलन से नहीं मिलते और कम्युनिस्ट आन्दोलन से अलग रहना चाहते हैं तो बेशक अलग रहें लेकिन जो लोग जान की बाजी लगाकर अपने देश के लिए कुछ करना चाहते हैं, उनके मार्ग में रोड़े अटकाकर उनका विरोध न करे, उनसे न लड़े। कम्युनिस्ट भी तो देश के लिए आजादी चाहते हैं। आजादी के लिए हमारे प्रयत्न में साथ न देना हो तो न दें परन्तु सरकार की ओर से हमसे लड़ने तो न आयें···"

करवट ले राजाराम ने पूछा—"क्या मतलब?"

चन्दा के स्वर की रुलाई कुछ कम हो गई—"मिलों के झगड़े की बाबत बता रहे थे कि हम हड़ताल जरूर करा देते, सब ठीक था। देशी मिलों वाले खुद तैयार थे। हड़ताल हो जाने पर चालीस-पचास हजार लोगों का समूह बेकार होकर बगावत में जुट पड़ता। सरकार थर्रा जाती परन्तु कम्युनिस्टों ने प्रचार कर मजदूरों में फूट डाल दी। ऐसे ही यहाँ और लखनऊ में कम्युनिस्टों ने स्कूलों-कालेजों के बन्द हो जाने का विरोध किया···।"

"हूँ" राजाराम ने हुंकारा भरा, "तुम्हें क्या लेना-देना है इससे? खन्ना की और बात है परन्तु शिवनाथ फरार है। कहीं कुछ हो जाय तो हम व्यर्थ में रगड़े जायें। लोग कहें कि गिरफ्तार करा दिया और हम बागियों के साथ हैं। इसमें क्या फायदा?"

"हाँ!" चन्दा ने स्वीकार किया, "खुद ही कह रहे थे कि उनके आने में खतरा है, वे अब नहीं आयेंगे। मैं खन्ना जी के आने पर उनसे कह दूँगी।"

राजाराम चुप रह गये। खन्ना के आने के विषय में उन्होंने कुछ आपत्ति न की। अभिप्राय था कि चन्दा समझ ले कि खन्ना के विषय में उन्हें कोई एतराज नहीं और न शंका का कारण है। जो कुछ हुआ था आकस्मिक रूप से हो गया। कोई बात खन्ना के विषय में उन्होंने नहीं कही जिसके लिए चन्दा को शिकायत होती। दूसरे दिन से उनका व्यवहार बिल्कुल साधारण हो गया। चन्दा के मन से रात की खिन्नता की याद मिटाने के लिए कई बार दोहराया—"जाने क्यों, लखनऊ में टण्डन के घर खाने में क्या था, दिन भर तबीयत गिरी रही। रात में नींद भी न आई।"

चन्दा ने रात की घटना से सोचा था—"खन्नाजी से स्वयं ही कह दूँगी कि वे न आया करें। किसी दिन अपमानित होकर वे क्या अनुभव करेंगे? एक दफे तो बात किसी तरह ढक गई, बार-बार थोड़े ही ऐसा हो सकता है।"

खन्ना उस दिन आया नहीं, अगले दिन भी न आया था। चन्दा के मन से वह उधेड़बुन एक क्षण को भी दूर न हुई थी। सोचते-सोचते उसके तर्क की धारा और भावना बदलने लगी, इस विषय में कुछ कहकर उनका मन दुखाने से लाभ? वे आते हैं तो उनके आने से कुछ क्षण के लिए शांति प्राप्त होती। उनके आने की प्रतीक्षा ही रहती है, फिर क्या रह जायेगा? जो कुछ भी उसने जाना, अनुभव किया, खन्ना की मार्फत ही। उसे खोकर सब कुछ हो जायेगा। जिस नये अपरिचित संसार का उसने परिचय पाया है, उससे बिछुड़ जायेगी। इस संसार की झलक पाने की इच्छा एक यंत्रणा बनकर रह जायेगी। जब तक उस संसार की झाँकी न मिली थी, कुछ न था परन्तु उसका परिचय पा लेने के बाद, उसका विछोह असह्य जान पड़ने लगा।

वह सोचती कि यदि मैं कुछ न जान पाती, तो मुझे कोई दुख न था। यदि अपने यहाँ काम करने वाली महरी और नाउन की भाँति अपने मानापमान का विचार न करती तो मेरे जीवन में कोई कमी न थी। मनुष्य जैसे असंतोष अनुभव करता है, पशु नहीं करते।...क्या पशु का जीवन ही मनुष्य से अच्छा है।...न जानती तब तो ठीक ही था, परन्तु जान लेने के बाद अब कैसे भूल जाऊँ?...पशु कैसे बन जाऊँ?...... मानसिक मृत्यु।...पति के साथ जीवन चल रहा था। उसमें असंतोष भी जरूर था, परन्तु जीवन का ही अंग जैसा था। उसके प्रति शिकायत न थी। पति के अतिरिक्त 'मनुष्यत्व' को पाकर उसे छोड़ने में अब असह्य असंतोष की विभीषिका से मन काँप उठता। पति का विश्वास छिन ही गया। उस दुख से दुखी रहकर भी यदि मनुष्य समीप बना रह सके तो जीवन बीत जायेगा और यदि मनुष्यत्व का अधिकार और समीपी के रूप में मिला मनुष्य भी छिन गया तो...।

चौथे दिन खन्ना आया। आत्मीयता भरी मुस्कान से उसका स्वागत कर चंदा ने शिकायत की—"इतने दिन आये नहीं?"

खन्ना इलाहाबाद से लखनऊ की राह लौटने की कहानी सुनाता रहा—अधिकांश गाड़ियाँ बन्द हो गई थीं! बलवाइयों ने जगह-जगह रेल लाइन तोड़ दी थी। वह राह में कई जगह इक्के पर और कई जगह पैदल चलकर तीन दिन में मुसीबत से कानपुर पहुँचा था। उसने स्वयं ही पूछा—"शिवनाथ फिर आया था क्या?"

चंदा ने शिवनाथ का संदेशा बता दिया। गम्भीर चिन्ता से खन्ना ने कहा—"यह कैसे हो सकता है? हमें जिस नीति से देश की हानि होती दिखाई दे, उसके विषय में चुप कैसे रह सकते हैं? हम यह कैसे स्वीकार कर लें कि देश के भले-बुरे से हमें कुछ लेना-देना नहीं! लाइन या पुल टूट जाने का अर्थ सरकार को धक्का पहुँचाना ही नहीं है। वह तो लाइन फिर बनवायेगी। उसका खर्चा देश के ही सर पड़ेगा। इसके अतिरिक्त लाइन टूटने का अर्थ जनता के दृष्टिकोण से देखना हो तो इन दिनों स्टेशन पर जाकर देख लो। लाखों व्यक्ति विकट संकट और मुसीबत में पड़े हैं। आने-जाने के संकटों की बात जाने दो, सबसे बड़ा संकट है सीमा पर होने वाला युद्ध! शत्रु का मुकाबला करने के लिये देश भर से युद्ध के साधनों का अटूट प्रवाह सीमा पर पहुँचना आवश्यक है। शत्रु का सामना कर सकने योग्य शक्ति युद्ध के मैदान से दो-तीन सौ मील पीछे पड़ी रहेगी तो उसका उपयोग क्या होगा।

"शत्रु का सामना करने की अपनी शक्ति को निर्बल कर देने का अर्थ शत्रु को चौगुना बलवान बना देना है। उनके हवाई जहाजों, टैंकों, तोपों और मशीनगनों के लिये मार्ग साफ कर देना है कि वे सब हमारे सीने पर प्रहार कर सकें। आजादी के स्वप्न में अपना ध्वंस करने की इस नीति का विरोध न करना, कैसे सम्भव है? यदि अपने देश के लोगों के जीवन का कुछ मूल्य हमारी दृष्टि में है तो उन्हें आग में झोंक देने के प्रयत्न को रोकने के लिए हमें अपना जीवन खतरे में डालकर भी इस नीति का विरोध करना होगा। हम किसी हालत में शिवनाथ की बात स्वीकार नहीं कर सकते। अपने विचार में वे लोग देशभक्ति कर रहे हैं, परन्तु हम उनके कार्यक्रम के दुष्परिणामों की उपेक्षा कैसे कर सकते हैं?"

चन्दा ने सोचा था कि वह खन्ना से कहेगी कि देश का काम करने वाले दलों में फूट डालकर झगड़ा करने से क्या लाभ? परिस्थिति देखकर चुप रह जाना ही ठीक है, परन्तु खन्ना की बात सुनकर वैसी बात कहने का साहस उसे न हुआ। वह सोचने लगी—ठीक कह रहे हैं। उसमें खतरा है तो क्या? कोई निजी बात का प्रसंग चल सकने का अवसर न रहा। खन्ना नार्वे, पौलेंड और रूस में नाजियों और चीन, स्याम, जावा में जापानियों के वीभत्स अत्याचारों की चर्चा करता रहा। चन्दा अनुभव कर रही थी कि देश की सीमा पर शत्रु के आक्रमण वही सब विध्वंस और यंत्रणा। इस देश में भी लिये आ रहा है। आक्रमण को रोक सकने वाली शक्ति को नष्ट करना, बकरियों के बाड़े की दीवार तोड़कर भेड़िये के लिये राह बना देना है। खन्ना दीवार तोड़ने के प्रयत्न को रोक रहा है, वह प्राण रहते ऐसा होने न देगा।

खन्ना ने चंदा को समझाया—"बगावत का यह मूर्ख प्रयत्न काफी नुकसान सहकर ठण्डा पड़ जायेगा। सफलता की आशा इसमें हो नहीं सकती। संसार में कोई क्रान्ति सैनिक शक्ति के सहयोग के बिना सफल नहीं हुई। यदि बगावत की शक्ति किसी चमत्कार से देश की व्यवस्था को स्थगित कर दे तो उस अव्यवस्थित अवस्था में शत्रु की व्यवस्थित और सशस्त्र शक्ति का सामना कौन करेगा? खन्ना को देश पर भयंकर संकट दिखाई पड़ रहा था। देश की सशस्त्र शक्ति सरकार के हाथ में थी, जनता की राष्ट्रीय भावुकता और सहानुभूति कांग्रेस की ओर। इन दोनों में विरोध था। इसका अर्थ था, देश का निशक्त हो जाना।"

खन्ना को देश की रक्षा का एक ही उपाय दीखता था कि जनता और सरकार में सहयोग हो। कांग्रेस विरोध छोड़कर अपने राष्ट्रीय उत्तरदायित्व को निबाहे। कम्युनिस्ट दो मोर्चों पर लड़ रहे थे। एक ओर कांग्रेस के नाम पर विध्वंस के विरुद्ध दूसरी ओर नौकरशाही दमन नीति के विरुद्ध वे कांग्रेसी नेताओं की रिहाई की माँग कर रहे थे और देश की रक्षा और व्यवस्था का उत्तरदायित्व कांग्रेसी नेताओं को दिलाना चाहते थे। विध्वंस को कांग्रेस की नीति समझने वालों की दृष्टि में कम्युनिस्ट देशद्रोही थे और दमन की नीति पर निर्भर करने वाली नौकरशाही की दृष्टि में वे अविश्वास और संदेह के पात्र थे। कम्युनिस्ट देश की समृद्ध पूँजीपति और धनी श्रेणी की दृष्टि में पुराने शत्रु थे। सब ओर से विरोध पाकर भी वे अपने कार्य में लगे थे।

खन्ना बहुत व्यस्त रहने के कारण चन्दा के यहाँ बहुत कम आ पाता। वह कभी राजाराम के रहते आ जाते तो यों ही इधर-उधर की बातें और विनोद कर चला जाता। कभी चन्दा के अकेले रहते आता तो उसके समीप लेट जाता या मचलकर उसकी गोद में सिर रख लेता और चाहता कि कुछ क्षण के लिये अपने आपको भूल जाये। चंदा अनुभव करती कि खन्ना के काम में सहयोग देकर वह उसकी सहायता नहीं कर सकती। इसे वह अपनी ही न्यूनता समझती थी। उस न्यूनता का प्रायश्चित वह खन्ना को व्यक्तिगत स्नेह और विश्राम देकर करना चाहती थी, खन्ना के लिये हृदय में इतना आदर और स्नेह होते हुए भी चन्दा का व्यवहार संकोच से मुक्त न हो पाता था। खन्ना को अपने अत्यन्त समीप पाकर उसके सिर पर हाथ रखने में और उसका सिर गोद में लेने में एक झिझक बनी रहती तो खन्ना कुण्ठित हो जाता। उसका असंतोष देख चन्दा दुखी होकर कहती—"जाने क्यों मन में झिझक सी बनी रहती है?"

"किस बात की? पाप की!" खन्ना ने पूछा।

"नहीं, पाप तो नहीं पर फिर भी कोई देख ले तो बिना पाप किए पाप लग जाय।...डरते हुए कुछ करने में अच्छा नहीं लगता जैसे चोरी हो! सोचती हूँ, 'इनके' सामने भी तुम्हारे साथ इसी प्रकार निस्संकोच हो सकती तो कितना अच्छा लगता?" चन्दा ने समझाने का यत्न किया।

"जरूर लगता, परन्तु कोई व्यवहार कुछ लोगों को पसन्द न आने से ही तो बुरा नहीं हो जाता। यदि कोई हमारे स्वाभाविक अधिकार को छीने तो मैं यह स्वीकार नहीं कर लूँगा कि मेरा अधिकार है ही नहीं!"

खन्ना जब कभी राजाराम की अनुपस्थिति में आता तो चन्दा पति से जिक्र कर देती। राजाराम मन में सोचते कि क्या इतने दिन आया ही न होगा? प्रकट में इस सूचना को वे कुछ महत्त्व न देते, परन्तु मन में खन्ना के आने का हिसाब-सा याद रहता। लखनऊ जाने पर अवश्य ख्याल आता कि आज शायद खन्ना घर पहुँचे। सितम्बर का अन्तिम सप्ताह था। संध्या तक तीखी धूप बनी थी। खन्ना ग्वालटोली जाता हुआ राजाराम के यहाँ पहुँचा। ड्योढ़ी में बिलकुल सन्नाटा देखकर उसने ही पुकारा—"भजन, कहाँ गये सब लोग?"

आँगन तक पहुँचते-पहुँचते चन्दा का शब्द सुनाई दिया—"आइये-आइये!" चन्दा भीतर सामान रखने के कमरे से नई साड़ी और बदलने के दूसरे कपड़े बाँह पर लिये निकल रही थी। सिर के बाल अस्त-व्यस्त और साड़ी मुसी हुई कुछ मैली सी थी।

खन्ना को देखकर उसके नेत्र खिल गये—"कहाँ थे इतने दिन, आये ही नहीं। भजन जरा शशि को लेकर लकड़ी वाले के यहाँ गया है। 'ये' तो सुबह से लखनऊ गये हैं। आज भीतर की कोठरी की सफाई कर रही थी। तमाम गर्द पसीने से भर रही हूँ।··· पाँच मिनट में अभी नहाकर चाय तैयार कर दूँगी। भजन भी आता ही होगा है।··· मैं नहा डालूँ! बच्चे भी आते ही होंगे। बैठो, तुम्हें भी कितना पसीना आ रहा है···पंखा चला दूं?"

"मैं चला लूँगा, तुम नहा डालो।" खन्ना ने उत्तर दिया, "पर देर न लगाना।"

गुसलखाने में जाने के लिये चन्दा ने आँगन में कदम रखा ही था कि राजाराम आ गये।

राजाराम के ड्योढ़ी से आने की आहट सुनाई न दी थी। धूप से आने के कारण उनके नेत्र कुछ लाल और मुद्रा गम्भीर थी। चन्दा की आँखों में विस्मय देखकर उन्होंने पूछा, "क्या हो रहा है?" एक नजर में उन्होंने देखा, स्नान का सरंजाम बाँह पर लिये चन्दा का गुसलखाने की ओर जाने का उपक्रम। दूसरी नजर में खन्ना के माथे पर छलकी पसीने की बूँदें। सहसा उन्हें देख खन्ना का विस्मित रह जाना।

"भजन कहाँ गया है?" राजाराम ने पूछा। उनके स्वर में कड़ाई थी।

"लकड़ी की टाल पर गया था, अभी आता होगा···क्यों?"

"मैं जल्दी से नहा डालूँ···बैठो तो!" चन्दा ने कहा। पति की रुखाई से आशंकित होकर चन्दा मुस्करा न पाई।

"नहीं, तुम जरा भीतर चलो!" राजाराम ने खन्ना की उपस्थिति की उपेक्षा कर कहा।

"अभी आती हूँ पांच मिनट में!" चन्दा ने उत्तर दिया, "तब तक बैठो न, बड़ी गर्द पड़ी हुई है!"

"तुम पहले भीतर चलो!" दृढ़ता से राजाराम ने गुसलखाने की राह रोककर कहा।

चन्दा लौट पड़ी।

खन्ना की ओर देखे बिना राजाराम भीतर के कमरे में चले गये और चन्दा बाँह पर कपड़े लिये उनके पीछे-पीछे। राजाराम ने किवाड़ बन्द कर लिये। उनके चुप, स्वर की कठोरता और किवाड़ जोर से बन्द होने के ढंग से खन्ना आशंकित हो गया—यह क्या हो रहा है?

राजाराम ने किवाड़ बन्दकर चंदा से पूछा—"यह यहाँ कितनी देर से है?"

"अभी आये हैं, दो मिनट हुए होंगे।" चन्दा ने उत्तर दिया।

"हूँ, तुम्हारे कपड़े और बालों को क्या हो रहा है?"

"इसी कमरे की सफाई कर रही थी!"

"जरा कपड़े तो दिखाओ अपने!"

चंदा सिर से पैर तक काँप उठी। बाँह पर से साड़ी-ब्लाउज, तौलिया गिर पड़े। वह मूढ़ सी सामने देखती खड़ी रही।

"सुना नहीं, मैं क्या कह रहा हूँ?" कठोर स्वर में राजाराम ने धमकाया, "सौ दिन चोर का तो एक दिन साहू का भी आता है।"

चंदा वैसे ही निश्चल खड़ी रही। राजाराम का स्वर और भी कठोर हो गया—"सुना नहीं!"

"तुम जैसे चाहो देख सकते हो!" निढाल और बेबस चंदा ने उत्तर दिया।

चंदा की बेबसी से राजाराम परास्त न हुए। चंदा के निश्चल रहने पर उन्होंने अपनी आज्ञा स्वयं पूरी कर ली। उन्होंने सब देख लिया। उनका आवेश ठगे जाने की ग्लानि और तिरस्कार में बदल गया। दीवार की ओर मुख पर पिटे से वे खड़े रह गये। पथराई दृष्टि फर्श की ओर लगाये चंदा ने फिर वही मैले कपड़े पहन लिये। खड़े रहने में असमर्थ होकर वह कपड़ों के बक्स पर बैठ गई।

खन्ना बन्द किवाड़ों के उस पार क्या हो रहा था, इसका कुछ आभास न मिल सकने से घबरा रहा था। यों उपेक्षित होकर बैठे रहना कठिन था और उठकर चले जाना भी। वह अपनी उपेक्षा के प्रति मान कर सकता था, परन्तु चन्दा पर जाने क्या बीत रही थी, और क्यों? किवाड़ों के परे होने वाली बातचीत का शब्द भी सुनाई न पड़ रहा था। उसका मस्तिष्क सनसना रहा था। उसे जान पड़ रहा था कि किवाड़ जाने कितनी देर से बन्द है, उनकी आड़ में जाने क्या हो रहा है? क्या अत्याचार हो रहा है यह न जान सकना स्वयं उसी के लिये यंत्रणा हो रही थी।

आठ-दस मिनट बाद किवाड़ खुले। राजाराम खन्ना की ओर देखे बिना बाहर बैठक में चले गये। चन्दा सिर लटकाये कपड़ों के बक्स पर बैठी थी। दो बार खन्ना ने उस ओर देखा। चन्दा निश्चल थी। वह कुछ जान सकने की प्रतीक्षा कर रहा था। कुछ देर वैसे ही बैठी रहकर चन्दा ने रूखी आँखें उसकी ओर उठाकर कहा—"तुम जाओ···अब यहाँ मत आना!"

खन्ना आहत, बेबस की भाँति उठकर आँगन से चला जा रहा था। भजन शशि को गोद में लिये लौट आया था। उसने हँसकर कहा—"अजी बाबूजी, चल भी दिये!"

"हाँ" कठिनता से खन्ना उत्तर दे सका। उसकी दृष्टि बैठक में गई। राजाराम सिर हथेली पर रखे कुर्सी पर बैठे थे। आहट सुनकर भी उन्होंने सिर नहीं उठाया। वे लज्जित, क्षुब्ध और अपमानित थे। अपने अपमान का प्रमाण ढूँढ़ने के यत्न में वे असफल हो गये इसलिये उन्हें ग्लानि अनुभव हो रही थी। यदि वे सफल हो जाते तो अपना और चन्दा का कत्ल कर देने के सिवाय उनकी दृष्टि में दूसरा कोई उपाय न होता।

खन्ना क्या कर सकता था? वह साइकिल लेकर चल पड़ा। आँखों के सामने सड़क भाफ के बादलों की भाँति द्रवित सी जान पड़ती थी और दोनों ओर के मकान हिलते हुए।

× × ×

देहातों में रेल की पटरियाँ जगह-जगह उखाड़ दी जाने से सवारी गाड़ियाँ और माल गाड़ियाँ प्रायः बन्द हो गयीं। जैसे-तैसे कुछ गाड़ियाँ चल भी पातीं तो सरकार के लिये सबसे महत्त्वपूर्ण काम पूर्वी सीमा पर युद्ध-क्षेत्र में सेना और युद्ध का सामान पहुँचाना था। जनता के लिये आने-जाने और व्यापार के मार्ग बन्द हो गये थे।

युद्ध के समय सरकारी खरीद के कारण गल्ला और बाजार भाव में तेजी आ रही थी। नगरों में देहात से गल्ला और दूसरी मण्डियों से सामान न पहुँचने के कारण, नागरिकों को जीवन के अत्यन्त आवश्यक पदार्थ मिलना भी दुष्कर था। मूल्य बहुत बढ़ गये थे। व्यापारी मुनाफा समेटने का स्वर्ण अवसर सामने देखकर एक दूसरे की होड़ में कीमतें बढ़ा रहे थे। गोदामों में सामान भरा रहने पर भी माल न होने की अफवाह उड़ा दी जाती और मनमाने दाम वसूल लिये जाते। बाजार की इस तेजी को सट्टा और तेज कर रहा था। चढ़ी दर पर बिका माल, बिना उपयोग में आये, गोदामों से बाहर निकले बिना अधिक ऊँचे दामों बिकता चला जा रहा था। मुनाफे की रकमें और हुण्डियाँ इधर से उधर चली जातीं। आवश्यक वस्तुओं के बिना मरने वाले गरीब विवश देखते रह जाते, जीवन-रक्षा के लिये आवश्यक पदार्थ उनकी पहुँच से बाहर होते जा रहे थे।

लम्बी-लम्बी रकमों की हुण्डी काट सकने वाले माल को बाजार में जाने से रोके थे। व्यापारियों की आँखों में सरूर था, बाँछें खिली हुई थीं। दबी जबान में वे कहते—कूड़े की चाँदी हो रही है! गरीबों और साधनहीनों की आँखों में निराशा थी। जनता ने अपने परिश्रम से जिस माल को पैदा करके अपने पूँजीपति संरक्षकों के यहाँ धरोहर रख दिया था, उसी के लिये उन्हें दुगने-चौगुने दाम देने पड़ रहे थे जो उनके पास न थे। गोदामों के मालिक गाव-तकिये का सहारा लिये धैर्य से चुनौती दे रहे थे—कब तक तुम खरीदने न आओगे? माल धरा है। अपना गुजारा चलता है। आज नहीं कल बिकेगा।

गल्ले की दुकानों पर भीड़ के कारण मार-पीट हो जाती। एक रुपये का गल्ला खरीदने के लिये दिन भर की मेहनत दरकार थी। महँगी के उस दुष्काल में दिन भर की मजदूरी से हाथ धोना गरीब मजदूर की मौत थी। गल्ले के लिये कई जगह लूट हो गई थी। पेट की ज्वाला बगावत की आग का रूप ले लेना चाहती थी। अव्यवस्था और अराजकता जनता को विशृंखल कर, असहाय बनाकर तड़पा देने के सिवाय और क्या करती? डाक्टर वर्मा और उसके साथी 'तोड़-फोड़ रोको', 'मुनाफाखोरी बन्द करो!' के नारे लगाते हुए असहाय, निर्बल जनता को अपने संकट का उपाय करने के लिए खूराक-कमेटियों और आत्म-रक्षा दलों में संगठित कर रहे थे।

जिस काम को सरकार अपनी नौकरशाही की संगठित शक्ति, असीम अधिकार और आज्ञा के बल से करने का ऐलान कर रही थी उसी कार्य को कम्युनिस्ट, जनता में आत्म-निर्णय के भाव और स्वयंसेवकों के संगठन से करना चाहते थे। अपनी लगन और मेहनत के अतिरिक्त उनके पास दूसरी शक्ति न थी। साधनों की कमी के कारण उनके कार्यकर्ताओं के परिश्रम का परिणाम बहुत कम होता। कांग्रेस से सहानुभूति रखने वाली जनता उन्हें सरकार के हाथ बिका हुआ समझकर ताने देती। नौकरशाही, कम्युनिस्टों के कांग्रेसी नेताओं की रिहाई की माँग उठाने के कारण उन्हें शंका की दृष्टि से देखती। कम्युनिस्टों की फैसिस्ट-विरोधी मोर्चे की पुकार में सरकार को छिपे विद्रोह की तैयारी की गन्ध आ रही थी। रेडिकल-डेमोक्रेटिक-पार्टी कम्युनिस्ट होने का दावा कर, हंसिया-हथौड़े का लाल झण्डा उठाकर, कांग्रेसी नेताओं को फैसिस्टों के एजेण्ट बताकर राष्ट्रीय सरकार की स्थापना का विरोध कर रही थी। रेडिकल-पार्टी के झण्डे और 'रूस जिन्दाबाद' के नारों के कारण गूढ़ राजनैतिक सिद्धान्तों और नीति के भेदों को न समझने वाले लोगों की दृष्टि में, इनके प्रचार की जिम्मेवारी भी कम्युनिस्ट पार्टी के सिर पर थी।

डाक्टर वर्मा और उसके साथी, बिना साधन अपने सामर्थ्य से बहुत बड़े काम की जिम्मेवारी अपने कन्धों पर उठाये, देशद्रोही का कलंक माथे पर लिये, देश की रक्षा के प्रयत्न में बावले थे। चिल्ला-चिल्लाकर उनके गले बैठ गये, आँखें निद्रा के अभाव में, धूल और धूप के प्रभाव से लाल बनी रहतीं। रूखे बाल और मैले कपड़ों से पहचाने जाने वाले कम्युनिस्ट जनता की आँखों में शंका और सन्देह देखकर भी उन्हें अपनाने के यत्न में पागलों की भाँति गलियों का चक्कर लगाते फिरते थे। उनका रूप आवारागर्दों जैसा था परन्तु माथे पर उत्तरदायित्व के बोझ की रेखायें थीं और वे राजनीतिज्ञों की भाँति बहस करते थे। सार्वजनिक कार्य के इस आत्म-विस्मृति पैदा कर देने वाले भंवर में वर्मा अपने आपको संभालने का नहीं, डुबा देने का ही यत्न कर रहा था। उस दिन राजाराम के घर लगे आघात ने उसे खिन्न कर दिया था।

राजाराम की तिरस्कारपूर्ण उपेक्षा का अर्थ था—निकाल जाओ इस घर से।

चन्दा ने स्पष्ट ही कह दिया—तुम जाओ! यहाँ मत आना!

किवाड़ मूँदकर राजाराम ने उसके विषय में चंदा से जाने क्या कहा? किस बात पर विश्वास कर चन्दा ने उसे निकल जाने और कभी न आने के लिये दुत्कार दिया। खन्ना सोचता—मेरे विषय में राजाराम ने ऐसी क्या शिकायत सुनी होगी? शायद यह कि मैं छिपे-छिपे लाखों रुपया खाकर अपना देश सरकार के हाथ बेच रहा हूँ। क्या राजाराम जैसा व्यावहारिक व्यक्ति यह नहीं समझ सकता कि रुपये को खर्च करने या उसका स्वामी होने का गर्व भी मैं नहीं कर सकता तो रुपये के प्रति मुझे क्या आकर्षण हो सकता है? एक बार मुझसे पूछ तो लेते! वे स्वयं क्या कर रहे हैं? शायद बिजनेस! बिजनेस के रूप में चाहे जो किया जाय···! कम से कम चन्दा से यों पागल बन जाने की आशा न थी। सब स्नेह और आदर की सीमा क्या यही थी? यदि उसने मुझे 'देशद्रोही' ही समझा तो अपनेपन के अधिकार से लानत-मलामत करती।···शायद जाग उठी हो, परन्तु किस व्यवहार से? ऐसा कौन अवसर या प्रत्यक्ष कारण था?

खन्ना को बार-बार याद आ जाता, चन्दा का स्नेह से उसका सिर हृदय पर रखकर कहना—तुम्हारे लिये जो कहो कर सकती हूँ और ठुकराया तो कैसे! एक बात भी करने का अवसर न दिया। वह तर्क करता—स्त्री क्या प्रकृति से ही अस्थिर है या परिस्थितियों से दबकर वह कभी अपनी इच्छा, अपना मत और स्वभाव प्रकट नहीं कर पाती? विवशता की परिस्थितियों में स्त्री का आचरण और कभी उसकी इच्छा और स्वभाव का प्रकट हो जाना और प्रायः विवशता में ही प्रसन्नता दिखाना, यह तो स्त्री का रहस्यमय चरित्र है। कभी चन्दा के उन शब्दों—'तुम जाओ! यहाँ मत आना' के अर्थ की अपेक्षा चन्दा की बेबसी की मुद्रा के प्रति वह क्रोध या शिकायत न कर पाता। एक मूढ़ता उसके मस्तिष्क को परेशान कर देती और निराशा हृदय को परास्त।

खन्ना की मानसिक पीड़ा का एक ही उपाय था, अपने आपको भूल जाने के लिये अपने काम की धुन के मार्फिया के नशे में बेसुध रहना। काम में आत्म-विस्मृति का यह नशा खूब गहरा होने पर भी बीच-बीच में विस्मृति की पीड़ा की लपटें उठ ही आती थीं। चन्दा से निराश होकर घृणा करने लगने के कारण उसे चन्दा से, स्वयं अपने से भी अरुचि और वितृष्णा होने लगती। वह अपने आपको भूल जाना चाहता। चंदा की याद कर वह क्रोध से कहता, तुम्हें सदा अज्ञान का ही अभिमान और भरोसा रहा। चन्दा से

निराश हो, उससे बदला लेने के लिये वह उसकी दृष्टि में देशद्रोही, परन्तु अपनी दृष्टि में देशहित के अपने कार्यक्रम में डूब जाना चाहता था।

खन्ना खुराक-कमेटियों के झमेले में दो दिन तक अपनी दूकान और चौबारे में बिलकुल न जा पाया था। तीसरे दिन धूप से आँखों में कष्ट हो गया था, इसलिये दवा लेने के लिये चौथे पहर दूकान पर गया था। उसने दूकान का दरवाजा खोला तो फर्श पर एक बन्द लिफाफा पड़ा पाया। लिफाफे पर कोई पता न लिखा था। आँख में दवा छोड़ लेने से पहले ही लिफाफा खोलकर उसने पत्र निकाला। सम्बोधन पढ़, विचित्र अनुभूति से शरीर रोमांचित हो गया। दृष्टि पत्र के दूसरी ओर अन्तिम पंक्तियों पर गई—जिसने अपनी समझ कर तुम स्नेह से चन्दा पुकारते थे।

खन्ना एक साँस में पत्र पढ़ गया :—

"मेरे अत्यन्त आदर और स्नेह के पात्र!

किस मुँह से तुम्हें पत्र लिखूँ? उस दिन तुमसे चले जाने और न आने के लिये कह दिया था। तुमने बिना एक शब्द कहे वह अपमान सह लिया। किस अवस्था में वह शब्द मेरे मुख से निकले थे? मानसिक उत्तेजना कम होने पर उन शब्दों के लिये कितना परिताप हुआ?

"यदि तुम जान सकते, मुझ पर क्या बीती, विश्वास है अवश्य क्षमा कर देते। तुम्हारे अतिरिक्त मैं न्याय की आशा और किससे कर सकती हूँ? यदि मुझे अपराध का दण्ड ही मिलना चाहिये तो वह भी तुम्हारे ही हाथों मिले। मुझे यदि भरोसा है तो केवल तुम्हारे न्याय पर। आश्चर्य है, पुरुष होकर भी तुम दयालु हो। दस दिन हो गये तुम्हारा दर्शन पाये। मेरे यह दस दिन कैसे कटे, इससे अधिक मानसिक यंत्रणा की कल्पना मैं नहीं कर सकती। सबसे बड़ी यंत्रणा थी, मैं तुम्हारे सामने अपना दुखड़ा रो भी न सकी।

"उस समय अपने आप में न थी। कह दिया था—तुम जाओ, यहाँ मत आना। इस समय यदि प्राण देकर भी तुम्हें बुला सकूँ तो भी तैयार हूँ। यदि तुम आते रहते, मेरा संकट सह्य रहता। मेरे अत्यन्त अपने, मेरे भाई, गुरु, मित्र तुम एक दफे तो आओ और नहीं तो तुम्हारे चरणों में सिर रखकर क्षमा तो माँग लूँ।

"उस दिन मर जाने का यत्न किया था। तुम आ गये और इलाज करके मरने न दिया। वह दुर्भाग्य था, शायद मरे बिना चारा नहीं? सोचा था, मर कर किसे गर्व दिखाऊँ परन्तु अब देखती हूँ कि जीवन सह्य नहीं इसलिये मरना होगा। तुम एक बार बता दो, क्या करूँ?

"वे आज एक सप्ताह के लिये सवा छः की गाड़ी से लखनऊ होकर हलद्वानी गये हैं। आज यह पत्र तुम तक पहुँच नहीं सकता। कल सुबह ही भिजवाऊँगी। तुम्हें इस घर से चले जाने के लिये कहकर यहाँ फिर बुलाने का साहस नहीं होता। ऐसे अपवित्र स्थान को तुम्हारे पवित्र चरणों के स्पर्श का अधिकार भी नहीं। तुम कल रात साढ़े नौ बजे इस मकान के पीछे आ जाना। एक दफे तुमसे मिलकर बात कर लेना चाहती हूँ। आशा है, मेरी कायरता और नीचता के बावजूद मेरी यह अन्तिम प्रार्थना न ठुकराओगे। एक बार मेरी सुन लो, फिर चाहे क्षमा करना, चाहे दण्ड देना। तुमने कई बार विश्वास दिलाया था, तुम मुझसे नाराज नहीं हो सकते, क्योंकि तुम्हें मेरे स्नेह पर विश्वास है। सच मानना,

मैं अब भी विश्वास के योग्य हूँ। मेरे मन का बोझ उतर जाय। यह बोझ लिये मृत्यु भी सम्भव न होगी।

तुम्हारी वही—
जिसे अपनी समझ स्नेह से
चांद पुकारते थे।''

एक बार, दो बार, चार बार खन्ना ने पत्र पढ़ा। कुछ अधिक वह समझ न सका। इतना समझा कि चंदा उससे अब भी उतना ही स्नेह और आदर करती है। वह असह्य संकट में है। आर्त स्वर में उसे पुकार रही है। चाहे जो परिणाम हो, वह जायेगा। रात के साढ़े नौ बजे क्यों, वह अभी जायेगा। चंदा के यों बुलाने पर मान-अपमान का ढोंग क्या?··· संसार में वह अकेला नहीं है। कोई उसका है, चंदा उसकी है। वह उसकी बहिन, माँ और शिष्या सभी कुछ है, परम मित्र है।

खन्ना आँख में दवाई डालना भूल साइकिल दुकान से नीचे उतारकर चल पड़ा। सोचता जा रहा था कि राजाराम ने क्या कहा होगा, मेरे प्रति उसे क्या शिकायत हो सकती है? इस समय मुझे देखकर चन्दा क्या सोचेगी? उसने साढ़े-नौ बजे बुलाया है····· हो सकता है उस समय उस स्थान पर बुलाने का विशेष कारण हो! खन्ना की साइकिल ग्रीन-पार्क की बगल से ढलवां पर जा रही थी। परमट बाजार की चढ़ाई के मुहाने से कुछ कदम पहले उसने ब्रेक दबाकर साइकिल रोक पीछे घुमा दी। सोचा अभी जाना शायद उचित नहीं। चन्दा ने साढ़े नौ बजे मकान के पीछे रेती पर बुलाया है। सम्भव है कोई कारण हो। उतावली और अविचार से वह चन्दा को किसी असुविधा में डालने की सम्भावना क्यों पैदा करे? वह लौट गया। अभी साढ़े पाँच बजे थे, चार घण्टे वह क्या करे? पिछले दिनों एक संध्या भी फुर्सत न थी। अब कठिनाई अनुभव हो रही थी कि चार घण्टे क्या करे?

डाक्टर को तुरन्त ख्याल आया कि ग्वालटोली से मुहल्ले भर के हस्ताक्षर करवाकर कलेक्टर के यहाँ दरख्वास्त भिजवानी है कि गल्ला बाँटने का काम खुराक कमेटी को सौंपा जाये। उस विषय में बशीर ने कुछ खबर न दी थी। वह ग्वालटोली चला गया। साथियों और मजदूरों से घिर जाने के बाद समय काटने की कठिनाई न रही। साढ़े-आठ बजे ध्यान आया कि नौ बजे तक उसे काम समाप्त कर देना है। नौ बजे ही वह परमट के लिये चल पड़ा। मार्ग में सोचा कि ग्यारह बजे 'सेमेरिन' मिल के मजदूरों से भी मिलना है। मिल में हड़ताल का प्रयत्न असफल हो जाने पर शिवनाथ के अनुयायी चुप न बैठ गये थे। आस-पास और देहात में होने वाली तोड़-फोड़ का प्रभाव उन लोगों पर भी पड़ रहा था। अपना राजनैतिक असंतोष प्रकट करने के लिये वे लोग भी अपनी मिल में इस प्रकार की गुप्त आयोजना बना रहे थे। विशेशर से यह समाचार पाकर खन्ना ने अपने साथी मजदूरों को विध्वंसक कामों की अदूरदर्शिता समझाने के लिए बुलवाया था।

खन्ना अपने विचारों में डूबा परमट की चढ़ाई चढ़कर दाईं ओर के मकानों के बीच से निकलकर राजाराम के मकान की बगल से होता हुआ गंगा किनारे आ गया। उसने साइकिल ढलवान पर उगी हुई झाड़ियों में रख दिया और रेती पर उतर गया। राजाराम के मकान की खिड़की खुली थी, परन्तु खिड़की में प्रकाश न था। अँधेरे के कारण अपनी कलाई की घड़ी आँखों के समीप उठा उसने समय देखा, साढ़े-नौ बज रहे थे। उसने फिर खिड़की की ओर दृष्टि उठाई। उसी समय अपने पीछे-पीछे आती चन्दा दिखाई दी। वह दो

कदम उसकी ओर बढ़ गया। समीप आकर चन्दा ने बाँहें उसके गले में डाल दीं। खन्ना के हृदय से लगकर वह रो पड़ी। रोने का स्वर श्वासों की दीर्घता में दबा था, परन्तु चन्दा के वक्ष के ऊपर-नीचे उठने और डाक्टर की कमीज तुरंत तर हो जाने से उच्छ्वास की तीव्रता और गहराई प्रकट हो रही थी। जाने कितने दिन का रुका हुआ रोना मार्ग पाकर बरसाती गंगा की भाँति उमड़ पड़ा था।

"ऐसा क्यों चाँद?" चन्दा को आलिंगन में लेकर खन्ना ने आश्वासन दिया। उसे अनुभव हुआ जैसे चन्दा गिर पड़ेगी। खन्ना ने उसे बाँहों में ले लिया। चन्दा को गोद में लेकर वह झाड़ियों में मुलायम रेत पर बैठ गया। रोने का आवेग उतरने पर भी चन्दा खन्ना के गले में बाँह डाले कई दिन से बिछड़े बच्चे की तरह सिसक रही थी। चन्दा का स्नेह से दायीं बाँह में समेट, उसके केशों पर हाथ फेरकर खन्ना ने पूछा—"हुआ क्या?"

"पहले बताओ मेरी धृष्टता क्षमा की?" चन्दा ने प्रश्न किया।

"क्या कहती हो चाँद, ऐसी बात होती तो मैं आता ही क्यों?" खन्ना ने आश्वासन दिया।

बहुत देर तक आँचल से आँखें पोंछ चन्दा बोली—"इस घर में रहना अब सह्य नहीं। जानते हो उस दिन क्या हुआ?" सिर झुकाये चन्दा ने अपनी उस दिन की यंत्रणा और अपमान को बात बता दी, "ऐसी अवस्था में वह बात मेरे मुँह से निकल गयी। बुरा न मानना, वहाँ तुम्हारा बैठना मुझे तुम्हारा अपमान जान पड़ रहा था।"

"मैं तुम्हारा पत्र मिलते ही साढ़े पाँच बजे आ रहा था। फिर यह सोचकर टाल गया कि शायद किसी कारण से ही तुमने वहाँ आने को न लिखा हो।"

"न वहाँ तुम न आना। बच्चे तुम्हारे आने का जिक्र करेंगे। मैं नहीं चाहती कि कोई तुम्हारी बाबत कुछ कहे। मुझसे सहा न जायेगा।"

"परन्तु यों तुम्हारे यहाँ आने से···?" खन्ना ने पूछा।

"उसमें क्या है?" चन्दा बीच में ही बोल पड़ी, "अब तक मैं उचित-अनुचित से डरती थी। मर्यादा के पालन का विरोध था, एक धारणा की रक्षा की जिम्मेवारी थी··· अब कुछ नहीं। उनका विचार है कि मेरा चरित्र उन्होंने अपनी मिल्कियत और चौकसी से संभाल कर रखा है। मेरी किसी अनुचित काम के करने की, मर्यादा की रक्षा न करने की जिम्मेवारी उनकी ही है। मैं अपनी इच्छा से नहीं बल्कि उनके भय से सदाचारी रही, ऐसा है तो वे अपनी शक्ति भर अपनी दौलत संभाल लें। उनका जो बस चलता है, कर लें!···जैसे मेरा बस चलेगा, मैं कर लूँगी। जब मुझ पर विश्वास था, मेरी जिम्मेवारी थी। मेरा विश्वास ही नहीं तो मेरी जिम्मेवारी क्या? तुम मेरा विश्वास करते हो, अविश्वास की आग से तड़पकर तुम्हारे पास आई हूँ!"

चन्दा चुप हो गई जैसे किसी दुस्साहस के विचार में डूब गई हो! बाँह में उसे समेटकर खन्ना ने पूछा—"चाँद, यों कैसे निर्वाह होगा?"

"क्या कर सकती हूँ, कुछ भी नहीं कर सकती। आज निश्चय किया था कि इस समय यहाँ आकर तुमसे कहूँगी, अब लौट नहीं सकती। अपनी बहिन, माँ, बेटी जो कुछ भी समझो, मुझे ले चलो। तुम्हारे सिवा मुझे शांति नहीं मिल सकती। इस जीवन में कुछ न कर सकी, किसी काम न आई। तुम इतना कुछ कर रहे हो, यदि किसी तरह तुम्हारी कुछ सहायता कर सकूँ तो इससे ही सन्तोष होगा। तुम्हारे सिवा कोई विश्वास न करेगा

या फिर सामने गंगा है। कभी से तैयार बैठी थी। भजन आज छुट्टी लेकर सिनेमा देखने चला गया है, परन्तु सोये हुए बच्चों को देखकर वह साहस टूट गया…।" चन्दा की आँखों से फिर आँसू झरने लगे, वह खन्ना के कन्धे पर सिर रखकर रो पड़ी।

खन्ना ने समझाने का यत्न किया—"चाँद, स्त्री की स्थिति ही समाज में ऐसी है। जब तक उसे जीवन के साधन जुटाने का स्वतंत्र अवसर और अधिकार नहीं, उसकी स्वतंत्रता, प्रेम और आचार सब पुरुष का खिलौना है। तुमने अपने आपको बलिदान कर सब सहा, अब उसके प्रति विद्रोह भी करो तो क्या कर सकती हो? जब तक जीवन के संघर्ष में अपने पैरों पर खड़े होने का साधन तुम्हारे पास न हो…।"

कितनी ही देर से बिछुड़ जाने की आशंका में परस्पर चिपटे हुए बैठे रहे।

"अच्छा फिर कब मिलोगे? …अब चलूँ।"

"हाँ, जब भी कहोगी। तुम जानती हो मेरे लिए तुम्हारे सिवा अपना कौन है और अपने के बिना जीवन कैसे निशक्त होने लगता है। मनुष्य के अपने जीवन की भी एक अनुभूति होती है।"

खन्ना ने चाँद को बाँह में सहारा देकर मकान के पिछवाड़े के दरवाजे तक पहुँचा दिया। वह फिर अपनी साइकिल उठाकर बांसमंडी की ओर चल दिया। कई दिन की थकान और अनिद्रा के कारण शरीर और मस्तिष्क का भारीपन चन्दा ने उसके सीने पर सिर रखकर अपने आँसुओं से धो डाला था।

●

देशद्रोही

शिवनाथ के दल के मजदूरों ने कम्युनिस्टों की बात सुनने से इनकार कर दिया था। विशेशर के कहने-सुनने से जगराम अकेला आया। उसकी मार्फत दूसरे आदमियों से बातचीत करने का प्रयत्न विफल ही रहा। जगराम ने कहा—"शिवनाथ भैया मने कर दीन हैं। जो कम्युनिस्टन की बात सुनै, ऊका गंगाजी की कसम धराइन हैं।"

मराठे और खन्ना ने समझाया—गंगाजी की कसम तोड़ने से बड़ा पाप तब होगा जब यह लोग मिल में आग लगाकर चार हजार मजदूरों को बेरोजगार कर देंगे। इन सब मजदूरों के बाल-बच्चे, उनके अपने बाल-बच्चे, इस महँगी में अनाज के दाने-दाने को तरसेंगे तो पाप नहीं होगा? भैया मिल मजदूरों की अपनी चीज है। उनकी मेहनत से खड़ी की गई है। उसे फूँक देने, अपने घर में आग लगा देने से बड़ा पाप क्या होगा? हमें तो चाहिए कि अपनी चीज साहूकारों के हाथों से अपने हाथों में लें या उसे फूँक डालें? इससे साहूकार थोड़े भूखे मरेंगे? भूखे तो हम-तुम मरेंगे!"

जगराम ने खन्ना की बात से आसन्न विपत्ति को समझा और भेद खोल दिया—"आज की रात के शिफ्ट में आग लगाने की बात है।" पहले वह बहुत डरा कि विध्वंस के काम में भाग लेने वालों ने माँ-बहिन की कसम खाई थी कि जो कोई भेद खोलेगा, उसका मूँड़ काट लेंगे। सहारा पाकर वह आग लगाने वालों से लड़ने और मरने-मारने के लिए तैयार हो गया।

खन्ना के साथी सक्सेना ने राय दी—"पुलिस को खबर देकर ऐसा इन्तजाम करवा दो कि झंझट होने ही न पाये।"

खन्ना को यह राय न जँची। उसने कहा कि मिल के गेट-पास लेकर खुद भीतर चलें और वहाँ मजदूरों को समझाकर आग लगाने से रोका जाय। पुलिस को बीच में डालने से मज़दूरों के दिल में बैर जम ज़ायेगा। कल वे भी कोई शिकायत बनाकर पुलिस को बुला लायेंगे। एक नयी बीमारी लग जायेगी। वे पुलिस की धौंस से एक दिन दब जायेंगे, दूसरे दिन दूनी प्रतिहिंसा से बदला लेगे। जगराम पर उनका सन्देह हो गया तो और खून-खराबी होगी। उन्हें सीधी राह लाने का उपाय यही है कि वे समझें कि वे मजदूरों का अहित कर रहे हैं। मजदूर उनकी बात से सहमत नहीं। तोड़-फोड़ का विरोध मजदूरों द्वारा होने से देश भर के मजदूरों पर उसका प्रभाव पड़ेगा।

मराठे और खन्ना कारीगरों का गेट-पास लेकर रात के शिफ्ट में मिल में चले गये। विशेशर के साथी गड़बड़ की आशंका में सतर्क थे। वे आग लगाने के लिए तैयार मजदूरों को खोज ही रहे थे 'आग-आग' की पुकार सुनाई दी। हरनाम ने धुनिया-घर में ज्वालासिंह और आबिद को आग लगाते देख लिया था। वह उनकी राह रोक 'आग-आग!' 'पकड़ो-

पकड़ो!' चिल्ला उठा। ज्वालासिंह और आबिद के साथी भी प्रतीक्षा में थे। वे लोग मशीनें तोड़ डालने को दौड़ पड़े। विशेशर का गिरोह अपनी मशीनों की रक्षा करने और आग बुझाने के लिए लपका। दोनों दलों में संघर्ष हो गया।

शिवनाथ के साथियों को आशंका न थी कि स्वयं मजदूर उनका विरोध करके मिल की सम्पत्ति की रक्षा के लिये लड़ने को खड़े हो जायेंगे। उनका विचार था कि एक बार बगावत आरम्भ हो जाने पर भय के पीछे रहने वाले मजदूर भी विनाश के कार्य में आगे बढ़ जायेंगे। अधिकांश मजदूरों पर मजदूर-सभा का प्रभाव था। अपनी सभा को मिल की रक्षा करते देखकर वे भी उसके लिए तैयार हो गये। मिल की अधिक हानि न हो सकी। विनाश के नशे में उन्मत्त मजदूर विरोध में झुंझलाकर मराठे और खन्ना पर टूट पड़े। लकड़ी का टुकड़ा विशेष कर लोहे का डण्डा, मशीनों के भारी पुर्जे जो कुछ हाथ आया हथियार के तौर पर चलने लगे। किशोर, जगराम और उनके दूसरे साथी भी चोट का उत्तर चोट से दे रहे थे। खन्ना और मराठे शांति के लिए पुकार रहे थे।

मिल के चौकीदारों और सशस्त्र पुलिस के पहुँचने से पहले ही लड़ाई समाप्त हो गई थी। भयभीत मजदूर दंगे के परिणाम की आशंका से भागने लगे थे। मराठे खूब जख्मी हो गया और डाक्टर खन्ना निशस्त्र होकर भी अपने दल में सबसे आगे रहने के प्रयत्न में अनेक चोटें खाकर गिर पड़ा था। आग और दंगे से चारों ओर खलबली मच गई थी। निकलने के लिये राह छोटी और मजदूरों की भीड़ अधिक थी। मिल के फाटक की खिड़कियाँ टूट गईं। दंगे के बाद पुलिस झगड़े में भाग लेने वाले सभी जख्मी मजदूरों को खोज-खोजकर गिरफ्तार कर रही थी। मिल में आग लगाकर तोड़-फोड़ करने वाले और मिल की रक्षा के लिये चोट खाने वाले सभी मजदूर गिरफ्तारी से घबराकर भाग निकले थे। विशेशर और उसके साथियों ने खन्ना को उठा लिया और भीड़ में से बचकर ले भागे। जैसे-तैसे खन्ना को खटिया पर लिटाकर वे लोग अपने घरों में जा छिपे।

खन्ना अर्द्ध-मूर्च्छित अवस्था में अपनी खटिया पर पड़ा कराहता रहा। चेतना आने पर उसे सम्पूर्ण शरीर जकड़ा हुआ अनुभव हुआ। बड़ी कठिनता से वह कोई अंग हिला पाता। दाईं आँख बिलकुल न खुल रही थी। आँख फूट गई थी या चेहरे और माथे पर लगी लाठी की चोट से माँस सूजकर खुल नहीं पाती थी, यह निश्चय करना कठिन था। अधखुली बाईं आँख से दिखाई पड़ा कि बाहर धूप निकल आई थी। छत के समीप झरोखे से धूप की किरणें कमरे में आ रही थीं और छत से लटके हुए मकड़ी के जाले पर झिलमिला रही थीं। उसे अपने कपड़े फट गये और रक्त से भरे दिखाई दे रहे थे।

खन्ना को असह्य पीड़ा हो रही थी। बायाँ हाथ हिल न पाता था। दायें की भी उंगलियाँ जड़ थीं। पर हाथ छुआने से उंगलियाँ और चेहरे दोनों में चीसें उठने लगतीं, होंठों पर रक्त का स्वाद था, प्यास से गला खुश्क। पुकारे तो किसे? सोच रहा था जख्मों को धोकर पट्टी बाँधी जानी चाहिये, परन्तु यह कैसे हो? सोचता क्या मैं ऐसे पड़ा-पड़ा भूखा, सड़कर मर जाऊँगा? मुझे यहाँ तक किसने पहुँचा दिया? इस समय यदि सुजान होता? यदि चन्दा आ सकती? उसे खबर भी कैसे दी जाय? असह्य पीड़ा, प्यास और मानसिक घबराहट से दिल डूब रहा था। उसे जान पड़ रहा था कि प्राण निकल रहे हैं

धीमी कराहट उसके मुख से निकल जाती। वह अपना सिर दायें-बायें हिलाने लगता। कोहनी से ऊपर दाएँ हाथ को उठाकर कभी सीने पर कभी पेट पर रख लेता। पीड़ा से व्याकुल होकर खाट की बरदावन से एड़ी रगड़ने लगता। उसका मन पुकार रहा था, कहीं से कोई आ जाय।

× × ×

राजाराम सस्ते दामों पर सन्दूक बनवा सकने का प्रबन्ध करने के लिए हलद्वानी गये थे। उनकी अनुपस्थिति में चन्दा की रात कुछ भय और सतर्कता में कटती थी। वह जरा-जरा सी आहट पर चौंक उठती। सुबह अभी उसकी नींद न खुल पाई थी कि नीचे ड्योढ़ी पर दस्तक सुनायी दी। महरी मुँह अँधेरे ही किवाड़ खटकाती थी और साथ ही भजनसिंह को पुकारती—पहाड़ी, खोलो!

चन्दा ने अनुभव किया कि अभी सबेरा है और महरी की पुकार भी सुनाई दी। सोचा, इतने तड़के कौन होगा? क्या 'ये' लौट आये हैं? अभी तो चौथा ही दिन है। आहट फिर सुनाई दी। आँख मलते हुए कुछ शंका से नीचे झाँककर पूछा—"कौन है?"

नीचे से एक आदमी ने उत्तर दिया—"बाबूजी से काम है।"

चन्दा पहचान न सकी पूछा—"कहाँ से आये हैं!"

"एक चिट्ठी देनी है।"

चन्दा ने सोचकर कह दिया—"किवाड़ में से डाल दीजिये।"

चन्दा ने देखा, किवाड़ों के समीप खड़ा एक आदमी चिट्ठी किवाड़ की दराज में से भीतर छोड़कर लौट गया है। आशंका हुई, कैसी चिट्ठी? सोचा, भजन को जगाकर चिट्ठी मंगाकर देखे। फिर स्वयं ही नीचे उतर गई। ड्योढ़ी में एक लिफाफा किवाड़ों के पास पड़ा था। बैठक में जाकर बिजली जलाकर चन्दा ने लिफाफा देखा।

लिफाफे पर अंग्रेजी में नाम था—डाक्टर भगवानदास खन्ना। लिफाफे के कोने पर लाल स्याही से लिखा था—'अर्जेण्ट' (जरूरी)। सोचा, भजन से भिजवा दूँगी। उसी समय ख्याल आया; इस नाम से उन्हें यहाँ कौन जानता है! हम लोग और शिवनाथ, बस। बहुत जरूरी हो तो अभी भिजवा दूँ! मुझसे क्या पर्दा है? मुझसे उन्हें क्या हानि हो सकती है? उतावली में लिफाफा फाड़ लिया। पत्र हिन्दी में ही था।

"भाई खन्ना,"

"नितान्त विवश होकर यह पत्र लिख रहा हूँ। विश्वास है, मेरा अभिप्राय गलत न समझोगे। समझो तो भी दूसरा मार्ग नहीं है।"

"हमारा मित्रता का सम्बन्ध अब तनाव की सीमा पर पहुँच गया है। सिद्धान्तों और राजनैतिक मतभेद को मैंने विचार-स्वतन्त्रता के नाते सह लिया था। मेरा विचार था कि हमारी व्यक्तिगत मित्रता सब कुछ सह लेगी। विश्वासघाती तुम मुझे नहीं कह सकते। इसका प्रमाण १९३५ में गिरफ्तार होने पर ही मैं दे चुका हूँ, परन्तु मित्रता से बड़ा देश के प्रति कर्तव्य है। मैंने तुमसे अनुरोध किया था कि हमारे आन्दोलन का विरोध न करो। तुमने उसकी उपेक्षा करके दिखा दिया कि तुम मित्रता से कर्तव्य को अधिक महत्त्व देते

हो। मेरे लिये भी वही बात है। तुमने जो कर्तव्य समझा, उसके लिए कांग्रेस और राष्ट्रीय भावना तक का विरोध करने में नहीं हिचके। मेरे लिए भी अवसर आ गया है कि अपना कर्तव्य चुन लूँ; मित्र या देश! मैं देश के सामने सिर झुकाने के लिए बाध्य हूँ।

"हम लोग जो कुछ कर रहे हैं, हमारे विश्वास से देश के लिए है इसीलिए हम पुलिस और सरकार से लड़ रहे हैं। तुम लोग भी देश के नाम पर हमसे लड़ रहे हो। बाहर के शत्रु से घर का शत्रु भयंकर होता है। हमारी दृष्टि में तुम देश के शत्रु हो और इस समय देशद्रोह का काम कर रहे हो। मित्रता का नाता एक ओर छोड़कर तुम्हें और तुम्हारे दल को मार्ग से हटाना आवश्यक हो गया है। नितान्त विवश होकर तुम्हें मार्ग से हटाने का उपाय मैंने सोचा है—एक बेनाम पत्र द्वारा पुलिस को सूचना दे दी जाय कि डाक्टर बी०डी० वर्मा कम्युनिस्ट लीडर एक फरार व्यक्ति है जो रूस से जाली पासपोर्ट बनाकर भारत में आया है। पुलिस तुम्हें गिरफ्तार कर लेगी। गिरफ्तार होकर तुम सार्वजनिक और राजनैतिक क्षेत्र से हट जाओगे। यही हम चाहते हैं। हमारा उद्देश्य व्यक्तिगत रूप से तुम्हें कष्ट पहुँचाना नहीं है। मिल के झगड़े में तुम्हें जो चोट लगी है, उसके लिए भी हमें दुख है, परन्तु युद्ध युद्ध ही है। हम युद्ध की अवस्था में हैं। तुम शत्रु की ओर से हमसे लड़ रहे हो।

"यदि तुम गिरफ्तार न होना चाहो तो कानपुर छोड़कर फरार हो जाओ। राजनैतिक क्षेत्र से दूर रहकर चाहे जैसे अपना समय बिताओ। यह पत्र तुम्हें नौ अक्टूबर सुबह आठ बजे तक मिल जायेगा। पुलिस को तुम्हारे बारे में सूचना देने के लिए बेनाम पत्र आठ बजे पोस्ट किया जायेगा जो दस तारीख सुबह पुलिस को मिलेगा। इस प्रकार चौबीस घण्टे का समय तुम्हें गिरफ्तारी से बचने का प्रबन्ध करने के लिए हम दे रहे हैं।

तुम्हारा
शिवनाथ"

बैठक में बिजली जल जाने से दीवारों और कोनों में बसेरा करने वाले मच्छर विक्षिप्त होकर चन्दा के सिर पर समूह बाँधकर भनभना उठे। उसे जान पड़ा, शिवनाथ के पत्र के अक्षरों ने ही उसके मस्तिष्क में कोलाहल मचा दिया है। बार-बार सुनाई दिया—'तुम्हें जो चोट लगी है!'···तीन दफे उसने पूरे पत्र को पढ़ा और चोट लगने का समाचार प्रत्येक बार दो-दो बार। चंदा का मस्तिष्क विक्षिप्त हो गया। पेट में खलबली अनुभव हुई। लेट रहना सम्भव न था। यंत्र की तरह वह नित्यकर्म में लग गई, परन्तु मन में निरन्तर वही विचार था, क्या करना होगा?

चंदा ने सोचा, दिन चढ़ते ही भजन को भेज उन्हें बुलवा लूँ। ख्याल आया उन्हें चोट खाई है!···जाने कैसी चोट है?···यदि बाद में पुलिस ने यहाँ भी पूछताछ की?

भजन पाँच साल से उसके यहाँ था। उसकी स्वामिभक्ति पर विश्वास किया जा सकता था, परन्तु बुद्धि पर नहीं। सोचने पर चंदा अनुभव करने लगी कि खन्ना के चोट खा जाने और गिरफ्तार हो जाने से केवल उसके खन्ना पर ही नहीं बल्कि देश के कार्य पर भी संकट होगा। वे तो देश के लिए ही जीवन दे रहे हैं, उसी के लिए सब कुछ छोड़कर सब कुछ सह रहे हैं। जिस ध्येय के लिए खन्ना जीवन उत्सर्ग कर रहे हैं, उसके प्रति वह कैसे निरपेक्ष रह सकती है? कितनी ही बार वह उनसे कह चुकी थी कि वह

तैयार है, जो कहो! फिर सोचा, जाने कैसी चोट आई है! वहाँ स्वयं जाना ही ठीक होगा। 'ये' यहाँ होते तो देख आते। इस समय पूछूँ भी तो किससे? भजन से ताँगा मँगाकर चली जाऊँगी।

चंदा को कल्पना में 'रामनारायण का बाजार' दिखाई देने लगा—उजड़ा-उजड़ा सा है। होली से कुछ पहले बच्चों के कपड़े और जूते खरीदने पति के साथ उस बाजार में गई थी। राजाराम ने दिखाया था—यहाँ रहता है तुम्हारा खन्ना, देख लो! चंदा ने बन्द दुकान पर काला बोर्ड भी पढ़ा था—वर्मा मेडिकल हाल।···चौबारे में ऊपर रहते हैं। शायद चोट अधिक आई हो और बेचारे अकेले पड़े हों। ऐसा हुआ तो क्या करना होगा। यहाँ कैसे लाऊँ, पुलिस का डर है। देखा जायेगा, चौबीस घंटे हैं। उसे शिवनाथ पर क्रोध आने लगा कि विश्वासघात किया ऐसे समय।

चंदा ने सब काम बहुत जल्दी-जल्दी संभालकर सूरज निकलते ही भजन को ताँगा लाने के लिए भेज दिया। ताँगा न मिला तो इक्का मँगवा लिया। भजन को बच्चों का ख्याल रखने के लिए कहा और धड़कते हृदय से इक्के पर बैठकर वह 'रामनारायण के बाजार' की ओर चल दी। मन अनेक दुष्कल्पनाओं से भरा था पर कर्तव्य पूरा करने का निश्चय किये थी। खन्ना ने भगवान पर उसका विश्वास शिथिल कर दिया था। इस समय वह भगवान से ही खन्ना को सहायता के लिये प्रार्थना कर रही थी।

चंदा ने इक्का डाक्टर की दूकान के सामने रुकवाया। दुकान में ताला लगा था। जीने के किवाड़ भी मूँदे हुए थे, परन्तु हाथ का स्पर्श पाते ही खुल गये। चंदा जीने की तंगी और दीवारों के गन्देपन की ओर ध्यान न देकर तेज जीना चढ़ गयी। कराहट की धीमी आवाज कान में पड़ने से उसका हृदय धक से रह गया। ऊपर की कोठरी में जाकर जो कुछ देखा, उससे कँपकँपी आ गई। पहचान सकना कठिन था, परन्तु था खन्ना ही। चंदा खड़ी न रह सकी। वह खन्ना की नीची खटिया के समीप, पटिया का सहारा लेकर बैठ गई। हृदय से उठते उबाल को होंठ दबाकर रोका पर आँसू रोक न सकी। खन्ना के सर पर हाथ रखकर पूछा—"भाई,···इधर देखो,···सुनो!"

खन्ना कराह रहा था। माथे की चोट से रक्त बह, चेहरे पर जमाकर सूख गया था। माथा और गाल सूजे हुए थे इसलिये दायीं आँख खुल न सकती थी। बायीं आँख सूजी पलकों के बीच केवल लकीर सी जान पड़ती थी। पूरा चेहरा लाल-नीला हो रहा था और सिर के बाल स्थान-स्थान पर खून से जम गये थे। चंदा का स्वर सुनकर और सिर पर उसका हाथ अनुभव कर खन्ना का अवरुद्ध श्वास कुछ सरल हो गया। वह अस्पष्ट स्वर में कराहा—"हूँ?"

खन्ना की आँख खुलती न देखकर चन्दा विह्वल हो गई। उसके सूजे हुए चेहरे को हाथों में ले लिया—"सुनो, देखो मैं हूँ···चंदा!"

"हाँ" खन्ना ने अपना जख्मी हाथ अपने चेहरे पर झुके चंदा के सिर पर रख दिया। सूजे हुए होंठों को सूखी जिह्वा से तर करने का यत्न कर फुसफुसाया—"पानी··· पानी!"

होंठों के ठीक से न मूँदने के कारण चंदा ने सुना—आनी। उसने चारों ओर दृष्टि दौड़ाई। कोने में सूखा घड़ा पड़ा था और खाट के नीचे आलमीनियम का खाली लोटा

लुढ़का हुआ था। जल वह कहाँ से पाये? यदि उसके हृदय का रक्त जल बन सकता तो वह खन्ना को तर कर देती।

चंदा ने खुली खिड़की से बाजार में झाँका। सामने ही गली के मोड़ पर म्युनिसिपैलिटी का नल था। लोटे में जल ला सकती थी जैसे स्टेशन पर मुसाफिर गाड़ी से उतरकर जल ले लेते हैं। जल सामने था, परन्तु जल वह कैसे लाये? बाजार में लोटा लेकर जल लेने जाना! उसने ऐसा कभी किया नहीं था। किसी भले घर की स्त्री को ऐसा करते देखा नहीं था।···क्या करे? मन में धिक्कार उठा; क्या वह खन्ना के लिए, एक असहाय के लिए इतना भी नहीं कर सकती?

चंदा जीना उतर लोटा भर जल ले आई, परन्तु पिलाती किस तरह। खन्ना की पीठ के नीचे दोनों हाथ डालकर, पूरी शक्ति से उसको बैठा दिया। अपने कन्धे का सहारा देकर लोटा उसके होंठों से लगा दिया। खन्ना बहुत प्यासा था। वह बड़े-बड़े घूँट भरकर जल पीने लगा। गले में जल लगने से खाँसी आ गई। चंदा स्वयं भी खाँस उठी जैसे बच्चों का उछू आने पर माँ भी खाँस देती है। खन्ना ने लोटा भर जल पीकर कहा—"बस!"

चंदा फिर जीना उतर गई और लोटा भर लाई। उसने साड़ी का छोर भिगोकर खन्ना के चेहरे, सिर और शरीर को साफ कर दिया। आधी रात से मूर्च्छित, अर्द्धमूर्च्छित, उठ सकने में असमर्थ, खाट पर पड़े खन्ना की दुर्गति हो गई थी। चंदा ने खन्ना का शरीर साफ कर दिया तो उसे ध्यान आया, कुछ गरम दूध या और कोई वस्तु खन्ना को खिला-पिला सके, परन्तु मन मसोस कर रह गई। खन्ना प्यास भर जल पी लेने से सचेत हो गया।

चंदा ने खन्ना की खाट क़ी पटिया के सहारे बैठकर पूछा—"किसी डाक्टर को बुलवाकर दिखा दूँ?"

"हाँ, डाक्टर बुलाने की अपेक्षा अस्पताल पहुँचा दो तो अधिक अच्छा हो!" खन्ना ने उत्तर दिया।

चंदा चुप रह गई। शिवनाथ के पत्र की बात उसकी जिह्वा पर आ रही थी, परन्तु खन्ना की अवस्था देखकर साहस न हुआ। वह खाट की पटिया पर ठोढ़ी रखकर कुछ क्षण सोचती रही। उस भय की उपेक्षा तो की नहीं जा सकती थी। उस भय को समझकर ही जो निश्चय किया जाये, ठीक होगा। पहले खबर न देने के कारण बाद में पछताना न पड़े। अस्पताल जाने को कहते हैं, क्या ठीक होगा?

चंदा ने साहस कर शिवनाथ के पत्र की बात बता दी। खन्ना के सूजे हुए विकृत चेहरे पर किसी विचार या भाव की छाया प्रकट न हो सकती थी। उसका सिर कुछ क्षण के लिए एक ओर स्थिर देखकर चंदा ने समझा सोच रहे हैं।

स्वयं ही खन्ना ने कहा—"नहीं, अस्पताल न जाऊँगा। गिरफ्तार नहीं होना चाहता। यदि बच गया तो फिर फरार रहकर ही काम करूँगा। मुझे किसी तरह कानपुर से निकाल दो। उठ भी तो नहीं सकता। कैसे होगा? विशेशर और मराठे का जाने क्या हुआ? तुम तो किसी को जानती नहीं। यहाँ रहने से गिरफ्तार हो गया तो फिर नासिर की तरह रिहाई नहीं होगी।" खन्ना जख्मी हाथ सीने पर रखकर सोच में पड़ गया।

चंदा ने खन्ना के सिर पर हाथ रखकर कहा—"तुम जो भी कहो, मैं करूँगी। घबराओ नहीं। जहाँ कहो ले चलूँ?"

"मेरे लिए कहाँ जगह है?···उन लोगों में से कोई होता तो कहीं देहात में या और कहीं जगह बताता, जहाँ छिपकर कुछ दिन इलाज हो सकता,···रुपया भी नहीं है।"

कुछ देर सोचकर चंदा ने कहा—"क्यों नहीं राज के यहाँ चलें, उससे अच्छी जगह और कौन होगी? मैं स्वयं जाकर तुम्हें छोड़ जाऊँगी।"

"वहाँ कैसे जा सकता हूँ?" खन्ना ने आपत्ति की।

"बद्री बाबू तो जेल में हैं। तुम्हें वह कुछ दिन के लिए शरण न देगी? तुम उसे ऐसा मत समझो! मैं साथ जाकर तुम्हें छोड़ जाऊँगी। पहले डाक्टर को बुलवाकर तुम्हारी पट्टी करवा दूँ। आज ही शाम की गाड़ी से, पुलिस तक खबर पहुँचने से पहले ही मैं तुम्हें यहाँ से ले जाऊँगी···घबराओ मत।"

चंदा ने जीवन में कभी अकेले घर से बाहर कदम न रखा था; न मायकें न ससुराल में। राजाराम प्राचीन परिपाटी पसन्द न करते थे, परन्तु उससे अधिक घृणा उन्हें बिलकुल नवीन ढंग से थी। वे दोनों मार्गों के बीच चलते थे। पर्दा उन्हें बेहूदा जान पड़ता था और स्त्री का अकेला आना-जाना निर्लज्जता और आवारापन। इसी ढंग से चंदा ने अपना जीवन बिताया था। बचन और विचार में स्त्री के लिए पुरुष के समान अधिकार का दावा करके भी समाज और संसार में अकेले खड़े होना उसे भय और असम्मान का कारण जान पड़ता था। समाज में अपना व्यक्तित्व अनुभव करने की न कभी उसे इच्छा हुई थी, न साहस था। अब अप्रत्याशित परिस्थिति में पड़कर सब कुछ करने के लिए विवश थी।

चंदा खन्ना के यहाँ से घर लौटी। भजन को बच्चों का ध्यान रखने और खाना तैयार कर लेने के लिए कहकर थर्मस बोतल में गरम दूध, प्याली, चम्मच, तौलिया, साबुन, एक दरी, दो चादर, तकिया और राजाराम के कपड़ों में से धुली कमीजें-धोतियाँ लेकर उसी ताँगे पर फिर खन्ना के यहाँ लौट गई। सब आवश्यक सामान उसने इस स्वाभाविक ढंग से चुन लिया जैसे कभी सफर के लिए चलने पर वह अपने बच्चों के लिए आवश्यक वस्तुएँ साथ ले लेती थी।

चंदा ने खन्ना को दो प्याली गरम दूध पिलाकर पूछा—"डाक्टर को क्या कहना होगा?" सोचकर खन्ना ने किसी अत्यन्त विश्वासपात्र डाक्टर को लाने की राय दी। दोनों ने निश्चय किया, डाक्टर से कहा जाय कि बीमार को लखनऊ मेडिकल कालेज के अस्पताल में ले जाने लायक मरहम-पट्टी कर देना आवश्यक है।

चंदा स्वयं जाकर डाक्टर शिवानन्द को बुला लाई। शिवानन्द राजाराम के पुराने अन्तरंग मित्र थे। चंदा को भाभी पुकारते थे। खन्ना की अवस्था देखकर उन्होंने सफर न करने की राय दी। चंदा को एकान्त में ले जाकर उन्होंने कहा कि दायीं बाँह और बायीं जाँघ की हड्डी उतर गई है। पसलियों में भी जरब आई है। माथे का घाव टाँके लगाने लायक है। उनके विचार में बीमार को अस्पताल पहुँचा देना ही बेहतर था। डाक्टर उसके घावों को धोकर पट्टी बाँधकर चला गया।

डाक्टर की राय के बावजूद सफर किये बिना उपाय न था। दोनों ने मिलकर निश्चय किया कि कानपुर की पुलिस की दृष्टि से बचने के लिये किराये की मोटर से लखनऊ जाना ठीक होगा। लखनऊ से रेल में काठगोदाम, आगे मोटर पर रानीखेत। चंदा रानीखेत कभी न गई थी। दो मास पहले तक उसने जो पत्र राज को लिखे थे, उसमें उसने पता लिखा था, ग्रामोद्योग आश्रम, रानीखेत। वह भाग्य और साहस के भरोसे क्षत-विक्षत खन्ना को बाँहों में लिए चली जा रही थी।

राजाराम सब्जी-तरकारी के मामूली खर्च के अतिरिक्त रुपया-पैसा अपने ही हाथों में रखते थे। अपने कारोबार की भाँति वे घर का हिसाब भी चौकस रखते। कारोबार की सहूलियत के लिए रुपया बैंक में ही रहता था। आती-जाती रकम घर में रह जाने पर या चंदा के गहने और जरूरी कागजों के लिए भीतर की कोठरी में छोटी तिजोरी थी। तिजोरी की चाबी चंदा के पास सुरक्षित रहती थी और हिसाब राजाराम के पास।

युद्ध के समय रुपये के बजाय नोट का चलन अधिक हो जाने से कारोबार में जो चाँदी का नकद रुपया आ जाता राजाराम तिजोरी में रखते जाते और नोट बैंक भेज देते थे। चन्दा ने रुपयों के लिए तिजोरी खोली। उसका कलेजा धड़क रहा था जैसे वह अपने ही घर में चोरी कर रही थी। तिजोरी से रुपया वह सदा पति की आज्ञा से उनके हाथ में देने के लिए ही निकालती थी। आज स्वयं अपनी इच्छा से तिजोरी खोली थी। संकोच और भय से हृदय धड़कने पर भी दूसरा उपाय न था। कुछ नोट और रुपये मिला सवा तीन सौ थे। सभी रुपया चन्दा ने अपने बड़े बटुए में भर लिया।

चन्दा खन्ना को राज के यहाँ पहुँचाने का निश्चय करके सोच रही थी, तीनों बच्चों को भजन के पास छोड़कर जाना पड़ेगा, पर जो भी हो। दिल घबरा रहा था, लहू और आँसुओं के घूँट भरकर वह मन को कड़ा किये थी। वह मन को समझा रही थी, जल्द ही लौट आयेगी, दो ही रात की बात है। यदि ये मेरे लौटने से पहले न आ जायें तो मैं आकर जैसा भी होगा, देख लूँगी और पहिले आ गये तो भगवान की इच्छा। इतना तो वे सभी समझेंगे कैसी हालत में जा रही हूँ। यों उन्होंने क्या नहीं कर लिया। घर से निकाल देंगे, गंगा तो है ही।

पति का भय और बच्चों की ममता दोनों ही चन्दा को दबा रहे थे। वह दोनों की ओर से आँख मूँदकर दोनों की ही बात न सोचने का निश्चय किये थी। वे जो कहेंगे देखा जायेगा। बच्चों के लिए दो रात कौन बड़ी बात है। भजन से हिले हैं, वह सम्भाल लेगा। खन्ना को राज के हाथ सौंपकर उसी समय लौट पड़ूँगी। ग्यारह तारीख को सुबह ही यहाँ आ जाऊँगी।

चन्दा के घर से चलते समय शशि चिपट गई और रोने लगी। चन्दा का दिल उसे पीछे छोड़ने को न हुआ। सोचा, इसे ले चलूँ। बहुत छोटी है, कहीं उदास होकर बीमार हो जाये तो?

खन्ना के आराम के लिए चन्दा ने लखनऊ में फर्स्ट-क्लास के टिकट खरीद लिये। स्टेशन पर उसे डोली में ले जाकर गाड़ी में लिटा दिया। दूसरे बर्थ पर शशि के लिए बिस्तर था। शशि उत्साह से खेलती रही और फिर सो गई। खन्ना ऊँघता-जागता, कभी दो-चार बात करता, सफर काट रहा था। चौकसी और चिन्ता के कारण नींद चन्दा से कोसों दूर थी। वह दवाई की खुराक और दूध के चम्मच लिए तत्पर थी।

काठगोदाम पहुँच चन्दा ने खन्ना के लिए मोटर में बिस्तर लगा दिया और उसे सम्भाले रहने के लिए साथ बैठ गई। मोटर की तेज चाल और पहाड़ के चक्करों से बीमार की तबीयत परेशान होने लगी। गाड़ी बार-बार खड़ी करवानी पड़ती। खन्ना की तबीयत सम्भलने पर गाड़ी चलती, परन्तु कुछ ही देर बाद गाड़ी फिर रुकवानी पड़ती। गाड़ी को धीमी चाल से चलाया गया। चन्दा और खन्ना ने हिसाब लगाया था कि वे लोग एक बजे रानीखेत पहुँच जायेंगे परन्तु संध्या चार बजे से पहले न पहुँच सके।

रानीखेत पहुँचने पर मालूम हुआ कि ग्रामोद्योग-आश्रम छः मील दूर 'रंगोड़ा' की पहाड़ी पर है। चन्दा घबरा गई, परन्तु उसने घबराहट के सामने झुकने से इनकार कर दिया। खन्ना का शरीर रात भर रेल के सफर और लगभग पचास मील पहाड़ी रास्ते पर मोटर के सफर से जर्जर हो रहा था। उसे विश्राम के स्थान पर पहुँचाना आवश्यक था। चन्दा स्वयं क्लान्त थी, थकान से बेहाल थी, परन्तु खन्ना को ठिकाने पहुँचाना ही था। मंजिल पर पहुँचे बिना खन्ना के पीड़ा से कराहते शरीर को आराम कैसे मिलता? सफर की थकान से उसका शरीर ज्वर से तप रहा था।

चन्दा को न यात्राओं का अनुभव था न स्थान का। अपरिचित ग्रामोद्योग आश्रम तक खन्ना को पहुँचाने के लिए डाण्डी ढूँढ़ने में काफी समय लग गया। बहुत ढूँढ़ने पर भी एक ही डाण्डी मिल सकी। स्वयं उसके लिए कोई सवारी न मिली। जीवन में पहली बार वह बीहड़ जंगल में पैदल चली। शशि को खन्ना के पाँव की ओर डाण्डी पर बिठा दिया। बीहड़ चढ़ाई के छः मील समाप्त होने में न आते थे। चन्दा के चल न पाने के कारण कुलियों को डाण्डी बार-बार रोकनी पड़ती। सहारे के लिए चन्दा एक कुली से लाठी लेकर चलने लगी। सूर्य की किरणें ऊँचे पहाड़ों पर खड़ी बनराशि के पीछे शीघ्र ही विलीन हो गईं। अँधेरे के कारण भय और घबराहट और भी अधिक हो रही थी। जीवन में पहली बार बिना किसी पुरुष रक्षक के वह घर से निकली थी। उसके साथ पुरुष था, परन्तु स्वयं मरणोन्मुख और गोद की बच्ची जो भय से काँप कर उसके शरीर से पृथक न होना चाहती थी। छः अपरिचित पहाड़ी कुलियों को साथ लिए, वह संध्या के अँधेरे में बीहड़ पहाड़ों और घने बन में चली जा रही थी जहाँ कोई भी भय कल्पनातीत न था।

चन्दा खन्ना को भय से बचाने के लिए प्राणों की बाजी लगाकर अपने आपको प्रत्येक पद पर भय के मुख में झोंकती जा रही थी। राह वह जानती न थी। उजड्ड अपरिचित कुली पंचमी के चाँद के क्षीण प्रकाश में राह टटोलते हुए उसे लिए जा रहे थे। पहाड़ की ठण्डी हवा शरीर में बिंधने लगी थी। वायु में साँय-साँय वृक्षों के मर-मर और कुलियों के हाँफने के शब्द सुनती वह राह समाप्त होने की प्रतीक्षा कर रही थी। सब कुछ भुलाकर केवल एक ध्यान था कि खन्ना किसी प्रकार रक्षा और शरण पा सके।

चन्दा निरंतर आँखें फाड़-फाड़कर खन्ना की डाण्डी की ओर देखती हुई होंठ दबाये, दम साधे चलती जा रही थी। जब रहा न जाता तो कातर स्वर में पूछ बैठती—"कितनी दूर है?"

उत्तर मिला, "अभी बहुत है।"

कई बार सुना "अभी आधा है।"

फिर सुना—"थोड़ी दूर है।"

"बस आ गया।" पेड़ों के बीच से सहसा प्रकाश दिखाई दिया। फिर एक मकान की आकृति। चन्दा को अपने ही घर पहुँच जाने की सान्त्वना अनुभव हुई। सफलता के संतोष से डाण्डी आश्रम के होते के बाहर रुकवाकर चन्दा राज को पुकारने आगे बढ़ गई।

बद्री बाबू को सार्वजनिक सेवा और त्याग पर देहली को गर्व था। देहली के उस सुपूत के सम्मान में देश का सिर झुकता था। स्वयं बद्री बाबू के पिता लाला रघुनाथदास और माँ के लिए पुत्र का यह सम्मान हृदय का शूल था। इस सम्मान के मूल्य में उनका होनहार बेटा छिन गया था। उनका वंश निर्मूल होने जा रहा था। पिता प्रपितामह से चली आई लक्ष्मी, जिसकी सेवा और रक्षा में जीवन देकर उनके दादा और पिता ने उसे बढ़ाया था, जिसकी वृद्धि के लिए उनका सम्पूर्ण जीवन अर्पण हो गया था वही लक्ष्मी अब अनाथ होने जा रही थी, उन्हें श्राद्ध की अंजली देने वाला तक कोई न था।

× × ×

बद्री बाबू के सबसे बड़े भाई तीन कन्यायें, दूसरों के वंश की बढ़ती के लिए पैदा करके, अपने वंश के लिए उत्तराधिकारी प्रस्तुत करने की आशा छोड़ बैठे थे। मँझले भाई पिता को विधवा बहू का दुखड़ा देखने के लिए छोड़कर चले गये थे। बद्री बाबू पूर्ण यौवन प्राप्त होते ही विधुर हो संन्यास की वृत्ति बना बैठे थे। बद्री बाबू का घर छोड़कर सेवाश्रम में जा रहना उनके लिए असह्य आघात था। इसके बाद जब बद्री बाबू ने 'बावन-घर' की बिरादरी से बाहर, पिता की राय की चिन्ता किये बिना राज से अदालती-विवाह कर संन्यासी जीवन बिताने के लिए पहाड़ों की शरण ले ली तो उनके पिता शरीर में प्राण रहते भी निष्प्राण से हो गये।

उत्तराधिकारी के बिना वंश की दीप-शिखा बुझते देखकर दुस्साहस पर कमर बाँध बैठे। अपने जवान पुत्र से निराश होकर उन्होंने अधेड़ उम्र के बेटे केदार बाबू के लिए एक और बहू ढूँढ़ निकाली। भाग्य की विडम्बना ने उनका यह प्रयत्न भी विफल कर दिया। देहली की खत्री बिरादरी, चालीस पार कर चुके केदार बाबू से अठारह बरस की कुमारी के विवाह के विरोध में खड़ी हो गई। केदार बाबू के पाँव डगमगा गये। विवाह न हो सका। लाला रघुनाथदास अपनी आँखों अपना वंश निर्मूल होने का दुखान्त नाटक देख रहे थे।

कुल की रीति के विरुद्ध, बिरादरी की परिधि के बाहर बद्री से ब्याह कर लेने वाली राज के प्रति बद्री के पिता की वितृष्णा की सीमा न थी। केदार के विवाह के प्रति बिरादरी के विरोध और बद्री के बिरादरी के बाहर विवाह पर बिरादरी का चुप रह जाना, उन्हें अन्याय जान पड़ा। बद्री बाबू के प्रति समाज के इस पक्षपात को वे चुपचाप सह गये। न कभी उन्होंने उनका नाम लिया और न किसी ने राज के कभी 'लोहे वालों' की ड्योढ़ी लाँघकर हवेली में कदम रखने की कल्पना की। वह विवाह बद्री बाबू का घर से खो जाना था।

लाला रघुनाथदास के कानों तक समाचार पहुँचा कि भगवान ने बद्री बाबू और राज के विवाह से प्रसन्न होकर, रानीखेत के ग्रामोद्योग आश्रम में उन्हें पुत्ररूप में आशीर्वाद

दिया है। वे समाज के अन्याय से खिन्न हुए थे, परन्तु भगवान के अन्याय के सम्मुख परास्त हो गये। समाचार के प्रति उपेक्षा दिखाकर भी उन्होंने मन में कहा—लड़का चाहे रानीखेत क्या, काले कोसों दूर लंका में पैदा हो, है तो हमारा ही पोता। घर में चर्चा हुआ। बेटे से नाराजगी होने पर भी कर्तव्य की अवहेलना नहीं की जा सकती थी। लालाजी के भय से बद्री बाबू की माँ के कुछ न करने पर भी, समाचार फैलने पर बधाई देने वाली आ बैठीं। उनका सत्कार कैसे न किया जाता। लड़का चाहे जहाँ पैदा हुआ पोता था और घर में अकेला लड़का।

बद्री बाबू की माँ पहाड़ जाने के लिए छटपटाने लगीं। अनाड़ी बहू जाने क्या करे, कैसे करे, उनके जाये बिना कैसे होगा? लाला रघुनाथदास कतई नहीं जाना चाहते थे लेकिन न कैसे जाते? जिम्मेदारी तो सब उनकी ही थी। ऐसी हालत में माँ और बच्चे को इतनी दूर से लाया भी कैसे जा सकता था?

लाला रघुनाथदास ने क्रोध प्रकट किया—बद्री मुँहजोर है। उससे कहने-सुनने से कुछ लाभ नहीं, न हम उससे बोलेंगे लेकिन लल्ला के बारे में उसे कुछ मतलब नहीं। पहाड़ की कड़ी सर्दी से माँ और बच्चे को बनजारों की सी हालत में रानीखेत में कैसे रहने देते? राज के जिद्द करने पर उन्होंने कहा—अगर बहू का सिर फिर गया है तो हम बूढ़े तो बच्चे नहीं बन जायेंगे…।

रंगोड़ा में जगह घेरकर ढंग से एक बंगला बनाया गया। राज उसी में रहने लगी। बद्री बाबू की माँ को विश्वास था कि उनके लड़के के बद्री-धाम की राह में आ टिकने से ही घर में पुत्र न होने का श्राप दूर हुआ है। बद्री के प्रसाद पोते की ममता में वे देहली छोड़कर बद्रीनारायण भगवान के जितना समीप सम्भव था, उनके चरणों में आ बसीं।

लड़के को आदत थी कि दिन भर नौकर और नौकरानियों की गोद में खेलते रहने के बाद जहाँ रात हुई और सोने का समय आया, वह माँ की गोद न छोड़ता था। प्रसाद को सुलाना राज के लिये समस्या हो जाती थी। वह सोता तो माँ के अंग से चिपट कर। उसके शरीर को हाथ से पकड़े रहता। प्रसाद के आँखें झपक लेने और उसकी नींद गहरी हो जाने तक राज को घण्टे-आध-घण्टे के लिये उसके साथ लेटे रहना पड़ता। नींद कच्ची रहते माँ समीप से उठ जाती तो वह चीख उठता। तब राज को सास के कितने उपालम्भ सुनने पड़ते।

राज प्रसाद के सो जाने की प्रतीक्षा में थी कि उठकर खाना खा ले और चौका उठे। घर भर की सम्भाल करने के बाद उसके पलंग से पीठ लगाने की घड़ी आये। प्रसाद की खिलावी (आया) सूबी ने धीमे से आकर खबर दी—"कोई मेहमान आये हैं, एक बीबी जी हैं।"

राज विस्मित थी—रात के नौ बजे मेहमान? कैसी बीबी जी? उसने साड़ी का आँचल प्रसाद के नीचे सतर्कता से खींचा और उठकर बाहर के कमरे में गई। राज मेहमान महिला को पहचानने के लिए ध्यान से देखती हुई अपनी स्मृति कुरेद रही थी।

मेहमान ने पहचाने जाने की प्रतीक्षा न कर पुकार लिया—"पहचाना नहीं, राज?"

"बहिनजी!" राज लपककर चन्दा के गले लिपट गई। आनन्द के अतिरेक से मन चाहा कि जोर से रो दे, चिल्लाये पर कुछ भी न कर सकी। चन्दा ने बहिन को आलिंगन में ले लिया। दोनों बहिनें कई क्षण उसी अवस्था में रहीं।

स्त्री मेहमान के आने का समाचार सुनकर राज की सास कौतूहल न रोक सकी। वह पीछे-पीछे चली आ रही थी। सास की उपस्थिति में राज संकोच से सम्भल कर खड़ी हो गई। समीप खड़ी स्तब्ध शशि की ओर दृष्टि जाने पर गोद में उठाकर बच्ची को हृदय से चिपका लिया। बहिन के प्रति उमड़े उद्गार को वह उसकी सन्तान पर उड़ेलने लगी।

"यहाँ क्यों खड़ी हो? आओ, अन्दर चलो!" शशि को गोद में उठाये राज चन्दा के उत्तर की प्रतीक्षा किये बिना उसे भीतर खींच ले गई। आह्लाद के उस प्रवाह कां भाग लेने के लिये राज की सास ने भी कहा, "हाँ, अन्दर चल के बैठो न।" वह भी बहिनों के संग भीतर चली आई।

"जीजाजी कहाँ हैं?" राज ने पूछा।

"वे नहीं आये।"

"क्या अकेली आई हो, इस समय?···हाय मैं मर गई!" राज ने आँखें फैलाकर गाल पर उँगली रख ली।

"नहीं एक हैं साथ" चन्दा ने राज की सास के कानों तक न पहुँच सकने लायक दबे स्वर में कहा, "हाँ, बच्चा कहाँ है, पहले उसे तो देखूँ!"

चेहरे पर गर्व और स्नेह का उन्माद लिये राज चन्दा को प्रसाद के पलंग के पास ले गई। प्रसाद की दादी को चिन्ता थी कि अल्हड़ लड़कियाँ कहीं लल्ला की नींद न खराब कर दें, उसकी नींद यों भी कच्ची है। आहट न करने के लिये चेतावनी देती हुई वह साथ-साथ चली।

चन्दा ने पलंग पर झुककर प्रसाद को चूमा, उसके शरीर पर हाथ फेरा, शशि से प्यार कराया। पलंग के समीप खड़ी होकर दोनों बहिनें लड़के के सम्बन्ध में बात कर रही थीं और दादी उस बातचीत में आवश्यक संशोधन कर रही थी।

बच्चे के पलंग के समीप से स्वयं चल देना या दूसरा प्रसंग छेड़ देना मातृआचार के विरुद्ध होता। उस सब बातचीत में उत्साह दिखाते हुए चंदा का हृदय दूसरे प्रसंग के सम्बन्ध में बातचीत करने के लिये बेचैन हो रहा था, जिसके लिए घरबार लोकलाज, पति के अक्षम्य क्रोध और अपनी जान तक की बाजी लगाकर, दिन और रात तक का सफर तय कर यहाँ तक शरण माँगने पहुँची थी। चन्दा सब कुछ भूलकर सबसे पहले वही बात कहती, परन्तु राज की सास की उपस्थिति से लाचार थी। उसका हृदय उबल-उबल कर रह जाता था। बाहर पेड़ों के नीचे, हड्डियों को छेदती हवा में, बुखार ने जलता क्षत-विक्षत शरीर खन्ना सर्दी में पड़ा था। कैसे वह उसे इस घर की छत के नीचे विश्राम में उठा लाये? चन्दा का शरीर घर के भीतर आ जाने पर भी पीड़ा से धड़कता हृदय बाहर ही पड़ा था और भीतर ले जाने की आज्ञा के लिये प्रार्थना का शब्द भी जिह्वा पर नहीं ला सकती थी।

राज की सास अपनी कौतूहलपूर्ण निर्बल आँखें और कान निरन्तर चंदा के मुख से निकलने वाले शब्दों की ओर लगाये थी। चंदा का हृदय उबल रहा था, आवेग और

उन्मेष के बुलबुले हृदय की तह से उठ-उठकर फूट रहे थे, परन्तु उनका शब्द, वह अपने हृदय में औचित्य की चट्टान रखकर दबाये थी। उसके होंठों पर मुस्कराहट थी, हृदय में क्रन्दन और चीत्कार।

मिनट पर मिनट गुजरते जा रहे थे, परन्तु राज की सास चिपकी हुई थी। सास चंदा को गरम पानी से हाथ-पाँव धो लेने के लिए, धोती बदलने के लिए कह रही थी। खाना खा लेने के लिए आग्रह कर रही थी ताकि चौका उठ पाये। शशि को दूध पिला देने के लिए कह रही थी। चंदा छटपटा रही थी बुढ़िया को व्यर्थ इतनी चिन्ता क्यों है? यहाँ से जाती क्यों नहीं? बाहर उस बेचारे का क्या हो रहा होगा? बुढ़िया सिर पर ही खड़ी है। आखिर क्यों पीछे पड़ी है? वह चाहती थी धक्का देकर बुढ़िया को दूर कर दे, परन्तु उसे स्नेह और भद्रता से मुस्कराना पड़ रहा था। व्यर्थ में 'जी' 'जी नहीं, नहीं जी' करना पड़ रहा था और भीतर कलेजे पर छुरियाँ चल रही थीं।

राज दो बार पूछ चुकी थी—"तुम्हारा असबाब?...साथ के आदमी?"

चंदा हृदय में दाँत गड़ाकर अनसुना कर गई। मन कह रहा था हाय इस भयंकर सर्दी में खन्ना को बाहर आधी रात गुजर गई, उसके बुखार का क्या हाल होगा, उसके जख्म जकड़ गये होंगे पर राज की सास के सामने कैसे बात करे? राज की सास ने लड़कियों के अल्हड़पन से ऊबकर ऊँचे स्वर में कहा—"बातें, तो सारी रात होती रहेंगी, अब जाकर हाथ-पाँव धुलाकर कपड़े तो बदलवा दे...पेट में अन्न का दाना तो जाये!"

बाढ़ के वेग में बहती चन्दा के त्राण के लिये सामने सहारा देखकर तुरन्त उस पर हाथ रख दिया। राज के कन्धे पर हाथ रखकर उसने कहा—"हाँ चल, कपड़े बदल डालूँ!"

राज की सास को पीछे छोड़ दूसरे कमरे में जाते ही चन्दा गम्भीर स्वर में बोली—"सुन राज, जानती है मैं इस समय किसलिए आई हूँ? भीख माँगने!" चंदा के स्वर और मुद्रा से राज के नेत्र विस्मय, आशंका और प्रश्न के भाव में खुले रह गये। वह कुछ कह न सकी।

"जानती है मेरे साथ कौन है, किसके लिए तेरे घर में शरण माँगने आई हूँ...?" चन्दा के स्वर में कम्पन था, वह बात कह न पायी।

राज का विस्मय और आशंका से भरा मौन कह रहा था कि वह कुछ समझी नहीं।

स्वयं चन्दा की जिह्वा पर शब्द न आ रहे थे। कह सकने के प्रयत्न में उसे पसीना आ रहा था—"तू कल्पना नहीं कर सकती! वह आदमी, जिसने सुख के लिए सर्वस्व त्याग दिया, भिखारी बन गया, तेरे दरवाजे पड़ा है, मौत के मुँह में है।"

राज का विस्मय और आशंका भय से परिवर्तित होकर सिहर उठी—"क्या, कहा बहिनजी?"

"डाक्टर खन्ना मरे नहीं थे, वही बाहर हैं।" साहस कर चन्दा ने कह डाला, "क्या...?" राज का सिर घूम गया।

राज को लड़खड़ाते देखकर चन्दा ने सहारा देकर फर्श पर बैठा दिया। राज की गर्दन झुक रही थी। उसे थामे सामने बैठकर चन्दा बोली—"वे मरे नहीं थे। तेरे ब्याह की भी

उन्हें खबर न थी। पठान उन्हें चुरा ले गये थे। वहाँ से भागकर विलायत चले गये। लौटकर तुझसे मिलने के लिए आ रहे थे। तेरी आत्म-हत्या और फिर विवाह की बात सुनी तो कहने लगे कि उसका जीवन बरबाद न करूँगा। भेस बदले भिखारियों की तरह कानपुर में पड़े रहे। अखबार में तूने कम्युनिस्ट डाक्टर बी०डी० वर्मा का नाम सुना होगा, वही हैं। अब जख्मी और बीमार होकर तेरे दरवाजे पड़े हैं, शरण के लिये···।'' चन्दा एक साँस में कह गई। चन्दा ने देखा, बेहोश राज उसकी बाँहों से गिरी जा रही थी।

उस असहाय अवस्था में चन्दा का मन हुआ कि अपना सिर पीट कर रो दे। राज बेहोश हो गई। खन्ना बाहर मरणान्तक पीड़ा से छटपटा रहा होगा। क्यों वह उसे यहाँ लाई? ···कुली कितनी ही बार पुकार चुके थे कि उन्हें भाड़ा और छुट्टी मिले। राज के नौकर भीतर खबर देते और चन्दा से—जरा ठहरो···! उत्तर पाकर विस्मय से लौट जाते।

सास पूछ रही थी—''साथ कौन है?'' चन्दा क्या कहे? अपना हृदय चीरकर खन्ना को उसमें रख ले···! मर जाये! प्रत्येक क्षण लग रहा था कि बुढ़िया फिर न आ जाये। राज को बेहोश देखकर क्या कहेगी?

बुढ़िया खाँसती हुई फिर चली आ रही थी—''अरे बातचीत फिर क्या लेना भाई, खाने को तो हो जाये। अरे कोई सुनता भी है!'' बुढ़िया ने कमरे के दरवाजे पर आकर दोहराया, ''अरे मैं कह रही हूँ···!''

चन्दा ने अपराधी की भाँति संकोच से कहा—''यह तो बेहोश···''

''हो गई न?'' बुढ़िया ने फर्श पर पड़ी राज की ओर देखने के लिए झुककर कहा। जैसे उसे इस बात की आशंका बनी ही थी, ''इसे यह दौरा हो ही जाता है। मैं तो समझाते हार गई कि दवाई खाकर मेरी सुनें भी···? जरा सीधे लिटाकर इसकी नाक तो पकड़ ले मेरी बिटिया! अभी ठीक हो जायेगी?''

चन्दा ने बुढ़िया का बताया उपचार किया। साँस रुकने की पीड़ा से राज कुछ ही क्षण में सचेत होकर बैठ गई। चन्दा का मन भय से काँप रहा था। जाने क्या बक देगी? परन्तु राज दीर्घ श्वास लेकर चुप रह गई। क्षण भर में परिस्थिति याद कर उसने निर्बल स्वर में कहा—''माँ जी, मैं इन्हें धोती बदलाकर अभी लाती हूँ। तुम थाली परसवा दो।'' राज के परिस्थिति संभाल लेने पर चन्दा की जान में जान आई।

सास चली गई। राज को चुप देखकर चन्दा ने पुकारा—''राज!''

दृष्टि झुकाये कुछ देर सोच राज ने कहा—बहिन क्षमा करना, मैं क्या कर सकती हूँ। मैं बड़ी पापिन हूँ, अपराधी हूँ, पर अब कुछ नहीं कर सकतीं। घर में नौकर-चाकर हैं, माँ जी हैं, मैं क्या कर सकती हूँ? वे जेल में हैं, मैं क्या कर सकती हूँ? कहो, अपने पाप के लिए मैं जान दे दूँ पर प्रसाद के लिये कलंक कैसे लगा लूँ? एक के जीते जी दूसरा बाप कैसे लाद दूँ? उस बेचारे का क्या कसूर? अपने पाप के लिए उसकी जिन्दगी कैसे बरबाद कर दूँ? मैं तो तभी मर रही थी, किसी ने मरने भी न दिया। अब कहाँ मुँह दिखाऊँगी।'' लम्बी साँस लेकर राज चुप ही गई।

चन्दा असहाय होकर अवाक् रह गई। मन चाहा कि एक क्षण भी वहाँ न ठहरे, उठकर चली जाये, परन्तु शरीर निशक्त हो रहा था। साहस कर उसने एक बार पूछा—''तो क्या आज रात भर नहीं रख सकती?''

"मैं कुछ नहीं कह सकती। मैं किस-किस को क्या-क्या कहूँगी? आप मुझसे पूछ लेतीं!" राज ने कातर स्वर में कहा।

चन्दा उठ खड़ी हुई—"शशि कहाँ है?" उसने पूछा, "चलती हूँ, देखा जायेगा। भगवान मालिक है!"

चन्दा चल दी। साड़ी का छोर पीछे खिंचने से उसने घूमकर देखा, राज उसे जाने नहीं देना चाहती थी—"बहिन, क्या कर रही हो?" राज ने गिड़गिड़ाकर पूछा।

"कुछ नहीं, जा रही हूँ। तुम्हारे यहाँ जगह नहीं है।"

"इस समय न जाओ। इस अंधेरे में, इस सर्दी में बीमार और गोद की बच्ची को लेकर। इस कमरे में पलंग गिरवाये देती हूँ। सुबह चली जाना।"

चन्दा खड़ी-खड़ी सोचती रही—"अच्छा, बेबसी से उसने स्वीकार कर लिया। राज ने भीतर जाकर एक खाट और बिस्तर भिजवा दिया। डाण्डी होते के बाहर रुक गई थी। कुलियों ने अपनी समझ से साथ के कपड़े बीमार को सर्दी से बचाने के लिए ओढ़ा दिये थे। डांडी भीतर लाई गई। कुलियों ने मिलकर बीमार को उठाकर भीतर पलंग पर लिटा दिया। खन्ना का शरीर ज्वर से जल रहा था। वह गम्भीर और चुप था। उसकी दृष्टि निरन्तर चन्दा के मुख की ओर था। वह मार्ग की थकान और चिन्ता से ही परेशान न थी, खन्ना और भी कुछ कारण भाँप रहा था! राज सामने नहीं आई। वह सोच रहा था, यहाँ क्यों आ गया?

खन्ना को लिटाकर चन्दा बाहर आ गई। कुलियों से उसने डाण्डी छोड़ जाने को कहा। तिगुनी मजदूरी देकर उसने प्रार्थना की कि सुबह ही हम लोग लौट चलेंगे तुम आकर ले जाना। राज की सास की इच्छानुसार चन्दा चौके में भोजन न कर सकी, या रात में उनके समीप बैठ कुछ बात कर सकी। सास सोचती रही, जाने यह कौन बीमार उसके साथ है, जिसे लिये वह अलग कमरे में पड़ी है? राज को भी तब से क्या हो गया? भीतर आकर लेटी तो फिर दौरा आ गया। वह अलग कमरे में जा लेटी। नौकर परेशान थे, मामला क्या है? राज की सास इस सब चक्रव्यूह को कुछ न समझ कर बुड़बुड़ाती हुई पोते के पलंग पर जा लेटी। उसके मन में बार-बार शंका हो रही थी⋯इस ज़माने के रंग ज़ाने कैसे हैं?

चंदा खन्ना को पलंग पर लिटा-ओढ़ाकर उसके सिर पर हाथ रखे सिरहाने बैठी रही। उसकी आँखों में बार-बार आँसू छलक आते थे। खन्ना की दृष्टि बचाकर वह उन्हें पोंछ लेती। वह प्रकट न होने देना चाहती थी कि वह रो रही थी, दुखी थी, निराश थी।

खन्ना बार-बार पूछता—"क्या बात है, बताती क्यों नहीं!"

"कुछ खास नहीं। हमने पहले खबर नहीं दी। यहाँ प्रबन्ध नहीं हो सकता, हम सुबह ही चल देंगे। किसी और जगह चले जायेंगे। तुम घबराओ नहीं। प्रबन्ध हो जायेगा। मैं तुम्हारे साथ हूँ। तुम भरोसा करो!" चंदा के उत्तर से समाधान न होने पर भी खन्ना बोल न पाने के कारण चुप था। बोल न पाने पर मन बेचैन था—मैं राज के लिये शत्रु हो गया? वह दीवार की ओट पड़ी हैं। मुझे देखने भी नहीं आ सकती? वह तो मेरे प्रेम में प्राण न्योछावर कर रही थी!⋯आज क्या हो गया? हाय रे स्त्री! तेरा प्रेम भी मजबूरी का

है, गुलामी का है, परन्तु इस निराशा में भी सिरहाने बैठी चन्दा का भरोसा था कि वह अनाथ नहीं है। स्नेह की गोद में ही तो वह लेटा है। उस स्नेह को पुकारने के लिए उसके मुख से निकल जाता—चांद!

चन्दा उसके चेहरे पर झुककर, उसके सीने पर हाथ रखकर उसकी पीड़ा को आश्वासन देने के लिए विह्वल स्वर में उत्तर देती—''हाँ, मेरे लाल! भैया,...बेटा...! घबराओ नहीं। देखो, मैं तुम्हारे साथ हूँ!''

चन्दा का शरीर सफर की थकान और पहाड़ी टीलों पर छः मील पैदल चलने से चूर-चूर हो रहा था। अंग-अंग से पीड़ा फूट रही थी, परन्तु उसके ध्यान में उग्र थी खन्ना की पीड़ा और चिन्ता, वह उसे कहाँ ले जाये?

खन्ना के सो जाने की प्रतीक्षा में रात चन्दा की आँखों में बीत गई। बन्द खिड़की के काँच से काली बनराशि के ऊपर आकाश में पौ फटने के चिह्न दिखाई देने लगे। आकाश-व्यापी सुनहरी सूर्य की किरणें मोर पंखों की भाँति फैल गईं। धूप में हरी-सुनहरी वनराशि झलमलाने लगी। चन्दा खन्ना के सिरहाने बैठी थी, उसे चिन्ता हो रही थी कि कुली नहीं आये।

राज की रात करवटें बदलते गुजरी। सम्पूर्ण जीवन एक दुखमय घटना की भाँति आँखों के सामने बार-बार नाचता रहा। अब चैन के क्षण आये तो यह मुसीबत!...उसके प्रसाद पर यह आघात! बच्चे पर अपने शरीर की आड़ देकर, हृदय का रक्त बहाकर भी वह अपने उसकी रक्षा करेगी। चाहे जो हो, उसका जीवन बरबाद न होने देगी।

सूबी जगाने को आई। राज ने कहा—''अभी नहीं उठूँगी, सिर दरद कर रहा है।''

सास के आकर हल्ला करने पर वह उठी और मुँह-हाथ धोकर फिर लेट रही। सूबी से उसने कहला दिया कि वह नहीं उठ सकती, उसका जी अच्छा नहीं है।

कुली तड़के सुबह आने का वायदा करके गये थे पर ग्यारह बजे आये। चन्दा ने खन्ना को फिर डाण्डी में लिटाया। भीतर जाकर राज से उसने कहा—''अच्छा, जाती हूँ, क्षमा करना।'' वह उत्तर की प्रतीक्षा किये बिना चल दी। थकान की पीड़ा से जर्जर और पिछली रात की ठोकरों से घायल उसके पैरों के लिये चलना सम्भव न था, फिर भी वह चल दी। उसे चलना ही था, ठहरने का स्थान न था, उपाय न था।

घर के नौकर-चाकर और सास इस रहस्य से परेशान थे। राज सबकी दृष्टि और हाव-भाव में सन्देह देख रही थी। सन्देह, जो उसे निगल जाना चाहता था। सब प्रश्नों का एक ही उत्तर उसके पास था—''मैं क्या जानूँ?''

चंदा घृणा और निराशा के आवेश और उत्तेजना में राज के घर से चल दी थी। पाँव उठते न थे। शरीर में शक्ति न थी। वह अपने आपको घसीटे लिये चली जा रही थी। बार-बार वह बैठ जाती। उसके पीछे रह जाने के कारण डाण्डी के कुलियों को बार-बार डाण्डी नीचे रखकर रुक जाना पड़ता। खन्ना की पुकार सुनकर चंदा उसकी डाण्डी के समीप आकर अपनी अधीरता छिपाये पूछती—''कहो,...घबराओ मत!''

''चांद, अच्छी मुसीबत में डाल दिया तुम्हें!'' कातर दृष्टि से उसकी ओर कर खन्ना क्षमा सी माँगता।

''पागल! क्या कहते हो? घबराओ नहीं!'' चन्दा मुस्कराहट का असफल प्रयत्न कर आश्वासन देती। चंदा के फर्लांग-फर्लांग पर ठहर जाने से कुली परेशान थे इसी तरह

वे लोग रानीखेत को लौट रहे थे। सफर की परेशानी में शशि का चेहरा भी उतर गया था, परन्तु नये स्थान और खेल-तमाशे के उत्साह में वह प्रसन्न थी। खन्ना की डाण्डी के पैताने आदमियों के सिर पर चढ़कर चलना उसके लिये नया और अद्भुत खेल था। वे लोग लौट रहे थे। शशि को चिन्ता न थी वे कहाँ जा रहे हैं; और क्यों? चन्दा और खन्ना भी न जानते थे, कहाँ जाना होगा, परन्तु उनके लिये यह जीवन-मरण का प्रश्न था।

× × ×

राजाराम लकड़ी महँगी होती जाने और कानपुर में मजदूरी के बढ़ते निरख से परेशान थे। उन्होंने अपना नाम सरकारी ठेकेदारों में दर्ज करवा लिया था। यदि कम निरख पर लकड़ी का प्रबन्ध कर सकते तो बक्सों के ठेके में और बाद में भी अच्छे मुनाफे की आशा हो सकती थी। हलद्वानी जाने का यही प्रयोजन था। हलद्वानी में लकड़ी मद्दी थी, परन्तु उसे कानपुर पहुँचाने में मालगाड़ी की कठिनाई थी। राजाराम का अनुमान था कि सात-आठ दिन इस झंझट में लगेंगे ही।

हलद्वानी में चोखेसाह के यहाँ बेकार खड़ी आरा मिल देखकर राजाराम की व्यापारी सूझ जाग उठी। लकड़ी के लट्ठे कानपुर ढोने के बजाय लकड़ी कट और चिरकर पहुँचे, क्यों न लकड़ी के बड़े-बड़े तख्तों के बजाय आरा मिल पर सन्दूक बनाकर ही भेज दिया जायें? सेना के दफ्तर के नाम बिल्टी कटवाने पर रेल वाले झख मारकर गाड़ी देंगे। राजाराम ने चोखेसाह से बने-बनवाये बक्से कानपुर तक बिल्टी करा देने का और बैंक द्वारा रेल रसीद लेने का सौदा कर लिया। इस सौदे में राजाराम बढ़ई लगाकर बक्से बनवाने के झंझट से बच गये और फी बक्सा डेढ़ पैसा अधिक बचत हो गई। सोचा, अपने कारीगरों को किसी दूसरे काम में लगा देंगे।

राजाराम काम समाप्त कर तीसरे दिन संध्या की गाड़ी से ही लौट पड़े। छोटी लाइन की गाड़ी लखनऊ लेट पहुँची थी। वे पौने दस की डाक से चलकर ग्यारह बजे कानपुर आये। वह ताँगे पर परेड से गुजर रहे थे। अचानक पुकार सुनी—"मेहरोत्रा, महरोत्रा सुनना!"

डाक्टर शिवानन्द अपनी साइकिल से उतरकर बाँह उठाये पुकार रहे थे। ताँगा रुकवाकर राजाराम ने पूछा—"कहो जरा बाहर गया था, हलद्वानी से अभी आ रहा हूँ!"

शिवानन्द ने राजाराम की बाँह थामकर सड़क के एक किनारे खींचकर कान में गिला किया—"वाह यार, तुम बाहर चले गये और भाभी ने हमें मरवा दिया होता!"

"क्यों···क्या हुआ!"

"अरे कल सुबह ही आकर बुला ले गईं। डाक्टर वर्मा था न कम्युनिस्ट, तुम्हारे यहाँ बहुत आता था; कहीं बुरी तरह पिट के आये थे हजरत। उसी की पट्टी करवाने के लिये। हमने कहा हस्पताल में भरती हो जाओ। बोले, नहीं लखनऊ मेडिकल कालेज जायेंगे। आज सुबह पुलिस वर्मा को गिरफ्तार करने गई, पट्ठा फरार हो गया है। तुम्हारी कसम यार, समझ नहीं आता, कमबख्त बिस्तर से उठा कैसे होगा? कूल्हे का जोड़ उतरा हुआ;

दायाँ कन्धा उतरा हुआ, पसलियों पर चोट और चेहरा तो जैसे कीमा हो रहा था···पट्ठा भाग गया। यार, भाभी को समझा देना; कहीं किसी से हमारा नाम-वाम न ले दें कि पट्टी बाँधी थी! कहीं किसी गवाही में ही रगड़ें जायें!''

राजाराम सोचने लगे, चार दिन के लिये बाहर गये थे इस बीच यह हो गया। यह औरत घर बरबाद करने पर तुली है। जाने खन्ना को घर ले जाकर डाल लिया हो।··· पुलिस आ जाये तो क्या हो? परेड से परमट तक की राह उन्हें लखनऊ और कानपुर के अन्तर से अधिक जँच रही थी। ताँगे वाले को डाँट दिया—''क्या खिट्ट-खिट्ट लगाई है; चलता क्यों नहीं? यों बारह आने से कम नहीं लेंगे चलने के नाम पर रेंग रहे हैं।''

घर पहुँचे तो ड्योढ़ी की सांकल भीतर से लगी थी। दिन दोपहर यों सांकल बन्द होने का मतलब? असन्तोष से किवाड़ पीटकर पुकारा—''भजन! भजन।''

भजन ने नींद से लाल आँखें मलते और अपनी जुल्फें टोपी के भीतर सँभालते हुए किवाड़ खोले। राजाराम सीधे भीतर चले गये। देखा, कमरे सब बाहर से बन्द और सुनसान।

''कहाँ गई है?'' राजाराम ने पूछा।

''बीबीजी बाहर गई हैं। कल आने को कह गई हैं। छोटी मुन्नी को ले गई हैं। कुसुम बीबी और भैया स्कूल गये हैं।'' भजन ने उत्तर दिया।

पतलून की जेब में हाथ डालते हुए राजाराम ने पूछा—''बाहर कहाँ?''

''शायद लखनऊ गई हैं। कह नहीं गईं। कल सुबह आने को कह गईं हैं या परसों।''

''हूँ'' राजाराम ने कहा और सिर झुकाकर आँगन में आगे-पीछे चहलकदमी करने लगे।

भजन ने चाबी का गुच्छा दिखाया—''चाबी दे गई हैं,···तिजोरी की चाबी भी है।''

तिजोरी की चाबी नौकर को दे जाने की बात से चौंककर राजाराम ने गुच्छा हाथ में ले लिया। चाबी पहचानकर उन्होंने कहा—''किवाड़ खोलो!''

भजन ने भीतर के कमरों की सांकल खोल दी।

राजाराम ने तिजोरी खोली। पहले उनकी दृष्टि गहनों के छोटे बक्स की ओर गई। दस्तबन्द, चम्पाकली, सिंगारपट्टी, घड़ी, चूडी सब चीजें मौजूद थीं। रुपयों और नोटों वाले खाने में देखा, सब खाली। दूसरे कागजपत्र अपनी जगह पर थे। राजाराम को अनुमान से याद था कि तीन सौ से ऊपर रुपया था। सब गायब! गई कहाँ? जाने का मतलब क्या? हम कुछ हुए ही नहीं! ऐसी आजादी नहीं चलेगी। हमसे पूछे बिना रुपया निकालने का मतलब क्या?···खुद डूबना-मरना था तो लड़की को ले जाने वाली कौन होती है?···यह सब बदमाशी नहीं चलेगी।

राजाराम ने तिजोरी बन्द करके गुच्छा जेब में रखा। उतावली में ताँगे वाले को दाम देना भूल गये थे। वह पुकार रहा था। उन्होंने भजन से कहा—''कह दो खड़ा रहे!'' स्वयं वे पतलून की जेब में हाथ डाले खड़े सोचते रहे। भजन के लौटने पर उन्होंने कहा,

"देखो, बच्चों को संभालकर रखना। हम जा रहे हैं, चाहे कल शाम को आ जायें, चाहे परसों-नरसों।"

राजाराम ड्योढ़ी से बाहर जाते-जाते लौट पड़े। भजन को सम्बोधन कर कहा—"देखो, अगर बच्चे घबराने लगें तो पटकापुर पहुँचा देना। कह देना आगरे से तार आया था। बीबीजी, बाबूजी छोटी लड़की को लेकर गए हैं।···समझे!"

राजाराम ताँगे पर जा बैठे। भजन के हाथ असबाब भीतर भेजकर उन्होंने ताँगे को स्टेशन लौटने का हुक्म दिया और हाथ का अँगूठा दाँत से दबाकर गूढ़ चिन्ता में मग्न हो गये। वे अपना कार्यक्रम निश्चित कर चुके थे, अब कल्पना में उसका परिणाम देख रहे थे। चंदा के अपने आपको स्वतंत्र समझकर पति पर आ सकने वाले संकट और अपमान की चिन्ता न करके, अपने मित्र के साथ जहाँ इच्छा हुई चल देने पर उन्हें क्रोध था। वे सोच रहे थे कि उसे लौटकर आना पड़ेगा। इस उच्छृंखलता का फल भोगना पड़ेगा। यह स्वतंत्रता देने का फल है? उनके प्रेम का यह प्रतिफल है?···विश्वासघातिनी! जब उसका चलन ऐसा है तो उन्हें ही क्या चिन्ता है? कल तक हम सर्वस्व, प्राणाधार, हृदयेश्वर थे; अब खन्ना है···कल और कोई?···जो पसन्द आ जाये। मन में इच्छा हुई घृणा से थूक दें···वह गई जहन्नुम में, परन्तु उनकी लड़की को ले जाने वाली वह कौन है?···न होगा बच्चों की देख-रेख के लिये किसी और को रख लेंगे।

राजाराम ने स्टेशन पर लौटकर देखा कि लखनऊ के लिये दो बजे की ट्रेन तैयार थी। लखनऊ मेडिकल कालेज में जाकर पता लिया। मेडिकल कालेज में पता लगा कि पिछले दिनों में कोई व्यक्ति कन्धे और कूल्हे की हड्डी उतरा हुआ भरती नहीं हुआ था।

राजाराम का सन्देह और बढ़ा, राज···! उन्होंने भाँप लिया। गाड़ी रात में पौने दस बजे चलकर सुबह दस बजे काठगोदाम पहुँचती थी। स्टेशन पर पहुँचकर उन्होंने पता किया कि रात की एक्सप्रेस से बरेली जाकर, वहाँ से पहली ट्रेन पकड़कर काठगोदाम सुबह छः बजे पहुँच सकते थे।

राजाराम काठगोदाम में समय नष्ट न कर, खर्च की परवाह न कर टैक्सी ले रानीखेत के लिये चल दिये। रानीखेत में रंगोड़ा के लिये सवारी ढूँढ़ते समय उन्होंने मेट से पूछा—"जानते हो रंगोड़ा कहाँ है?"

"कांग्रेस वालों का आसरम?" मेट ने उत्तर दिया, "हुजूर, कल साम को तो एक मेम शाब और उसके बीमार शाब को डाण्डी में भेजा है।···दो डाण्डी माँगता था। साम में बड़ा मुश्किल से एक मिला।"

राजाराम ने सन्तोष अनुभव किया कि उनका निशाना गलत नहीं था। लखनऊ में चूक गये तो क्या, अब कहाँ जायेगी?

"छोटी लड़की भी साथ थी?" उन्होंने पूछा।

"हाँ हजूर, एक बाबा लोग साथ में था।" मेट ने हामी भरी।

राजाराम घोड़ा लेकर रंगोड़ा के लिये चल दिये। घोड़े पर सवार होकर भी उन्हें पैदल चलते घोड़े वाले की चाल से चलना पड़ रहा था। वे खीझ उठते—"तो ऐसे हम पैदल नहीं चल सकते थे? घोड़े की चाल तेजकर सकना उनके बस का न था। घोड़ा पैदल

चलते अपने मालिक के इशारे पर चल रहा था और वह उसे अपने पैदल चलने की सामर्थ्य के अनुसार हाँक रहा था। राजाराम खीझ-खीझ कर घोड़े को तेज करने के लिए एड़ लगाते जा रहे थे। उनके सम्मुख पेड़ों के झुर्मुट की ओट में छिपी पगडण्डी पर कुछ लोग आते दिखाई दिये। जान पड़ा कि एक डाण्डी उतरती जा रही है। कुछ कदम आगे बढ़ने पर डाण्डी का एक बच्चा छोटी टहनी से खेलता हुआ दिखाई दिया।

राजाराम ने पहचाना, शशि थी। डाण्डी से चालीस-पचास कदम पीछे चंदा लाठी टेकती, असम भूमि पर उलटे-सीने लड़खड़ाते कदमों से चली आ रही थी। बहुत जीर्ण, बिलकुल पीली, चेहरे पर निराशा और असफलता की श्यामलता लिये थी।

राजाराम अपनी अनुपस्थिति में भागी हुई चंदा को देखकर क्रोध से भभक उठे। उन्होंने घोड़े को जोर से एड़ दी। डाण्डी के कुली पगडण्डी छोड़कर एक ओर बच गये। घोड़ा अपनी ओर बढ़ता आता देखकर चंदा भी एक ओर बच रही थी।

राजाराम चंदा के सामने आकर घोड़े से कूदकर चिल्ला उठे—''किससे पूछ के आई तुम?''

चंदा ने पति की आवाज सुन पगडण्डी से आँखें उठाकर देखा।

राजाराम ने दो कदम आगे बढ़ और भी उग्र स्वर में पूछा—''किससे पूछ के आई तुम?'' आवेश में उनका हाथ चल गया। चन्दा गाल पर जोर से पड़े थप्पड़ से पत्थरों पर गिर पड़ी।

राजाराम क्रोध में जिह्वा पर नियन्त्रण न रख पाते थे, परन्तु स्त्री पर कभी हाथ न उठाया था। क्रोध और आवेश में हाथ चल जाने से सीमा टूट गई। जीवन भर अपने ऊपर सहा जब टूट गया। खूब जोर से दो लातें उन्होंने भूमि पर गिर पड़ी चंदा को मारी।

चंदा अवाक् और निश्चल थी। ''किससे पूछकर आई तू?'' उन्होंने दो दफे दोहराया, ''और चोरी करो! खूब आजादी लो! चार दिन की गैरहाजिरी में ही समझ लिया कि हम मर गये!''

डाण्डी की ओर से शशि के बहुत जोर से चिल्लाकर रोने की आवाज सुनकर भी राजाराम ने उस ओर नहीं देखा। हृदय के आवेग से बेबस वे कहते जा रहे थे—''हमें बेवकूफ बनाकर मजे करो और आजादी लो। समझ लिया, हम मर गये, बदमाश!''

राजाराम को शशि के रोने की आवाज से विवश होकर डाण्डी की ओर देखना पड़ा। कुली इस काण्ड से सहम कर थम गये थे। डाण्डी की ओर जाकर राजाराम ने हाकिमाना लहजे में धमकाया—''डाण्डी उतारो।''

डाण्डी धरती पर उतार दी गई। शशि का चीत्कार जारी था। राजाराम ने लड़की को डाटा—''चुप रहो।''

बच्ची सहम गई। आँसू उसकी आँखों से टपककर गालों पर बह रहे थे। उसका छोटा-सा सीना हिचकी से उछल रहा था, परन्तु रोने का स्वर मुख से निकल न पाता था। राजाराम फिर चन्दा की ओर लौटे। चन्दा पगडण्डी पर पड़ी थी, अवाक्, निश्चल आँखें मूँदे।